国家社科基金项目"关中诗歌图志"成果

国家社科基金重大招标项目"唐代到北宋丝绸之路（陆路）上的驿站、寺庙、重要古迹与文人活动、文学创作及文化传播"阶段性成果

长安与丝路文化传播学科创新引智基地建设成果

陕西师范大学中国语言文学

刘锋焘————著

关中诗歌图志 上册

松林九六

中华书局

图书在版编目（CIP）数据

关中诗歌图志/刘锋焘著. —北京：中华书局，2023.1
（陕西师范大学中国语言文学"世界一流学科建设"成果）
ISBN 978-7-101-15964-6

Ⅰ.关⋯　Ⅱ.刘⋯　Ⅲ.古典诗歌-诗歌史-中国-图集
Ⅳ.I207.209-64

中国版本图书馆 CIP 数据核字（2022）第 200925 号

书　　名	关中诗歌图志（全二册）
著　　者	刘锋焘
丛 书 名	陕西师范大学中国语言文学"世界一流学科建设"成果
责任编辑	葛洪春
责任印制	陈丽娜
出版发行	中华书局
	（北京市丰台区太平桥西里 38 号　100073）
	http://www.zhbc.com.cn
	E-mail：zhbc@zhbc.com.cn
印　　刷	三河市中晟雅豪印务有限公司
版　　次	2023 年 1 月第 1 版
	2023 年 1 月第 1 次印刷
规　　格	开本/920×1250 毫米　1/32
	印张 33⅞　插页 4　字数 850 千字
国际书号	ISBN 978-7-101-15964-6
定　　价	228.00 元

总　序

　　陕西师范大学中国语言文学学科至今已经走过了 70 多年的发展历程。数代学人培桃育李、滋兰树蕙，在学科建设、人才培养、科学研究以及社会服务等方面取得了令人瞩目的成就，涌现出了一批蜚声海内外的硕学鸿儒，形成了"守正创新、严谨求实、尊重个性、兼容并包"的学术传统和"重基础训练、重理论素质、重学术规范、重人文教养、重社会实践、重能力提高"的人才培养特色，铸就了"扬葩振藻、绣虎雕龙"的学院精神。数十年来，全体师生筚路蓝缕、弦歌不辍，获得中国语言文学一级学科博士授予权，中国语言文学一级学科博士后科研流动站，中国古代文学学科也跻身于国家重点学科；建成"国家文科（中文）基础学科人才培养和科学研究基地"，教育部、国家外国专家局"长安与丝路文化传播学科创新引智基地"，教育部"2019 年全国普通高校中华优秀传统文化传承基地"，"陕西师范大学语言资源开发研究中心"，"陕西文化资源开发协同创新中心"等多个省部级科学研究平台；汉语言文学专业为教育部特色建设专业、陕西省名牌专业，入选陕西省"一流专业"建设项目，秘书学专业和汉语国际教育专业也入选陕西省"一流专业"培育项目；形成了从本科、硕士、博士到博士后完整的人才培养和科学研究体系，中国语言文学学科走上了稳健、持续发展的道路。

　　2017 年，中国语言文学学科被教育部列入"世界一流学科"建设学科，迎来了难得的发展机遇。中国语言文学学科全体师生深知"一流学科"建设不仅决定着我校中国语言文学学科能否在新时代开创新局面、取得新成就、达到新高度，更关乎陕西师范大学的整体发展。在学校的正确领导下，各有关部门同心协力，兄弟院校及合作机构鼎力支持，文学院同仁更是呕心沥血、发愤图强，学科建设取得了显著成效。为了及时汇总建设成果，展示学术力量，扩大学术影响，更为了请益于大方之家，与学界同仁加强交流，实现自我提高，我们汇集本学科师生的学术著作（译作）、教材等，策划出版"陕西师范大学中国语言文学世界一流学科建设成果"丛书和"长安与丝路文化研究"丛书，从不同的方面体现我们的研究特色。

　　丛书的出版得到了陕西师范大学学科建设处、社会科学处以及有关出版机构的大力支持，在此一并致谢！

　　作为陆路丝绸之路的起点与丝路文化中心城市高校，我们既承载着历史文化的传统与重托，又承担着新时代的使命与责任。作为新时代的中国语言文学学科，既古老又年轻，既传统又现代，包容广博，涵盖古今中外的语言与文学之学。即使是传统的学术学科，也是一个当下命题，始终要融入时代的内涵。用一种人人参与、人人分享的形式，借助于具体可感的学术载体，传播中华优秀传统文化，发扬中华优秀传统文化，彰显中华现代文明，这是新时代人文社会科学工作者的重要使命。"士不可以不弘毅，任重而道远。""一流学科"建设永远在路上，中华优秀文化的发扬光大永远在路上。我们将不忘初心，不辱使命，努力前行！

陕西师范大学文学院院长　　张新科

2019 年 10 月 30 日

目录

前　言

　　光阴似水，流年暗换。布谷声里，樱桃红了。

　　本书付梓之际，有些问题，需要先汇报说明一下：

　　本书是我主持的国家社科基金项目"关中诗歌图志"的结项成果。该项目于 2014 年立项，2020 年 2 月提交结项。其中部分内容，又是我主持的国家社科基金重大项目"唐代到北宋丝绸之路（陆路）上的驿站、寺庙、重要古迹与文人活动、文学创作及文化传播"的阶段性成果。

　　所谓关中，就历史文献而言，或称函谷关以西、陇关以东为关中；或言东起函谷关，西至大散关，北起萧关，南到武关，四关之内谓之关中。后来，因为行政地理的变化等原因，关中的概念逐渐有所变化，东限渐以潼关为界，从本书所涉及的诗歌作品也可以看到，后世诗人写作，总是把本来说函谷关的"一丸泥封"的典故用于潼关。而陇关久已不存，亦不好再说（当然，以陇山为界是没有问题的）。所以，后世（尤其是现代），如果要明确说"关"的话，又更多地有着这样的认识，即东起潼关，西至大散关，北起金锁关，南到武关，将此四关之内视为关中（尤其是后来萧关隶属宁夏以后），其范围，大体包括了现在陕西省的渭南市、西安市、咸阳市、宝鸡市、铜川市所辖之空间范围（商洛市武关以北之小部分地区也被有的学者视作关中）。或者换一种说法，现在所说的关中，指"潼关和大散关之间，秦岭以北、子午岭和黄龙山以南的一块区域"①。我们所依据的，也是这样一个标准。

本书所谓诗歌，指广义的诗歌，包括诗、词、曲等。

关于"图志"。应该说，对"图志"的概念，大家都会有一个相对一致的认识，每个人也会有自己的独特的理解。就关中而言，清代状元、陕西巡抚毕沅曾撰有《关中胜迹图志》；就文学而言，本课题申报之前的几年，"文学图志"的概念非常流行。笔者当时未曾拜读过相关著作，但知道这一概念主要是杨义先生提倡的。课题申报时，根据自己的理解，我们将"诗歌图志"设想为诗与图的互相配合，诗歌作品和相关图像是材料，志是目的。因此，研究的内容和思路是：搜集、整理历代关中的诗歌文献，再采集相关的图像（包括文献图像、古迹图像、出土文物图像等），按照时代的发展分类排列，互相对应、互相印证，以诗歌文献和图像文献相结合的形式，展示关中诗歌的发展历史，进而展示关中文化乃至文明的发展史。简言之，梳理、排列诗歌作品和相关图片，两相对照，不作论述叙说。项目申报成功以后，购得杨义先生的大作《中国现代文学图志》《中国古典文学图志》（宋、辽、西夏、金、回鹘、吐蕃、大理国、元代卷）等。浏览其体例、拜读其序言及后记，发现杨先生的写法，是以理论叙述为主再配以插图，粗略看来，有点类似于笔者以前读过的"插图本中国文学史"。而杨先生并不满足于此前如郑振铎《插图本中国文学史》的写法，指出郑振铎先生"眼光注重于史，图只是衬托，也没有形成按图索史的透视性眼光"，而杨先生的思路则是"以图出史，以史统图"②。《中国现代文学图志》所选用的图，主要是与研究

① 郭琦、史念海、张岂之主编，史念海、萧正洪、王双怀著《陕西通史·历史地理卷》，陕西师范大学出版社，1998年3月第1版，第311页。
② 杨义《中国现代文学图志·原序》，生活·读书·新知三联书店，2009年5月第1版，第13页。

对象相关的一些原始的封面设计、装帧插图，以此与文学作品互相对照印证。到了写作《中国古典文学图志》时，盖因古代文学与现代文学的相关文献不同，杨先生所用之图也就有了变化，元代文学部分似仍以各类原书之插图及书影为主，而整部书之图则扩大到了"出土文物、碑帖、雕塑、壁画、文人画、书法、年画、古籍插图、版本照片、外国绘画、实景拍摄"①等。杨先生的大著，对我们有很大的启发。启发之一是，不能只做文献的整理，不能只是诗与图的对照（而且后来的写作过程证明，完全对应的图像文献并不是太多），还应该有理论性的叙述。于是我们调整了思路，决定写一部诗歌史性质的著作，但此前的构想亦不能放弃。这样就有了一个问题：如果在叙述性的书稿中大量地穿插、堆积诗歌作品，在体例上会很不协调；而如果作品少了，又偏离了本课题的方向。最终经过反复考虑，决定做成两个东西：一是理论性的叙述，即本书；二是诗歌作品汇辑，即《历代关中诗歌辑注》，二者互相补充又各自独立。启发之二是，在后来修改时，明、清两章采用了一些古籍的书影。明、清两代，因为留存的文集刻本较多，采用起来也比较方便。而我们此前的思路是只用文物古迹类图片。事实上现在全稿也还更多的是使用这类图片。陕西是一个文物大省，尤其是古迹众多。而这些古迹，大都集中在关中地区，帝王陵墓之类尤其多。俗语有云："江南的才子山东的将，陕西的黄土埋皇上。"这些文物古迹，总能引起历代文人的哲思与诗情，因而也成了历代关中诗歌咏写的重要内容。而这些文物古迹的图片与相关诗歌作品对应地放在一起，也能引发当代读者的联想。因此，我们试图在文字内容中加入这些文物的实景照

---

① 杨义《中国古典文学图志·后记》（宋、辽、西夏、金、回鹘、吐蕃、大理国、元代卷），生活·读书·新知三联书店，2006年4月第1版，第545页。

片，一方面，作为文字叙述的辅证与互动。诗歌作品，总是有或多或少的主观性，甚至有很多臆想性，其优点是形象而优美，很能吸引人，但其缺点则有时失之臆想，与事实有差异；而历史文物则是客观的，其优点是客观真实，但其缺点则是缺乏灵动性，对一般人来说不容易发现其丰富的历史内涵（当然相关专家例外）。而我们将对历代文人诗歌作品的叙说与相关文物图片对应起来，或许更能呈现"志"的意义；另方面，希望通过这些文物图片引发读者对相关历史的联想，对关中的历史和文化有更多更深一些的理解。也是因为思路的改变，在后来进一步修改时，除了加入一些书影图片之外，我们又选用了古人相关著作中的少量图片，如，元代人李好古所撰《长安志图》及清代著名学者毕沅所撰《关中胜迹图志》均附有大量的插图，此二书均是极为珍贵的历史地理文献著作，对研究关中地区的历史、地理、文化史等方面的重要价值，前人早有定评。二书中的图，均依据史料的考订，或亲自踏勘古迹的发现，精心绘制，有重要的文献价值。而个别图如华山图、灞桥图等，在"实景再现"中有一定的"艺术表现"的成分。这，与诗人同类诗的创作机制又有一定的相似性，更能与诗歌作品相印证。可惜的是，由于篇幅等方面的原因，这两部古籍中的插图，我们只各选了一幅。而从整体上看，本书之"图志"，远没有达到如杨义先生文学图志那样的定义，以至于出版之前，我们曾考虑是否放弃这一名称而另取书名。权衡再三，仍继续原样。这样一部"诗歌图志"，与有些朋友理解和期望的"诗歌图志"可能有一定的差距。简言之，这是一部以相关文献图片配合与印证的关中诗歌史，而以"志"为主旨。"志者，记志也"①。因此，侧重于"志"记录性、史料性而非"诗"的文学性、艺术性。笔

---

① （汉）许慎《说文解字·第三上》，浙江古籍出版社，2016年6月第1版，第77页。

者有个愿望，他日另作《关中诗歌史》（或《关中文学通史》），或是《陕西诗歌史》（或《陕西文学通史》）。到那时，再重点从文学性的角度做讨论（如艺术技巧、艺术成就等）。

本书的研究对象，为"关中诗"而非"咏关中诗"，即写作于关中地区的诗歌，不涉及关中以外咏写关中的诗，正如"中国文学史"不涉及在外国写中国的文学作品一样；研究对象之时限，为先秦到清末。

本书写作过程中，每个时代的情况不同，有的朝代材料多得让人头大（如唐代），而有的朝代材料少得令人心慌（如宋代）。因为不同时期的材料以及其他具体情况不同，写法亦有灵活变化。如唐代材料极多，写作时就以类型分类；唐前诗作不多，又有一些代表性的重要诗人，所以就以代表性人物或作品为纲；而明、清两朝诗人及其作品数量众多，但题材的广度与主题的深度则很有限，因此又基本按照时间分段。笔者力图有一个比较划一的体例，又力图在大小标题中体现出题下内容。这样就造成了一些比较明显的情况：如唐代部分因内容极丰富，所以单列三章。于是唐代部分的节标题实际上就对应着其他各章之节下的一级标题；另外，因创作情况往往是复杂的，因此有些标题就难以准确完整地概括题下全部内容或特点，只能体现其主要特点。同样，为图体例统一，很多问题也做了灵活处理，如一些古籍刻本的卷数页码也统一用阿拉伯数字表示，如原本是"卷一，页一"，一律作"卷1，第1页"；又如一些比较长的诗题，本书所据底本有的加了标点，有的未加。为求体例一致，也做了统一处理。

由于本人精力、能力和知识面都很有限，错误在所难免。尤其是，本书从先秦到清末，又涉及文学、历史、历史地理甚至考古等诸多学科，涉及面比较广，时间跨度比较大，所以在材料的掌握方面一时还难以做到"穷尽"；而有些诗人的作品，由于种种原因也难以读完其全集。这样，对某些问题的判定就可能出现偏差；另外，要确定某些作品作于关中，也有相当的难度。书稿中涉及的个别诗篇，或许并非作于关中。而且，就这个课题而言，目前的稿子只是搭了一个框架，许多问题还没有展开、没有深入、没有提高到理论高度。这些问题，以后还要继续加强，需要补充更多的作品，需要加强与史地资料的关联。而就目前来说，一则部头已经够大了，再则我自己目前也有其他更迫切的科研任务需要去完成，本书也只能暂告一段落，所有的遗憾与不足，只能留待以后再弥补，希望在后续的研究工作中能做得更好。

书中的相关图片，基本上都是我们自己拍摄。若引用他人的图片，则以适当方式注明。相关古籍的书影，大都摄自陕西师范大学图书馆藏书，不一一注明出处。其他渠道的书影，则标明出处。

本书写作及成书过程中，得到了许多师友的帮助：我第一届研究生朱慧玲同志帮我校对了大部分稿子，在读博士、硕士研究生姜卓、高云飞、燕晓洋、乔萌慧、安天鹏、马思齐、吴慧添、徐宏鹏、邵婉苏、王玉婕等人帮我核对了全部引文，匿名的项目评审专家提出了不少中肯的意见，老友贾三强教授、刘生良教授分别审阅了部分稿子；尤其是，文学院院长张新科教授领导的国家级"丝路引智基地"为本书支付了出版经费，责任编辑葛洪春先生为本书的出版付出了很大的努力。在此，对他们表示诚挚的感谢！愿好人平安快乐，愿坏人早日向善，愿世间太平祥和。

先师霍松林先生在 2015 年就为本书题写了书名。而到现在，先生已驾鹤三年矣，思之怅然怆然。

刘锋焘

庚子初夏，终南山下，积翠轩

第一章　先秦时期的关中诗

关中大地，是中华文明的发祥地之一。

咸阳市旬邑县出土的大象犀牛化石。证明大约 300 万年以前，渭北高原一带的气候是温暖湿润的。（图为黄河剑齿象化石，侧后为板齿犀化石。2021 年 4 月 24 日摄于旬邑大象犀牛化石馆）

　　历年来的各种考古成果，提供了不少实证材料，诸如咸阳北部旬邑县境内的目前世界上个体最大的黄河剑齿象化石以及犀牛化石、西安市东部蓝田县境内的蓝田猿人遗址、西安市东郊的半坡文化遗址、铜川市耀州区的石柱塬遗址、渭南市大荔县境内出土的

人面鱼纹盆（新石器时代），西安市临潼区出土。2020 年 9 月 1 日摄于陕西历史博物馆

尖底瓶，西安市东郊出土。图片来源：半坡博物馆官网

尖底瓶，淳化县城关镇出土。2016 年 9 月 2 日摄于淳化县文博馆

尖底瓶，宝鸡市金台区出土。2020 年 9 月 1 日摄于陕西历史博物馆

大荔人文化遗物、宝鸡市岐山县出土的鱼家山旧石器文化遗存，等等，都证明了关中地区远古时期的生态环境和人类生活状态。而且，如西安市东郊半坡遗址发现的著名的红陶尖底瓶，在渭南市澄城县、宝鸡市金台区、铜川市耀州区、咸阳市淳化县等地也有同样的考古发现。这些，都证明了远古时期关中地区丰富而先进的人类文明活动。

　　本书题为"关中诗歌图志"，那我们关注的起点也就从中国最早的诗集《诗经》开始。

　　《诗经》，是中国历史上第一部诗歌总集，收集了西周初年至春秋中叶的诗歌，反映了这一时期五百年间的社会面貌。关中地区，正是周王朝的发祥地，也是中华诗歌的发祥地。而先秦的关中诗，几乎可以这样表达：《诗经》中的关中。

周原遗址，位于今陕西岐山县，全国重点文物保护单位。摄于 2019 年 4 月 25 日

《诗经》中，有多篇作于关中或反映关中地区的作品。

据学界研究，《周颂》为西周时期的作品，产生于西周首都镐京（今属西安）一带。《大雅》中的作品，以其都是出于统治阶级不同阶层士大夫乃至巫史之手，其产地不外是当时政治、经济、文化中心的西周之镐京及其城郊周边地区。《小雅》除大部分作品产生于西周镐京之外，另一部分作品，大致在周王朝东迁之后，出现于东都洛邑（今洛阳）及其城郊周边地区[①]。就是说，《大雅》皆是关中地区的作品，而《小雅》的绝大部分也是关中地区的作品。

至于十五国风，"豳风""秦风"等多作于关中地区，反映了当时丰富的历史风貌。

第一节　《雅》《周颂》：创业史诗暨王畿地区的写照

一、周人的创业史诗

产生于关中地区的《诗经》中为数不少的作品，反映了周朝建立和发展的历史，尤其是《大雅》中的一些篇章，堪称早期的史诗。

《生民》《大明》《公刘》《绵》《皇矣》《文王》等篇，都是反映周族历史的著名史诗。《生民》诗曰：

厥初生民，时维姜嫄。生民如何？克禋克祀，以弗

---

① 参陈子展、杜月村《国学经典导读·诗经·导言》，中国国际广播出版社，2011年1月第1版，第10页。

无子。履帝武敏歆，攸介攸止。载震载夙，载生载育，时维后稷。

诞弥厥月，先生如达；不坼不副，无菑无害，以赫厥灵。上帝不宁，不康禋祀，居然生子。

诞置之隘巷，牛羊腓字之；诞置之平林，会伐平林；诞置之寒冰，鸟覆翼之。鸟乃去矣，后稷呱矣；实覃实訏，厥声载路。

诞实匍匐，克岐克嶷。以就口食；蓺之荏菽，荏菽旆旆，禾役穟穟，麻麦幪幪，瓜瓞唪唪。

诞后稷之穑，有相之道。茀厥丰草，种之黄茂。实方实苞，实种实褎。实发实秀，实坚实好，实颖实栗。即有邰家室。

诞降嘉种，维秬维秠，维穈维芑。恒之秬秠，是获

岐山周公庙内姜嫄殿，创建于元代，明清以后屡有修缮。摄于 2020 年 8 月 2 日

是亩；恒之糜芑，是任是负，以归肇祀。

诞我祀如何？或舂或揄，或簸或蹂；释之叟叟，烝之浮浮；载谋载惟，取萧祭脂。取羝以軷，载燔载烈，以兴嗣岁。

卬盛于豆，于豆于登，其香始升；上帝居歆，胡臭亶时？后稷肇祀，庶无罪悔，以迄于今。 ①

武功县姜嫄墓，始建年代不详，史料记载明代曾占地60余亩。1956年文物普查发现清光绪丙子年陕西督学使吴大徵篆书"姜嫄圣母墓"。现为陕西省重点文物保护单位。摄于2020年8月6日

这首诗，是一篇生动的后稷传记。描写后稷诞生的部分，尤其具有神话色彩：诗的第一章写姜嫄神奇的受孕："履帝武敏歆"——踩着了天帝的足迹，于是就怀了孕。闻一多先生《姜嫄履大人迹考》

---

① （宋）朱熹注，王华宝整理《诗集传》，凤凰出版社，2007年1月第1版，第222—224页。本节所引《诗经》零散诗句，亦出自本书。

一文认为，这一神话式的记载反映了这样的真相："只是耕时与人野合而有身，后人讳言野合，则曰履人之迹，更欲神异其事，乃曰履帝迹耳"；"上云禋祀，下云履迹，是履迹乃祭祀仪式之一部分，疑即一种象征的舞蹈。所谓'帝'，实即代表上帝之神尸。神尸舞于前，姜嫄尾随其后，践神尸之迹而舞，其事可乐，故曰'履帝武敏歆'，犹言与尸伴舞而心甚悦喜也。'攸介攸止'，'介'，林义光读为'愒'，息也，至确。盖舞毕而相携止息于幽闭之处，因而有孕也"[①]。说明此乃当时母系氏族社会的一种现象，姜嫄大概是在一种有隆重仪式感的男女欢会中与人私合而受孕的。

诗接下来写后稷的诞生和出生后的神奇与灵异：后稷一出生，便被抛弃。然而，把他扔在小巷里，过往的牛羊都来庇护他并用乳汁喂养他；把他扔进树林里，恰巧有樵夫来砍柴救了他；把他扔在寒冰上，有大鸟飞来用羽翼覆盖温暖他。经历了如此的磨难，这位初生的婴儿终于哭出了声，嗓门大得出奇，引起了路人的好奇。后稷一出生为什么就被抛弃呢？历代学者曾经有很多的说法，诸如贱弃说、遗腹说、难产说、易生说、怪胎说、晚生说、触忌说；等等，林林总总。这又给现代的历史学、神话学、民俗学等学科提供了广阔的研究空间。

诗接下来又写后稷刚会爬行便能自己找食物吃，稍稍长大便会种植谷物豆类。接着写他种植谷物的技艺方法。最后写后稷祭祀天帝，赞颂后稷开创祭礼，为后世所承续。同时，祭祀的一些细节和仪式描写，也为后世留下了宝贵的原始资料。而大段的农作物种植的具体描写，也反映出当时农业已同畜牧业分离的社会大分工大变革，有很重要的社会意义和历史意义。关中地区，自

[①] 闻一多《神话与诗》，中华书局，1956年6月第1版，第77、73页。

古以来以种植禾黍类谷物和豆类为主。人们赖以生存的食粮，由后稷发明推广。后稷被推为谷神，实有很重要的现实意义和象征意义。

《史记·周本纪》曰："周后稷，名弃。其母有邰氏女，曰姜原。姜原为帝喾元妃。姜原出野，见巨人迹，心忻然说，欲践之，践之而身动如孕者。居期而生子，以为不祥，弃之隘巷，马牛过者皆辟不践；徙置之林中，适会山林多人，迁之；而弃渠中冰上，飞鸟以其翼覆荐之。姜原以为神，遂收养长之。初欲弃之，因名曰弃。弃为儿时，屹如巨人之志。其游戏，好种树麻、菽，麻、菽美。及为成人，遂好耕农，相地之宜，宜谷者稼穑焉，民皆法则之。帝尧闻之，举弃为农师，天下得其利，有功。帝舜曰：'弃，黎民始饥，尔后稷播时百谷。'封弃于邰，号曰后稷，别姓姬氏。后稷之兴，在陶唐、虞、夏之际，皆有令德。"①司马迁所记，或取诸《诗经》，或另有资料来源。若是后者，刚好诗史互证。总之，这首《生民》诗，反映了周先民最早的史事，颇具神话色彩而又为纪实之作。

诗写"即有邰家室"，《史记·周本纪》亦记"封弃于邰"。邰，在今陕西杨凌境内（旧属武功县），正处关中地区的西部。

《公刘》，是周部族几篇自述开国史诗中的第二篇。王先谦《诗三家义集疏》这样说："公刘虽在戎狄之间，复修后稷之业，务耕种，行地宜。自漆沮渡渭，取材用，行者有资，居者有积蓄，民赖其庆，百姓怀之，多徙而保归焉。周道之兴自此始，故诗人歌乐思其德。"②

---

① 《史记·周本纪》，中华书局，1959年9月第1版，第111—112页。
② （清）王先谦著，吴格点校《诗三家义集疏》，中华书局，1987年2月第1版，第898页。

彬州公刘墓，陕西省重点文物保护单位。摄于 2016 年 9 月 2 日

　　这首诗，叙述了公刘带领周民迁向豳地定居并发展农业的经过。诗一开始就写道："笃公刘，匪居匪康。乃埸乃疆，乃积乃仓；乃裹餱粮，于橐于囊。思辑用光，弓矢斯张；干戈戚扬，爰方启行。"《史记·刘敬列传》谓："周之先自后稷，尧封之邰，积德累善十有余世。公刘避桀居豳。"[①]就是说周民本居于邰，但因桀的骚扰而不得安居，于是不得不迁徙。他们准备好了干粮，整理好了武器，为了"思辑用光"（人民和睦部族光大）而勇敢地上路了。经过艰苦地跋涉，认真地察看地形，最终定居于豳。然后营造房屋，举行祭礼，宴请宾客，驻兵防守，测量土地，开垦治理田地，等等，所谓"逝彼百泉，瞻彼溥原；乃陟南冈，乃觐于京。京师之野，于时处处"，"既景乃冈。相其阴阳，观其流泉。

---

① 《史记·刘敬叔孙通列传》，中华书局，1959 年 9 月第 1 版，第 2715 页。

其军三单，度其隰原，彻田为粮。度其夕阳，豳居允荒"，"于豳斯馆，涉渭为乱，取厉取锻。止基乃理，爰众爰有"①。这首诗，反映了太多的历史信息，诸如早期的城邑、祭礼、驻军、垦田，等等。尤其是城邑之始、农业定居之始等，是很可贵的史料，有很高的历史价值。

关于公刘居豳，《毛诗正义》卷八云："陆（德明）曰：豳者，戎狄之地名也。夏道衰，后稷之曾孙公刘自邰而出居焉。其封域在雍州岐山之北，原隰之野，于汉属右扶风郇邑。"②这与上述《刘敬列传》相同。但《史记·周本纪》又这样记载："后稷卒，子不窋立。不窋末年，夏后氏政衰，去稷不务，不窋以失其官而奔戎狄之间。不窋卒，子鞠立。鞠卒，子公刘立。公刘虽在戎狄之间，复修后稷之业，务耕种，行地宜，自漆、沮度渭，取材用，行者有资，居者有畜积，民赖其庆。百姓怀之，多徙而保归焉。周道之兴自此始，故诗人歌乐思其德。公刘卒，子庆节立，国于豳。"③若据前者，则公刘自邰而迁豳；若据后者，则公刘自"戎狄之间"某地而迁豳。当然，《毛诗正义》也称豳为"戎狄之间"，但与《周本纪》所记相比，前者显然省略（或是漏掉）了一些记载。也有人认为，在不窋奔于"戎狄之间"后，周人还有一些居住在邰地，他们时常往来于两地之间，而公刘最终尽以邰民迁之（豳）。无论如何，公刘居豳，是肯定的。而《公刘》这首诗，即便持"北豳""南豳"说（详下文）的甘肃省的一些诗经研究学者如祝中熹先生也继承毛传的观点，指出诗中所写"当是其第二步行动"（即

---

① （宋）朱熹注，王华宝整理《诗集传》，凤凰出版社，2007年1月第1版，第229—230页。

② （清）阮元校刻《十三经注疏》，中华书局，2009年10月第1版，第826页。

③ 《史记·周本纪》，中华书局，1959年9月第1版，第112页。

彬州公刘墓。摄于 2016 年 9 月 2 日

最终迁居今陕西长武、彬州、旬邑一带的行动）。

　　在今旬邑县、彬州市、淳化县三地交界处，彬州市龙高镇土陵村泾河北岸的山谷之间，距塬畔不远处，有公刘墓。此村名土陵村，或因公刘墓（陵）而来。墓有清代陕西巡抚毕沅题字。向远处看，公刘墓四面环山。从近处看，泾河在山下盘曲而过。河旁山形奇特，龟蛇山尤其著名。相传泾河黑龙脾气暴躁，经常祸害两岸居民，后来被公刘降服。公刘死后，泾河黑龙发动洪水，企图冲垮公刘墓。后来天庭派龟、蛇、牛头、马面等各路神仙下凡，保护长眠于此的公刘。于是便有龟蛇山、伏龙山、蝎子掌山、牛头马面山等依次排开，犬牙交错，曲曲折折，阻挡泾河水，使其无法危害公刘墓。而龟蛇山就是泾河从公刘墓下通过的第一道关口。从较高处的塬畔看，龟山和蛇山的形状十分明晰。

　　《诗经》中作于关中的史诗性作品，还有《绵》《皇矣》《大明》

彬州公刘墓前龟蛇山。摄于 2016 年 9 月 2 日

从公刘墓对面看龟蛇山。摄于 2017 年 6 月 11 日

等篇。这几篇，同属《大雅》，其中《绵》写古公亶父为避开戎狄的侵扰，率领族人由豳迁岐、定居周原之事；《皇矣》先述太王开辟岐山，而后重点叙述文王讨伐崇、密两个小国并取得胜利的事迹；《大明》则叙述王季和太任、文王和太姒结婚以及赞颂武王在牧野大胜、一举灭商的事迹。这五篇史诗，基本上记录了周族起源、迁徙、发展、壮大、鼎盛的历史，既是文学作品，也是历史记录。

二、周王室及王畿地区生活的多方位写照

《雅》，大都是西周王畿的诗歌，《大雅》全作于西周，亦即作于关中；《小雅》大部分也作于西周，就是说，大都是关中地区的作品。《颂》诗是上层贵族们宗庙祭祀的歌舞乐章，其中《周颂》出于周王朝的都城镐京，也是关中地区的作品。

《雅》（尤其是《大雅》）和《颂》中多有对周王室的颂扬之作，当然也有不少讽谕贬刺之作（尤其是《小雅》）。除此之外，还有一些其他的题材内容与主题。

首先是很多写祭祀的作品。这其中，《周颂》基本上是祭祀的"专利"作品，《雅》中亦有不少，如《大雅·棫朴》"芃芃棫朴，薪之槱之"，写出了祭祀的具体形式和所用之材料。《小雅·信南山》，写周王室祭祖祈福。《小雅·甫田》，也是周王室祭祀土地神、四方神和农神的祈年乐歌，其中又夹杂着对农事和周王巡田的描写，正反映了农业古国的早期风貌。《小雅·大田》一首，内容与前首相近。"雨我公田，遂及我私"，反映了当时的土地制度，公与私的关系。"曾孙来止，以其妇子。馌彼南亩，田畯至喜"，记录了周王亲自犒田的史实。这些，和《周颂·载芟》（描写周王于春季藉田时祈祀土神、谷神），《周颂·良耜》（写秋收之后周王祭祀土神、谷神）等诗一起，都在一定程度上反映了西周时期农业生产的情况，有的还涉及到西周的土地制

度、风俗等内容，有的反映了当时的生产关系情况，记录了当时的农具种类（如"耜""镈"等），也反映了当时冶铁技术的水平。

祭祀、宴会等官方活动之外，《雅》《周颂》还大量地叙写了周王室上层的其他活动，如《小雅·吉日》等篇，写周王田猎；《小雅·皇皇者华》，写使者出外调查民间情况；《小雅·鸿雁》写周王派遣使者救济难民，客观上又表现了人民的劳役之苦："鸿雁于飞，哀鸣嗷嗷"，后世遂以"哀鸿"作为流民的代名词；《小雅·采

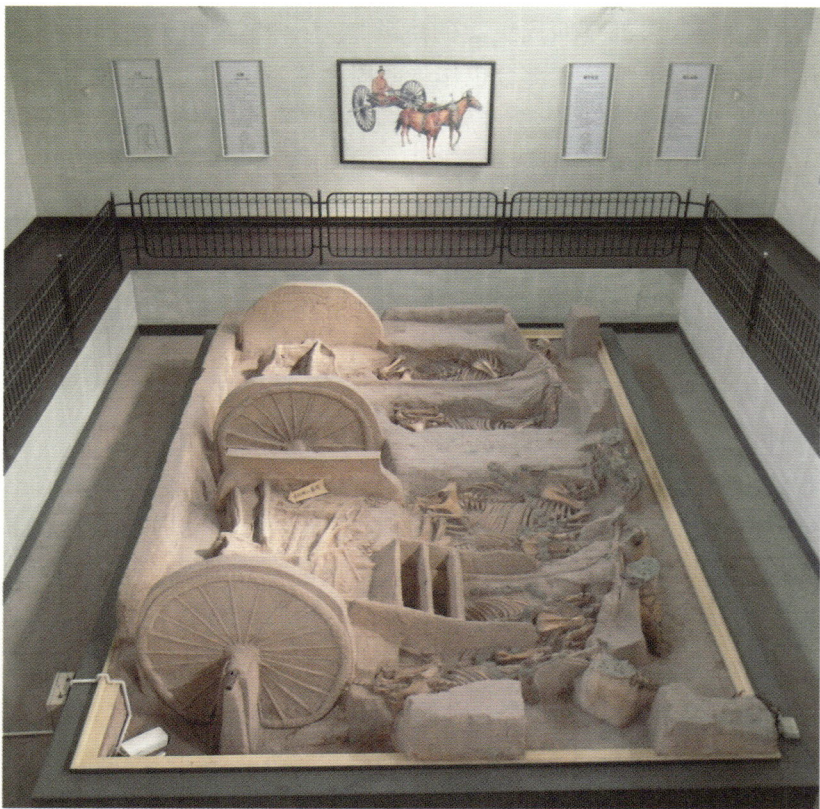

丰镐遗址车马坑，全国重点文物保护单位。申威隆摄于 2013 年 8 月 12 日

菽》，赞美诸侯来朝，周王赏赐，俨然一幅春秋时代诸侯朝见天子时的历史画卷。

《雅》《周颂》中，还有很多描写周王或贵族宴享宾客的诗，《小雅》如《南山有台》《蓼萧》《湛露》，《大雅》如《假乐》写"之纲之纪，燕及朋友。百辟卿士，媚于天子"；《周颂》如《有客》写"薄言追之，左右绥之"，"追"即饯行，亦可视之为宴饮。这方面最著名的是《小雅·鹿鸣》：

　　呦呦鹿鸣，食野之苹。我有嘉宾，鼓瑟吹笙。吹笙鼓簧，承筐是将。人之好我，示我周行。
　　呦呦鹿鸣，食野之蒿。我有嘉宾，德音孔昭。视民不恌，君子是则是效。我有旨酒，嘉宾式燕以敖。
　　呦呦鹿鸣，食野之芩。我有嘉宾，鼓瑟鼓琴。鼓瑟鼓琴，和乐且湛。我有旨酒，以燕乐嘉宾之心。[①]

"呦呦鹿鸣，食野之苹。我有嘉宾，鼓瑟吹笙"，这样的句子，千古传诵。"人之好我，示我周行"，"我有旨酒，以燕乐嘉宾之心"，至今读来，亦是温暖人心。

《雅》与《周颂》中，还有谈亲情的，如《小雅·常棣》谈兄弟之情，"凡今之人，莫如兄弟"。"兄弟阋于墙，外御其务（侮）"后世演化为成语。《小雅·伐木》谈友情，"伐木丁丁，鸟鸣嘤嘤。出自幽谷，迁于乔木。嘤其鸣矣，求其友声"。"求其友声"，读来倍感亲切。《小雅·杕杜》写征夫思妇之情，"王事靡盬，继嗣我日"，

① （宋）朱熹注，王华宝整理《诗集传》，凤凰出版社，2007年1月第1版，第115—116页。

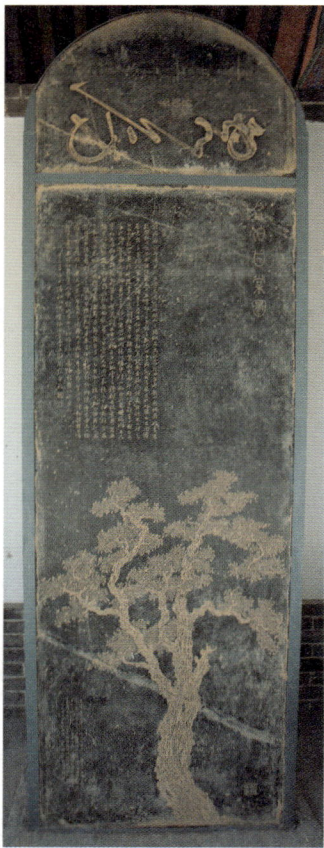

召伯甘棠图碑。道光二十五年，岐山县令李文瀚偕幕僚游召亭故地，见甘棠古树，有感于召公懿德，绘甘棠图并作甘棠图记。道光二十七年，邑人武澄勒刻上石，现藏岐山周公庙内。摄于2020年8月2日

"王事靡盬，我心伤悲"，"王事靡盬，忧我父母"，写出久戍不归的怅恨；"女心伤止，征夫遑止"，"女心悲止，征夫归止"，"会言近止，征夫迩止"，写出了思妇的思念。诗写心理状态，朴素感人。诗中的棣，即棠梨，现在关中地区农村还比较常见，民间称豆梨，或称杜梨。尤其值得注意的是一首《蓼莪》，写不能终养父母的哀痛之情。"哀哀父母，生我劬劳"，"哀哀父母，生我劳瘁"。方玉润《诗经原始》称为"千古孝思绝作"①。诗中两次提到南山（终南山），可知为关中之作。

《雅》与《周颂》中，涉及战事的作品较多。《小雅·采薇》是其中最著名的篇章：

采薇采薇，薇亦作止。曰归曰归，岁亦莫止。靡室靡家，猃狁之故。不遑启居，猃狁之故。

驾彼四牡，四牡骙骙。君子所依，小人所腓。四牡翼翼，象

---

① （清）方玉润著，李先耕点校《诗经原始》卷11，中华书局，1986年2月第1版，第418页。

弭鱼服。岂不日戒？猃狁孔棘！

　　昔我往矣，杨柳依依。今我来思，雨雪霏霏。行道迟迟，载渴载饥。我心伤悲，莫知我哀！ ①

　　上引三段，第一段写之所以"靡室靡家""不遑启居"，是因为"猃狁之故"。第二段写军队行军或是布阵进攻的具体情形。第三段写久戍在外的怅哀，"昔我往矣"四句，为千古名句。

　　与战事有关的，还有《小雅·采芑》一首，写军队之军威："方叔莅止，其车三千，师干之试。方叔率止，钲人伐鼓，陈师鞠旅。显允方叔，伐鼓渊渊，振旅阗阗。""戎车啴啴，啴啴焞焞，如霆如雷。显允方叔，征伐猃狁，蛮荆来威。"②这样的描写，声势撼人。最后的"征伐猃狁，蛮荆来威"，让人联想到岑参诗中"车师西门伫献捷"的诗句。《小雅·出车》一首，亦写战事。诗写主帅南仲受命率师出征之事，诗人精心构思，着力描写了战前准备和胜利归来这两个关键性的典型场景，高度概括地把一场历时较长、空间地点转换较为频繁的战争浓缩在一首短诗里。在"王事多难"的背景下，天子点将下诏（"自天子所，谓我来矣"）。于是，"我出我车，于彼郊矣"。"设此旐矣，建彼旄矣。彼旟旐斯，胡不旆旆"等军容的描写，同样颇具气势。与《采薇》不同的是，《出车》为将军或武士所作，重在歌颂。诗中有"昔我往矣，黍稷方华。今我来思，雨雪载涂"几句，与《采薇》"昔我往矣"四句相比，可以看到不同作者相同的描写。诗中的"春日迟迟，卉木萋萋。仓庚喈喈，采繁祁

———————

① （宋）朱熹注，王华宝整理《诗集传》，凤凰出版社，2007 年 1 月第 1 版，第 123—124 页。

② （宋）朱熹注，王华宝整理《诗集传》，凤凰出版社，2007 年 1 月第 1 版，第 136 页。

祁"四句，又与《豳风·七月》有巧合的相似。同类诗作，还有《小雅·六月》一首，是记述和赞美周宣王时代尹吉甫北伐猃狁取得胜利的诗歌；《小雅·渐渐之石》写将士东征，自叹征途劳苦，等等。

《雅》，尤其是《小雅》中的大量篇章，叙写了各类人物的怨愤情绪，反映了当时社会不均的现实和愈来愈激烈的矛盾。从文学发展史的角度看，是最早的"怨""刺"作品，也是最早的"劳者歌其事"的创作。

《小雅·祈父》，抒发一位周王朝的王都卫士内心强烈的不满与怨愤、斥责司马调他离开王城而征戍远方。《小雅·巧言》，谴责幽王听信谗言而致祸乱。《小雅·十月之交》，通过日食、地震等自然灾异的描写，讽刺幽王宠用小人、奸臣当道，慨叹自己兢兢业业却受到不公正的待遇。作者当属统治阶级内部的小人物，忧虑国运、同情劳苦人民却又无能为力。该诗是我国文学史上第一次记写日食的作品，或以为作于周幽王六年（前776），或以为作于周平王三十六年（前735）。其中对日食和地震的叙写，有重要的天文、地质史料价值。

《小雅·北山》，是一位士人因怨恨大夫分配徭役劳逸不均而创作的诗歌。诗用对比的手法，不满"大夫不均，我从事独贤"。诗中"溥天之下，莫非王土；率土之滨，莫非王臣"几句，成为后世时常引用的名句。《小雅·何草不黄》，是一首写征夫苦于行役的诗。朱熹《诗集传》说："周室将亡，征役不息，行者苦之，故作此诗。"①诗曰："何草不玄？何人不矜？哀我征夫，独为匪民。"我这样的征夫，简直就不像是人一样，受这非人的罪。既不是野牛，也不是老虎，为什么要这样奔走于旷野之上，实在是可

---

① （宋）朱熹注，王华宝整理《诗集传》，凤凰出版社，2007年1月第1版，第203页。

悲得很呀（"匪兕匪虎，率彼旷野。哀我征夫，朝夕不暇"）。诗的最后将抒情主人公与野狐狸相比，不同的是，狐狸跑在野草中，而我则是跑在大道上而已（"有芃者狐，率彼幽草。有栈之车，行彼周道"）。这样的叙写，形象逼真，读来令人百感交集。

《小雅·无将大车》也是一首值得注意的作品。此诗的题旨与背景历来有多种说法：朱熹认为："此亦行役劳苦而忧思者之作。"[1] 今人高亨解此诗为："劳动者推着大车，想起自己的忧患，唱出这个歌。"[2] 陈子展称：《无将大车》当是推挽大车者所作。此亦劳者歌其事之一例"，"愚谓不如以诗还诸歌谣，视为劳者直赋其事之为确也。"[3] 其首章"无将大车，祇自尘兮。无思百忧，祇自疧兮"四句（意为：不要去推那沉重的大车，只会落得一身尘土。不要去想那愁心事，只会徒然自伤身），直可视为后世文人旷达之作的先声。

《小雅·苕之华》乃饥民自伤不幸之作，反映了当时荒年饥馑、人自相食的惨相。"人可以食，鲜可以饱"，骇目惊心！

《小雅·巷伯》是一首特殊的诗，是一位寺人（阉人，如后世的太监）被谗受害而发泄愤怒的作品。

《大雅·瞻卬》，讽刺幽王宠幸褒姒、斥逐贤良，以致祸国害民。"哲夫成城，哲妇倾城。懿厥哲妇，为枭为鸱。妇有长舌，维厉之阶！乱匪降自天，生自妇人。"（男子有才能立国，妇女有才毁社稷。可叹此妇太逞能，她是恶枭猫头鹰。妇有长舌爱多嘴，

---

[1] （宋）朱熹注，王华宝整理《诗集传》，凤凰出版社，2007 年 1 月第 1 版，第 176 页。

[2] 高亨《诗经今注》，上海古籍出版社，1980 年 10 月第 1 版，第 317 页。

[3] 陈子展撰述、范祥雍、杜月村校阅《诗经直解》，复旦大学出版社，1983 年 10 月第 1 版，第 739 页。

灾难根源从她生。祸乱不是从天降，出自妇人真不幸①。）这样的抒写，一方面表达了诗人对幽王宠幸褒姒的愤慨，另方面也反映了当时社会对女性的歧视意识，与《生民》一诗所反映的时代意识已经有了很大的不同。

《卷阿》是《大雅》中的一首作品，诗写周王出游、群臣献诗的盛况。卷阿之地，在今岐山县城西北六公里处的凤凰山南麓（按当地语音，卷阿读作quán wo，即山坳之意）。唐武德元年（618），唐高祖李渊下诏于此建立周公祠。此后宋、元、明、清历代皆有修葺、扩建，形成了以周三公（周公、召公、太公）殿为主体，姜嫄、后稷殿为辅，亭、台、楼、阁点缀辉映的古建筑群。目

岐山周公庙内周公殿。唐武德元年李渊下诏修建，清道光二年在原基址重建。摄于2020年8月2日

---

① 程俊英译文，见程俊英《诗经译注》，上海古籍出版社，2012年8月第1版，第319页。

前，周公庙为全国重点文物保护单位。

　　总之，《诗经》"雅""颂"中关中地区的创作，反映了后稷到西周末年关中地区的社会发展史，是各个方面的社会历史画卷和生活记录。此期关中地区的诗歌，相传还有如《文王受命》（翼翼翱翔彼鸾皇兮）、《岐山操》（狄戎侵兮土地迁移），已被证实为后人所作，在此不叙。

第二节 《豳风》：关中西北部的生活记录

《豳风》，反映了关中西北部早期的历史和民俗等多方面的情况。

一、豳地略说

豳，自古以来都被认为是今陕西咸阳市彬州市[①]、旬邑县、长武县一带。如郑玄《诗谱·豳谱》："豳者，后稷之曾孙曰公刘者，自邰而出，所徙戎狄之地名，今属右扶风栒邑。"[②]《汉书·地理志》"右扶风·郇邑"条本注曰："有豳乡，《诗》豳国，公刘所都。"[③]郑玄是著名的经学家，班固是著名的史学家，他们所言，必有所据，而且他们去古未远，所以"栒邑"说便为此后历代经学家、史学家所认同。如《括地志》云："豳州三水县西（三）十里有豳原，周先公刘所都之地也，豳城在此原上，因公刘为名。"[④]朱熹《诗集传》云："豳，在今邠州三水县。"[⑤]三水县即今之旬邑县。清陈奂《诗毛氏传疏》云："豳，公刘国"，"《汉书·地理志》云右扶风旬邑有豳乡，今陕西邠州即其地"[⑥]。现代一些著名的《诗经》权威学者如高亨、陈子展、程俊英等均持此说。

---

① 原称彬县，2008 年改为县级市彬州市。

② （汉）毛亨传，（汉）郑玄笺，（唐）陆德明音义，孔祥军点校《毛诗传笺》中华书局，2018 年 11 月第 1 版，第 508 页。

③ 《汉书·地理志》中华书局，1962 年 6 月第 1 版，第 1547 页。

④ （唐）李泰著，贺次君辑校《括地志辑校》卷 1，中华书局，1980 年 2 月第 1 版，第 40 页。

⑤ （宋）朱熹注，王华宝整理《诗集传》，凤凰出版社，2007 年 1 月第 1 版，第 104 页。

⑥ （清）陈奂《诗毛氏传疏》，中国书店影印漱芳斋 1851 年版，1984 年 6 月第 1 版，卷 15，第 1 页。

　　20世纪30年代，钱穆先生《西周地理考》又提出豳地在今山西之汾水流域。这一观点也曾得到一些史学家的认同，但现在已被很多学者所否定。在无法确证钱氏异说的情况下，可暂不论。

　　近十数年来，一些学者（主要是甘肃省的学者），根据方志与民俗，提出了北豳南豳之说，认为早期的豳在今甘肃庆阳的正宁、宁县一带，所谓古豳；公刘前期即居于古豳，后来迁到了南豳，

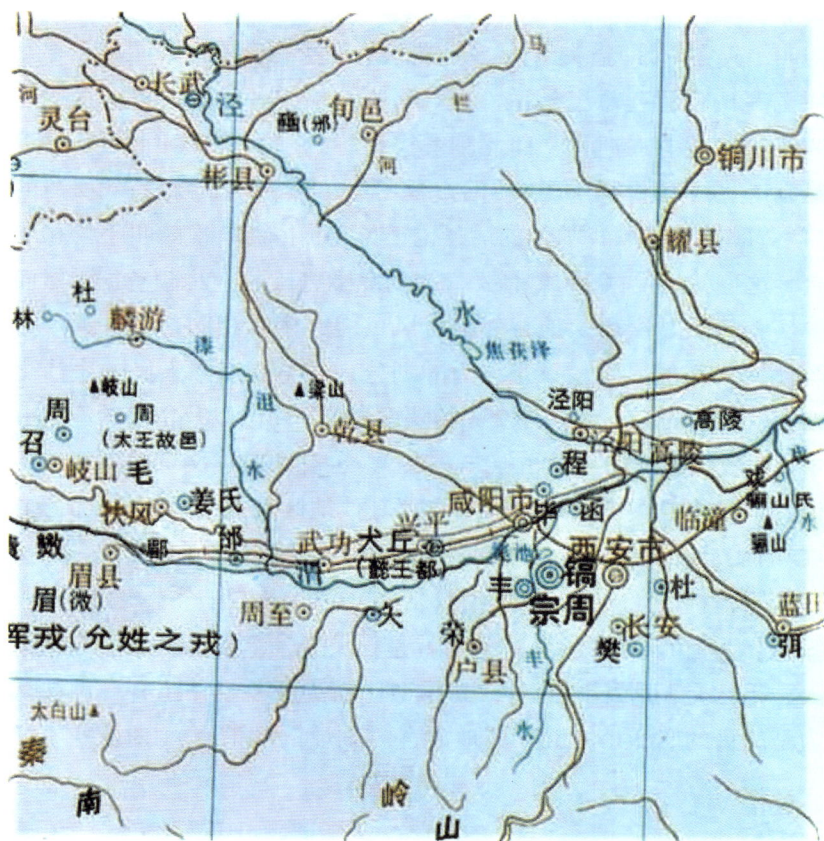

豳地位置图。选自谭其骧主编《中国历史地图集》

即人们一般认为的今陕西旬邑、彬州一带。这一说法又受到了许多非甘肃学者的诘难与否定。史实如何，还有待于将来考古成果的进一步发现。

有甘肃学者证以今日甘肃庆阳一带之民俗等等，说明"豳风"中的诗乃是今庆阳一带之诗。如有的甘肃学者从一种具体的鸟入手考论，并被另外的甘肃学者征引："兰州大学教授常文昌先生曾在《兰州大学学报》发表文章有专题考论。常先生说他的家乡镇原县属古北豳，该地有一种鸟，俗名叫'次鵁（cì jiāo）'，又有鸟俗叫'猩猴'（即猫头鹰）。乡民迷信的说法，有'次鵁叫小，猩猴叫老'的俗谚，意思是说，次鵁鸟叫，预兆有小孩夭亡；猩猴鸟叫，预兆有老人逝世。而北豳乡民俗称的'次鵁（cì jiāo）'，正是豳诗'鸱鸮（chī xiāo）'的方音之转，而《鸱鸮》诗首句所写的'鸱鸮鸱鸮，既取我子'的话，也正与北豳俗谚'次鵁叫小'相吻合。这也就是说，《豳风·鸱鸮》当为北豳之诗。"①说颇有据。然而事实是，陕甘交界，地相邻，民风民俗亦多有相同。从古到今行政区域之类的界限，只是人为的划分，并不能局限人民的生活交往。就民俗而言，今陕甘交界的陕西彬州、旬邑以及稍南的淳化一带（即咸阳地区的"北五县"一带），也有和前述文章中类似的传说，只是将猫头鹰叫xīnghù（陕西其他地区有的发音叫xīnghòu，或xīnhù、xīnhòu等，亦即前文中所称之"猩猴"），还有一种被认作同类性质（凶鸟）的鸟叫cì jiǎo（当即前文所称"次鵁"，未知学名为何）。有人认为这种鸟就是猫头鹰，笔者请教多位当地老人，得知是两种不同的鸟，其体型比猫头鹰要小。还有一种被认为是凶鸟的叫dào zāo（当地方言"倒灶"的谐音）。对这些不祥

---

① 张剑《〈豳风〉与北豳》，《陇东学院学报》2005 年第 3 期。

的"凶鸟",当地民谣说："dào zāo叫老年，xīng hù叫娃娃。"意即听到dào zāo叫，就有老年人要死了，而听到xīng hù叫，就有小孩子要死了。可见，这样的传说，流传于甘陕交界的广大区域，非只某一具体的狭小范围。因此，用这样的证据来论证豳地在某一具体的地区，虽有其合理性，却不能成为判别的确切依据。当今甘肃研究《诗经》最著名的权威学者赵逵夫先生说得较为审慎："豳为古地名，以今陕西中部旬邑、彬县之间为中心，北部至甘肃庆阳马莲河流域的宁县、合水、庆城一带。"①力推"北豳"说的甘肃学者张剑先生也说：豳的地域，"不仅包括地处子午岭西麓南端的公刘以后周族创业发展的'南豳'，即今陕西长武县、邠县、旬邑县一带地区；而且还包括与南豳相连接的地处子午岭西麓北端的周先祖不窋、鞠陶、公刘三代人活动创业的'北豳'，即今甘肃省陇东之庆阳、宁县、正宁、合水乃至平凉泾川一带广大地区"②。其字里行间，还是以"陕西长武县、邠县、旬邑县一带地区"为豳之中心的。当然，个别作品，任何人也无法判别其具体作地。但即便"北豳""南豳"之说可以成立，当今旬邑、彬县一带是"豳"地、而且是主要的"豳"地，这一点是确定无疑的。

近十数年来，有一些博士、硕士研究生的学位论文，梳理历代名家观点、考论豳地概念，十分用力。真乃后生可畏。如沈阳师范大学王乃瑞硕士论文《〈诗经·豳风〉研究》、西藏民族学院史小伟硕士论文《〈豳风〉〈秦风〉地域民俗文化探析》、西北大学孙红彬硕士论文《〈诗经·豳风〉考释》、上海大学郝建杰博士论文《〈诗经·国风〉地域性考论》等。其研究成果，亦颇值得我们

---

① 赵逵夫注评《诗经》，长江文艺出版社，2015年7月第1版，第160页。
② 张剑《〈豳风〉与北豳》，《陇东学院学报》2005年第3期。

关注和参考。如郝建杰论文指出：

> 不窋所窜奔的"戎狄之间"或为庆阳地区，但认定庆阳地区即为豳都或豳地则有嫌武断，理由有三：一是从文献上看，《国语》、《周本纪》均未明言"戎狄之间"即是豳地，而据《周本纪》，公刘显然是从不窋所在的"戎狄之间"迁到了另外一个叫做豳的地方。二是庆阳一带称为"豳"的时间非常晚。以"豳"称庆阳一带始自北魏孝文帝时。杜佑《通典·州郡三》："宁州，夏之季公刘之邑。春秋时戎地，战国时属秦。始皇初为北地郡。汉为北地、上郡二地，后汉属北地、安定二郡地。后魏献文帝置华州，孝文改为班州，后改为邠州，又改为豳州。西魏改为宁州，立嘉名也。后周分置赵兴郡。"可见，将庆阳一带称为"豳"是很晚的事了。三是目前所知先周遗存的时代上限不足以证明庆阳一带是公刘等的活动地区。李学勤说："目前已知的先周文化遗址分布，主要在陕西中部泾渭流域一带，大致范围，北界达甘肃庆阳地区，南界在秦岭山脉北侧，西界达六盘山和陇山，东侧在子午岭西侧至泾河沿岸一线。"其中最早的是陕西长武县碾子坡遗址，其年代约在古公迁岐之前。但这个文化遗存的年代不早于太王时期，仍然无法说明庆阳一带存在这一历史时期的周人文化，因而也不能证明庆阳一带曾经是这一历史时期的周人长期活动的地区。事实上，目前甘肃庆阳一带的考古发现还不能与太王以前的周人历史发生联系。在这一带发现的考古文化类型目前有两种：一是先周文化遗存。1984年，合水县兔儿沟、庆阳县巴家咀两地发现了先周残墓。兔儿沟出土的陶鬲、方折肩罐与陕西宝鸡斗鸡台、姬家

店出土的基本相似，巴家咀出土的陶鬲与长安沣西早周墓葬出土的同类器物相同。这说明两地出土的器物是早周一、二期遗物。由此可见，这些先周文化遗存尚不足与文献中关于庆阳一带所记载的周人活动相印证。二是寺洼文化。在甘肃平凉、庆阳、陕西咸阳、宝鸡的博物馆里，庄浪、灵台、泾川、合水、正宁、长武、旬邑等 10 多个县的文化馆里，都藏有大量的寺洼文物和调查资料。根据胡谦盈实地调查发现，合水县九站遗址在扰土层下有两

种堆积，上层是西周文化堆积，下层是寺洼文化堆积。结合考古发现与文献记载，胡谦盈判定寺洼文化属熏育戎狄的文化。根据 C14 测定结果推断，寺洼文化的可靠年代约在公元前 21 世纪—11 世纪之间的1000年内。寺洼文化与周文化的关系密切，但仍属不

清代陕西巡抚毕沅题公刘墓碑，摄于 2016 年 9 月 2 日

同文化，因为寺洼文化中最具特色的"马鞍式"口型陶罐
不见于周文化。①

　　说颇有理。地方志总是会为本地说些有用的好话，这也是常
见现象。而且，有"北豳"之称的这些地方志，都是明清时期所
编，从时间上来说，也太晚了，不足以推翻汉代起就有的成说。
当然，随着将来新的考古成果的进一步出现，一些观点或许会有
新的修正。
　　无论如何，说《豳风》中的诗歌反映了关中西北部（今旬邑、
彬州、长武一带）的历史风貌（如农业发展、文明程度、民风民俗
等），当无异议。

二、《七月》

　　《七月》，是《豳风》中的第一篇，也是《诗经·国风》中最
长的一首叙事诗。
　　关于这首诗的作者、作时，自古以来就有多种看法，莫衷一
是。最有代表性的是两种观点：《毛诗序》谓："（《七月》）陈王业
也。周公遭变，故陈后稷先公风化之所由，致王业之艰难也。"②
以为此诗乃周公所作；方玉润《诗经原始》谓："《豳》仅《七月》
一篇，所言皆农桑稼穑之事。非躬亲陇亩久于其道者，不能言之
亲切有味也如是。周公生长世胄，位居冢宰，岂暇为此？且公刘
世远，亦难代言。此必古有其诗，自公始陈王前，俾知稼穑艰难

---

① 郝建杰《〈诗经·国风〉地域性考论》，上海大学 2011 年博士学位论文。
② （清）王先谦著，吴格点校《诗三家义集疏》，中华书局，1987 年 2 月第 1 版，
　　第 510 页。

并王业所自始，而后人遂以为公作也。"①后人在此基础上多有引伸。或以为这样规模宏大的农事诗，绝不是哪一个天才所能成就的。事实上，文学史上的许多杰出作品（甚至是绝大多数杰出作品）也都是某位杰出诗人最后完成的（或最后加工定型）。《七月》很可能是豳地的民谣，是经过了长期民间的积累、加工、补充而流传下来，最后经过某位杰出的天才整理定型的。

诗写了不同月份的气候特征和人们与之相对应的活动：

> 七月流火，九月授衣。一之日觱发，二之日栗烈。
> 春日载阳，有鸣仓庚。女执懿筐，遵彼微行，爰求
> 柔桑。
> 七月流火，八月萑苇。蚕月条桑，取彼斧斨，以伐
> 远扬，猗彼女桑。
> 七月鸣鵙，八月载绩。载玄载黄，我朱孔阳，为公
> 子裳。
> 六月食郁及薁，七月亨葵及菽。八月剥枣，十月获稻。
> 一之日于貉，取彼狐狸，为公子裘。二之日其同，
> 载缵武功。言私其豵，献豜于公。②

"七月流火，九月授衣"，起句看似突兀，却能一下子抓住人心。"一之日觱发，二之日栗烈"，何其形象？使人仿佛感受到了那凛烈的寒风，感受到了它刺骨的寒冷，也感受到了寒风掠过

---

① （清）方玉润著，李先耕点校《诗经原始》卷8，中华书局，1986年2月第1版，第303—304页。
② （宋）朱熹注，王华宝整理《诗集传》，凤凰出版社，2007年1月第1版，第104—107页。本诗"八月剥枣"原误作"七月剥枣"，据他本改。

时的气势。"蚕月条桑，取彼斧斨，以伐远扬，猗彼女桑。"在桑树枝条生长的时节，拿出斧子，砍掉多余的冗枝，用绳子拉住高扬的枝条以便采桑。时至今日，渭北高原的人们，每年也还要这样修剪果树，剪去过长的蔓枝，用固定于地面的绳子牵拽向高处疯长的长枝，谓之"拉枝"。秋天到来之前，织好布，染好色，为"公子"做好衣裳。六月里吃着李子和野葡萄，七月里煮豆子和葵苗，八月打枣，十月收稻：十分朴素的生活状态。冬天到了，上山去打猎，用狐狸的皮毛，为"公子"做成皮衣。小的猎物，自己留下来；大的猎物，交给部族的首领。反映了当时的社会组织形态。

本诗尤其写了不同时月的农事活动，上述各句之外，以下数句更为直接：

> 三之日于耜，四之日举趾。同我妇子，馌彼南亩。
> 七月食瓜，八月断壶，九月叔苴，采荼薪樗。食我
> 农夫。
> 九月筑场圃，十月纳禾稼。黍稷重穋，禾麻菽麦。

正月是农闲时节，便整修农具。二月便开垦耕地。七月里吃瓜，八月里摘葫芦，九月里拾麻籽，采苦菜，打柴禾。九月修整场圃准备碾晒，十月里收纳粮食。一年时光，就这样忙忙碌碌一直到头。

本诗还写了不同时月昆虫的活动：

> 五月斯螽动股，六月莎鸡振羽。七月在野，八月在宇，
> 九月在户，十月蟋蟀入我床下。

这一段描写，十分生动，十分形象，十分亲切：五月里蚂蚱弹腿鸣叫，六月里纺织娘振翅磨羽，至于那活蹦乱跳的蟋蟀，七月在野地里，八月在屋檐下，九月跑进房间里，十月就钻到了床底下。其场景，让人联想到现代文学大师鲁迅的小说中闰土家乡的情景。

诗又写了劳动者的生活处境和心态状态：

> 无衣无褐，何以卒岁？
> 春日迟迟，采蘩祁祁。女心伤悲，殆及公子同归。

这些，都是最下层劳动者心里的担忧。

诗还写了不同时月的祭祀活动及相关风俗：

> 为此春酒，以介眉寿。
> 四之日其蚤，献羔祭韭。九月肃霜，十月涤场。朋
> 酒斯飨，曰杀羔羊，跻彼公堂。称彼兕觥：万寿无疆！

以酒祝寿，用韭菜和羔羊来祭祀，举起酒杯，敬祝万寿无疆。这些风俗，传至现在。

诗还反映了早期的藏冰技术：

> 二之日凿冰冲冲，三之日纳于凌阴。

1977 年，考古工作者在先秦雍城姚家岗宫殿建筑遗址发掘出完整的"凌阴"遗址，为一处覆斗式地下窖穴建筑，是秦国贵族的藏冰设施，可以本诗所写相对应。

诗也写出了不同阶层（阶级）的等级区别：劳动者，吃的是

"凌阴"复原图。2020 年 8 月 2 日摄于宝鸡先秦陵园博物馆

荼（苦菜）、瓜、壶（瓠）；穿的是"无衣无褐"；而上层统治者，吃的是各种时令蔬菜和新粮（"六月食郁及薁，七月亨葵及菽。八月剥枣，十月获稻。为此春酒"）；穿的是新织的衣裳和狐裘皮装（"载玄载黄，我朱孔阳，为公子裳"；"一之日于貉，取彼狐狸，为公子裘"）。劳动者捕猎所得，自己只能留下小猎物，而大的猎物必须交给首领（"言私其豵，献豜于公"）。

　　然而，从作品中，我们能够看出有阶层（阶级）的不同，但看不出明显的对立情绪，没有类似于后世如白居易的新乐府诗那样强烈的对比，也没有类似于《诗经》中另一些作品如《伐檀》等表达的仇视情绪。

　　诗尤其反映了当时的农业生产情况，农具有耜、筐、斧、斨等，农作物（含果实类）有郁、薁、葵、菽、枣、稻、瓜、壶、苴、禾、黍、稷、麻、麦等。人们都按自然界的规律，根据不同的时季从事不同的劳动。

　　诗反映了当时豳地的风俗习惯，除前述祝寿等以外，如"穹

窒熏鼠，塞向墐户。嗟我妇子，曰为改岁，入此室处"。堵上破洞，熏跑老鼠，糊住北边的窗子。要过年了，全家都聚在屋子里。这些习惯，也一直流传到当代。

总之，《七月》一诗，是一幅全方位的、动态的、立体的民俗生活画面。就每一个片断的画面来看，大都十分生动，使人如临其境。对后世文学的影响，不仅有总体精神上的实质性影响，在具体的情境与写法方面也有深远的影响。比如，"同我妇子，馌彼南亩"，我们从白居易"妇姑荷箪食，童稚携壶浆。相随饷田去，丁壮在南冈"[1]的诗句中，就能够看到它的影响；"春日载阳，有鸣仓庚。女执懿筐，遵彼微行，爰求柔桑"，又让我们能够联想到宋代晏殊的《破阵子》："燕子来时新社，梨花落后清明…… 巧笑东邻女伴，采桑径里逢迎。"[2]

全诗之中，"七月流火，九月授衣"，反复唱叹，这一方面是民谣的特点，顺口易记，也易于传播，正如白居易所说："其体顺而肆，可以播于乐章歌曲也。"[3]至今，咸阳"北五县"一带还有类似的民谣，诸如"七月枣，八月梨，九月柿子红了皮"；另方面，这种重复，也使作品跌宕往复，摇曳生姿，产生一种一唱三叹、回环往复的优美情韵。

三、其他豳诗

《鸱鸮》是豳风中的另一首名作，诗曰：

---

① （唐）白居易著，谢思炜校注《白居易诗集校注》，中华书局，2006年7月第1版，第22页。

② 唐圭璋编《全宋词》，中华书局，1965年9月第1版，第108页。

③ （唐）白居易著，谢思炜校注《白居易诗集校注》，中华书局，2006年7月第1版，第267页。

鸱鸮鸱鸮，既取我子，无毁我室。恩斯勤斯，鬻子
之闵斯！

迨天之未阴雨，彻彼桑土，绸缪牖户。今女下民，
或敢侮予。

予手拮据，予所捋荼。予所蓄租，予口卒瘏，曰予
未有室家。

予羽谯谯，予尾翛翛，予室翘翘。风雨所漂摇，予
维音哓哓！①

这是一首寓言诗，古来皆认为是周公所作。诗借一弱小的母鸟
之口，反抗强势的鸱鸮的欺凌。虽有乞求之语，更多的是不屈的反
抗："今女下民，或敢侮予！"并陈述了自己为了维护自己的家室
所进行的种种勤劳和努力，"予羽谯谯，予尾翛翛，予室翘翘。风
雨所漂摇，予维音哓哓"，写出了被欺凌者的憔悴、无奈和呼号。
《东山》，是豳风中的又一名作，诗曰：

我徂东山，慆慆不归。我来自东，零雨其濛。我东
曰归，我心西悲。制彼裳衣，勿士行枚。蜎蜎者蠋，烝
在桑野。敦彼独宿，亦在车下。

我徂东山，慆慆不归。我来自东，零雨其濛。果臝
之实，亦施于宇。伊威在室，蟏蛸在户。町畽鹿场，熠
耀宵行。不可畏也，伊可怀也。

---

① （宋）朱熹注，王华宝整理《诗集传》，凤凰出版社，2007 年 1 月第 1 版，
　　第 108—109 页。

　　我徂东山，慆慆不归。我来自东，零雨其濛。鹳鸣
于垤，妇叹于室。洒扫穹窒，我征聿至。有敦瓜苦，烝
在栗薪。自我不见，于今三年。

　　我徂东山，慆慆不归。我来自东，零雨其濛。仓
庚于飞，熠耀其羽。之子于归，皇驳其马。亲结其缡，
九十其仪。其新孔嘉，其旧如之何？[①]

　　《毛诗序》谓这首诗乃"周公东征也。周公东征，三年而归，
劳归士。大夫美之，故作是诗也"[②]。此说无确据。朱熹《诗集传》
以为乃周公"劳归士"之作[③]。朱熹的说法比《毛诗序》更容易让
人理解，亦当更接近原意。方玉润《诗经原始》进一步说："此周
公东征凯还以劳归士之诗。《小序》但谓'东征'，则与诗情不符。
《大序》又谓士大夫美周公而作，尤谬。诗中所述，皆归士与其室
家互相思念，乃归而得遂其生还之词，无所谓美也。盖周公与士
卒同甘苦者有年，故一旦归来，作此以慰劳之。因代述其归思之
切如此，不啻出自征人肺腑，使劳者闻之，莫不泣下，则平日之
能得士心而致其死力者，盖可想见。"[④]这段分析说得很具体，认
为是周公代士卒述其思乡之苦，写得很真切。现代学者更多地认
为诗乃跟随周公东征的士卒归途中思家之作，"周公东征，从役之

---

① （宋）朱熹注，王华宝整理《诗集传》，凤凰出版社，2007年1月第1版，
　　第109—110页。
② （清）王先谦著，吴格点校《诗三家义集疏》，中华书局，1987年2月第1版，
　　第531页。
③ （宋）朱熹注，王华宝整理《诗集传》，凤凰出版社，2007年1月第1版，
　　第109页。
④ （清）方玉润著，李先耕点校《诗经原始》，中华书局，1986年2月第1版，
　　第320页。

人未必皆豳人，然而豳岐为周室发祥之地，其民人当为周室所最信赖。东征伐叛，亦以豳岐之民最多。诗中征夫当即豳人，故诗入《豳风》"①。诗写士卒打仗归来，途中思念家乡的情形，"我徂东山，慆慆不归。我来自东，零雨其濛"四句，在每一章的开头反复出现，增强了诗作的抒情性。

　　《豳风》中还有一篇《伐柯》，反映了当时的婚俗：娶妻先要有媒人去说合。很有意思。这一风俗，一直保持到现在。

---

① 赵逵夫注评《诗经》，长江文艺出版社，2015 年 7 月第 1 版，第 171 页。

第三节　《秦风》：更广泛的历史记录

《秦风》，是秦地的民谣。

秦，早期活动于今甘肃天水一带。秦襄公时，因助周平王东迁有功，被赐以岐、丰之地，封为诸侯。岐、丰，亦即今陕西关中宝鸡、咸阳乃至西安一带。

一、《无衣》等诗与秦人的尚武精神

《秦风》十首，其第一首《车邻》，前人多有歧说，如何楷《诗经世本古义》引《子贡传》曰"襄公伐戎，初命秦伯，国人荣之。赋《车邻》"[1]；吴懋清《毛诗复古录》谓"秦穆公燕饮宾客及群臣，依西山之土音，作歌以侑之"[2]。而《毛诗正义》则说"美秦仲，为秦仲诗也"，又说其他诸篇"《驷驖》、《小戎》、《蒹葭》、《终南》序皆云襄公，是襄公诗也。《黄鸟》刺缪公，是缪公诗也。《晨风》、《渭阳》、《权舆》序皆云康公，是康公诗也。《无衣》在其中，明亦康公诗矣"[3]。秦襄公时，便迁都汧邑（今陕西陇县），都雍城（今陕西凤翔东南），死后亦葬于雍。康公为缪公之子。据此看来，十首当中的九首都可认定是作于关中大地了。至少，说《秦风》反映了关中一带的历史及风貌，当无大谬。

秦人善驯动物，尤善养马。秦人的一位祖先秦非子就因替周孝王牧马有功，被周孝王封邑于"秦"。某种程度上可以说，秦人是以养马起业的。所以，《秦风》中有关马的诗比较多。作年最早、

---

[1]　（明）何楷《诗经世本古义》卷19上，台湾商务印书馆影印，第81册，第625页。
[2]　转引自唐定壮《吴懋清〈毛诗复古录〉研究》，贵州大学2019届硕士学位论文。
[3]　（清）阮元校刻《十三经注疏》，中华书局，2009年10月第1版，第783页。

或不作于关中的《车邻》中就有"有车邻邻，有马白颠"的句子，而此后（当作于关中）的《渭阳》中又有"何以赠之？路车乘黄"的句子，《小戎》中亦有"文茵畅毂，驾我骐馵""四牡孔阜，六辔在手。骐骝是中，騧骊是骖"，"俴驷孔群，厹矛鋈錞"等句。在全部十首《秦风》中，这一首"马"出现的频率非常高。《驷驖》一首，更是几乎每句写马：

> 驷驖孔阜，六辔在手。公之媚子，从公于狩。
> 奉时辰牡，辰牡孔硕。公曰左之，舍拔则获。
> 游于北园，四马既闲。輶车鸾镳，载猃歇骄。[①]

秦始皇陵铜车马。虽然时间晚于先秦，但也能说明秦人与马的一些关系。2016年5月24日摄于秦始皇兵马俑博物馆

---

① （宋）朱熹注，王华宝整理《诗集传》，凤凰出版社，2007年1月第1版，第85—86页。

秦始皇帝陵出土铜车马。秦始皇帝陵博物院容波供图

　　一开始写四匹骏马昂首嘶鸣，秦公熟练地手据六条辔缰；再写为了追赶猎物，让马一会儿左，一会儿右；再写狩猎间隙，马儿悠闲地休息；最后写马挂鸾铃，载着猎物归去。可见，秦人与马的关系非常密切。

　　与马相关，也与秦人的秉性有关，与秦人所处的地形地貌及地理位置有关，与他们迫于各种自然环境与人文形势而守护并不断拓展生存空间有关。秦人尚武，《无衣》一首堪称典型：

岂曰无衣，与子同袍。王于兴师，修我戈矛。与子同仇。
岂曰无衣，与子同泽。王于兴师，修我矛戟。与子偕作。
岂曰无衣，与子同裳。王于兴师，修我甲兵。与子偕行。[1]

---

[1]（宋）朱熹注，王华宝整理《诗集传》，凤凰出版社，2007年1月第1版，第90页。

　　"与子同袍"、"与子同仇"，表现了团结互助、志气高昂、同仇敌忾的大无畏精神和慷慨气概。《左传》载，鲁定公四年，吴军攻楚，楚人不敌，楚臣申包胥到秦国求援，"立，依于庭墙而哭，日夜不绝声，勺饮不入口七日，秦哀公为之赋《无衣》，九顿首而坐，秦师乃出"[1]。或以为此乃襄公击西戎时所作。《汉书·赵充国辛庆忌传赞》云："(秦) 民俗修习战备，高上勇力鞍马骑射。故秦诗曰：'王于兴师，修我甲兵，与子皆行。' 其风声气俗自古而然。"[2]朱熹《诗集传》也说："秦人之俗，大抵尚气概，先勇力，忘生轻死，故其见于诗如此。"[3]都说此诗反映了秦地之民俗。

秦穆公墓，位于今凤翔区。摄于 2020 年 8 月 3 日

① （清）洪亮吉著，李解民点校《春秋左传诂》，中华书局，1987 年 10 月第 1 版，第 818 页。
② 《汉书·赵充国辛庆忌传》，中华书局，1962 年 6 月第 1 版，第 2998—2999 页。
③ （宋）朱熹注，王华宝整理《诗集传》，凤凰出版社，2007 年 1 月第 1 版，第 91 页。

《秦风》中还有一首《黄鸟》，写秦人对"三良"（奄息、仲行、针虎三位大臣）的惋惜和悼念之情。秦穆公（缪公）死后，以生人殉葬，殉葬者多达177人，而其中"三良"是人们公认的贤臣，故而表达对他们三人的悼惜。对他们遭遇的不平之鸣，也是表达对生殉这一恶习的愤怒和反抗。此诗明确写穆公之事，当作于关中。

《秦风》中还有一首《终南》，其主旨也多有歧说。《毛诗序》称："戒襄公也。能取周地，始为诸侯，受显服，大夫美之，故作是诗以戒劝之。"[①]方玉润《诗经原始》则称，"此必周之耆旧，初见秦君抚有西土，皆膺天子命以治其民，而无如何，于是作此以颂祷之"，"美中寓戒，非专颂祷"[②]。此诗中提到终南山的几种树名：山楸，梅树，杞树，赤棠树，亦有史料意义。

二、《蒹葭》反映出的另类柔情

《秦风》中比较特殊的一首，乃是《蒹葭》：

蒹葭苍苍，白露为霜。所谓伊人，在水一方。
溯洄从之，道阻且长。溯游从之，宛在水中央。
蒹葭萋萋，白露未晞。所谓伊人，在水之湄。
溯洄从之，道阻且跻。溯游从之，宛在水中坻。
蒹葭采采，白露未已。所谓伊人，在水之涘。
溯洄从之，道阻且右。溯游从之，宛在水中沚。[③]

---

① （清）王先谦著，吴格点校《诗三家义集疏》，中华书局，1987年2月第1版，第450页。
② （清）方玉润著，李先耕点校《诗经原始》，中华书局，1986年2月第1版，第274页。
③ （宋）朱熹注，王华宝整理《诗集传》，凤凰出版社，2007年1月第1版，第88页。

　　这首诗，迷离低徊，风格不类《秦风》中的其他篇章。关于其主旨，历代亦多歧说。《毛诗序》谓："蒹葭，刺襄公也。未能用周礼，将无以固其国焉。"①姚际恒《诗经通论》谓诗乃招贤："贤人隐居水滨，而人慕而思见之。"②方玉润《诗经原始》又中和此两种观点，诗题下评曰"惜招隐难致也"，诗后又评曰："盖地处周地，不能用周礼。周之贤臣遗老，隐处水滨，不肯出仕。诗人惜之，托为招隐，作此见志。一为贤惜，一为世望。曰'伊人'，曰'从之'，曰'宛在'，玩其词，虽若可望不可即；味其意，实求之而不远，思之而即至者。特无心以求之，则其人倜乎远矣。"③对该诗之风格，《诗经原始》谓："此诗在《秦风》中，气味绝不相类。以好战乐斗之邦，忽遇高超远举之作，可谓鹤立鸡群，倏然自异者矣。"④朱熹《诗集传》谓："言秋水方盛之时，所谓彼人者，乃在水之一方，上下求之而皆不可得。然不知其何所指也。"⑤当代学者多认为这是一首恋歌。陈子展先生指出："《蒹葭》是一首抒写水上怀人的诗。所谓'在水一方'的'伊人'，究竟是指周礼的故都遗老旧臣呢？还是秦国隐于水滨的贤者？是诗人的一个朋友呢？还是诗人所想念的爱人？似乎都属想象之词，无从臆断。但见秋水迷茫，'伊人'宛在，既寓慕悦诚挚之情，复寄向

① （清）王先谦著，吴格点校《诗三家义集疏》，中华书局，1987年2月第1版，第447页。

② （清）姚际恒著，顾颉刚标点《诗经通论》，中华书局，1958年12月第1版，第141页。

③ （清）方玉润著，李先耕点校《诗经原始》，中华书局，1986年2月第1版，第273页。

④ （清）方玉润著，李先耕点校《诗经原始》，中华书局，1986年2月第1版，第273页。

⑤ （宋）朱熹注，王华宝整理《诗集传》，凤凰出版社，2007年1月第1版，第88页。

往追求之意；然而徘徊往复，终不可及。情景潇洒入画，颇有领略不尽的韵味。至于此诗的篇章结构及其艺术特征，方玉润有精到的分析：'三章只一意，特换韵耳。其实首章已成绝唱。古人作诗，多一意化为三迭。所谓一唱三叹，佳者多有余音。此则兴尽首章，不可不知也。'"①今关中合阳县有洽川湿地。或以为此洽川取自《诗经·大雅·大明》之"文王初载，天作之合。在洽之阳，在渭之涘"。洽，或作"合""郃"，音读hé，水名。此地有"蒹葭渡"，今人又建"蒹葭楼"。当然，说此地为《蒹葭》创作之所，并不能令人信服。但《蒹葭》既入《秦风》，其创作在关中渭河流域，当无大谬。

---

① 陈子展、杜月村《国学大讲堂·诗经导读》，中国国际广播出版社，2008 年 1 月第 1 版，第 154 页。

余 论

鉴于《诗经》"豳风""秦风"中部分作品之作地尚有争议，我们尽可能地避开有争议的作品，对个别有争议而我们认为可以肯定的作品，略加叙说。又如某些祝祭之辞，不能确定为西周抑或是东周的作品，亦即不能确定作地的，我们也不纳入讨论范围。

有一则《成王冠辞》，逯钦立先生辑校《先秦汉魏晋南北朝诗》做了收录："《家语》曰：武王崩，成王年十三而嗣立。周公摄政以治天下，冠成王而朝于祖，以见诸侯。周公命祝雍作颂曰：'令月吉日，王始加元服。去王幼志服衮职。钦若昊天，六合是式。率尔祖考，永永无极。'"又收另一则："大戴礼曰：成王冠，周公使祝雍曰'达而勿多也'。祝雍曰：'使王近于民，远于佞，近于义，啬于时，惠于财，亲贤使能。'"①

这两则"冠辞"，明冯惟讷《古诗纪》卷六也予以收录，看来把它视为广义的"诗"也是没有什么问题的。第二则记录了周成王元年秋天在祖庙举行加冠礼的情形。这种祝颂之辞，其实是一种政治仪式类的歌谣，有其仪式意义，也有一定的史料意义。

史上还有一篇《文王受命》，或作《文王操》，辞曰："翼翼翱翔彼鸾皇兮，衔书来游以命昌兮。瞻天案图殷将亡兮，苍苍昊天始有萌兮。神连精合谋于房兮，与我之业望羊来兮。"或曰："受命者，谓文王受天命而王。文王以纣时为岐侯，躬修道德，执行仁义，百姓亲附。是时纣为无道，刳胎斩涉，废坏仁人，天统易运，诸侯瓦解，皆归文王。其后有凤皇衔书于文王之郊。文王以

---

① 逯钦立辑校《先秦汉魏晋南北朝诗》，中华书局，1983年9月第1版，第48页。

殷帝无道，虐乱天下，皇命已移，不得复久，乃作凤皇之歌。"①
又有一首《岐山操》，其辞曰："狄戎侵兮土地迁移，邦邑适于岐
山。烝民不忧兮谁者知，嗟嗟奈何兮予命遭斯。"或曰："岐山操
者，周太王之所作也。太王居邠，狄人攻之。事之以珠玉太马皮
币，狄侵不止。问其所欲，得土地也。太王曰：土地所以养万民
也，吾不争所用养而害吾所养。遂策杖而去之，踰梁山而邑乎岐
山。喟然叹息，援琴而鼓之。"而据今人的研究，前一首"为后汉
人之所作"，后一首"乃后世辑缀而成"，"不得据之谓《岐山操》
为后汉前之作"②，故本章不予讨论。

---

① 参逯钦立辑校《先秦汉魏晋南北朝诗》，中华书局，1983年9月第1版，第308页。
② 参逯钦立辑校《先秦汉魏晋南北朝诗》，中华书局，1983年9月第1版，第
　309、322页。

第二章　秦至隋代的关中诗

第一节　秦代关中歌谣

现存秦代的关中诗歌，皆为民谣。

公元前221年，秦始皇一统六合，建立了中国历史上第一个大一统的封建帝国——秦。不过秦祚短暂，从大文学的角度来看，虽也有李斯等人的散文作品传世，然而毕竟不多，尤其是诗歌方面并未留下什么作品。当今所能见到的，只有数首民谣。

一、《甘泉歌》：秦始皇陵役夫的怨歌

秦代歌谣，有一首《甘泉歌》。

《辛氏三秦记》引《太平御览》曰：

> 始皇作骊山，陵周回跨阴盘县界，水背陵，障使东西流，运大石于渭北渚，民怨之，作《甘泉之歌》曰："运石甘泉口，渭水不敢流。千人唱，万人讴。金〔今〕陵余石大如坞。"①

---

① 刘庆柱《三秦记辑注》，三秦出版社，2006年1月第1版，第60—61页。按，《三秦记》，撰者辛氏。原书已佚，有清人张澍辑本《辛氏三秦记》（清二西堂丛书本）。今人整理本有刘庆柱《三秦记辑注》。刘庆柱《三秦记辑注·序言》称："从保存下来的三秦记内容来看，其成书又不会早于东汉晚期。"

　　骊山陵，即秦始皇陵，在今西安市临潼区内。而所谓"阴盘县"，汉时属安定郡。李贤注《后汉书》曰："属安定郡，今泾州县。"①其地在今甘肃省境内。而此处所谓阴盘县，则指今西安市临潼区。宋敏求《长安志》卷十五"临潼"载："新丰故城，即高帝为太上皇所立。后汉灵帝末，徙安定郡阴盘县，寄治于此城，今亦谓之阴盘城。""阴盘城，在县东北一十四里。"②

　　秦始皇陵，从始皇刚当上皇帝就开始修建了。《史记·秦始皇本纪》载："始皇初即位，穿治郦山。及并天下，天下徒送诣七十余万人，穿三泉，下铜而致椁。"③裴骃集解曰："铜，一作锢。锢，铸塞也。"何以选址骊山，宋末元初人马端临所撰《文献通考》卷一百二十四"王礼考·山陵"引《汉旧仪》曰："（骊山）多黄金，

秦始皇帝陵，全国重点文物保护单位。摄于 2016 年 5 月 24 日

① 《后汉书·隗嚣传》李贤注，中华书局，1965 年 5 月第 1 版，第 528 页。
② （宋）宋敏求著，（元）李好文著，辛德勇、郎洁点校《长安志·长安志图》，三秦出版社，2013 年 12 月第 1 版，第 448、458 页。
③ 《史记·秦始皇本纪》，中华书局，1959 年 9 月第 1 版，第 265 页。

其南多美玉，曰蓝田。故始皇贪而葬焉。使丞相李斯将天下刑人
徒隶七十二万人作陵……（李斯）奏之曰：'丞相臣斯昧死言：臣
所将隶徒七十二万人治骊山者，已深已极，凿之不入，烧之不然，
扣之空空，如下天状。'制曰：'凿之不入，烧之不然，其旁行
三百丈，乃止。'"①其规模相当宏大，工程任务亦相当繁重艰苦。
张守节《史记正义》引《关中记》云："始皇陵在骊山。泉本北流，
障使东西流。有土无石，取大石于渭山诸山。"②《长安志》《太平
御览》等书亦引《关中记》所说。这些史料记载，与诗中所写完全

秦始皇陵一号坑兵马俑。摄于 2016 年 5 月 24 日

① （宋）马端临《文献通考》，上海师范大学古籍研究所、华东师范大学古籍研
究所点校，中华书局，2011 年 9 月第 1 版，第 3835—3836 页。
② 按，中华书局本《史记》改"渭山诸山"为"渭南诸山"，而《雍录》、《元
和郡县志》、清人《史记疏证》及《（雍正）陕西通志》等书均作"渭北诸山"，
或"渭北渚"，或"渭上诸山"。或当以渭北诸山为是。

吻合。而"千人唱，万人讴"，则再现了千万人喊着号子劳动的场面。"金陵余石大如坯"，刘庆柱先生根据《长安志·临潼县》条引《关中记》"今陵下余石大如坯土屋"一句，解"金陵"为"今陵"①，很恰当，指建陵剩下来的石头堆在那里，远望如沙堆、如土丘，亦是在说明劳动强度之大。

南朝人任昉《述异记》卷下还记录了一条童谣：

始皇二十六年，童谣云："阿房阿房亡始皇。"②

阿房宫是"秦始皇的四大工程"之一，故址位于今西安市西郊，其规模非常宏大，1991 年被联合国确定为世界上最大的宫殿基址。阿房宫始建于秦始皇三十五年（前 212）。两年后，即秦始皇三十七年（前 210）七月，秦始皇就在东巡途中驾崩。而这首童谣却产生且流传于 11 年之前，亦即修建阿房宫之 9 年前，无怪乎要收入《述异记》了，确实够异的。这也许是巧合，也许如"大楚兴，陈胜王"一类的谣谶，是后人的伪作了。

二、《采芝操》：商山四皓的心理自白

《乐府诗集》录有一首《采芝操》，诗曰：

皓天嗟嗟，深谷逶迤。树木莫莫，高山崔嵬。岩居穴处，以为幄茵。晔晔紫芝，可以疗饥。唐虞往矣，吾当安归。③

---

① 刘庆柱《三秦记辑注》，三秦出版社，2006 年 1 月第 1 版，第 63 页。
② （南朝梁）任昉《述异记》卷上，明汉魏丛书本，引自北京爱如生数字化技术研究中心《中国基本古籍库》。后文引此数据库，俱称"爱如生《中国基本古籍库》"。
③ （宋）郭茂倩编《乐府诗集》，中华书局，1979 年 11 月第 1 版，第 851 页。

元佚名《商山四皓图》。图片来源：名画油画网

郭茂倩在诗题下这样写：

> 《琴集》曰："《采芝操》，四皓所作也。"《古
> 今乐录》曰："南山四皓隐居，高祖聘之，四皓不甘（按，
> "甘"《诗纪》卷一作"出"），仰天叹而作歌。"按《汉书》
> 曰："四皓皆八十余，须眉皓白，故谓之四皓，即东园公、
> 绮里季、夏黄公、甪里先生也。"崔鸿曰："四皓为秦
> 博士，遭世暗昧，坑黜儒术。于是退而作此歌，亦谓之《四
> 皓歌》。"二说不同，未知孰是。[①]

　　从诗意看，当以后说为是，即此诗为秦时所作。四皓即商山
四皓，又称南山四皓，"遭秦苛政，避地商之蓝田山中。……或
云为秦博士，世乱乃隐"[②]。在汉代，虽然《史记》借张良之口也
有这样的说法，"（四皓）皆以为上慢侮人，故逃匿山中，义不为
汉臣"[③]。然而当吕后用张良之计，"令吕泽使人奉太子书，卑辞厚
礼"相请时，四皓还是愉快地出山了。所以，谓其秦时隐入商山，
当更合情理。
　　此诗题称"采芝操"，操即琴曲；芝，自然也如屈原辞中的
兰草等一样，有其清高圣洁的寓意。诗堪称四皓的自我独白。他
们生活在高山深谷之中，峻岭崔嵬，林木茂盛，岩间洞府可以安
身，灵光闪闪的紫芝可以充饥。与世无争的生活虽然逸乐，但他
们的心里有着这样的困惑：尧舜的时代已成过去，何处将是我等

---

① （宋）郭茂倩编《乐府诗集》，中华书局，1979 年 11 月第 1 版，第 851 页。
② （宋）罗泌《辨四皓》，《路史》卷 35，清文渊阁四库全书本，台湾商务印
　书馆影印，第 383 册，第 504 页。
③ 《史记·留侯世家》，中华书局，1959 年 9 月第 1 版，第 2045 页。

商州四皓墓，陕西省重点文物保护单位。摄于 2015 年 10 月 29 日

身心的栖息之地？诗描绘了四皓不与浊世同流合污的隐居生活，也表现了他们对清明时代和太平盛世的向往。所以，他们后来的出山也就在情理之中了。

商山，位于关中南部，在武关北，故此诗自可列入关中诗歌范围。

这里顺便要说的是，武关为关中之南部边界，是商於古道上的咽喉，向来被称为"三秦要塞""秦楚咽喉""三秦锁钥"，历来是兵家必争之地。商於古道，用今天的地理来说，自西安东南行，经蓝田，越秦岭，通到商州，再东南行经武关，进入河南的南阳和湖北襄阳，自先秦起就是一条重要的交通和军事要道。战国时，秦楚争强，秦昭王以与楚怀王谈判为名，诱使楚怀王来到武关会见，怀王过了秦楚分界线，便被早有预谋的秦人趁机扣押并解往咸阳作为人质，最后客死咸阳。从此，楚国渐趋衰弱而秦国渐趋强盛，乃至最终秦统一了六国。而就文学的角度来讲，这一事件更加深了楚国文人心里的悲凉与哀怨，加之由此而引起的楚国内外环境的变化，屈原等终日郁郁哀愁，于是，一些杰出的楚辞作品诞生了。

秦楚分界墙遗址，位于陕西丹凤县与商南县接壤处，古武关旁。陕西省重点文物保护单位。摄于 2015 年 10 月 29 日

三、《三秦民谣》：早期秦岭古道的描写

有一首《三秦民谣》，曰：

> 武功太白，去天三百。孤云两角，去天一握。
> 山水险阻，黄金子午。蛇盘鸟栊，势与天通。①

---

① 刘庆柱《三秦记辑注》，三秦出版社，2006 年 1 月第 1 版，第 77 页。

　　这首诗谣，原出于《三秦记》。该书内容皆为秦汉时期关中地区的山川、都邑、宫室等，不及魏晋。当为汉人所作，迟则"不晚于魏晋时代"[①]。因为时代久远，又乏明确证据，或以为此谣为秦代作品，或以为乃汉代民谣。今存《辛氏三秦记》中，此谣位置靠前，列于"太白山"条下。现存该书后半多记汉代故事，而前半多涉秦代故事，故此谣或为秦代作品。因秦祚过短，抑或此谣到汉代又有补充而最后定型。姑置于秦代一节之最后讨论[②]。诗之首句"武功太白"，理解上没有歧义，太白山为秦岭主峰，界跨今陕西省太白、眉县、周至三县，主峰拔仙台在太白县境内东部。《水经注》卷十八记："太白山，南连武功山。"[③]《明一统志》卷三十二载："武功山，在武功县南一百里，北连太白山。"清毕沅《关中胜迹图志》卷十六谓："太白、武功二山，在郿县，盖旧武功县地。"[④]按，武功山今称鳌山，在太白主峰以西，与拔仙台东西相望，又称西太白。清（雍正）《陕西通志》卷八即记："武功山在太白山南，即古垂山，今呼为鳌山。"[⑤]因改名之故，今人多知鳌山，而对武功山之名不甚了了。"武功太白，去天三百"，是说武功山和太白山都很高，离天只有三百尺的距离。刘庆柱先

① 刘庆柱《三秦记辑注·序言》，三秦出版社，2006 年 1 月第 1 版。

② 有人认为，武功、太白、孤云、两角、蛇盘、乌桤皆为山名。武功、太白在秦中，孤云、两角在汉中，蛇盘、乌桤，在今云南境内。故认为此诗可能是汉武帝取云南郡时留下的。录以备考。

③ （北魏）郦道元著，陈桥驿校证《水经注校证》，中华书局，2007 年 7 月第 1版，第 439 页。

④ （清）毕沅著，张沛校点《关中胜迹图志》，三秦出版社，2004 年 12 月第 1 版，第 480 页。

⑤ （清）刘於义等监修，（清）沈青崖等编纂（雍正）《陕西通志》卷 8，清文渊阁四库全书本，台湾商务印书馆影印，第 551 册，第 417 页。

武功山。张轩摄于 2020 年 6 月

生注此二句说："《太平御览》卷三十《地部·太白山》条引《三秦记》云：'武功太白，去天三尺。'疑本文'三百'应为'三尺'之讹。"①甚是。"三尺"，极写山峰之高，后世李太白"连峰去天不盈尺"等诗句，皆是"去天"极近的同类描写，也可见出此谣对后世的影响。"巧合"的是，李白的《蜀道难》正是写的由长安至蜀地的道路，亦即秦岭和大巴山之山道。

　　"孤云"以下六句，理解有异：

　　大致说来，一种理解是：孤云、两角，皆为山名，(雍正)《陕西通志》卷十一"褒城县"（县今并入汉中市）条载："孤云山在县南百二十里，与两角山相连，上有石刻云'汉相国何追韩信至

────────────

① 刘庆柱《三秦记辑注》，三秦出版社，2006 年 1 月第 1 版，第 78 页。

此'。"①（雍正）《四川通志》卷二十三"南江县"条亦载："孤云山在县北五十里，与两角山相连……所谓'孤云两角，去天一握'也。上有石刻即萧何追韩信处。"②"黄金子午"，子午即子午谷、子午道，贯穿秦岭。黄金，指黄金谷，郦道元《水经注》卷二十七"沔水"条："山有黄金峭，水北对黄金谷。"唐李吉甫《元和郡县志》卷二十五"黄金县"条："黄金水，出县西北百亩山黄金谷，南流入经县西，去县九里。其谷水陆艰险，语曰'山水艰阻，黄金子午'。魏遣曹爽由骆谷伐蜀，蜀将王平拒之于兴势山，张旗帜至黄金谷，谓此山也。"③"蛇盘""乌栊"亦山名，在今云南境内（或以为此为"滇中险地"）。从此诗谣的结构来看，两句一组，其中一句写两个地名，另一句加以形容。据此，此种理解可通。

另一种解释：孤云，山名。"孤云两角"即两峰对峙。《太平广记》卷三九七《山类·大竹路》引《玉堂闲话》："兴元之南，有大竹路通于巴州……其绝顶谓之孤云两角，彼中榜云：'孤云两角，去天一握。'淮阴侯庙在焉。"《读史方舆纪要》卷五六《陕西五·汉中府·米仓道》："兴元之南有道，通于巴州，路皆险峻……又有孤云山，行者必三日始达于岭，所谓'孤云两角，去天一握'也。"这里，孤云两角，便不是二山名，而是说孤云山有两峰对峙。"黄金子午"，是说子午谷，在险峭的崇山峻岭之中，

①　（清）刘於义等监修，（清）清沈青崖等编纂（雍正）《陕西通志》卷11，清文渊阁四库全书本，台湾商务印书馆影印，第551册，第564页。

②　（清）黄廷桂等修，（清）张晋生等纂（雍正）《四川通志》卷23，清文渊阁四库全书本，台湾商务印书馆影印，第560册，第358页。

③　（唐）李吉甫撰，贺次君点校《元和郡县图志》，中华书局，1983年6月第1版，第563页。

实为一条黄金通道。而"蛇盘乌栊"是写山势险峻，势与天通。
"乌栊"有的版本作"鸟栊"。与前述"去天三尺"一样，后世的
不少诗作，可以看到此谣的影响，亦可作为某种佐证，如李太白
《蜀道难》之"西当太白有鸟道，可以横绝峨眉巅。地崩山摧壮士
死，然后天梯石栈相钩连"（"地崩山摧"是因五壮士拽钻入山洞
之蛇所致）；清人袁昶《哀旅顺口》一诗亦有"蛇盘鸟栊天险失"
之句。

　　晋常璩《华阳国志》卷四"南中志·南广郡"记曰："自僰道
至朱提有水、步道。水道有黑水及羊官水，至险，难行。步道度
三津，亦艰阻。故行人为语曰：'犹溪、赤木，盘蛇七曲；盘羊、
乌栊，气与天通。"①郦道元《水经注》卷三十六引《益州记》曰：
"泸水源出曲罗旧巂，下三百里曰泸水。两峰有杀气，暑月旧不
行，故武侯以夏渡为艰。泸水又下合诸水，而总其目焉，故有泸
江之名矣。自朱提至僰道，有水步道，有黑水、羊官水，至崄难。
三津之阻，行者苦之。故俗为之语曰：'楢溪赤水，盘蛇七曲。盘
羊乌栊，气与天通。'"②清人师范《开金沙江议下》引了《华阳国
志》这段记述后又解释说："今乌龙在东川，即绛云弄。其山多雪，
四时不消。金沙江出其下。"③《华阳国志》及《水经注》在记巴蜀
之地时提到这四句民谣，与"三秦记民谣"颇为相近。后世相关
著作也多有引用，只是引用时多将"气与天通"引作"势与天通"

①　（晋）常璩著，刘琳校注《华阳国志校注》，巴蜀书社，1984年7月第1版，
　　第420页。
②　（北魏）郦道元著，陈桥驿校证《水经注校证》，中华书局，2007年7月第1
　　版，第827页。
③　赵寅松主编《历代白族作家丛书·师范卷》，杨锐明、盛代昌、刘丽选注，民
　　族出版社，2006年4月第1版，第20页。

（这与"三秦记民谣"更接近）。这样，说这首《三秦民谣》写的是从关中经秦岭到巴蜀的崇山中古道，似未尝不可。不管作何种理解，此诗是从关中写起，至少前两句是写关中风物，写秦岭之险峻。诗收入《三秦记》，自是本书论述之范围。

　　如前所述，秦代关中的诗歌，留存下来很少，前文所述有限的几首，其中《三秦民谣》及《采芝操》两首也还有可能是汉代的作品。当然，即便是汉代的作品，也是作于西汉前期，时代距秦并不遥远，只是创作背景大不相同了。

第二节　汉代关中诗歌

汉代秦兴，开创了中国历史上第一个了不起的大一统盛世王朝，以至后世言及中华历史，动辄即称"汉唐盛世"。汉王朝定都关中，关中的文学也随之自然地兴盛了起来。然而具体到诗歌，作品数量却不是太多，一则因为时代久远，自有许多作品失传了；再则诗歌也还不是当时的"主流"文学创作；而流传下来的汉代诗作，能确定为关中所写的，数量就更少了。就"文人"个体的诗歌创作而言，还是以后的事情。

郊祀歌，是汉代诗歌的一个重要类别。对当时社会来说，其重要性是其他诗歌难以匹敌的，而且数量也不少，武帝时堪称高潮。《汉书·礼乐志》曰："至武帝定郊祀之礼，祠太一于甘泉，就乾位也。祭后土于汾阴，泽中方丘也。乃立乐府，采诗夜诵，有赵、代、秦、楚之讴。以李延年为协律都尉，多举司马相如等数十人造为诗赋，略论律吕，以合八音之调，作十九章之歌，以正月上辛用事甘泉圜丘，使童男女七十人俱歌，昏祠至明。"[1]然而，这些祀歌，多歌功颂德，诘诎聱牙，前人早已叹"其辞多难晓"。因此，除武帝所作《天马歌》《芝房歌》后文略做探讨外，其余暂置不论。

就个人的创作而言，汉代诗歌首先值得关注的是皇族、宫廷的作品。

一、高祖的无奈与宫中争斗：刘邦《鸿鹄歌》及其他

汉高祖刘邦有一首《鸿鹄歌》。歌曰：

---

[1]《汉书·礼乐志》，中华书局，1962年6月第1版，第1045页。

汉高祖长陵，全国重点文物保护单位。申威隆航拍于 2017 年 6 月 18 日

> 鸿鹄高飞，一举千里。羽翮已就，横绝四海。
> 横绝四海，当可奈何！虽有矰缴，尚安所施！

这首诗的写作背景和具体缘由，《史记·留侯世家》和《汉书·张良传》都有记载，只是个别字有差异，"羽翮"《汉书》作"羽翼"，"当可"《汉书》作"又可"。为了解其具体情形，现不避辞费，将《史记·留侯世家》之记述详引如下：

> 上欲废太子，立戚夫人子赵王如意。大臣多谏争，未能得坚决者也。吕后恐，不知所为。人或谓吕后曰："留侯善画计策，上信用之。"吕后乃使建成侯吕泽劫留侯，曰："君常为上谋臣，今上欲易太子，君安得高枕而卧乎？"留侯曰："始上数在困急之中，幸用臣策。今天下安定，以爱欲易太子。骨肉之间，虽臣等百余人何益。"吕泽强要曰："为我画计。"留侯曰："此难以口舌争也。

顾上有不能致者，天下有四人。四人者年老矣，皆以为上慢侮人，故逃匿山中，义不为汉臣。然上高此四人。今公诚能无爱金玉璧帛，令太子为书，卑辞安车，因使辩士固请，宜来。来，以为客，时时从入朝，令上见之，则必异而问之。问之，上知此四人贤，则一助也。"于是吕后令吕泽使人奉太子书，卑辞厚礼，迎此四人。四人至，客建成侯所。

　　汉十一年，黥布反，上病，欲使太子将，往击之。四人相谓曰："凡来者，将以存太子。太子将兵，事危矣。"乃说建成侯曰："太子将兵，有功则位不益太子；无功还，则从此受祸矣。且太子所与俱诸将，皆尝与上定天下枭将也，今使太子将之，此无异使羊将狼也，皆不肯为尽力，其无功必矣。臣闻'母爱者子抱'，今戚夫人日夜待御，赵王如意常抱居前，上曰'终不使不肖子居爱子之上'，明乎其代太子位必矣。君何不急请吕后承间为上泣言：'黥布，天下猛将也，善用兵，今诸将皆陛下故等夷，乃令太子将此属，无异使羊将狼，莫肯为用，且使布闻之，则鼓行而西耳。上虽病，强载辎车，卧而护之，诸将不敢不尽力。上虽苦，为妻子自强。'"于是吕泽立夜见吕后，吕后承间为上泣涕而言，如四人意。上曰："吾惟竖子固不足遣，而公自行耳。"于是上自将兵而东，群臣居守，皆送至灞上。留侯病，自强起，至曲邮，见上曰："臣宜从，病甚。楚人剽疾，愿上无与楚人争锋。"因说上曰："令太子为将军，监关中兵。"上曰："子房虽病，强卧而傅太子。"是时叔孙通为太傅，留侯行少傅事。

　　汉十二年，上从击破布军归，疾益甚，愈欲易太子。

留侯谏，不听，因疾不视事。叔孙太傅称说引古今，以
死争太子。上详许之，犹欲易之。及燕，置酒，太子侍。
四人从太子，年皆八十有余，须眉皓白，衣冠甚伟。上
怪之，问曰："彼何为者？"四人前对，各言名姓，曰
东园公，角里先生，绮里季，夏黄公。上乃大惊，曰："吾
求公数岁，公辟逃我，今公何自从吾儿游乎？"四人皆曰：
"陛下轻士善骂，臣等义不受辱，故恐而亡匿。窃闻太
子为人仁孝，恭敬爱士，天下莫不延颈欲为太子死者，
故臣等来耳。"上曰："烦公幸卒调护太子。"

四人为寿已毕，趋去。上目送之，召戚夫人指示四
人者曰："我欲易之，彼四人辅之，羽翼已成，难动矣。
吕后真而主矣。"戚夫人泣，上曰："为我楚舞，吾为
若楚歌。"歌曰："鸿鹄高飞，一举千里。羽翮已就，
横绝四海。横绝四海，当可奈何！虽有矰缴，尚安所施！"
歌数阕，戚夫人嘘唏流涕。上起去，罢酒。竟不易太子者，
留侯本招此四人之力也。[1]

此时，太子是刘邦与吕后所生之子刘盈，即后来的汉惠帝。
这位太子生性懦弱，不为刘邦所喜，而刘邦欣赏的是"类我"的
另一个儿子如意，如意的母亲又是刘邦极为宠爱的戚姬。对此
《史记·吕太后本纪》也有详细记载：

孝惠为人仁弱，高祖以为不类我，常欲废太子，立
戚姬子如意，如意类我。戚姬幸，常从上之关东，日夜

---

[1]《史记·留侯世家》，中华书局，1959年9月第1版，第2044—2047页。

啼泣，欲立其子代太子。吕后年长，常留守，希见上，益疏。如意立为赵王后，几代太子者数矣。[1]

于是，一场宫廷内斗、权力之争，不可避免地展开了。吕后用张良之计，保住了太子。而刘邦面对着自己心爱的戚夫人，不能兑现承诺立其子为太子，便无奈而悲情地说"为我楚舞，吾为若楚歌"，当场唱出了这首诗歌。

如果将这首诗与刘邦的另一首名诗《大风歌》相比，便可发现其中颇多相似之处：诗曰"鸿鹄高飞，一举千里。羽翮已就，横绝四海"，极具气势，有类于"大风起兮云飞扬，威加海内兮归故乡"的雄伟气概。而后四句"横绝四海，当可奈何？虽有矰缴，尚安所施"，无可奈何的悲叹，与"安得猛士兮守四方"的悲叹也多少有些相似。《大风歌》作于《鸿鹄歌》的前一年。当时，高祖刘邦领兵击叛王黥布，战事大局已定，还归，途经故乡沛地，设宴招待家乡的故交父老。此时，他虽然"威加海内"，踌躇满志，甚至是志满意得、不可一世，但黥布等人的叛乱并未完全平息，刘邦本人年事已高，且平叛时为流矢所中，太子懦弱，天下不稳，他不能不心生忧虑。所以，这首起势雄壮的《大风歌》便以"安得猛士兮守四方"的悲凉喟叹而收尾。唱完以后，"慷慨伤怀，泣数行下"[2]。而此时，他想换一个他认为有能力的继承人守护他的江山竟不可能，除过对戚夫人和赵王如意的宠爱怜惜之情外，自有对汉室江山的情感。所以，也同样唱得情深意重，戚夫人也嘘唏流涕。这场景，其悲怆情形竟与霸王别姬有些类似！

---

[1] 《史记·吕太后本纪》，中华书局，1959 年 9 月第 1 版，第 395 页。
[2] 《史记·高祖本纪》，中华书局，1959 年 9 月第 1 版，第 389 页。

汉高祖皇后陵，全国重点文物保护单位。摄于 2010 年春。李世忠供图

　　这一争斗，至此并未结束。刘邦死后，太子继位，是为惠帝。但吕后心中郁积的怨怒并未消除，而且在此时得以充分地发挥，囚禁了戚夫人，剃掉了她的头发，让她穿上囚衣去舂米。戚夫人舂米时唱了一首歌，希望她的儿子能够听见。歌曰：

> 子为王，母为虏。
> 终日舂薄暮，常与死为伍。
> 相离三千里，当谁使告汝？①

　　这首歌传到吕后那里，吕后（此时已是太后）大怒，伺机毒杀了赵王如意，又砍掉了戚夫人的手足，弄瞎了她的双眼，熏聋了她的耳朵，毒哑了她的嗓子，然后把她扔在地窖中，称为"人

———————————

① 《汉书·外戚传》，中华书局，1962 年 6 月第 1 版，第 3937 页。

彘"①。数月后，吕太后又让她的亲儿子惠帝来看"人彘"。"帝视而问知其戚夫人，乃大哭，因病，岁余不能起。使人请太后曰：'此非人所为。臣为太后子，终不能复治天下！'以此日饮为淫乐，不听政，七年而崩。"②宫中权力斗争的惨烈，在诗歌中也得到了记录。

不仅如此，这种斗争还在继续，也同样在诗歌中有所记录。

高祖刘邦的另一个儿子刘友，在如意被杀后改封为赵王，其王妃为吕氏之女，而刘友宠爱的是别的姬妾，吕妃便"谗之于太后曰：'王曰吕氏安得王？太后百岁后，吾必击之。'太后怒，以故召赵王。赵王至，置邸不见，令卫国守之，不得食。其群臣或窃馈之，辄捕论之。赵王饿，乃歌曰：'（歌见下）'遂幽死。以民礼葬之长安"③。这赵王刘友饿死之前的"歌"便是：

> 诸吕用事兮，刘氏微；
> 迫胁王侯兮，强授我妃。
> 我妃既妒兮，诬我以恶；
> 谗女乱国兮，上曾不寤。
> 我无忠臣兮，何故弃国？
> 自快中野兮，苍天与直！
> 于嗟不可悔兮，宁早自贼！
> 为王饿死兮，谁者怜之？
> 吕氏绝理兮，托天报仇！④

---

① 《史记·吕太后本纪》称"使居厕中"，中华书局，1959年9月第1版，第397页。
② 《汉书·外戚传》，中华书局，1962年6月第1版，第3938页。
③ 《汉书·高五王传》，中华书局，1962年6月第1版，第1989页。
④ 《汉书·高五王传》，中华书局，1962年6月第1版，第1989页。

　　赵王刘友用诗歌的形式表达了他对吕氏用权的怨愤，表达了"托天报仇"的愿望。

　　在刘友死后的第二年，又一位刘氏子孙刘章（封朱虚侯），也用诗歌表达了对吕氏的抗争。《汉书·高五王传》载：

> 　　赵王友幽死于邸。三赵王既废，高后立诸吕为三王，擅权用事。
>
> 　　章年二十，有气力，忿刘氏不得职。尝入侍燕饮，高后令章为酒吏。章自请曰："臣，将种也，请得以军法行酒。"高后曰："可。"酒酣，章进歌舞，已而曰："请为太后言耕田。"高后儿子畜之，笑曰："顾乃父知田耳，若生而为王子，安知田乎？"章曰："臣知之。"太后曰："试为我言田意。"章曰："深耕穊种，立苗欲疏；非其种者，锄而去之。"太后默然。顷之，诸吕有一人醉，亡酒，章追，拔剑斩之，而还报曰："有亡酒一人，臣谨行军法斩之。"太后左右大惊。业已许其军法，亡以罪也。因罢酒。自是后，诸吕惮章，虽大臣皆依朱虚侯，刘氏为强。①

　　"深耕穊种，立苗欲疏；非其种者，锄而去之"，这四句诗，言在此而意在彼，明说耕种之事，实言对吕氏之不满。"非其种者，锄而去之"，表达了捍卫汉室江山而坚决铲除"杂种"野苗即吕氏诸人的强烈心态。但因其字字不离耕种之事，事先又征得了吕太后的同意，故吕氏也只能"默然"，体现了诗歌的含蓄艺术

---

① 《汉书·高五王传》，中华书局，1962 年 6 月第 1 版，第 1991—1992 页。

汉长安城未央宫遗址。建于汉高祖七年，是西汉的政治中心和国家象征。现为全国重点文物保护单位、世界遗产。申威隆摄于 2013 年 11 月 7 日

及其实用功能。而他以"酒司令"的身份追斩了逃酒的吕姓人的行动，实际上也是对这首诗的即时注释。

二、汉武大帝的文采体现：刘彻的诗歌作品

汉武帝刘彻，是中国历史上杰出的皇帝之一。在他的统治下，汉王朝达到了极为鼎盛的历史时期。就诗歌创作而言，刘彻也是两汉皇帝当中诗歌作品创作量及留存量最多而且颇有特色的一位。

武帝有两首《天马歌》。

两首《天马歌》的创作时间，《史记》与《汉书》记载有所不同，甚至同一书中也有矛盾；两首诗歌的具体字句,《史记》与《汉书》所录也有很大的差别。分别录入下表：

① 《史记·乐书》,中华书局，1959 年 9 月第 1 版，第 1178 页。
② 《汉书·礼乐志》,中华书局，1962 年 6 月第 1 版，第 1060—1061 页。

西汉"汉并天下"瓦当，陕西历史博物馆藏。摄于 2015 年 12 月 23 日

出　处	《太一天马歌》	《西极天马歌》
《史记》	太一贡兮天马下， 沾赤汗兮沫流赭。 骋容与兮跇万里， 今安匹兮龙为友。	天马来兮从西极， 经万里兮归有德。 承灵威兮降外国， 涉流沙兮四夷服。①
《汉书》	太一况，天马下， 沾赤汗，沫流赭， 志俶傥，精权奇， 籋浮云，晻上驰。 体容与，迣万里， 今安匹，龙为友。	天马徕，从西极，涉流沙，九夷服。 天马徕，出泉水，虎脊两，化若鬼。 天马徕，历无草，经千里，遁东道。 天马徕，执徐时，将摇举，谁与期？ 天马徕，开远门，竦予身，逝昆仑。 天马徕，龙之媒，游阊阖，观玉台。②

茂陵出土西汉鎏金马，以大宛汗血宝马为原型制作。国宝级文物。图片来源：茂陵博物馆官网

---

① 《史记·乐书》，中华书局，1959 年 9 月第 1 版，第 1178 页。
② 《汉书·礼乐志》，中华书局，1962 年 6 月第 1 版，第 1060—1061 页。

对这种差别，现代学者多有论辩和考述。这些，不是我们关注的重点。我们关注的，是确实有这样的诗歌，而且是汉武帝所作，而且作于长安，而且反映了一些基本的主题、思想和愿望，如"跶万里""龙为友""归有德""承灵威""降外国""四夷服""将摇举""开远门""游阊阖""观玉台"等。这说明，这样的诗歌，是纪实，也反映了一种时代特征，即当时人共同的愿望（当然还有对马的喜爱和推崇）。

上两首天马诗，均被列入《郊祀歌》。

汉武帝茂陵博物馆内霍去病墓前马踏匈奴石雕，显示着大汉王朝的雄威，也显示着马在汉代的重要性。摄于 2012 年 10 月 15 日

郊祀是汉武帝时代最重要的祭祀活动。而《郊祀歌》在当时并不像我们现在这样当作文学作品来看待，而有其重要的实际功能及思想意义。《郊祀歌》实际是在汉武帝组织领导下，由当时

著名的文学家和音乐家集体创作的一组郊庙乐歌。而两首《天马歌》为汉武帝本人所亲制，尤见其被武帝重视的程度。《史记》卷二十四记载："中尉汲黯进曰：'凡王者作乐，上以承祖宗，下以化兆民。今陛下得马，诗以为歌，协于宗庙。先帝百姓岂能知其音邪？'上默然不说。"①由此看来，则《天马歌》亦用于宗庙。

甘泉宫出土"甘林"瓦当，淳化县博物馆藏。摄于 2016 年 9 月 2 日

① 《史记·乐书》，中华书局，1959 年 9 月第 1 版。第 1178 页。

由汉武帝创作并被列入《郊祀歌》的，还有一首《芝房歌》。《汉书》卷六《武帝纪》载：

（元封二年）六月，诏曰："甘泉宫内中产芝，九茎连叶。上帝博临，不异下房，赐朕弘休。其赦天下，赐云阳都百户牛酒。"作《芝房之歌》。[①]

其歌曰：

齐房产草。九茎连叶。宫童效异。披图案谍。
玄气之精。回复此都。蔓蔓日茂。芝成灵华。[②]

甘泉宫，位于今咸阳市淳化县境内。该地为典型的黄土高原地貌及气候，干旱少雨。此地曾产芝，倒是一件非常之事。

汉武帝还作有一首《思奉车子侯歌》：

嘉幽兰兮延秀，蓁妖淫兮中溏。华斐斐兮丽景，风徘徊兮流芳。
皇天兮无慧，至人逝兮仙乡。天路远兮无期，不觉涕下兮沾裳。[③]

《史记》卷二十八《封禅书》载：

天子既已封泰山，无风雨灾，而方士更言蓬莱诸神

---

① 《汉书·武帝纪》，中华书局，1962 年 6 月第 1 版，第 193 页。
② 《汉书·礼乐志》，中华书局，1962 年 6 月第 1 版，第 1065 页。
③ 逯钦立辑校《先秦汉魏晋南北朝诗》，中华书局，1983 年 9 月第 1 版，第 97 页。按，本章所引诗句，除具体注明出处外，多引自本书。

甘泉宫遗址，摄于 2016 年 9 月 2 日

若将可得，于是上欣然庶几遇之，乃复东至海上望，冀遇蓬莱焉。奉车子侯暴病，一日死。上乃遂去，并海上，北至碣石，巡自辽西，历北边至九原。五月，反至甘泉。有司言宝鼎出为元鼎，以今年为元封元年。①

　　子侯即霍去病之子霍嬗，字子侯，官拜奉车都尉，随武帝封泰山途中去世。这首诗歌，可能作于子侯去世之时；题目中有一"思"字，更可能是武帝从泰山返回甘泉宫之后心中思念而作。"天路远兮无期，不觉涕下兮沾裳"，其中表达的情感，还是相当真挚而

① 《史记·封禅书》，中华书局，1959 年 9 月第 1 版，第 1398—1399 页。

感人的。

汉武帝写得最富真情的诗，或许当数下面这首《李夫人歌》：

> 是邪，非邪？立而望之，偏何姗姗其来迟！

这首诗的创作情形，《史记》与《汉书》都有记述，所记情形大致类似，只是有"李夫人"与"王夫人"之别。

《史记》卷二十八《封禅书》载：

> 其明年，齐人少翁以鬼神方见上。上有所幸王夫人，夫人卒，少翁以方盖夜致王夫人及灶鬼之貌云，天子自帷中望见焉。于是乃拜少翁为文成将军，赏赐甚多，以客礼礼之。①

《汉书·郊祀志》载：

> 明年，齐人少翁以方见上。上有所幸李夫人，夫人卒，少翁以方盖夜致夫人及灶鬼之貌云，天子自帷中望见焉。乃拜少翁为文成将军，赏赐甚多，以客礼礼之。②

据《汉书·外戚传》记载，这李夫人便是李延年之妹，也就是那首著名的"北方有佳人"诗的主人公。《外戚传》对此诗的具体写作情形有这样的记述：

---

① 《史记·封禅书》，中华书局，1959 年 9 月第 1 版，第 1387 页。又，《史记·孝武本纪》所载，文字相同。
② 《汉书·郊祀志》，中华书局，1962 年 6 月第 1 版，第 1219 页。

上思念李夫人不已，方士齐人少翁言能致其神。乃夜张灯烛，设帷帐，陈酒肉，而令上居他帐，遥望见好女如李夫人之貌，还幄坐而步。又不得就视，上愈益相思悲感，为作诗曰："是邪，非邪？立而望之，偏何姗姗其来迟！"令乐府诸音家弦歌之。①

或许因班固的记载更加具体，此诗后世多作《李夫人歌》。《汉书》的这一段记述对后世文学创作也有很大的影响，白居易《长恨歌》中"临邛道士鸿都客"寻访杨玉环的一大段描写，不难看出这段文字的影子。

从文学史的角度而言，汉武帝对后世文学还有一个很大的影响，就是"柏梁台诗"的创作。

汉武帝曾在柏梁台上与群臣集体赋诗，诗为七言，每人一句，每句用韵，后人谓此体为柏梁体。原诗如下：

　　　　日月星辰和四时，骖驾驷马从梁来。
　　　　郡国士马羽林材，总领天下诚难治。
　　　　和抚四夷不易哉，刀笔之吏臣执之。
　　　　撞钟伐鼓声中诗，宗室广大日益滋。
　　　　周卫交戟禁不时，总领从官柏梁台。
　　　　平理请谳决嫌疑，修饰舆马待驾来。
　　　　郡国吏功差次之，乘舆御物主治之。
　　　　陈粟万石扬以箕，徼道宫下随讨治。
　　　　三辅盗贼天下危，盗阻南山为民灾。

---

① 《汉书·外戚传》，中华书局，1962年6月第1版，第3952页。

外家公主不可治，椒房率更领其材。

蛮夷朝贺常会期，柱枅欂栌相枝持。

枇杷橘栗桃李梅，走狗逐兔张罘罳。

齧妃女唇甘如饴，迫窘诘屈几穷哉。①

《柏梁台诗》早期的记载，如汉佚名《三辅黄图》卷五云：

柏梁台，武帝元鼎二年春起。此台在长安城中北阙内。《三辅旧事》云："以香柏为梁也，帝尝置酒其上，诏群臣和诗，能七言诗者乃得上。"②

此后，又有更具体的记载，如唐欧阳询《艺文类聚》卷五十六"杂文部·二"记载：

汉孝武帝元封三年作柏梁台，诏群臣二千石，有能为七言者乃得上坐。皇帝曰：日月星辰和四时。梁王曰：骖驾驷马从梁来。大司马曰：郡国士马羽林才。丞相曰：总领天下诚难治。大将军曰：和抚四夷不易哉。御史大夫曰：刀笔之吏臣执之。太常曰：撞钟击鼓声中诗。宗正曰：宗室广大日益滋。卫尉曰：周卫交戟禁不时。光禄勋曰：总领从官柏梁台。廷尉曰：平理请谳决嫌疑。太仆曰：循饰舆马待驾来。大鸿胪曰：郡国吏功差次之。少府曰：乘舆御物主治之。大司农曰：陈粟万硕杨以箕。

---

① 逯钦立辑校《先秦汉魏晋南北朝诗》，中华书局，1983年9月第1版，第97页。
② 何清谷《三辅黄图校释》卷5，中华书局，2005年6月第1版，第281页。

执金吾曰：徼道宫下随讨治。左冯翊曰：三辅盗贼天下尤。
右扶风曰：盗阻南山为民灾。京兆尹曰：外家公主不可治。
詹事曰：椒房率更领其材。典属国曰：蛮夷朝贺常会期。
大匠曰：柱枅薄栌相枝持。太官令曰：枇杷橘栗桃李梅。
上林令曰：走狗逐兔张罘罳。郭舍人曰：啮妃女唇甘如饴。
东方朔曰：迫窘诘屈几穷哉。[①]

　　到了南宋，章樵作《古文苑注》，则在此前流传的"柏梁联句"诗歌的基础上，标明了每句诗歌的具体作者姓名（此前之流传，东方朔以外，其他人都只列官名）。到了清初，顾炎武对这组诗的作者提出了质疑。现代学者也从柏梁台的建造时间、柏梁台诗的作者及其官职等方面对这组诗的真伪做了不少的研究，不少人提出了质疑，但也一直有学者力证其真[②]。这组诗是我国现存最早的七言诗和联句诗，它的出现创立了联句诗体的形式，这种体式为后世文人所继承，被后人称为"柏梁体"，在中国文学史上有其重要的地位。

三、宫中的别样情景：其他皇帝及后妃的作品

　　汉代皇帝中，昭帝刘弗陵也有两首诗，有一定的纪实意义。
　　刘弗陵，为汉武帝刘彻与钩弋夫人赵婕妤所生。武帝立弗陵为太子，因担心会有吕后那样"主少母壮"、"女主独居骄蹇，淫乱自恣"的可能性，便将钩弋夫人赐死，后葬云陵。云陵出土瓦

---

① （唐）欧阳询著，汪绍楹校《艺文类聚·杂文部二》，上海古籍出版社，1999年5月第2版，第1003—1004页。
② 参王晖《柏梁台诗真伪考辨》，刊《文学遗产》2006年第1期。

当有铸"长毋相忘"者，或是表达昭帝对母亲的思念。

汉云陵"长毋相忘"瓦当。王保平摄于西安秦砖汉瓦博物馆

汉甘泉宫遗址及云陵区域出土之"长毋相忘"瓦当。2016 年 9 月 2 日摄于淳化县博物馆

刘弗陵有一首《淋池歌》，诗曰：

> 秋素景兮泛洪波，挥纤手兮折芰荷。
>
> 凉风凄凄扬棹歌，云光开曙月低河。
>
> 万岁为乐岂云多！

《拾遗记》曰："昭帝始元元年，穿淋池，广千步。中植分枝荷，一茎四叶，状如骈盖……花叶难萎，芬馥之气，彻十余里……宫人贵之，每游宴出入，必皆含嚼。或剪以为衣，或折以蔽日，以为戏弄……帝时命水嬉，游宴永日……以文梓为船，木头为舵，刻飞鸾翔鹢饰于船首，随风轻漾，毕景忘归，乃至通

汉云陵，摄于 2016 年 9 月 2 日

夜。使宫人歌曰（歌如上）。"[1]

淋池，池名，昭帝元年（前 86）建于长安城中。诗咏池上秋景，写秋光，写广阔的水面，写宫中美人折荷嬉戏。月将落，曙光现，秋风凉，棹歌起，其乐何极！

昭帝还有一首《黄鹄歌》。歌曰：

> 黄鹄飞兮下建章，羽肃肃兮行跄跄，金为衣兮菊为裳。
> 唼喋荷荇，出入蒹葭，自顾菲薄，愧尔嘉祥。

---

[1] （前秦）王嘉著，（梁）萧绮录，王根林校点《拾遗记》卷 6，上海古籍出版社，2012 年 8 月第 1 版，第 40 页。

汉瓦当"维天降灵，延元万年，天下康宁"。王保平摄于
西安秦砖汉瓦博物馆

汉瓦当"长乐未央"。2015 年 12 月 3 日摄于西安秦砖汉
瓦博物馆

　　《西京杂记》曰："始元元年，黄鹄下太液池。上为歌曰（歌如上）。"[①]建章即建章宫，在未央宫西，遗址在今西安市西郊。太液池在建章宫北，《史记·孝武本纪》载："其（建章宫）北治大池，渐台高二十余丈，名曰泰液池，中有蓬莱、方丈、瀛洲、壶梁，象海中神山龟鱼之属。"[②]可见太液池面积非常广大。《西京杂记》卷一载，"太液池边皆是雕胡、紫箨、绿节之类。菰之有米者，长安人谓为雕胡；葭芦之未解叶者，谓之紫箨；菰之有首者，谓之绿节。其间凫雏、雁子，布满充积，又多紫龟、绿鳖。池边多平沙，沙上鹈鹕、鹧鸪、鹪鹩、鸿鹢，动辄成群"[③]，可知湖上水生植物和水禽之多。这首诗，写黄鹄鸟翩翩来下，披着一身金黄色的羽毛，啄食着水面上的嫩叶，出入于苇丛之中，不时发出几声悦耳的鸣

汉代太液池内石鲸（现存于陕西历史博物馆），摄于 2018 年 8 月 7 日

① （晋）葛洪著，周天游校注《西京杂记》卷1，三秦出版社，2006年1月第1版，第38页。
② 《史记·孝武本纪》，中华书局，1959年9月第1版，第482页。
③ （晋）葛洪著，周天游校注《西京杂记》卷1，三秦出版社，2006年1月第1版，第23页。

叫，给人一种祥瑞美好的感觉。

皇帝之外，后妃亦有诗作。汉初有一首《安世房中歌》，史籍多谓"唐山夫人"作。唐山夫人为高祖刘邦妃，唐山其姓也。《汉书·礼乐志》载："《房中祠乐》，高祖唐山夫人所作也。周有《房中乐》，至秦名曰《寿人》。凡乐，乐其所生，礼不忘本。高祖乐楚声，故《房中乐》楚声也。孝惠二年，使乐府令夏侯宽备其箫管，更名曰《安世乐》。"[1]其歌十七章，130多句，可谓洋洋大观。诗中倡导孝、德等观念，倒也符合最高统治者的愿望。也有学者认为，"《汉书》仅谓唐山夫人作乐，乐与辞非一事。此质之《汉志》可知。似不得即署唐山夫人。今依《乐府诗集》编入阙名卷中"[2]。录以备考。

汉成帝时，又有班婕妤，美貌与才德并具。后赵飞燕姐妹受宠，班婕妤遂自请去长信宫侍奉王太后，从此身处深宫，眼见得年华老去，乃借秋扇自伤，作《纨扇诗》（又称《怨歌行》）。诗曰：

> 新裂齐纨素，皎洁如霜雪。裁为合欢扇，团团似明月。
> 出入君怀袖，动摇微风发。常恐秋节至，凉飙夺炎热。
> 弃捐箧笥中，恩情中道绝。[3]

诗以秋扇见捐写女子遭弃，咏物言情，"用意微婉，音韵和平"[4]。这种托物寓意的写法，这种形象的比喻，是班婕妤的创造。诗中所写，不仅是封建时代宫中女子（包括后妃）的一种典型遭

① 《汉书·礼乐志》，中华书局，1962年6月第1版，第1043页。
② 逯钦立辑校《先秦汉魏晋南北朝诗》，中华书局，1983年9月第1版，第147页。
③ （清）沈德潜编《古诗源》，中华书局，1963年6月第1版，第52页。
④ （清）沈德潜编《古诗源》卷2评语。中华书局，1963年6月第1版，第52页。

遇，也是封建时代众多女子共同的际遇，因此有一定的代表性。就文学创作而言，这首诗也成了后世宫怨、闺怨之祖，开创了一种创作类型，同时也成了后世的一个传统典故。

排挤班婕妤等人而受宠的赵飞燕，亦有一首《归风送远操》。歌曰：

> 凉风起兮天陨霜，怀君子兮渺难忘，感予心兮多
> 慨慷！①

赵飞燕本长安宫人，善歌舞。成帝见而悦之，召为婕妤，后立为后。其善歌自不待说。《西京杂记》曰："赵后有宝琴，曰'凤凰'，皆以金玉隐起为龙凤螭鸾、古贤列女之象。亦善为《归风送远》之操。"②就字面来看，此歌"怀君子"，悲秋气，深情绵渺而其心又"多慨慷"，诚为好诗。若就"诗如其人"的视角来看，实在与后人印象中的赵飞燕极不相符，抑或其为人及心性，早期与后期别有不同耶？

四、不同类型文人的各自表达：东方朔、杨恽、息夫躬等人的诗歌

这里要论列的几个人，可以说是汉代几种文人（也是官员）的典型代表：东方朔（前154—前93）和李延年（？—前87）是汉武帝身边的弄臣，但情况又有所不同。李延年基本上是一个纯粹的宠

① （清）沈德潜编《古诗源》，中华书局，1963年6月第1版，第52页。
② （晋）葛洪著，周天游校注《西京杂记》卷5，三秦出版社，2006年1月第1版，第214页。

臣，又很懂音乐，对当时的音乐和新兴的乐府文学很有贡献，而东方朔还是一位文学家，也很有政治谋略，有大智慧。杨恽(？—前54）活动在汉宣帝时期，是司马迁的外孙，是一位清廉刚正的官员。韦玄成(？—前36）官至丞相，卒于汉元帝建昭三年。息夫躬（？—前5）活动在哀帝时代，是一位频频向皇帝上书而得罪了许多同僚的大臣。蔡邕（133—192）则是东汉时期的著名文学家。

东方朔作诗情形，《史记·滑稽列传》记载：

> 朔行殿中，郎谓之曰："人皆以先生为狂。"朔曰："如朔等，所谓避世于朝廷间者也。古之人，乃避世于深山中。"时坐席中，酒酣，据地歌曰："陆沉于俗，避世金马门。宫殿中可以避世全身，何必深山之中，蒿庐之下。"[①]

唐寅绘东方朔像，藏上海博物馆。图片来自网络

---

① 《史记·滑稽列传》，中华书局，1959年9月第1版，第3205页。

金马门，汉代官署名。《史记》云："金马门者，宦（者）署门也，门傍有铜马，故谓之曰金马门。"①"陆沉于俗"这首诗歌，表明了东方朔的处世之道。他平日装疯卖傻，佯狂侍上，正是一种智慧的处世之道。岂不见他临终之前劝谏武帝"诗云'营营青蝇，止于蕃。恺悌君子，无信谗言。谗言罔极，交乱四国'。愿陛下远巧佞，退谗言"，是何等的清醒！这首诗歌、这种行为，其实也开了后世"大隐隐于朝"的先河，成为一种高官处世的行为方式。

李延年，汉武帝身边的重要宠臣。《史记·佞幸列传》载："李延年，中山人也。父母及身兄弟及女，皆故倡也。延年坐法腐，给事狗中。而平阳公主言延年女弟善舞，上见，心说之，及入永巷，而召贵延年。"②

李延年善音乐，对当时的郊祀乐等有切实的贡献。《史记·佞幸列传》这样记载："延年善歌，为变新声，而上方兴天地祠，欲造乐诗歌弦之。延年善承意，弦次初诗。"③《汉书·佞幸传》所记更为具体："延年善歌，为新变声。是时上方兴天地诸祠，欲造乐，令司马相如等作诗颂。延年辄承意弦歌所造诗，为之新声曲。"④

就诗歌而言，李延年的"北方有佳人"歌极其有名。关于其具体的创作情形，《汉书·外戚传》这样记载：

> 孝武李夫人，本以倡进。初，夫人兄延年性知音，善歌舞，武帝爱之。每为新声变曲，闻者莫不感动。延

① 《史记·滑稽列传》，中华书局，1959 年 9 月第 1 版，第 3205 页。
② 《史记·佞幸列传》，中华书局，1959 年 9 月第 1 版，第 3195 页。
③ 《史记·佞幸列传》，中华书局，1959 年 9 月第 1 版，第 3195 页。
④ 《汉书·佞幸传》，中华书局，1962 年 6 月第 1 版，第 3725 页。

年侍上起舞，歌曰："北方有佳人，绝世而独立，一顾
倾人城，再顾倾人国。宁不知倾城与倾国，佳人难再得！"
上叹息曰："善！世岂有此人乎？"平阳主因言延年有
女弟，上乃召见之，实妙丽善舞。由是得幸。[①]

　　诗先直说"佳人""绝世"，再用夸张的手法写其"一顾倾人
城，再顾倾人国"，然后又说这样的佳人实在难得呀！跌宕往复，
欲擒故纵，打动了汉武帝的心弦。就文学创作而言，本诗对汉代
文人五言诗的发展，有重要的影响；而对后世而言，"一顾倾人
城，再顾倾人国"的诗句，遗响不绝，千古不衰。

　　汉宣帝时，杨恽有一首《拊缶歌》，不得不提。诗表现自己官
场失意，宣扬"及时行乐"，实则是发泄自己对朝廷的不满。

　　杨恽（？—前54），字子幼，华阴（今陕西华阴）人，历官
平通侯、中郎将，神爵元年（前61）升为诸吏光禄勋，位列九
卿。其父杨敞曾两任丞相，其外祖父为著名史学家司马迁。杨
恽为人至孝，侍后母如生母；轻财好义，其父去世，留有财产
五百万，恽皆分与宗族。后母去世，亦有财数百万，恽尽分与后
母昆弟；为官清廉，一身正气，不徇私情。在文学创作方面，其
《报孙会宗书》被认为有其外祖司马迁《报任安书》之风。后因
与太仆戴长乐失和，被戴检举"以主上为戏语，尤悖逆绝理"[②]，
下廷尉。宣帝不忍加诛，免为庶人。其后，杨恽家居治产，以财
自娱。故人安定郡太守孙会宗修书与他，劝说"大臣废退，当阖

---

①　《汉书·外戚传》，中华书局，1962年6月第1版，第3951页。
②　《汉书·杨恽传》，中华书局，1962年6月第1版，第2892页。

门惶惧，为可怜之意"①，而不应大治产业，招揽宾客。杨恽回书一封，便是著名的《报孙会宗书》，借以发泄心中之满。书中这样写道：

　　夫人情所不能止者，圣人弗禁，故君父至尊亲，送其终也，有时而既。臣之得罪，已三年矣。田家作苦，岁时伏腊，亨羊炰羔，斗酒自劳。家本秦也，能为秦声。妇，赵女也，雅善鼓瑟。奴婢歌者数人，酒后耳热，仰天抚缶而呼乌乌。其诗曰："田彼南山，芜秽不治，种一顷豆，落而为萁。人生行乐耳，须富贵何时！"是日也，拂衣而喜，奋袖低卬，顿足起舞，诚淫荒无度，不知其不可也。恽幸有余禄，方籴贱贩贵，逐什一之利，此贾竖之事，污辱之处，恽亲行之。下流之人，众毁所归，不寒而栗。虽雅知恽者，犹随风而靡，尚何称誉之有！董生不云乎？"明明求仁义，常恐不能化民者，卿大夫意也；明明求财利，常恐困乏者，庶人之事也。"故"道不同，不相为谋"。今子尚安得以卿大夫之制而责仆哉！
　　夫西河魏土，文侯所兴，有段干木、田子方之遗风，漂然皆有节概，知去就之分。顷者，足下离旧土，临安定。安定山谷之间，昆戎旧壤，子弟贪鄙，岂习俗之移人哉？于今乃睹子之志矣。方当盛汉之隆，愿勉旃，毋多谈。②

信中明确宣称"道不同，不相为谋"，最后居然直接告诉对

① 《汉书·杨恽传》，中华书局，1962 年 6 月第 1 版，第 2894 页。
② 《汉书·杨恽传》，中华书局，1962 年 6 月第 1 版，第 2895—2897 页。

方:"愿勉旃，毋多谈！"语气极为决绝。

后逢日食，有人上书将日食之"灾异"归咎于杨恽"奢不悔过"。宣帝下令查验，在杨恽家中搜出他写给孙会宗的书信。"宣帝见而恶之"，最终判杨恽大逆无道，将其腰斩。

"田彼南山，芜秽不治，种一顷豆，落而为萁。人生行乐耳，须富贵何时！"这首诗是杨恽在给孙会宗的信中写的，诗称在南山种田，田地荒芜。种一顷豆，落得满地豆荚。表面上看，似乎是写自己不善耕种。但也可以理解为对朝廷的讥讽，张晏就评价说："山高而在阳，人君之象也。芜秽不治，言朝廷之荒乱也。一顷百亩，以喻百官也。言豆者，贞实之物，当在囷仓，零落在野，喻己见放弃也。其曲而不直，言朝臣皆谄谀也。"①汉宣帝之所以"见而恶之"，大概也正是看到了这一层意思，再加上他自己公然宣称"拂衣而喜，奋袖低卬，顿足起舞，诚淫荒无度，不知其不可也"，其被最高统治者所不容，便在情理之中了。

息夫躬，汉成帝和哀帝时大臣。其特点是喜欢不停地向皇帝进言，弹劾其他大臣。"躬既亲近，数进见言事，论议亡所避。众畏其口，见之仄目。躬上疏历诋公卿大臣。"②后世多以为其忠于职守，也有人持相反的看法，班固就将其与中伤伍子胥的宰嚭、诬陷屈原的上官子兰、谗杀李斯的赵高等人并提，称"谮疏陷亲，可不惧哉！可不惧哉！"③

息夫躬有诗《绝命辞》。其写作情形，《汉书·息夫躬传》这样记载:

———————

① 《汉书·杨恽传》，中华书局 1962 年 6 月第 1 版，第 2895—2897 页。
② 《汉书·息夫躬传》，中华书局 1962 年 6 月第 1 版，第 2181 页。
③ 《汉书·息夫躬传》，中华书局 1962 年 6 月第 1 版，第 2189 页。

初，躬待诏，数危言高论，自恐遭害，著《绝命辞》曰：“玄云泱郁，将安归兮！鹰隼横厉，鸾徘徊兮！矰若浮猋，动则机兮！藂棘栈栈，曷可栖兮！发忠忘身，自绕罔兮！冤颈折翼，庸得往兮！涕泣流兮萑兰，心结愲兮伤肝。虹蜺曜兮日微，孽杳冥兮未开。痛入天兮鸣謼，冤际绝兮谁语！仰天光兮自列，招上帝兮我察。秋风为我吟，浮云为我阴。嗟若是兮欲何留，抚神龙兮揽其须。游旷迥兮反亡期，雄失据兮世我思。”后数年乃死，如其文。[①]

从诗意来看，此诗当作于作者与政敌斗争激烈的时候。他感受到了严酷的斗争氛围，隐隐看到了自己将来可能的命运。诗借鉴了《诗经》比兴的写法，更借鉴了楚辞的写法，句式上多用“兮”字，又多用比喻、象征、夸张的修辞手法，极写自己所处环境的险恶，乌云密布，鹰隼环伺，矰缴充蹊。但自己却“发忠忘身”，激烈抗争。最终“仰天光兮自列，招上帝兮我察”，“嗟若是兮欲何留，抚神龙兮揽其须，游旷迥兮反亡期”。其遭际，有类乎屈原之“忠而见谤”；其自叙方式，也类乎屈原之上下求索，自入冥冥，“招上帝兮我察”。从思想性、艺术性方面来看，都是一首很有特色的诗作。

到了东汉末年，蔡邕有一篇写樊惠渠的诗，此诗《古诗纪》等诗集中有收录，并有序。核以《蔡中郎集》，知其序多有删削。实则原诗出自蔡邕之《京兆樊惠渠颂》，摘录如下：

阳陵县东，其地衍隩，土气辛螫，嘉谷不植，草莱焦枯，而泾水长流……光和五年，京兆尹樊君讳陵字德云，

① 《汉书·息夫躬传》，中华书局 1962 年 6 月第 1 版，第 2187—2188 页。

勤恤人隐，悉心政事，苟有可以惠斯人者，无闻而不行焉，
遂谘之郡吏，申于政府……遂取财于豪富，借力于黎元，
树柱累石，委薪积土……折湍流，款旷陂，会之于新渠，
疏水门，通窬渎，洒之于畎亩，清流浸润，泥潦浮游，
昔日卤田化为甘壤，稉黍稼穑之所入不可胜算。农民熙
怡，悦豫相与，讴谈疆畔，斐然成章，谓之《樊惠渠》云。
其歌曰：我有长流，莫或遏之。我有沟浍，莫或达之。
田畴斥卤，莫修莫厘。饥馑困悴，莫恤莫思。乃有樊君，
作人父母。立我畎亩，黄潦膏凝。多稼茂止，惠乃无疆，
如何勿喜？我壤既营，我疆斯成。泯泯我人，既富且盈。
为酒为酿，烝彼祖灵。贻福惠君，寿考且宁。①

　　如此看来，这首诗歌其实原本是民间歌谣，蔡邕或是做了整
理润色。诗歌颂了樊陵的功绩，写出了灌溉渠给农业生产带来的
好处，表现了人们丰收后的喜悦，是一首早期的写水利灌溉的诗
作，有一定的史料意义。

　　西汉末年，官至高位的韦玄成也有两首诗传世，一首为《自劾
诗》，一首为《戒子孙诗》，均甚长，多冠冕堂皇之语（当然也有
对子孙的真诚教诲），一定程度上表现了当时关中士人的家庭教育
观念。而从文学阅读的角度来看，缺乏形象，很枯燥，甚无趣。

五、建安时期的纪实之作：王粲与曹植的关中诗

　　东汉末年，献帝时期，社会动荡，群雄割据，民不聊生。这
种动荡时期，是老百姓受苦受难的时期。然所谓"乱世出英雄"，

---

① （汉）蔡邕《蔡中郎集》，清文渊阁四库全书本，台湾商务印书馆影印，第1063册，
　第223页。按，他本称"作人父母"后脱四字。

也是各种豪杰之士展示其才能的时期：或有豪雄崛起而干一番轰轰烈烈的事业，或一般文人依附于豪雄以自己的才华有一番创造。这种现象，在诗歌作品中也有反映，尤其是建安时期的作品。严格来说，这一时期仍应归于东汉末年，但实际上掌控政权的已不是刘氏皇帝，且历史上一般习惯地将建安时期也划归为"三国时期"。这一时期，关中诗歌的代表作品便是著名的"建安七子"之一王粲的《七哀诗》（其一）和"建安三曹"的曹植《赠丁仪王粲》。

王粲诗曰：

> 西京乱无象，豺虎方遘患。复弃中国去，远身适荆蛮。
> 亲戚对我悲，朋友相追攀。出门无所见，白骨蔽平原。
> 路有饥妇人，抱子弃草间。顾闻号泣声，挥涕独不还。
> 未知身死处，何能两相完。驱马弃之去，不忍听此言。
> 南登霸陵岸，回首望长安。悟彼下泉人，喟然伤心肝。①

初平二年（191），汉献帝被董卓控制，西迁至长安，王粲也到了长安，并被著名学者、左中郎将蔡邕所看重。初平四年（193），因长安局势混乱，17 岁的王粲赴荆州去投靠自己的同乡、荆州牧刘表。这首诗，就是他离开长安时所写的。

诗起二句写西京长安一片混乱，豺虎横行。三、四两句写自己要离开中原而去荆蛮，之所以"复弃"，是因为他此前曾不得已离开了洛阳，此时又要离开长安。继写亲朋好友的恋恋难舍。随后写出门所见，"白骨蔽平原"，触目惊心！尤其写了一位妇人

① 逯钦立辑校《先秦汉魏晋南北朝诗》，中华书局，1983 年 9 月第 1 版，第 365 页。

忍痛将自己的亲生骨肉抛弃于草丛之中，"顾闻号泣声，挥涕独不还"，因为"未知身死处，何能两相完"，给人的震惊无以复加。诗最后写自己到了"霸陵岸"而要彻底离开时，忍不住"回首望长安"，同时想到了九泉下的许多死者（自然也包括创造了汉代"文景之治"的汉文帝。文帝陵在此，称霸陵），不由得"喟然伤心肝"。这首诗写所见所感，的是纪实之作，有重要的史料价值，更是杰出的文学作品，沈德潜谓此诗乃"杜少陵《无家别》《垂老别》诸篇之祖也"①，评价极高，也很到位。

曹植《赠丁仪王粲》一诗，或作《又赠丁仪王粲》，诗曰：

> 从军度函谷，驱马过西京。
> 山岑高无极，泾渭扬浊清。
> 壮哉帝王居，佳丽殊百城。
> 员阙出浮云，承露概泰清。
> 皇佐扬天惠，四海无交兵。
> 权家虽爱胜，全国为令名。
> 君子在末位，不能歌德声。
> 丁生怨在朝，王子欢自营。
> 欢怨非贞则，中和诚可经。②

曹植作为曹操很欣赏很器重的儿子，跟随其父参与了多次征战。而且因其特出的文学才华，有过关中的经历，也就有了在关中写的诗歌作品。

① （清）沈德潜编《古诗源》，中华书局，1963 年 6 月第 1 版，第 128 页。
② 黄节《曹子建诗注（外三种）》，中华书局，2008 年第 1 版，第 56 页。

　　曹植这首《赠丁仪王粲》，当是其随父西征路过关中（长安）时所写。当然，对这首作品的作时作地，古来有不同的看法，大致说来有三种观点：一是认为作于建安十六年（211），曹植跟随曹操西征马超、韩遂，平定关中之时，是年曹植 20 岁；二是作于建安二十年（215），曹植跟随曹操西征张鲁之时，是年作者 24 岁；三是建安二十年，曹植未曾随曹操西征，非纪实之作①。

　　认为曹植并未随军西征的，如近人黄节先生《曹子建诗注》认为"太祖征张鲁时，子桓、子建皆未从军入西京"②。这是上述第三种观点的典型代表。当代学者如陈庆元《三曹诗选评》③等也持这种观点。台湾出版的江竹虚《曹植年谱》也称建安二十年，"操西征张鲁，植留邺，未从行……时王粲、丁仪从军西征，植有《赠丁仪王粲》诗"④。

　　相较之下，更多的学者认为本诗是曹植随父西征时的纪实作品，而对其具体作年又有不同的看法，或认为作于建安二十年：如元人刘履《选诗补注》卷二解此诗曰："建安二十年，太祖西征张鲁，而子建从之。因历览西都城关之壮丽，喜见太祖用兵之神速，惜乎二子俱在末位，不能乐于其职而颂歌太祖之德声，故赠是诗以规勉焉。考之仲宣从军诗云'筹策运帷幄，一由我圣君'，刘公干诗亦云'昔我从元后，整驾至南乡'，是时汉帝尚存，其

---

① 也有相关著作因侧重点不在文学，故未具体讨论此诗，但对曹植随其父西征事也做了交代，如张作耀《曹操评传》附录"三曹年表"谓："（建安十六年）七月，操率军西征马超、韩遂。植从。""（建安二十年）三月，操西征张鲁。丕在孟津。植从征。"（张作耀《曹操评传》，南京大学出版社，2001 年 5 月第 1 版，第 523—524 页）。

② 黄节《曹子建诗注（外三种）》，中华书局，2008 年 1 月第 1 版，第 58 页。

③ 陈庆元《三曹诗选评》，上海古籍出版社，2002 年 10 月第 1 版，第 114 页。

④ 江竹虚《曹植年谱》，台湾商务印书馆，2013 年 10 月第 1 版，第 181 页。

尊太祖皆已如此。今子建犹以皇佐称之，特异二子，盖此诗可谓
上不失君臣之义，下以尽朋友之道者矣。"①清人朱绪等亦附和其
说。当代学者如钟优民《曹植新探》一书中"曹植的经历"②，曲绪
宏、董尚峰主编《东阿王曹植》一书中"曹植年表"③，赵幼文《曹
植集校注》附录《曹植年谱》④，徐公持《曹植年谱考证》等均认为
此诗作于建安二十年从军西征时⑤。或认为作于建安十六年，如聂
文郁先生《曹植诗解译》中以相当长的篇幅充分论证了此诗的写
作时间应该是建安十六年⑥。张可礼《三曹年谱》亦认为此诗作于
建安十六年从军西征时，更具体地说，作于本年十月"自长安北
征杨秋，围安定"之时⑦。

　　此外，台湾出版的刘维崇《曹植评传》认为曹植两次均随曹
操西征，但本诗作于洛阳而不作于关中，称"建安十六年 …… 七
月曹操西征，曹植从行"，"建安二十年，曹操西征张鲁，曹植与
王粲都随行。至洛阳，曹植又有赠诗：'从军度函谷 ……。'"⑧这
种具体的叙述，似也可以称为第四种观点。

①　（元）刘履《风雅翼》卷 2《选诗补注二》，清文渊阁四库全书本，台湾商务
　　印书馆影印，第 1730 册，第 33 页。
②　钟优民《曹植新探》，黄山书社，1984 年 12 月第 1 版。
③　曲绪宏、董尚峰主编《东阿王曹植》，山东友谊出版社，2000 年 11 月第 1 版。
④　赵幼文《曹植集校注》，中华书局，2016 年 10 月第 1 版，第 831 页。
⑤　徐公持《曹植年谱考证》，社会科学文献出版社，2016 年 11 月第 1 版，第 182 页。
⑥　聂文郁《曹植诗解译》，青海人民出版社，1985 年 8 月第 1 版，第 102—104 页，
　　及书后《曹植生平事迹简谱》。
⑦　张可礼《三曹年谱》，齐鲁书社，1983 年 5 月第 1 版，第 118 页。
⑧　刘维崇《曹植评传》，台湾黎明文化事业公司，1977 年 12 月第 1 版，第 13 页、
　　第 22 页。按，我们以为，从诗中"过西京""泾渭扬浊清"等词语看，此诗
　　当不作于洛阳。"西京"为长安，泾河在长安境内入渭河，渭河在潼关入黄河，
　　在洛阳是没有"泾渭"的。

　　据上，再根据诗本身的内容，我们也定此诗作于关中（至于建安十六年还是二十年可暂且不论）。诗写作者随父西征，度函谷关而过西京长安时所见所感，写巍峨的终南山，写激清扬浊的泾河与渭水，写长安城的壮丽，又赞美其父的功绩和"令名"，写丁仪、王粲二"君子"的不同心态，最后劝勉二人以中和之道作为人生之准则，回扣诗题"赠"之意。虽为赠友之作，却也有一定的纪实价值。

六、底层的多元记述与褒贬评判：汉代民谣

　　较之文人作品，汉代的民谣，其内容似乎更为丰富一些。

　　从时间而言，现存汉代关中民谣除过汉武帝时期有两三首以外，主要集中在西汉末年，东汉献帝时期也有几首；从地域而言，主要集中在长安地区。这些民谣，多以底层民众的视角，记述了关中地区的诸多历史事件与细节，表达了人们的褒贬评判。

　　武帝时期，有一首《郑白渠歌》。《汉书·沟洫志》载：

　　　　太始二年，赵中大夫白公复奏穿渠。引泾水，首起谷口，尾入栎阳，注渭中，袤二百里，溉田四千五百余顷，因名曰白渠。民得其饶，歌之曰："田于何所？池阳、谷口。郑国在前，白渠起后。举臿如云，决渠为雨。泾水一石，其泥数斗。且溉且粪，长我禾黍。衣食京师，亿万之口。"[1]

　　郑白渠即郑国渠和白渠的总称。诗前"太始二年"一段记载，

---

① 《汉书·沟洫志》，中华书局，1962年6月第1版，第1685页。按，《汉纪》"决渠为雨"后有"水流灶下，鱼跳入釜"两句。

郑国渠首遗址，全国重点文物保护单位。摄于 2020 年 7 月 30 日

说明了白渠的修造缘由、过程及其流域。诗中"池阳""谷口"皆地名，其核心地域均在今陕西泾阳县境内泾河流域。有的版本"池阳"作"栎阳"，亦有其道理。栎阳，其地位于今西安市阎良区。若是"池阳"，则重点是说白渠之起点；若是"栎阳"，则是与谷口合起来说白渠之终点与起点，如前所说"首起谷口，尾入栎阳"。一首诗在流传的过程中，甚至在作者自己反复修改的过程中，个别字词有所变动是很正常的事情，更何况民谣。诗先写"田"的位置，再写郑国渠与白渠，五六两句写修渠之劳动，而后写泾水灌溉，庄稼丰收，亿万人受其惠。这首民谣，比前文谈到的署名蔡邕的《樊惠渠歌》要早三百年。

　　武帝时，还有一首《长安为韩嫣语》，仅六个字："苦饥寒，

白渠故道遗址，全国重点文物保护单位。摄于 2020 年 7 月 30 日

逐金丸。"《西京杂记》卷四曰载：

> 韩嫣好弹，常以金为丸，所失者日有十余。长安为
> 之语曰："苦饥寒，逐金丸。"京师儿童，每闻嫣出弹，
> 辄随之，望丸之所落，辄拾焉。①

"苦饥寒"，有的版本作"若饥寒"。"逐金丸"，或作"逐弹
丸"。韩嫣是汉武帝的宠臣，居然用金丸作弹射之玩，以至于"京
师儿童每闻嫣出弹辄随之，望丸之所落，辄拾焉"，足见其奢侈
到何种程度！贫富两极的分化，令人震惊。

昭、宣之世，号称西汉王朝的中兴时期。此时留下来的民谣，
也显示了当时人们道德水平的不同一般。《汉书·王吉传》记载了
与王吉有关的一则民谣。王吉，字子阳，在当时堪称贤臣，昌邑
王刘贺好逸游、"动作亡节"，王吉上疏力谏。后来刘贺被霍光等
人立为皇帝，王吉又"忠直数谏"。汉宣帝时，王吉被任命为博士
谏大夫，又"上疏言得失"。对于国家，他恪于职守，尽心尽责。
在家中，他也是严以律己，而且年轻时就是如此。本传载：

> 始吉少时学问，居长安。东家有大枣树垂吉庭中，
> 吉妇取枣以啖吉。吉后知之，乃去妇。东家闻而欲伐其
> 树，邻里共止之，因固请吉令还妇。里中为之语曰："东
> 家有树，王阳妇去。东家枣完，去妇复还。"②

---

① （晋）葛洪著，周天游校注《西京杂记》卷4，三秦出版社，2006年1月第1版，
　　第175页。
② 《汉书·王吉传》，中华书局，1962年6月第1版，第3066页。

短短四句，十六个字，概括了这一完整的故事，反映了当时人们的道德风貌，也为后世留下了一段佳话。

到了元帝、成帝、哀帝时期，西汉王朝开始急剧衰落。此时的民谣，空前地多了起来，其内容则多以讽刺、揭露、批判为主。如下面几首：

> 邪径败良田，谗口乱善人。桂树华不实，黄爵巢其颠。
> 故为人所羡，今为人所怜。①
>
> 五侯初起，曲阳最怒。坏决高都，连竟外杜。
> 土山渐台西白虎。②
>
> 伊徙雁，鹿徙菟，去牢与陈实无贾。③
>
> 燕燕尾涎涎，张公子时相见。
> 木门仓琅根，燕飞来，啄皇孙。
> 皇孙死，燕啄矢。④

第一首，起二句以邪径败良田起兴，写谗言损害好人。而此谣之主题，《汉书》称，桂花赤色，象征着刘汉，而黄色则象征王莽，"华不实"是说当时皇帝"无继嗣也"。

---

① 逯钦立辑校《先秦汉魏晋南北朝诗》，中华书局，1983年9月第1版，第126页。
② 逯钦立辑校《先秦汉魏晋南北朝诗》，中华书局，1983年9月第1版，第123—124页。
③ 逯钦立辑校《先秦汉魏晋南北朝诗》，中华书局，1983年9月第1版，第126页。
④ 逯钦立辑校《先秦汉魏晋南北朝诗》，中华书局，1983年9月第1版，第126页。

　　第二首写五侯事。河平二年（前27），成帝于同一天封他的五个舅舅为平阿侯、成都侯、红阳侯、曲阳侯、高平侯，世称五侯。此五人竞豪华，争奢侈，姬妾无数，又大修宅第，起土山渐台，百姓遂做此歌谣。连竟，或作竟连、连境。高都，水名，又称潏水，或即今日之潏河，为长安八水之一。白虎即白虎殿，在未央宫中。诗写五侯决河建台，甚至效宫殿建制，奢侈无度，超出常规，令人感叹。

　　第三首，元帝时，宦官石显与中书仆射牢梁、少府五鹿充宗等人狼狈为奸，依附他们的邪恶小人都获得高位，于是民间谣谚曰："牢邪石邪，五鹿客邪！印何累累，绶若若邪！"（颜师古注："累累，重积貌。若若，长貌。"）汉成帝即位后，石显失势，五鹿充宗也因此被贬为玄菟太守，中丞伊嘉被贬为雁门都尉，牢梁、陈顺二人皆被免官。于是，民间又出现了这首谣谚。其中提到了伊、鹿、牢、陈四个人。无贾，或以为意为无求取（贾，音gǔ，求取），也有人认为"贾"同"价"，《乐府诗集》卷八十七即作"价"，无贾意即一钱不值。

　　第四首，燕燕，指赵飞燕。泟泟，美好貌也。张公子，指平侯张放，汉武帝男宠。诗写成帝宠爱张放和赵飞燕。而赵飞燕立为皇后之后便害死皇孙，揭露、批判的矛头直指最高统治者。

　　成帝时，还有一首流传在长安的《尹赏歌》。歌曰：

安所求子死，桓东少年场。生时谅不谨，枯骨后何葬。[①]

　　尹赏，字子心，巨鹿杨氏（今河北宁晋）人。《汉书·酷吏传》

载:"永始、元延间,上怠于政,贵戚骄恣,红阳长仲兄弟交通轻侠,藏匿亡命……长安中奸猾浸多,闾里少年群辈杀吏,受赇报仇……城中薄暮尘起,剽劫行者,死伤横道,枹鼓不绝。(尹)赏以三辅高第选守长安令,得一切便宜从事。赏至,修治长安狱,穿地方深各数丈,致令辟为郭,以大石覆其口,名为'虎穴'。乃部户曹掾史,与乡吏、亭长、里正、父老、伍人,杂举长安中轻薄少年恶子,无市籍商贩作务,而鲜衣凶服被铠扞持刀兵者,悉籍记之,得数百人。赏一朝会长安吏,车数百辆,分行收捕,皆劾以为通行饮食群盗。赏亲阅,见十置一,其余尽以次内虎穴中,百人为辈,覆以大石。数日壹发视,皆相枕藉死,便舆出,瘗寺门桓东,楬著其姓名,百日后,乃令死者家各自发取其尸。亲属号哭,道路皆歔欷。长安中歌之曰:(歌略,如上)。"①

时局动荡,不法之徒猖獗,尹赏铁腕惩治,但此等手段也有些太过残忍了:就地掘一数丈深的大坑,将所抓捕的几百名"轻薄少年恶子"放进去,用大石封口而将其闷死,百日后让死者家属去自己收尸。无怪乎"亲属号哭,道路歔欷"了。汉代酷吏人数既多,手段也各有名堂,无怪乎《史记》和《汉书》都专列有酷吏传。

王莽篡政及更始时期,长安的民谣同样反映了当时的时代。

《长安为张竦语》曰:

> 欲求封,过张伯松;力战斗,不如巧为奏。②

---

① 《汉书·酷吏传》,中华书局,1962年6月第1版,第3673—3674页。
② 《汉书·王莽传》,中华书局,1962年6月第1版,第4086页。

此谣见于《汉书·王莽传》，作于居摄年间。张伯松即张竦，善于巴结奉迎，深得王莽喜爱，后被封侯。故长安有这样的民谣。

《汉书·扬雄传》又记录了这样一则民谣：

惟寂寞，自投阁；爱清静，作符命。①

其创作背景，《汉书·王莽传》这样记载：

王莽时，刘歆、甄丰皆为上公，莽既以符命自立，即位之后欲绝其原以神前事，而丰子寻、歆子棻复献之。莽诛丰父子，投棻四裔，辞所连及，便收不请。时，（扬）雄校书天禄阁上，治狱使者来，欲收雄，雄恐不能自免，乃从阁上自投下，几死。莽闻之曰："雄素不与事，何故在此？"间请问其故，乃刘棻尝从雄学作奇字，雄不知情。有诏勿问。然京师为之语曰："惟寂寞，自投阁；爱清静，作符命。"②

当时人以为扬雄参与了为王莽篡位而编造符命的闹剧，便编了这样一则民谣来讽刺他。虽然有一定的误会的成分，也可见出民心之向背。

更始时，长安还流传着这样一则民谣：

①　《汉书·扬雄传》，中华书局，1962 年 6 月第 1 版，第 3584 页。
②　《汉书·扬雄传》，中华书局，1962 年 6 月第 1 版，第 3584 页。

灶下养，中郎将。烂羊胃，骑都尉。烂羊头，关内侯。[1]

《东观汉记》卷二十三记载，更始时，所授官爵皆出群小，三辅苦之，百姓便编了这样一首歌谣。

西汉后期的民谣，还有些其他的内容，如说友朋交结的"萧朱结绶，王贡弹冠"[2]，有说文才和口才好的"谷子云笔札，楼君卿唇舌"[3]，有说"刺举无所避"的"间何阔，逢诸葛"[4]，等等；而东汉关中民谣如"道德彬彬，冯仲文"[5]，如"五经复兴，鲁叔陵"[6]等，既纪事，又夸赞，十分简洁。

《后汉书·马援传》所附其子《马廖传》中有这样一段：

> 时皇太后躬履节俭，事从简约，廖虑美业难终，上疏长乐宫以劝成德政，曰："臣案前世诏令，以百姓不足，起于世尚奢靡，故元帝罢服官，成帝御浣衣，哀帝去乐府。然而侈费不息，至于衰乱者，百姓从行不从言也。夫改政移风，必有其本。传曰'吴王好剑客，百姓多创瘢；楚王好细腰，宫中多饿死'。长安语曰'城中好高髻，四方高一尺；城中好广眉，四方且半额。城中好大袖，四方全匹帛'。斯言如戏，有切事实。前下制度未几，

---

① （汉）刘珍等著，吴树平校注《东观汉记校注》，中州古籍出版社，1987 年 3 月第 1 版，第 262 页。

② （清）杜文澜辑，周绍良校点《古谣谚》，中华书局，1958 年 1 月第 1 版，第 65 页。

③ （清）杜文澜辑，周绍良校点《古谣谚》，中华书局，1958 年 1 月第 1 版，第 68 页。

④ （清）杜文澜辑，周绍良校点《古谣谚》，中华书局，1958 年 1 月第 1 版，第 64 页。

⑤ （清）杜文澜辑，周绍良校点《古谣谚》，中华书局，1958 年 1 月第 1 版，第 76 页。

⑥ （清）杜文澜辑，周绍良校点《古谣谚》，中华书局，1958 年 1 月第 1 版，第 76 页。

后稍不行。虽或吏不奉法，良由慢起京师。"①

这"城中好高髻"六句，后来被《乐府诗集》《玉台新咏》等收入，成为一首著名的民谣。其本意是要说"改政移风，必有其本，上之所好，下必甚焉"②。而从另一方面，也反映了汉代的服饰习俗。直到整个东汉时期，依然流行有这种妆束的影子。《东观汉记·明德马皇后传》记明德皇后头发"为四起大髻，但以发成，尚有余，绕髻三匝"③；《后汉书·五行志》载"献帝建安中，男子之衣，好为长躬而下甚短，女子好为长裙而上甚短"。（按干宝《搜神记》卷六有同样记载，只是时间为"灵帝建宁中"。）

到了东汉时期，关中民谣主要集中在献帝时。《后汉书·孝献帝纪》载：初平四年"九月甲午，试儒生四十余人，上第赐位郎中，次太子舍人，下第者罢之。诏曰：'孔子叹学之不讲，不讲则所识日忘。今者儒年逾六十，去离本土，营求粮资，不得专业。结童入学，白首空归，长委农野，永绝荣望，朕甚愍焉。其依科罢者，听为太子舍人。'"④

刘艾《献帝纪》记载了当时长安的一则民谣：

　　头白皓然，食不充粮。裹衣褰裳，当还故乡。

---

① 《后汉书·马援传》，中华书局，1965 年 5 月第 1 版，第 853 页。
② （宋）郭茂倩《乐府诗集》卷 87《城中谣》题下注，中华书局，1979 年 11 月第 1 版，第 1223 页。
③ （汉）刘珍等著，吴树平校注《东观汉记校注》，中州古籍出版社，1987 年 3 月第 1 版，第 191 页。
④ 《后汉书·孝献帝纪》，中华书局，1965 年 5 月第 1 版，第 374 页。

圣主愍念，悉用补郎。舍是布衣，被服玄黄。①

这样的民谣，显然具有纪实的特征。除此而外，如《三辅决录》所记的关中谣谚称游殷"生有知人之明，死有（贵）[鬼]神之灵"②，除了有一些神秘色彩之外，也有一定的纪实特征。

① 《后汉书·孝献帝纪》，中华书局，1965 年 5 月第 1 版，第 374—375 页。
② （汉）赵岐等著，（清）张澍辑，陈晓捷注《三辅决录》，三秦出版社，2006年 1 月第 1 版，第 64 页。

第三节 魏晋北朝及隋代的关中诗歌

东汉以后，中国历史进入魏晋南北朝时期（对关中地区而言，无"南朝"）。这一历史时期，关中地区多动荡而少宁日。为数不算多的诗歌，也在一定程度上反映着这一时期关中的社会、历史、文化等诸多方面。

潘岳有《关中诗》十六章，诗写了关中之乱的背景、经过等，诗云："哀此黎元，无罪无辜。肝脑涂地，白骨交衢。夫行妻寡，父出子孤。俾我晋民，化为狄俘。"[①]反映了战乱之祸，流露出对因卷入战乱而饱经乱离之苦的百姓的同情。潘岳曾于元康二年（292）任长安令，但他写作《关中诗》则是在元康九年（299），时关中乱平，"帝命诸臣作《关中诗》。岳上表曰：'诏臣作《关中诗》，辄奉诏竭愚，作诗一篇。'"[②]此时潘岳早已卸任长安令而回归京都洛阳，其内容虽写关中，但诗不作于关中，故不在本书讨论之范围。而这样的作品，则能说明诗歌对关中现实的反映。

一、北周文学的倡导者：周明帝宇文毓的关中诗

周明帝宇文毓，是北周的第二位皇帝。他在位的时间虽短，但因其"幼而好学，博览群书，善属文"，又"宽仁远度"，"崇尚文儒"[③]，所以，不少文人在当时都写了相当数量的诗，甚至达到了一个写作的小高潮。这固然有各方面的原因（如这些文人的入周时间及其心境等），但宇文毓本人对文学创作的喜欢和倡导却是一个

---

① 逯钦立辑校《先秦汉魏晋南北朝诗》，中华书局，1983年9月第1版，第628页。
② 逯钦立辑校《先秦汉魏晋南北朝诗》，中华书局，1983年9月第1版，第627页。
③ 《周书·明帝纪》，中华书局，1971年11月第1版，第60—61页。

重要的原因。

宇文毓本人写有一首《过旧宫诗》，诗曰：

玉烛调秋气，金舆历旧宫。还如过白水，更似入新丰。
秋潭渍晚菊，寒井落疏桐。举杯延故老，今闻歌大风。①

《周书·明帝纪》载："（二年九月）丁未，幸同州。过故宅，赋诗。"②同州，即今陕西省渭南市大荔县一带。《尔雅·释天》曰："春为青阳，夏为朱明，秋为白藏，冬为玄英，四气和，谓之玉烛。"③诗一开始写"玉烛调秋气"，点明节令，又写出了气象之祥和。在这样一种祥和的气氛中，回到了旧宫。这里，"白水""新丰"都是用典，指其同州旧宫。白水，唐人李贤注《后汉书》曰："光武旧宅在今随州枣阳县东南。宅南二里有白水焉，即张衡所谓'龙飞白水'也。"④新丰，位于今陕西省西安市临潼区西北，汉高祖定都关中，其父思念家乡。高祖乃依故乡丰邑街里房舍格局改筑骊邑，并迁来丰民，改称新丰。"秋潭"两句写秋景。最后两句写延请旧地故老，而"歌大风"则又是用汉高祖刘邦《大风歌》之典，写自己回到故地故宅的愉悦自得之情。

时有韦夐者，"志尚夷简，澹于荣利"，"前后十见征辟，皆

---

① 逯钦立辑校《先秦汉魏晋南北朝诗》，中华书局，1983 年 9 月第 1 版，第 2324 页。按，《先秦汉魏晋南北朝诗》所收诗歌，题目后大都有一"诗"字。本稿引此书，均从其旧。

② 《周书·明帝纪》，中华书局，1971 年 11 月第 1 版，第 56 页。

③ （清）王闿运著，黄巽齐点校《尔雅集解》，岳麓书社，2010 年 9 月第 1 版，第 179 页。

④ 《后汉书·光武帝纪》，中华书局，1965 年 5 月第 1 版，第 35 页。

不应命。属太祖经纶王业，侧席求贤，闻夐养高不仕，虚心敬悦，遣使辟之，备加礼命。虽情谕甚至，而竟不能屈"。至"明帝即位，礼敬逾厚。乃为诗以贻之曰：'六爻贞遁世，三辰光少微。颍阳让逾远，沧州去不归。香动秋兰佩，风飘莲叶衣。坐石窥仙洞，乘槎下钓矶。岭松千仞直，岩泉百丈飞。聊登平乐观，远望首阳薇。讵能同四隐，来参余万机。'夐答帝诗，愿时朝谒。帝大悦，敕有司日给河东酒一斗，号之曰逍遥公。"①这首诗，也成了宇文毓敬重高人隐士的证明。

宇文毓还有一首《和王褒咏摘花》：

玉椀承花落，花落椀中芳。酒浮花不没，花含酒更香。②

"椀"即碗。诗虽为和作，但写得回环婉转、圆熟自然，足见其文字表达的功力。

周明帝在位期间，李昶、王褒、庾信等人都多有诗作，而且都写过应制或奉和的作品，足以说明宇文毓对当时诗坛的影响。

二、先仕他朝而后仕周的工作、生活与心态：李昶、王褒、庾信等人的关中诗

李昶、王褒、庾信三人，都是先仕他朝而后入周的诗人。李昶是由西魏入周，而王褒和庾信则是由梁入周且在同一年。他们的经历、心态及作品，有一定的相似性。

李昶，小名那，先后仕西魏、北周，周太祖宇文泰赐姓宇文，故又称宇文昶，因历官"内史""中外府司录"等，所以又被称为

① 《周书·韦夐传》，中华书局，1971年11月第1版，第544—545页。
② 逯钦立辑校《先秦汉魏晋南北朝诗》，中华书局，1983年9月第1版，第2324页。

"宇文内史""李司录"等。《北史》《周书》有传。

李昶有《陪驾幸终南山诗》一首,诗曰:

尧盖临河颍,汉跸践华嵩。日旆回北凤,星旆转南鸿。
青云过宣曲,先驱背射熊。金柈拂泉底,玉琯吹云中。
古辙称难极,新途或易穷。烟生山欲尽,潭净水恒空。
交松上连雾,修竹下来风。仙才道无别,灵气法能同。
东枣羞朝座,西桃献夜宫。诏令王子晋,出对浮丘公。①

诗乃陪驾应制之作,描写了终南山的仙境,歌颂了帝王气象。
值得注意的是,庾信亦有一首《陪驾幸终南山和宇文内史》
诗:

玉山乘四载,瑶池宴八龙。鼋桥浮少海,鹄盖上中峰。
飞狐横塞路,白马当河冲。水莫三川石,山封五树松。
长虹双瀑布,圆阙两芙蓉。戍楼鸣夕鼓,山寺响晨钟。
新蒲节转促,短笋箨犹重。树宿含樱鸟,花留酿蜜蜂。
迎风下列缺,洒酒召昌容。且欣陪北上,方欲待东封。②

与李昶之作相比,更突出了终南山的仙境,描写更为具体而
多彩,可谓炫人眼目,最后又更明确地突出了"且欣陪北上,方
欲待东封"的意旨。明人周婴《卮林》卷七曰:"庾信、宇文昶并

---

① 逯钦立辑校《先秦汉魏晋南北朝诗》,中华书局,1983年9月第1版,第
2324—2325页。
② (北周)庾信著,(清)倪璠注,许逸民校点《庾子山集注》,中华书局,
1980年10月第1版,第179页。

有《陪驾终南》诗，李那当与同时。"①综合各种因素，此二诗盖为同时作。

李昶还有一首诗《入重阳阁》，此诗后世多作《奉和重适阳关》②，周婴《卮林》卷七曰："梅禹金《注》曰：'徐陵《与李那书》曰：获《陪驾终南入重阳阁》诗。昔魏武虚帐，韩王故台，自古文人，皆为词赋。未有登兹旧阁，叹彼幽宫，标句清新，发言哀断，岂止悲闻帝瑟、泣望羊碑。一咏歌梁之言，便掩盈怀之泪'，正指是诗也（按，即《入重阳阁》）。旧题作《重适阳阁》，乃倒置之误。"③诗曰：

> 衔悲向玉关，垂泪上瑶台。舞阁悬新网，歌梁积故埃。
> 紫庭生绿草，丹墀染碧苔。金扉昼常掩，珠帘夜暗开。
> 方池含水思，芳树结风哀。行雨归将绝，朝云去不回。
> 独有西陵上，松声薄暮来。④

与上首诗同样，庾信也有一首和诗，题为《和宇文内史入重阳阁》，诗曰：

> 北原风雨散，南宫容卫疏。待诏还金马，儒林归石渠。
> 徒悬仁寿镜，空聚茂陵书。竹泪垂秋笋，莲衣落夏蕖。

---

① （明）周婴著，王瑞明点校《卮林》卷7，福建人民出版社，2006年12月第1版，第190页。

② 又，关于北周建有重阳阁及此诗之标题，参吉定《论北周作家李昶及其作品的价值》，刊《民族文学研究》2005年第3期。

③ （明）周婴著，王瑞明点校《卮林》卷7，福建人民出版社，2006年12月第1版，第190页。

④ 逯钦立辑校《先秦汉魏晋南北朝诗》，中华书局，1983年9月第1版，第2325页。

顾成始移庙，阳陵正徙居。旧兰憔悴长，残花烂熳舒。

别有昭阳殿，长悲故婕好。①

　　清人倪璠《庾子山集注》此诗题下注曰："和宇文内史昶，悼周明帝也。《周书·明帝纪》云：'武成二年辛酉，重阳阁成，会群公列卿大夫及突厥使者于芳林园，赐钱帛各有差。夏四月，帝因食遇毒。庚子，大渐，辛丑，崩于延寿殿。'"②明确指出此诗是和李昶（宇文昶）之作，且指出其主题是悼念周明帝。

　　周明帝宇文毓可谓一位有德之君，史家评曰："宽仁远度，睿哲博闻……率由恭俭，崇尚文儒，亹亹焉其有君人之德者矣。"③但最终却被权臣宇文护毒杀。实际上，宇文毓即位之前，宇文护就杀害了北周的第一任皇帝宇文觉，宇文毓即位后朝廷大权一直为宇文护所把持。宇文毓"幼而好学，博览群书，善属文，词彩温丽。及即位，集公卿已下有文学者八十余人于麟趾殿，刊校经史"④，他重视且亲近文人，前述李昶和庾信陪驾终南山也能在一定程度上说明问题。因此，他被毒杀，文人（尤其是被他亲近和重用的文人）自然会发自内心地哀悼，宇文昶和庾信就是如此。两首诗都写得充满真情，用一系列朝廷、宫殿意象，烘托出一种悲凉哀怨的气氛，抒发"衔悲""泪垂"之感，末了又宕开一笔，更增哀伤之情。这样的诗作，也是反映了当时的史实，反映了当

① （北周）庾信著，（清）倪璠注，许逸民校点《庾子山集注》，中华书局，1980年10月第1版，第268页。

② （北周）庾信著，（清）倪璠注，许逸民校点《庾子山集注》，中华书局，1980年10月第1版，第268页。

③ 《周书·明帝纪》，中华书局，1971年11月第1版，第61页。

④ 《周书·明帝纪》，中华书局，1971年11月第1版，第60页。

时同类文人的一种共同心态。

王褒（513？—576？），字子渊，《周书》《北史》皆有传。

王褒原仕于梁，历官至吏部尚书，期间与萧衍、萧统、萧纲、萧绎父子等人都有交往且关系相当密切，而且"梁武帝喜其才艺，遂以弟鄱阳王恢之女妻之"①。后西魏灭梁，尽俘王公以下数万人驱归长安，王褒亦在其中。其情形，是相当惨烈的，史载，"汝南王大封、尚书左仆射王褒以下，并为俘以归长安。乃选百姓男女数万口，分为奴婢，小弱者皆杀之"②。然而，王褒入北以后，却受到了很好的礼遇，先是控制西魏政权的宇文泰"谓褒及王克曰：'吾即王氏甥也，卿等并吾之舅氏。当以亲戚为情，勿以去乡介意。'于是授褒及克、殷不害等车骑大将军、仪同三司。常从容上席，资饩甚厚"。于是"褒等亦并荷恩眄，忘其羁旅焉"。周明帝宇文毓即位，"笃好文学。时褒与庾信才名最高，特加亲待。帝每游宴，命褒等赋诗谈论，常在左右。寻加开府仪同三司。保定中，除内史中大夫"。而周武帝宇文邕在位时，"作《象经》，令褒注之。引据该洽，甚见称赏。褒有器局，雅识治体。既累世在江东为宰辅，高祖亦以此重之。建德以后，颇参朝议。凡大诏册，皆令褒具草。东宫既建，授太子少保，迁小司空，仍掌纶诰。乘舆行幸，褒常侍从"③。由于有着这样的经历，王褒入北以后的心态，与同年入北的庾信有很大的不同，故土乡关之思要比庾信薄弱得多（虽然不是没有）。

王褒在关中地区写的第一首诗是《入关故人别诗》，诗曰：

① 《周书·王褒传》，中华书局，1971年11月第1版，第729页。
② 《南史·梁本纪》，中华书局，1975年6月第1版，第245页。
③ 《周书·王褒传》，中华书局，1971年11月第1版，第731页。

百年余古树，千里暗黄尘。关山行就近，相看成远人。^①

此诗作于西魏攻陷江陵，王褒等人被俘以归长安之时。诗人被拘，进入关中，故乡、故人从此远离，心里的悲痛是难以言表的。

王褒进入关中后，还写过其他的送别之作。如《别王都官诗》：

连翩悯流客，凄怆惜离群。东西御沟水，南北会稽云。
河桥两堤绝，横歧数路分。山川遥不见，怀袖远相闻。^②

王都官即王克^③，西魏破梁，"褒与王克、刘毂、宗懔、殷不害等数十人，俱至长安"^④。而后来，"陈氏与朝廷通好，南北流寓之士，各许还其旧国。陈氏乃请王褒及信等十数人。高祖唯放王克、殷不害等，信及褒并留而不遣"^⑤。王褒眼看着许多故人能够回归故土，而他自己则不得不继续羁留北地，虽然统治者对他十分器重，但毕竟难消心中的羁滞之悲。"山川遥不见，怀袖远相闻"，"流客"的"凄怆"盈溢于字里行间。王褒还有一首《赠周处士诗》。周处士即周弘让，"初，褒与梁处士汝南周弘让相善。及弘让兄弘正自陈来聘，高祖许褒等通亲知音问。褒赠弘让诗"^⑥，诗写自己"犹持汉使节，尚服楚臣冠。巢禽疑上幕，惊羽畏虚弹。飞蓬

---

① 逯钦立辑校《先秦汉魏晋南北朝诗》，中华书局，1983 年 9 月第 1 版，第 2342 页。
② 逯钦立辑校《先秦汉魏晋南北朝诗》，中华书局，1983 年 9 月第 1 版，第 2340 页。
③ 参牛贵琥《王褒集校注》，新华出版社，1993 年 12 月第 1 版。
④ 《周书·王褒传》，中华书局，1971 年 11 月第 1 版，第 731 页。
⑤ 《周书·王褒传》，中华书局，1971 年 11 月第 1 版，第 734 页。
⑥ 《周书·王褒传》，中华书局，1971 年 11 月第 1 版，第 731 页。

去不已，客思渐无端"①的处境与心境。如果联系二人互相往来的书信，对其诗歌会有更深的理解。王褒致周弘让书曰："嗣宗穷途，杨朱歧路。征蓬长逝，流水不归……所冀书生之魂，来依旧壤。射声之鬼，无恨他乡。白云在天，长离别矣，会见之期，邈无日矣。援笔揽纸，龙钟横集。"周弘让复书曰："开题申纸，流脸沾膝……三姜离析，二仲不归。麋鹿为曹，更多悲绪……但愿爱玉体，珍金箱，保期颐，享黄发。犹冀苍雁桢鲤，时传尺素，清风朗月，俱寄相思。子渊，子渊，长为别矣。握管操觚，声泪俱咽。"②王褒对故人故乡的思念、彼此内心深深的伤痛，痛断肝肠。

此外，王褒在关中还写有《送刘中书葬诗》《送观宁侯葬诗》。刘中书即刘璠、观宁侯即梁故观宁侯萧永，此二人皆是由梁入北，最终客死异乡。王褒的送葬诗，忆"畴昔同羁旅"，"久客每思乡"，伤"眹言千载后，谁将游九原"，"题铭无复迹，何处验龟长"③，大有兔死狐悲之感。

王褒的诗，也记载了他在北朝的一些活动，尤其是政治活动，其《九日从驾》写了从驾出行的情形及"终惭属车对，空假侍中郎"的自谦④，而《和庾司水修渭桥》则是酬和之作。庾信任司水下大夫时，主持修渭桥，并作有《奉在司水看治渭桥》诗。王褒诗乃和作，二诗均有一定的史料价值。

庾信（513—581），字子山，小字兰成，南阳新野(今属河南)

① 逯钦立辑校《先秦汉魏晋南北朝诗》，中华书局，1983年9月第1版，第2336页。
② 《周书·王褒传》，中华书局，1971年11月第1版，第731—733页。
③ 此段所引诗句见逯钦立辑校《先秦汉魏晋南北朝诗》，中华书局，1983年9月第1版，第2339—2340页。
④ 曹道衡、刘跃进认为此诗即作于周明帝还同州时，参曹道衡、刘跃进《南北朝文学编年史》，人民文学出版社，2000年11月第1版。

北周武帝宇文邕孝陵墓志盖。2020 年 9 月 1 日摄于陕西历史博物馆

人。庾信生于士族大家之中，有才华，善文学，初仕梁，与萧统、萧纲、萧绎等关系亲近，仕途通达，深得萧氏集团看重。梁元帝承圣三年（554），庾信出使西魏，被留不返。不久，西魏破梁，庾信更失去了南返的可能，被迫留于长安。而西魏政权对其极为器重，"拜使持节、抚军将军、右金紫光禄大夫、大都督，寻进车骑大将军、仪同三司"[①]。西魏禅于北周，庾信"封临清县子，邑

[①] 《周书·庾信传》，中华书局，1971 年 11 月第 1 版，第 734 页。

五百户，除司水下大夫"①。周明帝时期，庾信受到重用，"世宗即位，笃好文学。时褒与庾信才名最高，特加亲待。帝每游宴，命褒等赋诗谈论，常在左右"②，和王褒等人一起成为麟趾学士，刊校经史。此后，庾信仕途一路通达，与北周上层人物及上流文人交游密切。

从各种角度来说，庾信都是这一时期最杰出的文人。就关中诗歌这一角度来看，庾信的作品也最多且成就最高。

"乡关之思"，是庾信入北后文学作品最突出的主题，也是其关中诗歌创作的一个重要内容。而故国的灭亡、归路的阻断，使得他的"乡关之思"，不仅思念故乡、思念故人，正如其《哀江南赋序》中说，"傅燮之但悲身世，无处求生；袁安之每念王室，自然流涕"③，身世之悲、故国之念，也是其中重要的内容。这些因素综合起来，便使得其作品"不无危苦之辞，唯以悲哀为主"。

此外，庾信从文化相对发达的南方到了少数民族统治的北方，从心理上是有些文化优越感的（至少某个时期如此）。唐人张鷟《朝野佥载》："梁庾信从南朝初至北方，文士多轻之。信将《枯树赋》以示之，于后无敢言者。时温子升作《韩陵山寺碑》，信读而写其本，南人问信曰：'北方文士何如？'信曰：'唯有韩陵山一片石堪共语。薛道衡、卢思道少解把笔，自余驴鸣犬吠，聒耳而已。'"④这一故事未必属实，但从某种程度上应该能够反映出庾

---

① 《周书·庾信传》，中华书局，1971 年 11 月第 1 版，第 734 页。

② 《周书·王褒传》，中华书局，1971 年 11 月第 1 版，第 731 页。

③ （北周）庾信著，（清）倪璠注，许逸民校点《庾子山集注》，中华书局，1980 年 10 月第 1 版，第 94 页。

④ （唐）张鷟著，赵守俨点校《朝野佥载》，中华书局，1979 年 10 月第 1 版，第 140 页。

信的某种心态。这种心态，也使他更觉得孤独和悲哀，所以平日的心理及创作心态就更多抑郁。

庾信《望渭水》诗云："树似新亭岸，沙如龙尾湾。犹言吟溟浦，应有落帆还。"①看见相似的风物便不由得想到南方家乡;《重别周尚书诗二首》其一云："阳关万里道，不见一人归。惟有河边雁，秋来南向飞。"②秋雁南飞而人不得南归;《和侃法师》诗云："秦关望楚路，灞岸想江潭。几人应泪落，看君马向南。"③看见别人南行则不由得"望楚路"而泪落;看到迷人的春光春景也感叹不能像古时的仙人一样回到家乡与亲友团聚，"那能学噀酒，无处似栾巴"(《见游春人》);送别南归的使者便"自知悲不已，徒劳减瑟弦"(《别周尚书弘正》)。当他在南方故乡的好友周弘让去世，对着和他一起由梁入周的王褒，他的《和王少保遥伤周处士》如此倾诉:"冥漠尔游岱，凄凉余向秦。虽言异生死，同是不归人。"感喟朋友已经去世而自己凄凉地留在长安，虽然死生异域，而同是不归之人。最后写"遂令从渭水，投吊往江滨"，实实是悲哀的危苦之词。而当王褒最后也辞世时，他更觉伤痛，"故人伤此别，留恨满秦川"，"惟有山阳笛，凄余《思旧》篇"(《伤王司徒褒》)。这样的诗作，确实是"唯以悲哀为主"。

庾信有《别周尚书弘正》《送周尚书弘正二首》《重别周尚书二首》等诗。史载，陈尚书周弘正不止一次地出使北周，其中

---

① (北周)庾信著，(清)倪璠注，许逸民校点《庾子山集注》，中华书局，1980年10月第1版，第377页。本节所引庾信零散诗句，均出自本书。

② (北周)庾信著，(清)倪璠注，许逸民校点《庾子山集注》，中华书局，1980年10月第1版，第370页。

③ (北周)庾信著，(清)倪璠注，许逸民校点《庾子山集注》，中华书局，1980年10月第1版，第369页。

最重要的一次是天嘉元年（560）往长安迎接陈顼（即后来的陈宣帝），562 年随陈顼一起返回陈国。庾信的赠别之作可能作于 562 年，也可能作于其他年份①。无论如何，都是庾信在北期间创作的。

庾信还有一首《怨歌行》。诗云：

> 家住金陵县前，嫁得长安少年。
> 回头望乡泪落，不知何处天边？
> 胡尘几日应尽，汉月何时更圆？
> 为君能歌此曲，不觉心随断弦。

清人倪璠注曰："《怨歌行》者，自喻信本吴人，羁旅长安，同于女子伤嫁，如乌孙马上之曲，明妃出塞之词也。"②诗以江南女子远嫁北地自比，写乡关之思。复以胡尘、汉月为喻，更增伤悲，故尔自诉心声，弦断魂伤。《诗经》"比"的传统、楚辞"美人自喻"的传统，在这首诗中都充分地融合运用。后世中国文学，还有一个男子而作闺音、自比女子的传统。关中诗的同类作品中，这首诗应该是比较早的一首。

庾信在长安，写有不少陪驾应制诗，如《从驾观讲武》。倪璠注此诗，首引《周书·武帝纪》保定二年十月"戊午，讲武于少陵原"③，对其作时做了认定。诗写随从周武帝视察军事演习的情形，描绘渲染了军队的勇武，并对自己能"从驾观"而感觉欣喜。又有

① 参陈志平《庾信别周弘正诗系年考误》，刊《嘉应学院学报》（哲学社会科学版）2007 年第 1 期。
② （北周）庾信著，（清）倪璠注，许逸民校点《庾子山集注》，中华书局，1980 年 10 月第 1 版，第 404 页。
③ 《周书·帝纪》，中华书局，1971 年 11 月第 1 版，第 67 页。

《和王内史从驾狩》一诗，大概也作于同一时期，倪璠注曰："王内史，王褒也。《周书·王褒传》曰：'保定中，除内史中大夫。'"①诗叙述描绘了从驾狩猎的情形，字里行间流露着赞美之情。

在这些陪驾诗中，《陪驾幸终南山和宇文内史》与《和从驾登云居寺塔》二首颇可玩味。后诗曰：

> 重峦千仞塔，危磴九层台。石关恒逆上，山梁乍斗回。
> 阶下云峰出，窗前风洞开。隔岭钟声度，中天梵响来。
> 平时欣侍从，于此暂徘徊。②

前首诗中的宇文内史即宇文昶，他存有一首《陪驾幸终南山》，所陪之"驾"当是周明帝宇文毓③。后首诗，"当是奉和赵王登览之作"，"云居寺已不可考，可能在长安附近"④，两首诗，皆反复夸张渲染山与塔的气势，写登山临塔之所见，又都表达了诗人自己的欣悦之情，无论仙佛，皆可留连。其心态，与前述数首明显不同。

在这方面，奉和赵王的诗歌尤其值得一提。赵王宇文招（？—580），宇文泰第七子，为孝闵帝宇文觉、明帝宇文毓、武帝宇文邕异母弟。宇文招虽非皇帝，然其皇族王爵的显贵身份亦自远超一般达官显贵。庾信与赵王交好，情谊深重，今存庾信诗中

① （北周）庾信著，（清）倪璠注，许逸民校点《庾子山集注》，中华书局，1980年10月第1版，第328页。
② （北周）庾信著，（清）倪璠注，许逸民校点《庾子山集注》，中华书局，1980年10月第1版，第224页。
③ 参首都师范大学王天怡2012年硕士学位论文《庾信诗歌研究三题》。
④ 葛晓音《古诗艺术探微》，河北教育出版社，1992年1月第1版，第40页。

写给赵王的作品竟有十几首之多，有送行、游仙、喜雨、饮酒、看
伎以至新斋落成等诸多方面，其《奉报赵王出师在道赐诗》一首，
写"上将出东平，先定下江兵。弯弓伏石动，振鼓沸沙鸣。横海
将军号，长风骏马名"①，极写宇文招出征的威武，或有渲染之笔，
但应是出自内心真情。

　　庾信关中的诗，唱和赠答之作甚多，题材内容也颇多样，如
前述奉和赵王宇文招的，还有与其他人甚至和尚唱和的。这其中，
最可注意的是与宇文昶、王褒、周弘正等人的唱和赠答诗。宇文
昶是由北齐入周的，王褒和庾信一样是由梁入西魏再入周的，他
们有着相似或相同的经历与心境，惺惺相惜，有共同的语言。而
周弘正是由南方故土来的使者，面对着他，诗人的心里总能泛起
别样一番滋味。庾信与这些人的唱和赠答诗，有乡关之思、身世
之悲，面对着王褒这样有相同经历或相同处境的人以及一些南方
来使，这种伤悲就更加难以自抑。《和宇文内史入重阳阁》，前文
已述，是悼周明帝的;《和王少保遥伤周处士》，是伤悼周弘让的;
《送周尚书弘正》，写相见无期的怅恨。而其他的唱和诗，则有情
调欢娱或轻松的，如《和宇文京兆游田》:

　　　　小苑禁门开，长杨猎客来。悬知画眉罢，走马向章台。
　　　　涧寒泉反缩，山晴云倒回。熊饥自舐掌，雁惊独衔枚。
　　　　美酒余杭醉，芙蓉即奉杯。②

---

① （北周）庾信著，（清）倪璠注，许逸民校点《庾子山集注》，中华书局，
　　1980 年 10 月第 1 版，第 204 页。
② （北周）庾信著，（清）倪璠注，许逸民校点《庾子山集注》，中华书局，
　　1980 年 10 月第 1 版，第 182 页。

　　宇文京兆即宇文神举，北周皇族，建德元年（572）任京兆尹。游田，亦作"游畋"，指出游打猎。起二句即扣题写"猎"；"悬知"二句用张敞之典，扣京兆，笔调轻松调皮；"涧寒"四句写途中所见，形象传神。"泉反缩"，用笔出人意外，熊舐掌，令人莞尔；末二句写猎罢饮酒，结束全篇。诗整体上轻松明快，不类上述其他唱和赠答之作。

　　再如《和宇文内史春日游山》：

游客值春辉，金鞍上翠微。风逆花迎面，山深云湿衣。
雁持一足倚，猿将两臂飞。戍楼侵岭路，山村落猎围。
道士封君达，仙人丁令威。煮丹于此地，居然未肯归。①

　　"雁持"二句，形象生动；"戍楼"二句，历历如画。尤其是"风逆花迎面，山深云湿衣"二句，前句写游山时轻风拂面、花香扑鼻；后句被王维衍为"山路元无雨，空翠湿人衣"。末了，"未肯归"，写道士仙人，亦是说自己。全诗洋溢着一种适意自得之情。联系前文所及《和从驾登云居寺塔》一诗，一仙一佛，俱使诗人留连。

　　此外，又有《和李司录喜雨》诗。李司录，即李昶，亦即宇文昶。诗写雷雨景象，亦传神生动。

　　庾信、王褒、宇文昶等人相互往来，时相唱和，客观上形成了一个长安文人小团体，形成了一个诗歌创作的小高潮。

① （北周）庾信著，（清）倪璠注，许逸民校点《庾子山集注》，中华书局，1980年10月第1版，第181页。

庾信的关中诗，免不了咏写关中（尤其是长安）的地理与风物。如《和人日晚景宴昆明池》《和炅法师游昆明池诗二首》等，写了当时昆明池的景象及游池的感受，亦多有适意之情。而《同州还》写"窜雉飞横涧，藏狐入断原"①之情形，亦形象生动，未曾亲历渭北高原的人，是写不出这种诗句的。

庾信关中的诗作，写游山赏景，写自家小园，往往有怡然自得之情。如其《望野》诗写："试策千金马，来登五丈原。有城仍旧县，无树即新村。水向兰池泊，日斜细柳园。涸渚通沙路，寒渠塞水门。但得风云赏，何须人事论。"②景象、心境，淡泊宁静、素朴自然。《岁晚出横门》一首，写"游客喜登临"，写"智琼来劝酒，文君过听琴"，亦是惬意自得，似乎还有着某种故事。而《寒园即目》《幽居值春》，写他的长安居所，曰"寒园星散居，摇落小村墟"，曰"子月泉心动，阳爻地气舒"，曰"苍鹰斜望雉，白鹭下看鱼"，又曰"决渠移水碓，开园扫竹林"，"短歌吹细笛，低声泛古琴"，"钱刀不相及，耕种且须深"，幽居闲处之情形及心态，亦颇淡然安逸。

庾信关中的诗作，亦有写其职司、述其工作的，如《乘在司水看治渭桥》《预麟趾殿校书和刘仪同》两首，均写于入周之早期，反映了庾信当时对工作，亦即对新朝的态度。诗曰：

大夫参下位，司职渭之阳。富平移铁锁，甘泉运石梁。
跨虹连绝岸，浮鼋续断航。春洲鹦鹉色，流水桃花香。

① （北周）庾信著，（清）倪璠注，许逸民校点《庾子山集注》，中华书局，1980年10月第1版，第202页。
② （北周）庾信著，（清）倪璠注，许逸民校点《庾子山集注》，中华书局，1980年10月第1版，第285页。

星精逢汉帝，钓叟值周王。平堤石岸直，高堰柳阴长。
羡言杜元凯，河桥独举觞。

————《忝在司水看治渭桥》①

止戈兴礼乐，修文盛典谟。壁开金石篆，河浮云雾图。
芸香上延阁，碑石向鸿都。诵书称博士，明经拜大夫。
璧池寒水落，学市旧槐疏。高谭变白马，雄辩塞飞狐。
月落将军树，风惊御史乌。子云犹汗简，温舒正削蒲。
连云虽有阁，终欲想江湖。

————《预麟趾殿校书和刘仪同》②

周承魏禅，孝闵帝即位，即封庾信为临清县子、邑五百户，
除司水下大夫。渭桥，"在长安北三里，跨渭水为桥"③。前首诗即
写自己对工作的尽职（如"富平"二句），写桥的功用（如"跨虹"
二句），又将自己的任职比作"钓叟值周王"，"春洲""平堤"四
句，以优美之景色写愉悦之心情，而最后以杜元凯自比，杜元凯
即西晋著名的政治家、军事家和学者杜预，他曾主持修渠造桥，
在农田水利方面有过突出的贡献。本诗末"独举觞"，既写初仕北
周的孤单，也蕴含一丝孤傲和桥建成后的成就感。后首诗当作于
武成二年（562），明帝即位，"集公卿已下有文学者八十余人于

① （北周）庾信著，（清）倪璠注，许逸民校点《庾子山集注》，中华书局，
　　1980 年 10 月第 1 版，第 269—270 页。
② （北周）庾信著，（清）倪璠注，许逸民校点《庾子山集注》，中华书局，
　　1980 年 10 月第 1 版，第 266 页。
③ 何清谷《三辅黄图校释》卷 6，中华书局，2005 年 6 月第 1 版，第 355 页。

麟趾殿，刊校经史”①，庾信亦在其中。诗虽以“想江湖”作结，而中间的大段铺写和渲染，突出了明帝设麟趾学士刊校经书的“盛典”。诗中大量用典，倒也与麟趾殿学士的身份相符。同时，典故的堆砌式使用，或许也有着一份文化方面的优越感，有“唯有韩陵山一片石堪共语”的自傲。庾信还有一首写本职工作的诗《对宴齐使》，此诗作于晚些时候。周武帝天和四年（569），北齐遣使聘周，庾信接待，此诗为送别之作。总体来看，这首诗表达的情思比较复杂，“故人傥相访，知余已执珪”②，向故人报告近况，也有终食周粟的羞愧。

其实，庾信仕周，心里是有着矛盾的：面对北人，他心理上有一种文化优越感；作为故梁大臣，被迫仕魏与周，有一种“贰臣”的羞愧感；南人滞北，有深深的乡关之思。然而，当时的客观现实，使他只能如此，况且西魏与北周对他确实也相当器重，他也真切地感受到了这份器重，而且南方的梁政权已不复存在，他对取而代之的陈政权又没有什么好感，这就使得他的心里时时有着矛盾与纠结。他有一首《咏雁》诗云：“南思洞庭水，北想雁门关。稻粱俱可恋，飞去复飞还。”③有学者指出：“这首诗明为咏物，实为咏怀，雁即诗人自我形象的写照，他既思南，又恋北，飞来飞去，徘徊不定，表现出诗人的矛盾心情。”④而这种矛盾性，

①　《周书·明帝纪》，中华书局，1971年11月第1版，第60页。

②　（北周）庾信著，（清）倪璠注，许逸民校点《庾子山集注》，中华书局，1980年10月第1版，第318页。

③　（北周）庾信著，（清）倪璠注，许逸民校点《庾子山集注》，中华书局，1980年10月第1版，第380页。

④　刘文忠《庾信评传》，刊《中国历代著名文学家评传》第一卷，山东教育出版社，2009年3月第1版，第644—645页。

其实也是中华民族史上地域间融合、民族间融合的一种常见现象，某程度上也反映了关中地区的包容性。

卢思道（535—586），字子行，范阳（今河北涿州）人，生于北魏，长期仕于北齐，齐亡入周，卒于隋开皇六年。

当代学者祝尚书先生替卢思道这类人物解释说："卢思道恃才傲物，不持操行，'每居官，多被谴辱'（《隋书》本传），故虽历仕三朝，却郁郁不得志。然而也正是他'更臣三代'这点，颇为后人所讥。清宋大樽《茗香诗论》提出这样的问题：'齐、梁、陈、隋之格降而愈下也，其由来安在？'他的回答是由当时'名级故高'的诗人们'失节'所致：'群言之长，德言也。女事二夫，男仕二姓，尚何言乎！'他举了一大串失节诗人的名单，其中就有卢思道。陶渊明的高风亮节固然可贵，但更仕多朝，有着特殊而复杂的历史背景。政局的瞬息变幻，迫使士人不得不跟着改换门庭，否则杀身之祸就可能接踵而至；而走马灯似的政权更迭，谈不上什么正义与否，小朝廷莫不腐朽黑暗，后人有何必要要求当时的士人'从一而终'？因此我们认为，'仕二姓'甚至'仕多朝'现象，乃社会动乱所致，不应完全由他们本人负责，而六朝诗格'降而愈下'，显然与所谓'男仕二姓'关系不大。不过，我们在主张历史地看待'仕二姓'问题的同时，也必须指出，南北朝时期的许多文人，的确存在着政治品质的问题。他们中的不少人阿谀逢迎，趋炎附势，甚至厚颜无耻，为浇薄的世风推波助澜。综观卢思道的一生，虽更仕三代，谈不上什么节操，但心为形役，身不由己，也有他内心的矛盾和痛苦，且没有显著的劣迹。不过他所作的《从驾经大慈照寺诗并序》等篇，对行将覆灭的北齐王朝和荒淫昏庸的北齐后主极尽歌功颂德之能事，以至比作尧舜；参加武装反周活动失败后，又立即转而为周将作露布。如此之类，即便情有可原，仍不值得称道。"①

　　祝先生的辨说是知人论世、很有见地的。而卢思道在为人方面确实有问题，《北史》和《隋书》本传记载他在每一个朝代都品行有亏：《隋书》说他年轻时"不持操行，好轻侮人。齐天保中，《魏史》未出，思道先已诵之，由是大被笞辱。前后屡犯，因而不调。……后漏泄省中语，出为丞相西阁祭酒……后以擅用库钱，免归于家。尝于蓟北怅然感慨，为五言诗为见意"②，并评价说："思道官途寥落，虽穷通有命，抑亦不护细行之所致也。"③《北史》也记他"不持操行，好轻侮人物。齐天保中，《魏史》成，思道多所非毁，由是前后再被笞辱，因而落泊不调……后漏泄省中语，出为丞相西阁祭酒。历太子舍人、司徒录事参军。每居官，多被谴辱。后以擅用库钱，免归家。尝于蓟北，怅然感慨，为五言诗见意……周武帝平齐，授仪同三司，追赴长安……隋文帝为丞相，迁武阳太守。位下，不得志，为《孤鸿赋》以寄其情"。并如此评论："思道一代俊伟，而宦途寥落，虽曰穷通有命，抑亦不护细行之所致乎！"④卢思道的品性为人，在一定程度上影响了他的生活和仕途，而处世及仕途的不顺，又反过来影响了他的心态和性格。在某种程度上来说，卢思道是当时动荡社会文人的一个典型，为了生存，在节操等方面就不那么看重，更谈不上坚守。而其内心当中，也有许多的委屈和抑郁。

　　齐亡，卢思道入长安，有两首诗作，一为《赠李若》，一为

① 祝尚书《卢思道集校注》，巴蜀书社，2001年6月第1版，前言第2—3页。
② 《隋书·卢思道传》，中华书局，1973年8月第1版，第1397—1398页。
③ 《隋书·卢思道传》，中华书局，1973年8月第1版，第1414页。
④ 《北史·卢思道传》，中华书局，1974年10月第1版，第1075—1076、1110页。

《听蝉鸣篇》。《隋书·卢思道传》载："周武帝平齐，授仪同三司，追赴长安，与同辈阳休之等数人作《听蝉鸣篇》。思道所为，词意清切，为时人所重。新野庾信遍览诸同作者，而深叹美之。"①其《赠李若》诗曰：

> 初发清漳浦，春草正萋萋。今留素浐曲，夏木已成蹊。
> 尘起星桥外，日落宝坛西。庭空野烟合，巢深夕羽迷。
> 短歌虽制素，长吟当执珪。寄语当窗妇，非关惜马蹄。②

"《北史·阳休之传》载，周武帝平齐，阳休之等十八个北齐著名文官同时被征，'令随驾后赴长安'，卢思道、李若都在其列。考《北史·周本纪下》载，周武在建德六年正月攻陷邺城，二月'车驾发自邺'，夏四月至长安。此诗首四句所云，正与破邺后被征随驾至长安的时节相合。"③浐，即浐河，为"长安八水"之一，主河道在今西安市东郊。称"素浐"是用潘岳《西征赋》"南有玄灞素浐"之句，玄、素，指水色。

北齐灭亡后，卢思道被征到长安，开始时期望得到北周朝廷重用，所以在《赠李若诗》中有"短歌虽制素，长吟当执珪。寄语当窗妇，非关惜马蹄"之句，但不久就发现北周对他也不甚重视，所以在《听鸣蝉篇》中，又表示向往隐逸④。

---

① 《隋书·卢思道传》，中华书局，1973 年 8 月第 1 版，第 1398 页。
② 祝尚书《卢思道集校注》，巴蜀书社，2001 年 6 月第 1 版，第 37—38 页。后文引卢思道零散诗句，俱取自本书。
③ 倪其心《关于卢思道及其诗歌》，《文学遗产》1981 年第 6 期。
④ 曹道衡、沈玉成《南北朝文学史》，人民文学出版社，1991 年 12 月第 1 版，第 494 页。

《听鸣蝉篇》是一首长诗，诗曰：

听鸣蝉，此听悲无极，群嘶玉树里。回噪金门侧，长风
送晚声。清露供朝食，晚风朝露实多宜。秋日高鸣独见
知，轻身蔽数叶，哀鸣抱一枝。流乱罢还续，酸伤合更离。
暂听别人心即断，才闻客子泪先垂。故乡已超忽，空庭
正芜没。一夕复一朝，坐见凉秋月。河流带地从来崄，
峭路干天不可越。红尘早弊陆生衣，明镜空悲潘掾发。
长安城里帝王州，鸣钟列鼎自相求。西望渐台临太液，
东瞻甲观距龙楼。说客恒持小冠出，越使常怀宝剑游。
学仙未成便尚主，寻源不见已封侯。富贵功名本多豫，
繁华轻薄尽无忧。讵念嫖姚嗟木梗，谁忆田单倦土牛。
归去来，青山下，秋菊离离日堪把。独焚枯鱼宴林野，
终成独校子云书，何如还驱少游马。①

本诗"内容写宦游不达，儒冠误身，反不如求仙和冒险的
'浮华'之士可取富贵，因此勾起了思乡和归隐的想法。一个恃才
傲物的诗人屡经蹉跌，归隐是保持高傲和远离祸患可以得兼的唯
一途径。这种情绪和庾信后期之作虽不全同，却有相通之处，都
企图在思想中寻觅平衡。从诗风来说，庾信是南朝人而入北后逐
渐吸取北方慷慨之风，卢思道则北人而融和了南朝清丽之气，异
途同趋，互为映照。这首诗之得到庾信称赏，当由于此"②。诗末

---

① 卢思道著，祝尚书校注《卢思道集校注》，巴蜀书社，2001 年 6 月第 1 版，
　第 39—40 页。
② 曹道衡、沈玉成《南北朝文学史》，人民文学出版社，1991 年 12 月第 1 版，
　第 494—495 页。

"归去来，青山下"，态度十分决绝。"秋菊离离日堪把，独焚枯鱼宴林野"，又把归隐生活写得令人向往。"终成独校子云书，何如还驱少游马"，又用扬雄和马少游之典，自陈，自傲，自遣，实是一种难以言述的自悲自叹。诗中大量用典，或有炫才之因素，更有许多不得直言的委曲在其间。

北周还有一位特殊的"诗人"高琳。说他特殊，因为他是一位军功卓著的将领。

高琳（497—572），字季珉，北朝时著名将领。初仕北魏，随军征讨，立有战功；后仕西魏，历任龙骧将军、安西将军、骠骑大将军等，屡建战功；再仕北周，征讨吐谷浑、平定文州氏族叛乱、击退陈朝进犯皆有战功，升任大将军、柱国，去世后追赠五州诸军事、冀州刺史。

高琳有一首《宴诗》，诗曰："寄言窦车骑，为谢霍将军。何以报天子，沙漠静妖氛。"关于这首诗的写作本事，《周书·高琳传》《北史·高琳传》均有明确记载。武成二年，高琳领兵讨平文州氏族叛乱，"师还，帝宴群公卿士，仍命赋诗言志。琳诗末章云（诗略）"①。由此可知，这首诗其实是原诗的末章。诗言"何以报天子，沙漠静妖氛"，既写了自己的军功，更写出了军人的壮志与豪情，颇为豪迈。

北周诗，又有一首宗羁的《登渭桥诗》。宗羁，生平不详。《周书》有《宗懔传》，称懔原为南朝梁大臣，入北后，"太祖以懔名重南土，甚礼之。孝闵帝践阼，拜车骑大将军、仪同三司。世宗即位，又与王褒等在麟趾殿刊定群书。数蒙宴赐。保定中卒，年

---

① 《周书·高琳传》，中华书局，1971年11月第1版，第497页；《北史·高琳传》，中华书局，1974年10月第1版，第2323页。

六十四。有集二十卷，行于世"①。此宗羁或为宗懔族人子弟，周初，庾信和王褒等人皆有渭桥诗，或可作为某种参考。宗羁诗曰：

> 仲山朝饮马，还坐渭桥中。南瞻临别馆，北望尽离宫。
> 四面衣裾合，三条冠盖通。兰香想和季，云起忆成公。
> 圯上相知早，鸡鸣幸共同。②

诗前六句对当时渭桥的位置以及周边环境的描写，有一定的史料价值。仲山，在今淳化县境内，与泾阳县交界，泾阳再往南即是咸阳。末二句当有所指，其中故事、人物待考。

三、出使北周的体验与表达：刘逖、周弘正、韦鼎等人的关中诗

刘逖、周弘正、韦鼎等人，分别从北齐和南朝出使北周，有诗。他们笔下的关中以及在关中的感受，和其他人又有所不同。

北齐诗人刘逖写有一首《浴温汤泉诗》，诗曰：

> 骊岫犹怀土，新丰尚有家。
> 神井堪消疹，温泉足荡邪。
> 紫苔生石岸，黄沫拥金沙。
> 振衣殊未已，翻能停使车。③

---

① 《周书·宗懔传》，中华书局，1971年11月第1版，第760页。
② 逯钦立辑校《先秦汉魏晋南北朝诗》，中华书局，1983年9月第1版，第2327页。
③ 逯钦立辑校《先秦汉魏晋南北朝诗》，中华书局，1983年9月第1版，第2272页。

北魏雍州刺史元苌《温泉颂》碑，国家
第一批书法艺术名碑，现藏临潼华清池
景区珍宝馆。摄于 2020 年 12 月 10 日

元苌《温泉颂》碑清初拓本。图片
来源：国家图书馆《中华古籍资源
库·碑帖精华》

　　骊山温泉，古已有之。华清宫遗址出土了北魏雍州刺史元苌
的《温泉颂》碑，记载了当时温泉的情况。

　　史载，刘逖曾出使北周，此诗或为使周时所作，诗首句之
"怀土"与末句"使车"亦可证。而刘逖出使北周的时间，当在北
周天和三年（568）①。《北齐书·刘逖传》载："（逖）除假仪同三司，
聘周使副。二国始通，礼仪未定，逖与周朝议论往复，斟酌古今，

————————————

① 参上海师范大学 2014 年宋泽立硕士学位论文《北齐文林馆文人群体研究》第
　　110 页之考证推论。

事多合礼，兼文辞可观，甚得名誉。使还，拜仪同三司。"①刘逖
这次出使北周，以其才学深为周所重，招待他温泉洗浴符合常理。
这首诗写骊山温泉之"神井堪消疹，温泉足荡邪"，可见当时人
对温泉的认识和利用。

周弘正（496—574），字思行，汝南安城人。原本仕梁。陈
代梁，周弘正又成了陈的大臣。天嘉元年（560），周弘正奉诏到
长安迎接遭北周羁留的安成王陈顼（后来的陈宣帝），天嘉三年返
回，升为金紫光禄大夫，加金章紫绶。

周弘正有《入武关诗》，或是天嘉元年北赴长安经过武关时
所作。诗曰：

> 武关设地险，游客好邅回。将军天上落，童子弃繻来。
> 挥汗成云雨，车马飏尘埃。鸡鸣不可信，未晓莫先开。②

诗起二句写武关之险，"邅回"指因难于行进而徘徊不前的样
子，写"游客"实是为了烘托武关的艰险。三、四两句用典，前
句用李广被称为"飞将军"之典故，赞美武关守将有如从天而降；
后句用汉代终军之典。繻，古时用帛制成的出入关卡的凭证。《汉
书·终军传》载，终军少时西入长安，过函谷关，关吏予其繻，"军
问：'以此何为？'吏曰：'为复传，还当以合符。'军曰'大丈夫
西游，终不复传还。'弃繻而去"。后入长安，终于成就事业③。诗
人此时也要入长安，用此典当有自比自勉之意。五、六两句，明

---

① 《北齐书·刘逖传》，中华书局，1972 年 11 月第 1 版，第 615 页。
② 逯钦立辑校《先秦汉魏晋南北朝诗》，中华书局，1983 年 9 月第 1 版，第 2462 页。
③ 《汉书·终军传》，中华书局，1962 年 6 月第 1 版，第 2820 页。

写行人之多，实写关道难行。《战国策·齐策》谓："临淄之途，车毂击，人肩摩，连衽成帷，举袂成幕，挥汗成雨。"① 最后两句，用孟尝君门客鸡鸣之典，劝守关将士提高警惕，实是调笑打趣之语，作者为陈人，武关属周地，武关的守备如何与他是没有什么实际的利害关系的。

前文所谈及庾信《咏雁》（南思洞庭水）诗，史上一些文献也作周弘正诗，题目作《于长安咏雁》。这样的误会，当非偶然。雁为候鸟，春来秋往，"稻粱俱可恋，飞去复飞还"。咏雁之外，是否也在诉说诗人自己的辛苦？是否也在暗指当时为数不少的先仕南而后又仕北的士人？周弘正在长安，可是与这些人多有交往，并写了不少的唱和诗的。有同样的经历、同样的心态，故同一首诗作，会被编入不同诗人的名下。

韦鼎（515—593），梁大臣，博通经史，善阴阳相术，陈亡入隋。陈宣帝太建年间，韦鼎为聘周主使，出使周朝。现存一首《长安听百舌》诗，《文苑英华》三百二十九作"陈聘使韦鼎《在长安听百舌诗》"。当为使周时于长安作。诗曰：

> 万里风烟异，一鸟忽相惊。
> 那能对远客，还作故乡声。②

诗写思乡之情，全由不经意间的一声鸟鸣带出。百舌鸟，声音婉转，能效百鸟之鸣。诗以"那能对远客，还作故乡声"反问，写出了百舌鸟的特点。若作他鸟，则无此语矣。

---

① 何建章注释《战国策注释·齐策一》，中华书局，1990年2月第1版，第326页。
② 逯钦立辑校《先秦汉魏晋南北朝诗》，中华书局，1983年9月第1版，第2564页。

四、可当史料看：关中民谣

魏晋北朝时期的关中民谣，从区域上来说，主要集中在长安；从时间上来说，以前秦时期为多。

苻生（335—357），前秦第二位君主。其长相，自幼独目；其性格，《十六国春秋别传》《晋书·苻生载记》《魏书·苻生传》等史书均记载其残暴无比，毫无人性。如《晋书·苻生载记》这样记载："荒耽淫虐，杀戮无道，常弯弓露刃以见朝臣，锤钳锯凿备置左右。"[①]"生发三辅人营渭桥，金紫光禄大夫程肱以妨农害时，上疏极谏。生怒，杀之。"[②]"生如阿房，遇兄与妹俱行者，逼令为非礼，不从，生怒杀之。又宴群臣于咸阳故城，有后至者，皆斩之。尝使太医令程延合安胎药，问人参好恶并药分多少，延曰：'虽小小不具，自可堪用。'生以为讥其目，凿延目出，然后斩之。"[③]"及即伪位，残虐滋甚，耽湎于酒，无复昼夜。群臣朔望朝谒，罕有见者，或至暮方出，临朝辄怒，惟行杀戮。动连月昏醉，文奏因之遂寝。纳奸佞之言，赏罚失中。左右或言陛下圣明宰世，天下惟歌太平。生曰：'媚于我也。'引而斩之。或言陛下刑罚微过。曰：'汝谤我也。'亦斩之。所幸妻妾小有忤旨，便杀之，流其尸于渭水。又遣宫人与男子裸交于殿前。生剥牛羊驴马，活焰鸡豚鹅，三五十为群，放之殿中。或剥死囚面皮，令其歌舞，引群臣观之，以为嬉乐。宗室、勋旧、亲戚、忠良杀害略尽，王公在位者悉以疾告归，人情危骇，道路以目。既自有目疾，其所讳者不足、不具、少、无、缺、伤、残、毁、偏、只之言皆不得道，

---

① 《晋书·苻生载记》，中华书局，1974 年 11 月第 1 版，第 2873 页。
② 《晋书·苻生载记》，中华书局，1974 年 11 月第 1 版，第 2876 页。
③ 《晋书·苻生载记》，中华书局，1974 年 11 月第 1 版，第 2877 页。

左右忤旨而死者不可胜纪，至于截胫、刳胎、拉胁、锯颈者动有千数。"①《十六国春秋别传》《晋书》所记略同。这样的记载，古今史学家如刘知几、吕思勉等认为是诬陷苻生。记载或有不实，但不会是空穴来风。

《晋书》《魏书》均记录了两则相关民谣。兹录《晋书》所载如下：

> 初，生梦大鱼食蒲，又长安谣曰："东海大鱼化为龙，男便为王女为公。问在何所洛门东。"东海，苻坚封也，时为龙骧将军，第在洛门之东。生不知是坚，以谣梦之故，诛其侍中、太师、录尚书事鱼遵及其七子、十孙。时又谣曰："百里望空城，郁郁何青青。瞎儿不知法，仰不见天星。"于是悉坏诸空城以禳之。②

民谣有"东海大鱼化为龙"之说，从各方面条件看，正是指苻坚，但苻生错误地理解为指鱼遵，所以诛杀其全家。又有民谣"百里望空城"云云，苻生便"悉坏诸空城以禳之"。这样的民谣，有很强的纪实意义，记录了当时的历史事实。当然，也难保其不与"大楚兴，陈胜王"之类的谣谚一样，暗中有人为操作的因素。

苻生残暴，苻坚杀而代之。苻坚是一位有雄才大略、锐意进取的少数民族君主。他任人唯贤，宽厚仁慈，在王猛等汉族士人的辅助之下，打击豪强，广立学校，劝课农桑，锐意改革，推行"仁义德治"，将国家治理得有条不紊，达到了一个相对稳定且强

---

① 《晋书·苻生载记》，中华书局，1974 年 11 月第 1 版，第 2879 页。
② 《晋书·苻生载记》，中华书局，1974 年 11 月第 1 版，第 2878 页。

盛的阶段。史家评曰："永固雅量瑰姿，变夷从夏……遵明王之德教，阐先圣之儒风，抚育黎元，忧勤庶政"，"虽五胡之盛，莫之比也"①。

当时，"关陇清晏，百姓丰乐，自长安至于诸州，皆夹路树槐柳，二十里一亭，四十里一驿，旅行者取给于途，工商贸贩于道。百姓歌之曰：'长安大街，夹树杨槐。下走朱轮，上有鸾栖。英彦云集，诲我萌黎。'"②这样的民间谣谚，形象地反映了当时的社会状况，反映了一种民风和民心，是当时整个社会及人心的一种形象化的表达，洋溢着一种自信与自豪感。

苻坚时代，还有另一首民谣："欲得必存，当举烟。"史载："初，秦之未乱也，关中土然，无火而烟气大起，方数十里中，月余不灭。坚每临听讼观，令百姓有怨者举烟于城北，观而录之。长安为之语曰：'欲得必存当举烟。'"③这，不失为一种民情上达的方式。

当时的民谣，也辛辣地讽刺了苻坚的一些有违常伦的行为，"初，坚之灭燕，（慕容）冲姊为清河公主，年十四，有殊色，坚纳之，宠冠后庭。冲年十二，亦有龙阳之姿，坚又幸之。姊弟专宠，宫人莫进。长安歌之曰：'一雌复一雄，双飞入紫宫。'咸惧为乱。王猛切谏，坚乃出冲。"④这样的民谣，都可作史料看。

苻坚时期的民谣，前后串起来，基本可以当作一部通俗史书来看。

---

① 《晋书·载记第十五》，中华书局，1974年11月第1版，第2956页。
② 《晋书·苻坚载记》，中华书局，1974年11月第1版，第2895页。
③ 《晋书·苻坚载记》，中华书局，1974年11月第1版，第2928页。
④ 《晋书·苻坚载记》，中华书局，1974年11月第1版，第2922页。按，《十六国春秋·前秦录》作"冲年十三"。

《魏书·苻坚传》载，淝水战败后，苻坚退回北方，姚苌、慕容冲等纷纷反叛，"长安大饥，人民相食。姚苌叛于北地，与冲连和，合攻长安。有群乌数万，鸣于长安城上，其声甚悲，占者以为不终年，有甲兵入城之象。每夜有人周城大呼曰：'杨定健儿应属我，宫殿台观应坐我，父子同出不共汝。'旦遣寻求，不见人迹。先是，又谣曰：'坚入五将山长得。'坚大信之，告其太子永道曰：'天或导予，脱如谣言。留汝兼总戎政，勿与贼争利。吾当出陇收兵，运粮以给汝。天其或者正训予也。'遣其卫将军杨定击冲于城西，为冲所擒。坚弥惧，付永道以后事，率骑数百出如五将，宣告州郡，期救长安。"①这样的民谣，既是当时事件的反映，也是当时历史的记录。

据《晋书》等记载，当时有不少民谣，其意皆言鲜卑将反叛或得天下，矛头直指慕容氏。《晋书·苻坚载记》载，早先时候，"有人于坚明光殿大呼谓坚曰：'甲申乙酉，鱼羊食人，悲哉无复遗。'坚命执之，俄而不见。秘书监朱肜等因请诛鲜卑，坚不从。遣使巡行四方，观风俗，问政道，明黜陟，恤孤独不能自存者"②。"鱼羊"，合起来正是一"鲜"字。《晋书·苻坚载记下》载，慕容冲等人叛击苻坚，苻坚派兵与慕容冲战于灞上，苻坚军败，慕容冲便占据了阿房城。然后插写了当初的一则长安民谣"凤皇凤皇止阿房"③。当初，这句民谣传播时，"坚以凤皇非梧桐不栖，非竹实不食，乃植桐竹数十万株于阿房城以待之。冲小字凤皇，

① 《魏书·苻坚列传》，中华书局，1974年6月第1版，第2078页。
② 《晋书·苻坚载记》，中华书局，1974年11月第1版，第2897页。
③ 《晋书·苻坚载记》，中华书局，1974年11月第1版，第2922页。按，《十六国春秋·前秦录》等"凤皇"作"凤凰"。

至是，终为坚贼，入止阿房城焉"[1]。意思是说，到了这时，苻坚和众人才明白，原来这凤凰指的是慕容冲，因为他"小字凤皇"。《晋书》也还记载了早些时候的另一则民谣"长鞘马鞭击左股，太岁南行当复虏"（按，"复虏"或作"避虏"）并说"秦人呼鲜卑为白虏。慕容垂之起于关东，岁在癸未"[2]。

《晋书·苻坚载记》中，史臣似乎有意地将民谣当历史，甚至当成一种具有神秘力量的谶语来记录。上述诸谣谚之外，还有一些其他的记录，如："初，坚强盛之时，国有童谣云：'河水清复清，苻诏死新城。'坚闻而恶之，每征伐，戒军候云：'地有名新者避之。'时又童谣云：'阿坚连牵三十年，若后欲败当在江淮间。'坚在位二十七年，因寿春之败，其国大乱，后二年，竟死于新平佛寺，咸应谣言矣。"[3]

苻坚墓，陕西省重点文物保护单位。申威隆航拍于 2018 年 2 月 18 日

---

① 《晋书·苻坚载记》，中华书局，1974 年 11 月第 1 版，第 2922 页。
② 《晋书·苻坚载记》，中华书局，1974 年 11 月第 1 版，第 2928 页。
③ 《晋书·苻坚载记》，中华书局，1974 年 11 月第 1 版，第 2929 页。

　　前秦之外，其他时期也有一些民谣。如《晋书》和《十六国春秋》都记录了这样一则民谣："秦川中，血没腕，惟有凉州倚柱观。"其具体背景，《晋书·张寔传》载，西晋末年，刘曜领兵攻长安，张寔派兵援救长安，与刘曜军相持百余日，"大败之，斩级数千"。"时焦崧、陈安寇陇右，东与刘曜相持，雍秦之人死者十八九。初，永嘉中，长安谣曰'秦川中，血没腕，惟有凉州倚柱观'。至是，谣言验矣。"①这里也是用了追记的方式，先写此时关中一带战乱不断，血流成河，只有凉州地区平安无战事（"倚柱观"，倚着柱子观看，说明置身战事之外）。史臣回顾早些时候的一则民谣，来印证当前的事实。记述谣谚，也是带有谶语的性质。但对后世而言，这样的民谣，也有纪史的价值。

　　《隋书·五行志》也记录了一条"周初童谣"，曰："周初有童谣曰：'白杨树头金鸡鸣，只有阿舅无外甥。'静帝隋氏之甥，既逊位而崩，诸舅强盛。"②北周最后一位皇帝静帝宇文阐，被杨坚所迫，让位于杨坚，不久便为杨坚所害。杨坚为周室外戚，从亲戚关系上讲，杨家是舅舅，所以说"只有阿舅无外甥"。与前几条一样，在这里，史臣还是把民谣当作谶语来纪录的，而对后世来说，却是记录了历史事实。

　　《太平寰宇记》引录了一条关于太白山的民谣："《周地图记》云：太白山上恒积雪，无草木。半山有横云如瀑布，则澍雨，人常以为候，验之如离毕焉，故语云：'南山瀑布，非朝即暮。'"③这样的民谣，有如民间的天气预报，实在是人民大众生活经验的一种总结。

---

① 《晋书·张寔传》，中华书局，1974 年 11 月第 1 版，第 2229 页。

② 《隋书·五行志》，中华书局，1973 年 8 月第 1 版，第 638 页。

③ （宋）乐史著，王文楚等点校《太平寰宇记》卷 30《关西道六·凤翔府》，中华书局，2007 年 11 月第 1 版，第 637 页。

　　总之，魏晋北朝时期的关中民谣，或为谶语，或为纪实，而都有一定的真实性，可当史料看。

五、览胜、唱和、纪实：隋代关中诗歌

　　隋代北周而后灭陈，天下一统，南朝、北朝的文人大都因各种原因集中到了长安，在关中留下了不少诗歌作品。

　　南朝陈大臣、著名的文学家江总（519—594），陈亡入隋。先仕北齐后仕北周的薛道衡（540—609）、元行恭等文人也都入隋。他们三人秋游长安昆明池，各自写了一首《秋游昆明池》。后人多以为是同游同作。从字句、意象看，元、薛二诗，似为同时唱和而作，姑录三诗如下：

秋日游昆明池诗

江总

灵沼萧条望，游人意绪多。终南云影落，渭北雨声过。
蝉噪金堤柳，鹭饮石鲸波。珠来照似月，织处写成河。
此时临水叹，非复采莲歌。①

秋游昆明池诗

元行恭

旅客伤羁远，樽酒慰登临。池鲸隐旧石，岸菊聚新金。
阵低云色近，行高雁影深。敧荷泻圆露，卧柳横清阴。
衣共秋风冷，心学古灰沉。还似无人处，幽兰入雅琴。②

---

① 逯钦立辑校《先秦汉魏晋南北朝诗》，中华书局，1983年9月第1版，第2579页。
② 逯钦立辑校《先秦汉魏晋南北朝诗》，中华书局，1983年9月第1版，第2654页。

秋日游昆明池诗

薛道衡

灞陵因静退，灵沼暂徘徊。新船木兰檝，旧宇豫章材。
荷心宜露泫，竹径重风来。鱼潜疑刻石，沙暗似沉灰。
琴逢鹤欲舞，酒遇菊花开。羁心与秋兴，陶然寄一杯。①

  三诗都写了昆明池之景物，尤其都写了昆明池的关键景观石鲸。从诗意来看，江总南人入北，诗云"此时临水叹，非复采莲歌"，临水而思江南，寓乡关之思；元、薛二人皆北人，此前先后仕齐仕周，元诗"旅客伤羁远，樽酒慰登临""衣共秋风冷，心学古灰沉。还似无人处，幽兰入雅琴"，寓含几缕忧伤与寂寥；而薛诗则"羁心与秋兴，陶然寄一杯"，虽有"羁心"，然而要淡得多。

  江总又有《长安九日》诗，诗曰："心逐南云逝，形随北雁来。故乡篱下菊，今日几花开？"此诗一名《于长安归还扬州九月九日行薇山亭赋韵》。薇山亭，不详于何地，有学人称此薇山亭所在即今山东之微山，笔者不敢完全接受。从长安回扬州是否需要经过山东？待考。又有学人称此诗是作者回到扬州后所写，观诗中"逐""随"及"今日几花开"之间，显然不是已回到扬州。从诗题看，若是《长安九日》，则当作于长安；若为《于长安归还扬州九月九日行薇山亭赋韵》，则当作于还扬州途中。从内容看，或在长安，或在回扬州途中。不能确定，姑录于此。

  尹式，河间人，汉王杨谅记室，颇为杨谅所重。仁寿四年（604），文帝死，杨谅起兵反对杨广，失败，尹式自杀。尹式有一

---

① 逯钦立辑校《先秦汉魏晋南北朝诗》，中华书局，1983年9月第1版，第2683页。

首《别宋常侍诗》：

> 游人杜陵北，送客汉川东。无论去与住，俱是一飘蓬。
> 秋鬓含霜白，衰颜倚酒红。别有相思处，啼乌杂夜风。[①]

诗首句写送行之地，次句写被送者将去之所，三四两句写去者与住者（实即"游人"与"客"，也就是宋常侍和诗人自己）"俱是一飘蓬"。这种写法，为后来如王勃《送杜少府之任蜀州》等众多唐诗所继承，宋词中众多的"客中送客"作品也难说不是受其影响。五六两句写饯别，最后两句写惜别之情。有层次，有特点。

诗人胡师耽有一首《登终南山拟古诗》。诗曰：

> 结庐终南山，西北望帝京。烟霞乱鸟道，劣见长安城。
> 宫雉互相映，双阙云间生。钟鼓沸阛阓，笳管咽承明。
> 朱阁临槐路，紫盖飞纵横。望望未极已，瓮牖秋风惊。
> 岩岫草木黄，飞雁遗寒声。坠叶积幽径，繁露垂荒庭。
> 瓮中酒新熟，涧谷寒虫鸣。且对一壶酒，安知世间名。
> 寄言朝市客，同君乐太平。[②]

诗首二句立足终南山，标出一"望"字。以下八句写"望"中所见，铺排长安城的壮丽。其实一些具体场景是"望"不见的，只是诗人心目中望见的而已。"望望"二句承上启下，引出秋风。"岩岫"六句便写山中秋景。"且对"二句承上之"酒新熟"，写

[①] 逯钦立辑校《先秦汉魏晋南北朝诗》，中华书局，1983年9月第1版，第2659页。
[②] 逯钦立辑校《先秦汉魏晋南北朝诗》，中华书局，1983年9月第1版，第2730页。

"安知世间名"之超脱。最后"寄言朝市客，同君乐太平"。此诗总的看来写得比较平，尤其是最后两句落于俗套，而诗对长安城景象的渲染，一定程度上也反映了诗人对京都的仰慕心理。

隋朝另一重要文人虞世基（552？—618），字懋世，会稽余姚（今属浙江）人，在陈时官至尚书左丞，陈亡入隋。炀帝即位后深受宠信，官至金紫光禄大夫。他北入长安时作有《入关诗》，诗曰："陇云低不散，黄河咽复流。关山多道里，相接几重愁。"诗作于陈亡入隋之时，前二句总写入关所见，"咽"字暗含亡国离乡之悲；后二句就路遥点出羁愁，可谓寓情于写景、寓情于叙事。

虞世基也有两首诗涉及到了昆明湖：

赋昆明池一物得织女石诗

隔河图列宿，清汉象昭回。支机就鲸石，拂镜取池灰。
船疑海槎渡，珠似客星来。所恨双蛾敛，逢秋遂不开。[1]

长安秋

露寒台前晓露清，昆明池水秋色明。
摇环动佩出层城，鹍弦凤管奏新声。
上林蒲桃合缥缈，甘泉奇树上葱青。
玉人当歌理清曲，媄好恩情断还续。[2]

前诗多用典故，写昆明池之广大，尤其是用"池灰"等昆明池之典，又写出石鲸，而最后用"双蛾敛"突出织女，屡掉书袋，似有

[1] 逯钦立辑校《先秦汉魏晋南北朝诗》，中华书局，1983年9月第1版，第2713—2714页。
[2] 逯钦立辑校《先秦汉魏晋南北朝诗》，中华书局，1983年9月第1版，第2711页。

炫才之嫌。后诗写长安秋,视野比较宽阔,涉及昆明池、层城、上林苑、甘泉宫等处,用婕妤情断仍续结尾,给全诗融入一缕淡淡的清怨。就全篇而言,还是显得抽象空洞,为写诗而写诗,文学价值并不突出。我们在这里关注的,是两首诗中提到的长安景观和地名。

诗人王胄在长安作有一首《言反江阳寓目灞涘赠易州陆司马诗》:

> 游人卖药罢,徐步反江干。行吟灞陵岸,回首望长安。
> 晨华照城阙,参差复郁盘。千门含日丽,万雉映霞丹。
> 云开承露掌,吹动相风竿。游童轻薄少,鲜服鵕鸃冠。
> 花开傅粉晏,尘起副车韩。屡投双飞剑,曾操两色丸。
> 挂玉要游女,弹珠落娇翰。信美非吾乐,何事久盘桓。
> 欲动南登咏,还谣北上难。眷言思旧友,徂远路漫漫。
> 燕陲望楚服,天际与云端。棹发吴涛上,荆歌易水寒。
> 十年阻风月,万里别金兰。心期竟何许,怀抱日摧残。
> 容华冉冉谢,衣带朝朝宽。盛宪宁延寿,刘琨自少欢。
> 宿昔均取舍,同波岂异澜。赠言不尽意,掷笔起长叹。[①]

王胄(558—613),字承基,祖籍琅玡临沂,生于建康(今南京),早年仕陈,历太子舍人、东阳王文学。陈亡入隋,官至著作佐郎、朝散大夫。王胄与杨素之子、礼部尚书杨玄感交好,后玄感起兵反隋失败,王胄亡匿江南,为吏所捕,坐诛,时年五十六。史臣对王胄的评价是:"性疏率不伦,自恃才大,郁郁于薄宦,每

---

① 逯钦立辑校《先秦汉魏晋南北朝诗》,中华书局,1983 年 9 月第 1 版,第 2700 页。

负气陵傲，忽略时人。"①又说："魏文有言'古今文人，类不护细行，鲜能以名节自立'，信矣！王胄、虞绰之辈，崔儦、孝逸之伦，或矜气负才，遗落世事，或学优命薄，调高位下，心郁抑而孤愤，志盘桓而不定，啸傲当世，脱略公卿。是知跅弛见遗，嫉邪忤物，不独汉阳赵壹、平原祢衡而已。故多离咎悔，鲜克有终。然其学涉稽古，文词辨丽，并邓林之一枝，昆山之片玉矣。"②

诗起四句扣题目中"灞浍"，引出"望"。"晨华"以下十四句，写望中所见：城阙雄丽壮观，游侠年少潇洒。这应当是比较早的出现在诗歌中的游侠形象，他们衣着鲜丽，乘华车，拥美女。"屡投双飞剑，曾操两色丸"，是他们的特征。《汉书·尹赏传》："长安中奸猾浸多，闾里少年群辈杀吏，受赇报仇，相与探丸为弹，得赤丸者斫武吏，得黑丸者斫文吏，白者主治丧。"③"信美"二句做一转折，可谓承上启下，长安着实壮美，游侠着实可羡，然而不是我想要的生活，何必在此徘徊？于是引出以下十八句，写自身之坎坷，写思念旧友，"怀抱日摧残"，以致"衣带朝朝宽"。最后两句，"赠言不尽意，掷笔起长叹"，抒泄内心之抑郁孤愤。

《隋书》本传还记载，"(炀)帝常自东都还京师，赐天下大酺，因为五言诗，诏胄和之。其词曰：(诗略，见下)。帝览而善之，因谓侍臣曰：'气高致远，归之于胄；词清体润，其在世基；意密理新，推庾自直。过此者，未可以言诗也。'"④这首被隋炀帝高度评价的诗如下：

① 《隋书·王胄传》，中华书局，1973 年 8 月第 1 版，第 1742 页。
② 《隋书·王胄传》，中华书局，1973 年 8 月第 1 版，第 1750 页。
③ 《汉书·尹赏传》，中华书局，1962 年 6 月第 1 版，第 3673 页。
④ 《隋书·王胄传》，中华书局，1973 年 8 月第 1 版，第 1741、1742 页。

奉和赐酺诗

河洛称朝市，崤函实奥区。周营曲阜作，汉建奉春谟。
大君苞二代，皇居盛两都。招摇正东指，天驷乃西驱。
展轓齐玉轪，式道耀金吾。千门驻罕毕，四达俨车徒。
是节春之暮，神皋华实敷。皇情感时物，睿思属枌榆。
诏问百年老，恩隆五日酺。小人荷熔铸，何由答大炉。①

　　诗先写河洛，写崤函，再写两都，"东指""西驱"，扣合"自东都还京师"；再写帝王仪仗，写赐宴，最后表达自己的感恩之情。

　　酬和炀帝还京诗的还有许善心，他写过一首《奉和还京师诗》：

重光阐帝图，肆觐荷来苏。卜洛连新邑，因秦还旧都。
雷警三辰卫，星陈七萃驱。从风折凤羽，曜日拖鱼须。
宪章殚礼乐，容服备车徒。回銮入丰镐，从跸度枌榆。
冉冉年和变，迟迟节物徂。余花照玉李，细叶翦珪梧。
朝夕万国凑，海会百川输。微生逢大造，倏忽改荣枯。②

　　诗意与结构，和前面王胄的《奉和赐酺》大同小异，极尽铺排渲染之能事。应制颂圣之作大都如此，谈不上多少真情实感。只是，这样的诗，某种程度上，有一些史料价值。

　　隋炀帝杨广，有相当高的文学造诣，其诗有劲健如《饮马长城窟》者，有婉丽而开阔如《春江花月夜》者，有萧瑟如《野望》

---

① 逯钦立辑校《先秦汉魏晋南北朝诗》，中华书局，1983年9月第1版，第2699页。《隋书·王胄传》（第1741页）同。
② 逯钦立辑校《先秦汉魏晋南北朝诗》，中华书局，1983年9月第1版，第2707页。

者，都写得很有特色。他在关中写的诗有《还京师诗》，诗曰：

> 东都礼仪举，西京冠盖归。是月春之季，花柳相依依。
> 云跸清驰道，雕辇御晨晖。嘹亮铙笳奏，葳蕤旌旆飞。
> 后乘趋文雅，前驱厉武威。[1]

隋炀帝即位后，即着手修建东京洛阳。大业五年（609），改东京为东都。是年早春，自东都还京师长安[2]。本诗当为此时所作。诗全为纪实，中间杂以春季景色的描写，而各种仪仗随从的描写，则显示了皇家的气派与威严。

隋代的民谣，也有一定的纪实意义，如《长安为崔弘度屈突盖语》：

> 宁饮三升醋，不见崔弘度。宁炙三斗艾，不逢屈突盖。[3]

《隋书·酷吏列传》记载，崔弘度，"御下严急，动行捶罚，吏人詟气，闻其声，莫不战栗。所在之处，令行禁止，盗贼屏迹"，"时有屈突盖为武候骠骑，亦严刻，长安为之语曰：'宁饮三升酢，不见崔弘度。宁茹三升艾，不逢屈突盖。'"[4]这样的民谣，古今皆有，其意义不仅限于纪实。

---

[1] 逯钦立辑校《先秦汉魏晋南北朝诗》，中华书局，1983年9月第1版，第2669页。
[2] 炀帝行程，参胡戟《隋炀帝新传》（上海人民出版社，1995年6月第1版）及韩隆福《隋炀帝评传》（武汉大学出版社，1992年10月第1版）之相关年表。
[3] 逯钦立辑校《先秦汉魏晋南北朝诗》，中华书局，1983年9月第1版，第2746页。
[4] 《隋书·崔弘度传》，中华书局，1973年8月第1版，第1699页。

陕西武功隋炀帝陵。据传唐高祖李渊于武德五年八月令其子李世民从扬州迁葬炀帝于此，与隋文帝泰陵构成一脉之穴，遥遥相望。陵前曾立有清陕西巡抚毕沅书"隋炀帝之陵"石碑，现已不存，只有荒冢。陕西省政府 1957 年公布其为省级重点文物保护单位。（按，扬州隋炀帝陵亦是江苏省省级重点文物保护单位。）摄于2020 年 8 月 6 日

摄于 1928 年的隋炀帝陵。图片来源：赵力光主编《古都沧桑》

余　论

　　上述作品之外，还有一些题目看来明显为关中的作品，实际上却不是关中所作，故不在我们讨论的范围。因时常见到一些论著将其称为关中诗，故在此略作赘述。

　　汉乐府有《平陵东》，辞曰："平陵东，松柏桐，不知何人劫义公。劫义公，在高堂下，交钱百万两走马。两走马，亦诚难，顾见追吏心中恻。心中恻，血出漉，归告我家卖黄犊。"①

　　关于此诗，宋人郭茂倩《乐府诗集》卷二十八云："崔豹《古今注》曰：'《平陵东》，汉翟义门人所作也。'《乐府解题》曰：'义，丞相方进之少子，字文仲，为东郡太守。以王莽方篡汉，举兵诛之，不克，见害。门人作歌以怨之也。'"②古往今来，颇有人理解为关中之平陵（汉昭帝平陵位于今咸阳市秦都区），一些陕西地方志如清代沈青崖等编修（雍正）《陕西通志》卷九十五予以收录。然亦有人解释地在今山东省，如清人闻人倓笺《古诗笺》在"不知何人劫义公"句下便这样笺注：《汉书·地理志》：济南郡县东平陵。"③按，《汉书·地理志》记右扶风"平陵"外，也记了济南郡有"东平陵"县。翟义既为东郡太守，此诗为其门人所作，作地当在"东郡"而非关中也。

　　类似被误认为关中所作的诗歌还有很多，如古辞《华山畿》，《乐府诗集》引《古今乐录》曰："《华山畿》者，宋少帝时懊恼一

①　（宋）郭茂倩《乐府诗集》卷28，中华书局，1979年11月第1版，第410页。
②　（宋）郭茂倩《乐府诗集》卷28，中华书局，1979年11月第1版，第409页。
③　（清）王士禛选，（清）闻人倓笺《古诗笺》，上海古籍出版社，1980年5月第1版，第574页。

曲，亦变曲也。少帝时，南徐一士子，从华山畿往云阳，见客舍
有女子年十八九，悦之无因，遂感心疾。母问其故，具以启母。
母为至华山寻访，见女具说闻感之因。脱蔽膝令母密置其席下卧
之，当已。少日果差。忽举席见蔽膝而抱持，遂吞食而死。气欲
绝，谓母曰：'葬时车载，从华山度。'母从其意。比至女门，牛
不肯前，打拍不动。女曰：'且待须臾。'妆点沐浴，既而出，歌
曰：'华山畿，君既为侬死，独活为谁施？欢若见怜时，棺木为
侬开。'棺应声开，女透入棺，家人叩打，无如之何，乃合葬，呼
曰神女冢。"[①]《华山畿》的诗题，再加之"华山""云阳"之地名
（西岳华山为关中名山，云阳在华山西北），很容易让人把它想成
是今陕西渭南华阴市的华山。然而正如前代有学者所考证的那样，
其地在今江苏省境内，与关中无涉[②]。

　　还有不少南朝诗歌，就题目而言，很像是关中的诗歌，《长安
道》之类的固不必说了，还有如《行幸甘泉宫》等，都很容易引
起误会，还有其他一些，如阴铿《西游咸阳中》，诗曰："上林春
色满，咸阳游侠多。城斗疑连汉，桥星象跨河。影里看飞毂，尘
前听远珂。还家何意晚，无处不经过。"[③]无论从题目还是内容，
明显都应是写于咸阳的作品，然而阴铿却不曾到过咸阳，故显然

---

① （宋）郭茂倩《乐府诗集》卷46，中华书局，1979年11月第1版，第669页。
② 倒是《陌上桑》"日出东南隅，照我秦氏楼"一首有些特殊。（雍正）《陕西
通志》卷95称："按此诗旧志未采，第白乐天、权德舆诸诗俱以罗敷为华州人，
今华州西亦有罗敷水，故存之。"按，至今，陕西华阴仍有罗敷镇、罗敷村；
在华阴与华州交界处，陇海铁路上有罗敷车站；有一条河流叫罗敷水，出于南
山，北流入渭河，今人或简写作"夫水"。诗中称"照我秦氏楼""秦氏有好
女"，故此诗很有可能为关中诗。但未有其他可信证据，暂不予讨论。
③ （清）舒其绅等修，（清）严长明等纂，何炳武、高叶青、党斌校点，董健桥
审校《西安府志》，三秦出版社，2011年10月第1版，第1450页。

不是作于关中的作品，而是作者凭想象写出来的。他如萧绎《长安路诗》（或作萧贲《长安道》）："前登灞陵岸（一作道），还瞻渭水流。城形类北斗，桥势似牵牛。飞轩驾良驷，宝剑杂轻裘。经过狭斜里，日暮与淹留。"①灞陵在长安东，因此"前登"后看渭水要"还瞻"。读这样的作品，我们不禁惊讶于古人对长安的熟悉程度，更为古人地理概念的熟悉而叹服。

　　还有其他一些情况，如今人所著《陕西通史·秦汉卷》，除了将《羽林郎》（"昔有霍家奴"）明确定为长安的作品外，还这样说："（汉代乐府诗）还有大量的作品则采自天南海北，其中亦不乏少数民族和边疆地区的民歌。不过，这些被采集到的诗歌最终都需要汇集到设在长安的乐府里，进行加工整理。从这种意义上讲，乐府诗的最后完成是在陕西，应作为陕西文学发展史上的一桩重要事情。"②此论颇有理，不过本书依然采取比较谨慎的态度，此类作品，多不纳入讨论范围。

———————

① （宋）郭茂倩编《乐府诗集》，中华书局，1979年11月第1版，第345页。
② 郭琦、史念海、张岂之主编，黄留珠、周天游著《陕西通史·秦汉卷》，陕西师范大学出版社，1997年3月第1版，第356页。

第三章　初盛唐时期的关中诗歌

唐代建立，中国历史进入了一个新的阶段。长安为唐之国都，从某种程度上说，关中（尤其是长安）的状况，代表了中国当时的状况；而从诗歌的角度看，关中（特别是长安）的诗歌，正是当时中国诗歌的典型代表。

第一节　创业、守成与享受

这一节，主要谈帝王诗、皇室诗及大臣的应制诗。

一、帝王与皇室诗歌

唐代的建立者，即皇帝和重臣，他们的诗歌创作，尤其是皇帝的诗歌，反映的正是他们打天下与守天下的情形。由于他们亲经亲历的切身体验，写来尤具纪实性。

唐太宗李世民，是唐王朝的重要创立者。他有不少诗歌，记录了这一段历史的重要片断。

李世民有一首《经破薛举战地》，写重经战场的感慨。诗作的背景如下：

当李渊父子在太原崛起时，今甘肃境内还有另一支强大的军事武装 —— 薛举军事集团。隋大业十三年秋，薛举在兰州称帝，后迁都秦州（今甘肃天水）。经过进一步的兼并，"举势益张，军

昭陵博物馆藏明刻"唐文皇小像"。摄于 2017 年 10 月 26 日

号三十万,将图京师"[1]。此时:

> 会义兵定关中,(薛举)遂留攻扶风。太宗帅师讨
> 败之,斩首数千级,追奔至陇坻而还。[2]
> 薛举以劲卒十万来逼渭滨,太宗亲击之,大破其众,
> 追斩万余级,略地至于陇坻。[3]

这是李世民与薛举的第一次大战。是役,地点在扶风(今陕

① 《旧唐书·薛举传》,中华书局,1975 年 5 月第 1 版,第 2246 页。
② 《旧唐书·薛举传》,中华书局,1975 年 5 月第 1 版,第 2246 页。
③ 《旧唐书·太宗本纪》,中华书局,1975 年 5 月第 1 版,第 23 页。

西凤翔）。

　　武德元年，唐朝已经建国，又发生了第二次战役。是年七月，薛举与李世民两军对垒于高墌城，"会太宗不豫，行军长史刘文静、殷开山请观兵于高墌西南，恃众不设备，为举兵掩乘其后……竟为举所败，死者十五六，大将慕容罗睺、李安远、刘弘基皆陷于阵"[1]。李世民领残兵退回长安。高墌城为薛举所得。薛举正待乘胜直取长安，不料病死，其子仁杲继位。九月（按，《旧唐书·太宗本纪》谓九月，《新唐书·太宗本纪》谓八月），李世民再次领兵来战。至十一月，"遣将军庞玉先阵于浅水原南……既而太宗亲御大军，奄自原北"，大败薛家军，"斩首数千级，投涧谷而死者不可胜计"[2]，并乘胜追至折墌城。薛仁杲率百官出降，被李世民押回长安斩首。自此，"举父子相继伪位至灭"[3]。唐王朝的开国第一战，以唐军的最终胜利而宣告结束。

　　这两场大战，从前一年的十一月战至第二年十一月。战役的地点，前一次在扶风；后一次范围涉及高墌及折墌，而主战场在浅水原，即今陕西长武县一带。最终，以李世民的大获全胜而告终。此一役，彻底消灭了薛举西秦政权这个关陇地区强有力的军事存在，为唐王朝的统一和巩固，奠定了一个很好的基础。

　　若干年后，李世民重经战场故地，感慨万端，写了一首《经破薛举战地》：

　　昔年怀壮气，提戈初仗节。心随朗日高，志与秋霜洁。

① 《旧唐书·薛举传》，中华书局，1975年5月第1版，第2247页。
② 《旧唐书·太宗本纪》，中华书局，1975年5月第1版，第24页。
③ 《旧唐书·薛举传》，中华书局，1975年5月第1版，第2248页。

贞观初年，李世民下令于唐朝建立期间七个主要战地建佛寺，昭仁寺便是在破薛举战地修建。寺内"豳州昭仁寺碑"，谏议大夫骑都尉朱子奢撰文，相传为虞世南书丹，现为全国重点文物保护单位。摄于 2016 年 11 月 18 日

移锋惊电起，转战长河决。营碎落星沉，阵卷横云裂。
一挥氛沴静，再举鲸鲵灭。于兹俯旧原，属目驻华轩。
沉沙无故迹，减灶有残痕。浪霞穿水净，峰雾抱莲昏。
世途亟流易，人事殊今昔。长想眺前踪，抚躬聊自适。[①]

诗总的来说分两大部分，前十句为第一部分，回忆昔日战斗；后十句为第二部分，抒发今日感怀。具体来说，前四句写昔

---

① （唐）李世民著，吴云、冀宇校注《唐太宗全集校注》，天津古籍出版社，2004 年 2 月第 1 版，第 25 页。

日年少领兵，志气高昂。"移锋"四句概括地写作战经历，"惊电起""长河决"，用比喻的手法写兵行之迅速、战果之显赫。"营碎"二句，用"落星沉""横云裂"写大将之陨亡、阵线之破溃。诗写"破薛举"，自然是说薛军，但其中是否也隐含了浅水原大战前期自己军队的溃败呢？"一挥"两句，"氛沴"喻指寇乱。鲸鲵，喻指凶猛之劲敌。此二句诗写战役的结果是消灭了敌人。而"一挥""再举"，是否是指初次的扶风战役和再次的浅水原战役？笔者以为可以这样理解。所以说这首诗不仅写扶风的破薛举之战，诗人的心目中同时也想到了与薛举的两次大战。"于兹"二句做一过渡，将视角转回目前。以下几句便写瞩目俯看旧战场之情形。"沉沙无故迹"，写当年激战的痕迹已杳然无存。沉沙，指沉埋在沙土中的兵器，杜牧诗"折戟沉沙铁未销"可参证。"减灶"，则是用孙膑庞涓之典，写战役指挥之事。"浪霞"二句宕开一笔，写眼中所见之景，水净霞明，雾重峰阴，景色优美却也引人惆怅。此二句，"抱莲"或作"拖莲"。《御选唐诗》原纂注者吴廷桢等人注此二句，引《汉书》中张楷之典故及数句华山诗，其意盖谓"莲"指华山（华山西峰称莲花峰）。其实，此二句完全可以理解为泛指南山之山峰，华山距平薛举之战地实在太过遥远，而且，杜甫《喜达行在所三首》写凤翔（即扶风战役之"扶风"）一带的山也说"雾树行相引，莲峰望忽开"（"莲峰"，有的版本作"连山"）[1]。最后四句感喟岁月流逝，人事变易，而以"抚躬聊自适"结束全诗，表达出诗人那种天下大定、长舒一口气的心情和踌躇满志的神态。

---

[1] （唐）杜甫著，萧涤非主编，张忠纲统稿《杜甫全集校注》，人民文学出版社，2014 年 1 月第 1 版，第 825、832 页。

　　诗的主要内容是回忆消灭薛举的战斗过程。诗人与薛举的几场鏖战，从其规模及死伤人数等方面来看，确是惊心动魄，十分惨烈。扶风战役，《旧唐书·薛举传》称李世民军队"斩首数千级"，而《旧唐书·太宗本纪》则称"追斩万余级"。《唐创业起居注》卷下更说"岐陇齐筑京观，汧渭为之不流"[1]。京观，是古代中国战后打扫战场的一种方式，即战胜的一方将对方将士的尸体收在一起，堆积在大路两侧或战场上，然后覆土以封，成为高冢。这里说岐陇一带到处筑京观，尸体之多以致汧水渭河为之不流，可见战况之惨烈。表述或有夸张，但基本事实是存在的。浅水原战役，前一阶段，李世民军大败，数员大将被俘，超过半数的将士尽皆牺牲，可见战况之惨烈。后一阶段，李世民军队将不可一世的西秦薛家军彻底击溃，其惨烈程度更不待说。而李世民作为战役其中一方的亲历者与指挥者，对这两场大战的情形必定印象深刻，每当想起便会心潮澎湃。而他的诗作也确实气势恢宏，如同他记忆中的战役一样惊心动魄，具有撼荡人心的艺术魅力。

　　关于此诗的作地作时，一些文章（包括网上博文等）中有说明，但大都没有确凿的史料依据，不足为信。人们一般理解为此诗写于"扶风"，因《全唐诗》此题下有"自注"："义宁元年，击举于扶风，败之。"[2]亦有个别研究者认为此诗为"李薛之战28年后，李世民巡视马政到泾州，给孤寡老人粮布，到薛举城战争遗址，写了《经破薛举战地》"[3]；或以为是"唐太宗驾幸浅水

① （唐）温大雅《唐创业起居注》，清文渊阁四库全书本，台湾商务印书馆影印，第303册，第982页。
② （清）彭定求等编《全唐诗》，中华书局，1960年4月第1版，第4页。
③ 张怀群《圣地泾川·地望与人望》，甘肃文化出版社，2009年10月第1版，第70页。

原（今陕西长武县东北），缅怀在此大败薛举父子之战而写下的作品"——按，扶风、薛举城、长武县，是三个不同的地方，相距甚远。严肃的学术著作中，吴云、冀宇二先生编《唐太宗集》此诗第一条注释称："太宗击薛举事在义宁元年（公元六一七年）……是年太宗仅十六岁。扶风，郡名，故址在今陕西凤翔一带。本诗系作者经过旧战场扶风时，追叙其往昔壮志与战绩，抚今思昔，至感快慰。"①而两位先生修订后的《唐太宗全集校注》中此诗的第一条注释则有所改动，除将"是年太宗仅十六岁"改为"是年太宗仅十九岁"外，在"至感快慰"后又加了一段："据史书记载，唐太宗与薛举父子交战的时间是617—618年，共有三次战役，即扶风战役、高墌战役、浅水源战役。两唐书地理志与《中国历史地图册》载，此三战役的地点应在唐之陇州、泾州。唐太宗即位后，分别于贞观四年、二十年两次到陇州。此诗究竟应该写在哪年，从诗的最后两句'长想眺前踪，抚躬聊自适'所表达的轻松愉快的感情来看，似应写于贞观四年（630年）去陇州之际。"②二位先生耗二十年之力编成此书，扎实可信，令人钦佩。不过此诗之此条注释，还稍有些粗疏：扶风战役，发生于隋义宁元年（第二年唐朝建立）。本年李世民应该是二十岁，而不是十六岁或十九岁。战场之所在地，扶风，隋郡名，治所雍县，即今陕西省宝鸡市凤翔区（按2021年1月，原凤翔县撤县设区，改为凤翔区）；而高墌、浅水原，大致说来，属唐初之宁州、豳（邠）州，高墌今属甘肃省，浅水原今属陕西省咸阳市长武县，三地之间有一定的距离，尤其是扶风与后二地，相距甚远。而扶风、高墌、浅水原，

---

① 吴云、冀宇校注《唐太宗集》，陕西人民出版社，1986年9月第1版，第25页。
② （唐）李世民著，吴云、冀宇校注《唐太宗全集校注》，天津古籍出版社，2004年2月第1版，第26页。

在唐代也均不属陇州，亦不属泾州（战斗收尾之折墌属泾州）。

　　至于这首诗写的是哪次战役，根据扶风与浅水原两场战役的重要性，揆之以李世民的心理，笔者也更愿意相信此诗所写"破薛举"为浅水原战役。但原诗下有作者自注"义宁元年击举于扶风"，可见认定此诗为路过"扶风"时所写，当无问题。

　　然而，笔者查阅相关史料，现存比较流行和权威的古代唐诗选本选录此诗的，宋李昉《文苑英华》卷一百七十（明刻本、清文渊阁四库全书本）、明曹学佺《石仓历代诗选》卷十四（清文渊阁四库全书本）、明高棅《唐诗品汇》卷一（清文渊阁四库全书本、上海古籍出版社影印明汪宗尼校订本）等于诗题下均无此注。1996 年，陕西人民教育出版社出版的傅璇琮先生编辑《唐人选唐诗新编 · 翰林学士集》中，此诗也无此注。此《翰林学士集》的底本，是清代光绪年间影写的日本真福寺存唐写卷子本。直到清人曹寅、彭定求等编的《全唐诗》卷一（清文渊阁四库全书本、中华书局排印本等），诗题下才有注"义宁元年，击举于扶风，败之"。需要指出的是，编纂《御定全唐诗》的底本《全唐诗稿本》在此诗标题下仍无此注①。

　　曹寅、彭定求等编的《全唐诗》，此诗题下"义宁元年，击举于扶风，败之"，从格式看，为作者自注。未知何据。而同时代陈廷敬等人所编《御选唐诗》卷一（清康熙五十二年武英殿朱墨套

---

① 周勋初《叙〈全唐诗〉成书经过》（载《江苏社科名家文库·周勋初卷》）："御定《全唐诗》的编纂工作仍然是以季振宜《全唐诗》为底本而进行的。"台北联经出版事业公司 1979 年据"中央图书馆"珍藏清稿本影印的《明清未刊稿汇编第二辑——全唐诗稿本》，前有该书主编刘兆祐撰的长篇前言《御定全唐诗与钱谦益季振宜递辑唐诗稿本关系探微——写在〈全唐诗稿本〉影印本前面》，亦明确指出："《御定全唐诗》是以钱，季所编的《唐诗》为底本。"这一《全唐诗稿本》在此诗标题下仍然没有序或小注。

印本、清文渊阁四库全书本）题下有注："《旧唐书·太宗纪》：薛举以劲卒十万来逼渭滨。太宗亲击之，破其众，略地至于陇坻。"这两部书，《御选唐诗》的总编者陈廷敬（1639—1712）比《全唐诗》的主要编者如曹寅（1658—1712）、彭定求（1645—1719）等稍微年长一些，然而前书的编辑却又稍晚于后者。《全唐诗》为康熙四十四年（1705）三月，曹寅奉敕，邀彭定求等人编校。次年（1706）十月，全书编成奏上。康熙四十六年（1707）四月十六日，康熙作序，下旨刊行。而《御选唐诗》，一直到陈廷敬死后的第二年（康熙五十二年，1713），康熙帝才作序刊行，《御选唐诗序》称："朕万几余暇，留意篇什，广搜博采，已刻《全唐诗集》。而自曩昔披览，尝取其尤者汇为一编……因命儒臣依次编注，朕亲加考订，一字一句，必溯其源流，条分缕析。其有征引讹误及脱漏者，随谕改定，逾岁告成。因付开雕，以示后学。"[1]这样看来，有可能《全唐诗》诗题下并不是原作者（李世民）的自注，而是清代编选者加的注。而《御选唐诗》的编者很可能在前者的基础上再进一步地明确、具体化了；也可能是不满前者的含混，故依《旧唐书·太宗本纪》重新做注。

所以，谓此诗为李世民过扶风所写，只是一种可能。这种可能的前提之一就是诗题下小注不是后人所加。

其实，扶风这一地名，在唐代，有扶风郡，有扶风县。而且其所辖地域前后是有变化的。那么，李世民经过的"扶风"，是指哪一个概念呢？从诗题和诗意看，应该是他打过仗的地方，即隋义宁元年的扶风，亦即现在的凤翔一带。

据史书记载，唐太宗于贞观三年、贞观四年均去过陇州。贞观

---

[1]　（清）陈廷敬等《御选唐诗》，清康熙五十二年武英殿朱墨套印本。

五年，下诏将原隋代的仁寿宫扩建为九成宫，此后又于贞观六年、贞观七年、贞观八年、贞观十三年、贞观十八年去过九成宫，这几次，都有可能途经扶风而停留。我们目前还没有确凿的证据能够证明此诗作于哪一年哪一地，但不管此诗作于何地何时，作者写作时，心中的破薛举之战应该是包括了扶风之战，也包括了浅水原之战的，这应该是可以肯定的；而诗作于关中，也应该是可以肯定的。

李世民还作有《帝京篇》十首。这组诗，分别写帝京的雄伟壮丽，以及自己处理政务之余的读书、畋猎、听乐、游苑、泛舟、玩琴、宴饮、观舞等，最后一首写自己"披卷览前踪，抚躬寻既往"，"奉天竭诚敬，临民思惠养。纳善察忠谏，明科慎刑赏"的人生思考和

唐太极宫残图。北宋元丰三年刻。2019 年 12 月 9 日摄于西安碑林博物馆

为政准则。明人胡应麟《诗薮》评曰："唐初惟文皇《帝京篇》藻瞻精华，最为杰作。"[1]诗甚长，姑引第一首如下：

> 秦川雄帝宅，函谷壮皇居。绮殿千寻起，离宫百雉余。
> 连甍遥接汉，飞观迥凌虚。云日隐层阙，风烟出绮疏。[2]

---

① （明）胡应麟《诗薮》，中华书局，1958 年 10 月第 1 版，第 35 页。

② （唐）李世民著，吴云、冀宇校注《唐太宗全集校注》，天津古籍出版社，2004 年 2 月第 1 版，第 5 页。本节所引李世民零散诗句，亦出自本书。

昭陵博物馆藏唐壁画。摄于 2017 年 10 月 26 日

昭陵博物馆藏唐壁画"战袍仪卫图"。摄于 2017 年 10 月 26 日

诗写帝京的壮丽雄伟，显出皇家的帝威；"风烟出绮疏"，又显出太宗的"雅志"。

李世民又有《正日临朝》《玄武门宴群臣》两首诗，都写与朝廷相关的活动，有一定的相似性，前首写在"条风开献节，灰律动初阳"的美好季节，"百蛮奉遐赆，万国朝未央"，"车轨同八表，书文混四方"，最后又谦虚地说"晨宵怀至理，终愧抚遐荒"，表示对边远地区的抚育还不到位，还要继续努力；后首也是先写"韶光开令序，淑气动芳年"的美好时季，然后写群臣欢宴的热闹盛大场面，最后也是表示"粤余君万国，还惭抚八埏"，与前首同义，所以还要"庶几保贞固，虚己厉求贤"。这些，都反映了当时的政治、经济情况，以及太宗兢兢业业、励精图治的工作态度与作风。

李世民还有两首回武功的作品，分别是《幸武功庆善宫》和《重幸武功》。诗曰：

寿丘惟旧迹，鄠邑乃前基。粤予承累圣，悬弧亦在兹。
弱龄逢运改，提剑郁匡时。指麾八荒定，怀柔万国夷。
梯山咸入款，驾海亦来思。单于陪武帐，日逐卫文楯。
端扆朝四岳，无为任百司。霜节明秋景，轻冰结水湄。
芸黄遍原隰，禾颖积京畿。共乐还乡宴，欢比大风诗。
　　　　　　　　　　　　　　　——《幸武功庆善宫》①

代马依朔吹，惊禽愁昔丛。况兹承眷德，怀旧感深衷。
积善忻余庆，畅武悦成功。垂衣天下治，端拱车书同。

① （唐）李世民著，吴云、冀宇校注《唐太宗全集校注》，天津古籍出版社，2004年2月第1版，第21页。

白水巡前迹，丹陵幸旧宫。列筵欢故老，高宴聚新丰。
驻跸抚田畯，回舆访牧童。瑞气萦丹阙，祥烟散碧空。
孤屿含霜白，遥山带日红。于焉欢击筑，聊以咏南风。

——《重幸武功》[1]

　　庆善宫，在武功（其地今属陕西省杨凌区），即李世民诞生之所。《旧唐书·太宗本纪》载：李世民"隋开皇十八年十二月戊午，生于武功之别馆"[2]。宋人宋敏求《长安志·武功县》载："庆善宫，在县南一十八里，神尧之旧第也，太宗降诞之所。南临渭水。武德元年建武功宫。六年改庆善宫。贞观六年，太宗临幸，谯群臣，

武功报本寺塔。报本寺为李世民诞生之地。相传李世民登基后，为报母恩，舍宅为寺，名曰"报本"。寺内建浮屠，名"报本寺塔"。另据《长安志》记载，报本寺建于唐文宗大和元年（827），后焚于战乱。北宋年间，重建楼阁式砖塔。现为全国重点文物保护单位。摄于 2020 年 8 月 5 日

① （唐）李世民著，吴云、冀宇校注《唐太宗全集校注》，天津古籍出版社，2004 年 2 月第 1 版，第 23—24 页。
② 《旧唐书·太宗本纪》，中华书局，1975 年 5 月第 1 版，第 21 页。

武功报本寺塔。摄于 2018 年 10 月 28 日

赋诗。后废为慈德寺。"①宋人王溥《唐会要》卷三十"庆善宫"在时间上记得更为具体："武德元年十月十八日，以武功旧宅为武功宫。至六年十二月九日，改武功宫为庆善宫（太宗诞于此宫）。至贞观六年九月二十九日，太宗幸庆善宫，赋诗。"②

上述史料，明确记载了唐太宗李世民于贞观六年驾临庆善宫，并赋诗十韵，亦即上文第一首诗《幸武功庆善宫》。

关于这首诗的创作情形，史书还有更具体的记载：

《唐会要·庆善乐》载：

　　贞观六年九月二十九日，幸庆善宫（在武功县，即高祖旧宅也），宴从臣于渭滨。其宫即太宗降诞之所。上赋诗十韵云：（诗略，个别字句有异文，如"日逐卫文螭""歌此大风诗"）。赏赐闾里，有同汉之宛沛焉。于是起居郎吕才播于乐府、被之管弦，名曰《功成庆善乐》之曲，令童儿八佾皆冠进德冠、紫袴褶，为九功之舞。③

《旧唐书·音乐志》所载，文字基本相同。《新唐书·礼乐志》文字稍有差异，而内容相同：

　　太宗生于庆善宫。贞观六年幸之。宴从臣，赏赐闾里，同汉沛宛。帝欢甚，赋诗，起居郎吕才被之管弦，名曰《功成庆善乐》，以童儿六十四人，冠进德冠，紫袴褶，长袖，

① （宋）宋敏求著，（元）李好文著，辛德勇、郎洁点校《长安志·长安志图》，三秦出版社，2013年12月第1版，第441页。
② （宋）王溥《唐会要》，中华书局，1960年6月第1版，第550页。
③ （宋）王溥《唐会要》，中华书局，1960年6月第1版，第614页。

漆髻，屣履而舞，号《九功舞》。①

贞观十六年，唐太宗再一次到武功。《旧唐书·太宗本纪》载：

> 十六年……冬十一月……丁卯，宴武功士女于庆善宫南门。酒酣，上与父老等涕泣论旧事，老人等递起为舞，争上万岁寿。②

司马光《资治通鉴·唐纪十二》亦载：

> （贞观十六年）壬戌，上校猎于岐阳。因幸庆善宫，召武功故老宴赐，极欢而罢。③

这当是上述第二首诗《重幸武功》的创作情形。

前一首诗，《唐会要》《旧唐书》《新唐书》等，都称其写作情形有如汉之宛沛（或作"沛宛"）。沛，即汉高祖刘邦之故乡；宛，指南阳，"世祖光武皇帝讳秀，字文叔，南阳蔡阳人"④。明确说明此诗与刘邦《大风歌》创作背景的相似性，即回到故乡的创作。还有一点相似性，刘邦创作《大风歌》时，"发沛中儿得百二十人……自为歌诗……令儿皆和习之"⑤；而李世民作诗后，被"起居郎吕才被之管弦，名曰《功成庆善乐》，以童儿六十四人

---

① 《新唐书·礼乐志》，中华书局，1975 年 2 月第 1 版，第 468 页。

② 《旧唐书·太宗本纪》，中华书局，1975 年 5 月第 1 版，第 54 页。

③ 《资治通鉴·唐纪十二》，中华书局，1956 年 6 月第 1 版，第 6181 页。

④ 《后汉书·光武帝纪》，中华书局，1965 年 5 月第 1 版，第 1 页。

⑤ 《史记·高祖本纪》，中华书局，1959 年 9 月第 1 版，第 389 页。

（八佾），冠进德冠，紫袴褶，长袖，漆髻，屦履而舞"①。

　　诗起四句，写自己降生于兹。寿丘，地名，故址在今山东曲阜，相传为黄帝出生地。酆邑，即丰邑，汉高祖刘邦的出生之地。此处以前代圣君出生之地衬写庆善宫。三四两句，谓自己承继历代圣君之光辉，降生于此。悬弧，典出《礼记·内则》："子生，男子设弧于门左，女子设帨于门右。"②"弱龄"以下十句，写自己的奋斗历程及功绩：用武力和怀柔兼济的方式，使得天下大定、万方来朝，又放任臣下治理，四海太平。"霜节"两句宕开一笔，写远近秋景。"芸黄"二句，既是写景，更是写秋日之丰收，与前文"无为任百司"呼应。末二句写还乡之乐，明确与汉高祖《大风歌》相比，自豪、欣慰、欢愉之情，跃然纸上。

　　后一首，起四句写平日对武功的思念。前两句用典，语出《古诗十九首·行行重行行》中"胡马依北风，越鸟巢南枝"二句，用以写不忘故园，表达对故乡的思念和眷恋。汉代桓宽《盐铁论·未通》亦有句："故'代马依北风，飞鸟翔故巢'，莫不哀其生。"③此诗中"惊禽""昔丛"，与"飞鸟""古巢"意相近也。后两句直接点明"怀旧感深衷"之意。"积善"四句，谓自己承先人之荫德，武功文治，使天下大治。"白水"六句，写故地重到，设宴席，欢故老，抚农夫，访牧童。白水、丹陵、新丰，皆代指武功，再具体点说，指庆善宫。白水，指汉光武帝故宅。丹陵，相传为尧诞生之地。新丰，即汉高祖为其父筑邑迁民之新丰。"瑞气"四句，写宫

---

① 《新唐书·礼乐志》，中华书局，1975 年 2 月第 1 版，第 468 页。

② （清）孙希旦著，沈啸寰、王星贤校《礼记集解》，中华书局，1989 年 2 月第 1 版，第 761 页。

③ （汉）桓宽著，王利器校注《盐铁论校注》，中华书局，1992 年 7 月第 1 版，第 191 页。

内瑞气盈庭，阙外秋霜孤屿、远山红日。最后两句，写歌舞欢宴、咏诗抒怀。其实这两句也是用典：《史记》载汉高祖还乡，与父老欢宴，"高祖击筑，自为歌诗曰：'大风起兮云飞扬，威加海内兮归故乡，安得猛士兮守四方！'"①《礼记·乐记》："昔者舜作五弦之琴以歌《南风》。"②此处，作者显然以舜和刘邦自比，抒欢乐之情。

　　这两首诗，有对出生之地的眷念，有治理天下的感慨，有帝王特有的自豪和欢愉。这些，既有作者自己特有的体会和感情，又与刘邦《大风歌》有着某种相似或相通之处。有意思的是，创作之具体情形也与刘邦有着相似之处：刘邦是"发沛中儿得百二十人，教之歌"，"令儿皆和习之"③；李世民诗是以童儿六十四人"为九功之舞"（当然前者是作诗之时，后者是作诗之后）。还有一点相同的是，刘邦作诗时"慷慨伤怀，泣数行下"④；李世民也是"与父老等涕泣论旧事"。刘邦之泣，前文已叙。而李世民此时此地，为何也要"涕泣"呢？

　　《新唐书·太穆窦皇后传》载："始，太宗生，有二龙之符。后于诸子中爱视最笃。后即位，过庆善宫，览观梗欷，顾侍臣曰：'朕生于此，今母后永违。育我之德不可报。'因号恸，左右皆流涕。"⑤这一记载，不清楚是哪一次过庆善宫，亦即不清楚是写哪一首诗之时，但在出生之地，想起了再也见不到的母亲，因而伤怀，这是他作诗时的一种心情，也是"流涕"的原因之一。

---

① 《史记·高祖本纪》，中华书局，1959 年 9 月第 1 版，第 389 页。

② （清）孙希旦著，沈啸寰、王星贤校《礼记集解》，中华书局，1989 年 2 月第 1 版，第 995 页。

③ 《史记·高祖本纪》，中华书局，1959 年 9 月第 1 版，第 389 页。

④ 《史记·高祖本纪》，中华书局，1959 年 9 月第 1 版，第 389 页。

⑤ 《新唐书·太穆窦皇后传》，中华书局，1975 年 2 月第 1 版，第 3469 页。

此外，见到了故乡父老，想起了以往的种种经历，对故土故人的特殊感情，在这特殊的时刻，情感难以自抑，自然也是"流涕"的原因。

同时，回到了故乡，面对着故人，有如漂泊的游子回到了母亲的怀抱，有一种难得的亲切和放松。于是，许多他人难以理解与体会、只有作者自己深埋于心的感慨，包括创业与守成的艰难 —— 那种特殊的酸甜苦辣，此刻都突然地涌上心头。这，自然更是他流涕的原因。

李世民的《望送魏征葬》一诗，可谓妇孺皆知。诗曰：

> 阊阖总金鞍，上林移玉辇。野郊怆新别，河桥非旧饯。
> 惨日映峰沉，愁云随盖转。哀笳时断续，悲旌乍舒卷。
> 望望情何极，浪浪泪空泫。无复昔时人，芳春共谁遣。[1]

魏征是太宗倚重的名臣，为大唐江山的巩固立下了汗马功劳，贞观十七年去世。

《旧唐书·魏征传》载，魏征病重时，太宗"舆驾再幸其第，抚之流涕"。魏征去世后，"太宗亲临恸哭，废朝五日"。出殡时，"太宗登苑西楼，望丧而哭，诏百官送出郊外。帝亲制碑文，并为书石。其后追思不已"。不仅如此，太宗在朝堂上还对大臣们说："夫以铜为镜，可以正衣冠。以古为镜，可以知兴替。以人为镜，可以明得失。朕常保此三镜，以防己过。今魏征殂逝，遂亡一镜矣。"[2]对魏征的评价极高。

---

[1] （唐）李世民著，吴云、冀宇校注《唐太宗全集校注》，天津古籍出版社，2004年2月第1版，第70页。

[2] 《旧唐书·魏征传》，中华书局，1975年5月第1版，第2561页。

魏征墓。摄于 2018 年 10 月 27 日

　　这首诗，正写于送魏征葬之时，诗中情感真挚，尤其是"野郊怆新别，河桥非旧饯"等句，十分感人，可以说是表达了李世民真实的感情和心境，也体现了君臣之间的密切关系。当然，几个月之后，侯君集等人谋反，李世民又怀疑魏征生前与侯君集结党，所以又有了另一番行为，原本在魏征生前答应将衡山公主嫁给魏征的长子叔玉，此时也悔婚不嫁，又派人推倒了自己亲手书写碑文的魏征的墓碑，这是后话。

　　李世民还有一首《赋秋日悬清光赐房玄龄》诗，诗末写"还当葵藿志，倾叶自相依"①，在表达君臣相依的亲密关系的同时，其实也是在要求重臣们对他要忠诚。昔曹植给魏明帝曹睿写的《求通亲亲表》中有这样几句："若葵藿之倾叶，太阳虽不为之回光，然终向之者，诚也。臣窃自比葵藿，若降天地之施，垂三光

---

① （唐）李世民著，吴云、冀宇校注《唐太宗全集校注》，天津古籍出版社，2004 年 2 月第 1 版，第 86 页。

之明者，实在陛下。"①李世民诗用这一典故，正是有葵藿倾叶向阳之意。

除上述作品之外，李世民在关中（尤其是长安）写的作品还涉及到了出猎，写了翠微宫、昆明池、骊山、慈恩寺、终南山等长安的自然景观或人文景观以及相关经历，有一定的纪实意义和史料价值。

太宗李世民之外，高宗李治、中宗李显等都在长安写过不少诗作，提到了骊山、骊山温泉、秦始皇陵、慈恩寺等地，可见这些地方在当时被关注的程度。再后来，玄宗李隆基的诗更多一些，其诗的内容也多为宴享群臣、宫苑游幸等。有一首《春台望》，和李世民的《帝京篇》有一点类似之处。此诗当时曾有贺知章、许景先、苏颋等大臣应制奉和。原诗如下：

> 暇景属三春，高台聊四望。
> 目极千里际，山川一何壮。
> 太华见重岩，终南分叠嶂。
> 郊原纷绮错，参差多异状。
> 佳气满通沟，迟步入绮楼。
> 初莺一一鸣红树，归雁双双去绿洲。
> 太液池中下黄鹤，昆明水上映牵牛。
> 闻道汉家全盛日，别馆离宫趣非一。
> 甘泉逶迤亘明光，五柞连延接未央。
> 周庐徼道纵横转，飞阁回轩左右长。
> 须念作劳居者逸，勿言我后焉能恤。

---

① 高步瀛选注，陈新点校《魏晋文举要》，中华书局，1989年10月第1版，第35页。

　　为想雄豪壮柏梁，何如俭陋卑茅室。

　　阳乌黯黯向山沉，夕鸟喧喧入上林。

　　薄暮赏余回步辇，还念中人罢百金。①

　　诗将汉京与唐都融而为一，借终南、西岳写山河之雄伟；借太液池、昆明湖、甘泉、五柞、上林等写京城之壮丽；末了，"还念中人罢百金"，赞扬汉文帝之节俭而不奢侈，倒也符合玄宗前期的一些实际。

唐大明宫宫殿群微缩复原实景。2020 年 8 月 11 日摄于大明宫遗址

　　玄宗李隆基的诗，还必须提到一首《端午三殿宴群臣探得神字》。这首诗的价值，一方面在于它体现了盛唐气象，另方面又是唐代端午文化的一个典型代表。诗句如"五月符天数，五音调夏钧"，"方殿临华节，圆宫宴雅臣"，"进对一言重，遒文六义陈。

---

① （清）彭定求等编《全唐诗》，中华书局，1960 年 4 月第 1 版，第 29—30 页。

股肱良足咏，风化可还淳"等，典雅华贵，自具气度；而"穴枕通灵气，长丝续命人。四时花竞巧，九子粽争新"等句子，又形象地反映了当时端午的节俗。

唐玄宗的关中诗，涉及到潼关、华山等，温泉则涉及骊山温泉，又写了太白山的温泉（即今日陕西人所谓之西汤峪），说明玄宗本人对温泉的喜爱程度，也说明了当时人对温泉的开发利用程度。

这里附带提一首文德皇后的诗。文德皇后长孙氏，乃唐太宗之皇后，其身份特殊，诗亦不同凡响。

文德皇后曾作有一首《春游曲》，诗曰：

> 上苑桃花朝日明，兰闺艳妾动春情。
> 井上新桃偷面色，檐边嫩柳学身轻。
> 花中来去看舞蝶，树上长短听啼莺。
> 林下何须远借问，出众风流旧有名。①

昭陵博物馆藏唐壁画"群侍图"。摄于 2017 年 10 月 26 日

---

① （清）彭定求等编《全唐诗》，中华书局，1960 年 4 月第 1 版，第 51 页。

　　诗写皇后于上苑赏春之情形，完全一副小女人爱美的情态，而不若一般人心目中皇后之端庄威严。诗第二联尤为新颖，一反常人之构思，写桃艳如人之颜面、柳轻如人之腰肢。末联又用典故：《世说新语·贤媛》载："谢遏绝重其姊，张玄常称其妹，欲以敌之。有济尼者，并游张、谢二家，人问其优劣，答曰：'王夫人神情散朗，故有林下风气；顾家妇清心玉映，自是闺房之秀。'"① 既合前文之嫩柳身轻，又自比谢道韫，自信而明朗。

二、应制：初唐时期的创作潮流

　　唐代前期，长安诗歌应制之作甚多，其缘由，与最高统治者的倡导不无关系。早在太宗时期，太宗就"尝作宫体诗，使（虞世南）赓和。世南曰：'圣作诚工，然体非雅正。上之所好，下必有甚者，臣恐此诗一传，天下风靡。不敢奉诏。'帝曰：'朕试卿耳！'赐帛五十匹"②。李世民写作宫体诗，让虞世南赓和，虞世南因其"体非雅正"、不利于新王朝文学风气的健康发展而拒绝，太宗也能及时改正。这说明了唐代立国之初太宗君臣对文学与社会之关系的认识，或者说反映了他们的文学观念。而同时，此事也反映了太宗对此道的爱好和倡导，虞世南自己的作品应制之作也颇多。

　　唐高宗李治曾作有一首《过温汤》诗，杨思玄、王德真、郑义真等人均作有《奉和圣制过温汤》。诗作如下：

---

① （南朝宋）刘义庆著，（南朝梁）刘孝标注，余嘉锡笺疏《世说新语笺疏》（修订本），上海古籍出版社，1993 年 12 月第 1 版，第 698 页。

② 《新唐书·虞世南传》，中华书局，1975 年 2 月第 1 版，第 3972 页。

过温汤

李　治

温渚停仙跸，丰郊驻晓旌。路曲回轮影，岩虚传漏声。
暖溜惊湍驶，寒空碧雾轻。林黄疏叶下，野白曙霜明。
眺听良无已，烟霞断续生。①

奉和圣制过温汤

杨思玄

丰城观汉迹，温谷幸秦余。地接幽王垒，涂分郑国渠。
风威肃文卫，日彩镜雕舆。远岫凝氛重，寒丛对影疏。
回瞻汉章阙，佳气满宸居。②

奉和圣制过温汤

王德真

握图开万宇，属圣启千年。骊阜疏缇骑，惊鸿映彩斿。
玉霜鸣凤野，金阵藻龙川。祥烟聚危岫，德水溢飞泉。
停舆兴睿览，还举大风篇。③

奉和圣制过温汤

郑义真

洛川方驻跸，丰野暂停銮。汤泉恒独涌，温谷岂知寒。
漏鼓依岩畔，相风出树端。岭烟遥聚草，山月迥临鞍。
日用诚多幸，天文遂仰观。④

---

① （清）彭定求等编《全唐诗》，中华书局，1960 年 4 月第 1 版，第 22 页。
② （清）彭定求等编《全唐诗》，中华书局，1960 年 4 月第 1 版，第 545—546 页。
③ （清）彭定求等编《全唐诗》，中华书局，1960 年 4 月第 1 版，第 546 页。
④ （清）彭定求等编《全唐诗》，中华书局，1960 年 4 月第 1 版，第 546 页。

华清宫星辰汤（唐太宗李世民专用）。摄于 2016 年 5 月 24 日

　　高宗的诗，着重突出一种雍容气度，一种从容舒缓而又君临天下的大气象。三位臣子的和诗，一方面写来此地的背景，是"丰城观汉迹，温谷幸秦余"，"洛川方驻跸，丰野暂停銮"；另方面写此地的形胜，不无赞美之辞："地接幽王垒，涂分郑国渠"，"远岫凝氛重，寒丛对影疏"，"祥烟聚危岫，德水溢飞泉"，"岭烟遥聚草，山月迥临鞍"；最后颂圣："回瞻汉章阙，佳气满宸居"，"停舆兴睿览，还举大风篇"。当然君臣双方的诗中都扣写了"温汤"，如"温渚""暖溜""温谷""德水""汤泉"等。

　　实则在此前，太宗李世民，也对温泉情有独钟，不仅享用温泉，还专门写了一篇《温泉铭》。

　　在长安，在初盛唐，从太宗到玄宗时期，应制诗一直很盛行。如，太宗在贞观十五年时，作有《赋得早秋》一诗，长孙无忌、杨师道、朱子奢、许敬宗等均有《五言早秋侍宴应诏》；同年十一月，太宗有《入潼关》一诗，许敬宗有《奉和入潼关》；贞

唐太宗书《温泉铭》，现藏法国国家图书馆。图片来源：国家图书馆《中华古籍资源库·法藏敦煌》P. 4508

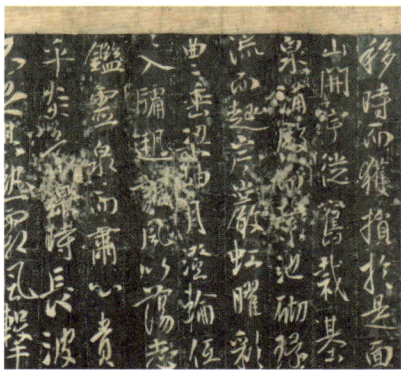

唐太宗书《温泉铭》（局部）

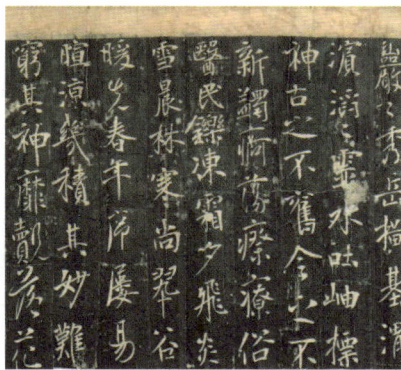

唐太宗书《温泉铭》（局部）

观十八年，太宗作《帝京篇》十首，李百药等有和作；永隆二年，高宗作《太子纳妃太平公主出降》诗，刘祎之、元万顷、郭正一、胡元范、任希古、裴守真等并有《奉和太子纳妃太平公主出降》；景龙二年，中宗幸慈恩寺塔，有诗，李峤、赵彦昭、刘宪、郑愔、宋之问、萧至忠、李迥秀、杨廉、辛替否、王景、毕乾泰、李从远、周利用、张锡、薛稷、马怀素、崔日用、卢藏用、李适等人均有《奉和九月九日登慈恩寺浮图应制》；同年十二月，中宗幸荐福寺，郑愔、宋之问、李峤、赵彦昭、刘宪等作《奉和幸荐福寺应制》；同月，立春，中宗作《立春日游苑迎春》，李适、韦元旦、阎朝隐、沈佺期、卢藏用、马怀素、崔日用等人有《奉和立春

日游苑迎春应制》；也是本月，中宗幸临渭亭，李峤、李适、李
乂、徐彦伯、苏颋等作有《游禁苑陪幸临渭亭遇雪应制》；也是
本月，中宗幸长安故城，宋之问、李峤、赵彦昭、李乂、刘宪等作
《奉和幸长安故城未央宫应制》；月底，中宗与诸学士守岁，沈
佺期等作《守岁应制》；景龙三年正月七日，中宗君臣登清晖阁
遇雪，李峤、宗楚客、刘宪、李乂、赵彦昭、苏颋等作有五律《奉
和人日清晖阁宴群臣遇雪应制》，刘宪、宋之问、沈佺期、萧至
忠、李峤、赵彦昭等又有七绝《人日玩雪应制》；正月二十九日，
中宗幸昆明池，群臣又有应制诗；二月，中宗幸太平公主南庄，
李峤、沈佺期、宋之问、苏颋、李乂、韦嗣立、邵升、赵彦昭等人
有《奉和初春幸太平公主南庄应制》；同年八月，中宗幸安乐公
主山庄，赵彦昭、宗楚客、卢藏用、苏颋、萧至忠、岑羲、李乂、马
怀素、韦元旦、李适、薛稷、刘宪、沈佺期等有《奉和幸安乐公主
山庄应制》；九月，中宗登临渭亭，作《九月九日幸临渭亭登高
得秋字》，韦安石、苏瓌、李峤、萧至忠、窦希玠、韦嗣立、李迥
秀、赵彦昭、杨廉、岑羲、卢藏用、李咸、阎朝隐、沈佺期、薛稷、
苏颋、李乂、马怀素、陆景初、韦元旦、李适、郑南金、于经野、卢
怀慎等并有《奉和九日幸临渭亭登高应制》；十一月，中宗诞辰，
李峤、郑愔等有《中宗降诞日长宁公主满月侍宴应制》；十二
月，中宗幸韦嗣立山庄，张说、李峤、李乂、沈佺期、武平一、赵
彦昭、徐彦伯、刘宪、崔湜、苏颋等人有《奉和圣制幸韦嗣立山庄
应制》；同月，中宗幸白鹿观，李峤、武平一、赵彦昭、刘宪、张
说、徐彦伯、李乂、沈佺期、苏颋等人有《幸白鹿观应制》；同月
二十二日，中宗幸骊山，作《登骊山高顶寓目》，李峤、刘宪、赵
彦昭、崔湜、苏颋、李乂、武平一、张说、阎朝隐等人并有《奉和
登骊山高顶寓目应制》；景龙四年正月，中宗赐群臣柏叶，武平
一、赵彦昭、李乂等并有《奉和元日赐群臣柏叶应制》；正月初

七，中宗重宴大明殿，赐侍臣彩缕人胜，李峤、赵彦昭、崔日用、韦元旦、马怀素、苏颋、李乂、刘宪、沈佺期、李适、阎朝隐等人并有《人日重宴大明宫恩赐彩缕人胜应制》；三月二日，中宗游望春宫，崔日用、岑羲、崔湜、张说、刘宪、苏颋、薛稷、郑愔、韦元旦、马怀素、李适、李乂、沈佺期、阎朝隐等人均有《奉和春日幸望春宫应制》；四月，中宗幸长宁公主庄、幸兴庆池，多人应制；开元八年三月，玄宗作《春台望》诗，苏颋有《奉和圣制春台望应制》，许景先、贺知章等有《奉和御制春台望》；开元十四年十月，玄宗幸温汤行宫，赋《温汤对雪》诗，张说作《奉和圣制温汤对雪应制》；十一月，玄宗幸宁王宅，作《过大哥宅探得歌字韵》，张说有《奉和圣制过宁王宅应制》；开元十五年十二月，玄宗登骊山石瓮寺，赋诗，群臣奉和；开元十七年九月，玄宗以张说、宋璟、源乾曜三人同日拜官，赐宴赋诗，张说、宋璟、源乾曜、萧嵩、裴光庭、宇文融等奉和应制[①]。

　　以上，只是列举了部分例子，足可见初盛唐时期应制诗风之盛。这些应制诗，初时题材、功用倒也不一，如诸臣奉和太宗之《赋得早秋》《入潼关》等诗。到了中宗时，"均以游赏娱乐为主"，"开元以后，应制诗虽然仍多为奉和出游、校猎、赏景、赐宴等内容，但不少是为配合当时政治大事而作"[②]。

　　这些应制诗，有不少还是有一定的价值的，包括文献价值和文学价值。

① 本段资料参陈文新主编，刘加夫分卷主编《中国文学编年史·隋唐五代卷》(上)，湖南人民出版社，2006年9月第1版。

② 葛晓音《诗国高潮与盛唐文化》，北京大学出版社，1998年5月第1版，第328页。

唐大明宫含元殿遗址。摄于 2020 年 8 月 11 日

计有功《唐诗纪事》卷三有这样一段记载：

中宗正月晦日幸昆明池赋诗，群臣应制百余篇。帐
殿前结彩楼，命昭容选一首为新翻御制曲。从臣悉集其下，
须臾纸落如飞，各认其名而怀之。既进，唯沈、宋二诗
不下。又移时，一纸飞坠，竞取而观，乃沈诗也。乃闻
其（上官婉儿）评曰：“二诗工力悉敌，沈诗落句云‘微
臣凋朽质，羞观豫章材’，盖词气已竭；宋诗云‘不愁
明月尽，自有夜珠来’犹陟健举。”沈乃伏，不敢复争。①

---

① （宋）计有功著，王仲镛校笺《唐诗纪事校笺》，中华书局，2007 年 11 月第 1 版，
第 64 页。

中宗李显，于景龙三年正月三十日游昆明池，作了一首诗，群臣奉和，写了一百多篇。中宗让上官婉儿从中选出最好的一篇用以谱曲。上官婉儿对沈、宋二人诗作的比较品评，连沈佺期本人也不得不叹服。沈、宋二诗如下：

奉和晦日幸昆明池应制
宋之问

春豫灵池会，沧波帐殿开。舟凌石鲸度，槎拂斗牛回。
节晦莫全落，春迟柳暗催。象溟看浴景，烧劫辨沉灰。
镐饮周文乐，汾歌汉武才。不愁明月尽，自有夜珠来。①

奉和晦日幸昆明池
沈佺期

法驾乘春转，神池象汉回。双星遗旧石，孤月隐残灰。
战鹢逢时去，恩鱼望幸来。山花缇骑绕，堤柳幔城开。
思逸横汾唱。歌流宴镐杯。微臣雕朽质，羞睹豫章材。②

二诗都写了皇帝驾幸昆明池，写了昆明池中的代表性景物石鲸等，也都用了汉武帝开凿昆明池见劫灰的典故。但沈诗最终没有照顾到"晦日"，且尾联虽是自谦但神气衰竭，而宋诗尾联不仅神气矫健，而且依然照顾到了"晦日"（"明月尽"），也紧扣诗

---

① （唐）沈佺期、宋之问著，陶敏、易淑琼校注《沈佺期宋之问集校注》，中华书局，2001 年 11 月第 1 版，第 480 页。
② （唐）沈佺期、宋之问著，陶敏、易淑琼校注《沈佺期宋之问集校注》，中华书局，2001 年 11 月第 1 版，第 147 页。

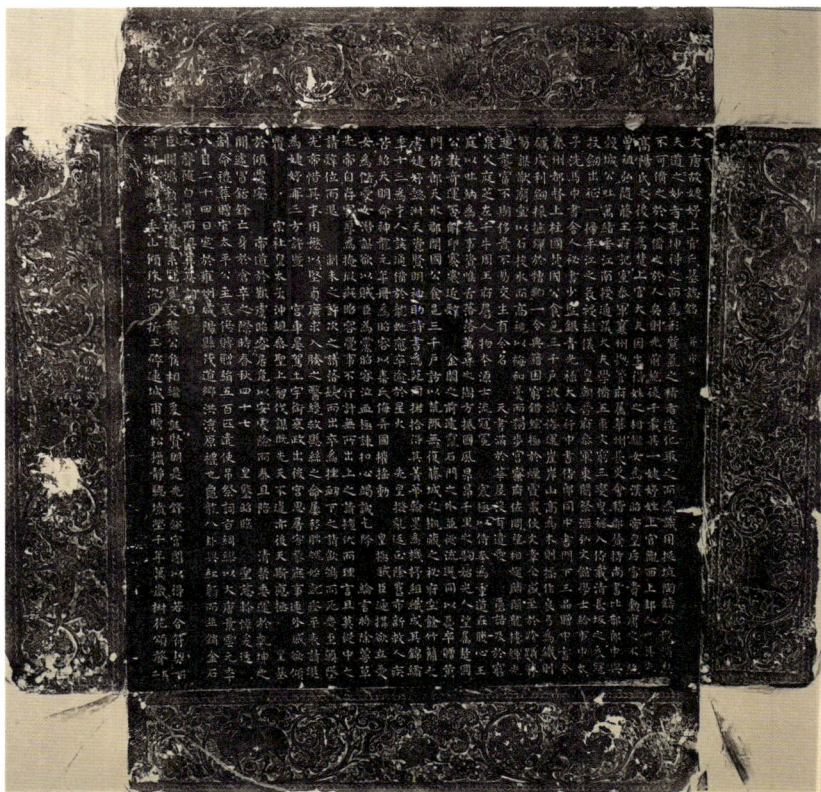

墓志铭称上官婉儿"诗书为苑囿，捃拾得其菁华；翰墨为机杼，组织成其锦绣"。《大唐故昭容上官氏铭》拓片。2020 年 9 月 1 日摄于陕西历史博物馆

题，又巧妙地对皇帝进行了歌颂①。所以，从多方面看，宋诗明显

---

① 《三辅黄图》引《三秦记》曰："昆明池中有灵沼，名神池……原人钓鱼，纶绝而去。梦于武帝，求去其钩。三日戏于池上，见大鱼衔索，帝曰：'岂不谷昨所梦邪？'乃取钩放之。间三日，帝复游池，池滨得明珠一双。帝曰：'岂昔鱼之报邪？'"何清谷《三辅黄图校释》卷 4，中华书局，2005 年 6 月第 1 版，第 257 页。

优于沈诗。

这样的诗，有如诗歌竞赛，既展示、比较了各人才艺之高下，也反映了当时应制诗盛行的情形。

应制诗，其题材内容当然也比较多样，但从其生成机制来说，是对皇帝的诗作或意图的一种回应。所以，从某种角度说，颂圣之外，这类诗本质上是对皇帝思想和生活的一种补充和丰富，因此可以说是皇帝诗的一种展衍。如玄宗李隆基曾作《春台望》一诗（诗作见前文，本节第一部分）。

诗一开始写景，"目极千里际，山川一何壮"，开阔明朗而大气。"初莺——鸣红树，归雁双双去绿洲。太液池中下黄鹤，昆明水上映牵牛"，明朗之中洋溢着一种雅趣和踌躇满志的心态。以下写汉代宫殿的壮观华丽，最后引出节俭之意，"薄暮赏余回步辇，还念中人罢白金"，可谓曲终奏雅，显出仁者之心。

当时，有多位大臣应制奉和，如贺知章、许景先写了《奉和御制春台望》，苏颋写了《奉和圣制春台望应制》。为篇幅计，姑引贺知章一首如下：

青阳布王道，玄览陶真性。
欣若天下春，高逾域中圣。
神皋类观赏，帝里如悬镜。
缭绕八川浮，岧峣双阙映。
晓色遍昭阳，晴云卷建章。
华滋的皪丹青树，颢气氤氲金玉堂。
尚有灵蛇下郦畤，还征瑞宝入陈仓。
自昔秦奢汉穷武，后庭万余宫百数。
旗回五丈殿千门，连绵南陛出西垣。
广画蝾蛾夸窈窕，罗生玳瑁象昆仑。

乃眷天晴兴隐恤，古来土木良非一。
荆临章观赵丛台，何如尧阶将禹室。
层栏窈窕下龙舆，清管逶迤半绮疏。
一听南风引鸾舞，长谣北极仰鹑居。[①]

颂圣之外，就是对玄宗诗歌的发挥。诗也写得大气明朗。

---

① （清）彭定求等编《全唐诗》，中华书局，1960年4月第1版，第1145—1146页。

第二节　都市风貌及社会众生相

初盛唐的关中诗歌（主要是长安诗），反映了以长安为中心的关中都市风貌，反映了从重臣到文士，以及市井百姓的生活状貌。

一、帝都风貌的形象描绘

前文所谈唐太宗李世民的《帝京篇》，描绘的是皇帝眼中的帝京。而大臣和下层文人眼中的皇城风貌与帝都生态，与前者有相同之处，又有一些不同。

"初唐四杰"当中的卢照邻和骆宾王分别有一首《长安古意》和《帝京篇》。骆宾王诗作于高宗上元三年，时任明堂主簿①。卢照邻《长安古意》一诗，古今学者评论甚多，但对其作年，前人似未有多少探讨，今人任国绪推论其当作于总章二年（669）在新都下狱去官前夕②；张志烈认为"永徽三年（652），（卢照邻）在长安参选，《长安古意》当作于本年冬或明年春尚居京城时"③；祝尚书认为作于长安时④；骆祥发、刘加夫等人认为作于高宗咸亨三年

---

① 参（唐）骆宾王著，（清）陈熙晋笺注，王群栗点校《骆宾王集》，浙江古籍出版社，2015 年 9 月第 1 版，第 1—2 页；陈文新主编，刘加夫分卷主编《中国文学编年史·隋唐五代卷》（上），湖南人民出版社，2006 年 9 月第 1 版，第 159—160 页。
② （唐）卢照邻著，任国绪笺注《卢照邻集编年笺注》，黑龙江人民出版社，1989 年 8 月第 1 版，第 111、520 页。
③ 张志烈《初唐四杰年谱》，巴蜀书社，1993 年 4 月第 1 版，第 55—56 页。
④ （唐）卢照邻著，祝尚书笺注《卢照邻集笺注》附录《卢照邻年谱》，上海古籍出版社，2011 年 10 月第 1 版。

前后在长安时①。我们以为，"扬子居"只是自比自己的居所，"南山桂花发"之南山，指终南山。所以，可以认定这首诗作于长安。即便不是最后写于长安，其题材、构思等也当基本完成于长安。《长安古意》全诗如下：

> 长安大道连狭斜，青牛白马七香车。
> 玉辇纵横过主第，金鞭络绎向侯家。
> 龙衔宝盖承朝日，凤吐流苏带晚霞。
> 百丈游丝争绕树，一群娇鸟共啼花。
> 啼花戏蝶千门侧，碧树银台万种色。
> 复道交窗作合欢，双阙连甍垂凤翼。
> 梁家画阁天中起，汉帝金茎云外直。
> 楼前相望不相知，陌上相逢讵相识。
> 借问吹箫向紫烟，曾经学舞度芳年。
> 得成比目何辞死，愿作鸳鸯不羡仙。
> 比目鸳鸯真可羡，双去双来君不见。
> 生憎帐额绣孤鸾，好取门帘帖双燕。
> 双燕双飞绕画梁，罗纬翠被郁金香。
> 片片行云着蝉鬓，纤纤初月上鸦黄。
> 鸦黄粉白车中出，含娇含态情非一。
> 妖童宝马铁连钱，娼妇盘龙金屈膝。
> 御史府中乌夜啼，廷尉门前雀欲栖。
> 隐隐朱城临玉道，遥遥翠幰没金堤。

---

① 参骆祥发《初唐四杰研究》附录《初唐四杰年谱》，东方出版社，1993 年 9 月第 1 版，第 411 页；陈文新主编，刘加夫分卷主编《中国文学编年史·隋唐五代卷》（上），湖南人民出版社，2006 年 9 月第 1 版，第 151 页。

挟弹飞鹰杜陵北，探丸借客渭桥西。

俱邀侠客芙蓉剑，共宿娼家桃李蹊。

娼家日暮紫罗裙，清歌一啭口氛氲。

北堂夜夜人如月，南陌朝朝骑似云。

南陌北堂连北里，五剧三条控三市。

弱柳青槐拂地垂，佳气红尘暗天起。

汉代金吾千骑来，翡翠屠苏鹦鹉杯。

罗襦宝带为君解，燕歌赵舞为君开。

别有豪华称将相，转日回天不相让。

意气由来排灌夫，专权判不容萧相。

专权意气本豪雄，青虬紫燕坐春风。

自言歌舞长千载，自谓骄奢凌五公。

节物风光不相待，桑田碧海须臾改。

昔时金阶白玉堂，即今惟见青松在。

寂寂寥寥扬子居，年年岁岁一床书。

独有南山桂花发，飞来飞去袭人裾。[①]

　　此诗用传统题材，似写汉，实写唐。诗先写京城长安的大道，写香车宝马，写帝都的高大宏伟而又精致的建筑群；再写出现于其中的各式人物：有歌妓，有不法少年，有侠客；再写上层人物花天酒地的风流奢侈生活；再写上层人物的互相倾轧；而后予以讽刺："自言歌舞长千载，自谓骄奢凌五公。节物风光不相待，桑田碧海须臾改。昔时金阶白玉堂，即今唯见青松在。"最后写自己

① （唐）卢照邻著，祝尚书笺注《卢照邻集笺注》，上海古籍出版社，2011年10月第1版，第81—82页。

乾陵陪葬墓章怀太子墓壁画《打马球图》。摄于 2012 年 8 月 8 日

的生活现状，表达自己的节操："寂寂寥寥扬子居，年年岁岁一床书。独有南山桂花发，飞来飞去袭人裾。"从篇幅上说，前面用了64 句写上层人物的生活，最后用 4 句写自己的情志，对比非常强烈，而最后 4 句将前面 64 句极力渲染的一切一笔抹倒，写法可谓独特。就内容而言，诗既写了帝都长安的雄伟壮丽，也写了长安形形色色的人物，表现了社会众生相，尤其是反映了上层社会人物的生活，连带着表现一些不法之徒和青楼歌女的生活，可谓一幅社会生活画卷。

骆宾王之《帝京篇》全诗如下：

山河千里国，城阙九重门。

不睹皇居壮，安知天子尊。

皇居帝里崤函谷，鹑野龙山侯甸服。

五纬连影集星躔，八水分流横地轴。

秦塞重关一百二，汉家离宫三十六。

桂殿阴岑对玉楼，椒房窈窕连金屋。

三条九陌丽城隈，万户千门平旦开。

复道斜通鸦鹊观，交衢直指凤凰台。

剑履南宫入，簪缨北阙来。

声名冠寰宇，文物象昭回。

钩陈肃兰廱，璧沼浮槐市。

铜羽应风回，金茎承露起。

校文天禄阁，习战昆明水。

朱邸抗平台，黄扉通戚里。

平台戚里带崇墉，炊金馔玉待鸣钟。

小堂绮帐三千户，大道青楼十二重。

宝盖雕鞍金络马，兰窗绣柱玉盘龙。

绣柱璇题粉壁映，锵金鸣玉王侯盛。

王侯贵人多近臣，朝游北里暮南邻。

陆贾分金将宴喜，陈遵投辖正留宾。

赵李经过密，萧朱交结亲。

丹凤朱城白日暮，青牛绀幰红尘度。

侠客珠弹垂杨道，倡妇银钩采桑路。

倡家桃李自芳菲，京华游侠盛轻肥。

延年女弟双飞入，罗敷使君千骑归。

同心结缕带，连理织成衣。

春朝桂樽尊百味，秋夜兰灯灯九微。

翠幌珠帘不独映，清歌宝瑟自相依。

且论三万六千是，宁知四十九年非。

乾陵陪葬墓章怀太子墓壁画"狩猎出行图"（局部）。摄于 2012 年 8 月 8 日

乾陵章怀太子墓壁画《观鸟捕蝉图》。图片来源："中国乾陵"官网

古来荣利若浮云，人生倚伏信难分。
始见田窦相移夺，俄闻卫霍有功勋。
未厌金陵气，先开石椁文。
朱门无复张公子，灞亭谁畏李将军。
相顾百龄皆有待，居然万化咸应改。
桂枝芳气已销亡，柏梁高宴今何在。
春去春来苦自驰，争名争利徒尔为。
久留郎署终难遇，空扫相门谁见知。
莫矜一旦擅豪华，自言千载长骄奢。
倏忽抟风生羽翼，须臾失浪委泥沙。
黄雀徒巢桂，青门遂种瓜。
黄金销铄素丝变，一贵一贱交情见。

红颜宿昔白头新，脱粟布衣轻故人。

故人有湮沦，新知无意气。

灰死韩安国，罗伤翟廷尉。

已矣哉，归去来。

马卿辞蜀多文藻，扬雄仕汉乏良媒。

三冬自矜诚足用，十年不调几遭回。

汲黯薪逾积，孙弘阁未开。

谁惜长沙傅，独负洛阳才。①

据《旧唐书·骆宾王传》载，此诗问世之后，时誉颇高，"当时以为绝唱"②。

骆宾王此诗，与卢照邻的《长安古意》一样，依然是以汉代唐。相比李世民《帝京篇》组诗的每首8句（末篇为16句），骆宾王的这首《帝京篇》，展衍成98句的鸿篇巨制。诗先写帝京长安的繁华壮丽，用崤函、重关、龙山、八水等地理形胜烘托长安的地势，又用离宫、桂殿、椒房、复道、交衢、三条九陌、万户千门等表现京城之繁华，与卢照邻《长安古意》手法近似。接着，描绘长安上流社会王侯贵戚骄奢纵欲的生活，"剑履南宫入，簪缨北阙来"，见出将相达官的气派；"钩陈肃兰陛，璧沼浮槐市"，见出学宫圣境之静穆清幽、学士们之风流儒雅；"校文天禄阁，习战昆明水"，见文武之相得益彰；"朱邸抗平台，黄扉通戚里"，可见权贵们宅第之非同一般；"小堂绮帐三千户，大道青楼十二重"，可知他们娱乐之侈糜。以下数句写各色上层人物生活之豪华与糜

---

① （唐）骆宾王著，（清）陈熙晋笺注，王群栗点校《骆宾王集》，浙江古籍出版社，2015年9月第1版，第8—21页。

② 《旧唐书·骆宾王传》，中华书局，1975年5月第1版，第5006页。

烂，杂以上层人物的互相倾轧，亦与《长安古意》中之描写颇为相像。最后发泄自己困顿失意的牢骚愤懑，亦与《长安古意》近似。诗中的很多句子，如"莫羑一旦擅豪华，自言千载长骄奢。俄忽抟风生羽翼，须臾失浪委泥沙"，与《长安古意》中"自言歌舞长千载，自谓骄奢凌五公。节物风光不相待，桑田碧海须臾改"等句亦颇为类似。

　　《长安古意》与《帝京篇》，向来被视为初唐双璧。闻一多先生说："卢、骆二人洋洋洒洒的巨篇，这也是宫体诗的一个剧变。仅仅篇幅大，没有什么，要紧的是背面有厚积的力量撑持着。这力量，前人谓之'气势'，其实就是感情。有真实的感情，所以卢、骆的来到，能使人麻痹了百余年的心灵复活。"①所以，这样的作品，不仅表现了帝京的繁华和社会众生相，同样也体现着唐诗的一种新的生机。这生机，就是作品中充沛的感情力量。这是唐诗的生机，也是初唐士人、初唐时代的生机。

唐彩绘釉陶乐舞女俑。2020 年 9 月 1 日摄于陕西历史博物馆

① 闻一多《唐诗杂论·宫体诗的自赎》，古籍出版社，1956 年 6 月第 1 版，第 17 页。

二、大臣的工作和生活

就大臣而言，其主要工作自然是上朝和视事，尤其是京城长安的大臣，上朝是其最主要的工作状态之一。他们的诗作，对此也多有记录。

虞世南有一首《凌晨早朝》，诗曰：

> 万瓦宵光曙，重檐夕雾收。玉花停夜烛，金壶送晓筹。
> 日晖青琐殿，霞生结绮楼。重门应启路，通籍引王侯。[①]

虞世南卒于贞观十二年（638），年八十一，此诗当作于太宗朝。诗名为早朝，其实主要写早朝前情形，前四句分别从室外室内的情景描绘，写出天亮的时辰；五六两句写日出景象，而"对焦点"集中于楼殿；最后两句写殿门将开，王侯等人即将上朝。诗未正面写上朝情形，而是以上朝前景象的描绘表现入朝的前奏，引出读者的期待。

中宗景龙四年，韦元旦在中书舍人任，作《早朝》一诗，当时徐彦伯、沈佺期、郑愔等人有和作。韦诗曰：

> 震维芳月季，宸极众星尊。珮玉朝三陛，鸣珂度九门。
> 挈壶分早漏，伏槛耀初暾。北倚苍龙阙，西临紫凤垣。
> 词庭草欲奏，温室树无言。鳞翰空为忝，长怀圣主恩。[②]

---

① （清）彭定求等编《全唐诗》，中华书局，1960 年 4 月第 1 版，第 474 页。
② （清）彭定求等编《全唐诗》，中华书局，1960 年 4 月第 1 版，第 773 页。

　　诗前八句笼统地写季节、时辰及宫殿大势,"温室树无言"写大臣们的谨言慎行。"词庭草欲奏""鳞翰空为忝",或许多少有些想要尽职为公的心愿。诗总体来说还是写得比较概括、比较笼统,末了表达"长怀圣主恩"之意。

　　天宝元年,王维官左补阙,值门下省,有诗《春日直门下省早朝》。王维有好几首早朝诗,以这首最为有名。诗题下有注"时为左补阙",或作"时为右补阙",当以"左"为是①。诗曰:

　　　　骑省直明光,鸡鸣谒建章。遥闻侍中佩,暗识令君香。
　　　　玉漏催铜史,天书拜夕郎。旌旗映阊阖,歌吹满昭阳。
　　　　官舍梅初紫,宫门柳欲黄。愿将迟日意,同与圣恩长。②

　　除"天书拜夕郎"一句之外,亦未再具体写早朝本身,而是从侧面烘托皇宫及上朝情形,最后两句感激"圣恩",总的来说仍属颂圣之作,但笼统而不空洞。字里行间,洋溢着一种欣慰、一种自豪、一种满足感与平和感。"愿将迟日意,同与圣恩长",亦让人感觉颂而不谀。这或许是盛世的一种常见心态。

　　从上列诸诗可见,初盛唐时写上朝诗,一般都比较笼统空泛,很少写上朝本身,而是在朝事之外多作渲染;而总的来说都体现出一种昂扬之气与自豪满足之感。这两点,与安史之乱后的同类诗作有所不同。

---

① 参陶敏、傅璇琮《唐五代文学编年史·初盛唐卷》,辽海出版社,1998 年 12 月第 1 版,第 758 页;陈铁民校注《王维集校注》,中华书局,1997 年 8 月第 1 版,第 220 页。

② (唐)王维著,陈铁民校注《王维集校注》,中华书局,1997 年 8 月第 1 版,第 220 页。

唐大明宫宣政殿遗址。门下省位于宣政殿日华门东，又称"东掖""左掖"等，"左补阙""左拾遗"等均于此上直。摄于 2020 年 8 月 11 日

　　有白日上朝，也有夜间值班，唐代长安诗中写夜直的诗也不少。夜直，一般没有多少事情可做，所以此类诗的主题也就不仅仅限于公事，而更多地写当时的所闻所见或心理活动，如听蝉、怀友等等，赠人怀人最为多见。有的原诗没有保存下来，但和作却流传了下来，如张九龄有《和崔黄门寓直夜听蝉之作》；如王湾有《秋夜寓直即事怀赠萧令公裴侍郎兼通简南省诸友人》；开元八、九年间，许景先在给事中任时，夜直赋诗，也是"简诸公"，张九龄、崔颢等人和之。张九龄《和许给事中直夜简诸公》诗末便写"逸兴乘高阁，雄飞在禁林。宁思窃抃者，情发为知音"，表达自己的朋友之情；而崔颢《奉和许给事夜直简诸公》诗末则写"顾己无官次，循涯但自怜。远陪兰署作，空此仰神仙"，一方面写自己的困顿，另方面表达对对方的羡慕之情。

　　大体看来，这些夜直诗，大都没有什么具体的"夜直"的内容，主要渲染其他的事情。其中也有写得比较出色的，如张说

《宿直温泉宫羽林献诗》一首：

> 冬狩美秦正，新丰乐汉行。星陈玄武阁，月对羽林营。
> 寒木罗霜仗，空山响夜更。恩深灵液暖，节劲古松贞。
> 文武皆王事，输心不为名。①

"星陈"四句，写夜景，森寒清幽而又劲健峭挺。"节劲古松贞"，"输心不为名"，又体现出作者自己的节操。全诗情景交融，寓意明确，劲朗有力。

上朝之外，在京官员们还要随皇帝参加其他的多种活动。这些活动，在他们的诗歌中也有记载。

如前文所说，皇帝驾幸某个地方，赋诗，随从大臣必然应制奉和。对此，前文已有简述，这里再略作补充。

景龙四年三月巳，中宗祓禊渭滨，多位大臣应制有诗，如：

上巳日祓禊渭滨应制
韦嗣立

> 乘春祓禊逐风光，扈跸陪銮渭渚傍。
> 还笑当时水滨老，衰年八十待文王。②

上巳日祓禊渭滨应制
沈佺期

> 宝马香车清渭滨，红桃碧柳禊堂春。

---

① （唐）张说著,熊飞校注《张说集校注》,中华书局,2013年11月第1版,第138页。

② （清）彭定求等编《全唐诗》, 中华书局, 1960年4月第1版, 第988页。

皇情尚忆垂竿佐，天祚先呈捧剑人。①

上巳日祓禊渭滨应制
刘宪

桃花欲落柳条长，沙头水上足风光。
此时御跸来游处，愿奉年年祓禊觞。②

上巳日祓禊渭滨应制
徐彦伯

晴风丽日满芳洲，柳色春筵祓锦流。
皆言侍跸横汾宴，暂似乘槎天汉游。③

奉和三日祓禊渭滨
李乂

上林花鸟暮春时，上巳陪游乐在兹。
此日欣逢临渭赏，昔年空道济汾词。④

这些诗，都写得轻快明丽，读来令人愉悦。

类似情形，在初盛唐时，是大臣们经常参与的活动，有时候还非常频繁，如唐中宗时期。中宗于景龙四年被毒而亡。而在此前

① （唐）沈佺期、宋之问著，陶敏、易淑琼校注《沈佺期宋之问集校注》，中华书局，2001年11月第1版，第173页。
② （清）彭定求等编《全唐诗》，中华书局，1960年4月第1版，第783页。
③ （清）彭定求等编《全唐诗》，中华书局，1960年4月第1版，第826页。
④ （清）彭定求等编《全唐诗》，中华书局，1960年4月第1版，第1000页。

的几年中，各种游幸屡屡不断，每每让随从大臣赋诗应制，每月必有，甚至一月数次，有时还和群臣分题赋诗，似乎游幸与作诗的兴趣，已经超过了一切。且以他暴毙前的四五个月为例：本年正月五日，中宗于蓬莱宫宴吐蕃使者，与韦后、长宁公主、李重茂、上官婉儿、崔湜、郑愔、武平一、阎朝隐、窦从一、宗晋卿及吐蕃舍人明悉猎等为柏梁体联句；正月七日，中宗重宴于大明宫，赐彩缕人胜，又观打球，崔日用、李峤、韦元旦、李适、刘宪、苏颋、李乂、马怀素、沈佺期、赵彦昭、郑愔、崔湜、武平一等应制赋诗；正月八日，中宗命侍臣游苑，至望春宫迎春，又赐彩花树，中宗自己作诗，崔日用、阎朝隐、韦元旦、李适、卢藏用、马怀素、沈佺期等应制赋诗；正月晦日，中宗游浐水，宗楚客、张说、沈佺期等应制作诗；二月二十一日，中宗宴张仁亶于桃花园，李峤、苏颋、李乂、徐彦伯、张说、赵彦昭等七绝应制；二十二日，宴承庆殿，令宫女歌之，敕太常简二十篇入乐府，号曰《桃花行》；三月二日，中宗游望春宫，崔日用等应制赋诗；上巳，中宗被禊渭滨，韦嗣立、沈佺期、刘宪、徐彦伯、刘宪、李乂等应制作诗；三月八日，中宗与修文馆学士同宴于窦希玠宅，苏颋、李乂、刘宪、沈佺期等应制作诗，张说为之序；二十七日，中宗游望春宫，学士崔日用、崔湜、阎朝隐、韦元旦、李适、苏颋、李乂、刘宪、沈佺期、张说、岑羲、薛稷、马怀素、郑愔等应制赋诗；四月十四日，中宗至兴庆池观竞渡之戏，苏瓌、李适、韦元旦、刘宪、徐彦伯、张说、苏颋、沈佺期、李乂、马怀素、武平一等应制作诗；五月二十九日，中宗宴诸学士，祝钦明作《八风舞》。几天后的六月初二，中宗即被毒死在神龙殿[①]。可见他乐于此事，至死不疲。皇帝如此，大臣自然是紧紧跟随了。

---

① 参陶敏、傅璇琮主编《唐五代文学编年史》，陈文新主编《中国文学编年史·隋唐五代卷》该时期相关叙述。

　　另有一种应制，与上述情形稍有不同：某些文人，或某些文人的某些特殊的时期，时或类乎皇帝的专职御用文人。李白在长安期间的一些时段就是如此。皇帝并未赋予他处理政务或谏言献策之类的职责，而更多的是让他顺承旨意写一些令君王愉悦的诗篇。

《旧唐书·李白传》载：

　　既而玄宗诏（吴）筠赴京师，筠荐之于朝，遣使召之，与筠俱待诏翰林。白既嗜酒，日与饮徒醉于酒肆。玄宗度曲，欲造乐府新词，亟召白，白已卧于酒肆矣。召入，以水洒面，即令秉笔，顷之成十余章，帝颇嘉之。[①]

《新唐书·李白传》载：

　　（白）供奉翰林。白犹与饮徒醉于市。帝坐沉香子亭，意有所感，欲得白为乐章，召入，而白已醉，左右以水颒面，稍解，授笔成文，婉丽精切，无留思。[②]

《本事诗》"高逸第三"条载：

　　尝因宫人行乐，谓高力士曰："对此良辰美景，岂可独以声伎为娱？倘时得逸才词人吟咏之，可以夸耀于后。"遂命召白。时宁王邀白饮酒，已醉；既至，拜舞颓然。上知其薄声律，谓非所长，命为《宫中行乐》五

---

①　《旧唐书·李白传》，中华书局，1975 年 5 月第 1 版，第 5053 页。
②　《新唐书·李白传》，中华书局，1975 年 2 月第 1 版，第 5763 页。

言律诗十首。白顿首曰："宁王赐臣酒，今已醉。倘陛下赐臣无畏，始可尽臣薄技。"上曰："可。"即遣二内臣腋扶之，命研墨濡笔以授之，又令二人张朱丝栏于其前。白取笔抒思，略不停缀，十篇立就，更无加点。笔迹遒利，凤跱龙拏。律度对属，无不精绝。其首篇曰："柳色黄金嫩，梨花白雪香。玉楼巢翡翠，金殿宿鸳鸯。选妓随雕辇，征歌出洞房。宫中谁第一，飞燕在昭阳。"文不尽录。①

《太平广记》引唐人《松窗录》曰：

开元中，禁中初重木芍药，即今牡丹也。得四本，红紫浅红通白者，上因移植于兴庆池东沉香亭前。会花方繁开，上乘照夜白，太真妃以步辇从。诏特选梨园弟子中尤者，得乐十六部。李龟年以歌擅一时之名，手捧檀板，押众乐前，将歌之。上曰："赏名花，对妃子，焉用旧乐词为？"遂命龟年持金花笺，宣赐李白，立进《清平调辞》三章。白欣然承旨，犹苦宿酲未解，因援笔赋之。辞曰：（略，见下）。龟年遂以辞进。上命梨园弟子约略调抚丝竹，遂促龟年以歌。太真妃持玻璃七宝盏，酌西凉州蒲桃酒，笑领歌，意甚厚。上因调玉笛以倚曲。每曲遍将换，则迟其声以媚之。太真饮罢，敛绣巾重拜上。龟年常语于五王，独忆以歌得自胜者，无出于此，抑亦一时之极致耳。上自是顾李翰林尤异于他学士。②

---

① 孟棨等《本事诗　本事词》，古典文学出版社，1957年9月第1版，第16页。
② （宋）李昉等编《太平广记》，中华书局，1961年9月第1版，第1549—1550页。

天宝二年（743），李白在京师，作有《宫中行乐词》八首，王琦注《李太白文集》题下原注："奉诏作五言。"此组诗，盖即前引《本事诗》所谓"《宫中行乐》五言律诗十首"者。所谓"宫中"，指西京长安城中诸宫，非特指某一宫。诗写"每出深宫里，常随步辇归。只愁歌舞散，化作彩云飞。""宫中谁第一？飞燕在昭阳。""君王多乐事，还与万方同。""玉树春归日，金宫乐事多。""莫教明月去，留着醉姮娥。""宫花争笑日，池草暗生春。""昭阳桃李月，罗绮自相亲。""春风开紫殿，天乐下珠楼。晚来移彩仗，行乐好光辉。""水绿南薰殿，花红北阙楼。莺歌闻太液，凤吹绕瀛洲。""今朝风日好，宜入未央游。"又有《侍从宜春苑奉诏赋龙池柳色初青听新莺百啭歌》，诗曰："东风已绿瀛洲草，紫殿红楼觉春好。池南柳色半青青，萦烟袅娜拂绮城。垂丝百尺挂雕楹，上有好鸟相和鸣，间关早得春风情。春风卷入碧云去，千门万户皆春声。是时君王在镐京，五云垂晖耀紫清。仗出金宫随日转，天回玉辇绕花行。始向蓬莱看舞鹤，还过茞若听新莺。新莺飞绕上林苑，愿入箫韶杂凤笙。"[1]上述诸诗，写春景之美好，颂天子之雍容，的是应制颂圣之格调。诗多用汉代宫阙指代唐宫，而明确写出当代名称的如宜春苑在太极宫中，南薰殿、龙池在兴庆宫中。而著名的《清平调词》，则具体作于兴庆宫中：

> 云想衣裳花想容，春风拂槛露华浓。
> 若非群玉山头见，会向瑶台月下逢。

①　（唐）李白著，安旗、薛天纬、阎琦、房日晰笺注《李白全集编年笺注》，中华书局，2015 年 10 月第 1 版，第 429 页。

一枝红艳露凝香，云雨巫山枉断肠。

借问汉宫谁得似？可怜飞燕倚新妆。

名花倾国两相欢，长得君王带笑看。

解释春风无限恨，沉香亭北倚阑干。①

　　这组诗，即前引《松窗录》所述之三章，流传甚广，影响极大。虽是应制之作，却也深得历代读者之喜爱。

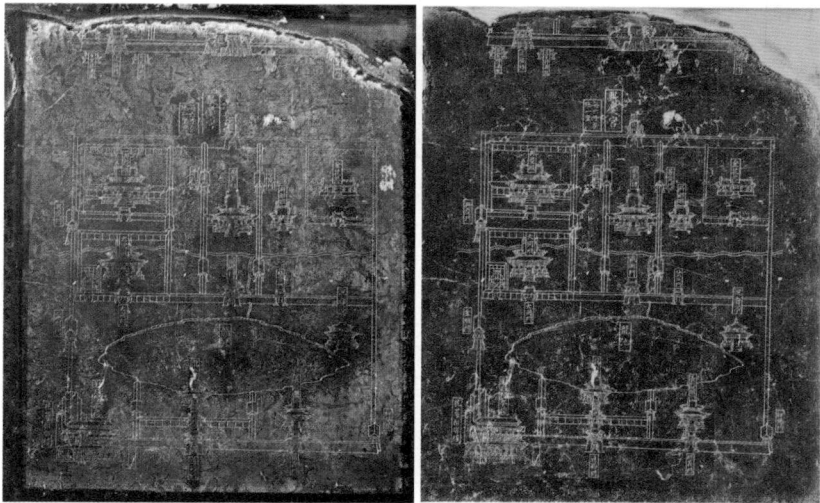

唐兴庆宫图，北宋元丰三年刻，图上端还标有"每六寸折地一里"的古法比例尺，并以平面透视法将亭台楼阁的形制、位置准确标注，是我国珍贵的古代宫殿地图。现藏西安碑林博物馆。左图为笔者拍摄，右拓片图取自碑林博物馆官网

---

① （唐）李白著，安旗、薛天纬、阎琦、房日晰笺注《李白全集编年笺注》，中华书局，2015年10月第1版，第429—437页。

三、文人的生活常态

需要说明的是，"文人"与前述"大臣"之身份在很多情况下是重叠的。此处将主要以诗歌成就留名于后世的归于"文人"。另外，个别重要大臣兼文人的重要文学活动也归入"文人"。

古代文人的生活，最核心的是科举与为官。

科举考试，是文人进入主流社会最主要的渠道，是他们实现人生理想、改变生活现状、改变身份阶层的最"正宗"的途径。所以，在这样一条或为康庄大道或为独木小桥上，有着太多的喜怒哀乐。

刘长卿有诗《温汤客舍》：

> 冬狩温泉岁欲阑，宫城佳气晚宜看。
>
> 汤熏仗里千旗暖，雪照山边万井寒。
>
> 君门献赋谁相达，客舍无钱辄自安。
>
> 且喜礼闱秦镜在，还将妍丑付春官。①

刘长卿（？—790？），字文房，宣州（今属安徽）人，天宝后登进士第。此诗当作于玄宗开元二十四年之后几年内②。"宫城佳气""宜看"等词句，表达了作者初试考场且颇有些自得的心境，"且喜礼闱秦镜在，还将妍丑付春官"，更是自信满满，对前途充满了自信与希望。

---

① （唐）刘长卿著，储仲君笺注《刘长卿诗编年笺注》，中华书局，1996 年 7 月第 1 版，第 13 页。

② 参陶敏、傅璇琮主编《唐五代文学编年史·初盛唐卷》，辽海出版社，1998 年 12 月第 1 版，第 774 页。

然而，考场之事，往往不尽如人愿。落第之后，便不由得沮
丧哀叹。刘长卿本人便写过《落第赠杨侍御兼拜员外仍充安大夫
判官赴范阳》《早春赠别赵居士还江左时长卿下第归嵩阳旧居》等
诗。这方面，钱起的几首诗更有典型性。

钱起（710？—782？），字仲文，吴兴（今浙江湖州）人。
钱起有多首诗写落第。钱起天宝九载（750）及第，此类诗自当作
于此前。且看他的几首诗：

阙下赠裴舍人

二月黄鹂飞上林，春城紫禁晓阴阴。

长乐钟声花外尽，龙池柳色雨中深。

阳和不散穷途恨，霄汉长悬捧日心。

献赋十年犹未遇，羞将白发对华簪。①

下第题长安客舍

不遂青云望，愁看黄鸟飞。梨花度寒食，客子未春衣。

世事随时变，交情与我违。空余主人柳，相见却依依。②

落第刘拾遗相送东归

不醉百花酒，伤心千里归。独收和氏璧，还采旧山薇。

出处离心尽，荣枯会面稀。预愁芳草色，一径入衡闱。③

---

① （唐）钱起著，王定璋校注《钱起诗集校注》，浙江古籍出版社，1992年8月
第1版，第279页。

② （唐）钱起著，王定璋校注《钱起诗集校注》，浙江古籍出版社，1992年8月
第1版，第115页。

③ （唐）钱起著，王定璋校注《钱起诗集校注》，浙江古籍出版社，1992年8月
第1版，第99页。

长安落第

花繁柳暗九门深，对饮悲歌泪满襟。

数日莺花皆落羽，一回春至一伤心。①

长安落第作

始愿今如此，前途复若何。无媒献词赋，生事日蹉跎。

不遇张华识，空悲宁戚歌。故山归梦远，新岁客愁多。

刷羽思乔木，登龙恨失波。散才非世用，回首谢云萝。②

《阙下赠裴舍人》一首，乃干谒之作，"阳和不散穷途恨，霄汉长悬捧日心。献赋十年犹未遇，羞将白发对华簪"，明明白白表达了自己的希冀之情。而其他几首，皆明确写明"落第""下第"，诗中表达的，全是"愁看黄鸟飞""伤心千里归""新岁客愁多""对饮悲歌泪满襟""一回春至一伤心"这样的情绪。钱起之外，其他人的同类作品还有不少，如性情豪放的岑参，在经过潼关时所写的《戏题关门》一诗也说"来亦一布衣，去亦一布衣。羞见关城吏，还从旧路归"，羞愧之情，令人不忍卒读；常建的一首《落第长安》也很有代表性，诗曰："家园好在尚留秦，耻作明时失路人。恐逢故里莺花笑，且向长安度一春。"③常建开元十五年及第，故此诗当作于开元十五年之前，落第后的耻辱、内心深处的苦涩，尽皆道出。

---

① （唐）钱起著，王定璋校注《钱起诗集校注》，浙江古籍出版社，1992年8月第1版，第303页。

② （唐）钱起著，王定璋校注《钱起诗集校注》，浙江古籍出版社，1992年8月第1版，第195页。

③ （清）彭定求等编《全唐诗》，中华书局，1960年4月第1版，第1463页。

当然，科考方面的诗，即便是未能中举或是诗作不符合要求，也有为人津津乐道的佳话。

祖咏有一首《终南望余雪》，诗曰：

> 终南阴岭秀，积雪浮云端。
> 林表明霁色，城中增暮寒。

宋人计有功《唐诗纪事》卷二十载："有司试《终南山望余雪》诗，咏赋云：'终南阴岭秀，积雪浮云端。林表明霁色，城中增暮寒'四句，即纳于有司。或诘之，咏曰：'意尽。'"①按照当时考试的规定，应该写六韵十二句的律诗，而祖咏写了这四句，就因"意尽"而交卷了。然而这"意尽"的四句诗，却流芳百世。

文人为了能够求得一官半职，为了能够步入主流社会，实在是受了太多的委屈与艰辛。即便满腹才华、一身豪气的李白，也是如此。开元十八年（730），年方三十的李白来到长安，自以为可以青云直上，然而却四处碰壁。是年秋，西游邠州（今陕西彬州市），写下了《豳歌行上新平长史兄粲》和《登新平楼》等诗。其《登新平楼》曰：

> 去国登兹楼，怀归伤暮秋。天长落日远，水净寒波流。
> 秦云起岭树，胡雁飞沙洲。苍苍几万里，目极令人愁。②

---

① （宋）计有功著，王仲镛校笺《唐诗纪事校笺》，中华书局，2007年11月第1版，第631页。

② （唐）李白著，安旗、薛天纬、阎琦、房日晰笺注《李白全集编年笺注》，中华书局，2015年10月第1版，第132页。

彬州大佛寺内"觉路"二字，传为李白题写。摄于 2016 年 11 月 18 日

满篇皆是幽怨与哀愁。如今彬州大佛寺主建筑门楣上尚有"觉路"二字，相传为李白受寺内和尚开悟后所书。

五代人王定保《唐摭言》卷十一记录了诗人孟浩然的一段趣事：

> 襄阳诗人孟浩然，开元中颇为王右丞所知。句有"微云淡河汉，疏雨滴梧桐"者，右丞吟咏之，常击节不已。维待诏金銮殿，一旦，召之商较风雅，忽遇上幸维所，浩然错愕伏床下。维不敢隐，因之奏闻。上欣然曰："朕素闻其人。"因得诏见。上曰："卿将得诗来耶？"浩然奏曰："臣偶不赍所业。"上即命吟。浩然奉诏，拜舞念诗曰："北阙休上书，南山归敝庐。不才明主弃，

多病故人疏。"上闻之怃然，曰："朕未曾弃人，自是卿不求进，奈何反有此作？"因命放归南山，终身不仕。①

这一记载，后人或以为不可信②，然正史《新唐书·孟浩然传》亦采用之，只是字句稍异。因此，即便具体事实不存在，亦当有一定的流传基础。《新唐书》载：

> 孟浩然字浩然，襄州襄阳人。少好节义，喜振人患难，隐鹿门山。年四十，乃游京师。尝于太学赋诗，一座嗟伏，无敢抗。张九龄、王维雅称道之。维私邀入内署，俄而玄宗至，浩然匿床下，维以实对，帝喜曰："朕闻其人而未见也，何惧而匿？"诏浩然出。帝问其诗，浩然再拜，自诵所为，至"不才明主弃"之句，帝曰："卿不求仕，而朕未尝弃卿，奈何诬我？"因放还。③

文人的得意与失意，不止于中举与落第。得意时往往"仰天大笑出门去，我辈岂是蓬蒿人"④；失意时则悲叹"大道如青天，我独不得出"⑤。诗仙李白如此，诗圣杜甫更是在长安经历了"朝

① （唐五代）王定保《唐摭言》，上海古籍出版社，2012年8月第1版，第79页。
② 参王仲镛《唐诗纪事校笺》（中华书局，2007年11月第1版）、周绍良《唐才子传笺证》（中华书局，2010年9月第1版）。
③ 《新唐书·孟浩然传》，中华书局，1975年2月第1版，第5779页。
④ （唐）李白著，安旗、薛天纬、阎琦、房日晰笺注《李白全集编年笺注》，中华书局，2015年10月第1版，第404页。
⑤ （唐）李白著，安旗、薛天纬、阎琦、房日晰笺注《李白全集编年笺注》，中华书局，2015年10月第1版，第157页。

扣富儿门，暮随肥马尘"①的辛酸，时常有"此身饮罢无归处，独立苍茫自咏诗"②的孤独，发出了"长安苦寒谁独悲，杜陵野老骨欲折"③的哀叹。初唐诗人卢照邻卧疾太白山中，作诗《羁卧山中》曰："卧壑迷时代，行歌任死生。"④唐高宗调露二年（680），与卢照邻同为"初唐四杰"的另一位诗人骆宾王，因"天后即位，频贡章疏讽谏"而得罪下狱⑤，作《在狱咏蝉》诗：

> 西陆蝉声唱，南冠客思侵。那堪玄鬓影，来对白头吟。
> 露重飞难进，风多响易沉。无人信高洁，谁为表予心。⑥

诗咏蝉写人，蝉人合一，表白自己的"高洁"情操，被视为唐人咏蝉三绝唱之一。

即便在盛唐时期，文人们的生活和仕途也有坎坷，他们也有失意，有愤懑，甚至还很强烈。李白的《蜀道难》就是典型。

这首诗，收入唐代殷璠所编《河岳英灵集》。是书收诗终于天宝十二载，此诗自是此前所作。后世学者，或以为此诗作于天

① （唐）杜甫著，萧涤非主编，张忠纲统稿《杜甫全集校注》，人民文学出版社，2014年1月第1版，第277页。
② （唐）杜甫著，萧涤非主编，张忠纲统稿《杜甫全集校注》，人民文学出版社，2014年1月第1版，第215页。
③ （唐）杜甫著，萧涤非主编，张忠纲统稿《杜甫全集校注》，人民文学出版社，2014年1月第1版，第262页。
④ 参陶敏、傅璇琮《唐五代文学编年史·初盛唐卷》，辽海出版社，1998年12月第1版，第240页。
⑤ 郗云卿《骆宾王文集序》，见（唐）骆宾王著，（清）陈熙晋笺注，王群栗点校《骆宾王集·卷首》，浙江古籍出版社，2015年9月第1版，第3页。
⑥ （唐）骆宾王著，（清）陈熙晋笺注，王群栗点校《骆宾王集》，浙江古籍出版社，2015年9月第1版，第231页。

宝初年，或以为作于开元十八九年间李白初入长安之时①。全诗
如下：

　　　噫吁嚱，危乎高哉！
　　　蜀道之难，难于上青天！
　　　蚕丛及鱼凫，开国何茫然！
　　　尔来四万八千岁，不与秦塞通人烟。
　　　西当太白有鸟道，可以横绝峨眉巅。
　　　地崩山摧壮士死，然后天梯石栈相钩连。
　　　上有六龙回日之高标，下有冲波逆折之回川。
　　　黄鹤之飞尚不得过，猿猱欲度愁攀援。
　　　青泥何盘盘，百步九折萦岩峦。
　　　扪参历井仰胁息，以手抚膺坐长叹。
　　　问君西游何时还？畏途巉岩不可攀。
　　　但见悲鸟号古木，雄飞雌从绕林间。
　　　又闻子规啼夜月，愁空山。
　　　蜀道之难，难于上青天，使人听此凋朱颜！
　　　连峰去天不盈尺，枯松倒挂倚绝壁。
　　　飞湍瀑流争喧豗，砯崖转石万壑雷。
　　　其险也如此，嗟尔远道之人胡为乎来哉！
　　　剑阁峥嵘而崔嵬，一夫当关，万夫莫开。
　　　所守或匪亲，化为狼与豺。
　　　朝避猛虎，夕避长蛇；磨牙吮血，杀人如麻。

---

① 参安旗《〈蜀道难〉求是》，收入安旗《李白研究》，西北大学出版社，
　1987 年 9 月第 1 版；安旗等《李白全集编年笺注》，中华书局，2015 年 10
　月第 1 版。

　　锦城虽云乐，不如早还家。

　　蜀道之难，难于上青天，侧身西望长咨嗟！ ①

　　关于这首诗的主题，过去有多种看法：或以为"罪严武"、忧虑杜甫房琯的处境，或以为讽章仇兼琼，或以为讽明皇幸蜀，或以为写蜀地山川险要，或以为送友人入蜀而别无他意，或以为以蜀道之难而喻仕途之坎坷等等。现代学者，有几位先生的看法颇有说服力，如施蛰存先生认为，此诗为李白"赠入蜀友人的诗"，诗中骨干的句子即"蜀道之难，难于上青天"，"问君西游何时还"，"其险也如此，嗟尔远道之人胡为乎来哉"，"锦城虽云乐，不如早还家"，"蜀道之难，难于上青天，侧身西望长咨嗟"等，并指出"这就是《蜀道难》的全部思想内容。其他许多句子，尽管写得光怪陆离，神豪气壮，其实都是这些骨干句子的装饰品" ② ；而安旗先生则指出，它是一首"封建盛世的'失路人'之歌" ③ 。应该说，这首诗既反映了秦蜀古道之艰险，也表达了诗人对人生的一种强烈的感慨。

　　自然，在大唐盛世，文人们也自有其快意之事，即便曾经经历了苦难与艰辛的文人，亦总是有其快乐的时光。这种快乐与适意，在他们的诗歌中亦多有表现。如杜甫这两首诗：

---

① （唐）李白著，安旗、薛天纬、阎琦、房日晰笺注《李白全集编年笺注》，中华书局，2015 年 10 月第 1 版，第 161—162 页。

② 施蛰存《唐诗百话》之《李白：蜀道难》，上海古籍出版社，1987 年 9 月第 1 版，第 214 页。

③ 安旗《〈蜀道难〉求是》，收入安旗《李白研究》，西北大学出版社，1987 年 9 月第 1 版，第 126 页。

陪郑广文游何将军山林

不识南塘路，今知第五桥。名园依绿水，野竹上青霄。
谷口旧相得，濠梁同见招。平生为幽兴，未惜马蹄遥。①

郑驸马宅宴洞中

主家阴洞细烟雾，留客夏簟青琅玕。
春酒杯浓琥珀薄，冰浆碗碧玛瑙寒。
误疑茅屋过江麓，已入风磴霾云端。
自是秦楼压郑谷，时闻杂佩声珊珊。②

　　前一首，作于天宝十一载或十二载，杜甫与广文馆博士郑虔同游何将军山林，作组诗十首，此为其一，写游何将军山林之乐趣，"平生为幽兴，未惜马蹄遥"，逸兴冲天。后一首的郑驸马即郑潜曜，是郑虔的侄子。诗写郑驸马家的一次宴饮，写得恍若仙境，足见诗人心境之安逸。

　　文人，最不同于其他阶层人士的典型活动是赋诗唱和，雅集联韵，游览名胜，登高抒怀等。这些方面，初盛唐文人更是兴味盎然。

　　唐玄宗天宝三载（744）春末夏初，王昌龄、王维、王缙、裴迪等人同在长安，游青龙寺，作诗唱和，王维为之作序。王缙诗为《同王昌龄裴迪游青龙寺昙壁上人兄院集和兄维》，写景是"浮云几处灭，飞鸟何时还"，写心乃"问义天人接，无心世界闲"③；

---

① （唐）杜甫著，萧涤非主编，张忠纲统稿《杜甫全集校注》，人民文学出版社，2014 年 1 月第 1 版，第 356—357 页。

② （唐）杜甫著，萧涤非主编，张忠纲统稿《杜甫全集校注》，人民文学出版社，2014 年 1 月第 1 版，第 120—121 页。

③ （清）彭定求等编《全唐诗》，中华书局，1960 年 4 月第 1 版，第 1310 页。

裴迪诗题为《青龙寺昙壁上人院集》，写所见闻为"迤逦峰岫列，参差闾井分。林端远堞见，风末疏钟闻"[1]，虚实相间；王昌龄诗题为《同王维集青龙寺昙壁上人兄院五韵》，重点写理写心，"檐外含山翠，人间出世心"，"天香自然会，灵异识钟音"[2]；而王维的《青龙寺昙壁上人兄院集》比之其他作品，似胜一筹，诗曰：

> 高处敞招提，虚空讵有倪。坐看南陌骑，下听秦城鸡。
> 渺渺孤烟起，芊芊远树齐。青山万井外，落日五陵西。
> 眼界今无染，心空安可迷。[3]

青龙寺遗址。全国重点文物保护单位。摄于 2020 年 8 月 11 日

---

①　（清）彭定求等编《全唐诗》，中华书局，1960 年 4 月第 1 版，第 1312 页。

②　（清）彭定求等编《全唐诗》，中华书局，1960 年 4 月第 1 版，第 1441 页。

③　（唐）王维著，陈铁民校注《王维集校注》，中华书局，1997 年 8 月第 1 版，第 228 页。

诗写所见，表现青龙寺之高，与裴迪诗一样，多有虚构与想象成分。末联说理，转换自然。

初盛唐时，文人常常一同游览且作诗。天宝十一载秋，高适、薛据、储光羲等人同游曲江，储光羲作《同诸公秋霁曲江俯见南山》，高适作《同薛司直诸公秋霁曲江俯见南山作》，写"天静终南高，俯映江水明""南山郁初霁，曲江湛不流"的美景，以及"吾党二三子，兹辰怡性情。逍遥沧洲时，乃在长安城""得意在乘兴，忘怀非外求。良辰自多暇，欣与数子游"①的逸兴与乐趣；天宝十二载，杜甫与岑参兄弟同游渼陂湖，有诗《渼陂行》写"岑参兄弟皆好奇，携我远来游渼陂"②。不过，这方面的诗作，最有名的还得数天宝十一载秋天，杜甫与高适、岑参、储光羲、薛据等人同登慈恩寺塔并同时作诗。薛据诗已佚，另四首诗分别如下：

同诸公登慈恩寺塔

高适

香界泯群有，浮图岂诸相。登临骇孤高，披拂欣大壮。
言是羽翼生，迥出虚空上。顿疑身世别，乃觉形神王。
宫阙皆户前，山河尽檐向。秋风昨夜至，秦塞多清旷。
千里何苍苍，五陵郁相望。盛时惭阮步，末宦知周防。
输效独无因，斯焉可游放。③

① 上二诗，分别见《全唐诗》第1398页（中华书局，1960年4月第1版）及刘开扬笺注《高适诗集编年笺注》，中华书局，1981年12月第1版，第236页。
② （唐）杜甫著，萧涤非主编，张忠纲统稿《杜甫全集校注》，人民文学出版社，2014年1月第1版，第443页。
③ （唐）高适著，刘开扬笺注《高适诗集编年笺注》，中华书局，1981年12月第1版，第233页。

与高适薛据同登慈恩寺浮图

岑参

塔势如涌出，孤高耸天宫。登临出世界，蹬道盘虚空。
突兀压神州，峥嵘如鬼工。四角碍白日，七层摩苍穹。
下窥指高鸟，俯听闻惊风。连山若波涛，奔凑似朝东。
青槐夹驰道，宫馆何玲珑。秋色从西来，苍然满关中。
五陵北原上，万古青蒙蒙。净理了可悟，胜因夙所宗。
誓将挂冠去，觉道资无穷。①

同诸公登慈恩寺塔

储光羲

金祠起真宇，直上青云垂。地静我亦闲，登之秋清时。
苍芜宜春苑，片碧昆明池。谁道天汉高，逍遥方在兹。
虚形宾太极，携手行翠微。雷雨傍杳冥，鬼神中躨跜。
灵变在倏忽，莫能穷天涯。冠上阊阖开，履下鸿雁飞。
宫室低逦迤，群山小参差。俯仰宇宙空，庶随了义归。
崱屴非大厦，久居亦以危。②

同诸公登慈恩寺塔

杜甫

高标跨苍穹，烈风无时休。自非旷士怀，登兹翻百忧。
方知象教力，足可追冥搜。仰穿龙蛇窟，始出枝撑幽。
七星在北户，河汉声西流。羲和鞭白日，少昊行清秋。

---

①　（唐）岑参著，陈铁民、侯忠义校注，陈铁民修订《岑参集校注》，上海古籍
　　出版社，2004 年 9 月第 1 版，第 130–131 页。
②　（清）彭定求等编《全唐诗》，中华书局，1960 年 4 月第 1 版，第 1398 页。

秦山忽破碎，泾渭不可求。俯视但一气，焉能辨皇州。
回首叫虞舜，苍梧云正愁。惜哉瑶池饮，日晏昆仑丘。
黄鹄去不息，哀鸣何所投。君看随阳雁，各有稻粱谋。①

四首诗各有千秋，皆为佳作。

慈恩寺塔（大雁塔），全国重点文物保护单位，世界遗产。摄于 2020 年 8 月 8 日

而唐代诗人雅集，流传最广者则当数"旗亭画壁"的故事。
唐代文人薛用弱所编《集异记》这样记载：

开元中，诗人王昌龄、高适、王涣之（按，即王
之涣）齐名。时风尘未偶，而游处略同。一日天寒微
雪，三诗人共诣旗亭，贳酒小饮。忽有梨园伶官十数

① （唐）杜甫著，萧涤非主编，张忠纲统稿《杜甫全集校注》，人民文学出版社，
2014 年 1 月第 1 版，第 295—296 页。

人，登楼会宴。三诗人因避席隈映，拥炉火以观焉。俄有妙妓四辈，寻续而至，奢华艳曳，都冶颇极。旋则奏乐，皆当时之名部也。昌龄等私相约曰："我辈各擅诗名，每不自定其甲乙。今者可以密观诸伶所讴，若诗入歌词之多者，则为优矣。"俄而一伶拊节而唱，乃曰："寒雨连江夜入吴，平明送客楚山孤。洛阳亲友如相问，一片冰心在玉壶。"昌龄则引手画壁曰："一绝句。"寻又一伶讴之曰："开箧泪沾臆，见君前日书。夜台何寂寞，犹是子云居。"适则引手画壁曰："一绝句。"寻又一伶讴曰："奉帚平明金殿开，强将团扇共徘徊。玉颜不及寒鸦色，犹带昭阳日影来。"昌龄则又引手画壁曰："二绝句。"涣之自以得名已久，因谓诸人曰："此辈皆潦倒乐官，所唱皆《巴人》《下里》之词耳，岂《阳春》《白雪》之曲，俗物敢近哉！"因指诸妓之中最佳者曰："待此子所唱，如非我诗，吾即终身不敢与子争衡矣！脱是吾诗，子等当须列拜床下，奉吾为师！"因欢笑而俟之。须臾，次至双鬟发声，则曰："黄沙远上白云间，一片孤城万仞山。羌笛何须怨杨柳，春风不度玉门关。"涣之即揶揄二子曰："田舍奴，我岂妄哉？"因大谐笑。诸伶不喻其故，皆起诣曰："不知诸郎君何此欢噱？"昌龄等因话其事。诸伶竞拜曰："俗眼不识神仙，乞降清重，俯就筵席。"三子从之，饮醉竟日。①

① （唐）薛用弱《集异记》，中华书局，1980 年 12 月第 1 版，第 11—12 页。

　　这一记载，后世学者或以为不可尽信，如周绍良《唐才子传笺证》卷三即根据上述诸人之生年及经历，说明其不可能相交共游[①]。然唐代人即有此记载，说明这一故事有其基础，至少说明了当时文人雅集共游的风气。这一故事的流播深远，也说明后世文人对其向往艳羡的程度。

　　这里还要提一下垂拱年间的一次小规模的文人活动。今西安碑林博物馆藏有一方石刻，记载了当时的美原县尉尹元旦等五人到美原一处神泉游览并赋诗的情形。该碑 1924 年发现于今富平县美原镇[②]。韦元旦《五言夏日游神泉诗并序》云：

　　　　美原县东北隅神泉者，虽无树石森深之致，而有谽险清泠之异。韦子盖尝倦簿领，洗尘冥，爰命丞太原王公、主簿平阳贾公、尉南阳张公，释事以游焉。喟然而叹曰："陵谷之变虽穷，造化之功何检。有穷则适变，无检则忘功。所以物效其奇，事冥其契。"嗟呼！恨不得列之玉槛，漱以琼浆，胜负无私，流俗所怂。徒观其印洁，其味美。起自文明首秋，时则垂拱元夏，隓祥应运，非醴泉欤？不然，何明祈杂沓，降福胕蠁，而幽通之若此也。涧形如规，四望若扫，平地可深百许尺，东西延袤七八十尺。下积渊泉，泓渟镜澈，莫测其底，南流出界。虽云汉昭回，而渗漉无竭，则所谓"上善利物，谷神不死"，岂虬龙窟宅、灵仙福佑、怀清仵俊、抱逸寻幽者乎？跻颢气而莹襟情，疏玄流而屏喧浊。忘归淡定，盍赋诗云。

①（元）辛文房著，周绍良笺《唐才子传笺证》，中华书局，2010 年 9 月第 1 版。
② 西安碑林博物馆刘东平论文《〈美原神泉诗〉碑的书法艺术特点及在篆书发展中的地位探析》，刊《文博》2014 年第 6 期。

闻有濠梁地，驾言并四美。契冥邀异迹，胜会不延暑。

涧响若琴中，泉华疑镜里。形随员月正，制逐规虹起。

澡流莹丹心，趺石凉玉趾。近焉将安适？行当润蒙汜[①]。

美原神泉诗序碑，现藏西安碑林博物馆。左图为笔者拍摄，右拓片图取自碑林博物馆官网

---

① 孙望辑录《全唐诗补逸》卷 3，见陈尚君辑校《全唐诗补编》，中华书局，1992 年 10 月第 1 版，第 117—121 页。本段下文引贾言淑、尹元凯、温翁念、李鹏诗句，见该书同卷引。按，序中"韦子盖尝倦簿领"，前条注释所引刘东平论文中作"韦子盖尝倦簿口领"，"徒观其印洁"刘文作"徒观其色洁"，诗末字"汜"原作"氾"，据刘文改。

　　诗序详细记述了游览的人员、过程、神泉的形状与大小以及作者的感怀。诗与序配合，写涧水之声响有若琴声、泉水之澄澈有如明镜，又写泉之形状，最后抒发感怀。

　　同行其他四人也各有诗作，写游览神泉之清趣逸兴及感怀，贾言淑《五言夏日游神泉诗》曰"形随澡魄员，气逐非烟上"，尹元凯诗《五言同韦子游神泉诗》曰"湝湝上善用，的的烦虑洗。君子怀淡交，相从涧之底"，温翁念《五言同韦子游神泉诗》曰"列坐殊满腹，扬清非洗耳"，李鹏《五言同韦子游神泉诗》曰"善利怀若人，淡交挹君子。镜澈无纤翳，天清涤烦滓"都表达了同样的意趣。几首诗，都被刊刻于石，且碑石形状较为特异，"这种型制在唐碑中极为少见，疑由汉代旧碑改制而成"①。

四、市井百姓的生活写照

　　唐人关中诗歌，尤其是长安诗，也反映了市井百姓的日常生活，诸如四时节令、节日习俗、民间活动、游侠、胡人，等等。

　　初盛唐的关中诗歌，有"过年"习俗的叙写。天宝十载（751），年届四十的杜甫在曲江边族弟杜位的家里守岁过年，写有《杜位宅守岁》，诗曰：

　　　　守岁阿戎家，椒盘已颂花。盍簪喧枥马，列炬散林鸦。
　　　　四十明朝过，飞腾暮景斜。谁能更拘束？烂醉是生涯。②

　　诗写诗人在族弟家守岁之情形。转眼就到四十岁了，准备放

① 西安碑林博物馆官网。
② （唐）杜甫著，萧涤非主编，张忠纲统稿《杜甫全集校注》，人民文学出版社，2014年1月第1版，第266页。

开束缚，喝个烂醉。让我们更感兴趣的是，这首诗写了当时人过
年时的风俗："椒盘""列炬"，即点亮一个个的蜡烛，用盘子盛
上花椒，以备饮酒时放入酒中。而从储光羲诗《秦中守岁》所写
"阖门守初夜，燎火到清晨"[1]，知唐代关中人守岁，终夜燃火。这
一习俗，一直流传到现在。

　　张说的诗《踏歌词》，则写了上元夜的情形。诗曰：

> 花萼楼前雨露新，长安城里太平人。
> 龙衔火树千灯艳，鸡上莲花万岁春。
> 帝宫三五戏春台，行雨流风莫炉来。
> 西域灯轮千影合，东华金阙万重开。[2]

　　这首诗，题目或作《十五日夜御前口号踏歌词》，不管是不
是御前所作，都反映了当时长安上元夜的习俗，火树莲花、灯光

唐彩绘骑马乐俑，西安市、咸阳市出土。2020 年 9 月 1 日摄于陕西历史博物馆

①　（清）彭定求等编《全唐诗》，中华书局，1960 年 4 月第 1 版，第 1416 页。
②　（唐）张说著，熊飞校注《张说集校注》，中华书局，2013 年 11 月第 1 版，第
　　546 页。

唐陶说唱俑。2020 年 9 月 1 日摄于陕西历史博物馆

璀璨的情形，如在眼前。"西域灯轮""东华金阙"，西域与道教色彩的特殊花灯，又反映了大唐王朝的繁盛与包容。

三月三日上巳节，长安士庶，尽皆游春袚禊。一般来说，"袚禊"必到水边，当时长安主要的地点多在曲江与渭滨，尤其是曲江，更有地利之便。杜甫《丽人行》诗"三月三日天气新，长安水边多丽人"写的就是这一情形。另有赵良器《三月三日曲江侍宴》、张说《三月三日定昆池奉和萧令得潭字韵》《奉和三日袚禊渭滨应制》、阎朝隐《三日曲水侍宴应制》、王维《三月三日曲江侍宴应制》等，都写上巳"袚禊"情形。"袚禊"之盛况，崔颢《上巳》一诗表现得最为典型，诗曰：

巳日帝城春，倾都被褉晨。停车须傍水，奏乐要惊尘。
弱柳障行骑，浮桥拥看人。犹言日尚早，更向九龙津。①

人则"倾城"，乐则"惊尘"，桥上"拥看人"，可见其盛况。

　　七夕，也是唐代人很看重的一个节日，上至帝王下至百姓，都很重视。五代王仁裕《开元天宝遗事》卷下"乞巧楼"条载："宫中以锦结成楼殿，高百尺，上可以胜数十人，陈以瓜果、酒炙，设坐具，以祀牛、女二星。嫔妃各以九孔针、五色线向月穿之，过者为得巧之候。动清商之曲，宴乐达旦。士民之家皆效之。"②"蛛丝卜巧"条谓："帝与贵妃每至七月七日夜，在华清宫游宴，时宫女辈陈瓜花酒馔列于庭中，求恩于牵牛、织女星也。又各捉蜘蛛于小合中，至晓开视蛛网稀密，以为得巧之候。密者言巧多，稀者言巧少。民间亦效之。"③唐代人写七夕的诗亦很多，现举两首能确认为初盛唐时期写于长安的诗作如下：

七　夕
祖咏

闺女求天女，更阑意未阑。玉庭开粉席，罗袖捧金盘。
向月穿针易，临风整线难。不知谁得巧，明旦试相看。④

①　（清）彭定求等编《全唐诗》，中华书局，1960年4月第1版，第1327页。
②　（五代）王仁裕著，曾贻芬点校《开元天宝遗事》，中华书局，2006年3月第1版，第50页。
③　（五代）王仁裕著，曾贻芬点校《开元天宝遗事》，中华书局，2006年3月第1版，第38页。
④　（清）彭定求等编《全唐诗》，中华书局，1960年4月第1版，第1336页。

七 夕

崔颢

长安城中月如练，家家此夜持针线。
仙裙玉佩空自知，天上人间不相见。
长信深阴夜转幽，瑶阶金阁数萤流。
班姬此夕愁无限，河汉三更看斗牛。[①]

　　祖咏诗，主要写长安七夕民俗，可以和《开元天宝遗事》互证。崔颢诗所写，则又加入了有情人的离别与相思。

　　至于九月九日重阳节，则以王维的《九月九日忆山东兄弟》最为知名。开元五年（717），王维17岁，在长安，佳节思亲，写下了这首脍炙人口的诗作：

昭陵博物馆藏唐乐舞俑。摄于2017年10月26日

---

① （清）彭定求等编《全唐诗》，中华书局，1960年4月第1版，第1326页。

> 独在异乡为异客，每逢佳节倍思亲。
> 遥知兄弟登高处，遍插茱萸少一人。[①]

登高，插茱萸，反映了重阳的习俗。

唐人的业余生活是丰富多彩的，有各种游戏和体育活动，诸如打球、蹴鞠、拔河、斗鸡、放风筝、荡秋千，等等。"初唐四杰"之一的王勃，在担任沛王府修撰时，还曾因写作《檄英王鸡》而受处分。这些游戏，在当时人的诗歌中都有反映，仅举二例如下：

咏寒食斗鸡应秦王教
杜淹

寒食东郊道，扬鞲竞出笼。花冠初照日，芥羽正生风。
顾敌知心勇，先鸣觉气雄。长翘频扫阵，利爪屡通中。
飞毛遍绿野。洒血渍芳丛。虽然百战胜，会自不论功。[②]

奉和观拔河（俗戏）应制
张说

今岁好拖钩，横街敞御楼。长绳系日住，贯索挽河流。
斗力频催鼓，争都更上筹。春来百种戏，天意在宜秋。[③]

---

① （唐）王维著，陈铁民校注《王维集校注》，中华书局，1997 年 8 月第 1 版，第 3 页。

② （清）彭定求等编《全唐诗》，中华书局，1960 年 4 月第 1 版，第 435 页。

③ （唐）张说著，熊飞校注《张说集校注》，中华书局，2013 年 11 月第 1 版，第 54 页。

前诗写斗鸡，先写鸡之出笼，再以冠、羽写其雄风，再写其鸣、其战，最后写虽然"百战胜"但并不矜功。后诗写拔河，亦颇形象生动。

初盛唐的关中诗（尤其是长安诗），还表现了当时形形色色的人物及其生活。这里仅谈三种人物：妇女、侠客与胡人。

唐三彩乐俑，2015 年 12 月 27 日摄于西安大唐西市博物馆

初盛唐长安诗中涉及到的妇女，有上层社会女子、宫女、胡姬、农家女、歌舞妓，等等。这里，列举李白在天宝元年到天宝二年在长安写的几首作品[①]：

[①] 李白作品编年，依据安旗等笺注《李白全集编年笺注》，中华书局，2015 年 10 月第 1 版。

秦地罗敷女，采桑绿水边。
素手青条上，红妆白日鲜。
蚕饥妾欲去，五马莫留连。
　　——《子夜吴歌·春歌》①

长安一片月，万户捣衣声。
秋风吹不尽，总是玉关情。
何日平胡虏，良人罢远征？
　　——《子夜吴歌·秋歌》②

　黄云城边乌欲栖，
　归飞哑哑枝上啼。
　机中织锦秦川女，
　碧纱如烟隔窗语。
　停梭怅然忆远人，
　独宿孤房泪如雨。
　　——《乌夜啼》③

燕草如碧丝，秦桑低绿枝。
当君怀归日，是妾断肠时。

唐三彩梳妆女坐俑，西安市东郊
出土。2020 年 9 月 1 日摄于陕西
历史博物馆

---

① （唐）李白著，安旗、薛天纬、阎琦、房日晰笺注《李白全集编年笺注》，中
华书局，2015 年 10 月第 1 版，第 414 页。
② （唐）李白著，安旗、薛天纬、阎琦、房日晰笺注《李白全集编年笺注》，中
华书局，2015 年 10 月第 1 版，第 415 页。
③ （唐）李白著，安旗、薛天纬、阎琦、房日晰笺注《李白全集编年笺注》，中
华书局，2015 年 10 月第 1 版，第 492 页。

春风不相识，何事入罗帏。
　　　　　——《春思》①

美人卷珠帘，深坐颦蛾眉。
但见泪痕湿，不知心恨谁。
　　　　　——《怨情》②

玉阶生白露，夜久侵罗袜。
却下水晶帘，玲珑望秋月。
　　　　　——《玉阶怨》③

昭陵博物馆藏唐胡帽骑马女俑，反映出唐代女性着装及出行方面的一些特点。摄于 2017 年 10 月 26 日

唐三彩女骑马俑，反映了唐代女性生活的一个侧面。2015 年 12 月 27 日摄于大唐西市博物馆

① （唐）李白著，安旗、薛天纬、阎琦、房日晰笺注《李白全集编年笺注》，中华书局，2015 年 10 月第 1 版，第 493 页。
② （唐）李白著，安旗、薛天纬、阎琦、房日晰笺注《李白全集编年笺注》，中华书局，2015 年 10 月第 1 版，第 556 页。
③ （唐）李白著，安旗、薛天纬、阎琦、房日晰笺注《李白全集编年笺注》，中华书局，2015 年 10 月第 1 版，第 555 页。

　　这里，有采桑女，有织女，有仕女，有思妇，虽然李白笔下的长安女性阶层还不是太广泛，但也有些代表性了。其情境，或优美迷人，或幽怨感人，如《子夜吴歌·秋歌》，秋夜朗月，长安万户，秋风中传来此起彼落的捣衣砧声，砧声中蕴含着万千思妇怀念玉关征人的悠悠深情，幽怨而又美好。

　　游侠，也是长安的一类重要人物。王仁裕《开元天宝遗事》"看花马"条载："长安侠少每至春时结朋联党，各置矮马，饰以锦鞯金络，并辔于花树下往来，使仆从执酒皿而从之，遇好花则驻马而饮。"①在诗歌中，初唐的骆宾王《帝京篇》就写过"侠客珠弹垂杨道，倡妇银钩采桑路。倡家桃李自芳菲，京华游侠盛轻

乾陵陪葬墓章怀太子墓壁画"狩猎出行图"（局部）。摄于 2012 年 8 月 8 日

---

① （五代）王仁裕著，曾贻芬点校《开元天宝遗事》，中华书局，2006 年 3 月第 1 版，第 24 页。

肥"①；卢照邻《长安古意》也写过"挟弹飞鹰杜陵北，探丸借客渭桥西。俱邀侠客芙蓉剑，共宿娼家桃李蹊"②。都是游侠在诗歌作品中的形象展现。

游侠，仗义豪爽，重然诺，为人所钦佩。王维笔下的少年游侠，充满了勃勃朝气与生活的活力，也可与《开元天宝遗事》所记"并辔于花树下往来，使仆从执酒皿而随之，遇好花则驻马而饮"相互印证：

> 新丰美酒斗十千，咸阳游侠多少年。
> 相逢意气为君饮，系马高楼垂柳边。
> ——王维《少年行》③

这些游侠，成分复杂，素质不一，有的近于侠，有的近于无赖，有的近于恶少。崔颢《渭城少年行》虽然不能确定作于关中，但其内容，则是写渭城（实为长安）的游侠，"长安道上春可怜，摇风荡日曲江边。万户楼台临渭水，五陵花柳满秦川。秦川寒食盛繁华，游子春来不见家。斗鸡下杜尘初合，走马章台日半斜。章台帝城称贵里，青楼日晚歌钟起。贵里豪家白马骄，五陵年少不相饶。双双挟弹来金市，两两鸣鞭上渭桥。渭城桥头酒新熟，金鞍白马谁家宿。可怜锦瑟筝琵琶，玉壶清酒就倡家。小妇春来

---

① （唐）骆宾王著，（清）陈熙晋笺注，王群栗点校《骆宾王集》，浙江古籍出版社，2015 年 9 月第 1 版，第 15 页。
② （唐）卢照邻著，任国绪笺注《卢照邻集编年笺注》，黑龙江人民出版社，1989 年 8 月第 1 版，第 114 页。
③ （唐）王维著，陈铁民校注《王维集校注》，中华书局，1997 年 8 月第 1 版，第 33 页。

不解羞，娇歌一曲杨柳花"[①]，其挟弹鸣鞭、走马章台之形象，跃然纸上。崔颢还有一首《代闺人答轻薄少年》，借闺人之口写游侠，别具特色：

> 妾家近隔凤凰池，粉壁纱窗杨柳垂。
> 本期汉代金吾婿，误嫁长安游侠儿。
> 儿家夫婿多轻薄，借客探丸重然诺。
> 平明挟弹入新丰，日晚挥鞭出长乐。
> 青丝白马冶游园，能使行人驻马看。
> 自矜陌上繁华盛，不念闺中花鸟阑。
> 花间陌上春将晚，走马斗鸡犹未返。
> 三时出望无消息，一去那知行近远？
> 桃李花开覆井栏，朱楼落日卷帘看。
> 愁来欲奏相思曲，抱得秦筝不忍弹。[②]

至于唐诗中经常出现的"五陵年少"，则多近乎恶少类。

初盛唐的长安，有不少外国人，如日本来的僧人晁衡（阿倍仲麻吕），在李白、王维、储光羲、包佶等人的诗歌中都有表现。这些外国人中，"胡人"最引人注目。胡人在长安开店、做生意，也有流寓漂泊的。唐人诗歌里写了不少长安的胡人，写了胡人开的酒肆，写了卖酒的胡姬。胡姬的形象，最引人注目。这一点，在李白的诗中有充分的表现：开元十九年（731），李白三十一岁，在长安写有《少年行》（其二）：

---

①　（清）彭定求等编《全唐诗》，中华书局，1960年4月第1版，第1324页。
②　（清）彭定求等编《全唐诗》，中华书局，1960年4月第1版，第1326页。

五陵年少金市东，银鞍白马度春风。
落花踏尽游何处？笑入胡姬酒肆中。①

开元十九年，李白在长安还写有《白鼻騧》：

银鞍白鼻騧，绿地障泥锦。
细雨春风花落时，挥鞭直就胡姬饮。②

天宝三载（744），李白二入长安期间，写有《送裴十八图南归嵩山二首》，其一曰：

何处可为别？长安青绮门，胡姬招素手，延客醉金樽。③

这三首诗，都写到了胡姬，场所都是酒肆，诗中的主人公都很豪爽，诗风大都很豪放。

李白之外，胡姬在同时代其他诗人的作品中也有表现，如岑参诗《青门歌送东台张判官》写"东出青门路不穷，驿楼官树灞陵东……胡姬酒垆日未午，丝绳玉缸酒如乳"④，《送宇文南金放后归太原寓居因呈太原郝主簿》写"送君系马青门口，胡姬

---

① （唐）李白著，安旗、薛天纬、阎琦、房日晰笺注《李白全集编年笺注》，中华书局，2015 年 10 月第 1 版，第 146 页。
② （唐）李白著，安旗、薛天纬、阎琦、房日晰笺注《李白全集编年笺注》，中华书局，2015 年 10 月第 1 版，第 149—150 页。
③ （唐）李白著，安旗、薛天纬、阎琦、房日晰笺注《李白全集编年笺注》，中华书局，2015 年 10 月第 1 版，第 584 页。
④ （唐）岑参著，陈铁民、侯忠义校注，陈铁民修订《岑参集校注》，上海古籍出版社，2004 年 9 月第 1 版，第 158—159 页。

彩绘釉陶胡人骑马俑（唐麟德元年），礼泉县出土。2015 年 12 月 23 日摄于陕西历史博物馆

垆头劝君酒"[1]，"青门"即李白诗中的"青绮门"，指长安正东的春明门。

五、整个社会的典型心态

初盛唐时期，就整个社会来说，总体上处于上升的时期，人

---

[1] （唐）岑参著，陈铁民、侯忠义校注，陈铁民修订《岑参集校注》，上海古籍出版社，2004 年 9 月第 1 版，第 89 页。

们的普遍心态，是昂扬向上的。这在时人的诗歌中就能看得出来：一种是积极进取的上进心，一种昂扬的心态，甚至是一种狂气，突出表现在初唐四杰、王昌龄、李白等人的诗歌中；另一种是和穆安宁的心态，集中反映在王维、储光羲、裴迪等人的作品中。二者合起来，体现了盛世的共同心态。因为长安是唐代的都城，所以这种心态又典型而集中地表现在长安的诗歌中。

初盛唐时代，随着国力的强盛，文人的心中也充满了自信和自豪，一些性格豪放的文人，也便充满了狂气。《旧唐书·杜审言传》载："乾封中，苏味道为天官侍郎，审言预选，试判讫，谓人曰：'苏味道必死。'人问其故，审言曰：'见吾判，即自当羞死矣！'又尝谓人曰：'吾之文章，合得屈、宋作衙官；吾之书迹，合得王羲之北面。'其矜诞如此。"①《封氏闻见记》卷三载："选人王翰颇攻篇什，而迹浮伪，乃窃定海内文士百有余人，分作九等，高自标置，与张说、李邕并居第一，自余皆被排斥。凌晨，于吏部东街张之，甚于长名。观者万计，莫不切齿。"②李白在天宝三载离开长安时写的《古风》（其十四）谓"凤饥不啄粟，所食唯琅玕。焉能与群鸡，刺蹙争一餐"③，等等，都是狂放的表现。这种狂放，有的流于轻狂，有的失之放诞，为时人所忌，而从本质上看，都是一种自信狂放的表现。前文所及"旗亭画壁"王之涣等人的故事，则无轻狂之病，而为人所传诵。

① 《旧唐书·杜审言传》，中华书局，1975年5月第1版，第4999页。
② （唐）封演著，赵贞信校注《封氏闻见记校注》，中华书局，2005年11月第1版，第22页。
③ （唐）李白著，安旗、薛天纬、阎琦、房日晰笺注《李白全集编年笺注》，中华书局，2015年10月第1版，第620页。

昭陵博物馆藏唐壁画"舞蹈图"。摄于 2017 年 10 月 26 日

这种狂放，有当时的时代背景。不仅有些文人自己狂放，当时的大环境也能够容许，一些有话语权的前辈权威人物也加以鼓励，如李白初入长安，贺知章一见，呼为"谪仙人"便是典型。而杜甫在天宝七载写的《奉赠韦左丞丈二十二韵》①，回忆自己"甫昔少年日，早充观国宾。读书破万卷，下笔如有神。赋料扬雄敌，诗看子建亲。李邕求识面，王翰愿卜邻。自谓颇挺出，立登要路津。致君尧舜上，再使风俗淳"，则是诗人自信及时代氛围相结合的一种表现。至于李白天宝二年所作《效古》诗所称"待诏奉明主，抽毫颂清风。归时落日晚，躞蹀浮云骢。人马本无意，飞驰自豪雄。入门紫鸳鸯，金井双梧桐。清歌弦古曲，美酒沽新

① （唐）杜甫著，萧涤非主编，张忠纲统稿《杜甫全集校注》，人民文学出版社，2014 年 1 月第 1 版，第 277 页。

昭陵博物馆藏唐壁画"侍女图",给人以十分宁静之感。摄于 2017 年 10 月 26 日

丰。快意且为乐,列筵坐群公"①,同年所作《塞下曲》(其三)谓"骏马似风飙,鸣鞭出渭桥……功成画麟阁,独有霍嫖姚"②,以及前文所引杜甫《陪郑广文游何将军山林》"谷口旧相得,濠梁同见招。平生为幽兴,未惜马蹄遥"③等,则是诗人们"快意"的表现,同样体现出一种自信昂扬的心态。

与狂放昂扬相对应的另一种心态 —— 宁静平和之心态,也是初盛唐、尤其是盛唐的一种普遍心态。这种心态,同样是盛世的一种典型心态。

---

① (唐)李白著,安旗、薛天纬、阎琦、房日晰笺注《李白全集编年笺注》,中华书局,2015 年 10 月第 1 版,第 457 页。

② (唐)李白著,安旗、薛天纬、阎琦、房日晰笺注《李白全集编年笺注》,中华书局,2015 年 10 月第 1 版,第 480 页。

③ (唐)杜甫著,萧涤非主编,张忠纲统稿《杜甫全集校注》,人民文学出版社,2014 年 1 月第 1 版,第 357 页。

武周延载元年（694）前后，宋之问作《蓝田山庄》诗便写出了这样的场景："辋川朝伐木，蓝水暮浇田。独与秦山老，相欢春酒前。"[1]一派和穆太平景象。开元十九年（699），储光羲《终南幽居献苏侍郎三首时拜太祝未上》亦写"暮春天气和，登岭望层城。朝日悬清景，巍峨宫殿明"[2]。同样是一派祥和。此后，岑参的《终南山双峰草堂作》又写："兴来恣佳游，事惬符胜概。著书高窗下，日夕见城内。"[3]其《高冠谷口招郑鄂》又写"涧花然暮雨，潭树暖春云"，"衣裳与枕席，山霭碧氛氲"[4]，皆是一派太平祥和气象。

这方面，最为典型的自然要数王维。天宝初年，王维《山中与裴秀才迪书》这样写道：

> 近腊月下，景气和畅，故山殊可过，足下方温经，猥不敢相烦，辄便独往山中，憩感配寺，与山僧饭讫而去。比涉玄灞，清月映郭，夜登华子冈，辋水沦涟，与月上下。寒山远火，明灭林外，深巷寒犬，吠声如豹，村墟夜春，复与疏钟相间。此时独坐，僮仆静默，多思曩昔，携手赋诗，步仄径，临清流也。当待春中，草木蔓发，春山可望，轻鲦出水，白鸥矫翼，露湿青皋，麦陇朝雊，斯之不远，倘能从我游乎？非子天机清妙者，岂能以此

---

① （唐）宋之问著，陶敏、易淑琼校注《沈佺期宋之问集校注》，中华书局，2001年11月第1版，第377—378页。

② （清）彭定求等编《全唐诗》，中华书局，1960年4月第1版，第1382页。

③ （唐）岑参著，陈铁民、侯忠义校注，陈铁民修订《岑参集校注》，上海古籍出版社，2004年9月第1版，第153页。

④ （唐）岑参著，陈铁民、侯忠义校注，陈铁民修订《岑参集校注》，上海古籍出版社，2004年9月第1版，第85页。

不急之务相邀！然是中有深趣矣，无忽。因驮黄檗人往，
不一。山中人王维白。①

　　此时，王维正在他的辋川别业。并不算长的一封书信，把辋
川一带宁静清新的环境景色，写得令人神往。

　　王维居辋川期间，日与友人裴迪赋诗唱和，为辋川二十景各
写了一首诗，加上裴迪的二十首，共四十篇，结成《辋川集》。现
引王维数首如下：

文杏馆

文杏裁为梁，香茅结为宇。
不知栋里云，去作人间雨。②

木兰柴

秋山敛余照，飞鸟逐前侣。
彩翠时分明，夕岚无处所。③

临湖亭

轻舸迎上客，悠悠湖上来。
当轩对樽酒，四面芙蓉开。④

---

① （唐）王维著，陈铁民校注《王维集校注》，中华书局，1997 年 8 月第 1 版，
　第 929 页。
② （唐）王维著，陈铁民校注《王维集校注》，中华书局，1997 年 8 月第 1 版，
　第 415 页。
③ （唐）王维著，陈铁民校注《王维集校注》，中华书局，1997 年 8 月第 1 版，
　第 418 页。
④ （唐）王维著，陈铁民校注《王维集校注》，中华书局，1997 年 8 月第 1 版，
　第 420 页。

蓝田辋川，王维手植银杏树。摄于 2017 年 11 月 6 日

欹 湖

吹箫凌极浦，日暮送夫君。

湖上一回首，山青卷白云。①

白石滩

清浅白石滩，绿蒲向堪把。

家住水东西，浣纱明月下。②

辛夷坞

木末芙蓉花，山中发红萼。

涧户寂无人，纷纷开且落。③

全然一幅安宁、幽静的优美景象，对着这样的景象，诗人与读者，都能体会到那种令人神往的安闲自得。

此外，王维这一时期所写的《新晴野望》："新晴原野旷，极目无氛垢。郭门临渡头，村树连溪口。白水明田外，碧峰出山后。农月无闲人，倾家事南亩。"④《山居秋暝》："空山新雨后，天气晚来秋。明月松间照，清泉石上流。竹喧归浣女，莲动下渔舟。随

① （唐）王维著，陈铁民校注《王维集校注》，中华书局，1997 年 8 月第 1 版，第 421 页。

② （唐）王维著，陈铁民校注《王维集校注》，中华书局，1997 年 8 月第 1 版，第 423 页。

③ （唐）王维著，陈铁民校注《王维集校注》，中华书局，1997 年 8 月第 1 版，第 425 页。

④ （唐）王维著，陈铁民校注《王维集校注》，中华书局，1997 年 8 月第 1 版，第 570 页。

意春芳歇，王孙自可留。"①又都表现了美丽的乡村风光，流露了诗人回归自然的愉悦心情，反映了盛世特有的和平与宁静，以及盛世特有的恬静心态。

王维绘《辋川图》。图片来源：图行天下网

---

① （唐）王维著，陈铁民校注《王维集校注》，中华书局，1997 年 8 月第 1 版，第 451 页。

第三节　自然、人文与宗教

初盛唐关中诗歌，也还反映了关中的自然、人文与宗教之相关信息。我们从一些诗歌作品中，可以约略看到当时的相关风貌。

一、终南山、太白山、华山

关中的自然景观，最突出的当属终南山。终南山是秦岭山脉的一部分，是长安城南的重要地标，也是唐人屡屡吟咏的重要题材。

初盛唐人吟咏终南山的篇什不计其数，我们仅举唐太宗李世民和王维的两首作品：

望终南山

李世民

重峦俯渭水，碧嶂插遥天。出红扶岭日，入翠贮岩烟。

叠松朝若夜，复岫阙疑全。对此恬千虑，无劳访九仙。①

终南山

王　维

太乙近天都，连山到海隅。白云回望合，青霭入看无。

分野中峰变，阴晴众壑殊。欲投人处宿，隔水问樵夫。②

---

① （唐）李世民著，吴云、冀宇校注《唐太宗全集校注》，天津古籍出版社，2004年2月第1版，第44页。

② （唐）王维著，陈铁民校注《王维集校注》，中华书局，1997年8月第1版，第193页。

终南山（太乙山）。王早娟摄于 2020 年 8 月 9 日

李世民一诗，写远望终南山情形，极写其高（俯渭水、插遥天），写其朝暮景色之奇，再写诗人"恬千虑"之感受。王维诗，写入于山中的情形，首联写终南山之高及占地之广，中间两联写登山之所见所感，末联以有声衬无声，写山中之旷寂。

终南山的西边，是太白山。太白山是秦岭山脉之最高主峰。李白、岑参等众多名家都有诗作。李白《登太白峰》诗曰：

西上太白峰，夕阳穷登攀。太白与我语，为我开天关。
愿乘泠风去，直出浮云间。举手可近月，前行若无山。
一别武功去，何时复更还？①

---

① （唐）李白著，安旗、薛天纬、阎琦、房日晰笺注《李白全集编年笺注》，中华书局，2015 年 10 月第 1 版，第 129—130 页。

太白山拔仙台。图片来源：眉县人民政府官网

　　"太白与我语，为我开天关"，的是李白口吻；"举手可近月，前行若无山"，夸张而不失传神。

　　有意思的是，太白山上还有胡僧，岑参曾作有《太白胡僧歌并序》。其序曰："太白中峰绝顶，有胡僧，不知几百岁，眉长数寸。身不制缯帛，衣以草叶，恒持《楞伽经》。云壁回绝，人迹罕到。尝东峰有斗虎，弱者将死，僧杖而解之。西湫有毒龙，久而为患，僧器而贮之。商山赵叟前年采茯苓，深入太白，偶值此僧，访我而说。予恒有独往之意，闻而悦之。"[1]实在令人称叹。

　　终南山的东边，是著名的西岳华山。王昌龄《过华阴》诗曰："云起太华山，云山互明灭。东峰始含景，了了见松雪。羁人感幽

---

① （唐）岑参著，陈铁民、侯忠义校注，陈铁民修订《岑参集校注》，上海古籍出版社，2004 年 9 月第 1 版，第 445 页。

栖，窅映转奇绝。欣然忘所疲，永望吟不辍。"①诗写远望华山所
见云山明灭、隐隐约约等奇绝之景，又写了诗人自己欣然忘疲、吟
咏不辍之欣喜。而崔颢的《行经华阴》一诗则这样写：

> 岧峣太华俯咸京，天外三峰削不成。
> 武帝祠前云欲散，仙人掌上雨初晴。
> 河山北枕秦关险，驿树西连汉畤平。
> 借问路傍名利客，无如此处学长生。②

华山。摄于 2008 年 2 月 1 日。华山景区供图

① （唐）王昌龄著，胡问涛、罗琴校注《王昌龄集编年校注》，巴蜀书社，2000
　　年 10 月第 1 版，第 6 页。
② （清）彭定求等编《全唐诗》，中华书局，1960 年 4 月第 1 版，第 1329 页。

相比之下，这首诗更具代表性。诗写了华山之高、之奇，写了其地理形胜，又结合华山的历史文化，以"此处学长生"作结，内容更完整。

长安周边，不仅多山，也多水，西汉文学家司马相如在其著名的《上林赋》中曾写"荡荡兮八川分流，相背而异态"①，这便是后世所谓的"八水绕长安"。初盛唐诗人们写的最多的是渭水和沣水，如李白《君子有所思行》写"渭水银河清，横天流不息"②，张说《奉和登骊山瞩眺应制》写"川明分渭水，树暗辨新丰"③，岑参《沣头送蒋侯》写"君住沣水北，我家沣水西"等。

二、人文景观与文人活动

关中的诸多人文景观和文人活动，在初盛唐诗歌中也多有反映。

长安的建筑，最宏伟的当然是皇宫之类。这类建筑一般人是可望不可即的，不过皇帝也经常在皇家苑囿内举行一些庆祝或游赏活动，朝廷重臣常常参加，而这些大臣基本上都是文人或者都会舞文弄墨，因而在他们的诗作中也就记录了这些活动，为后人留下了丰富的历史资料。《长安志》载："禁苑在宫城之北……苑中宫亭凡二十四所。"④初唐诗人杜审言有《望春亭侍游应诏》一诗，诗曰："帝出明光殿，天临太液池。尧樽随步辇，舜乐绕行麾。

① 《史记》，中华书局，1959 年 9 月第 1 版，第 3017 页。
② （唐）李白著，安旗、薛天纬、阎琦、房日晰笺注《李白全集编年笺注》，中华书局，2015 年 10 月第 1 版，第 515 页。
③ （唐）张说著，熊飞校注《张说集校注》，中华书局，2013 年 11 月第 1 版，第 31 页。
④ （宋）宋敏求著，（元）李好文著，辛德勇、郎洁点校《长安志·长安志图》，三秦出版社，2013 年 12 月第 1 版，第 236 页。

万寿祯祥献，三春景物滋。小臣同酌海，歌颂答无为。"①这望春亭就在禁苑内，诗写"小臣"随皇帝游赏的情形，虽为颂圣之作，也有纪实的史料意义。盛唐诗人王维又有《奉和圣制上巳于望春亭应制》一诗，诗曰："长乐青门外，宜春小苑东。楼开万户上，辇过百花中。画鹢移仙妓，金貂列上公。清歌邀落日，妙舞向春风。渭水明秦甸，黄山入汉宫。君王来被禊，灞浐亦朝宗。"②诗先写望春亭之位置，即长安东门外、芙蓉苑之东，再写游春阵容之盛，末以灞浐二水入渭比众臣朝拜天子，不失制之体。

长安周边的九成宫、翠微宫、玉华宫等，亦常是大臣侍奉君王避暑或游赏之所。如王维就有《敕借岐王九成宫避暑应教》诗："帝子远辞丹凤阙，天书遥借翠微宫。隔窗云雾生衣上，卷幔山泉入镜中。林下水声喧语笑，岩间树色隐房栊。仙家未必能胜此，何事吹笙向碧空。"③

长安及其近郊，王公贵族多有别业山庄。这些场所，是唐代特殊的建筑，也是文人活动的特殊场所。如宋之问《奉和春初幸太平公主南庄应制》："青门路接凤凰台，素浐宸游龙骑来。涧草自迎香辇合，岩花应待御筵开。文移北斗成天象，酒递南山作寿杯。此日侍臣将石去，共欢明主赐金回。"④苏颋有诗《奉和初春幸太平公主南庄应制》："主第山门起灞川，宸游风景入初年。凤皇

①（唐）杜审言著，徐定祥注《杜审言诗注》，上海古籍出版社，1982年5月第1版，第4页。
②（唐）王维著，陈铁民校注《王维集校注》，中华书局，1997年8月第1版，第379页。
③（唐）王维著，陈铁民校注《王维集校注》，中华书局，1997年8月第1版，第25页。
④（唐）沈佺期、宋之问著，陶敏、易淑琼校注《沈佺期宋之问集校注》，中华书局，2001年11月第1版，第459页。

九成宫遗址山水环境。摄于 2014 年 10 月 25 日

楼下交天仗，乌鹊桥头敞御筵。往往花间逢彩石，时时竹里见红
泉。今朝扈跸平阳馆，不羡乘槎云汉边。"①而崔日用的《夜宴安乐
公主宅》更是写出了宾主的融洽与欢乐："银烛金屏坐碧堂，只言
河汉动神光。主家盛时欢不极，才子能歌夜未央。"②

　　唐代园林发达，长安及周边，有皇家园林、私家园林、寺观园
林，也还有一些公共园林。这些园林，既是重要的人文景观，也
是文人活动的重要场所。相关的诗作，既是唐代人文景观的形象
记录，也是文人活动的具体反映。《开元天宝遗事》卷下载："长
安春时盛于游赏，园林树木无闲地，故学士苏颋应制云：'飞埃结
红雾，游盖飘青云。'帝览之嘉赏焉。"③试看几首诗作：

①（清）彭定求等编《全唐诗》，中华书局，1960 年 4 月第 1 版，第 804 页。按，
　此诗作者或作沈佺期。
②（清）彭定求等编《全唐诗》，中华书局，1960 年 4 月第 1 版，第 560 页。
③（五代）王仁裕著，曾贻芬点校《开元天宝遗事》，中华书局，2006 年 3 月第 1 版，
　第 44 页。

春日侍宴幸芙蓉园应制

李峤

年光竹里遍，春色杏间遥。烟气笼青阁，流文荡画桥。

飞花随蝶舞，艳曲伴莺娇。今日陪欢豫，还疑陟紫霄。[1]

春日芙蓉园侍宴应制

宋之问

芙蓉秦地沼，卢橘汉家园。谷转斜盘径，川回曲抱源。

风来花自舞，春入鸟能言。侍宴瑶池夕，归途骑吹繁。[2]

竹里馆

王维

独坐幽篁里，弹琴复长啸。深林人不知，明月来相照。[3]

鹿柴

王维

空山不见人，但闻人语响。返景入深林，复照青苔上。[4]

---

[1] （唐）李峤、苏味道著，徐定祥注《李峤诗注　苏味道诗注》，上海古籍出版社，1995年6月第1版，第92页。

[2] （唐）沈佺期，宋之问著，陶敏，易淑琼校注《沈佺期宋之问集校注》，中华书局，2001年11月第1版，第483页。

[3] （唐）王维著，陈铁民校注《王维集校注》，中华书局，1997年8月第1版，第424页。

[4] （唐）王维著，陈铁民校注《王维集校注》，中华书局，1997年8月第1版，第417页。

前两首，为公共园林，故有"欢豫"，有"骑吹繁"；后两首，为私家园林，故"独坐幽篁里""深林人不知""返景入深林"，更多的是一种幽静的境界。

三、寺庙与文人活动

长安及周边有不少寺观，既是佛教、道教的专有场所，体现了宗教的特色；同时，长安文人也有游赏寺观的风习。他们因此而写的诗作，既反映了宗教的特色，也体现了文人的情趣。

终南山古观音禅寺。寺内银杏树传为唐太宗手植。摄于 2015 年 11 月 25 日

且以寺院为例，岑参有诗《题华严寺环公禅房》：

寺南几十峰，峰翠晴可掬。朝从老僧饭，昨日崖口宿。
锡杖倚枯松，绳床映深竹。东溪草堂路，来往行自熟。
生事在云山，谁能复羁束。①

王维写过《过感化寺昙兴上人山院》：

暮持筇竹杖，相待虎溪头。催客闻山响，归房逐水流。
野花丛发好，谷鸟一声幽。夜坐空林寂，松风直似秋。②

长安华严寺，华严宗祖庭，全国重点文物保护单位。摄于 2020 年 8 月 26 日

① （唐）岑参著，陈铁民、侯忠义校注，陈铁民修订《岑参集校注》，上海古籍
　　出版社，2004 年 9 月第 1 版，第 157 页。
② （唐）王维著，陈铁民校注《王维集校注》，中华书局，1997 年 8 月第 1 版，
　　第 437 页。

　　长安的寺庙，文人活动最多、诗歌中写得也最多的是慈恩寺（今大雁塔）、荐福寺（今小雁塔）、青龙寺、香积寺等。

　　慈恩寺，前文所及杜甫、高适等人同登慈恩寺塔并各有诗作，最为典型。其他的诗作如：

谒大慈恩寺

李治

日宫开万仞，月殿耸千寻。花盖飞团影，幡虹曳曲阴。

绮霞遥笼帐，丛珠细网林。寥廓烟云表，超然物外心。[①]

奉和九月九日登慈恩寺浮图应制

李峤

瑞塔千寻起，仙舆九日来。茱房陈宝席，菊蕊散花台。

御气鹏霄近，升高凤野开。天歌将梵乐，空里共裴回。[②]

雪后与群公过慈恩寺

岑参

乘兴忽相招，僧房暮与朝。雪融双树湿，纱闭一灯烧。

竹外山低塔，藤间院隔桥。归家如欲懒，俗虑向来销。[③]

　　或着眼浮图之高，或着眼寺院之幽，再附以"物外"之心。

---

① （清）彭定求等编《全唐诗》，中华书局，1960年4月第1版，第22页。

② （唐）李峤、苏味道著，徐定祥注《李峤诗注　苏味道诗注》，上海古籍出版社，1995年6月第1版，第47页。

③ （唐）岑参著，陈铁民、侯忠义校注，陈铁民修订《岑参集校注》，上海古籍出版社，2004年9月第1版，第470页。

慈恩寺塔（大雁塔），全国重点文物保护单位，世界遗产。摄于 2020 年 8 月 8 日

　　初盛唐人写青龙寺的诗也有很多，如王昌龄的《同王维集青龙寺昙壁上人兄院五韵》："本来清净所，竹树引幽阴。檐外含山翠，人间出世心。圆通无有象，圣境不能侵。真是吾兄法，何妨友弟深。天香自然会，灵异识钟音。"①写寺之幽，写"出世心"，又杂以兄弟友爱之情，比较有特色。

　　至于香积寺，以王维《过香积寺》一诗最为有名。诗曰：

　　不知香积寺，数里入云峰。古木无人径，深山何处钟。
　　泉声咽危石，日色冷青松。薄暮空潭曲，安禅制毒龙。②

① （唐）王昌龄著，胡问涛、罗琴校注《王昌龄集编年校注》，巴蜀书社，2000
年 10 月第 1 版，第 131 页。
② （唐）王维著，陈铁民校注《王维集校注》，中华书局，1997 年 8 月第 1 版，
第 594—595 页。

香积寺善导塔，全国重点文物保护单位。摄于 2016 年 10 月 30 日

　　此诗所写，为长安之香积寺，位于今西安市长安区南部神禾塬上，古来无异议歧说。但近年有人提出了新的看法，有人认为王维诗中的香积寺不是西安香积寺并提出了几条理由，比如王维在长安不会不了解香积寺之位置，故与"不知香积寺"不符；西安香积寺不在深山里而在塬上，"数里入云峰""古木无人径""深山何处钟"与地理环境不符，等等。很快，又有人撰文对此说法提出反驳。

　　笔者认为，目前尚无证据可以推翻千年成说，理由如下：一，唐代以来，没有其他的说法或记载（近几年才遇见新说，但并未被学界认可）；二，就此诗的具体内容而言，"不知香积寺"，有可能是诗人第一次造访，只知寺的大概方位而不知其具体位置，但不一定非得要理解为诗人真的不知道寺之位置。文人写诗，当然不能用写史或纪实的笔法，如同是唐代人的杜甫《陪郑广文游何将军山林》诗写"不识南塘路，今知第五桥"①，不见得他真的就"不识南塘路"唐明皇诗《初入秦川路逢寒食》写"直为经过行处乐，不知虚度两京春"②，并非他真"不知"过了春天；王适《江滨梅》写"不知春色早，疑是弄珠人"，也不是他真的不知道"春色早"。"数里入云峰""古木无人径"，也可能指的香积寺周边，也可能指的入山途中。况且，也没有证据表明王维到底是从城里去还是从辋川出发，如果是从辋川出发，那沿途则尽是山林，所经的"云峰""古木"可是太多了。"深山何处钟"，可能是指香积寺的钟声，也完全可能是指他寺之钟声。否认王维诗所写为西安香积寺者还举《类编长安志》所记"长安城南，谓南郊，圆丘以象天，岁时以奉祭祀，成帝始奉祀上帝于长安城南"③，以为唐时"城南"集交通要道、行宫御园、祭祀场所为一体，不可能"古木无人径"。实则唐时祭天的"圜丘"遗址，在今西安市雁塔区陕西师范大学雁塔校区教学五楼南墙外、原该校体育系的操场上，这里到香积寺直线距离约 10.2 公里，走大道最短距离 15 公里左右，距今 20 年之前交通也还极不方便，更不用说一千多年前的唐代了；而从香积寺到秦岭脚下直线距离（今有子午大道直通）仅约 7 公里左右；且香积寺位于高地之上，其南边地势为一很大的斜坡。笔者请教过本校的历史地理学专家，得知唐代从南山一直到现今很繁华的曲江池一带都是森林。如果是这样，那么当时香积寺周边也确实是山林了。进入那么大范围的山林之中，确实会不辨南北。笔者也曾亲身经历 2006 年时终南山下今秦岭野生动物园一带皆为密林丰

① （唐）杜甫著，萧涤非主编，张忠纲统稿《杜甫全集校注》，人民文学出版社，2014 年 1 月第 1 版，第 357 页。
② （清）彭定求等编《全唐诗》，中华书局，1960 年 4 月第 1 版，第 29 页。
③ （元）骆天骧著，黄永年点校《类编长安志》，中华书局，1990 年 8 月第 1 版，第 73 页。

草，而十几年来已布满水泥建筑，所以不能以今日之地貌来理解唐时之地貌与植被。再说，杜甫写过一首诗《郑驸马宅宴洞中》。杜甫与王维是同时代人，香积寺在长安神禾塬上，郑驸马宅（今西安市长安区杜曲街道小江村）在香积寺正东约 6.4 公里，位于樊川与神禾塬接壤处，同在终南山北边。杜诗中有这样两句："误疑茅堂过江麓，已入风磴霾云端。"仇兆鳌注曰："风磴，登陟之路，凌风而上也。"①这一地貌地形特征的描写，也可作为王维诗的旁证。而杜诗中所写，比王维诗更夸张。

　　笔者很尊敬的一位老师也曾撰文，认为王维此诗所写不是今西安香积寺，而可能是位于今陕西礼泉县的香积寺。理由有二：一是西安香积寺所在为冲积平原，与王维诗所写环境不符；二是宋敏求《长安志·唐昭陵图》记载，在唐太宗昭陵园区，九嵕山南麓偏西，有菩提寺、香积寺，菩提寺在东，香积寺在西，和"不知香积寺，数里入云峰"的自然环境基本相符。笔者亲赴实地考察。今礼泉县城东 25 公里的烽火镇，古时原有香积寺，寺内有塔，相传原为汉文帝刘恒为纪念他的母亲薄太后而建。后寺毁塔存，现存古塔为唐代所建（或以为是宋塔），名香积寺塔，俗称"薄太后塔"，现为陕西省重点文物保护单位。其地势地形，比西安香积寺所在更为平坦，其北距九嵕山约 20 公里。这一地势，与王维诗所写不相符合。

　　而《人文杂志》1980 年第 6 期发表过郑洪春的文章《香积寺考》，认为唐代的香积寺在今西安市长安区皇甫村，现在的香积寺为宋代重建。该文先引宋敏求《长安志》、宋大昌《雍录》、张茂中《城南游记》，谓诸说"均言香积寺在神禾原上，永隆二年建"，然后指

---

① （唐）杜甫著，（清）仇兆鳌《杜诗详注》，中华书局，1979 年 10 月第 1 版，第 48 页。

出："在今皇甫村（唐皇甫村）原下，曾发现寺院遗址石柱础及残肘断缺的石佛像二，初步分析，具有隋唐文化特征。这一发现与宋《长安志》记载相合（按，即该文所引"宋敏求《长安志》说：'开利寺在长安县南二十里皇甫村，唐香积寺也，永隆二年建。'"）。由此可知，今之皇甫村为唐香积寺所在。"该文又引近代学者的观点，指出今之香积寺不是唐代香积寺："近人陈子怡先生遗稿《香积寺塔考》云：'今之香积寺在嘉里村之西，嘉里村者唐之下里村也'（今为贾里村）。又云：'以皇甫、嘉里为别，则香积寺自然不是一地。唐香积寺之名至北宋已无，此香积寺之名，至南宋始显。则此香积寺后起无疑。"这一观点，也有其史料基础，可备一说。宋敏求《长安志》卷第十二"长安县"记载："开利寺，在县南三十里皇甫村，唐香积寺也。永隆二年建，皇朝太平兴国三年改。"①如果王维诗所写的香积寺果真在皇甫村，则其大致方位、地貌与现在的香积寺也基本不差，二者皆在长安神禾塬上。只不过皇甫村位于现在的香积寺村（香积寺所在）东边偏南约 7 公里、郑驸马宅（今小江村）南约 3.6 公里处了。不过，我们翻检宋人的记载，亦有疑问焉：即如郑文所引三部北宋人的著作，宋敏求称"唐香积寺也。永隆二年建，皇朝太平兴国三年改"；程大昌《雍录》谓"香积寺，吕（大防）图在子午谷正北微西。郭子仪肃宗时收长安，陈于寺北"②；张礼《游城南记》云"复相率济潏水，陟神禾原，西望香积寺塔"，并自注："香积寺，唐永隆二年建，中多石象，塔砖中裂，院中荒凉，人鲜游者。"③这

---

①　（宋）宋敏求著，辛德勇、郎洁点校《长安志》，三秦出版社，2013 年 12 月第 1 版，第 394 页。

②　（宋）程大昌著，黄永年点校《雍录》，中华书局，2002 年 6 月第 1 版，第 225 页。

③　（宋）张礼著，史念海、曹尔琴校注《游城南记校注》，三秦出版社，2006 年 1 月第 2 版，第 123 页。

三条记载，均明确地提到了香积寺的名称，记述了相关情况。而且，皇甫村在神禾塬之最东端，若香积寺在皇甫村，则《游城南记》所谓登上神禾塬"西望"香积寺，表述显然不当，向远处眺望才能称之为"望"，西望自然是望西边。这当然不可能是原作者张礼表述的问题了。

唐代祭天的天坛 —— 圜丘遗址，摄于 2019 年 11 月 15 日

香积寺位置示意图

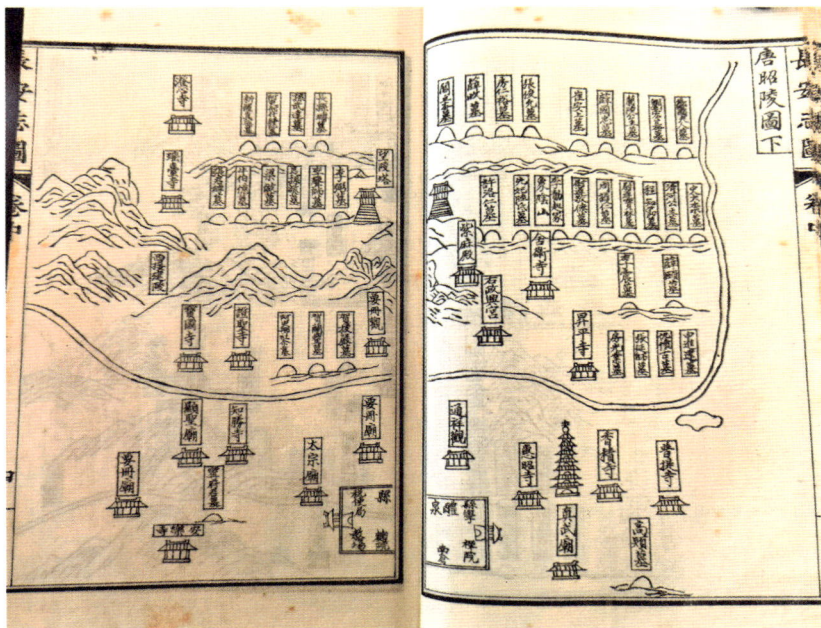

《长安志图·唐昭陵图》

礼泉县香积寺塔（薄太后塔），陕西省重点文物保护单位。摄于 2018 年 10 月 27 日

余　论

　　初盛唐的诗人们，还用他们的诗笔，记录了时代的变迁、民众的苦难。尤其是安史之乱爆发之前，关中诗歌已经昭示了时代的变化。

　　"安史之乱"是唐代社会由盛至衰的转折点。然而在"安史之乱"之前，黑暗已经存在，杜甫天宝七载（748）写的"朝扣富儿门，暮随肥马尘"①的辛酸经历就已经能够说明问题。只是越接近"安史之乱"，这种黑暗就越严重而已。

　　天宝年间，唐王朝大肆征兵，攻吐蕃，又征云南。《资治通鉴·唐纪三十二》载，天宝十载（751）夏，剑南节度使鲜于仲通讨南诏，与南诏王合罗凤大战，败，士卒死者六万人，仲通仅以身免。而"杨国忠掩其败状，仍叙其战功……制大募两京及河南、北兵以击南诏；人闻云南多瘴疠，未战士卒死者什八九，莫肯应募。杨国忠遣御史分道捕人，连枷送诣军所。旧制，百姓有勋者免征役，时调兵既多。国忠奏先取高勋。于是行者愁怨，父母妻子送之，所在哭声振野"②。在此背景下，杜甫作《兵车行》，诗曰：

　　　车辚辚，马萧萧，行人弓箭各在腰。耶娘妻子走相送，
　　尘埃不见咸阳桥。牵衣顿足拦道哭，哭声直上干云霄。
　　道傍过者问行人，行人但云点行频。或从十五北防河，
　　便至四十西营田。去时里正与裹头，归来头白还戍边。
　　边庭流血成海水，武皇开边意未已。君不闻汉家山东

---

① （唐）杜甫著，萧涤非主编，张忠纲统稿《杜甫全集校注》，人民文学出版社，2014 年 1 月第 1 版，第 277 页。
② 《资治通鉴·唐纪三十二》，中华书局，1956 年 6 月第 1 版，第 6907 页。

二百州，千村万落生荆杞。纵有健妇把锄犁，禾生陇亩
无东西。况复秦兵耐苦战，被驱不异犬与鸡。长者虽有问，
役夫敢申恨？且如今年冬，未休关西卒。县官急索租，
租税从何出？信知生男恶，反是生女好。生女犹得嫁比
邻，生男埋没随百草。君不见，青海头，古来白骨无人收。
新鬼烦冤旧鬼哭，天阴雨湿声啾啾！①

（明清）咸阳桥遗址，摄于 2020 年 7 月 30 日

李白《古风》（其三十四）亦言此事，称"千去不一回，投躯

---

① （唐）杜甫著，萧涤非主编，张忠纲统稿《杜甫全集校注》，人民文学出版社，
2014 年 1 月第 1 版，第 230—231 页。

岂全生"①。《资治通鉴·唐纪三十三》又记天宝十三载,"侍御史、剑南留后李宓将兵七万击南诏。合罗凤诱之深入,至大和城,闭壁不战。宓粮尽,士卒罹瘴疫及饥死什七八,乃引还,蛮追击之,宓被擒,全军皆没。杨国忠隐其败,更以捷闻,益发中国兵讨之,前后死者几二十万人。无敢言者。上尝谓高力士曰:'朕今老矣,朝事付之宰相,边事付之诸将,夫复何忧!'力士对曰:'臣闻云南数丧师,又边将拥兵太盛,陛下将何以制之!臣恐一旦祸发,不可复救,何得谓无忧也!'上曰:'卿勿言,朕徐思之。'"②对此,诗人刘湾又有《云南曲》,诗云:"百蛮乱南方,群盗如猬起。骚然疲中原,征战从此始。白门太和城,来往一万里。去者无全生,十人九人死。岱马卧阳山,燕兵哭泸水。妻行求死夫,父行求死子。苍天满愁云,白骨积空垒。哀哀云南行,十万同已矣。"③当然,李白此时不在关中,此诗不作于关中,刘湾诗亦不能确定其作地。但几首诗可以互相印证。诗人们皆以自己的诗篇,写出了战争对人民生活和生命的严重戕害。

天宝十二载(753),"安史之乱"的前两年,杜甫写了《丽人行》,诗曰:

> 三月三日天气新,长安水边多丽人。态浓意远淑且真,
> 肌理细腻骨肉匀。绣罗衣裳照暮春,蹙金孔雀银麒麟。
> 头上何所有?翠微盍叶垂鬓唇。背后何所见?珠压腰衱
> 稳称身。就中云幕椒房亲,赐名大国虢与秦。紫驼之峰

---

① (唐)李白著,安旗、薛天纬、阎琦、房日晰笺注《李白全集编年笺注》,中华书局,2015 年 10 月第 1 版,第 912 页。

② 《资治通鉴》卷 216,中华书局,1956 年 6 月第 1 版,第 6927 页。

③ (清)彭定求等编《全唐诗》,中华书局,1960 年 4 月第 1 版,第 2012 页。

出翠釜，水精之盘行素鳞。犀箸厌饫久未下，鸾刀缕切
空纷纶。黄门飞鞚不动尘，御厨络绎送八珍。箫鼓哀吟
感鬼神，宾从杂遝实要津。后来鞍马何逡巡，当轩下马
入锦茵。杨花雪落覆白蘋，青鸟飞去衔红巾。炙手可热
势绝伦，慎莫近前丞相嗔！①

诗写了杨国忠及杨贵妃兄妹等人的骄奢淫逸，"炙手可热势绝
伦，慎莫近前丞相嗔"，可见上层社会与普通百姓之间的鸿沟已
无法弥补，国家的前途已无可挽回。

北宋人摹唐张萱《虢国夫人游春图》。藏辽宁博物馆。图片来源：语文新课程资
源网"中国传世名画全集"

　　至天宝十四载十一月，杜甫从长安赴奉先（今陕西蒲城县）
探望家人，作有《自京赴奉先县咏怀五百字》②一诗。在这首长
篇名作中，诗人"穷年忧黎元，叹息肠内热"；感叹骊山上华清
宫里"瑶池气郁律，羽林相摩戛。君臣留欢娱，乐动殷胶葛。赐
浴皆长缨，与宴非短褐"，而"彤庭所分帛，本自寒女出。鞭挞

①　（唐）杜甫著，萧涤非主编，张忠纲统稿《杜甫全集校注》，人民文学出版社，
　　2014年1月第1版，第342页。
②　（唐）杜甫著，萧涤非主编，张忠纲统稿《杜甫全集校注》，人民文学出版社，
　　2014年1月第1版，第668—670页。

其夫家，聚敛贡城阙"；感叹"朱门酒肉臭，路有冻死骨。荣枯咫尺异，惆怅难再述"；亲历"入门闻号咷，幼子饥已卒"，心痛"所愧为人父，无食致夭折"；因而"默思失业徒，因念远戍卒。忧端齐终南，澒洞不可掇"。诗人反复地"叹息""惆怅""愧""念""忧"，所见所感，令诗人忧心如焚。而事实上，此时安禄山已经起兵，只是消息尚未传到长安。正如诗人所担忧的一样，社会的动乱和衰败已经不可避免了。所谓"山雨欲来风满楼"，诗人的作品，正如那暴雨之前的狂风，已经明确地预示了时代的巨变。

第四章　中唐关中诗

　　天宝十四载（755）十一月，身兼范阳、平卢、河东三节度使的安禄山，发动叛乱，将兵 15 万人，号称 20 万。历史上著名的"安史之乱"爆发。叛军所向披靡，十二月十二日攻入洛阳。天宝十五载正月初一，安禄山在洛阳称大燕皇帝，改元圣武。而后继续向西进军，直逼潼关，威胁京都长安。唐军大将封常清、高仙芝采以守势，坚守潼关不出。但唐玄宗听信谗言，错杀了封常清和高仙芝。而后，令哥舒翰为兵马副元帅，率军 20 万，镇守潼关。却又再次听信谗言，否决哥舒翰坚守潼关的正确主张，逼令其出战。结果哥舒翰战败被俘。消息传到长安，京城一片混乱。唐玄宗带着杨贵妃姐妹、皇子、皇孙、公主、妃子、杨国忠等人和近侍西逃。唐王朝从各方面陷入了混乱状态。

　　社会生活的各种变化，在诗人们的笔下，都有着真实而集中的反映。

第一节　社会历史的艺术反映

　　以家国为己任的诗人们，用他们的诗笔，记录了这一时期的各种史实，反映了社会的变迁。

一、以杜甫诗为代表的"安史之乱"纪实诗

　　"安史之乱"爆发，那些伟大的诗人，都用他们的如椽巨笔，

记录了时代的灾难，表达了自己的各种感受。

　　天宝十五载（756）春天，安史叛军已攻占洛阳，长安尚未陷落。也就在这年的正月、二月间，李白创作了《古风》（其十九），诗曰：

> 西上莲花山，迢迢见明星。素手把芙蓉，虚步蹑太清。
> 霓裳曳广带，飘拂升天行。邀我登云台，高揖卫叔卿。
> 恍恍与之去，驾鸿凌紫冥。俯视洛阳川，茫茫走胡兵。
> 流血涂野草，豺狼尽冠缨。①

　　诗写诗人来到了莲花山，即西岳华山，见到了华山仙子明星，仙子邀请他一起登上华山云台峰，去拜见仙人卫叔卿。正当他沉浸在美好的仙境、飘飘欲仙之时，不经意间俯视人间，却看到洛阳大地上到处都是凶恶的叛军、流血的大地。于是，诗人的心被揪住了，再也没有了飘飘升仙的幻想。这情形，很像屈原《离骚》中写的："陟升皇之赫戏兮，忽临睨夫旧乡。仆夫悲余马怀兮，蜷局顾而不行。"②人间的灾难，牢牢地抓住了诗人的内心，让他不忍他顾。

　　六月，哥舒翰兵败潼关。玄宗仓皇西逃，至长安西百余里之马嵬，发生了著名的"马嵬兵变"，杨贵妃被缢杀。玄宗继续西逃，而太子李亨则转向西北，后于灵武即位，是为肃宗。

　　是年八月，杜甫身陷长安。当时长安已被安史叛军占领。杜

① （唐）李白著，安旗、薛天纬、阎琦、房日晰笺注《李白全集编年笺注》，中华书局，2015年10月第1版，第1209页。
② （战国）屈原著，金开诚、董洪利、高路明校注《屈原集校注》，中华书局，1996年8月第1版，第160页。

甫在长安，创作了著名的《月夜》《哀王孙》。前首通过对远在鄜州（今属延安市富县）的妻子的思念，表达了战乱年月中的珍贵亲情；后首表达了对一位流落王孙的关切和同情：玄宗西逃，事出仓促。叛军入长安，屠杀公主、王妃及王孙百余人。而诗人偶遇一位侥幸逃脱的王孙，他正在路边可怜地哭泣。"问之不肯道姓名，但道困苦乞为奴。已经百日窜荆棘，身上无有完肌肤"，令诗人痛心不已，哀伤不已。诗人关切地叮嘱"王孙善保千金躯"，"哀哉王孙慎勿疏"，而在当时情势下，怕被贼人发现，又"不敢长语临交衢"。诗中又写"窃闻太子已传位，圣德北服南单于"[1]，寄希望于肃宗，期待于将来。

　　需要指出的是，王维当时也在长安，因为他的名气比较大，所以被安史叛军押赴洛阳菩提寺，被迫受伪职。他不愿与叛军合作，但又不敢正面抗拒，稍后写作了著名的《菩提寺私成口号》："万户伤心生野烟，百官何日再朝天。秋槐叶落空宫里，凝碧池头奏管弦。"[2]表达了对朝廷的怀念与忠诚。此诗虽不作于关中，不属此处讨论的内容，但也能说明当时文人的心态。要知道，在当年的三月，王维在长安居然还写了《左掖梨花》："闲洒阶边草，轻随箔外风。黄莺弄不足，衔入未央宫。"[3]——何等悠闲！而在一个月之前，素以浪漫著称的李白就写下了"俯视洛阳川，茫茫走胡兵。流血涂野草，豺狼尽冠缨"的诗句！

---

[1]　此段所引杜甫诗句，见萧涤非主编《杜甫全集校注》，人民文学出版社，2014年1月第1版，第772页。

[2]　（唐）王维著，陈铁民校注《王维集校注》，中华书局，1997年8月第1版，第484页。

[3]　（唐）王维著，陈铁民校注《王维集校注》，中华书局，1997年8月第1版，第505页。

　　十月，招讨西京、防御蒲、潼两关兵马元帅房琯领兵与安史叛军战于咸阳陈涛斜，大败。杜甫闻知，作《悲陈陶》《悲青坂》《对雪》等。在这些诗中，诗人沉痛地记录了房琯统领的唐军惨败的现状："孟冬十郡良家子，血作陈陶泽中水。野旷天清无战声，四万义军同日死"[①]，"山雪河冰野萧瑟，青是烽烟白人骨"[②]，记录了安史叛军的惨无人性及其嚣张气焰："群胡归来血洗箭，仍唱胡歌饮都市。"[③]并希望唐军作战要有充分的准备："焉得附书与我军，忍待明年莫仓卒。"[④]

　　第二年，唐肃宗至德二载（757），安史叛军仍占着长安。三月，杜甫在长安，创作了著名的《春望》《哀江头》等诗。

　　《春望》诗曰：

　　国破山河在，城春草木深。感时花溅泪，恨别鸟惊心。
　　烽火连三月，家书抵万金。白头搔更短，浑欲不胜簪。[⑤]

　　首联写国都沦陷、城池残破的荒凉景象。司马光说："山河在，

① （唐）杜甫著，萧涤非主编，张忠纲统稿《杜甫全集校注》，人民文学出版社，2014 年 1 月第 1 版，第 738 页。

② （唐）杜甫著，萧涤非主编，张忠纲统稿《杜甫全集校注》，人民文学出版社，2014 年 1 月第 1 版，第 742 页。

③ （唐）杜甫著，萧涤非主编，张忠纲统稿《杜甫全集校注》，人民文学出版社，2014 年 1 月第 1 版，第 738 页。

④ （唐）杜甫著，萧涤非主编，张忠纲统稿《杜甫全集校注》，人民文学出版社，2014 年 1 月第 1 版，第 742 页。

⑤ （唐）杜甫著，萧涤非主编，张忠纲统稿《杜甫全集校注》，人民文学出版社，2014 年 1 月第 1 版，第 779 页。

明无余物矣；草木深，明无人矣。"①第二联用移情的手法，写伤时恨别之感。第三联写诗人于战乱年月对亲人的挂牵。末联回写诗人自己的每衰之相，更强烈地凸显离乱思亲之情。

《哀江头》诗曰：

> 少陵野老吞声哭，春日潜行曲江曲。
> 江头宫殿锁千门，细柳新蒲为谁绿？
> 忆昔霓旌下南苑，苑中万物生颜色。
> 昭阳殿里第一人，同辇随君侍君侧。
> 辇前才人带弓箭，白马嚼啮黄金勒。
> 翻身向天仰射云，一笑正坠双飞翼。
> 明眸皓齿今何在？血污游魂归不得。
> 清渭东流剑阁深，去住彼此无消息。
> 人生有情泪沾臆，江水江花岂终极！
> 黄昏胡骑尘满城，欲往城南忘城北。②

诗写自己在叛军占领的国都中"潜行""吞声哭"，看到宫门锁闭、蒲柳自绿、物是人非的景象，不由得回忆昔日曲江之滨的繁华。在"黄昏胡骑尘满城"的大街上，浑浑沌沌，以致"欲往城南忘城北"。四年前，也是在长安，杜甫曾写作了《丽人行》，也是以曲江为背景，而那时的情形是"三月三日天气新，长安水边多丽人"，如今却是"江头宫殿锁千门，细柳新蒲为谁绿"；那时诗

---

① （宋）司马光《温公续诗话》，（清）何文焕辑《历代诗话》，中华书局，1981 年 4 月第 1 版，第 278 页。
② （唐）杜甫著，萧涤非主编，张忠纲统稿《杜甫全集校注》，人民文学出版社，2014 年 1 月第 1 版，第 760—761 页。

人对杨氏兄妹的飞扬跋扈是抨击批判的，而此时诗人却怀恋"忆昔霓旌下南苑，苑中万物生颜色"，喟叹"明眸皓齿今何在？血污游魂归不得"，因为这强烈的反差，反映了唐王朝的盛衰，表达了诗人深深的哀恸之情。

五月，杜甫经历千辛万苦，逃出安史叛军控制下的长安，一路西行，"雾树行相引，连山望忽开"，来到凤翔投奔唐肃宗。此时，朋友们"所亲惊老瘦，辛苦贼中来"；他自己"喜心翻倒极，呜咽泪沾巾"，心中燃起了希望，"今朝汉社稷，新数中兴年"（《喜达行在所三首》）①。

杜甫在凤翔，还写了一首《述怀》，回忆去年至今的情形是"去年潼关破，妻子隔绝久。今夏草木长，脱身得西走"；到了凤翔的情形是"麻鞋见天子，衣袖露两肘。朝廷愍生还，亲故伤老丑。涕泪受拾遗，流离主恩厚"；思念鄜州的家人，"柴门虽得去，未忍即开口。寄书问三川，不知家在否"；听到被叛军祸害的情形是"比闻同罹祸，杀戮到鸡狗"，"几人全性命，尽室岂相偶"；而自己"自寄一封书，今已十月后。反畏消息来，寸心亦何有"②。战乱年月，忠于君王、思念亲人，各种复杂的心情，纠结于心。这是诗人自己的真实境况，也是同时代人的普遍遭际和心情。

六月，从西域归至凤翔的诗人岑参，因杜甫等人的举荐，授右补阙，也写了《行军诗二首》，诗中有这样的句子：

---

① （唐）杜甫著，萧涤非主编，张忠纲统稿《杜甫全集校注》，人民文学出版社，2014 年 1 月第 1 版，第 825—828 页。

② （唐）杜甫著，萧涤非主编，张忠纲统稿《杜甫全集校注》，人民文学出版社，2014 年 1 月第 1 版，第 841 页。

胡兵夺长安，宫殿生野草。伤心五陵树，不见二京道。
我皇在行军，兵马日浩浩。胡雏尚未灭，诸将恳征讨。
昨闻咸阳败，杀戮净如扫。积尸若丘山，流血涨丰镐。
干戈碍乡国，豺虎满城堡。村落皆无人，萧条空桑枣。
儒生有长策，无处豁怀抱。块然伤时人，举首哭苍昊。①

悔不学弯弓，向东射狂胡。偶从谏官列，谬向丹墀趋。
未能匡吾君，虚作一丈夫。抚剑伤世路，哀歌泣良图。
功业今已迟，览镜悲白须。平生抱忠义，不敢私微躯。②

记事实，抒怀抱，不亚于杜甫诗。

杜甫来到凤翔没几天，就摊上了大事：肃宗对房琯不满，罢了他的相权。而杜甫则对这位当年的布衣之交充满了同情，上书肃宗说"罪细，不宜免大臣"③。肃宗大怒，将杜甫交付有司，具体由韦陟与崔光远、颜真卿等人审问，想要治他的罪。宰相张镐劝肃宗说："甫若抵罪，绝言者路。"④御史大夫韦陟也说："甫言虽狂，不失谏臣体。"⑤肃宗这才消了点气，但从此不愿再重用杜甫。从杜甫来凤翔担任左拾遗到此时，也才不过半个月。因为这件事，肃宗和杜甫，彼此大概心中都有些别扭，加之杜甫思念远在鄜州

① （唐）岑参著，陈铁民、侯忠义校注《岑参集校注》，上海古籍出版社，2004年9月第1版，第221页。
② （唐）岑参著，陈铁民、侯忠义校注《岑参集校注》，上海古籍出版社，2004年9月第1版，第223页。
③ 《新唐书·杜甫传》，中华书局，1975年2月第1版，第5737页。
④ 《新唐书·杜甫传》，中华书局，1975年2月第1版，第5737页。
⑤ 《新唐书·韦陟传》，中华书局，1975年2月第1版，第4352页。

（地属今陕西延安市富县）的家人，就提出请求，要回鄜州省亲。肃宗也乐得送个顺水人情，批准杜甫回家去。于是，闰八月初一这一天，杜甫起程向鄜州而去。

九成宫醴泉铭碑，国家一级文物。2014 年10 月 25 日摄于九成宫遗址

这次杜甫北行的路线，是凤翔（今陕西凤翔）—麟游（今陕西麟游）—邠州（今陕西彬州）—宜君（今陕西宜君）—鄜州（今陕西富县）。回到鄜州羌村后，写了著名的长诗《北征》，叙述沿途所见，记录了战乱中的种种景象。诗虽不写于关中，但其内容皆是关中途中所见所感。此外，沿途写的其他诗，如《九成宫》《玉华宫》《行次昭陵》等，也都有一定的史料意义。

九成宫，位于麟游，原是隋代的避暑离宫，名曰仁寿宫，唐时改名九成宫。贞观六年（632）初夏，太宗李世民率文武臣僚、后宫嫔妃来九成宫避暑。四月十六日，太宗与随从大臣闲步谈事。当时，干旱缺水，而太宗却无意中发现一处地面土皮湿润、野草丰绿，用手中龙杖一戳，居然有清水溢出。帝心大悦，众人皆惊。于是，太宗命魏征撰文述此始末，大书法家欧阳询书丹，刻石立碑，是为《九成宫碑》。而到杜甫行经九成宫时，时间又过去了125年。此时的九成宫，虽有人员守护，但已是一片荒凉："苍山入百里，崖断如杵臼。曾宫凭风回，岌嶪土囊口。""纷披长松倒，揭嶫怪石走。哀猿啼一声，客泪迸林薮。"诗人慨叹"荒哉隋家帝，制此今颓杇。向使国不亡，焉为巨唐有"；而他更主要的叹息是："我行属时危，仰望嗟叹久。天王守太白，驻马更搔首。"①天王，指肃宗；驻马搔首，则是诗人自己的形象。稍后，杜甫又行经宜君玉华宫，写了《玉华宫》一诗。玉华宫建于贞观二十一年，而从杜甫的诗来看，此时的玉华宫比九成宫更为残破："溪回松风长，苍鼠窜古瓦"，"阴房鬼火青，坏道哀湍泻"，诗人也"忧来藉草坐，浩歌泪盈把"②，感慨更深。

　　这年十月，唐肃宗从凤翔回到了收复后的长安。十一月，杜甫携家人亦重返长安。沿途作《重经昭陵》，歌颂了唐太宗的功绩，"风尘三尺剑，社稷一戎衣"；而"再窥松柏路，还见五云飞"，再表现了诗人此刻兴奋的心情③。

　　十二月，朝廷对陷贼官员（即安禄山控制时期接受伪职的官

① （唐）杜甫著，萧涤非主编，张忠纲统稿《杜甫全集校注》，人民文学出版社，2014年1月第1版，第904页。
② （唐）杜甫著，萧涤非主编，张忠纲统稿《杜甫全集校注》，人民文学出版社，2014年1月第1版，第912—913页。
③ 按，《行次昭陵》《重经昭陵》二诗，亦有学者认为作于安史之乱之前，详参萧涤非主编《杜甫全集校注》相关注说，人民文学出版社，2014年1月版。又按，本章中，凡未特别注明系年者，皆采自傅璇琮主编《唐五代文学编年史》及陈文新主编《中国文学编年史》之中唐部分。

唐玉华宫肃成院遗址，全国重点文物保护单位。摄于 2020 年 7 月 28 日

员）六等定罪，杜甫的老朋友郑虔被贬为台州司户参军。当时杜甫或是正从鄜州到长安的路上，或是已到长安，而郑虔已匆匆上路，总之，杜甫未能当面饯行，便写了一首情真意切的诗歌《送郑十八虔贬台州司户伤其临老陷贼之故阙为面别情见于诗》，算是对这位患难之交的送别。诗曰：

郑公樗散鬓成丝，酒后常称老画师。
万里伤心严谴日，百年垂死中兴时。
苍惶已就长途往，邂逅无端出饯迟。
便与先生应永诀，九重泉路尽交期。①

---

① （唐）杜甫著，萧涤非主编，张忠纲统稿《杜甫全集校注》，人民文学出版社，2014 年 1 月第 1 版，第 990 页。

　　郑虔是一位著名的画家。诗首联写郑虔之形貌与自称，次联写诗人自己之沉痛与伤感之情，"万里""百年""伤心""严遣"却发生于"中兴时"，尤难为情；颈联写诗人不能当面饯行之缘由及内疚之情；尾联用"永诀""九重泉路"等词汇，沉痛之极。

　　杜甫回到长安后，继续担任左拾遗一职。他渴望"安得壮士挽天河，净洗甲兵长不用"（《洗兵马》），希望天下太平。来年（乾元元年，758）五月，房琯再次被贬。受其牵连，杜甫也被贬为华州司功参军，负责当地的祭祀、学校、选举等工作。这时，"安史之乱"尚未最后平息。次年（乾元二年，759），郭子仪兵败相州（今河南安阳）。当时，杜甫从东都洛阳归华州，写了著名的"三吏""三别"，记录沿途所见所感。这几首诗，或写于途中，或写于回到华州之后，至少《潼关吏》一首，确为关中之作品，诗曰：

　　　士卒何草草，筑城潼关道。大城铁不如，小城万丈余。
　　　借问潼关吏，修关还备胡。要我下马行，为我指山隅。
　　　连云列战格，飞鸟不能逾。胡来但自守，岂复忧西都。
　　　丈人视要处，窄狭容单车。艰难奋长戟，万古用一夫。
　　　哀哉桃林战，百万化为鱼。请嘱防关将，慎勿学哥舒。①

　　诗首二句写所见士卒劳苦修城备战之情形。三四两句写潼关城之情势与坚固。"大城""小城"，前人或谓"铁不如，言其坚。万丈余，言其高。小城跨山，故尤见其高也"②，或谓"城在山上，

---

①　（唐）杜甫著，萧涤非主编，张忠纲统稿《杜甫全集校注》，人民文学出版社，2014年1月第1版，第1295页。

②　（唐）杜甫著，（清）仇兆鳌注《杜诗详注》，中华书局，1979年10月第1版，第526页。

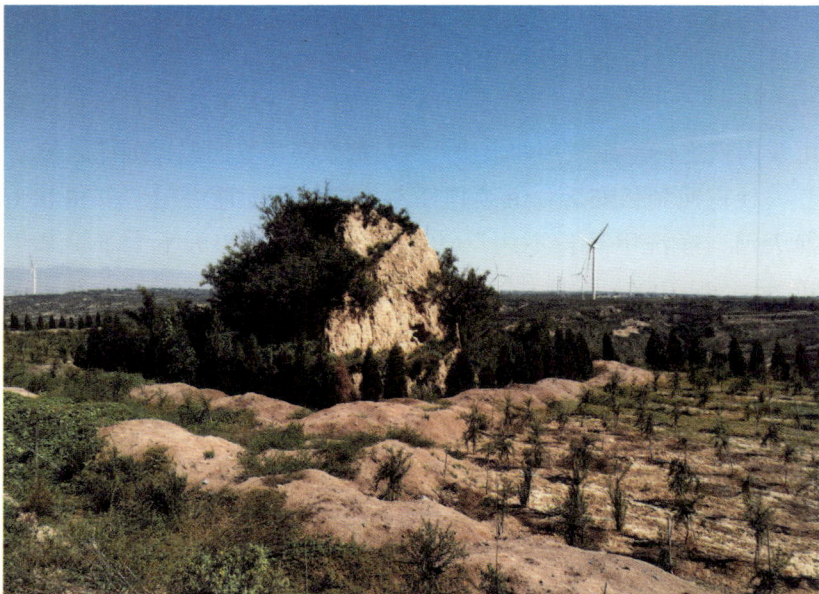

潼关十二连城遗迹。摄于 2018 年 10 月 3 日

故曰万丈余。上句言坚，下语言高，其义互见"①，而现代学者则有人认为大城小城是指潼关的十二连城②。接着 12 句，写诗人自己的疑问和潼关吏的回答，重点写潼关吏的回答，以为如此形势，固若金汤。最后四句，回顾三年前哥舒翰守潼关失败的惨痛教训，殷切地嘱咐守关将吏"慎勿学哥舒"。

　　这一年，关中大旱，杜甫写了《夏日叹》《夏夜叹》，既叹自然灾害之无情，又叹民生之艰苦。其中《夏日叹》这样写道：

---

① （唐）杜甫著，萧涤非主编，张忠纲统稿《杜甫全集校注》引朱鹤龄语，人民文学出版社，2014 年 1 月第 1 版，第 1295 页。

② 左汉林 2018 年 11 月于中国海洋大学"中国文学史观与文学史研究"国际学术研讨会会议发言。

夏日出东北，陵天经中街。朱光彻厚地，郁蒸何由开。
上苍久无雷，无乃号令乖。雨降不濡物，良田起黄埃。
飞鸟苦热死，池鱼涸其泥。万人尚流冗，举目唯蒿莱。
至今大河北，化作虎与豺。浩荡想幽蓟，王师安在哉。
对食不能餐，我心殊未谐。眇然贞观初，难与数子偕。[①]

　　"良田起黄埃""举目唯蒿莱"，本已极惨，又加"至今大河北，化作虎与豺"，所以，诗人忧心忡忡，"对食不能餐"。

　　就在这一年的秋天，一则因为关中大旱，生活难以维持，再则因为政治方面的失望，杜甫辞去了华州司功参军的职位，带着一家人西迁秦州（今甘肃天水），试图到那里去谋生。杜甫的离开，使得当时关中诗那璀璨的光芒黯淡了许多。

二、杜甫之后关中的纪实诗

　　杜甫离开关中，关中纪实诗少了分量，但依然有其他的诗人没有放下他们手中的诗笔。

　　公元762年，是唐王朝不幸的一年。这年四月，一个月内死了两个皇帝，太上皇李隆基、皇帝李亨相继辞世，代宗李豫匆匆即位。这一年，吐蕃大军犯境，先后攻陷秦州（治所在今甘肃秦安县西北）、成州（治所在今甘肃礼县西南）、渭州（治所在今甘肃陇西县西南）。记忆中的大唐盛世与日渐衰颓的社会现实，在当时各阶层人们的心目中进行着激烈的碰撞。我们今天所能看到的一些实物，如肃宗建陵前的石马，依然呈现着一种昂扬壮大的气象，

① （唐）杜甫著，萧涤非主编，张忠纲统稿《杜甫全集校注》，人民文学出版社，2014年1月第1版，第1331页。

唐肃宗建陵前石马。摄于 2017 年 10 月 26 日

建陵前石马，摄于 2017 年 10 月 26 日。上图的马，依然呈现着一种壮大之气；
下图的马，就像大唐王朝一样慢慢地陷落了下去。

释放着一种辉煌的气息，也寄托着时人的一种憧憬。然而，它同时也目睹了唐王朝一步步地衰落。

代宗广德元年（763），吐蕃陷长安。代宗放弃长安，东逃陕州。长安城内，百官藏匿，六军逃窜。这一年，诗人钱起急投南山佛寺避难，作有《东城初陷与薛员外王补阙暝投南山佛寺》一诗：诗曰："日昃石门里，松声山寺寒。香云空静影，定水无惊湍。洗足解尘缨，忽觉天形宽。清钟扬虚谷，微月深重峦。噫我朝露世，翻浮与波澜。行运遭忧患，何缘亲盘桓。庶将镜中象，尽作无生观。"①这样的作品，很让人讶异、不好理解。吐蕃攻占长安这样的大事，而且是关乎自身安危存亡的大事件，似乎不关诗人之痛痒。不过，他同时作《广德初銮驾出关后登高愁望二首》倒也表现了一种对时事的关切："长安不可望，远处边愁起。辇毂混戎夷，山河空表里。黄云压城阙，斜照移烽垒。汉帜远成霞，胡马来如蚁。不知逐鹿战，早晚蚩尤死。渴日候河清，沉忧催暮齿。""愁看秦川色，惨惨云景晦。乾坤暂运行，品物遗覆载。黄尘涨戎马，紫气随龙旆。掩泣指关东，日月妖氛外。臣心寄远水，朝海去如带。周德更休明，天衢仜开泰。"②另有一首《銮驾避狄岁寄韩云卿》更是表达了一种哀苦迷茫："白发壮心死，愁看国步移。关山惨无色，亲爱忽惊离。影绝龙分剑，声哀鸟恋枝。茫茫云海外，相忆不相知。"③

---

① （唐）钱起著，王定璋校注《钱起诗集校注》，浙江古籍出版社，1992年8月第1版，第43页。

② （唐）钱起著，王定璋校注《钱起诗集校注》，浙江古籍出版社，1992年8月第1版，第12页。

③ （唐）钱起著，王定璋校注《钱起诗集校注》，浙江古籍出版社，1992年8月第1版，第131页。

　　随着形势的变化，唐代关中的纪实诗，也相应地有了新的变化。

　　代宗永泰二年（766）二月，阳济使蕃修好，皇甫曾、郎士元等人的诗作，记录了这样一个重要的"怀柔"事件。皇甫曾《送汤中丞和蕃》诗称"继好中司出，天心外国知。已传尧雨露，更说汉威仪"，又勉励对方"莫嗟行远地，此去答恩私"①。而郎士元的《送杨中丞和蕃》则这样写："锦车登陇日，边草正萋萋。旧好寻君长，新愁听鼓鼙。河源飞鸟外，雪岭大荒西。汉垒今犹在，遥知路不迷。"②在送行之外，又透露出不少地理地形等方面的信息。二人诗中的"汤""杨"均为形误，实应为"阳"③。另有李嘉祐《送崔夷甫员外和蕃》诗写："君过湟中去，寻源未是赊。经春逢白草，尽日度黄沙。双节行为伴，孤烽到似家。和戎非用武，不学李轻车。"④与前几首一样，均无衰飒之气。

　　代宗大历三年（768）二月，朝廷派人使新罗，皇甫冉、李端、钱起、顾况等在长安，也写诗记录了这一事件。

　　德宗建中三年（782）二月，常鲁使吐蕃。韦应物、李益等人作诗送之。韦应物《送常侍御却使西蕃》诗写："归奏圣朝行万里，却衔天诏报蕃臣。本是诸生守文墨，今将匹马静烟尘。旅宿关河逢暮雨，春耕亭鄣识遗民。此去多应收故地，宁辞沙塞往来频。"⑤

---

① （清）彭定求等编《全唐诗》，中华书局，1960年4月第1版，第2185页。
② （清）彭定求等编《全唐诗》，中华书局，1960年4月第1版，第2781页。
③ 参傅璇琮主编《唐五代文学编年史·中唐卷》，辽海出版社，1998年12月第1版，第163页。
④ （清）彭定求等编《全唐诗》，中华书局，1960年4月第1版，第2154页。
⑤ （唐）韦应物著，孙望校笺《韦应物诗集系年校笺》，中华书局，2002年3月第1版，第255页。

李益《送常曾侍御使西蕃寄题西川》诗也写："今日闻君使，雄心逐鼓鼙。行当收汉垒，直可取蒲泥。"[1] 送行诗，客观上记录了这样的历史事件，也表达了诗人的心情与愿望。

德宗贞元十六年（800）四月，新罗王高信则卒，四月二十二日，朝廷册命其嫡孙俊邕为新罗王，令司封郎中、兼御史中丞韦丹持节册命。朝士有送行诗数百首，权德舆为序。可谓当时外交及诗坛之盛事。

乾陵前六十一蕃臣像，显示了盛唐时国力及外交等方面的强盛。中唐时已远不如前，就像这被敲掉头的石人像。摄于 2012 年 10 月 15 日

敬宗宝历元年（826），御史中丞于人文奉使回鹘。朱庆余《送于中丞入蕃册立》："上马生边思，戎装别众僚。双旌衔命重，

① （唐）李益著，范之麟注《李益诗注》，上海古籍出版社，1984 年 8 月第 1 版，第 60 页。

空碛去程遥。迥没沙中树，孤飞雪外雕。蕃庭过册礼，几日却回朝。"①贾岛《送于中丞使回纥册立》："君立天骄发使车，册文字字著金书。渐通青冢乡山尽，欲达皇情译语初。调角寒城边色动，下霜秋碛雁行疏。旌旗来往几多日，应向途中见岁除。"②雍陶《送于中丞使北蕃》："朔将引双旌，山遥碛雪平。经年通国信，计日得蕃情。野次依泉宿，沙中望火行。远雕秋有力，寒马夜无声。看猎临胡帐，思乡见汉城。来春拥边骑，新草满归程。"③顾非熊《送于中丞入回鹘》："风沙万里行，边色看双旌。去展中华礼，将安外国情。朝衣惊异俗，牙帐见新正。料得归来路，春深草未生。"④均记其事。

这几年，外有吐蕃等屡屡进犯，以致京师一度戒严；内有地方军阀拥兵自重，不受朝廷节制，天下形势极为严峻。在这种情况下，一些大臣出京，镇守一些战略要地，意义就不同寻常。诗歌作品对此也有反映。

永泰元年（765）四月，剑南节度使严武卒，蜀中大乱。朝廷派郭英乂为节度使。尽管后来事实证明郭英乂并非良善之辈，但此时他代表朝廷外任，不少在长安的诗人还是对他寄予了希望。岑参在《送郭仆射节制剑南》中就写道："南仲今时往，西戎计日平。将心感知己，万里寄悬旌。"⑤

① （清）彭定求等编《全唐诗》，中华书局，1960 年 4 月第 1 版，第 5866 页。
② （唐）贾岛著，李嘉言点校《长江集新校》，上海古籍出版社，1983 年 11 月第 1 版，第 108 页。
③ （唐）雍陶著，周啸天、张效民注《雍陶诗注》，上海古籍出版社，1988 年 6 月第 1 版，第 39 页。
④ （清）彭定求等编《全唐诗》，中华书局，1960 年 4 月第 1 版，第 5787 页。
⑤ （唐）岑参著，陈铁民、侯忠义校注《岑参集校注》，上海古籍出版社，2004 年 9 月第 1 版，第 340 页。

　　代宗大历二年（767），徐浩拜广州刺史、岭南节度观察史。刘长卿在长安，官员外郎，与皇甫曾均有诗送徐浩。刘诗《送徐大夫赴广州》："上将坛场拜，南荒羽檄招。远人来百越，元老事三朝。雾绕龙川暗，山连象郡遥。路分江森森，军动马萧萧。画角知秋气，楼船逐暮潮。当令输贡赋，不使外夷骄。"①皇甫诗《送徐大夫赴南海》："旧国当分阃，天涯答圣私。大军传羽檄，老将拜旌旗。位重登坛后，恩深弄印时。何年谏猎赋，今日饮泉诗。海内求民瘼，城隅见岛夷。由来黄霸去，自有上台期。"②二诗均昂扬有力。

　　大历三年（768）春，常谦光加常侍为朔方留后。身在长安的皇甫冉和法振有诗送行。皇甫诗《送常大夫加散骑常侍赴朔方》曰："故垒烟尘后，新军河塞间。金貂宠汉将，玉节度萧关。澶漫沙中雪，依稀汉口山。人知窦车骑，计日勒铭还。"③法振诗《送常大夫赴朔方》曰："关山今不掩，军候鸟先知。大汉嫖姚入，乌孙部曲随。高旌天外驻，寒角月中吹。归到长安第，花应再满枝。"④七月，幽州兵马使朱希彩杀节度使，自称留后。朝廷不得已，以朱希彩领幽州留后，以宰臣王缙为幽州节度使。王缙赴镇，钱起、皇甫冉、皇甫曾、韩翃同在长安作诗送行。皇甫曾《送王相公赴幽州》诗曰："台衮兼戎律，勤忧秉化元。""人安布时令，地远答君恩。"⑤钱起《送王相公赴范阳》诗曰："安危皆报国，文武不缘名。

①　（唐）刘长卿著，储仲君笺注《刘长卿诗编年笺注》，中华书局，1996年7月第1版，第283页。
②　（清）彭定求等编《全唐诗》，中华书局，1960年4月第1版，第2185页。
③　（清）彭定求等编《全唐诗》，中华书局，1960年4月第1版，第2817页。
④　（清）彭定求等编《全唐诗》，中华书局，1960年4月第1版，第9142页。
⑤　（清）彭定求等编《全唐诗》，中华书局，1960年4月第1版，第2185页。

受脤仍调鼎，为霖更洗兵。……料敌知无战，安边示有征。"①皇甫冉《送王相公之幽州》诗曰："勤劳无远近，旌节屡西东。不选三河卒，还令万里通。"②韩翃（一作张继）《奉送王相公缙赴幽州巡边》诗曰："黄阁开帷幄，丹墀侍冕旒。位高汤左相，权总汉诸侯。不改周南化，仍分赵北忧。"③诗中皆有颂扬、有鼓励，还有一些复杂的情思；而一些诗句，如"长路山河转，前驱鼓角喧"，"暮日平沙迥，秋风大旆翻"，"代云横马首，燕雁拂笳声"，"去镇关河静，归看日月明"，"雁行缘古塞，马鬣起长风"，"遮虏关山静，防秋鼓角雄"，"塞草连天暮，边风动地秋"等，皆劲健有力，颇能道得边塞气象。需要说明的是，此数年京中文人作诗多为唱和、送别等，大都摆脱不了送别诗的套路，但这几首诗却有现实意义，写得亦有骨力。

代宗大历十二年（777），"秋，京畿及宋、亳、滑三州大雨水，害稼"④。时韦应物在京兆功曹任，使云阳视察水灾灾情，有诗纪事。其《使云阳寄府曹》诗写了自己的行程："夙驾祗府命，冒炎不遑息。百里次云阳，闾阎问漂溺。"⑤又写了水灾之情形："上天屡愆气，胡不均寸泽。仰瞻乔树颠，见此洪流迹。良苗免湮没，蔓草生宿昔。"而在此前一年，诗人卢纶的诗作，已经反映了前一年的淫雨，其《客舍苦雨即事寄钱起郎士元二员外》诗曰："积雨

① （唐）钱起著，王定璋校注《钱起诗集校注》，浙江古籍出版社，1992年8月第1版，第233页。
② （清）彭定求等编《全唐诗》，中华书局，1960年4月第1版，第2832页。
③ （清）彭定求等编《全唐诗》，中华书局，1960年4月第1版，第2755页。
④ 《新唐书·五行志》，中华书局，1975年2月第1版，第932页。
⑤ （唐）韦应物著，孙望校笺《韦应物诗集系年校笺》，中华书局，2002年3月第1版，第114页。

暮凄凄，羁人状鸟栖。响空宫树接，覆水野云低。穴蚁多随草，巢蜂半坠泥。绕池墙藓合，拥溜瓦松齐。旧圃平如海，新沟曲似溪。坏阑留众蝶，欹栋止群鸡。莠盛终无实，槎枯返有黄。绿萍藏废井，黄叶隐危堤。闾里欢将绝，朝昏望亦迷。不知霄汉侣，何路可相携。"①诗写了庄稼歉收，写了枯树、绿萍、黄叶等，而"穴蚁多随草"等一大段描述，其手法则颇像杜甫《北征》诗中的具体描写。

德宗贞元十九年（803），关辅旱饥，情况相当严重，以至于朝廷罢吏部选、礼部贡举。时任监察御史的韩愈还上疏，谓"京畿百姓穷困，应今年税钱及草粟等征未得者，请俟来年蚕麦"，结果被贬为阳山令②。对此，马异《贞元旱岁》诗云："赤地炎都寸草无，百川水沸煮虫鱼。定应焦烂无人救，泪落三篇古尚书。"③诗人之描写，比之史学家，既形象，又表达了自己的感情。

宪宗元和九年（814），白居易在渭南下邽村。是年干旱，白居易有《夏旱》诗："旱日与炎风，枯焦我田亩。金石欲销铄，况兹禾与黍。嗷嗷万族中，唯农最辛苦。悯然望岁者，出门何所睹？但见棘与茨，罗生遍场圃。恶苗承沴气，欣然得其所。感此因问天，可能长不雨？"④记述旱情之外，更表达了对农民的真切同情。

---

① （唐）卢纶著，刘初棠校注《卢纶诗集校注》，上海古籍出版社，1989 年 9 月第 1 版，第 288 页。

② 《资治通鉴·唐纪五十二》，中华书局，1956 年 6 月第 1 版，第 7604 页。

③ （清）彭定求等编《全唐诗》，中华书局，1960 年 4 月第 1 版，第 4155 页。

④ （唐）白居易著，谢思炜校注《白居易诗集校注》，中华书局，2006 年 7 月第 1 版，第 115 页。

　　德宗建中四年（783），唐王朝又经历了一次磨难。道经长安的泾原兵叛乱，德宗匆匆逃往奉天（今陕西乾县）。因事出意外，群臣皆不知天子何往。其仓皇情形，颇类于安史之乱时玄宗之西逃。不久，叛兵拥朱泚称帝，改元应天，攻奉天。是年十月，严巨川在长安，见朱泚僭位，作《建中四年十月感事》，诗曰："烟尘忽起犯中原，自古临危道贵存。手持礼器空垂泪，心忆明君不敢言。""手持"二句，颇类王维陷贼期间所作之《菩提寺私成口号》；诗又曰："落日胡笳吟上苑，通宵房将醉西园。传烽万里无师至，累代何人受汉恩。"①"落日"二句，让人能联想到安史乱后李白所作"俯视洛阳川，茫茫走胡兵"，甚至能联想到杜甫之"群胡归来血洗箭，仍唱胡歌饮都市"。是年冬，女冠李季兰陷贼，有诗寄故人曰："鞞鼓喧行选，旌旗拂座隅。"②皆是纪实之作。当然，朱泚占领长安期间，这位风情女子大概也没有少给朱泚写诗唱过赞歌，所以唐人赵元一《奉天录》有这样的记载："时有风情女子李季兰上泚诗，言多悖逆，故阙而不录。皇帝再克京师，召季兰而责之曰：'汝何不学严巨川有诗云"手持礼器空垂泪，心忆明君不敢言"？'遂令扑杀之。"③李季兰最终因诗送命。这也从正反两个方面说明了诗歌对当时时代的反映。

　　第二年，德宗兴元元年（784），形势依旧严峻。正月，德宗下诏罪己，称"天谴于上而朕不悟，人怨于下而朕不知"，言辞可谓谦卑，态度可谓诚恳。该诏除"朱泚大为不道，弃义灭恩反易天常，盗窃名器，暴犯陵寝"而不赦免外，"其李希烈、田悦、王武

① 陈尚君辑校《全唐诗补编》，中华书局，1992年10月第1版，第916页。

② （清）彭定求等编《全唐诗》，中华书局，1960年4月第1版，第9060页。

③ （唐）赵元一著，夏婧点校《奉天录（外三种）》，中华书局，2014年4月第1版，第30页。

俊、李纳及所管内将士官吏等，一切并与洗涤，各复爵位，待之如初。仍即遣使诸道宣谕"。连谋逆的朱滔也予以赦免，并且给他找了个理由，"虽与贼泚连坐，路远未必同谋。朕方推以至诚，务欲弘泰。如能效顺，亦与惟新"①。诏下，王武俊、田悦、李纳见诏令，去王号，上表请罪。而李希烈仍自称帝，朱滔仍纵兵攻城。

　　这一年的春天，许多身陷长安的诗人都有诗纪事抒情。当年正月初一，权德舆就作有《甲子岁元日呈郑侍御明府》，诗云："万里烟尘合，秦吴遂渺然。无人来上国，洒泪向新年。"②写得极为惨痛。卢纶有《春日卧病示赵季黄时陷在贼中》，又有《贼中与严越卿曲江看花》："红枝欲折紫枝殷，隔水连宫不用攀。会待长风吹落尽，始能开眼向青山。"③用语含蓄，欲说不说，末了寄托心底的期望。武元衡有诗《长安贼中寄题江南所居茱萸树》："手种茱萸旧井傍，几回春露又秋霜。今来独向秦中见，攀折无时不断肠。"④写得很沉痛。武元衡又有《和杨弘微春日曲江南望》："迟景霭悠悠，伤春南陌头。暄风一澹荡，遐思几殷忧。龙去空仙沼，鸾飞掩妓楼。芳菲余雨露，冠盖旧公侯。朱戟千门闭，黄鹂百啭愁。烟濛宫树晚，花咽石泉流。寒谷律潜应，中林兰自幽。商山将避汉，晋室正藩周。黍稷闻兴叹，琼瑶畏见投。君心即吾事，微向在沧洲。"⑤这些诗，"贼中"之类字眼，或为后补，

① （宋）宋敏求编《唐大诏令集》，中华书局，2008 年 4 月第 1 版，第 27 页。
② （唐）权德舆著，蒋寅笺，唐元校，张静注《权德舆诗文集编年校注》，辽海出版社，2013 年 12 月第 1 版，第 69 页。
③ （唐）卢纶著，刘初棠校注《卢纶诗集校注》，上海古籍出版社，1989 年 9 月第 1 版，第 461 页。
④ （清）彭定求等编《全唐诗》，中华书局，1960 年 4 月第 1 版，第 3573 页。
⑤ （清）彭定求等编《全唐诗》，中华书局，1960 年 4 月第 1 版，第 3565 页。

或为当时私下所写，但都记录了当时的史实与诗人的心情。

德宗贞元三年（787）闰五月，吐蕃入寇，韩愈族兄韩弇遇难。九月，韩愈在长安，作《烽火》，感吐蕃寇边、族兄被害："登高望烽火，谁谓塞尘飞。王城富且乐，曷不事光辉。勿言日已暮，相见恐行稀。愿君熟念此，秉烛夜中归。我歌宁自感，乃独泪沾衣。"①

唐德宗崇陵，全国重点文物保护单位。李世忠摄于 2011 年 8 月 15 日

再往后，这种纪实之作就极为少见了。直到晚唐黄巢兵乱前后，才在诗坛再次出现。

---

① 按，郝润华、丁俊丽《韩昌黎诗集编年笺注》卷 2 置此诗于贞元十六年与二十一年之间，中华书局 2002 年 5 月第 1 版，第 61 页。此处依傅璇琮主编《唐五代文学编年史·中唐卷》，第 431 页。

三、以白居易等人为代表的针砭时弊、反映现实弊端与民生疾苦的诗歌

中唐关中的诗歌，还有一个重要的特点，就是针砭时弊，反映现实、反映民生，表达对百姓的同情，尤其以白居易等人的新乐府诗为代表，写作时间主要集中在元和年间。代表性的诗人主要有白居易、元稹、李绅、张籍、王建等人。

元和初年，虽然永贞革新已经失败，二王八司马已经被贬，但依然有一股革新的思潮在蔓延，一些年轻士子的心中依然充满着积极入世的精神。宪宗元和二年（807）四月，韩愈作《张中丞传后叙》，表现了一种积极进取的心态、一股弘大的正气；五月，白居易在盩厔尉任上，作《观刈麦》等诗，反映了一种关心现实、关心时政、锐意进取、积极解决社会问题的心态、一种地方官员的责任、一种人文精神。是年秋，韩愈与孟郊等游终南山，各有南山诗，表现出一种恢宏的气势，向来被人们认为"寒""瘦"的孟郊诗中也出现了这样的诗句："南山塞天地，日月石上生。高峰夜留日，深谷昼未明。山中人自正，路险心亦平。长风驱松柏，声拂万壑清。"[①]这其实是一种普遍的社会心态的写照。宪宗元和三年（808），宪宗策试贤良方正直言极谏举人，牛僧孺、皇甫湜、李宗闵等人皆指陈时政之失，无所避讳，登第。宰相李吉甫恶牛僧孺等人直言，泣诉于宪宗，将相关人员处分。翰林学士、左拾遗白居易上疏，以为处分不公，"陛下明下诏令，征求直言。既得直言，反以为罪。此臣所以未谕也"，"陛下纵未能推而行之，又

---

① （唐）孟郊著，华忱之校订《孟东野诗集》，人民文学出版社，1959年7月第1版，第66页。

何忍罪而斥之乎？此臣所以为陛下流涕而痛惜也"①。这也从另一方面反映出当时年轻士子的心态：积极干预现实与时政。虽然这种行为最高统治者并不受用，不一定喜欢，但这种风气的形成，自然也与最高统治者的某种程度的倡导分不开。当时白居易在长安任职，其《初授拾遗》诗云"天子方从谏，朝廷无忌讳"，也正反映了这种意识。当然，他的《松斋自题》《夏日独直寄萧侍御》等诗，又反映了此时期的另一种心态②。

白居易反映民生疾苦的作品，主要创作于三个地方：盩厔（今陕西周至）、长安、渭南。

宪宗元和元年（806）四月，35岁的白居易授盩厔尉。在盩厔，亲眼目睹农民的苦辛，写下了《观刈麦》等诗。《观刈麦》诗曰：

> 田家少闲月，五月人倍忙。夜来南风起，小麦覆陇黄。
> 妇姑荷箪食，童稚携壶浆。相随饷田去，丁壮在南冈。
> 足蒸暑土气，背灼炎天光。力尽不知热，但惜夏日长。
> 复有贫妇人，抱子在其傍。右手秉遗穗，左臂悬敝筐。
> 听其相顾言，闻者为悲伤。家田输税尽，拾此充饥肠。
> 今我何功德，曾不事农桑。吏禄三百石，岁晏有余粮。
> 念此私自愧，尽日不能忘。③

---

① 白居易《论制科人状》，谢思炜校注《白居易文集校注》，中华书局，2011年1月第1版，第1191页。

② 《松斋自题》云："才小分易足，心宽体长舒。充肠皆美食，容膝即安居。况此松斋下，一琴数帙书。书不求甚解，琴聊以自娱。夜直入君门，晚归卧吾庐。形骸委顺动，方寸付空虚。持此将过日，自然多晏如。"《夏日独直寄萧侍御》诗云："澹然无他念，虚静是吾师。""但对松与竹，如在山中时。"二诗分别见谢思炜《白居易诗集校注》第468、471页。

③ （唐）白居易著，谢思炜校注《白居易诗集校注》，中华书局，2006年7月第1版，第22页。

这首诗，反映了农民劳作的辛苦，也表现了农民收获的喜悦，而捡拾麦穗的贫妇人形象，则反映了农民所受的剥削和深重的苦难。同时，这首诗也真实地再现了关中农村收割麦子的情形。这种情形，直到 20 世纪末也未改变。一直到了 21 世纪，随着农业现代化耕作以及收割机械的普及和粮食产量的提高，才有所改变。

元和二年（807）前后，白居易在长安，作《秦中吟》十首，其《秦中吟十首并序》自述："贞元、元和之际，予在长安，闻见之间，有足悲者。因直歌其事，命为《秦中吟》。"①

元和四年（809）春，李绅由浙东返长安，除校书郎。在此前后，作《乐府新题二十首》，针砭时弊。元稹取其"病时之尤者"十二首和之，作《和李校书新题乐府十二首》。有《上阳白发人》《西凉伎》《胡旋女》《缚戎人》等。是年，白居易始作《新乐府五十首》，其中也有与元稹同题的《上阳白发人》《西凉伎》《缚戎人》等。

元和六年（811），白居易所作《寄唐生》有云："我亦君之徒，郁郁何所为？不能发声哭，转作乐府诗。篇篇无空文，句句必尽规。功高虞人箴，痛甚骚人辞。非求宫律高，不务文字奇。惟歌生民病，愿得天子知。"②"惟歌生民病"，是他们的写作内容，"愿得天子知"，是他们的写作目的，希望皇帝能够知道百姓之疾苦而有所作为。

白居易的《秦中吟》10 首"一吟悲一事"，集中暴露官场的腐败、权贵们的骄横及其对劳苦民众的欺压。如《重赋》《伤宅》

---

① （唐）白居易著，谢思炜校注《白居易诗集校注》，中华书局，2006 年 7 月第 1 版，第 154 页。

② （唐）白居易著，谢思炜校注《白居易诗集校注》，中华书局，2006 年 7 月第 1 版，第 78 页。

《买花》《轻肥》等。《新乐府》50首，始作于元和四年，至元和七年大体改定。这是一组有着明确政治目的、经过严密组织和构思而成的系列诗作，一首专咏一事，题下有小序，说明主旨。这些诗，多方面地反映了百姓的疾苦和当时的社会弊端。

有的作品，反映农民所受的苦难，尤其是土地问题和赋税问题。如《杜陵叟》《红线毯》《重赋》等：

杜陵叟
伤农夫之困也

杜陵叟，杜陵居，岁种薄田一顷余。三月无雨旱风起，
麦苗不秀多黄死。九月降霜秋早寒，禾穗未熟皆青干。
长吏明知不申破，急敛暴征求考课。典桑卖地纳官租，
明年衣食将何如。剥我身上帛，夺我口中粟。
虐人害物即豺狼，何必钩爪锯牙食人肉。不知何人奏皇帝，
帝心恻隐知人弊。白麻纸上书德音，京畿尽放今年税。
昨日里胥方到门，手持敕牒榜乡村。十家租税九家毕，
虚受吾君蠲免恩。[①]

红线毯
忧蚕桑之费也

红线毯，择茧缫丝清水煮，拣丝练线红蓝染。
染为红线红于蓝，织作披香殿上毯。披香殿广十丈余，
红线织成可殿铺。彩丝茸茸香拂拂，线软花虚不胜物。
美人踏上歌舞来，罗袜绣鞋随步没。太原毯涩毳缕硬，

---

① （唐）白居易著，谢思炜校注《白居易诗集校注》，中华书局，2006年7月第1版，第387页。

蜀都褥薄锦花冷，不如此毯温且柔，年年十月来宣州。
宣城太守加样织，自谓为臣能竭力。百夫同担进宫中，
线厚丝多卷不得。宣城太守知不知，一丈毯，千两丝。
地不知寒人要暖，少夺人衣作地衣。①

这类作品，一般都用反差强烈的对比，最后用两个警句来"卒章显其志"。如《杜陵叟》之"十家租税九家毕，虚受吾君蠲免恩"，《红线毯》之"地不知寒人要暖，少夺人衣作地衣"，《重赋》之"夺我身上暖，买尔眼前恩。进入琼林库，岁久化为尘"②等。

有的作品，揭露、抨击统治者骄奢淫逸以及由此而欺压人民的罪行。如《秦中吟》之《买花》《轻肥》，以及人们熟悉的《卖炭翁》等：

买花

帝城春欲暮，喧喧车马度。共道牡丹时，相随买花去。
贵贱无常价，酬直看花数。灼灼百朵红，戋戋五束素。
上张幄幕庇，旁织巴篱护。水洒复泥封，移来色如故。
家家习为俗，人人迷不悟。有一田舍翁，偶来买花处。
低头独长叹，此叹无人喻。一丛深色花，十户中人赋。③

---

① （唐）白居易著，谢思炜校注《白居易诗集校注》，中华书局，2006年7月第1版，第384页。
② （唐）白居易著，谢思炜校注《白居易诗集校注》，中华书局，2006年7月第1版，第157页。
③ （唐）白居易著，谢思炜校注《白居易诗集校注》，中华书局，2006年7月第1版，第181页。

轻肥

意气骄满路，鞍马光照尘。借问何为者，人称是内臣。
朱绂皆大夫，紫绶或将军。夸赴军中宴，走马去如云。
尊罍溢九酝，水陆罗八珍。果擘洞庭橘，脍切天池鳞。
食饱心自若，酒酣气益振。是岁江南旱，衢州人食人。[①]

卖炭翁

苦宫市也

卖炭翁，伐薪烧炭南山中。满面尘灰烟火色，
两鬓苍苍十指黑。卖炭得钱何所营，身上衣裳口中食。
可怜身上衣正单，心忧炭贱愿天寒。夜来城外一尺雪，
晓驾炭车辗冰辙。牛困人饥日已高，市南门外泥中歇。
翩翩两骑来是谁，黄衣使者白衫儿。手把文书口称敕，
回车叱牛牵向北。一车炭，千余斤，宫使驱将惜不得。
半匹红纱一丈绫，系向牛头充炭直。[②]

还有一些诗，反映妇女问题和其他社会问题。如《母别子》
《上阳白发人》等。

母别子

刺新间旧也

母别子，子别母，白日无光哭声苦。关西骠骑大将军，
去年破虏新策勋。敕赐金钱二百万，洛阳迎得如花人。

---

① （唐）白居易著，谢思炜校注《白居易诗集校注》，中华书局，2006年7月第1版，
第174页。
② （唐）白居易著，谢思炜校注《白居易诗集校注》，中华书局，2006年7月第1版，
第393页。

新人迎来旧人弃，掌上莲花眼中刺。迎新弃旧未足悲，
悲在君家留两儿。一始扶行一初坐，坐啼行哭牵人衣。
以汝夫妇新嬿婉，使我母子生别离。不如林中乌与鹊，
母不失雏雄伴雌。应似园中桃李树，花落随风子在枝。
新人新人听我语，洛阳无限红楼女。但愿将军重立功，
更有新人胜于汝。①

上阳白发人
愍怨旷也

上阳人，红颜暗老白发新。绿衣监使守宫门，
一闭上阳多少春。玄宗末岁初选入，入时十六今六十。
同时采择百余人，零落年深残此身。忆昔吞悲别亲族，
扶入车中不教哭。皆云入内便承恩，脸似芙蓉胸似玉。
未容君王得见面，已被杨妃遥侧目。妒令潜配上阳宫，
一生遂向空房宿。宿空房，秋夜长，夜长无寐天不明。
耿耿残灯背壁影，萧萧暗雨打窗声。春日迟，
日迟独坐天难暮。宫莺百啭愁厌闻，梁燕双栖老休妒。
莺归燕去长悄然，春往秋来不记年。唯向深宫望明月，
东西四五百回圆。今日宫中年最老，大家遥赐尚书号。
小头鞋履窄衣裳，青黛点眉眉细长。外人不见见应笑，
天宝末年时世妆。上阳人，苦最多。少亦苦，老亦苦，
少苦老苦两如何？君不见昔时吕向美人赋，
又不见今日上阳白发歌。②

---

① （唐）白居易著，谢思炜校注《白居易诗集校注》，中华书局，2006年7月第1版，
第396页。
② （唐）白居易著，谢思炜校注《白居易诗集校注》，中华书局，2006年7月第1版，
第298页。

另有一些诗，与当时的战争与征兵有关，如《新丰折臂翁》：

新丰折臂翁

戒边功也

新丰老翁八十八，头鬓眉须皆似雪。玄孙扶向店前行，
左臂凭肩右臂折。问翁臂折来几年，兼问致折何因缘。
翁云贯属新丰县，生逢圣代无征战。惯听梨园歌管声，
不识旗枪与弓箭。无何天宝大征兵，户有三丁点一丁。
点得驱将何处去？五月万里云南行。闻道云南有泸水，
椒花落时瘴烟起。大军徒涉水如汤，未过十人二三死。
村南村北哭声哀，儿别爷娘夫别妻。皆云前后征蛮者，
千万人行无一回。是时翁年二十四，兵部牒中有名字。
夜深不敢使人知，偷将大石捶折臂。张弓簸旗俱不堪，
从兹始免征云南。骨碎筋伤非不苦，且图拣退归乡土。
此臂折来六十年，一肢虽废一身全。至今风雨阴寒夜，
直到天明痛不眠。痛不眠，终不悔，且喜老身今独在。
不然当时泸水头，身死魂孤骨不收。应作云南望乡鬼，
万人冢上哭呦呦。老人言，君听取。
君不闻开元宰相宋开府，不赏边攻防黩武。
又不闻天宝宰相杨国忠，欲求恩幸立边功。
边功未立生人怨，请问新丰折臂翁。①

此类作品，还有《西凉伎》《缚戎人》等。

---

① （唐）白居易著，谢思炜校注《白居易诗集校注》，中华书局，2006年7月第1版，
第309—310页。

　　元和六年（811），因母亲去世，白居易遵制丁忧，携家人离开长安，居于渭南下邽。元和七年，白居易在下邽，所作《闻哭者》一诗中写道："昨日南邻哭，哭声一何苦。云是妻哭夫，夫年二十五。今朝北里哭，哭声又何切。云是母哭儿，儿年十七八。四邻尚如此，天下多夭折。"①《九日登西原宴望（同诸兄弟作）》诗中又写："请看原下村，村人死不歇。一村四十家，哭葬无虚月。"②皆反映了苍生多难的现实。元和八年所作《村居苦寒》写道："八年十二月，五日雪纷纷。竹柏皆冻死，况彼无衣民。回观村闾间，十室八九贫。北风利如剑，布絮不蔽身"；"乃知大寒岁，农者尤苦辛"③。元和九年，在下邽所作《夏旱》一首，又写了"嗷嗷万族中，唯农最辛苦"，"感此因问天，可能长不雨？"④均是对百姓生活现状的反映。

　　白居易写过的《上阳白发人》《西凉伎》《缚戎人》等题目，在他之前，李绅就已经写过，元稹也和作过。李绅的作品已经散佚不存，而元稹的诗则流传了下来。

　　两相比较，如《缚戎人》，元稹诗题下自注"近制：西边每擒蕃囚，例皆传置南方，不加剿戮，故李君作歌以讽焉"，诗写"边头大将差健卒，入抄禽生快于鹘。但逢赪面即捉来，半是边人半戎羯"，"中有一人能汉语，自言家本长安窟。小年随父戍安

———

① （唐）白居易著，谢思炜校注《白居易诗集校注》，中华书局，2006年7月第1版，第548页。

② （唐）白居易著，谢思炜校注《白居易诗集校注》，中华书局，2006年7月第1版，第542页。

③ （唐）白居易著，谢思炜校注《白居易诗集校注》，中华书局，2006年7月第1版，第105页。

④ （唐）白居易著，谢思炜校注《白居易诗集校注》，中华书局，2006年7月第1版，第115页。

西，河渭瓜沙眼看没"的故事①；而白居易诗题下则明确标明"达穷民之情也"，诗写一名冒死从吐蕃所占地区逃回唐朝、却被当做吐蕃人而含冤流放的汉族百姓的悲惨经历，"自云乡管本凉原，大历年中没落蕃"，"蕃候严兵鸟不飞，脱身冒死奔逃归"，"忽闻汉军鼙鼓声，路傍走出再拜迎。游骑不听能汉语，将军遂缚作蕃生"，"没蕃被囚思汉土，归汉被劫为蕃虏"，"自古此冤应未有，汉心汉语吐蕃身"，实是旷古奇冤②。《上阳白发人》一题，元稹写的是宫女们集体的悲哀，"天宝年中花鸟使，撩花狎鸟含春思"，"御马南奔胡马蹙，宫女三千合宫弃。宫门一闭不复开，上阳花草青苔地"③；而白居易诗明确标明"愍怨旷也"，写的是一个具体的

渭南白氏陵园，白居易墓为衣冠冢。摄于 2015 年 12 月 15 日

---

① （唐）元稹著，冀勤点校《元稹集》，中华书局，2010 年 7 月第 2 版，第332—333 页。
② （唐）白居易著，谢思炜校注《白居易诗集校注》，中华书局，2006 年 7 月第 1 版，第 351 页。
③ （唐）元稹著，冀勤点校《元稹集》，中华书局，2010 年 7 月第 2 版，第 320 页。

人物悲惨身世，"玄宗末岁初选入，入时十六今六十"，"上阳人，苦最多。少亦苦，老亦苦，少苦老苦两如何。君不见昔时吕向美人赋，又不见今日上阳白发歌"①。而《西凉伎》一题，元稹诗以今昔对比的手法，写了凉州沦陷后的凄凉景象，对边将宴饮游乐而不思恢复的行径进行了谴责："吾闻昔日西凉州，人烟扑地桑柘稠"，"一朝燕贼乱中国，河湟没尽空遗丘"，"连城边将但高会，每听此曲能不羞"②；而白居易诗题下"首章标其目"就明确说"刺封疆之臣也"，诗也正是表达这样的内容："平时安西万里疆，今日边防在凤翔"，"遗民肠断在凉州，将卒相看无意收"，"天子每思长痛惜，将军欲说合惭羞。奈何仍看西凉伎，取笑资欢无所愧。纵无智力未能收，忍取西凉弄为戏！"③相比较之下，白诗所写更具体，主题也更集中。

　　白居易曾作《读张籍古乐府》，谓"张君何为者，业文三十春。尤工乐府诗，举代少其伦。为诗意如何，六义互铺陈。风雅比兴外，未尝著空文"④，赞扬张籍的乐府诗。王建的许多乐府诗，如《羽林行》诗写"长安恶少出名字，楼下劫商楼上醉。天明下直明光宫，散入五陵松柏中"⑤，其题材和内容明确表明为长安。这些都表明，李绅、张籍、王建大量的新乐府诗，或有作于长安者。

① （唐）白居易著，谢思炜校注《白居易诗集校注》，中华书局，2006年7月第1版，第298页。
② （唐）元稹著，冀勤点校《元稹集》，中华书局，2010年7月第2版，第323页。
③ （唐）白居易著，谢思炜校注《白居易诗集校注》，中华书局，2006年7月第1版，第367页。
④ （唐）白居易著，谢思炜校注《白居易诗集校注》，中华书局，2006年7月第1版，第8页。
⑤ （唐）王建著，尹占华校注《王建诗集校注》，巴蜀书社，2006年6月第1版，第76页。

可惜我们目前还无法确知哪些作品作于长安，或是长安周边的关中地区。但，有作于关中者，当无疑问。

白居易等人之所以能写出这样的作品，是有其特殊的背景和具体原因的。

就当时的时代背景而言，安史之乱虽然平息，但导致安史之乱爆发的各种矛盾却愈演愈烈：内有藩镇割据、宦官专权、土地兼并、赋役繁重，外有边患频仍、战祸不断，以致民不聊生。因此，解决以上诸多问题、振兴唐室、恢复社会的安宁与稳定，成为整个社会的需求。于是在政治上出现了王叔文领导的政治革新。在此前后，韩愈、裴度、元稹、白居易、牛僧孺等，或直言进谏，或抨击时弊，都表明揭露社会弊病以求改革已形成一种时代思潮。白居易等人的新乐府诗的出现，正是文学对时代的反映。

"元和中兴"，为这些诗的产生提供了合适的政治土壤。永贞改革虽然失败了，而改革的一些积极合理的主张却不同程度地在元和初年得以实施。"是时皇帝初即位，宰府有正人，屡降玺书，访人急病"①，宪宗皇帝也曾想重振大唐，他想要效仿太宗皇帝，主动纳谏。元和二年十二月，他对宰相等说："朕览国书，见文皇帝行事，少有过差，谏臣论争，往复数四。况朕之寡昧，涉道未明，今后事或未当，卿等每事十论，不可一二而止！"②这对诗人们有极大的鼓励作用。于是，白居易等人"启奏之外，有可以救济人病，裨补时阙，而难于指言者，辄咏歌之，欲稍稍递进闻于上。上以广宸聪，副忧勤；次以酬恩奖，塞言责；下以复吾

---

① （唐）白居易《与元九书》，引自谢思炜《白居易文集校注》，中华书局，2011年1月第1版，第324页。

② 《旧唐书·宪宗本纪》，中华书局，1975年5月第1版，第423页。

平生之志"①。而白居易本人也确实因为这些反映时弊的新乐府诗受到了宪宗的奖掖。元和二年，"盩厔尉、集贤校理白居易作乐府及诗百余篇，规讽时事，流闻禁中。上见而悦之，召入翰林为学士"②。当时的执政重臣如裴垍等对元、白等人也予以鼓励，这些，都给白居易等人以鼓舞。

宪宗元和三年（808），37 岁的白居易拜左拾遗、翰林学士。他有自己的理想和政治抱负。他此前做盩厔尉，比较接近人民，了解普通百姓的生活和苦难；任左拾遗、翰林学士，又接近上层，了解统治阶层内部的黑暗面。而作为一个封建统治阶级的知识分子，他又对皇帝充满了希望，认为君主清明就可以安邦治国，救民众于水火。所以作谏官期间，他写了一系列谏书，同时也创作了大量的具有强烈的现实性的光辉诗篇，《新乐府》五十首便始作于此时。他写这些"讽谕诗"，本意并不是为了诗歌而诗歌，而是为了"救济人病，裨补时阙，而难于指言者，辄咏歌之"（《与元九书》），亦即"为君、为臣、为民、为物、为事而作，不为文而作也"。而宪宗皇帝在一定程度上听取、采纳谏官们的意见，客观上也为白居易的敢于直言提供了条件。总的说来，白居易的这些"讽谕诗"是他"兼济天下"的重要组成部分。他自己在《与元九书》中说得很明白："仆志在兼济，行在独善。奉而始终之则为道，言而发明之则为诗。谓之讽谕诗，兼济之志也；谓之闲适诗，独善之义也。"③

---

① （唐）白居易《与元九书》，引自谢思炜《白居易文集校注》，中华书局，2011 年 1 月第 1 版，第 324 页。

② 《资治通鉴·唐纪五十三》，中华书局，1956 年 6 月第 1 版，第 7646 页。

③ （唐）白居易《与元九书》，引自谢思炜《白居易文集校注》，中华书局，2011 年 1 月第 1 版，第 326 页。

对于这类诗的写作目的、写作方法等，白居易的《新乐府序》有明确而清晰的表述：

> 篇无定句，句无定字。系于意，不系于文。首句标其目，卒章显其志，《诗》三百之义也。其辞质而径，欲见之者易谕也。其言直而切，欲闻之者深诫也。其事核而实，使采之者传信也。其体顺而肆，可以播于乐章歌曲也。总而言之，为君、为臣、为民、为物、为事而作，不为文而作也。[①]

将白居易本人写的《新乐府序》《策林·采诗以补察时政》《与元九书》等综合起来考察，可以清楚地看到他的写作主张：一、他认为，诗歌必须负起"补察时政""泄导人情"的政治使命，从而达到"救济人病，裨补时阙"的政治目的。二、强调诗歌要反映现实：一是要讽谕时事，"文章合为时而著，歌诗合为事而作"[②]，"为君、为臣、为民、为物、为事而作，不为文而作也"；二是要反映民生疾苦："但伤民病痛"，"惟歌生民病，愿得天子知"[③]。

以白居易为代表的这些诗人，创作的大量针砭时弊、反映民生疾苦的新乐府诗，在唐代文学史、中国文学史上都有其重要的地位。就关中文学而言，文学史价值之外，更有着重要的纪实价值。

① （唐）白居易著，谢思炜校注《白居易诗集校注》，中华书局，2006年7月第1版，第267页。
② （唐）白居易著，谢思炜校注《白居易文集校注》，中华书局，2011年1月第1版，第324页。
③ （唐）白居易著，谢思炜校注《白居易文集校注》，中华书局，2011年1月第1版，第78页。

第二节 大唐盛世的回忆

"安史之乱"平息以后，痛定思痛，中唐的文人们，很多时候都在怀念盛唐时代，感慨今昔巨变。在关中地区创作的诗歌中，这一主题主要是通过咏叹华清宫等有特殊含义的景观物象来表现的。

一、华清宫的咏叹

华清宫，本名温泉宫，地处唐昭应县（今西安市临潼区）骊山北麓。《新唐书·地理志一》："有宫在骊山下，贞观十八年置，咸亨二年始名温泉宫。天宝……六载，更'温泉'曰'华清宫'，宫治汤井为池，环山列宫室，又筑罗城，置百司及十宅。"①因为有良好的温泉资源，唐玄宗每每冬天便去华清宫过冬，那里也成了他京城之外的第二个办公场所。玄宗时代开创的大唐"开天盛世"，是中唐人怀念的主要对象。所以，某种程度上象征着玄宗的华清宫，也就成了当时诗人们吟咏的重要对象。而玄宗每去华清宫，必携杨贵妃，有"女人祸水"观念的一些诗人，也便据此思考大唐盛衰变化的原因。

中唐诗人们吟咏华清宫的诗很多，姑举数例：

华清宫四首（选二首）

张祜

红树萧萧阁半开，上皇曾幸此宫来。
至今风俗骊山下，村笛犹吹阿滥堆。②

---

① 《新唐书·地理志》，中华书局，1975年2月第1版，第962页。
② （唐）张祜著，尹占华校注《张祜诗集校注》，巴蜀书社，2007年7月第1版，第189页。

水绕宫墙处处声，残红长绿露华清。
武皇一夕梦不觉，十二玉楼空月明。①

华清宫
卢纶

汉家天子好经过。白日青山宫殿多。
见说只今生草处。禁泉荒石已相和。②

华清宫
张继

天宝承平奈乐何，华清宫殿郁嵯峨。
朝元阁峻临秦岭，羯鼓楼高俯渭河。
玉树长飘云外曲，霓裳闲舞月中歌。
只今惟有温泉水，鸣咽声中感慨多！③

华清宫
张籍

温泉流入汉离宫，宫树行行浴殿空。
武帝时人今欲尽，青山空闭御墙中。④

① （唐）张祜著，尹占华校注《张祜诗集校注》，巴蜀书社，2007年7月第1版，第190页。
② （唐）卢纶著，刘初棠校注《卢纶诗集校注》，上海古籍出版社，1989年9月第1版，第408页。
③ （清）彭定求等编《全唐诗》，中华书局，1960年4月第1版，第2724页。
④ （唐）张籍著，徐礼节、余恕诚校注《张籍集系年校注》，中华书局，2011年6月第1版，第747页。

华清宫感旧

王建

尘到朝元边使急，千官夜发六龙回。

辇前月照罗衫泪，马上风吹蜡烛灰。

公主妆楼金锁涩，贵妃汤殿玉莲开。

有时云外闻天乐，知是先皇沐浴来。①

温泉宫

鲍溶

忆昔开元天地平，武皇十月幸华清。

山蒸阴火云三素，日落温泉鸡一鸣。

彩羽鸟仙歌不死，翠霓童妾舞长生。

仍闻老叟垂黄发，犹说龙髯缥缈情。②

以上数首，构思大致差不多，都是或明或暗地作今昔对比，将之前华清宫的情形与"只今"的情形作对比，以表达诗人的怀念、憾惜之情。

还有一些从其他角度思考的作品，如李约《过华清宫》："君王游乐万机轻，一曲霓裳四海兵。玉辇升天人已尽，故宫犹有树长生。"③"一曲霓裳四海兵"，则是直接指出致乱的原因了。

①　（唐）王建著，尹占华校注《王建诗集校注》，巴蜀书社，2006 年 6 月第 1 版，第 248—249 页。

②　（清）彭定求等编《全唐诗》，中华书局，1960 年 4 月第 1 版，第 5519 页。

③　（清）彭定求等编《全唐诗》，中华书局，1960 年 4 月第 1 版，第 3496 页。

　　李涉《题温泉》，又从另一角度思考。诗曰："能使时平四十春，开元圣主得贤臣。当时姚宋并燕许，尽是骊山从驾人。"①诗写燕许从驾骊山，是说玄宗之所以能开创开天盛世，是因为有贤臣辅佐，此后时局衰变则是因缺少良臣而非关骊山之事。

　　此外，如窦巩《过骊山》诗曰："翠辇红旌去不回，苍苍宫树锁青苔。有人说得当时事，曾见长生玉殿开。"②"有人说得当时事，曾见长生玉殿开"，与前文鲍溶诗之"仍闻老叟垂黄发，犹说龙髯缥缈情"一样，则颇类于元稹《宫词》之"白头宫女在，闲坐说玄宗"了，把一件严肃的重大历史事件民间化、传说化、故事化。

华清宫莲花汤（唐玄宗专用）。摄于 2020 年 12 月 10 日

① （清）彭定求等编《全唐诗》，中华书局，1960 年 4 月第 1 版，第 5431 页。
② （清）彭定求等编《全唐诗》，中华书局，1960 年 4 月第 1 版，第 3052 页。

华清宫海棠汤（杨贵妃专用）。摄于 2013 年 8 月 22 日

这是从一个旁观者的角度，在述说着一个几乎与自己无关的历史故事了。

二、《长恨歌》，一个凄美的历史爱情故事

中唐人对盛唐的怀念，在诗歌领域，最具典型性的就是对唐明皇与杨贵妃故事的书写。对中唐人而言，唐明皇在某种程度上就是开天盛世的象征。而相对于一般严肃的历史事件，李隆基与杨玉环的故事，又更多了些特殊的吸引力。所以，中唐人忆及唐明皇，总是会涉及到华清宫和马嵬这两个与李、杨密切相关的地方（晚唐更甚）。仅从诗歌材料来看，中唐人对李、杨故事的轮廓有一些基本的共识。兹录几首诗如下：

马嵬行

刘禹锡

绿野扶风道，黄尘马嵬驿。路边杨贵人，坟高三四尺。

乃问里中儿，皆言幸蜀时。军家诛佞幸，天子舍妖姬。

群吏伏门屏，贵人牵帝衣。低回转美目，风日为无晖。

贵人饮金屑，倏忽舜英莫。平生服杏丹，颜色真如故。

属车尘已远，里巷来窥觑。共爱宿妆妍，君王画眉处。

履綦无复有，履组光未灭。不见岩畔人，空见凌波袜。

邮童爱踪迹，私手解鬏结。传看千万眼，缕绝香不歇。

指环照骨明，首饰敌连城。将入咸阳市，犹得贾胡惊。①

过马嵬二首

李益

一

路至墙垣问樵者，顾予云是太真宫。

太真血染马蹄尽，朱阁影随天际空。

丹壑不闻歌吹夜，玉阶唯有薜萝风。

世人莫重霓裳曲，曾致干戈是此中。②

二

金甲银旌尽已回，苍茫罗袖隔风埃。

浓香犹自随鸾辂，恨魄无由离马嵬。

---

① （唐）刘禹锡著，瞿蜕园笺证《刘禹锡集笺证》，上海古籍出版社，1989年12月第1版，第798页。

② （唐）李益著，范之麟注《李益诗注》，上海古籍出版社，1984年8月第1版，第77页。

南内真人悲帐殿，东溟方士问蓬莱。

唯留坡畔弯环月，时送残辉入夜台。^①

马嵬坡

张祜

旌旗不整奈君何，南去人稀北去多。

尘土已残香粉艳，荔枝犹到马嵬坡。^②

刘禹锡诗反映出的相关信息是：一、马嵬之事，是因为"军家诛戚族"，而天子则"舍妖姬"；二、"贵人牵帝衣，低回转美目，风日为无晖"，极写杨贵妃临死前楚楚之凄美状；三、杨贵妃是"饮金屑"而死。李益诗，一、写杨玉环之死是"太真血染马蹄尽"，比较含混笼统；二、"南内真人悲帐殿，东溟方士问蓬莱"，此后明皇悲切思念，有道士访蓬莱去寻觅；三、"世人莫重霓裳曲，曾致干戈是此中"，对李、杨二人有批判意，认为是他们沉溺于享乐而导致了干戈战乱。张祜诗，更多地写了当事人的无奈，"旌旗不整奈君何，南去人稀北去多"，军人胁迫，又多随李亨而去。"尘土已残香粉艳，荔枝犹到马嵬坡"，写了远道送荔枝之事，颇多感喟。

上述几首诗，可以得出当时人对这一事件及其过程的基本认识：军人逼迫，明皇无奈，贵妃死后明皇思念，有道士赴仙山寻访。

将这一故事写到极致的诗歌是白居易的《长恨歌》，而完整

---

① （唐）李益著，范之麟注《李益诗注》，上海古籍出版社，1984年8月第1版，第78页。按，此首一作李远诗。

② （唐）张祜著，尹占华校注《张祜诗集校注》，巴蜀书社，2007年7月第1版，第211页。

仙游寺，始建于隋。1998 年以后，因修水库，此地为水所淹，法王塔整体迁移至高处。摄于 1991 年 5 月

仔细叙述这一故事的散体文字则是陈鸿同时写作的《长恨歌传》。

元和元年（806）冬天，白居易在盩厔县尉任上。一日，与家在当地的陈鸿和王质夫二人一同游览当地名胜仙游寺。谈及唐明皇与杨贵妃之事时"相与感叹。质夫举酒于乐天前曰：'夫希代之事，非遇出世之才润色之，则与时消没，不闻于世。乐天深于诗、多于情者也。试为歌之。如何？'"（陈鸿《长恨歌传》）。于是，白居易就写了《长恨歌》，而陈鸿则写了《长恨歌传》。现将一传一诗迻录如下：

长恨歌传

陈鸿

开元中，泰阶平，四海无事。玄宗在位岁久，倦于旰食宵衣，政无大小，始委于右丞相。深居游宴，以声色自娱。先是，元献皇后、武淑妃皆有宠，相次即世。宫中虽良家子千数，无可悦目者。上心忽忽不乐。时每岁十月，驾幸华清宫，内外命妇，熠耀景从。浴日余波，赐以汤沐，春风灵液，澹荡其间。上心油然，若有顾遇，左右前后，粉色如土。诏高力士潜搜外宫，得弘农杨玄琰女于寿邸，既笄矣，鬓发腻理，纤秾中度，举止闲冶，如汉武帝李夫人。别疏汤泉，诏赐藻莹。既出水，体弱力微，若不任罗绮。光彩焕发，转动照人。上甚悦。进见之日，奏《霓裳羽衣曲》以导之。定情之夕，授金钗钿合以固之。又命戴步摇，垂金珰。明年，册为贵妃，半后服用。由是冶其容，敏其词，婉娈万态，以中上意，上益嬖焉。时省风九州，泥金五岳，骊山雪夜，上阳春朝，与上行同辇，止同室，宴专席，寝专房。虽有三夫人、九嫔、二十七世妇、八十一御妻，暨后宫才人、乐府妓女，使天子无顾盼意。自是六宫无复进幸者。非徒殊艳尤态独能致是，盖才智明慧，善巧便佞，先意希旨，有不可形容者。叔父昆弟，皆列在清贯，爵为通侯。姊妹封国夫人，富埒王宫，车服邸第，与大长公主侔。而恩泽势力，则又过之，出入禁门不问，京师长吏为之侧目。故当时谣咏有云："生女勿悲酸，生男勿喜欢。"又曰："男不封侯女作妃，看女却为门上楣。"其为人心羡慕如此。

天宝末，兄国忠盗丞相位，愚弄国柄。及安禄山引兵向阙，以讨杨氏为辞。潼关不守，翠华南幸，出咸阳，道次马嵬亭。六军徘徊，持戟不进，从官郎吏，伏上马前，请诛错以谢天下。国忠奉氂缨盘水，死于道周。左右之意未快。上问之。当时敢言者，请以贵妃塞天下怨。上知不免，而不忍见其死，反袂掩面，使牵之而去，仓皇展转，竟就绝于尺组之下。既而玄宗狩成都，肃宗受禅灵武。明年，大凶归元，大驾还都。尊玄宗为太上皇，就养南宫，迁于西内，时移事去，乐尽悲来。每至春之日，冬之夜，池莲夏开，宫槐秋落。梨园弟子玉管发音，闻《霓裳羽衣》一声，则天颜不怡，左右欷歔。三载一意，其念不衰。求之梦魂，杳不能得。

适有道士自蜀来，知上皇心念杨妃如是，自言有李少君之术。玄宗大喜，命致其神。方士乃竭其术以索之，不至。又能游神驭气，出天界、没地府以求之，又不见。又旁求四虚上下，东极天海，跨蓬壶。见最高仙山，上多楼阙，西厢下有洞户东向，阖其门，署曰"玉妃太真院"。方士抽簪扣扉，有双鬟童女出应门。方士造次未及言，而双鬟复入。俄有碧衣侍女又至，诘其所从来。方士因称唐天子使者，且致其命。碧衣云："玉妃方寝，请少待之。"于时，云海沉沉，洞天日晚，琼户重阖，悄然无声。方士屏息敛足，拱手门下。久之，而碧衣延入，且曰："玉妃出。"见一人，冠金莲，披紫绡，佩红玉，曳凤舄，左右侍者七八人，揖方士，问皇帝安否，次问天宝十四载以还事。言讫，悯然。指碧衣女取金钗钿合，各析其半，授使者曰："为谢太上皇，谨献是物，寻旧好也。"方士受辞与信，将行，色有不足。玉妃固征其意。复前跪致词："请当时一事，不为他人闻者，验于太上皇。恐钿合金钗，负新垣平之诈也。"玉妃茫然退立，若有所思，徐而言曰："昔天宝十载，侍辇避暑骊山宫。秋七月，牵牛织女相见之夕，秦人风俗，是夜张锦绣，陈饮食，树瓜华，焚香于庭，号为乞巧。宫掖间尤尚之。夜殆半，休侍卫于东西厢，独侍上。上凭肩而立，因仰天感牛女事，密相誓心，愿世世为夫妇。言毕，执手各呜咽。此独君王知之耳。"因自悲曰："由此一念，又不得居此。复堕下界，且结后缘。或为天，或为人，决再相见，好合如旧。"因言太上皇亦不久人间，幸惟自安，无自苦耳。使者还奏太上皇，皇心震悼，日日不豫。其年夏四月，南宫宴驾。

元和元年冬十二月，太原白乐天自校书郎尉于盩厔，鸿与琅琊王质夫家于是邑，暇日相携游仙游寺，话及此事，相与感叹。质夫举酒于乐天前曰："夫希代之事，非遇出世之才润色之，则与时消没，不闻于世。乐天深于诗，多于情者也，试为歌之，如何？"乐天因为《长恨歌》。意者，不但感其事，亦欲惩尤物，窒乱阶，垂于将来也。歌既成，使鸿传焉。世所不闻者，予非开元遗民，不得知。世所知者，有《玄宗本纪》在。今但传《长恨歌》云尔。①

长恨歌

白居易

汉皇重色思倾国，御宇多年求不得。
杨家有女初长成，养在深闺人未识。
天生丽质难自弃，一朝选在君王侧。
回眸一笑百媚生，六宫粉黛无颜色。
春寒赐浴华清池，温泉水滑洗凝脂。
侍儿扶起娇无力，始是新承恩泽时。
云鬓花颜金步摇，芙蓉帐暖度春宵。
春宵苦短日高起，从此君王不早朝。
承欢侍宴无闲暇，春从春游夜专夜。
后宫佳丽三千人，三千宠爱在一身。

① （唐）白居易著，谢思炜校注《白居易诗集校注》中《长恨歌》诗前附引，中华书局，2006年7月第1版，第930—933页。

金屋妆成娇侍夜，玉楼宴罢醉和春。

姊妹弟兄皆列土，可怜光彩生门户。

遂令天下父母心，不重生男重生女。

骊宫高处入青云，仙乐风飘处处闻。

缓歌慢舞凝丝竹，尽日君王看不足。

渔阳鼙鼓动地来，惊破霓裳羽衣曲。

九重城阙烟尘生，千乘万骑西南行。

翠华摇摇行复止，西出都门百余里。

六军不发无奈何，宛转蛾眉马前死。

花钿委地无人收，翠翘金雀玉搔头。

君王掩面救不得，回看血泪相和流。

黄埃散漫风萧索，云栈萦纡登剑阁。

峨嵋山下少人行，旌旗无光日色薄。

蜀江水碧蜀山青，圣主朝朝暮暮情。

行宫见月伤心色，夜雨闻铃肠断声。

天旋日转回龙驭，至此踌躇不能去。

马嵬坡下泥土中，不见玉颜空死处。

君臣相顾尽沾衣，东望都门信马归。

归来池苑皆依旧，太液芙蓉未央柳。

芙蓉如面柳如眉，对此如何不泪垂。

春风桃李花开日，秋雨梧桐叶落时。

西宫南苑多秋草，宫叶满阶红不扫。

梨园弟子白发新，椒房阿监青娥老。

夕殿萤飞思悄然，孤灯挑尽未成眠。

迟迟钟鼓初长夜，耿耿星河欲曙天。

鸳鸯瓦冷霜华重，翡翠衾寒谁与共。

悠悠生死别经年，魂魄不曾来入梦。

临邛道士鸿都客，能以精诚致魂魄。
为感君王辗转思，遂教方士殷勤觅。
排空驭气奔如电，升天入地求之遍。
上穷碧落下黄泉，两处茫茫皆不见。
忽闻海上有仙山，山在虚无缥缈间。
楼阁玲珑五云起，其中绰约多仙子。
中有一人字太真，雪肤花貌参差是。
金阙西厢叩玉扃，转教小玉报双成。
闻道汉家天子使，九华帐里梦魂惊。
揽衣推枕起徘徊，珠箔银屏迤逦开。
云鬓半偏新睡觉，花冠不整下堂来。
风吹仙袂飘飖举，犹似霓裳羽衣舞。
玉容寂寞泪阑干，梨花一枝春带雨。
含情凝睇谢君王，一别音容两眇茫。
昭阳殿里恩爱绝，蓬莱宫中日月长。
回头下望人寰处，不见长安见尘雾。
唯将旧物表深情，钿合金钗寄将去。
钗留一股合一扇，钗擘黄金合分钿。
但令心似金钿坚，天上人间会相见。
临别殷勤重寄词，词中有誓两心知。
七月七日长生殿，夜半无人私语时。
在天愿作比翼鸟，在地愿为连理枝。
天长地久有时尽，此恨绵绵无绝期。①

---

① （唐）白居易著，谢思炜校注《白居易诗集校注》，中华书局，2006 年 7 月第 1 版，
第 943—944 页。

马嵬杨贵妃墓。摄于 2007 年 4 月 27 日

传唐李思训《明皇幸蜀图》。图片来源：图行天下网

　　《长恨歌传》作为散体文字，各方面叙述都比较详细：先讲李、杨二人相识的背景和原因是"开元中，泰阶平，四海无事。玄宗在位岁久，倦于旰食宵衣，政无大小，始委于右丞相。深居游宴，以声色自娱"。而此时，"元献皇后、武淑妃皆有宠，相次即世。宫中虽良家子千数，无可悦目者。上心忽忽不乐"，"若有顾遇，左右前后，粉色如土"。于是"诏高力士潜搜外宫，得弘农杨玄琰女于寿邸"，无所隐讳，直接说明此时杨玉环在"寿邸"，即是明皇之子寿王的妃子，亦即唐明皇的儿媳妇。见此可心之人，"上甚悦，进见之日，奏《霓裳羽衣曲》以导之；定情之夕，授金钗钿合以固之"。只就明皇对杨玉环本人的基本态度而言，似乎还是平等的心态，送定情礼物，又投其所好，奏《霓裳羽衣曲》，这也是两人的共同爱好。而从此以后，"行同辇，止同室，宴专席，寝专房。虽有三夫人、九嫔、二十七世妇、八十一御妻，暨后宫才人、乐府妓女，使天子无顾盼意。自是六宫无复进幸者"，专宠到了极致。而后，作者回顾历史，"天宝末，兄国忠盗丞相位，愚弄国柄。及安禄山引兵向阙，以讨杨氏为词。潼关不守，翠华南幸，出咸阳，道次马嵬亭。六军徘徊，持戟不进。从官郎吏伏上马前，请诛错以谢天下。国忠奉氂缨盘水，死于道周。左右之意未快。上问之。当时敢言者，请以贵妃塞天下怨。上知不免，而不忍见其死，反袂掩面，使牵之而去，仓皇展转，竟就绝于尺组之下"。写出了明皇的不忍、无奈。再后，又写明皇对杨妃无尽的思念，"适有道士自蜀来"，便承旨寻觅。在《传》的最后，作者写道："乐天因为《长恨歌》。意者不但感其事，亦欲惩尤物，窒乱阶，垂于将来也。歌既成，使鸿传焉。世所不闻者，予非开元遗民，不得知。世所知者，有《玄宗本纪》在。今但传《长恨歌》云尔。"这一段话，看似明白，实则云里雾里，留下了很多玄机。表面上是说他和白居易一歌一传，其主旨是"不但感其

宋佚名《明皇幸蜀图》。图片来源：名画油画网

事，亦欲惩尤物，窒乱阶，垂于将来也"，而"世所不闻者，予非开元遗民，不得知。世所知者，有《玄宗本纪》在。今但传《长恨歌》云尔"两句，则似乎话里有话，给后人留下了许多的猜测。

与陈鸿的《长恨歌传》相比，白居易的《长恨歌》则有太多的曲笔。"汉皇重色思倾国，御宇多年求不得"，与《长恨歌传》大体相同；而"杨家有女初长成，养在深闺人未识"，则纯属有意编造，混淆视听，或是"为尊者讳"。"春宵苦短日高起，从此君王不早朝"，"后宫佳丽三千人，三千宠爱在一身"，写其专宠，与《传》一致；"渔阳鼙鼓动地来，惊破霓裳羽衣曲"，简练概括，与《传》相同；"六军不发无奈何，宛转娥眉马前死"，"君王掩面救不得，回看血泪相和流"，写杨妃之死及明皇之不忍与无奈，与《传》大致相同，但《传》称"就死于尺组之下"，而《歌》则写得含混笼统，倒类似于前述李益诗之"太真血染马蹄尽"的写法。而后，《歌》浓墨重彩，大段渲染明皇对杨妃的思念以及道士觅访的具体情形；最后，诗人以这样的句子收束全诗："在天愿作比翼鸟，在地愿为连理枝。天长地久有时尽，此恨绵绵无绝期。"从这几句看，是纯粹的对爱情的祝愿。

对这首诗的主题，各类读者的理解素有不同：有人认为，这首诗着力渲染李隆基只顾宠溺杨贵妃，不理朝政，导致了"安史之乱"的爆发，所以诗意在讽谕；有人认为，这首诗是歌颂李、杨二人的爱情，诗中的男女主人公，已不同于历史上的李隆基和杨玉环，而经过了诗人的艺术改造，比如隐去了唐明皇夺儿媳的丑行而故意说"杨家有女初长成"，诗中也竭力渲染了二人的倾心相爱，强调了杨妃死后明皇的刻骨思念，最后又表达比翼鸟、连理枝、天长地久等愿望；有人认为此诗为双重主题，即既有对李隆基耽溺享乐而导致误国的批判，也有对李、杨二人爱情悲剧的同情与歌颂。甚至，还有的学者提出了"多重主题说"；还有人认为，此诗是写一件隐秘的史事，即杨贵妃在马嵬事变中并没有死，而是玄宗的亲信陈玄礼等人在不得已之时玩了一套障眼法，骗过了众将士，杨妃最后流落民间；还有人说她做了女道士，甚至有人说杨玉环带着几个贴身宫女沿江而下，逃到了沿海某地，并进一步指出，因杨玉环素来水性杨花，又有些姿色，带的宫女长相也差不了，因为有着这些便利，便在沿海某地开了一所妓院谋生，而杨玉环本人则自兼老鸨与妓女。因为心里怨恨明皇不能保护她的生命，所以最后的"钿合金钗寄将去"是表示和他一刀两断。持这一说法的学者，其基本依据还是《歌》与《传》中的文字，比如：白居易清楚地知道杨玉环的出身与来历，却故意说"杨家有女初长成，养在深闺人未识"；白居易在朝廷任职，清楚地知道宫里的讲究，却故意写根本不可能的"孤灯挑尽"；而《传》最后写"世所不闻者，予非开元遗民，不得知。世所知者，有《玄宗本纪》在"，这些，都是在暗示读者，表面文字之外，另有隐情。有人认为，这首诗的要点是感伤，表达对开天盛世一去不复返的伤悼之情；还有的学者认为，这首诗，重点在一"恨"字，恨者，憾恨也。这首长诗，其实是写大唐盛世一去不复返的憾恨，写中唐人对盛唐时期的向往与怀念①。这些观点，都有其一

---

① 关于本诗之主题，可参看俞平伯《〈长恨歌〉及〈长恨歌传〉的传疑》（《小说月报》20 卷 2 号，1929 年 2 月），周煦良《〈长恨歌〉的恨在哪里》（《晋阳学刊》1981 年第 1 期），孙次舟《读〈长恨歌〉与〈长恨歌传〉》（《文学遗产增刊》第 14 辑），马茂元、王松龄《论〈长恨歌〉的主题思想》（《上海师范大学学报（哲学社会科学版）》1983 年第 1 期），褚斌杰《一篇长恨有风情——漫谈〈长恨歌〉的思想和艺术》（《文史知识》1983 年第 7 期），王运熙《略论〈长恨歌〉内容的构成》（《复旦学报》1959 年第 7 期），陈允吉《从〈欢喜国王缘〉变文看〈长恨歌〉故事的构成》（《复旦学报》1985 年第 8 期），塞长春《〈长恨歌〉主题平议——兼论〈长恨歌〉悲剧意蕴的多层次性》（《西北师大学报（社会科学版）》1991 年第 6 期）等论文。

定的道理。我们以为，既然作者把这首诗归入"感伤诗"，其中自
然有着很深的感伤和憾恨，它表现着"安史之乱"后的唐代文人
怀念大唐盛世、反思盛衰转变之历史的普遍心理。从某种程度上，
可以说，这首诗正是诗人对"安史之乱"、对唐代这一历史巨变的
艺术的概括和总结。自然，也有着对爱情悲剧的同情和对美好爱
情的向往 —— 所谓"在天愿作比翼鸟，在地愿为连理枝。天长地
久有时尽，此恨绵绵无绝期"。

第三节　朝臣公务与文士生活

中唐的诗人，一般也是各种级别的官员。他们在关中地区写的诗歌，也在某种程度上记录了他们的日常工作，比如朝廷公务、地方官事务等。通过这些诗，也可以多少反映出当时"公务员"的工作和思想状态。

一、朝臣公务及朝士之心态

相关情形在诗歌中的反映，从现存相关作品看，大体可理出三个代表性的时期，即肃宗时期、宪宗时期、穆宗时期。

唐肃宗至德三载（乾元元年，公元 758 年），二月，贾至在长安官中书舍人，作《早朝大明宫呈两省僚友》。王维、杜甫、岑参均有和作。贾至诗如下：

> 银烛熏天紫陌长，禁城春色晓苍苍。
> 千条弱柳垂青琐，百啭流莺绕建章。
> 剑佩声随玉墀步，衣冠身惹御炉香。
> 共沐恩波凤池上，朝朝染翰侍君王。①

全诗充满着一种荣耀、满足、积极的心态。写景也是"千条弱柳垂青琐，百啭流莺绕建章"，洋溢着一种欣喜、愉悦的心情。

其他几人的和诗分别如下：

---

① （清）彭定求等编《全唐诗》，中华书局，1960 年 4 月第 1 版，第 2596 页。"熏天"或作"朝天"，"绕建章"或作"满建章"。

奉和中书贾至舍人早朝大明宫

岑参

鸡鸣紫陌曙光寒，莺啭皇州春色阑。

金阙晓钟开万户，玉阶仙仗拥千官。

花迎剑珮星初落，柳拂旌旗露未干。

独有凤凰池上客，阳春一曲和皆难。①

和贾舍人早朝大明宫之作

王维

绛帻鸡人报晓筹，尚衣方进翠云裘。

九天阊阖开宫殿，万国衣冠拜冕旒。

日色才临仙掌动，香烟欲傍衮龙浮。

朝罢须裁五色诏，佩声归到凤池头。②

奉和贾至舍人早朝大明宫

杜甫

五夜漏声催晓箭，九重春色醉仙桃。

旌旗日暖龙蛇动，宫殿风微燕雀高。

朝罢香烟携满袖，诗成珠玉在挥毫。

欲知世掌丝纶美，池上于今有凤毛。③

---

① （唐）岑参著，陈铁民、侯忠义校注《岑参集校注》，上海古籍出版社，2004
年9月第1版，第231页。

② （唐）王维著，陈铁民校注《王维集校注》，中华书局，1997年8月第1版，
第488页。

③ （唐）杜甫著，萧涤非主编，张忠纲统稿《杜甫全集校注》，人民文学出版社，
2014年1月第1版，第999页。

　　这几首诗，都流露着一种欣喜、愉悦的心情。写景明丽，称颂对方（贾至）也明朗浏亮。至于王维诗写的"九天阊阖开宫殿，万国衣冠拜冕旒"更是历来被认为是盛世的标志，虽然实情不一定如诗所写，但这表明了当时作者的一种心态，而且这种心态有一定的共性。

　　乾元元年（758），杜甫作有《紫宸殿退朝口号》《宣政殿退朝晚出左掖》《晚出左掖》《春宿左省》等。《春宿左省》这样写道：

花隐掖垣暮，啾啾栖鸟过。星临万户动，月傍九霄多。
不寝听金钥，因风想玉珂。明朝有封事，数问夜如何。①

唐大明宫紫宸门遗址。摄于 2020 年 8 月 11 日

---

① （唐）杜甫著，萧涤非主编，张忠纲统稿《杜甫全集校注》，人民文学出版社，2014 年 1 月第 1 版，第 1022 页。

乾陵章怀太子墓壁画"客使图"，表现了唐代大臣接见外来使者的情形，颇有些"万国衣冠拜冕旒"的意味。图片来源："文博陕西"官网

　　作品突出表现了诗人十分敬业的工作状态。"不寝听金钥，因风想玉珂"，值夜时睡不着觉，时刻听着开宫门的锁钥声，夜风吹响了檐间的铃铎，他也联想到了百官骑马上朝的马铃声。而"明朝有封事，数问夜如何"更是传神：因为次日早朝要奏事，所以屡次问到了什么时辰了，唯恐睡过头而误了正事。

　　而《宣政殿退朝晚出左掖》写"侍臣缓步归青琐，退食从容出每迟"[1]，也表现了他的敬业，一点也不觉得劳累。《晚出左掖》写"昼刻传呼浅，春旗簇仗齐。退朝花底散，归院柳边迷。楼雪

----

[1]　（唐）杜甫著，萧涤非主编，张忠纲统稿《杜甫全集校注》，人民文学出版社，2014年1月第1版，第1014页。

唐大明宫宣政殿遗址。摄于 2020 年 8 月 11 日

融城湿，宫云去殿低。避人焚谏草，骑马欲鸡栖”①，更是塑造了一位兢兢业业而又乐在其中的官员形象。

　　乾元元年至乾元二年间，岑参与杜甫同在谏垣，有诗酬答，亦有诗专写公务情形。其《寄左省杜拾遗》一诗写道：

联步趋丹陛，分曹限紫微。晓随天仗入，暮惹御香归。
白发悲花落，青云羡鸟飞。圣朝无阙事，自觉谏书稀。②

① （唐）杜甫著，萧涤非主编，张忠纲统稿《杜甫全集校注》，人民文学出版社，2014 年 1 月第 1 版，第 1025 页。
② （唐）岑参著，陈铁民、侯忠义校注《岑参集校注》，上海古籍出版社，2004 年 9 月第 1 版，第 233 页。

　　虽有白发老大、官职卑微的叹息，但总体来说是一种满足感，
"晓随天仗入，暮惹御香归"，很知足且有一些自得感。而"圣朝
无阙事，自觉谏书稀"，则在自责中透着责任感。《西掖省即事》
一首与此类似，虽也有官职低微之叹："官拙自悲头白尽，不如岩
下掩荆扉"，但总体上还是愉悦的："西掖重云开曙晖，北山疏雨
点朝衣。千门柳色连青琐，三殿花香入紫微。平明端笏陪鹓列，
薄暮垂鞭信马归"①，一种雍容满足感，洋溢纸面。

　　至宪宗时期，此类诗歌作品出现了一些变化。

　　元和二年（807），窦群自山南东道奉召为吏部郎中，有诗
《雪中寓直》。羊士谔、韦贯之等有和作。窦诗已佚，羊、韦诗仍
存。羊士谔《和窦吏部雪中寓直》曰："瑞花飘朔雪，灏气满南宫。
迢递层城掩，徘徊午夜中。金闺通籍恨，银烛直庐空。谁问乌台
客，家山忆桂丛。"②韦贯之《同窦群雪中寓直》曰："耿耿风雪暮，
直庐未掩扉。咏兰幽助兴，俪玉粲相辉。气劲琴韵切，夜深炉火
微。虽殊江海远，即此恋彤闱。"③从和诗来看，既有雅兴，又有
昂扬健朗之气。

　　元和三年（808），白居易在长安，《初授拾遗》诗曰："奉诏登
左掖，束带参朝议。何言初命卑，且脱风尘吏。杜甫陈子昂，才
名括天地。当时非不遇，尚无过斯位。况余蹇薄者，宠至不自意。
惊近白日光，惭非青云器。天子方从谏，朝廷无忌讳。岂不思匡
躬，适遇时无事。受命已旬月，饱食随班次。谏纸忽盈箱，对之

---

①　（唐）岑参著，陈铁民、侯忠义校注《岑参集校注》，上海古籍出版社，2004
　　年9月第1版，第232页。

②　（清）彭定求等编《全唐诗》，中华书局，1960年4月第1版，第3698页。

③　陈尚君辑校《全唐诗补编》，中华书局，1992年10月第1版，第1005页。

终自愧。"①既有一种责任感与使命感，又透露出"时无事"的无聊。元和七年九月，白居易居下邽时写的《适意二首》中又提道："三年作谏官，复多尸素羞。有酒不暇饮，有山不得游。岂无平生志，拘牵不自由。一朝归渭上，泛如不系舟。"②既无多少正事，又不得清闲，"岂无"二句，类似老杜"非无江海志，潇洒送日月"；但老杜紧接着又说"生逢尧舜君，不忍便永诀"，而白居易则是"拘牵不自由"，一旦"一朝归渭上"，则"泛如不系舟"，与前述同类诗比，作者的心态有了明显不同。

同是元和三年，张弘靖为中书舍人，作《直夜思闻雅琴》。原作已佚，但从诸多和作，可窥其大意：

奉和舍人叔直省时思琴

张籍

蔼蔼紫薇直，秋意深无穷。滴沥仙阁漏，肃穆禁池风。
竹月泛凉影，萱露漙幽丛。地清物态胜，宵闲琴思通。
时属雅音际，迥凝虚抱中。达人掌枢近，常与隐默同。③

奉和张舍人阁中直夜思闻雅琴因书事通简僚友

吕温

迢递天上直，寂寞丘中琴。忆尔山水韵，起予仁智心。

① （唐）白居易著，谢思炜校注《白居易诗集校注》，中华书局，2006年7月第1版，第35页。
② （唐）白居易著，谢思炜校注《白居易诗集校注》，中华书局，2006年7月第1版，第529页。
③ （唐）张籍著，徐礼节、余恕诚校注《张籍集系年校注》，中华书局，2011年6月第1版，第902—903页。

凝情在正始，超想疏烦襟。凉生子夜后，月照禁垣深。
远风霭兰气，微露清桐阴。方袭缁衣庆，永奉南薰吟。①

奉和张舍人阁老阁中直夜思闻雅琴因以书事通简僚友

权德舆

紫垣宿清夜，蔼蔼复沉沉。圆月衡汉净，好风松涤深。
轩窗韵虚籁，兰雪怀幽音。珠露销暑气，玉徽结退心。
盛才本殊伦，雅诰方在今。仁见舒彩翮，翻飞归凤林。②

　　几首诗中，"竹月泛凉影，萱露澹幽丛"，"远风霭兰气，微
露清桐阴"，"轩窗韵虚籁，兰雪怀幽音"等句，更多地表现出一
种雅意。虽然与"闻雅琴"的题目有关，但也表现了一种心态，
即更重于"桐阴""竹月""幽音""山水韵"而不是公务本身。

　　元和九年（814）冬，白居易授左赞善大夫，有诗《初授赞善
大夫早朝寄李二十助教》："病身初谒青宫日，衰貌新垂白发年。
寂寞曹司非熟地，萧条风雪是寒天。远坊早起常侵鼓，瘦马行迟
苦费鞭。一种共君官职冷，不如犹得日高眠。"③则明显是在发牢
骚，表达出一种抵触情绪。

　　元和十五年（820）正月，宪宗为宦官所杀害，穆宗立。闰
正月，李德裕被任命为翰林学士。此后进一步被器重。本年前后，

---

① （清）彭定求等编《全唐诗》，中华书局，1960年4月第1版，第4158页。
② （唐）权德舆著，蒋寅笺，唐元校，张静注《权德舆诗文集编年校注》，辽海
　　出版社，2013年12月第1版，第606页。
③ （唐）白居易著，谢思炜校注《白居易诗集校注》，中华书局，2006年7月第1版，
　　第1171页。

作《长安秋夜》①，诗曰：

> 内官传诏问戎机，载笔金銮夜始归。
> 万户千门皆寂寂，月中清露点朝衣。

　　此时，穆宗初立，李德裕则是被皇帝看重的，君臣双方都对对方有着殷切的期望和高度的信任，所以能写出这样大气饱满的作品，体现出诗人作为一个政治家的责任感和气度胸怀，既有对工作的享受，也有优雅的情怀。

　　而次年，穆宗长庆元年（821），白居易写的《中书寓直》则是另一种情调："缭绕宫墙围禁林，半开闾阖晓沉沉。天晴更觉南山近，月出方知西掖深。病对词头惭彩笔，老看镜面愧华簪。自嫌野物将何用，土木形骸麋鹿心。"②对所从事的工作，满纸的不情愿，心里想的不是自己的职责，而是"土木形骸麋鹿心"。此前的元和十三年（818），王建为太府寺丞③，所作《初授太府丞言怀》云："除书亦下属微班，唤作官曹便不闲。检案事多关市井，听人言不在云山。病童嗔着唯行慢，老马鞭多转放顽。此去仙宫无一里，遥看松树众家攀。"④自己疲惫于市井之事，欣羡别人的志在云山。完全没有了杜甫"数问夜如何"的尽职，也没有了元

---

① 傅璇琮《李德裕年谱》，中华书局，2013 年 1 月第 1 版，第 104 页。

② （唐）白居易著，谢思炜校注《白居易诗集校注》，中华书局，2006 年 7 月第 1 版，第 1540 页。

③ （唐）王建著，尹占华校注《王建诗集校注》附录《王建系年考》，巴蜀书社，2006 年 6 月第 1 版，第 629 页。

④ （唐）王建著，尹占华校注《王建诗集校注》，巴蜀书社，2006 年 6 月第 1 版，第 314 页。

和年间同类诗中平和的雅兴。

二、地方官的公务及其心态：

京官之外，中唐关中诗反映的地方官员的心态，又有所不同。乾元二年，钱起任蓝田县尉[①]，作《初黄绶赴蓝田县作》：

> 蟠木无匠伯，终年弃山樊。苦心非良知，安得入君门。
> 忽忝英达顾，宁窥造化恩。荧光起腐草，云翼腾沉鲲。
> 片石世何用，良工心所存。一叨尉京甸，三省惭黎元。
> 贤尹正趋府，仆夫俨归轩。眼中县胥色，耳里苍生言。
> 居人散山水，即景真桃源。鹿聚入田径，鸡鸣隔岭村。
> 餐和俗久清，到邑政空论。且嘉讼庭寂，前阶满芳荪。[②]

诗中，萤起腐草、沉鲲腾翼等，表达了被重用的自豪和感激；惭黎元、县胥色、苍生言等，表现了身为地方官的责任感和敬业心；而"且嘉讼庭寂，前阶满芳荪"等，则表现出一种公务清闲的轻松愉悦。

元和元年（806），白居易以盩厔尉权摄昭应县，作《权摄昭应早秋书事寄元拾遗兼呈李司录》：

> 夏闰秋候早，七月风骚骚。渭川烟景晚，骊山宫殿高。
> 丹殿子司谏，赤县我徒劳。相去半日程，不得同游遨。

---

① 参傅璇琮《唐代诗人丛考·钱起考》，中华书局，1980 年 1 月第 1 版。
② （唐）钱起著，王定璋校注《钱起诗集校注》，浙江古籍出版社，1992 年 8 月第 1 版，第 64 页。

到官来十日，览镜生二毛。可怜趋走吏，尘土满青袍。

邮传拥两驿，簿书堆六曹。为问纲纪掾，何必使铅刀。①

诗中更多地表达自己的辛苦和心中的牢骚。

是年，白居易又有《盩厔县北楼望山》："一为趋走吏，尘土不开颜。孤负平生眼，今朝始见山。"②同样地表达了心中的不悦（当然，这只是他心态的一个方面；另一方面，他还作有《观刈麦》等诗）。

元和八年（813），王建为昭应丞，作有多首诗，描述他任地方官的情形，表达他的心理感受，如"白发初为吏，有惭年少郎"（《初到昭应呈同僚》）；"朝客轻卑吏，从他不往还"（《昭应官舍》）；"故作老丞身不避，县名昭应管山泉"（《别杨校书》）；"古厅眠受魇，老吏语多虚"（《县丞厅即事》）；"仙侣何因记名姓，县丞头白走尘埃"（《上裴度舍人》），表达的都是一种牢骚和不满情绪。"白发初为吏，有惭年少郎"，让人能联想到崔氏女"自恨妾身生较晚，不见卢郎年少时"的苦笑③。

穆宗长庆元年（821），姚合为武功主簿。朱庆余有诗《夏日题武功姚主簿》："亭午无公事，垂帘树色间。僧来茶灶动，吏去

---

① （唐）白居易著，谢思炜校注《白居易诗集校注》，中华书局，2006年7月第1版，第723页。

② （唐）白居易著，谢思炜校注《白居易诗集校注》，中华书局，2006年7月第1版，第1018页。

③ 《南部新书》载：卢家有子弟，年已暮，而犹为校书郎。晚娶崔氏子，崔有词翰，结褵之后，微有愧色。卢因请诗以述怀为戏，崔立成诗曰："不怨卢郎年纪大，不怨卢郎官职卑。自恨妾身生较晚，不见卢郎年少时。"见（宋）钱易著，黄寿成点校《南部新书》，中华书局，2002年6月第1版，第49—50页。

印床闲。傍竹行寻巷，当门立看山。吟诗老不倦，未省话官班。"①
这是他人眼中的地方官，简言之：清闲。

　　长庆二年，身为武功县主簿的姚合写了《武功县中作三十首》，并因此被世人称为"姚武功"。这是一组精心结撰的组诗，集中地反映出他身为主簿的工作、生活和心态，兹录数首如下：

> 县去帝城远，为官与隐齐。马随山鹿放，鸡杂野禽栖。
> 绕舍唯藤架，侵阶是药畦。更师嵇叔夜，不拟作书题。
>
> 方拙天然性，为官是事疏。惟寻向山路，不寄入城书。
> 因病多收药，缘溪学钓鱼。养身成好事，此外尽清虚。
>
> 微官如马足，只是在泥尘。到处贫随我，终年老趁人。
> 簿书销眼力，杯酒耗心神。早作归休计，深居养此身。
>
> 客至皆相笑，诗书满卧床。爱闲求病假，因醉弃官方。
> 鬓发寒唯短，衣衫瘦渐长。自嫌多检束，不似旧来狂。
>
> 穷达天应与，人间事莫论。微官从似客，远县岂胜村。
> 竟日多无食，连宵不闭门。斋心调笔砚，唯写五千言。
>
> 县僻仍牢落，游人到便回。路当边地去，村入郭门来。
> 酒户愁偏长，诗情病不开。可曾衙小吏，恐为踏青苔。

---

① （清）彭定求等编《全唐诗》，中华书局，1960 年 4 月第 1 版，第 5868 页。

自下青山路，三年著绿衣。官卑食肉僭，才短事人非。
野客教长醉，高僧劝却归。不知何计是，免与本心违。

作吏荒城里，穷愁欲不胜。病多唯识药，年老渐亲僧。
梦觉空堂月，诗成满砚冰。故人多得路，寂寞不相称。

门外青山路，因循自不归。养生宜县僻，说品喜官微。
净爱山僧饭，闲披野客衣。谁怜幽谷鸟，不解入城飞。

一官无限日，愁闷欲何如。扫舍惊巢燕，寻方落壁鱼。
从僧乞净水，凭客报闲书。白发谁能镊，年来四十余。

朝朝门不闭，长似在山时。宾客抽书读，儿童斫竹骑。
久贫还易老，多病懒能医。道友应相怪，休官日已迟。

主印三年坐，山家百事休。焚香开敕库，踏月上城楼。
饮酒多成病，吟诗易长愁。殷勤问渔者，暂借手中钩。

自知狂僻性，吏事固相疏。只是看山立，无嫌出县居。
印朱沾墨砚，户籍杂经书。月俸寻常请，无妨乏斗储。

作吏无能事，为文旧致功。诗标八病外，心落百忧中。
拜别登朝客，归依炼药翁。不知还往内，谁与此心同。①

---

① （唐）姚合著，吴河清校注《姚合诗集校注》，上海古籍出版社，2012年11
月第1版，第242—268页。按，"微官从似客"，《全唐诗》作"微官长似客"。

诗中反映的工作、生活状态和心态，可以简要地概括为：静，闲，散。

总起来看，中唐诗人关中诗所反映的地方官的工作和生活，与京官有所不同，更多的是闲散，没有太多的公务。当然，我们列举的这些诗人，所担任的都是县尉、县丞、主簿一类的佐官而非主官；而且，他们的工作和心态，也有另外的一些方面，比如代宗大历十一年，韦应物摄高陵令，其《高陵书情寄三原卢少府》就这样写："直方难为进，守此微贱班。开卷不及顾，沉埋案牍间。"[①]而就总体情况而言，中唐关中诗歌作品所反映出的情形，则如上文所述。之所以如此，一方面可能是因为地方佐官的事务本身就少受拘束监管，另方面也可能是文人的本性使然。这方面最有代表性的是孟郊在溧阳的表现。虽然溧阳不是本课题所讨论的关中，但可以作为一个例证。《新唐书·孟郊传》载：

> 孟郊者……年五十，得进士第，调溧阳尉。县有投金濑、平陵城，林薄蒙翳，下有积水。郊闲往坐水旁，裴回赋诗，而曹务多废。令白府，以假尉代之，分其半奉。[②]

文人习性，大概如此。

三、参加科举考试的喜与忧

科举考试，是封建士人出人头地、步入主流社会的几近唯一

---

① （唐）韦应物著，孙望校笺《韦应物诗集系年校笺》，中华书局，2002 年 3 月第 1 版，第 134 页。

② 《新唐书·孟郊传》，中华书局，1975 年 2 月第 1 版，第 5265 页。

　　的出路，至少，是一条最主要的渠道。中唐时期的绝大部分文人，在京师长安，为此奋斗了一年又一年。他们的诗歌作品，也记录了科举考试带给他们的喜与忧。

　　唐人参加考试前，一个特殊的活动就是"行卷"与"温卷"。因为考试考诗赋，举子们便将自己平时写的作品认真誊写好，提前呈给考官或是其他有影响力的人物，以便提前有个印象，并让对方对自己写诗的水平有个了解。

　　这方面，最有名的两个事例，都发生在中唐。

　　一是白居易"居大不易"的故事：

　　张固《幽闲鼓吹》载：

　　　　白尚书应举，初至京，以诗谒顾著作况。顾睹姓名，熟视白公，曰："米价方贵，居亦弗易。"乃披卷首篇曰："离离原上草，一岁一枯荣。野火烧不尽，春风吹又生。"即嗟赏曰："道得个语，居即易矣。"因为之延誉，声名大振。①

　　又一个事例是朱庆余写给张籍的诗。诗题为《近试上张籍水部》，或作《闺意献张水部》，诗曰：

　　　　洞房昨夜停红烛，待晓堂前拜舅姑。
　　　　妆罢低声问夫婿，画眉深浅入时无。②

---

① 引自陈友琴编《白居易资料汇编》，中华书局，1962 年 12 月第 1 版，第 22 页。
② （清）彭定求等编《全唐诗》，中华书局，1960 年 4 月第 1 版，第 5892 页。

诗用"闺意"的形式，试探张水部的看法。而张籍读后也回了他一首《酬朱庆余》，诗曰：

> 越女新妆出镜心，自知明艳更沉吟。
> 齐纨未足时人贵，一曲菱歌敌万金。①

同样用"比"的写法，赞扬了朱庆余的诗。得到这样的好评，朱庆余自然也就放心了。

这两则故事，说明了当时"行卷"之风的盛行，也很有雅趣。

考完试以后，中第的考生要在大慈恩寺（今西安市大雁塔）旁"曲江宴饮""杏园宴饮"，自然也要答谢座师。这在诗歌中也有记录。如姚合的《杏园宴上谢座主》诗写："得陪桃李植芳丛，别感生成太昊功。今日无言春雨后，似含冷涕谢东风。"②将包括自己在内的众考生比作桃李，而将座主比作春风，表达感谢之情。

"杏园宴"以后，则要去旁边的慈恩寺塔"雁塔题名"。《太平广记》卷256引唐韦绚《刘宾客嘉话录》曰："慈恩题名，起自张莒，本于寺中闲游而题同年，人因为故事。"③五代王定保《唐摭言》载："神龙已来，杏园宴后，皆于慈恩寺塔下题名，同年中推一善书者纪之。"④关于雁塔题名的起始时间，李裕民先生

---

①　（唐）张籍著，徐礼节、余恕诚校注《张籍集系年校注》，中华书局，2011年6月第1版，第973页。

②　（唐）姚合著，吴河清校注《姚合诗集校注》，上海古籍出版社，2012年11月第1版，第503页。

③　（宋）李昉等编《太平广记》，中华书局，1961年9月第1版，第1991页。

④　（五代）王定保《唐摭言》，上海古籍出版社，1978年5月第1版，第42页。

有专文论证，可以参看①。宴饮也罢，题名也罢，都是非常荣耀的事情。白居易就曾经自豪而激动地写下这样的诗句："慈恩塔下题名处，十七人中最少年。"②

相对于这些自豪与荣耀，科考方面，中唐诗人在长安留下的更多的诗则与落第相关。

科举考试，录取的名额总是有限的，每年总有大量的考生充满希望而来，最终铩羽而归，其心情之失落与沉重是可以想

宋拓《慈恩寺雁塔唐贤题名帖》（局部），中国科学院考古研究所藏。图片取自书法欣赏网

见的。这些，在他们的诗歌中也都有形象的记录。

代宗大历三年（768），二月，李端下第，献诗薛邕，写自己的可怜，并希求援引："蓬荜春风起，开帘却自悲。如何飘梗处，

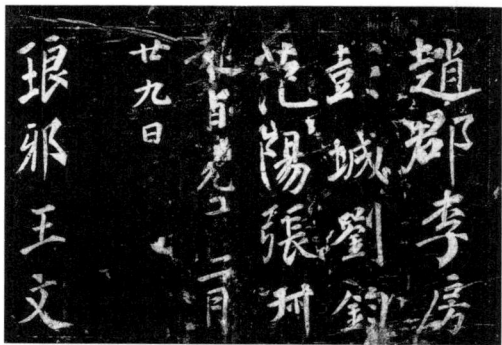

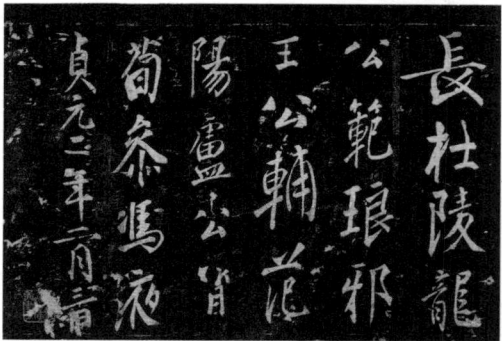

①　李裕民《雁塔题名研究》，刊《长安大学学报》（社会科学版）2010 年第 2 期。
②　（唐）白居易著，谢思炜校注《白居易诗集校注》，中华书局，2006 年 7 月第 1 版，第 2928 页。

又到采兰时。明镜方重照，微诚寄一辞。"①同年四月，又赠诗苗发："应怜鲁儒贱，空与故山违。"②两首诗都求汲引，但也都写得比较含蓄。

德宗建中三年（782）二月，武元衡下第，有《寒食下第》诗："柳挂九衢丝，花飘万家雪。如何憔悴人，对此芳菲节。"③又作《寒食下第通简长安故人》："寒食都人重胜游，相如独自闭门愁。尝闻娄护因名达，君试将余问五侯。"④又作《春暮郊居寄朱舍人》："目随鸿雁穷苍翠，心寄溪云任卷舒。回首知音青琐闼，何时一为荐相如。"⑤典型的"落榜生"心态，充满辛酸，希望能够有人荐引。

贞元二年（786）二月，韩愈来到长安，应举未第，作《出门》诗："长安百万家，出门无所之"，"出门各有道，我道方未夷。且于此中息，天命不我欺"⑥，写得还不算寒酸，心里还有着一份期待。

贞元七年（791），韩愈又一次落第，写诗给同时落第的陈羽："落叶不更息，断蓬无复归"，"谁云少年别，流泪各霑衣"⑦。

---

① （唐）李端《下第上薛侍郎》，见《全唐诗》，中华书局，1960 年 4 月第 1 版，第 3274 页。

② （唐）李端《赠苗发员外》，见《全唐诗》，中华书局，1960 年 4 月第 1 版，第 3274 页。

③ （唐）武元衡《寒食下第》，见《全唐诗》，中华书局，1960 年 4 月第 1 版，第 3570 页。

④ 陈尚君辑校《全唐诗补编》，中华书局，1992 年 10 月第 1 版，第 158 页。

⑤ （清）彭定求等编《全唐诗》，中华书局，1960 年 4 月第 1 版，第 3561 页。

⑥ （唐）韩愈著，（清）方世举编年笺注，郝润华、丁俊丽整理《韩昌黎诗集编年笺注》，中华书局，2012 年 5 月第 1 版，第 3 页。

⑦ （唐）韩愈《落叶一首送陈羽》，见《韩昌黎诗集编年笺注》，中华书局，2012 年 5 月第 1 版，第 3 页。

　　元和八年（813），沈亚之落第，有诗送同样落第的庞严："三年游宦也迷津，马困长安九陌尘。都作无成不归去，古来妻嫂笑苏秦。"①

　　同年，殷尧藩下第东归。有诗曰："辛勤几逐英雄后，乙榜犹然姓氏虚"，"身贱自惭贫骨相，朗啸东归学钓鱼"②。

　　元和九年（814），姚合下第，作《下第》诗曰："归路羞人问，春城赁舍居"③；《寄杨茂卿校书》诗曰："还家岂无路，羞为路人轻"；同诗中又说"腐草众所弃，犹能化为萤。岂我愚暗身，终久不发明"④，也还不自弃。

　　这些落第者，有人的结局是十分悲惨的，《唐诗纪事》卷四十九有这样一条记载：

> 　　（廖）有方元和十年失意游蜀，至宝鸡西界，窆旅逝者，书板记之曰：余元和乙未岁，落第西征，适此，闻呻吟之声，潜听而微愠也。问其疾苦住止，对曰：辛勤数举，未偶知音。眄睐叩头，久而复语，唯以残骸相托，余不能言。俄而逝，余乃鬻所乘马于村豪，备棺瘗之，恨不知其姓字。临岐凄断，复为铭曰：嗟名没世委空囊，几度劳心翰墨场。半面为君申一恸，不知何处是家乡？⑤

① （唐）沈亚之《送庞子肃》，见《全唐诗》，中华书局，1960 年 4 月第 1 版，第 5581 页。

② （唐）殷尧藩《下第东归作》，见《全唐诗》，中华书局，1960 年 4 月第 1 版，第 5569 页。

③ （唐）姚合著，吴河清校注《姚合诗集校注》，上海古籍出版社，2012 年 11月第 1 版，第 568 页。

④ （唐）姚合著，吴河清校注《姚合诗集校注》，上海古籍出版社，2012 年 11月第 1 版，第 117 页。

⑤ （宋）计有功著，王仲镛校笺《唐诗纪事校笺》，中华书局，2007 年 11 月第 1版，第 1669 页。

就科考落第而言，贾岛、孟郊可以说是两个典型代表。

长庆二年（822），贾岛试进士，忤上，诏贬之。贾有《下第》诗："下第只空囊，如何住帝乡。杏园啼百舌，谁醉在花傍。泪落故山远，病来春草长。知音逢岂易，孤棹负三湘。"①贾又吟《病蝉》诗以刺公卿，被逐出关外，号为"举场十恶"。其《病蝉》诗曰："病蝉飞不得，向我掌中行。拆翼犹能薄，酸吟尚极清。露华凝在腹，尘点误侵睛。黄雀并鸢鸟，俱怀害尔情。"②一个曾当过和尚的穷酸可怜书生，居然被定义为"十恶"之一，实在超出了一般人的想象。

在中第与落第方面，孟郊，可以说是中唐长安应试举子中最为典型的一位了。当然，就应试与落第的次数而言，他并不是最多的。中唐时代，有的举子曾锲而不舍地连续几十年到长安应考。然而，就现存作品而言，落第与中第之心态表现得最强烈的，当数孟郊，他在这方面留下的诗作数量也最多。谨举其要如下：

贞元二年（786），正月，包佶以国子祭酒司礼部贡举。孟郊在京应举，作《上包祭酒》：

岳岳冠盖彦，英英文字雄。琼音独听时，尘韵固不同。
春云生纸上，秋涛起胸中。时吟五君咏，再举七子风。
何幸松桂侣，见知勤苦功。愿将黄鹤翅，一借飞云空。③

① 本诗，齐文榜《贾岛集校注》（人民文学出版社，2001年11月第1版）该诗注释谓"作于何时已不可确考"，而陶敏、李一飞、傅璇琮《唐五代文学编年史·中唐卷》（辽海出版社，1998年12月第1版）列于长庆二年。
② （唐）贾岛著，李嘉言点校《长江集新校》，上海古籍出版社，1983年11月第1版，第70页。
③ （唐）孟郊著，华忱之校订《孟东野诗集》，人民文学出版社，1959年7月第1版，第100页。

　　初时干谒，还不失矜持，诗写得也比较有气势，比孟浩然的"端居耻圣明"还要有气势。

　　贞元八年（792），孟郊不第，作诗抒悲。《赠李观》云："昔为同恨客，今为独笑人。舍予在泥辙，飘迹上云津。"①在他的眼里，别人平步青云而舍他"在泥辙"，心里酸溜溜地不舒服。由此亦可见出此人气量太小。要知道，韩愈本年不第，写诗也还说"出门各有道，我道方未夷。且于此中息，天命不我欺"②，表现出一种希望、一种期待。

　　孟郊有关落第的诗还有不少，如《长安羁旅行》云"万物皆及时，独余不觉春。失名谁肯访，得意争相亲"，末了说"潜歌归去来，事外风景真"③，从他连续多年汲汲于应试的行为来看，"归去来"纯属假话、做作。其《长安道》云："胡风激秦树，贱子风中泣。家家朱门开，得见不可入。"④《感兴》云："独有失意人，恍然无力行"，"吾欲进孤舟，三峡水不平。吾欲载车马，太行路峥嵘"⑤，字面上与李白的"欲渡黄河冰塞川，将登太行雪满山"有相似之处，但其气度却是云泥之别。其《夜感自遣》感叹"清桂无直

---

① （唐）孟郊著，华忱之校订《孟东野诗集》，人民文学出版社，1959年7月第1版，第102页。

② （唐）韩愈《出门》，见《韩昌黎诗集编年笺注》，中华书局，2012年5月第1版，第3页。

③ （唐）孟郊著，华忱之校订《孟东野诗集》，人民文学出版社，1959年7月第1版，第2页。

④ （唐）孟郊著，华忱之校订《孟东野诗集》，人民文学出版社，1959年7月第1版，第2页。

⑤ （唐）孟郊著，华忱之校订《孟东野诗集》，人民文学出版社，1959年7月第1版，第33页。

枝，碧江思旧游"①，《叹命》叹息"本望文字达，今因文字穷"②。
贞元八年五月，将东归，作《下第东归留别长安知己》云："共照
日月影，独为愁思人"，"弃置复何道，楚情吟白蘋"③。韩愈还作
诗劝慰他："卞和试三献，期子在秋砧。"④本年秋，孟郊再至长安，
献诗梁肃求荐举，《古意赠梁肃补阙》云："曲木忌日影，谗人畏
贤明"，"金铅正同炉，愿分精与粗"⑤，似乎别人都分不清"精与
粗"，流露出严重的不平衡不正常的心态。

　　贞元九年（793），孟郊再次下第，作《再下第》："一夕九起
嗟，梦短不到家。两度长安陌，空将泪见花。"⑥又作《落第》诗云
"晓月难为光，愁人难为肠。谁言春物荣，岂见叶上霜"，"弃置
复弃置，情如刀刃伤"⑦。又作《赠崔纯亮》云"食荠肠亦苦，强歌

---

① （唐）孟郊著，华忱之校订《孟东野诗集》，人民文学出版社，1959 年 7 月第 1 版，
　　第 53 页。

② 本诗，华忱之、喻学才校注《孟郊诗集校注》（人民文学出版社，1995 年
　　12 月第 1 版）本诗"解题"认为："或当作于建中二、三年间旅居河南，年
　　三十一二岁时。"而陶敏、李一飞、傅璇琮《唐五代文学编年史·中唐卷》（辽
　　海出版社，1998 年 12 月第 1 版）则列于贞元八年之下，与其他几首诗一起称"均
　　为下第抒悲叹穷之作"，现姑列于此。按，本书关于孟郊诗之编年，均依据以
　　上二书。

③ （唐）孟郊著，华忱之校订《孟东野诗集》，人民文学出版社，1959 年 7 月第 1 版，
　　第 52 页。

④ （唐）韩愈《孟生诗》，见《韩昌黎诗集编年笺注》，中华书局，2012 年
　　5 月第 1 版，第 17 页。

⑤ （唐）孟郊著，华忱之校订《孟东野诗集》，人民文学出版社，1959 年 7 月第 1 版，
　　第 107 页。

⑥ （唐）孟郊著，华忱之校订《孟东野诗集》，人民文学出版社，1959 年 7 月第 1 版，
　　第 52 页。

⑦ （唐）孟郊著，华忱之校订《孟东野诗集》，人民文学出版社，1959 年 7 月第 1 版，
　　第 50 页。

声无欢。出门即有碍，谁谓天地宽"①；再作《下第东南行》云"试逐伯鸾去，还作灵均行"，"时闻丧侣猿，一叫千愁并"②。事实上，他既不能学伯鸾，更与灵均无涉。

至贞元十二年（796），孟郊终于登进士第，写了这首著名的《登科后》：

> 昔日龌龊不足夸，今朝放荡思无涯。
> 春风得意马蹄疾，一日看尽长安花。③

得意忘形，轻狂之极！如此拘狭之气量与胸襟，无怪乎整日一副愁眉苦脸的样子，有时代与社会的因素，更有个人的原因。

孟郊，是穷愁不第而又锲而不舍、屡败屡战投身科考者的典型代表。通过他的自我表白，可以看出科举制对一个读书人的严重影响（尤其是负面的影响，对其心理的扭曲），也可以看出一个没有特殊背景的封建士人想要出人头地是多么地不容易。

四、多角度多侧面的文人生活

中唐时期，京城长安，送别诗极多，尤以大历时期为甚。

总的看来，这些送别诗无甚特色，格局也比较小。其时杜甫在潭州，也多赠人送别之作，然其诗多伤怀国事，而在京诸诗人

却不是这样。但也有些作品值得一提：

大历三年（768）七月，钱起、皇甫冉、皇甫曾、韩翃同在长安作诗送王缙赴镇幽州。皇甫曾作《送王相公赴幽州》，钱起作《送王相公赴范阳》，皇甫冉作《送王相公之幽州》，相比此数年京中文人套路化的送别诗，这几首诗却有比较厚实的涵意，其中一些诗句如"暮日平沙迥，秋风大旆翻"①，"代云横马首，燕雁拂笳声"②，"遮虏关山静，防秋鼓角雄"③等，也颇雄壮。

代宗大历九年（774），耿湋将离京，作《之江淮留别京中亲故》："长云迷一雁，渐远向南声。已带千霜鬓，初为万里行。繁虫满夜草，连雨暗秋城。前路诸侯贵，何人重客卿。"④李端有《送耿拾遗湋使江南括图书》："驱传草连天，回风满树蝉。将过夫子宅，前问孝廉船。汉使收三箧，周诗采百篇。别来将有泪，不是怨流年。"⑤格局不算大，但也不同于当时一般的送别诗，倒也有内容、有感情。

德宗建中四年（783）夏，武元衡在长安，有《送魏正则擢第归江陵》，表达"分手倍依然"的感情。诗首联"客路商山外，离筵小暑前"⑥，显然是效法王湾诗"客路青山外，行舟绿水前"⑦，然

---

① （唐）皇甫曾《送王相公赴幽州》，见《全唐诗》，中华书局，1960年4月第1版，第2185页。

② （唐）钱起著，王定璋校注《钱起诗集校注》，浙江古籍出版社，1992年8月第1版，第233页。

③ （唐）皇甫冉《送王相公之幽州》，见《全唐诗》，中华书局，1960年4月第1版，第2832页。

④ （清）彭定求等编《全唐诗》，中华书局，1960年4月第1版，第2975页。

⑤ （清）彭定求等编《全唐诗》，中华书局，1960年4月第1版，第3256页。

⑥ （清）彭定求等编《全唐诗》，中华书局，1960年4月第1版，第3554页。

⑦ （清）彭定求等编《全唐诗》，中华书局，1960年4月第1版，第1170页。

无王诗之气势，且不浑然。

大历、建中、贞元、元和、长庆年间，京城及京畿地区的文人们，颇多唱和诗。一千年后的今天来看，其中一些还是有意义的。

德宗建中二年（781）二月，吉中孚为万年尉，与韦应物有诗唱和。韦应物作《春宵燕万年吉少府中孚南馆》《春日郊居寄万年吉少府中孚三原少府伟夏侯校书审》，后诗云："谷鸟时一啭，田园春雨余。光风动林早，高窗照日初。独饮涧中水，吟咏老氏书。城阙应多事，谁忆此间居。"①不仅写了他们的生活状态、心态，还写了时令与风光，给人以亲切感。

建中二年九月，严维在长安，与武元衡酬唱。当时元衡尚未及第，其《酬严维秋夜见寄》曰："昭明逢圣代，羁旅别沧洲。骑省潘郎思，衡闱宋玉愁。神仙惭李郭，词赋谢曹刘。松柏应无变，琼瑶不可酬。谁堪此时景，寂寞下高楼。"②表现了当时青年士子复杂的心态。

元和九年（814），张籍访宿白居易昭国里宅，白居易《酬张十八访宿见赠》有句"昔我为近臣，君常稀到门。今我官职冷，唯君来往频"③，记录了二人的友情。

长庆二年（822）正月，白居易有诗招张籍同游曲江，籍以诗酬之。白诗《曲江独行招张十八》曰："曲江新岁后，冰与水相和。南岸犹残雪，东风未有波。偶游身独自，相忆意如何。莫待春深

---

① （唐）韦应物著，孙望校笺《韦应物诗集系年校笺》，中华书局，2002年3月第1版，第216页。

② （清）彭定求等编《全唐诗》，中华书局，1960年4月第1版，第3568页。

③ （唐）白居易著，谢思炜校注《白居易诗集校注》，中华书局，2006年7月第1版，第574页。

去，花时鞍马多。"①张诗《酬白二十二舍人早春曲江见招》曰："曲江冰欲尽，风日已恬和。柳色看犹浅，泉声觉渐多。紫蒲生湿岸，青鸭戏新波。仙掖高情客，相招共一过。"②亲切、随和，又洋溢着清新而高雅的情趣。

长庆三年（823），姚合为万年县尉。是年秋，贾岛、朱庆余、顾非熊、僧无可等会宿其宅，贾岛、姚合有诗酬赠。朱庆余《与贾岛顾非熊无可上人宿万年姚少府宅》曰"莫厌通宵坐，贫中会聚难"③，贾岛《宿姚少府北斋》曰"鸟绝吏归后，蛩鸣客卧时"④，贾岛《酬姚少府》曰"柴门掩寒雨，虫响出秋蔬"⑤。姚合《喜贾岛雨中访宿》写："雨里难逢客，闲吟不复眠。虫声秋并起，林色夜相连。爱酒此生里，趋朝未老前。终须携手去，沧海棹鱼船。"⑥此后，文宗大和二年十二月，马戴、贾岛在长安，夜集姚合宅，无可期而未至，诸人皆有诗记其事。反映了当时文人的一种习常活动。

长庆四年（824），韩愈养病城南山庄，张籍、贾岛等时常一至，陪游南溪，有诗唱和，姚合亦有和作。韩愈作《南溪始

---

① （唐）白居易著，谢思炜校注《白居易诗集校注》，中华书局，2006 年 7 月第 1 版，第 1541 页。

② （唐）张籍著，徐礼节、余恕诚校注《张籍集系年校注》，中华书局，2011 年 6 月第 1 版，第 292 页。

③ （清）彭定求等编《全唐诗》，中华书局，1960 年 4 月第 1 版，第 5868 页。

④ （唐）贾岛著，齐文榜校著《贾岛集校注》，人民文学出版社，2001 年 11 月第 1 版，第 325 页。

⑤ 本诗写作时间，齐文榜《贾岛集校注》（人民文学出版社，2001 年 11 月第 1 版）该诗注释谓作于长庆元年深秋，而陶敏、李一飞、傅璇琮《唐五代文学编年史·中唐卷》（辽海出版社，1998 年 12 月第 1 版）则称约作于长庆三年秋。

⑥ （唐）姚合著，吴河清校注《姚合诗集校注》，上海古籍出版社，2012 年 11 月第 1 版，第 510 页。

泛》诗，写道："点点暮雨飘，梢梢新月偃"，"即此南坂下，久闻有水石。拖舟入其间，溪流正清激"表达享受自然的乐趣；又写"山农惊见之，随我劝不休"，"馈我笼中瓜，劝我此淹留"，体会山民的淳朴友好；还写"余年懔无几，休日怆已晚。自是病使然，非由取高蹇"①，感叹人生。张籍作《同韩侍御南溪夜赏》："喜作闲人得出城，南溪两月逐君行。忽闻新命须归去，一夜船中语到明。"②贾岛作《和韩吏部泛南溪》："溪里晚从池岸出，石泉秋急夜深闻。木兰船共山人上，月映渡头零落云。"③姚合作《和前吏部韩侍郎夜泛南溪》："辞得官来疾渐平，世间难有此高情。新秋月满南溪里，引客乘船处处行。"④韩愈当年十二月便病逝。这些唱和诗，也就成了珍贵的纪念，记录了他们师友间珍贵的情谊。

　　此时的文人，依然乐于游赏，长安及周边的风景，自然也是他们笔下不可或缺的重要题材。

　　"东风动地吹花发，渭城桃李千树雪"⑤，这是独孤及永泰元年（765）写的长安风光；"蓝水远从千涧落，玉山高并两峰寒"⑥，这

---

① （唐）韩愈著，（清）方世举编年笺注，郝润华、丁俊丽整理《韩昌黎诗集编年笺注》，中华书局，2012 年 5 月第 1 版，第 676—677 页。

② （唐）张籍著，徐礼节、余恕诚校注《张籍集系年校注》，中华书局，2011年 6 月第 1 版，第 716 页。

③ （唐）贾岛著，李嘉言点校《长江集新校》，上海古籍出版社，1983 年 11 月第 1 版，第 112 页。

④ （唐）姚合著，吴河清校注《姚合诗集校注》，上海古籍出版社，2012 年 11月第 1 版，第 471 页。

⑤ （唐）独孤及《同岑郎中屯田韦员外花树歌》，见（唐）独孤及著，刘鹏、李桃校注《毗陵集校注》，辽海出版社，2006 年 12 月第 1 版，第 50 页。

⑥ （唐）杜甫《九日蓝田崔氏庄》，见（唐）杜甫著，萧涤非主编，张忠纲统稿《杜甫全集校注》，人民文学出版社，2014 年 1 月第 1 版，第 1174 页。

是杜甫至德三载写的蓝田风景；"半日吴村带晚霞，闲门高柳乱飞
鸦。横云岭外千重树，流水声中一两家"①；"村映寒原日已斜，烟
生密竹早归鸦。长溪南路当群岫，半景东邻照数家。门通小径连
芳草，马饮春泉踏浅沙"②，这又是宝应二年（763）闰正月钱起和
郎士元写的渭南风光③。

　　诗人们笔下的鄠县（今西安市鄠邑区，原称户县）风光是：
"嘉树始氤氲，春游方浩荡"，"绿野际遥波，横云分叠嶂"④；是
"野水滟长塘，烟花乱晴日。氤氲绿树多，苍翠千山出。游鱼时
可见，新荷尚未密"⑤；是"西郊郁已茂，春岚重如积。何当返徂
雨，杂英纷可惜"⑥。而盩厔（今陕西周至）的风光则是："山色遥
连秦树晚，砧声近报汉宫秋。疏松影落空坛静，细草香闲小洞
幽"⑦；是"沙鹤上阶立，潭月当户开"⑧；是"风竹散清韵，烟槐凝

①　（唐）钱起《题郎士元半日吴村别业兼呈李长官》，见（唐）钱起著，王定璋
　　校注《钱起诗集校注》，浙江古籍出版社，1992年8月第1版，第251页。
②　（唐）郎士元《酬王季友题半日村别业兼呈李明府》，见《全唐诗》，中华书
　　局，1960年4月第1版，第2785页。
③　傅璇琮主编《唐才子传校笺》，中华书局，1987年5月第1版，第1册，第524页。
④　（唐）韦应物《扈亭西陂燕赏》，见（唐）韦应物著，孙望校笺《韦应物诗集
　　系年校笺》，中华书局，2002年3月第1版，第163页。
⑤　（唐）韦应物《任鄠令渼陂游眺》，见（唐）韦应物著，孙望校笺《韦应物诗
　　集系年校笺》，中华书局，2002年3月第1版，第166页。
⑥　（唐）韦应物《西郊游宴寄赠邑僚李巽》，见（唐）韦应物著，孙望校笺《韦
　　应物诗集系年校笺》，中华书局，2002年3月第1版，第162页。
⑦　（唐）韩翃《同题仙游观》，见《全唐诗》，中华书局，1960年4月第1版，
　　第2571—2752页。
⑧　（唐）白居易《仙游寺独宿》，见（唐）白居易著，谢思炜校注《白居易诗集
　　校注》，中华书局，2006年7月第1版，第464—466页。

绿姿"，而诗人自己则是"数峰太白雪，一卷陶潜诗"①，悠悠然而乐在其中。

这其中，诗人们吟咏最多的自然还是京城长安，如：

杨巨源《城东早春》写长安早春景象：

> 诗家清景在新春，绿柳才黄半未匀。
> 若待上林花似锦，出门俱是看花人。②

韩愈《早春呈水部张十八员外》亦写长安早春胜景：

> 天街小雨润如酥，草色遥看近却无。
> 最是一年春好处，绝胜烟柳满皇都。③

元稹《第三岁日咏春风凭杨员外寄长安柳》写春景及诗人的愉悦心情：

> 三日春风已有情，拂人头面稍怜轻。
> 殷勤为报长安柳，莫惜枝条动软声。④

而武元衡《长安春望》亦写春景，不同于前几首的是，有诗人自己的另一番感慨：

---

① （唐）白居易《官舍小亭闲望》，见（唐）白居易著，谢思炜校注《白居易诗集校注》，中华书局，2006 年 7 月第 1 版，第 465—466 页。

② （清）彭定求等编《全唐诗》，中华书局，1960 年 4 月第 1 版，第 3737 页。

③ （唐）韩愈著，（清）方世举编年笺注，郝润华、丁俊丽整理《韩昌黎诗集编年笺注》，中华书局，2012 年 5 月第 1 版，第 661 页。

④ （唐）元稹著，冀勤点校《元稹集》，中华书局，2010 年 7 月第 2 版，第 277 页。

宿雨净烟霞，春风绽百花。绿杨中禁路，朱戟五侯家。

草色金堤晚，莺声御柳斜。无媒犹未达，应共惜年华。[①]

"无媒犹未达，应共惜年华"，比之孟浩然的《临洞庭湖赠张丞相》之"坐观垂钓者，徒有羡鱼情"，更多了一份含蓄与矜持。

长安风光，诗人们重点写的是曲江、杏园等一些名胜之地，并且在不同的时期流露出不同的心情和心态，如：

卢纶《贼中与严越卿曲江看花》：

红枝欲折紫枝殷，隔水连宫不用攀。

会待长风吹落尽，始能开眼向青山。[②]

羊士谔《乱后曲江》：

忆昔曾游曲水滨，春来长有探春人。

游春人静空地在，直至春深不似春。[③]

在结尾处，二诗均表达出特殊时期的特殊心态，或期待，或感慨。

韩愈《同水部张员外籍曲江春游寄白二十二舍人》诗曰：

漠漠轻阴晚自开，青天白日映楼台。

① （清）彭定求等编《全唐诗》，中华书局，1960 年 4 月第 1 版，第 3552 页。

② （唐）卢纶著，刘初棠校注《卢纶诗集校注》，上海古籍出版社，1989 年 9 月第 1 版，第 461 页。

③ （清）彭定求等编《全唐诗》，中华书局，1960 年 4 月第 1 版，第 3712 页。

曲江水满花千树，有底忙时不肯来。①

刘禹锡《曲江春望》诗曰：

凤城烟雨歇，万象含佳气。酒后人倒狂，花时天似醉。
三春车马客，一代繁华地。何事独伤怀？少年曾得意。②

　　二诗又表达了诗人自身的感慨，或感慨平日忙碌，或叹息今日之不得意。

　　此类诗太多太多，这里仅以白居易的曲江诗为例。

　　白居易对曲江情有独钟。他在京城时，时常去曲江游览，或独游，或邀人同游，也写了很多的曲江诗，有数十首之多。贞元二十年，白居易为校书郎，有《早春独游曲江》："散职无羁束，羸骖少送迎。朝从直城出，春傍曲江行。风起池东暖，云开山北晴。冰销泉脉动，雪尽草芽生。露杏红初坼，烟杨绿未成。影迟新度雁，声涩欲啼莺。闲地心俱静，韶光眼共明。……"③诗人的心情是极其愉快的。但他秋天写的曲江诗，则表达出另一种心情：

①（唐）韩愈著，（清）方世举编年笺注，郝润华、丁俊丽整理《韩昌黎诗集编年笺注》，中华书局，2012 年 5 月第 1 版，第 648 页。

②（唐）刘禹锡著，瞿蜕园笺证《刘禹锡集笺证》，上海古籍出版社，1989 年 12 月第 1 版，第 1084 页。

③（唐）白居易著，谢思炜校注《白居易诗集校注》，中华书局，2011 年 1 月第 1 版，第 1038 页。

曲江早秋

秋波红蓼水，夕照青芜岸。独信马蹄行，曲江池西畔。
早凉晴后至，残暑暝来散。方喜炎燠销，复嗟时节换。
我年三十六，冉冉昏复旦。人寿七十稀，七十新过半。
且当对酒笑，勿起临风叹。①

早秋曲江感怀

离离暑云散，袅袅凉风起。池上秋又来，荷花半成子。
朱颜自销歇，白日无穷已。人寿不如山，年光急于水。
青芜与红蓼，岁岁秋相似。去岁此悲秋，今秋复来此。②

曲江感秋 (五年作)

沙草新雨地，岸柳凉风枝。三年感秋意，并在曲江池。
早蝉已嘹唳，晚荷复离披。前秋去秋思，一一生此时。
昔人三十二，秋兴已云悲。我今欲四十，秋怀亦可知。
岁月不虚设，此身随日衰。暗老不自觉，直到鬓成丝。③

　　三首诗，分别作于元和二年、四年、五年（或谓第一首作于元和三年）。三首诗均写曲江清爽之景："秋波红蓼水，夕照青芜岸"，"离离暑云散，袅袅凉风起"，"沙草新雨地，岸柳凉风枝"；

① （唐）白居易著，谢思炜校注《白居易诗集校注》，中华书局，2011年1月第1版，第727页。
② （唐）白居易著，谢思炜校注《白居易诗集校注》，中华书局，2011年1月第1版，第733页。
③ （唐）白居易著，谢思炜校注《白居易诗集校注》，中华书局，2011年1月第1版，第744页。

再写岁月之叹："且当对酒笑，勿起临风叹"，"去岁此悲秋，今秋复来此"，"暗老不自觉，直到鬓成丝"，心情一年比一年沉重。

十几年后，长庆二年，白居易又作《曲江感秋二首》，其第一首这样写：

> 元和二年秋，我年三十七。长庆二年秋，我年五十一。
> 中间十四年，六年居谴黜。穷通与荣悴，委运随外物。
> 遂师庐山远，重吊湘江屈。夜听竹枝愁，秋看滟堆没。
> 近辞巴郡印，又秉纶闱笔。晚遇何足言，白发映朱绂。
> 销沉昔意气，改换旧容质。独有曲江秋，风烟如往日。①

诗中回顾了自己十几年中"六年居谴黜"、遍走巴楚的曲折坎坷，末了，"独有曲江秋，风烟如往日"，大有"却道天凉好个秋"之感。曲江，不仅是他欣赏的对象，也成了他人生的见证。

到了文宗大和初年——按理说，大和时期应算在晚唐。但中唐的同一批人（如白居易、刘禹锡等）此数年间文学活动仍然比较活跃，时间节点不好截然切断，所以他们的几首诗也置列于此。

裴度在宰相任，与白居易、刘禹锡、张籍诸人有诗唱和。此外，诗人们雅集，联句诗也很多，如《杏园联句》②："杏园千树欲随风，一醉同人此暂同。"（群上司空）"老态忽忘丝管里，衰颜宜解酒杯中。"（李绛）"曲江日暮残红在，翰苑年深旧事空。"（白居易）"二十四年流落者，故人相引到花丛。"（刘禹锡）白居易、刘禹锡、张籍等同游杏园，也有唱和诗。白居易《杏园花下赠刘

---

① （唐）白居易著，谢思炜校注《白居易诗集校注》，中华书局，2011年1月第1版，第894页。
② （清）彭定求等编《全唐诗》，中华书局，1960年4月第1版，第8897页。

郎中》曰:"怪君把酒偏惆怅,曾是贞元花下人。自别花来多少事,东风二十四回春。"①刘禹锡《杏园花下酬乐天见赠》曰:"二十余年作逐臣,归来还见曲江春。游人莫笑白头醉,老醉花间有几人。"张籍《同白侍郎杏园赠刘郎中》曰:"一去潇湘头欲白,今朝始见杏花春。从来迁客应无数,重到花前有几人。"②可以看出当时诗人的雅兴,以及曲江、杏园一带游赏之风的盛行。

四、吟赏名山与名寺

名山、名寺,是诗人游览、赏景的重点。对中唐关中的诗人来说,名山主要是长安南边的终南山、西边的太白山,以及更具体的圭峰、紫阁等;而名寺则主要是长安的慈恩寺、兴善寺、青龙寺,以及鄠屋(今陕西周至)的仙游寺、蓝田的悟真寺等。

圭峰山离长安最近,风景独特,诗人常去游览,或进行其他活动,贾岛著名的诗句"独行潭底影,数息树边身"就是在圭峰下草堂寺写的,诗首联"圭峰霁色新,送此草堂人"③已经说得很明确。紫阁峰,距长安次近稍远,白居易等人有很多诗写到紫阁。太白山较远,但中唐诗也有不少作品涉及,如李端《雪夜寻太白道士》写"雪路夜朦胧,寻师杏树东"④;张籍《太白老人》写"日观东峰幽客住","暗修黄篆无人见,深种胡麻共犬行","春泉四

① (唐)白居易著,谢思炜校注《白居易诗集校注》,中华书局,2006年7月第1版,第1541页。
② (唐)张籍著,徐礼节、余恕诚校注《张籍集系年校注》,中华书局,2011年6月第1版,第758页。
③ (唐)贾岛《送无可上人》,见(唐)贾岛著,李嘉言点校《长江集新校》,上海古籍出版社,1983年11月第1版,第27页。
④ (清)彭定求等编《全唐诗》,中华书局,1960年4月第1版,第3275页。

面绕茅屋，日日唯闻杵臼声"①；陆畅《送独孤秀才下第归太白山》写"须寻最近碧霄处，拟倩和云买一峰"②；贾岛有《送宣皎上人游太白》，又有《送僧归太白山》；无可有《送清散游太白山》。这说明，当时僧、道、隐士、书生，均常去太白山。

诗人们写得最多的，是长安城南的终南山。诗人写终南山，或直接描写景物，或送人归终南山而想象，且中唐诗人写终南山，大都写得比较清雅、幽深，间或抒写逍遥物外之心态。如钱起《晚出青门望终南别业》写"远山新水下，寒皋微雨余"，"笑指丛林上，闲云自卷舒"③；韩翃《送田明府归终南别业》写"故园此日多心赏，窗下泉流竹外云"，"离宫树影登山见，上苑钟声过雪闻"④；窦牟《望终南》写"白云兼似雪，清昼乍生寒。九陌峰如坠，千门翠可团"⑤；卢纶《过终南柳处士》写"猿鸟三时下，藤萝十里阴。绿泉多草气，青壁少花林"⑥；司空曙《过终南柳处士》写"云起山苍苍，林居萝薜荒。幽人老深境，素发与青裳。雨涤莓苔绿，风摇松桂香。洞泉分溜浅，岩笋出丛长"⑦，均十分清幽。而钱起诗"采苓日往还，得性非樵隐"，"逍遥不外求，尘虑从兹

① （唐）张籍著，徐礼节、余恕诚校注《张籍集系年校注》，中华书局，2011年6月第1版，第514页。
② （清）彭定求等编《全唐诗》，中华书局，1960年4月第1版，第5444页。
③ （唐）钱起著，王定璋校注《钱起诗集校注》，浙江古籍出版社，1992年8月第1版，第222—223页。
④ （清）彭定求等编《全唐诗》，中华书局，1960年4月第1版，第2755页。
⑤ 傅璇琮、陈尚君、徐俊编《唐人选唐诗新编（增订本）·窦氏联珠集》，中华书局，2014年第1版，第739页。
⑥ （唐）卢纶著，刘初棠校注《卢纶诗集校注》，上海古籍出版社，1989年9月第1版，第353—354页。
⑦ （清）彭定求等编《全唐诗》，中华书局，1960年4月第1版，第3327页。

终南山（沣峪山顶），摄于 2016 年 6 月 10 日

泯"①，李端诗"愿接烟霞赏"②，则都显现出自在而逍遥的情趣。姚合《游终南山》更是自在逍遥，诗写道："策杖度溪桥，云深步数劳。青猿吟岭际，白鹤坐松梢。天外浮烟远，山根野水交。自缘名利系，好此结蓬茅。"③远离名利，逍遥物外，正是终南情结之一种。

在中唐的终南山诗中，韩愈的《南山诗》是最为奇特的一首，该诗长达 204 句，极具气势，仅其篇幅规制，便无人能出其右。

① （唐）钱起《自终南山晚归》，见（唐）钱起著，王定璋校注《钱起诗集校注》，浙江古籍出版社，1992 年 8 月第 1 版，第 8 页。
② （唐）李端《奉和秘书元丞抄秋忆终南旧居》，见《全唐诗》，中华书局，1960 年 4 月第 1 版，第 3275 页。
③ （唐）姚合著，吴河清校注《姚合诗集校注》，上海古籍出版社，2012 年 11 月第 1 版，第 410 页。

而孟郊的两首作品，也令人击节叹赏：

> 南山塞天地，日月石上生。高峰夜留日，深谷昼未明。
> 山中人自正，路险心亦平。长风驱松柏，声拂万壑清。
> 到此悔读书，朝朝近浮名。
>
> ——《游终南山》①

> 见此原野秀，始知造化偏。山村不假阴，流水自雨田。
> 家家梯碧峰，门门锁青烟。因思蜕骨人，化作飞桂仙。
>
> ——《终南山下作》②

　　这两首诗，体现了两种不同的风格，前首气魄极大，很大气，与李世民《望终南山》、王维《终南山》相比，毫不逊色。"出红扶岭日，入翠贮岩烟"（李世民《望终南山》），"太乙近天都，连山到海隅"，"分野中峰变，阴晴众壑殊"（王维《终南山》），"南山塞天地，日月石上生"，"高峰夜留景，深谷昼未明"，都是荡人心神的佳句。而后一首《终南山下作》，则描绘出另一种柔美的境界，读之可以洗心。

　　至于名寺，诗人们游赏并吟咏得最多的大概要数慈恩寺了，青龙寺等次之。这里就以此二寺为例略作叙述。

　　先说青龙寺。中唐诗人到青龙寺，主要不是去拜佛诵经，更多的还是幽赏、游玩。比较著名的诗如皇甫冉《清明日青龙寺上

---

① （唐）孟郊著，华忱之校订《孟东野诗集》，人民文学出版社，1959年7月第1版，第66页。
② （唐）孟郊著，华忱之校订《孟东野诗集》，人民文学出版社，1959年7月第1版，第163页。

方赋得多字》写："远近水声至，东西山色多。夕阳留径草，新叶变庭柯。"①耿湋《宿青龙寺故昙上人院》诗写："年深宫院在，闲客自相逢。闭户临寒竹，无人有夜钟。"②白居易《青龙寺早夏》写："尘埃经小雨，地高倚长坡。日西寺门外，景气含清和。"③均是着重写其清爽或清幽的景色。此外，如羊士谔《王起居独游青龙寺玩红叶因寄》写："十亩苍苔绕画廊，几株红树过清霜。高情还似看花去，闲对南山步夕阳。"④朱庆余《题青龙寺》写："寺好因岗势，登临值夕阳。青山当佛阁，红叶满僧廊。竹色连平地，虫声在上方。最怜东面静，为近楚城墙。"⑤二诗均写出了清新幽静的景致，也洋溢着一种清雅淡远的诗意。

　　说到青龙寺，还必须提及韩愈的一首长诗《游青龙寺赠崔大补阙》，这首诗的重要性在于保留了有关青龙寺壁画和该寺柿树红叶的描绘。诗写寺中壁画曰"光华闪壁见神鬼，赫赫炎官张火伞"，既形象描绘了壁画自身，又体现了韩愈诗歌的语言特点；写柿叶曰"正值万株红叶满"，写柿实曰"然云烧树火实骈，金乌下啄赪虬卵"，写食柿曰"灵液屡进玻黎碗"，均极形象极传神。事实上，关中地区秋天火红的柿树红叶，满树的红柿果实，是一大景观，至今仍是。

　　同样，中唐诗人笔下的慈恩寺，也更多地表现为一处游览胜境。诗的重点大多不在寺院及佛理，而在于其清幽的景致。如韩

① （清）彭定求等编《全唐诗》，中华书局，1960 年 4 月第 1 版，第 2804 页。
② （清）彭定求等编《全唐诗》，中华书局，1960 年 4 月第 1 版，第 3004 页。
③ （唐）白居易著，谢思炜校注《白居易诗集校注》，中华书局，2006 年 7 月第 1 版，第 741 页。
④ （清）彭定求等编《全唐诗》，中华书局，1960 年 4 月第 1 版，第 3709 页。
⑤ （清）彭定求等编《全唐诗》，中华书局，1960 年 4 月第 1 版，第 5868 页。

翃《题慈恩寺振上人院》写"鸣磬夕阳尽，卷帘秋色来"①；李端《慈恩寺习上人房招耿拾遗》写"汲井树阴下，闭门亭午时。地闲花落厚，石浅水流迟"②；李端《同苗发慈恩寺避暑》写"树闲人迹外，山晚鸟行西"③；司空曙《早春游慈恩南池》写"山寺临池水，春愁望远生"④；司空曙《残莺百啭歌同王员外耿拾遗吉中孚李端游慈恩各赋一物》写"禅斋深树夏阴清，雨落空余三两声"⑤；韦应物《慈恩寺南池秋荷咏》写"节谢客来稀，回塘方独绕"⑥；卢纶《同崔峒补阙慈恩寺避暑》、李远《慈恩寺避暑》则在诗题中明确言明"避暑"；另有姚合《春日游慈恩寺》纯写游赏："年长归何处，青山未有家。赏春无酒饮，多看寺中花。"⑦即如僧无本，亦更多地为写景："羽族栖烟竹，寒流带月钟"⑧，或者说"无端诗思忽然生"⑨；白居易《三月三十日题慈恩寺》写"慈恩春色今朝尽，尽日徘徊倚寺门。惆怅春归留不得，紫藤花下渐黄昏"⑩，则俨然

① （清）彭定求等编《全唐诗》，中华书局，1960年4月第1版，第2740页。
② （清）彭定求等编《全唐诗》，中华书局，1960年4月第1版，第3254页。
③ （清）彭定求等编《全唐诗》，中华书局，1960年4月第1版，第3257页。
④ （清）彭定求等编《全唐诗》，中华书局，1960年4月第1版，第3311页。
⑤ （清）彭定求等编《全唐诗》，中华书局，1960年4月第1版，第3311页。
⑥ （唐）韦应物著，孙望校笺《韦应物诗集系年校笺》，中华书局，2002年3月第1版，第242页。
⑦ （唐）姚合著，吴河清校注《姚合诗集校注》，上海古籍出版社，2012年11月第1版，第408页。
⑧ （唐）贾岛《慈恩寺上座院》，见（唐）贾岛著，李嘉言点校《长江集新校》，上海古籍出版社，1983年11月第1版，第83页。
⑨ （唐）贾岛《酬慈恩寺文郁上人》，见（唐）贾岛著，李嘉言点校《长江集新校》，上海古籍出版社，1983年11月第1版，第109页。
⑩ （唐）白居易著，谢思炜校注《白居易诗集校注》，中华书局，2011年1月第1版，第1015页。

是一首伤春诗了。自然，也有如武元衡《慈恩寺起上人院》写"起灭秋云尽，虚无夕霭空。池澄山倒影，林动叶翻风"[①]，诗意与禅意并重。

这里，要提到大历六年（771）章八元写的一首《题慈恩寺塔》，诗曰：

> 十层突兀在虚空，四十门开面面风。
> 却怪鸟飞平地上，自惊人语半天中。
> 回梯暗踏如穿洞，绝顶初攀似出笼。
> 落日凤城佳气合，满城春树雨濛濛。[②]

诗写得很有气势，末二句又颇有意境。值得注意的是，这里写慈恩寺塔是"十层"，与杜甫、岑参等人所咏的七层不同。

还有一个值得注意的现象是，中唐时期，曾经有三次五人同登慈恩寺塔的活动（其中一次实为四人）。盛唐时期，天宝十一载（752），杜甫与高适、薛据、岑参、储光羲等五人同登慈恩寺塔并作诗，成为文学史上的佳话。而中唐时期的这几次则流播不广。

代宗大历十一年（776）五月，耿湋、司空曙、李端等五人同游慈恩寺，有诗。

次年五月，去年同游的五人中，一人已经去世，李端、司空曙等四人再游慈恩寺，见去年题诗，感叹故人亡逝，又作诗。

李端《慈恩寺怀旧》序曰："余去夏五月，与耿湋、司空文明、吉中孚，同陪故考功王员外，来游此寺。员外，相国之子，雅有

---

① （清）彭定求等编《全唐诗》，中华书局，1960年4月第1版，第3554页。
② （清）彭定求等编《全唐诗》，中华书局，1960年4月第1版，第3193页。

慈恩寺塔（大雁塔）。摄于 2020 年 8 月 8 日

才称。遂赋五物，俾君子射而歌之。其一曰凌霄花，公实赋焉，因次诸屋壁以识其会。今夏，又与二三子游集于斯，流涕语旧。既而携手入院，值凌霄更花。遗文在目，良友逝矣，伤心如何。陆机所谓同宴一室，盖痛此也。观者必不以秩位不侔，则契分曾厚；词理不至，则悲哀在中。因赋首篇，故书之。"诗曰：

去者不可忆，旧游相见时。凌霄徒更发，非是看花期。
倚玉交文友，登龙年月久。东阁许联床，西郊亦携手。
彼苍何暧昧，薄劣翻居后。重入远师溪，谁尝陶令酒。
伊昔会禅宫，容辉在眼中。篮舆来问道，玉柄解谈空。
孔席亡颜子，僧堂失谢公。遗文一书壁，新竹再移丛。
始聚终成散，朝欢暮不同。春霞方照日，夜烛忽迎风。
蚁斗声犹在，鸮灾道已穷。问天应默默，归宅太匆匆。
凄其履还路，莽苍云林暮。九陌似无人，五陵空有雾。
缅怀山阳笛，永恨平原赋。错莫过门栏，分明识行路。

上智本全真，郜公况重臣。唯应抚灵运，暂是忆嘉宾。

存信松犹小，缄哀草尚新。鲤庭埋玉树，那忍见门人。①

德宗贞元九年（793）正月，韩愈、李翱、孟郊、柳宗元、石洪同登慈恩寺塔，并题名。这是又一次五人同登慈恩寺塔，可惜没有作品流传下来，不知当时有没有赋诗。

五、自伤不遇、喟叹身世坎坷

慨叹人生多艰、仕途坎坷，亦是文人自古以来经久不衰的话题。

肃宗宝应二年，"安史之乱"结束的这一年，岑参入京，供职御史台，就作有《秋夕读书幽兴献兵部李侍郎》："年纪蹉跎四十强，自怜头白始为郎。雨滋苔藓侵阶绿，秋飐梧桐覆井黄。惊蝉也解求高树，旅雁还应厌后行。览卷试穿邻舍壁，明灯何惜借余光。"②这是明显的嫌官小，而末了用凿壁借光之典，实是希望对方的"明灯"能够给自己一点照耀。代宗广德二年(764)正月，岑参在京为考功员外郎，后转虞部郎中。三月，作《送张秘书充刘相公通汴河判官便赴江外觐省》，其中有这样数句："因送故人行，试歌行路难。何处路最难，最难在长安。长安多权贵，珂珮声珊珊。儒生直如弦，权贵不须干。斗酒取一醉，孤瑟为君弹。临岐欲有赠，持以握中兰。"③这时，才是真正地感叹"长安行路难"。

---

① （清）彭定求等编《全唐诗》，中华书局，1960 年 4 月第 1 版，第 3237 页。

② （唐）岑参著，陈铁民、侯忠义校注《岑参集校注》，上海古籍出版社，2004年 9 月第 1 版，第 308 页。

③ （唐）岑参著，陈铁民、侯忠义校注《岑参集校注》，上海古籍出版社，2004年 9 月第 1 版，第 322 页。

　　感叹人生与仕途坎坷，一是自叹自艾，一是求人汲引。于鹄《长安游》写"久卧长安春复秋，五侯长乐客长愁"①，韩愈《将归赠孟东野房蜀客》写"倏忽十六年，终朝苦寒饥。宦途竟寥落，鬓发坐差池"②，卢纶《长安春望》写"谁念为儒逢世难，独将衰鬓客秦关"③，《长安疾后首秋夜即事》写"楚客病来乡思苦"④等，总的说来皆属前者；下面一些诗人诗作，则属于后者：代宗永泰二年（766）三月，耿湋为盩厔尉，被替，投诗第五琦和元载子求汲引。两首诗分别是《得替后书怀上第五相公》和《春日书情寄元校书伯和相国元子》，前首写"谁语恓惶客，偏承顾盼私"，"黄绶名空罢，青春鬓又衰"，"不知丞相意，更欲遣何之"⑤；后首写"羁孤力行早，疏贱托身迟"，"流年不可住，惆怅镜中丝"⑥，一方面诉说自己的可怜，另方面希望得到对方的援助，但写得还比较矜持，不做可怜状。代宗大历三年（768）四月，李端在长安，赠诗苗发，"花惭潘岳貌，年称老莱衣"，"应怜鲁儒贱，空与故山违"，大致亦如是，只是幽怨之意稍重了些。

　　在中唐诗人中，自叹人生不遇的，孟郊和李贺是两个最为典型的人物。相比之下，孟郊主要是围绕登第与下第打转，而李贺则是实实在在的人生的坎坷。这里仅以他元和初年长安求仕受挫

---

① （清）彭定求等编《全唐诗》，中华书局，1960年4月第1版，第3503页。
② （唐）韩愈著，（清）方世举编年笺注，郝润华、丁俊丽整理《韩昌黎诗集编年笺注》，中华书局，2012年5月第1版，第71页。
③ （唐）卢纶著，刘初棠校注《卢纶诗集校注》，上海古籍出版社，1989年9月第1版，第427页。
④ （唐）卢纶著，刘初棠校注《卢纶诗集校注》，上海古籍出版社，1989年9月第1版，第511页。
⑤ （清）彭定求等编《全唐诗》，中华书局，1960年4月第1版，第2995页。
⑥ （清）彭定求等编《全唐诗》，中华书局，1960年4月第1版，第2994页。

后所写的几首诗为例，略作叙述。

　　元和初年，李贺满怀少年人的希望与热情来到京城长安，准备参加进士科举考试，不料竟被人以进士之"进"与其父"晋肃"名之"晋"谐音为由，直接剥夺了他的考试资格。科考受阻，李贺怀着悲愤的心情出长安，归昌谷，作有《赠陈商》《出城》等诗，抒发抑郁悲愤的心情。当年冬，李贺再到长安，干谒请托，终无结果。冬至日，写了著名的《致酒行》。三首诗原文如下：

赠陈商

长安有男儿，二十心已朽。楞伽堆案前，楚辞系肘后。
人生有穷拙，日暮聊饮酒。只今道已塞，何必须白首？
凄凄陈述圣，披褐鉏俎豆。学为尧舜文，时人责衰偶。
柴门车辙冻，日下榆影瘦。黄昏访我来，苦节青阳皱。
太华五千仞，劈地抽森秀。旁古无寸寻，一上戛牛斗。
公卿纵不怜，宁能锁吾口？李生师太华，大坐看白昼。
逢霜作朴樕，得气为春柳。礼节乃相去，憔悴如刍狗。
风雪直斋坛，墨组贯铜绶。臣妾气态间，唯欲承箕帚。
天眼何时开？古剑庸一吼。①

出城

雪下桂花稀，啼乌被弹归。关水乘驴影，秦风帽带垂。
入乡试万里，无印自堪悲。卿卿忍相问，镜中双泪姿。②

---

① （唐）李贺著，吴企明笺注《李长吉歌诗编年笺注》，此诗作年编为元和五、六年间，中华书局，2012年2月第1版，第232—233页。
② （唐）李贺著，吴企明笺注《李长吉歌诗编年笺注》，此诗作年编为元和四年春，中华书局，2012年2月第1版，第45页。

致酒行

零落栖迟一杯酒，主人奉觞客长寿。

主父西游困不归，家人折断门前柳。

吾闻马周昔作新丰客，天荒地老无人识。

空将笺上两行书，直犯龙颜请恩泽。

我有迷魂招不得，雄鸡一声天下白。

少年心事当拏云，谁念幽寒坐呜呃。①

三首诗，都写了自己"道已塞""被弹归""零落栖迟"的不公正遭遇和凄凉处境以及"自悲"的心情，而"天眼何时开？古剑庸一吼"，"少年心事当拏云，谁念幽寒坐呜呃"的自我表白，则声情激越，迸发出一种积极不屈的力量。这种力量，是李贺们不同于孟郊们的核心之所在。

六、节操与品格的流露

在自叹命途坎坷之外，另有一些诗作，则是表达出诗人自己的一种可贵的节操。这方面，中唐诗人在关中的作品，以韩愈和刘禹锡为代表。

唐宪宗元和十四年（819）正月，唐宪宗派人迎凤翔法门寺佛骨入宫供奉。韩愈闻听，上《论佛骨表》，称"佛者，夷狄之一法耳，自后汉时流入中国，上古未尝有也"，并以黄帝、少昊、颛顼、帝喾、帝尧、帝舜等为例，这些明君，均在位岁久而又长寿，其时天下太平，百姓安乐寿考，而当时中国未有佛也；反

---

① （唐）李贺著，吴企明笺注《李长吉歌诗编年笺注》，此诗作年编为元和四年冬，中华书局，2012 年 2 月第 1 版，第 109 页。

之，"汉明帝时始有佛法，明帝在位才十八年耳。其后乱亡相继，运祚不长。宋、齐、梁、陈、元魏已下，事佛渐谨，年代尤促。惟梁武帝在位四十八年，前后三度舍身施佛。宗庙之祭不用牲牢，尽日一食，止于菜果。其后竟为侯景所逼，饿死台城，国亦寻灭。事佛求福，乃更得祸。由此观之，佛不足信，事亦可知矣"。"今闻陛下令群僧迎佛骨于凤翔，御楼以观，舁入大内，又令诸寺递迎供养"，"安有圣明若此，而肯信此等事哉！"因为迎佛骨，百姓"焚顶烧指，百十为群，解衣散钱，自朝至暮，转相仿效，惟恐后时，老少奔波，弃其业次。若不即加禁遏，更历诸寺，必有断臂脔身以为供养者。伤风败俗，传笑四方，非细事也"。接着，韩愈引用孔子之言，"敬鬼神而远之"，并言辞激烈地谏称："今无故取朽秽之物，亲临观之。巫祝不先，桃茹不用。群臣不言其非，御史不举其失，臣实耻之。乞以此骨付之有司，投诸水火，永绝根本。断天下之疑，绝后代之惑。使天下之人知大圣人之所作为，出于寻常万万也。岂不盛哉！岂不快哉！佛如有灵，能作祸祟，凡有殃咎，宜加臣身，上天鉴临，臣不怨悔。"①

这是一封极为激烈而大胆的谏书，表现出韩愈刚烈的性格和嫉恶如仇的强烈个性，也表现出他对唐王朝的极度忠诚。为此，宪宗皇帝大怒，韩愈几被定为死罪，经裴度等人说情，才由刑部侍郎贬为潮州刺史。在朝廷严令之下，"即日驰驿就路"②，赶赴贬

---

① （唐）韩愈著，刘真伦、岳珍校注《韩愈文集汇校笺注》，中华书局，2010年8月第1版，第2904—2906页。
② 《旧唐书·韩愈传》，中华书局，1975年5月第1版，第4201页。

所。行至蓝关，密云遮岭，大雪拥道。面对巍巍秦岭、茫茫大雪，诗人不由得悲从中来、愤从中来，写下了著名的《左迁至蓝关示侄孙湘》：

> 一封朝奏九重天，夕贬潮州路八千。
> 欲为圣明除弊事，肯将衰朽惜残年！
> 云横秦岭家何在？雪拥蓝关马不前。
> 知汝远来应有意，好收吾骨瘴江边。①

"欲为圣明除弊事，肯将衰朽惜残年！"这等激烈的言辞、决绝的态度，实在令人震撼、令人感佩。

蓝田古道今日山势道路状况。摄于 2018 年 11 月 24 日

---

① （唐）韩愈著，（清）方世举编年笺注，郝润华、丁俊丽整理《韩昌黎诗集编年笺注》，中华书局，2012 年 5 月第 1 版，第 573 页。

秦岭韩愈祠，始建于唐末。此为 2002 年原址新建。摄于 2018 年 11 月 24 日

　　永贞元年（805），"永贞革新"失败，"二王八司马"被贬，刘禹锡被贬为朗州司马。十年后的元和十年（815），才被召回京城长安。回京以后，刘禹锡作有《元和十年自朗州召至京，戏赠看花诸君子》，诗曰：

　　　　紫陌红尘拂面来，无人不道看花回。
　　　　玄都观里桃千树，尽是刘郎去后栽。①

　　这是一首明显的挑战诗，讽刺和蔑视的意味极浓。因此，自然地刺痛了当权者，又将他贬往连州。

　　十四年后，刘禹锡"复为主客郎中"，再次回到了长安，又

---

① （唐）刘禹锡著，瞿蜕园笺证《刘禹锡集笺证》，上海古籍出版社，1989 年 12 月第 1 版，第 702 页。

作《再游玄都观》。诗前自序云："余贞元二十一年为屯田员外郎时，此观未有花。是岁出牧连州，寻贬朗州司马。居十年，召至京师。人人皆言有道士手植仙桃，满观如红霞，遂有前篇以志一时之事。旋又出牧，于今十有四年，复为主客郎中。重游玄都，荡然无复一树，唯兔葵燕麦动摇于春风耳。因再题二十八字以俟后游。时大和二年三月。"诗曰：

> 百亩中庭半是苔，桃花净尽菜花开。
> 种桃道士归何处，前度刘郎今又来。①

"前度刘郎今又来"，尔等其奈我何！这样的诗，是挑战，是胜利宣言，与韩愈的诗一样，同样显示着作者倔强的个性和不屈的精神。这样的诗，往大的方面说，显示了中国文人的独立个性与独立不屈的精神，这是一种十分珍贵的品格与节操。

---

① （唐）刘禹锡著，瞿蜕园笺证《刘禹锡集笺证》，上海古籍出版社，1989年12月第1版，第703—704页。

第四节　民风、节俗、传说故事及其他

一、民风与节俗

中唐关中诗，尤其是长安地区写的诗，有很多展现了当时的风俗、节令。谨举数例：

张祜有一首《正月十五夜灯》，写元宵之夜景象，诗曰：

千门开锁万灯明，正月中旬动帝京。
三百内人连袖舞，一时天上著词声。①

乾陵陪葬墓章怀太子墓壁画打马球图（局部）。摄于 2012 年 8 月 8 日

---

① （唐）张祜著，尹占华校注《张祜诗集校注》，巴蜀书社，2007 年 7 月第 1 版，第 157 页。

　　这首诗，以诗歌艺术的形式，形象地再现了当时元宵夜的盛
况。唐代的元宵节，是一个万民狂欢的热闹节日。《诗话总龟》
前集卷二二引《雍洛灵异记》："正月十五夜，许三夜夜行，金
吾巡禁，察其寺观及前后街巷会要，盛造灯笼，烧灯光明若昼。
山堂高百余尺，神龙已后，复加严饰。士女无不夜游，罕有居
者。车马塞路，有足不蹑地被浮行数十步者。"并引苏味道、郭利
正、崔液等人的诗证其盛况①。唐人肃所撰《大唐新语》也有这样
的记述："神龙之际，京城正月望日，盛饰灯影之会。金吾弛禁，
特许夜行。贵游戚属，及下隶工贾，无不夜游。车马骈阗，人不
得顾。王主之家，马上作乐以相夸竞。文士皆赋诗一章，以纪其
事。作者数百人，惟中书侍郎苏味道、吏部员外郭利贞、殿中侍
御史崔液三人为绝唱。味道诗曰：'火树银花合，星桥铁锁开。
暗尘随马去，明月逐人来。游妓皆秾李，行歌尽落梅。金吾不禁
夜，玉漏莫相催。'利贞曰：'九陌连灯影，千门度月华。倾城出
宝骑，匝路转香车。烂熳唯愁晓，周旋不问家。更逢清管发，处
处落梅花。'液曰：'今年春色胜常年，此夜风光正可怜。鸂鹕楼
前新月满，凤凰台上宝灯燃。'"②实际上崔液诗有六首，题为《上
元夜六首》，这里引的只是其中一首。正史如《旧唐书·睿宗纪》
亦载："（先天）二年上元日夜，上皇御安福门观灯，出内人连袂
踏歌，纵百僚观之，一夜方罢。"③到了中唐时期，这一习俗依然
如故。

---

① 《增修诗话总龟》，《四部丛刊初编》，上海书店影印本，1989 年 3 月第 1 版。
② （唐）刘肃著，许德楠、李鼎霞点校《大唐新语》，中华书局，1984 年 6 月第 1 版，
　　第 127—128 页。
③ 《旧唐书·睿宗纪》，中华书局，1975 年 5 月第 1 版，第 161 页。

诗第一句，用突如其来的手法写元宵夜的灯火，有如今日影视剧之片头曲，用"千"和"万"极写宫殿群建筑宏伟，数不清的门锁都打开了，数不清的彩灯亮起来了。元宵的夜晚，真是繁华热闹极了。第三句"三百内人连袖舞"尤其令人叹赏。内人，当指宫中的歌舞伎。唐人崔令钦《教坊记》曰："妓女入宜春院，谓之'内人'，亦曰'前头人'，常在上前头也。其家犹在教坊，谓之'内人家'，四季给米。"[1]清人翟灏撰《通俗编》引《天禄识余》曰："唐女妓入宜春院谓之内人。"[2]三百，也是极言其多。一时之间，歌乐之声直冲云霄。其阵势、其规模、其震撼力，可以想见。这大概就是一种"大唐气象"了。试看今日但凡盛大节日，都要举行大规模的歌舞表演，其情形，不是很类似么？

昭陵博物馆藏唐舞俑。摄于 2017 年 10 月 26 日

[1]　（唐）崔令钦著，任半塘笺订《教坊记笺订》，中华书局，2012 年 5 月第 1 版，第 12 页。
[2]　（清）翟灏著，颜春峰点校《通俗编·称谓·内人》，中华书局，2013 年 6 月第 1 版，第 252 页。

　　章孝标有一首《长安秋夜》，诗曰：

　　田家无五行，水旱卜蛙声。牛犊乘春放，儿童候暖耕。
　　池塘烟未起，桑柘雨初晴。步晚香醪熟，村村自送迎。①

　　这是一幅优美的田家生活画卷，"牛犊乘春放，儿童候暖耕"，纯朴温馨；"池塘烟未起，桑柘雨初晴"，自然宁静；"步晚香醪熟，村村自送迎"，和睦安详。我们更感兴趣的是"水旱卜蛙声"，农夫没有什么先进的仪器家什，根据田里青蛙的鸣叫声来判测天气、预测雨水。这是数百乃至数千年来人民群众生活经验和智慧的结晶。这种民间智慧和经验，用短短的五个字表现出来，很自然，很到位。

　　张籍有一首《乌啼引》，诗曰：

　　　　秦乌啼哑哑，夜啼长安吏人家。
　　　　吏人得罪囚在狱，倾家卖产将自赎。
　　　　少妇起听夜啼乌，知是官家有赦书。
　　　　下床心喜不重寐，未明上堂贺舅姑。
　　　　少妇语啼乌：汝啼慎勿虚。
　　　　借汝庭树作高窠，年年不令伤尔雏。②

　　这首诗，我们关注的，是"少妇起听夜啼乌，知是官家有赦书"，"少妇语啼乌：汝啼慎勿虚"。乌，在鸟类方面常见的有乌

---

① （清）彭定求等编《全唐诗》，中华书局，1960 年 4 月第 1 版，第 5754 页。
② （唐）张籍著，徐礼节、余恕诚校注《张籍集系年校注》，中华书局，2011 年 6 月第 1 版，第 116—117 页。"高窠"，他本或作"高巢"。

鸦和乌鹊二义，此处或当指乌鹊，即喜鹊。唐人如李邕《奉和初春幸太平公主南庄应制》诗写"织女桥边乌鹊起，仙人楼上凤皇飞"①，李商隐《辛未七夕》诗写"岂能无意酬乌鹊，惟与蜘蛛乞巧丝"②可以为证。古人常以鹊噪预示远人将归，有报喜之意，不仅报远人将归之喜，也报其他喜。唐人诗词中，多有涉及，如敦煌曲子词有一首《鹊踏枝》："叵耐灵鹊多瞒语，送喜何曾有凭据？几度飞来活捉取，锁上金笼休共语。比拟好心来送喜，谁知锁我在金笼里。欲他征夫早归来，腾身却放我向青云里。"③而本诗中，又报的就是主人公身陷囹圄的丈夫遇赦出狱的喜事。关于此类民俗，唐五代的一些笔记也可以作为佐证。五代王仁裕《开元天宝遗事》卷四有"灵鹊报喜"条④："时人之家闻鹊声，皆为喜兆，故谓'灵鹊报喜'。"唐代张鷟的《朝野佥载》卷四记："贞观末，南唐黎景逸居于空青山，常有鹊巢其侧，每饭食以喂之。后邻近失布者诬景逸盗之，系南康狱，月余劾不承。欲讯之，其鹊止于狱楼，向景逸欢喜，似传语之状。其日传有赦。官司诘其来，云路逢玄衣素衿人所说。三日而赦至，景逸还山。乃知玄衣素衿者，鹊之所传也。"⑤这一则记述，是本诗恰当的阐释。

---

① （清）彭定求等编《全唐诗》，中华书局，1960 年 4 月第 1 版，第 1169 页。

② 刘学锴、余恕诚《李商隐诗歌集解》，中华书局，1988 年 12 月第 1 版，第 1172 页。

③ 曾昭岷、曹济平、王兆鹏、刘尊明编《全唐五代词》，中华书局，1999 年 12 月第 1 版，第 935 页。

④ （五代）王仁裕撰，曾贻芬校《开元天宝遗事》，中华书局，2006 年 3 月第 1 版，第 56 页。

⑤ （唐）张鷟著，赵守俨点校《朝野佥载》，中华书局，1979 年 10 月第 1 版，第 98—99 页。

二、莺莺歌：一个香艳哀婉的爱情传说

中唐诗中，有几首作品，背后都有一个或香艳或哀婉的爱情故事。

一首是元稹的《会真诗》。与这首诗相关的诗歌有杨巨源的《崔娘诗》、元稹自己的《莺莺诗》，还有一首李绅的《莺莺歌》，元稹自己又写有长篇传奇《莺莺传》。其创作，有点类似白居易写作《长恨歌》与陈鸿写作《长恨歌传》之情形。

根据元稹《莺莺传》所写，这是一个"始乱终弃"的爱情故事：

"唐贞元中，有张生者，性温茂，美风容"，"年二十二，未尝近女色"。后"游于蒲"，寓居普救寺。"适有崔氏孀妇，将归长安，路出于蒲，亦止兹寺"。时有军人大掠蒲人，张生与蒲州军将有旧，遂请其保护崔氏一家。于是，崔氏令儿女拜见张生。其女貌美，张生一见钟情，后因崔氏女之婢女红娘牵线，终得与崔氏女成其欢好。这期间，崔氏女赠张生诗一首，其词曰："待月西厢下，迎风户半开。拂墙花影动，疑是玉人来。"此后，张生赴长安应考，未能考中，遂留居长安。二人书信往来，互诉思念之情。张生将崔氏女之书信让友人看，于是当时很多人皆知其事，杨巨源因此写了《崔娘诗》，"河南元稹，亦续生《会真诗》三十韵"。再后来，张生决意与崔氏女断绝关系，并对友人元稹说："大凡天之所命尤物也，不妖其身，必妖于人。使崔氏子遇合富贵，乘娇宠，不为云不为雨，为蛟为螭，吾不知其所变化矣。昔殷之辛，周之幽，据万乘之国，其势甚厚。然而一女子败之，溃其众，屠其身，至今为天下僇笑。予之德不足以胜妖孽，是用忍情。"又一年后，崔已嫁人，张亦娶妻，张因事途经崔所在地，通过其丈夫传话，愿以表兄的身份相见，而崔拒不相见。张生怨恨与思念之情，形于颜色。崔遂赋诗一首："自从消瘦减容光，万转千回懒下床。不为旁人羞不起，为郎憔悴却羞郎。"始终不愿意相见。几天后，张生将行，崔氏女又写一诗："弃置今何道，当时且自亲。还将旧时意，怜取眼前人。"从此以后彻底断绝了音讯。"时人多许张为善补过者"。贞元岁九月，李绅宿于元稹靖安里之宅第，话及此事，李绅大为称异，遂作《莺莺歌》。莺莺，是崔氏的小名[①]。

施蛰存先生指出：《莺莺传》就是元稹记录他自己的情史的，"在《莺莺传》中，元稹将自己托名为张生，但没有给他起名字。宋人王楙著《野客丛书》说：'唐有张君瑞遇崔氏女于蒲，崔小名莺莺。'张生名君瑞，这是后人为了编这个传奇故事而补上的。《莺莺传》中说张生曾写过一篇三十韵的《会真诗》以记他和莺莺初次幽会的情况。但传文中不载此诗，却载了河南元稹的《续会真诗》三十韵。这是元稹故弄狡狯。所谓《续会真诗》就是张生的《会真诗》，今元稹诗集中的《会真诗》，也就是《莺莺传》中所谓《续会真诗》"[②]。

几首作品的创作情形大概如下：贞元十七年（801）二月，元稹应举不第，与杨巨源等话及崔莺莺事，杨巨源感而作《崔娘诗》，元稹作《会真诗三十韵》。贞元二十年（804）九月，元稹、李绅宿靖安里第，再次语及崔莺莺事，李绅因作《莺莺歌》，元稹作《莺莺传》。

---

① 参(宋)李昉等编《太平广记》，中华书局，1961年9月第1版，第4012—4017页。
② 施蛰存《唐诗百话》之《元稹艳诗：会真诗》，上海古籍出版社，1987年9月第1版，第511页。

杨巨源《崔娘诗》曰：

> 清润潘郎玉不如，中庭蕙草雪消初。
> 风流才子多春思，肠断萧娘一纸书。①

李绅《莺莺歌》曰：

> 伯劳飞迟燕飞疾，垂杨绽金花笑日。绿窗娇女字莺莺，
> 金雀娅鬟年十七。黄姑上天阿母在，寂寞霜姿素莲质。
> 门掩重关萧寺中，芳草花时不曾出。②

而元稹的《会真诗三十韵》，长达 60 句。诗写相会之环境，朦朦胧胧，"微月透帘栊，萤光度碧空。遥天初缥缈，低树渐葱茏"，"更深人悄悄，晨会雨濛濛"；写欢会之细节，颇近淫靡，"转面流花雪，登床抱绮丛。鸳鸯交颈舞，翡翠合欢笼。眉黛羞偏聚，唇朱暖更融。气清兰蕊馥，肤润玉肌丰。无力慵移腕，多娇爱敛躬。汗流珠点点，发乱绿葱葱"；写别后之思念，亦是隐隐约约，"素琴鸣怨鹤，清汉望归鸿。海阔诚难渡，天高不易冲。行云无处所，萧史在楼中"③。总之，整首诗写得半遮半掩，吞吞吐吐，欲说还休。而其另一首《莺莺诗》曰："殷红浅碧旧衣裳，取次梳头暗淡妆。夜合带烟笼晓日，牡丹经雨泣残阳。依稀似笑还非笑，

---

① （宋）李昉等编《太平广记》，中华书局，1961 年 9 月第 1 版，第 4016 页。
② （唐）李绅著，卢燕平校注《李绅集校注》，中华书局，2009 年 11 月第 1 版，第 4 页。
③ （宋）李昉等编《太平广记》，中华书局，1961 年 9 月第 1 版，第 4016 页。元稹集中，个别字略有差异。

仿佛闻香不是香。频动横波娇不语，等闲教见小儿郎。"①写得较为含蓄，故事指向则与前首有所不同。"娇不语"，《才调集》、《全唐诗》作"嗔阿母"，似更胜。"嗔阿母""等闲教见小儿郎"，写出情窦初开的小女子之情状。因"阿母""教见小儿郎"，遂生此等情事，故而"嗔"之。这一"嗔"当中，有嗔有怨，有扯不断的相思，实在不是简单的寻常语言所能表达的。

元稹通过张生之口，把自己始乱终弃的事情，说得那么庄严神圣，并以所谓"尤物也，不妖其身，必妖于人"为自己开脱，且谓"时人多许张为善补过者"。这种行为，受到了后世无数人的唾弃与鄙视，而这一故事，却流传后世，尤其是积淀产生了名作《西厢记》。

三、燕子楼诗，一段凄美的故事

白居易有《燕子楼三首并序》，曰：

> 徐州故张尚书有爱妓曰盼盼（按，一作盼盼），善歌舞，雅多风态。予为校书郎时，游徐、泗间。张尚书宴予，酒酣，出盼盼以佐欢，欢甚。予因赠诗云："醉娇胜不得，风袅牡丹花。"一欢而去，迩后绝不相闻，迨兹仅一纪矣。昨日，司勋员外郎张仲素绘之访予，因吟新诗，有《燕子楼》三首，词甚婉丽。诘其由，为盼盼作也。绘之从事武宁军累年，颇知盼盼始末，云："尚书既殁，归葬东洛。而彭城有张氏旧第，第中有小楼，名燕子。盼盼念旧爱而不嫁，居是楼十余年，幽独块然，于今尚在。"予爱绘之新咏，感彭城旧游，因同其题，作三绝句：

---

① （唐）元稹著，冀勤点校《元稹集》，中华书局，2010年7月第2版，第739页。

满窗明月满帘霜，被冷灯残拂卧床。
燕子楼中霜月夜，秋来只为一人长。

钿晕罗衫色似烟，几回欲着即潸然。
自从不舞霓裳曲，叠在空箱十一年。

今春有客洛阳回，曾到尚书墓上来。
见说白杨堪作柱，争教红粉不成灰？①

这则故事，后人多有演绎，如《唐诗纪事·张建封妓》条就这样叙述：

　　乐天有和燕子楼诗，其序云：徐州故张尚书有爱妓盼盼，善歌舞，雅多风态。予为校书郎时，游徐泗间，张尚书宴予，酒酣，出盼盼佐欢，予因赠诗，落句云：醉娇胜不得，风袅牡丹花。一欢而去，尔后绝不复知，兹一纪矣。昨日司勋员外郎张仲素绘之访余，因吟新诗，有燕子楼诗三首，辞甚婉丽，诘其由，乃盼盼所作也。绘之从事武宁军累年，颇知盼盼始末，云：张尚书既殁，归葬东洛，而彭城有张氏旧第，中有小楼名燕子，盼盼念旧爱而不嫁，居是楼十余年，于今尚在。盼盼诗云：楼上残灯伴晓霜，独眠人起合欢床。相思一夜情多少，地角天涯不是长。又云：北邙松柏锁愁烟，燕子楼中思

① （唐）白居易著，谢思炜校注《白居易诗集校注》，中华书局，2006年7月第1版，第1208—1211页。

悄然。自埋剑履歌尘散，红袖香销一十年。又云：适看
鸿雁岳阳回，又觌玄禽逼社来。瑶瑟玉箫无意绪，任从
蛛网任从灰。余尝爱其新作，乃和之云：满窗明月满帘
霜，被冷灯残拂卧床。燕子楼中霜月夜，秋来只为一人
长。又云：钿晕罗衫色似烟，几回欲著即潸然。自从不
舞霓裳曲，叠在空箱十一年。又云：今春有客洛阳回，
曾到尚书墓上来。见说白杨堪作柱，争教红粉不成灰。
又赠之绝句：黄金不惜买蛾眉，拣得如花四五枝。歌舞
教成心力尽，一朝身去不相随。后仲素以余诗示盼盼，
乃反覆读之，泣曰：自公薨背，妾非不能死，恐百载之后，
人以我公重色，有从死之妾，是玷我公清范也，所以偷
生尔。乃和白公诗云：自守空楼敛恨眉，形同春后牡丹
枝。舍人不会人深意，讶道泉台不去随。盼盼得诗后，怏怏
旬日不食而卒，但吟诗云：儿童不识冲天物，谩把青泥
污雪毫。①

　　至后世，学者对其中一些细节问题多有讨论，比如"张尚书"
到底是谁？"仲素"所示诗到底是张仲素作还是盼盼作？白居易
到底是不是责讽盼盼以及盼盼得白居易诗后是不是愧疚而自杀？
等等。这些问题，都超出了本书"关中诗歌"的范围，在此不作
讨论。而白居易这三首诗作于长安，则是本书所要关注的。这一
本事，对后世影响也很大，后世文人多有燕子楼诗，不能说没有
白居易此诗的影响。

① （宋）计有功著，王仲镛校笺《唐诗纪事校笺》，中华书局，2007 年 11 月第 1 版，
第 2522—2523 页。

崔护有一首《题都城南庄》，诗曰：

去年今日此门中，人面桃花相映红。
人面不知何处去，桃花依旧笑春风。①

关于这首诗，唐人孟棨《本事诗》有这样的记载：

博陵崔护，姿质甚美，而孤洁寡合。举进士下第。
清明日，独游都城南，得居人庄，一亩之宫，而花木丛
萃，寂若无人。扣门久之，有女子自门隙窥之，问曰：
"谁耶？"以姓字对，曰："寻春独行，酒渴求饮。"女入，
以杯水至，开门设床命坐，独倚小桃斜柯伫立，而意属
殊厚，妖姿媚态，绰有余妍，崔以言挑之，不对，目注
者久之。崔辞去，送至门，如不胜情而入。崔亦眷盼而
归，嗣后绝不复至。及来岁清明日，忽思之，情不可抑，
径往寻之。门墙如故，而已锁扃之。因题诗于左扉曰：
"去年今日此门中，人面桃花相映红。人面只今何处去，
桃花依旧笑春风。"后数日，偶至都城南，复往寻之，闻
其中有哭声，扣门问之，有老父出曰："君非崔护邪？"
曰："是也。"又哭曰："君杀吾女。"护惊起，莫知所答。
老父曰："吾女笄年知书，未适人，自去年以来，常恍惚
若有所失。比日与之出，及归，见左扉有字，读之，入
门而病，遂绝食数日而死。吾老矣，此女所以不嫁者，
将求君子以托吾身，今不幸而殒，得非君杀之耶？"又

---

① （清）彭定求等编《全唐诗》，中华书局，1960 年 4 月第 1 版，第 4148 页。

特大哭。崔亦感恸，请入哭之。尚俨然在床。崔举其首，枕其股，哭而祝曰："某在斯，某在斯。"须臾开目，半日复活矣。父大喜，遂以女归之。[①]

　　这一记载颇具传奇色彩，真耶假耶？已难确证，但它确实满足了人们心里对美好事物的某种渴求，受到了人们的喜欢。

前文讨论的《长恨歌》等诗，更多地符合大众的口味、市民的趣味，民间的色彩更浓一些，哪怕写的是宫廷题材；而本小节所涉及的几首诗，更主要是文人的风流韵事，不管是喜剧还是悲剧，都符合文人的趣味，为历来文人所津津乐道。

---

① （唐）孟棨等著，李学颖标点《本事诗》，上海古籍出版社，1991 年 3 月第 1 版，第 13—14 页。

余 论

中唐关中诗，大体如前所述。此外，还有一些值得注意的方面：

如，德宗时期的君臣唱和高潮。

唐代前期，应制诗在京都长安盛极一时，尤其是太宗、高宗、玄宗都喜欢作诗，并令群臣和作。此后，这一现象就很少见了。但到了德宗时期，君臣属和又出现了一次高潮：贞元四年三月，德宗宴群臣于麟德殿，赋诗，群臣属和。本次之外，又有本年九月重阳，贞元五年二月中和节，贞元六年二月中和节曲江，三月上巳曲江亭，贞元七年七月十五，贞元十一年九月重阳，贞元十四年二月，贞元十七年二月中和节，贞元十八年九月重阳节。这是盛唐以来极其少有的现象。

如，西域人物在长安生活之状况。

韩愈《听颖师弹琴》、李贺《听颖师琴歌》，二诗写颖师高超的弹琴艺术，令人痴醉；同时，二诗本身高超的写作艺术，也令人叹赏。而更令我们感兴趣的是，这位颖师，是一位天竺僧，由此也可以看出当时各地各族人物在长安生活的情况。

与此类似，代宗大历八年（773），戴叔伦、李端在长安，有诗赠西域康国诗人康洽。戴叔伦《赠康老人洽》："酒泉布衣旧才子，少小知名帝城里。一篇飞入九重门，乐府喧喧闻至尊。宫中美人皆唱得，七贵因之尽相识。南邻北里日经过，处处淹留乐事多。不脱弊裘轻锦绮，长吟佳句掩笙歌。贤王贵主于我厚，骏马苍头如己有。暗将心事隔风尘，尽掷年光逐杯酒。青门几度见春归，折柳寻花送落晖。杜陵往往逢秋暮，望月临风攀古树。繁霜入鬓何足论，旧国连天不知处。尔来倏忽五十年，却忆当时思眇

唐代彩绘驼与牵驼胡人俑，咸阳市出土，反映了唐代胡人在关中地区的交游。2015 年 12 月 23 日摄于陕西历史博物馆

然。多识故侯悲宿草，曾看流水没桑田。百人会中一身在，被褐饮瓢终不改。陌头车马共营营，不解如君任此生。"①李端《赠康洽》："黄须康兄酒泉客，平生出入王侯宅。……声名恒压鲍参军，班位不过扬执戟。迩来七十遂无机，空是咸阳一布衣。……同时献赋人皆尽，共壁题诗君独在。"②这样的诗，从小的方面看，记录了康洽的生平经历及其个性、才华、声誉等，从大的方面讲，反映了当时不同国家、不同民族的人物在长安的情况，值得我们留意并研究。

---

① （清）彭定求等编《全唐诗》，中华书局，1960 年 4 月第 1 版，第 3112 页。
② （清）彭定求等编《全唐诗》，中华书局，1960 年 4 月第 1 版，第 3238 页。

第五章　晚唐关中诗

文学史上晚唐与中唐的界限，不好截然划分。我们按照一般的观点，以唐敬宗即位之后（宝历元年以后）为晚唐。当然，即便是几年后的文宗大和年间，中唐的一些代表性诗人如白居易、刘禹锡等，在长安仍然有比较频繁的诗歌活动，不好将其截然切断，仍将其置于前一时期略作讨论。而总的来说，是将敬宗以后视作晚唐。

晚唐关中诗坛，创作依然比较活跃，兹分类述之：

第一节　送别诗

晚唐关中送别诗，仍以长安的创作居多，其送别内容，主要是送人外任、送下第举子返乡，还有中第后回乡等。总的来看，不脱俗套，然亦有可观者。

一、一般送别诗

宝历三年（827），周贺有一首《长安送人》，诗曰：

上国多离别，年年渭水滨。空将未归意，说向欲行人。
雁度池塘月，山连井邑春。临岐惜分手，日暮一沾巾。①

---

① （清）彭定求等编《全唐诗》，中华书局，1960 年 4 月第 1 版，第 5727 页。

　　这首诗，有可能作于大和元年春①，时周贺或为僧人，但此诗却没有出家人的感觉，与一般士子的送别诗无异。年年离别，客中送客，而自己未归，自有不得已之原因。"雁度"一联，宕开一笔，写景，而"雁"又自与漂泊思归相关。末了，日暮沾巾，确是真情流露。

　　有送他人远行，亦有临行之人告别送行之人，如同样是周贺，在大和元年离京时就写过《出关寄贾岛》；如大和二年，冯宿出任河南尹，白居易、刘禹锡等以诗送行。白诗《送河南尹冯学士赴任》有句"石渠金谷中间路，轩骑翩翩十日程"②；刘诗《同乐天送河南冯尹学士》有句"共羡府中棠棣好，先于城外百花开"③；而冯宿回酬《酬白乐天刘梦得》，有"明岁杏园花下集，须知春色自东来"之句，自注："每春尝接诸公杏园宴会。"④彼此相得，颇为融洽。这方面的个案，大和三年令狐楚离长安赴洛阳时的一组送别诗亦堪称典型。当时，令狐楚由户部尚书改任东都留守，诸多官员文士都有送行诗，如张籍有《送令狐尚书赴东都留守》、白居易有《送东都留守令狐尚书赴任》，等等，其中刘禹锡的《同乐天送令狐相公赴东都留守》写得颇有气度，诗曰："尚书剑履出明光，居守旌旗赴洛阳。世上功名兼将相，人间声价是文章。衙门晓辟分天仗，宾幕初开辟省郎。从发坡头向东望，春

① 参傅璇琮主编，吴在庆、傅璇琮著《唐五代文学编年史》（晚唐卷），辽海出版社，1998年12月第1版，第2页。
② （唐）白居易著，谢思炜校注《白居易诗集校注》，中华书局，2006年7月第1版，第2042页。
③ （唐）刘禹锡著，瞿蜕园笺证《刘禹锡集笺证》，上海古籍出版社，1989年12月第1版，第1076页。
④ （清）彭定求等编《全唐诗》，中华书局，1960年4月第1版，第3120页。

风处处有甘棠。"①既写出了送别之意，又恰当地评说了对方的功名与文章，堪称好诗。而令狐楚本人的《赴东都别牡丹》也写得很有情味，诗曰："十年不见小庭花，紫萼临开又别家。上马出门回首望，何时更得到京华。"②一方面写出了对家人、对友朋、对京都的眷恋，另方面也客观上写出了当时长安牡丹之盛。关于这一点，其实在早些时候，白居易的《买花》一诗也表现了中唐时期长安牡丹更为上层人士所热捧的事实，非是今日独知洛阳牡丹之盛耳。

二、一组别出心裁的送别诗

在送别诗中，文人们往往别出心裁，呈现才艺。
《唐诗纪事》载：

> 乐天分司东洛，朝贤悉会兴化亭送别。酒酣，各请一字至七字诗，以题为韵。王起赋《花》诗云："花，点缀，分葩。露初裹，月未斜。一枝曲水，千树山家。戏蝶未成梦，娇莺语更夸。既见东园成径，何殊西子同车。渐觉风飘轻似雪，能令醉者乱如麻。"李绅赋《月》诗云："月，光辉，皎洁。耀乾坤，静空阔。圆满中秋，玩争诗哲。玉兔镝难穿，桂枝人共折。万象照乃无私，琼台岂遮君谒。抱琴对弹别鹤声，不得知音声不切。"令狐楚赋《山》诗云："山，耸峻，回环。沧海上，白云间。商老深寻，

---

① （唐）刘禹锡著，瞿蜕园笺证《刘禹锡集笺证》，上海古籍出版社，1989年12月第1版，第1094页。

② （清）彭定求等编《全唐诗》，中华书局，1960年4月第1版，第3751页。

谢公远攀。古岩泉滴滴，幽谷鸟关关。树岛西连陇塞，猿声南彻荆蛮。世人只向簪裾老，芳草空余麋鹿闲。"元稹赋《茶》诗云："茶，香叶，嫩芽。慕诗客，爱僧家。碾雕白玉，罗织红纱。铫煎黄蕊色，碗转曲尘花。夜后邀陪明月，晨前命对朝霞。洗尽古今人不倦，将知醉乱岂堪夸。"魏扶赋《愁》诗云："愁，迥野，深秋。生枕上，起眉头。闺阁危坐，风尘远游。巴猿啼不住，谷水咽还流。送客泊船入浦，思乡望月登楼。烟波早晚长羁旅，弦管终年乐五侯。"韦式郎中赋《竹》诗云："竹，临池，似玉。裛露静，和烟绿。抱节宁改，贞心自束。渭曲偏种多，王家看不足。仙仗正惊龙化，美实当随凤熟。唯愁吹作别离声，回首驾骖舞阵速。"张籍司业赋《花》诗云："花，落早，开赊。对酒客，兴诗家。能回游骑，每驻行车。宛宛清风起，茸茸丽日斜。且愿相留欢洽，惟愁虚弃光华。明年攀折知不远，对此谁能更叹嗟。"范尧佐道士赋《书》字诗云："书，凭雁，寄鱼。出王屋，入匡庐。文生益智，道着清虚。葛洪一万卷，惠子五车余。银钩屈曲索靖，题桥司马相如。别后莫眹千里信，数封缄送到闲居。"居易赋《诗》字诗云："诗，绮美，瑰奇。明月夜，落花时。能助欢笑，亦伤别离。调清金石怨，吟苦鬼神悲。天下只应我爱，世间惟有君知。自从都尉别苏句，便到司空送白辞。"①

---

① （宋）计有功著，王仲镛校笺《唐诗纪事校笺》，中华书局，2007 年 11 月第 1 版，第 1309—1310 页。

这些诗，有的诗前有序，如张籍诗前序曰："白乐天分司东洛，朝贤悉会兴化亭送别。酒酣，各赋一字至七字诗，以题为韵。"①所谓一至七字诗，乃首句一字成句，接着两个二字句，然后两个三字句，然后分别两个四字句、五字句、六字句，末以两个七字句作结，写法别具一格，颇有意趣。

三、送别诗与历史事件

有些送别诗，客观上记录了一些特殊的历史事件，如，大和五年（831）四月，新罗封新王，唐"命太子左谕德、兼御史中丞源寂持节吊祭册立"②，刘禹锡有《送源中丞充新罗册立使》，诗曰："相门才子称华簪，持节东行捧德音。身带霜威辞凤阙，口传天语到鸡林。烟开鳌背千寻碧，日浴鲸波万顷金。想见扶桑受恩后，一时西拜尽倾心。"③该诗客观上反映了"册立"的历史事件，反映了唐王朝与新罗的关系，并记录了当时从海路前往的交通情况。再如大和八年冬，少府少监田群出使吐蕃，姚合等以诗送行。姚合《送少府田中丞入西蕃》诗曰："萧关路绝久，石堠亦为尘。护塞空兵帐，和戎在使臣。风沙去国远，雨雪换衣频。若问凉州事，凉州多汉人。"④反映了当时唐与吐蕃的关系，也反映了途经萧关的路径，以及当时"萧关路绝久""凉州多汉人"的史实。在今天看来，都具有重要的史料意义。

① （唐）张籍著，徐礼节、余恕诚校注《张籍集系年校注》，中华书局，2011年6月第1版，第981页。
② 《旧唐书》，中华书局，1975年5月第1版，第5339页。
③ （唐）刘禹锡著，瞿蜕园笺证《刘禹锡集笺证》，上海古籍出版社，1989年12月第1版，第878—879页。
④ （清）彭定求等编《全唐诗》，中华书局，1960年4月第1版，第5623页。

乾陵六十一蕃臣像。摄于 2016 年 8 月 7 日

　　不少写得较好的送别诗，或能情景相衬、以境传情，如"万里故人去，一行新雁来"①；或能不失分寸地写出对方的身份、功绩以及对对方的祝愿，如"还将大笔注春秋。管弦席上留高韵"，"岘首风烟看未足，便应重拜富人侯"②，"沾襟辞阙泪，回首别乡情"，"终当提一笔，再入副苍生"③等，可称关中晚唐送别诗中的佳作。

① (唐)张祜《送沈下贤谪尉南康》，见(唐)张祜著，尹占华校注《张祜诗集校注》，巴蜀书社，2007 年 7 月第 1 版，第 7 页。
② (唐)刘禹锡《奉和裴侍中将赴汉南留别座上诸公》，见（唐）刘禹锡著，瞿蜕园笺证《刘禹锡集笺证》，上海古籍出版社，1989 年 12 月第 1 版，第 1353 页。
③ (唐)刘禹锡《送令狐相公自仆射出镇南梁》，见(唐)刘禹锡著，瞿蜕园笺证《刘禹锡集笺证》，上海古籍出版社，1989 年 12 月第 1 版，第 917 页。"终当提一笔，再入副苍生"，《全唐诗》作"终提一麾去，再入福苍生"。

第二节 中第与落第的感慨

到了晚唐，科举考试依然是文人们最关心的事情之一，而相关的诗歌作品，也可以说是晚唐诗人写得最多的主题之一。文人们对考中进士的重视，达到了无以复加的程度，而朝廷，除极个别情况外，即便在风雨飘摇、即将覆灭之时，也不废科考。

士子们参加科考，不外乎三种情况：考前干谒，考中后得意高兴，落第后怨艾悲愤。

一、考前活动与心态

晚唐的进士考试，考前，举子在长安，仍然习惯于各种请托、干谒活动。他们的各种活动和心态，在其诗歌作品中照例有着表现。

唐文宗大和九年（835），早就以诗得名的刘得仁，困顿场屋20年，有诗《省试日上崔侍郎四首》："衣上年年泪血痕，只将怀抱诉乾坤。如今主圣臣贤日，岂致人间一物冤。""如病如痴二十秋，求名难得又难休。回看骨肉须堪耻，一著麻衣便白头。""戚里称儒愧小才，礼闱公道此时开。他人何事虚相指，明主无私不是媒。""方寸终朝似火然，为求白日上青天。自嗟辜负平生眼，不识春光二十年。"①为求一第，他"如病如痴"已经"二十秋"。满腹怨愤，又不敢公然得罪有司，只能忍气吞声说"如今主圣臣贤日"，实在是够可怜的，但依然不放弃求得"白日上青天"。次年，刘得仁又作《上姚谏议》诗，上谏议大夫姚合，谓"高文与

---

① 参吴在庆、傅璇琮《唐五代文学编年史》（晚唐卷），辽海出版社，1998年12月第1版，第115页。诗见中华书局1960年版《全唐诗》第6303—6304页。

盛德，皆谓古无伦。圣代生才子，明庭有谏臣"，"名因诗句大，家似布衣贫"，"终计依门馆，何疑不化鳞"①，为了求其援引，竭力奉承，实在难说是真心称颂还是违心阿谀了。

当然，也有写得较为含蓄的，如懿宗咸通十二年（871），郑谷写给京兆尹薛能的《献大京兆薛常侍能》："耻将官业竞前途，自爱篇章古不如。一炷香新开道院，数坊人聚避朝车。纵游藉草花垂酒，闲卧临窗燕拂书。唯有明公赏新句，秋风不敢忆鲈鱼。"②后四句，颇有雅兴。"不敢忆鲈鱼"，亦即孟浩然诗"端居耻圣明"之意也。郑谷还有一首《访题进士张乔延兴门外所居》，有这样的句子："掩卷斜阳里，看山落木中"，"近日文场内，因君起古风"③，前两句不失诗兴，后两句真算得上是会巴结了。

文宗大和六年（832），27 岁的赵嘏由宣州入京赴明年春试，途经蓝关，写了一首《入蓝关》，诗曰：

> 微烟已辨秦中树，远梦更依江上台。
> 看落晚花还怅望，鲤鱼时节入关来。④

进士考试，对举子们来说，有如那烟树迷茫，充满着诱惑，也充满了不确定性。而他们纷纷赶赴长安，心中充满怅惘，更充

① 参吴在庆、傅璇琮《唐五代文学编年史》（晚唐卷），辽海出版社，1998 年 12 月第 1 版，第 141 页。诗见中华书局 1960 年版《全唐诗》第 6301 页。
② （唐）郑谷著，严寿澂、黄明、赵昌平笺《郑谷诗集笺注》，上海古籍出版社，2009 年 10 月第 1 版，第 331 页。"赏新句"，"赏"原作"尝"，据《全唐诗》改。
③ （唐）郑谷著，严寿澂、黄明、赵昌平笺《郑谷诗集笺注》，上海古籍出版社，2009 年 10 月第 1 版，第 62 页。
④ （清）彭定求等编《全唐诗》，中华书局，1960 年 4 月第 1 版，第 6377 页。

溢着希望。在鲤鱼风起的丰收时节来到京城（按，鲤鱼风，九月风也），心中也满满地怀着鲤鱼跳龙门的希望呢。

二、中第后的欢愉

总的来说，能考中进士的，毕竟是极少数人。而这些得中高第的人，心情自然是愉悦的。这种心情和心态，在他们的作品中，有着突出的表现。且列举几例：

唐文宗大和六年（832），许浑 38 岁，登进士第，有《及第后春情》一首："世间得意是春风，散诞经过触处通。细摇柳脸牵长带，慢撼桃株舞碎红。也从吹幌惊残梦，何处飘香别故丛。犹笑西都名下客，今年二月始相逢。"①在这美好的春日，他的心情，自然也是与春景春情相吻合的。

武宗会昌六年（846），薛能及第，有《曲江醉题》一首："闲身行止属年华，马上怀中尽落花。狂遍曲江还醉卧，觉来人静日西斜。"②得中高第，当然值得高兴，值得狂饮，以致一觉醉到日西斜，倒也没有孟郊那样过度轻狂。有时，自然也不免百感交集，如昭宗龙纪元年（889），韩偓及第后作《及第过堂日作》，诗中有句："暗惊凡骨升仙籍，忽讶麻衣谒相庭。"③唐代进士及第后，由主司带领至都堂谒见宰相，称"过堂"。这两句写过堂时想到自己身份的变化而产生的心理感受，个中滋味，实实复杂。

① （唐）许浑著，罗时进笺证《丁卯集笺证》，中华书局，2012 年 7 月第 1 版，第 621 页。
② （清）彭定求等编《全唐诗》，中华书局，1960 年 4 月第 1 版，第 6513 页。
③ （唐）韩偓著，吴在庆校注《韩偓集系年校注》，中华书局，2015 年 8 月第 1 版，第 585 页。

　　宣宗大中八年（854），刘沧擢进士第，作《看榜日》诗曰："禁漏初停兰省开，列仙名目上清来。飞鸣晓日莺声远，变化春风鹤影回。广陌万人生喜色，曲江千树发寒梅。青云已是酬恩处，莫惜芳时醉酒杯。"[①]在他的眼里，看到的是"万人生喜色"，这种心态，自然是看不到落第举子的忧伤和眼泪了。此时此刻，他大概也忘了他此时已经五十多岁，参加过 30 次这种考试了。他还有一首《及第后宴曲江》诗云："及第新春选胜游，杏园初宴曲江头。紫毫粉壁题仙籍，柳色箫声拂御楼。霁景露光明远岸，晚空山翠坠芳洲。归时不省花间醉，绮陌香车似水流。"[②]这首诗除过表达了他的兴奋喜悦之情外，客观上还透露了两个信息：一是曲江杏园宴还很隆重，二是中第题名的活动还在继续。

　　直到懿宗咸通八年（867），皮日休登进士第，作有《登第后寒食杏园有宴，因寄录事宋垂文同年》，有句曰"雨洗清明万象鲜，满城车马簇红筵"[③]，说明当时的"杏园宴"依然很隆重。

　　《唐诗纪事》"郑合敬"条载：

　　　　合敬《及第后宿平康里》诗曰：春来无处不闲行，楚闰相看别有情。好是五更残酒醒，时时闻唤状头声。楚闰，妓也。合敬，乾符三年登上第，终谏议大夫。[④]

　　王仲镛《唐诗纪事校笺》笺曰：

①（清）彭定求等编《全唐诗》，中华书局，1960 年 4 月第 1 版，第 6804 页。
②（清）彭定求等编《全唐诗》，中华书局，1960 年 4 月第 1 版，第 6791 页。
③（清）彭定求等编《全唐诗》，中华书局，1960 年 4 月第 1 版，第 7068 页。
④（宋）计有功著，王仲镛校笺《唐诗纪事校笺》，中华书局，2007 年 11 月第 1 版，第 2263 页。

　　《摭言》卷三："郑合敬先辈《及第后宿平康里》诗曰：
（诗同前）原注：楚娘、闰娘，妓之尤者"。毛本同此。
按《摭言》所据为孙棨《北里志》，文字悉同，唯"状头"
作"状元"。注作"楚娘，字润卿，妓之尤者"。则"楚
闰"乃一人，非二人。当以《北里志》为是。此作"楚闰，
妓也"。亦不误。①

　　像郑合敬这样的诗作，倒也道出了中第文人别样的风流韵事。
　　昭宗龙纪元年（889），韦昭度讨蜀。本年吴融及进士第，入
幕为掌书记，作《赴职西川过便桥书怀寄同年》诗曰："平门桥下
水东驰，万里从军一望时。乡思旋生芳草见，客愁何限夕阳知。
秦陵无树烟犹锁，汉苑空墙浪欲吹。不是伤春爱回首，杏坛恩重
马迟迟。"②有志向，有思乡之情，有对座师及同年的眷恋，倒也
是有志有情有义。
　　一般来说，士子考中进士后，大都要衣锦还乡，回家省亲。
昭宗大顺二年（891），杜荀鹤登第，过关试后拟归旧山，作有
《关试后筵上别同人》一诗："日午离筵到夕阳，明朝秦地与吴乡。
同年多是长安客，不信行人欲断肠。"③又有《辞座主侍郎》："一
饭尚怀感，况攀高桂枝。此恩无报处，故国远归时。只恐兵戈隔，
再趋门馆迟。茅堂拜亲后，特地泪双垂。"④反映了这样一种普遍
的现象，也表达了对座主的感恩之情。

① （宋）计有功著，王仲镛校笺《唐诗纪事校笺》，中华书局，2007年11月第1版，
　　第2263页。
② （清）彭定求等编《全唐诗》，中华书局，1960年4月第1版，第7885页。
③ （清）彭定求等编《全唐诗》，中华书局，1960年4月第1版，第7982页。
④ （清）彭定求等编《全唐诗》，中华书局，1960年4月第1版，第7933—7934页。

三、落第后的怨艾

相比之下，落第的人更多，因而下第诗也更多。这些诗，总的来说，不外乎怨怨艾艾，但又各自有所不同。

文宗大和四年（830），顾非熊下第，有诗《陈情上郑主司》：

> 登第久无缘，归情思渺然。艺惭公道日，身贱太平年。
> 未识笙歌乐，虚逢岁月迁。羁怀吟独苦，愁眼愧花妍。
> 求达非荣己，修辞欲继先。秦城春十二，吴苑路三千。
> 茅屋山岚入，柴门海浪连。遥心犹送雁，归梦不离船。
> 时节思家夜，风霜作客天。庭闱乖旦暮，兄弟阻团圆。
> 朝乏新知己，村荒旧业田。受恩期望外，效死誓生前。
> 愿察为裹意，彷徉和角篇。恳情今吐尽，万一冀哀怜。[1]

诗写了自己多年投考的辛苦，"秦城春十二"，当言其此时已经考过 12 次了，但始终与登第无缘，"艺惭""身贱""未识""虚逢""羁怀""愁眼"等词语，竭力表现自己的可怜；中间又解释自己何以如此执着于科考，"求达非荣己，修辞欲继先"；再写为此付出的牺牲：长期远离亲友与家人；最后，"效死""恳情""冀哀怜"，乞求之相，实实可怜！

大和五年（831），许浑下第，有《长安岁暮》："独望天门倚剑歌，干时无计老关河。东归万里惭张翰，西上四年羞卞和。花暗楚城春醉少，月凉秦塞夜愁多。三山岁岁有人去，唯恐海风生白波。"[2]罗时进《丁卯集笺证》此诗"解题"曰："此诗叹干时无

① （清）彭定求等编《全唐诗》，中华书局，1960 年 4 月第 1 版，第 5789—5790 页。

② （唐）许浑著，罗时进笺证《丁卯集笺证》，中华书局，2012 年 7 月第 1 版，第 326 页。

计之苦，系入仕前所作。许浑自大和初赴京应试，至大和六年方进士及第，此诗即作于此间。云'西上四年'，自大和初下推，当作于大和四、五年。"①许浑还有《下第寓居崇圣寺感事》一诗："怀玉泣京华，旧山归路赊。静依禅客院，幽学野人家。林晚鸟争树，园春蜂护花。东门有闲地，谁种邵平瓜。"②诗称自己"怀玉"，与前诗"羞卜和"可以互为参照，表明作者对自己的才华很自负。但愈是自负，下第后的失落、忧怨、伤感就愈强烈。他的《下第归蒲城墅居》一诗就有明显的反映："失意归三径，伤春别九门。薄烟杨叶路，微雨杏花村。牧竖还呼犊，邻翁亦抱孙。不知余正苦，迎马问寒温。"③对他的苦痛，唯有淳朴的"邻翁"能给他一丝温暖。本诗中用了"三径"之典，而以他诗中表现出的心态来看，他所归的"三径"，显然非真"三径"也。

因落第而自怨自艾的诗，在晚唐长安的诗作中，简直不胜枚举。此处略举数例：大和六年前后，马戴落第，作《下第别令狐员外》（参吴在庆《唐五代文史丛考》），有"旧交多得路，别业远仍贫。便欲辞知己，归耕海上春"④之语，以"旧交"的"得路"与自己的落拓作比，自怨自艾。武宗会昌四年（844），杨知至本已擢进士第，旋经翰林重考黜落。其《覆落后呈同年》便诉说"由来梁雁与冥鸿，不合翩翩向碧空"，"二月春光正摇荡，无因得

① （唐）许浑著，罗时进笺证《丁卯集笺证》，中华书局，2012年7月第1版，第327页。

② （唐）许浑著，罗时进笺证《丁卯集笺证》，中华书局，2012年7月第1版，第140页。

③ （唐）许浑著，罗时进笺证《丁卯集笺证》，中华书局，2012年7月第1版，第260页。

④ （清）彭定求等编《全唐诗》，中华书局，1960年4月第1版，第6449页。

醉杏园中"①。温庭筠落第后，作《春日将欲东归，寄新及第苗绅先辈》，称"几年辛苦与君同，得丧悲欢尽是空。犹喜故人先折桂，自怜羁客尚飘蓬"，"知有杏园无路入，马前惆怅满枝红"②，亦是将自己与中第的故人对比，自抒幽怨；李频下第，写《长安感怀》："一第知何日，全家待此身。空将灞陵酒，酌送向东人。"③孙樵落第，作《骂僮志》，揭露当时科考的不正之风，称自己"学猎今古，不为众誉；文近于奇，不为人知；九试泽宫，九黜有司；十年辇下，与穷为期；一岁之间，几日晨炊，饥不饱菜，寒无袭衣"，且表明"吾之所贵，僮之所薄，吾之所恶，僮之所乐"④。一方面揭露了当时科考的不公与黑暗；另方面也反映了很多士子的普遍心态：自以为很有才，自以为很了不起，总觉得社会对他不公，考试不录取他就是不公平。一方面骂考试不公，一方面又屡败屡试。即如孙樵，后来又去参加考试了。大中八年秋，他在长安候明年春省试，又作《乞巧对》述其不屑奔竞之心态，抨击当时以巧取媚之文风 —— 一边骂，一边继续为考试而努力奋斗。

　　大中至乾符年间（尤其是咸通年间），很多晚唐著名诗人，都曾落第，而且大都有屡试屡败、屡败屡试的经历，也留下了不少诗歌作品。黄滔有《下第东归，留辞刑部郑郎中诚》，诗云："去违知己住违亲，欲发赢蹄进退频。万里家山归养志，数年门馆受恩身。莺声历历秦城晓，柳色依依灞水春。明日蓝田关外路，连

① （清）彭定求等编《全唐诗》，中华书局，1960 年 4 月第 1 版，第 6537 页。

② （唐）温庭筠著，刘学锴校注《温庭筠全集校注》，中华书局，2007 年 7 月第 1 版，第 419 页。

③ （清）彭定求等编《全唐诗》，中华书局，1960 年 4 月第 1 版，第 6843 页。

④ （清）董诰等编《全唐文》，中华书局，1983 年 11 月第 1 版　第 8337 页。

天风雨一行人。"①写出了那种进退两难的心理，在景物的描绘中道出了一种依依不舍的眷恋之情。罗隐《东归别常修》有句："六载辛勤九陌中，却寻归路五湖东。名惭桂苑一枝绿，鲙忆松江两箸红"②；《东归别所知》又有句："愁心似火还烧鬓，别泪非珠谩落盘"③，写出了落第的羞惭和对家乡的思念。罗隐的另一首《丁亥岁作》云"病想医门渴望梅，十年心地仅成灰。早知世事长如此，自是孤寒不合来"④，也是自抒落第的复杂心情。皮日休《宏词下第感恩献兵部侍郎》云"画虎已成翻类狗，登龙才变即为鱼。空惭季布千金诺，但负刘弘一纸书"⑤；郑谷《送进士赵能卿下第南归》有句"不归何慰亲，归去旧风尘。洒泪惭关吏，无言对越人"⑥；黄滔《下第》有句"昨夜孤灯下，阑干泣数行。辞家从早岁，落第在初场"⑦，皆是同类诗作。直到僖宗乾符五年（878），罗隐又一次落第后，作《偶兴》："逐队随行二十春，曲江池畔避车尘。如今赢得将衰老，闲看人间得意人。"⑧——初试至今，已经20年了！也难怪他能写出"闲看人间得意人"这样的句子，有淡然，有惆怅，有失落，个中滋味，真是难以用语言表达。

当然，也有的落第诗，至少字面上看起来不是十分的颓唐，虽有怨艾却也不多么的绝望，如许棠诗。许棠困顿场屋三十载，

① （清）彭定求等编《全唐诗》，中华书局，1960年4月第1版，第8108页。
② （唐）罗隐著，雍文华校辑《罗隐集》，中华书局，1983年12月第1版，第153页。
③ （唐）罗隐著，雍文华校辑《罗隐集》，中华书局，1983年12月第1版，第151页。
④ （唐）罗隐著，雍文华校辑《罗隐集》，中华书局，1983年12月第1版，第149页。
⑤ （清）彭定求等编《全唐诗》，中华书局，1960年4月第1版，第7067页。
⑥ （唐）郑谷著，严寿澂、黄明、赵昌平笺《郑谷诗集笺注》，上海古籍出版社，2009年10月第1版，第25页。
⑦ （清）彭定求等编《全唐诗》，中华书局，1960年4月第1版，第8101页。
⑧ （唐）罗隐著，雍文华校辑《罗隐集》，中华书局，1983年12月第1版，第97页。

咸通十二年及第时年已五十。他有不少下第诗,如《将归江南留别友人》写"连春不得意,所业已疑非。旧国乱离后,新年惆怅归"①;《东归留辞沈侍郎》诗云"一第久乖期,深心已自疑"②;《献独孤尚书》诗云"虚抛南楚滞西秦,白首依前衣白身。退鹢已经三十载,登龙曾见一千人"③;《下第东归留别郑侍郎》诗云"无才副至公,岂是命难通。分合吟诗老,家宜逐浪空"。而就是这首诗的后两联,他写"别心悬阙下,归念极吴东。唯畏重回日,初情恐不同"④,一方面是功名进取之心,另方面是思家念家之情,二者交战于心,又有再度重来的各种揣想,总之是一种惴惴然的心态。

整个晚唐,累举不第的士子很多,这里再举两个典型案例:

武宗会昌三年(843),赵嘏约38岁,在京落第,有诗《下第后上李中丞》:"落第逢人恸哭初,平生志业欲何如。鬓毛洒尽一枝桂,泪血滴来千里书。谷外风高摧羽翮,江边春在忆樵渔。唯应感激知恩地,不待功成死有余。"⑤他还有一首《落第寄沈询》,大概作于大和七年(833),诗曰:"穿杨力尽独无功,华发相期一夜中。别到江头旧吟处,为将双泪问春风。"⑥都表现出相当强烈的忧愤情绪。此外,赵嘏还有《下第寄宣城幕中诸公》:"一醉曾将万事齐,暂陪欢去便如泥。黄花李白墓前路,碧浪桓彝宅后溪。九月霜中随计吏,十年江上灌春畦。莫言春尽不惆怅,自有闲眠

① (清)彭定求等编《全唐诗》,中华书局,1960年4月第1版,第6963页。
② (清)彭定求等编《全唐诗》,中华书局,1960年4月第1版,第6965页。
③ (清)彭定求等编《全唐诗》,中华书局,1960年4月第1版,第6985页。
④ (清)彭定求等编《全唐诗》,中华书局,1960年4月第1版,第6979页。
⑤ (清)彭定求等编《全唐诗》,中华书局,1960年4月第1版,第6360页。
⑥ (清)彭定求等编《全唐诗》,中华书局,1960年4月第1版,第6377页。

到日西。"①似乎多少又有一点洒脱，"自有闲眠到日西"。他又有《下第》一首："南溪抱瓮客，失意自怀羞。晚路谁携手？残春自白头。"②又有《下第后归永乐里，自题二首》："无地无媒只一身，归来空拂满床尘。尊前尽日谁相对？唯有南山似故人。玄发侵愁忽似翁，暖尘寒袖共东风。公卿门户不知处，立马九衢春影中。"③又有《落第》："九陌初晴处处春，不能回避看花尘。由来得丧非吾事，本是钓鱼船上人。"④虽不知每篇的具体作年，但总的看来，情绪不如前两首那么强烈了。

会昌四年（844），赵嘏终于得中高第，作《成名年献座主仆射兼呈同年》："拂烟披月羽毛新，千里初辞九陌尘。曾失玄珠求象罔，不将双耳负伶伦。贾嵩词赋相如手，杨乘歌篇李白身。除却今年仙侣外，堂堂又见两三春。"⑤又有《赠解头贾嵩》："贾生名迹忽无伦，十月长安看尽春。顾我先鸣还自笑，空沾一第是何人。"⑥这样的诗，多少有些自得了，但已不像孟郊那样高兴得近乎发狂。

还有一个人物是咸通年间屡试不第的著名诗人李山甫。

李山甫颇多下第之作。《下第卧疾，卢员外召游曲江》云："眼前何事不伤神，忍向江头更弄春。桂树既能欺贱子，杏花争肯采闲人。麻衣未掉浑身雪，皂盖难遮满面尘。珍重列星相借问，嵇

① （清）彭定求等编《全唐诗》，中华书局，1960年4月第1版，第6351页。
② （清）彭定求等编《全唐诗》，中华书局，1960年4月第1版，第6365页。
③ （清）彭定求等编《全唐诗》，中华书局，1960年4月第1版，第6368页。
④ （清）彭定求等编《全唐诗》，中华书局，1960年4月第1版，第6371页。
⑤ （清）彭定求等编《全唐诗》，中华书局，1960年4月第1版，第6359页。
⑥ （清）彭定求等编《全唐诗》，中华书局，1960年4月第1版，第6378页。注：贾嵩与杨乘本年可能均未及第。参见吴在庆、傅璇琮《唐五代文学编年史》（晚唐卷），辽海出版社，1998年12月第1版，第235页。

康慵病也天真。"①《曲江二首》有句"独向江边最惆怅，满衣尘土避王侯"②;《下第献所知三首》其一有句"虚教六尺受辛苦，枉把一身忧是非。青桂本来无欠负，碧霄何处有因依"③;其二有句"与他名利本无分，却共水云曾有期"④;其第三首和另一首《赴举别所知》感情较为强烈，情感落差比较大，前诗云："十年磨镞事锋铓，始逐朱旗入战场。四海风云难际会，一生肝胆易开张。退飞莺谷春零落，倒卓龙门路渺茫。今日惭知也惭命，笑余歌罢忽凄凉。"⑤后诗云："腰剑囊书出户迟，壮心奇命两相疑。麻衣尽举一双手，桂树只生三两枝。黄祖不怜鹦鹉客，志公偏赏麒麟儿。叔牙忧我应相痛，回首天涯寄所思。"⑥诗中的情感和文笔都比较劲健，可以看作另一种典型情形与心态了。

对举子们而言，倘若最终得中高第，除过自己"春风得意马蹄疾"的兴奋之外，更有众人欣羡的荣耀。比如，昭宗乾宁三年（896），翁承赞及第，被选为探花使，赋诗数首以抒其春风得意之情。《擢进士》诗曰："霓旌引上大罗天，别领新衔意自怜。蝴蝶流莺莫先去，满城春色属群仙。"⑦《擢探花使三首》云："洪崖差遣探花来，检点芳丛饮数杯。深紫浓香三百朵，明朝为我一时开。""九重烟暖折槐芽，自是升平好物华。今日始知春气味，长安虚过四年花。""探花时节日偏长，恬淡春风称意忙。每到黄昏

---

① （清）彭定求等编《全唐诗》，中华书局，1960 年 4 月第 1 版，第 7364—7365 页。

② （清）彭定求等编《全唐诗》，中华书局，1960 年 4 月第 1 版，第 7368 页。

③ （清）彭定求等编《全唐诗》，中华书局，1960 年 4 月第 1 版，第 7374 页。

④ （清）彭定求等编《全唐诗》，中华书局，1960 年 4 月第 1 版，第 7374 页。

⑤ （清）彭定求等编《全唐诗》，中华书局，1960 年 4 月第 1 版，第 7374 页。

⑥ （清）彭定求等编《全唐诗》，中华书局，1960 年 4 月第 1 版，第 7365 页。

⑦ （清）彭定求等编《全唐诗》，中华书局，1960 年 4 月第 1 版，第 8091 页。

醉归去，绯衣惹得牡丹香。"①"紫浓香三百朵，明朝为我一时开"，
"今日始知春气味"，"每到黄昏醉归去，绯衣惹得牡丹香"——
真是够荣耀、够得意、够神气了！此时，时局动乱，朝不保夕，
连皇帝都被逼得屡次出京，东躲西逃，中第举子仍如此喜气洋洋，
得意于一己之"功名"，可悲可叹！

　　总的来说，晚唐士子参加科考，至少从他们的作品来看，很
少（甚至几乎没有）看到理想、志向、家国大业方面的内容，只是
对其个人前程的计较。这，应该说是时代的整体性的原因。他们
的相关作品，也是时代的一种反映。

---

① （清）彭定求等编《全唐诗》，中华书局，1960 年 4 月第 1 版，第 8091 页。

第三节　诗写时事

晚唐时期，关中地区的诗歌创作（主要是长安的诗作），反映时事的不太多，但并不是没有。

一、河湟三州七关归唐的诗中记述

宣宗大中三年八月，唐收复河湟三州七关，河陇老幼千余人至长安庆贺，杜牧、薛逢等均有诗咏之。

杜牧有《今皇帝陛下一诏征兵，不日功集，河湟诸郡次第归降。臣获睹圣功，辄献歌咏》一诗，诗曰："捷书皆应睿谋期，十万曾无一镞遗。汉武惭夸朔方地，宣王休道太原师。威加塞外寒来早，恩入河源冻合迟。听取满城歌舞曲，《凉州》声韵喜参差。"①吴在庆《杜牧集系年校注》注释曰："按据《资治通鉴》卷二四八等载：大中三年二月，吐蕃内乱，为吐蕃所占之秦、原、安乐三州及石门等七关人民起义归唐。六月，泾原节度使康季荣等取原州及石门等六关。七月，安乐州、萧关、秦州皆为唐所收复。八月，河陇百姓一千余人来长安，宣宗登延喜楼接见。百姓欢呼雀跃，脱去胡服，换上汉装，欢者皆呼'万岁'。此诗'听取满城歌舞曲，《凉州》声韵喜参差'等与上述情势合，故《杜牧年谱》即据此编此诗于大中三年（八四九）。"②

同样反映此事的，薛逢有一首《八月初一驾幸延喜楼看冠带降戎》："城头旭日照阑干，城下降戎彩仗攒。九陌尘埃千骑合，

---

① （唐）杜牧著，吴在庆校注《杜牧集系年校注》，中华书局，2008年10月第1版，第216页。

② （唐）杜牧著，吴在庆校注《杜牧集系年校注》，中华书局，2008年10月第1版，第216—217页。

万方臣妾一声欢。楼台乍仰中天易，衣服初回左衽难。清水莫教波浪浊，从今赤岭属长安。"①二诗对读，可以发现，都充满了自豪，都洋溢着兴奋，但还是有一些不同，杜诗谓"听取满城歌舞曲，《凉州》声韵喜参差"，而薛诗"城头旭日照阑干，城下降戎彩仗攒"，联系写作背景，诗中的"降戎"也就是题目中的"冠带降戎"，应当指的是那些来长安庆贺的"河陇百姓"，薛逢以"戎"称呼他们，是不是表明作者心里并不把他们当作"自己人"看待？

二、黄巢起兵前后的时事诗

晚唐关中诗，反映时事的高潮在僖宗和昭宗时期、黄巢起兵前后。

僖宗、昭宗时期，有大规模的农民起义，有强藩的争相混战，整个社会处于一种动乱状态，民不聊生，连皇帝也被逼得经常逃出京城，东奔西窜。如，广明元年（881）十二月，黄巢军直捣长安，僖宗被迫西逃，直到光启元年（885）三月，才从蜀中返回长安；当年十一月，权势强大的藩镇王重荣、李克用等以诛田令孜为名，兵逼京城，田令孜挟僖宗夜出开远门，逃往凤翔，后又逃到兴元，直到光启三年（887）三月，才得以北还，在凤翔又逗留近一年，文德元年（888）二月，才回到长安；乾宁二年（895），李茂贞等率兵犯京师，谋废昭宗。此后强藩互攻，朝廷内乱，昭宗逃往终南山，时长 57 天；乾宁三年（896），京畿再乱。七月，李茂贞进逼长安，昭宗又一次仓皇出逃，先向北，至富平时，被潼关防御使、华州刺史韩建骗劫至华州。光化元年（898）八月，

---

① （清）彭定求等编《全唐诗》，中华书局，1960 年 4 月第 1 版，第 6328 页。

大唐秦王陵李茂贞墓。位于今宝鸡市金台区。墓道前的华表、石马等，明显是僭越的规制，显示着墓主的野心。摄于 2020 年 8 月 4 日

才返京城长安；天复元年（901）十一月，因强藩相争，汴帅朱全忠领兵西进关中，韩全海劫昭宗出奔凤翔，被朱全忠围攻。次年，朱全忠再度围凤翔，两次历时一年多，凤翔城内薪食俱尽，冻馁而死者 10 万人，导致父子相食，市面上公开售卖人肉。天复三年（903）正月，交战双方朱全忠与李茂贞达成协议，朱全忠班师东返，昭宗回到长安；天复四年（904）正月，朱全忠胁迫昭宗迁都洛阳，昭宗最后一次离开长安①。皇帝尚且如此颠沛流离、朝不保夕，一般老百姓的生活就可想而知了。

　　僖宗乾符六年（879），韦庄 44 岁，在长安，闻湖南、荆渚陷落，作《又闻湖南荆渚相次陷没》，诗曰："几时闻唱凯旋歌，处处屯兵未倒戈。天子只凭红斾壮，将军空恃紫髯多。尸填汉水连

---

① 参《唐书》《五代史》相关传记，及史念海等主编《陕西通史·隋唐卷》。

荆阜，血染湘云接楚波。莫问流离南越事，战余空有旧山河。"[①]
有对"天子""将军"的嘲讽，有对生灵涂炭的痛心，有对山河空
在的感喟。

僖宗广明元年（880）十二月五日，黄巢兵入长安。对这一历
史事件，《资治通鉴·唐纪·僖宗广明元年》这样记载：

> 黄巢入华州，留其将乔钤守之。河中留后王重荣请
> 降于贼。癸未，制以巢为天平节度使。
>
> 甲申……以卢携为太子宾客、分司。田令孜闻黄巢
> 已入关，恐天子责己，乃归罪于携而贬之……。是夕，
> 携饮药死。……
>
> 百官退朝，闻乱兵入城，布路窜匿。令孜帅神策兵
> 五百奉帝自金光门出，惟福、穆、泽、寿四王及妃嫔数
> 人从行，百官皆莫知之。上奔驰昼夜不息，从官多不能及。
> 车驾既去，军士及坊市民竞入府库盗金帛。
>
> 晡时，黄巢前锋将柴存入长安，金吾大将军张直方
> 帅文武数十人迎巢于霸上。巢乘金装肩舆，其徒皆被发，
> 约以红缯，衣锦绣，执兵以从，甲骑如流，辎重塞涂，
> 千里络绎不绝。民夹道聚观，尚让历谕之曰："黄王起兵，
> 本为百姓，非如李氏不爱汝曹，汝曹但安居无恐。"巢
> 馆于田令孜第，其徒为盗久，不胜富，见贫者，往往施
> 与之。居数日，各出大掠，焚市肆，杀人满街，巢不能禁；
> 尤憎官吏，得者皆杀之。[②]

---

① （唐五代）韦庄著，聂安福笺注《韦庄集笺注》，上海古籍出版社，2002 年 4
月第 1 版，第 105 页。
② 《资治通鉴》，中华书局，1956 年 6 月第 1 版，第 8239—8240 页。

黄巢兵入长安之日，司空图作《庚子腊月五日》："复道朝延火，严城夜涨尘。骅骝思故第，鹦鹉失佳人。禁漏虚传点，妖星不振辰。何当回万乘，重睹玉京春。"①而正在长安候明年春试的韦庄，此时陷于兵中，与弟妹相失，作《贼中与萧、韦二秀才同卧，重疾。二君寻愈，余独加焉。恍惚之中因有题》："与君同卧疾，独我渐弥留。弟妹不知处，兵戈殊未休。胸中疑晋竖，耳下斗殷牛。纵有秦医在，怀乡亦泪流。"②又有《重围中逢萧校书》："相逢俱此地，此地是何乡。侧目不成语，抚心空自伤。剑高无鸟度，树暗有兵藏。底事征西将，年年戍洛阳。"③《雨霁晚眺》："入谷路萦纡，岩巅日欲晡。岭云寒扫盖，溪雪冻黏须。卧草跧如兔，听冰怯似狐。仍闻关外火，昨夜彻皇都。"④

僖宗中和元年（881），韦庄在长安，兵中遇弟妹，有诗⑤。其《立春日作》云："九重天子去蒙尘，御柳无情依旧春。今日不关妃妾事，始知辜负马嵬人。"⑥不只纪实，更反思原因，且对天子寓含讽刺。《辛丑年》云："九衢漂杵已成川，塞上黄云战马闲。但有羸兵填渭水，更无奇士出商山。田园已没红尘里，弟妹相逢

① （清）彭定求等编《全唐诗》，中华书局，1960年4月第1版，第10002页。
② （唐五代）韦庄著，聂安福笺注《韦庄集笺注》，上海古籍出版社，2002年4月第1版，第73—74页。
③ （唐五代）韦庄著，聂安福笺注《韦庄集笺注》，上海古籍出版社，2002年4月第1版，第74页。
④ 参夏承焘《唐宋词人年谱·韦端己年谱》，上海古籍出版社，1979年5月新1版，第8页。诗见《韦庄集笺注》第70页。
⑤ 夏承焘《唐宋词人年谱·韦端己年谱》，上海古籍出版社，1979年5月新1版，第9页。
⑥ （清）彭定求等编《全唐诗》，中华书局，1960年4月第1版，第8005页。

白刃间。西望翠华殊未返，泪痕空湿剑文斑。"①诗对"弟妹相逢"一笔带过，而关注的重点在"赢兵填渭水""翠华殊未返"，于是，"泪痕空湿剑文斑"。

中和元年四月，唐彦谦被王重荣辟为河中从事，奉使岐下，闻唐弘夫为黄巢军所擒，作《奉使岐下，闻唐弘夫行军为贼所擒，伤而有作》②，赞其"报国捐躯实壮夫"，而自己"气激星辰坐向隅"。中和五年，僖宗返京，郑谷同时返回长安。作《长安感兴》，极写乱后荒败景象，"落日狐兔径，近年公相家"，"寂寞墙匡里，春阴挫杏花"③；而《渼陂》一诗写"乱前别业依稀在，雨里繁花寂寞开。却展渔丝无野艇，旧题诗句没苍苔"，于是"潜然四顾难消遣，只有佯狂泥酒杯"④。事实上，郑谷确实是有着济时之心的，乾宁三年，他赶赴华州行在，所作《奔问三峰寓止近墅》一诗曾说"半年奔走颇惊魂，来谒行宫泪眼昏"，"兵革未休无异术，不知何以受君恩"⑤，明确表达了济世的愿望和心情。

也是在中和元年这一年，唐彦谦作《克复后登安国寺阁》，写"千门万户鞠蒿藜，断烬遗垣一望迷"⑥；崔涂《南山旅舍与故人别》写"那堪试回首，烽火是长安"⑦，都是触景伤怀之作。

① （清）彭定求等编《全唐诗》，中华书局，1960年4月第1版，第8007页。
② （清）彭定求等编《全唐诗》，中华书局，1960年4月第1版，第7689页。
③ （唐）郑谷著，严寿澂、黄明、赵昌平笺《郑谷诗集笺注》，上海古籍出版社，2009年10月第1版，第115页。
④ （唐）郑谷著，严寿澂、黄明、赵昌平笺《郑谷诗集笺注》，上海古籍出版社，2009年10月第1版，第354页。
⑤ （唐五代）韦庄著，聂安福笺注《韦庄集笺注》，上海古籍出版社，2002年4月第1版，第70页。
⑥ （清）彭定求等编《全唐诗》，中华书局，1960年4月第1版，第7685页。
⑦ （清）彭定求等编《全唐诗》，中华书局，1960年4月第1版，第7774—7775页。

三、强藩混战与关中诗

乾宁二年七月，李克用与李茂贞军于长安城中混战，昭宗出逃，八月始还。是年，韩偓有《乱后却至近甸有感》，诗谓："狂童容易犯金门，比屋齐人作旅魂。夜户不扃生茂草，春渠自溢浸荒园。关中忽见屯边卒，塞外翻闻有汉村。堪恨无情清渭水，渺茫依旧绕秦原。"①郑谷有《摇落》："夜来摇落悲，桑枣半空枝。故国无消息，流年有乱离。霜秦闻雁早，烟渭认帆迟。日暮寒鼙急，边军在雍岐。"②王驾有《乱后曲江》（一作羊士谔诗）："忆昔争游曲水滨，未春长有探春人。游春人尽空池在，直至春深不似春。"③大有"国破山河在，城春草木深"之感。

昭宗乾宁三年（896），韩偓55岁，"时为刑部员外郎。约本年冬，在奉天重围中"④，其《乾宁三年丙辰在奉天重围作》云："仗剑夜巡城，衣襟满霜霰。贼火遍郊坰，飞焰侵星汉。积雪似空江，长林如断岸。独凭女墙头，思家起长叹。"⑤"巡城""贼火""思家"，是这首诗的几个关键词。

乾宁四年（897）秋，韦庄使蜀还，有几首实地感怀之作：《过樊川旧居（时在华州驾前奉使入蜀作）》云："却到樊川访旧游，夕阳衰草杜陵秋。应刘去后苔生阁，嵇阮归来雪满头。能说乱离唯

① （唐）韩偓著，吴在庆校注《韩偓集系年校注》系此诗于乾宁二年（895）八月。中华书局，2015年8月第1版，第531—532页。
② （唐）郑谷著，严寿澂、黄明、赵昌平笺《郑谷诗集笺注》，上海古籍出版社，2009年10月第1版，第139页。
③ （清）彭定求等编《全唐诗》，中华书局，1960年4月第1版，第7918页。
④ 参吴在庆、傅璇琮《唐五代文学编年史·晚唐卷》，辽海出版社，1998年12月第1版，第877页。
⑤ （唐）韩偓著，吴在庆校注《韩偓集系年校注》，中华书局，2015年8月第1版，第661页。

大唐秦王陵（李茂贞墓）前石马及控马官。摄于 2020 年 8 月 4 日

有燕，解偷闲暇不如鸥。千桑万海无人见，横笛一声空泪流。"①
《过渼陂怀旧》云："辛勤曾寄玉峰前，一别云溪二十年。三径荒
凉迷竹树，四邻凋谢变桑田。渼陂可是当时事，紫阁空余旧日烟。
多少乱离无处问，夕阳吟罢涕潸然。"②《汧阳间》云："汧水悠悠去
似绖，远山如画翠眉横。僧寻野渡归吴岳，雁带斜阳入渭城。边
静不收蓄帐马，地贫唯卖陇山鹦。牧童何处吹羌笛，一曲梅花出
塞声。"③几首诗，皆反映乱后景象，大有恍如隔世、沧海桑田之感。

---

① （唐五代）韦庄著，聂安福笺注《韦庄集笺注》，上海古籍出版社，2002 年 4
　月第 1 版，第 309 页。
② （唐五代）韦庄著，聂安福笺注《韦庄集笺注》，上海古籍出版社，2002 年 4
　月第 1 版，第 310—311 页。
③ （唐五代）韦庄著，聂安福笺注《韦庄集笺注》，上海古籍出版社，2002 年 4
　月第 1 版，第 311 页。

　　昭宗光化元年，郑谷随昭宗由华州返长安，有《回銮》一诗，又有《初还京师寓止府署，偶题屋壁》："秋光不见旧亭台，四顾荒凉瓦砾堆。火力不能销地力，乱前黄菊眼前开。"①与上文韦庄几首诗有类似感喟。

　　天复元年（901），韩全海等劫昭宗出奔凤翔。韩偓追至凤翔，任翰林学士承旨，有《辛酉岁冬十一月随驾幸，岐下作》《冬至夜作（天复二年壬戌随驾在凤翔府）》等诗纪事抒怀。次年夏，昭宗分赐樱桃给朝士，韩偓又有感而作《恩赐樱桃分寄朝士，在岐下》。是年秋，韩偓又作《秋霖夜忆家（随驾在凤翔府）》："垂老何时见弟兄，背灯愁泣到天明。不知短发能多少，一滴秋霖白一茎。"②颇类老杜之"白头搔更短，浑欲不胜簪"。

　　这位韩偓，真算得上是一位刚直有胆之人，并不是一个只会写香奁体的艳情诗人。《资治通鉴·唐纪七十九》载：

　　　　韦贻范之为相也，多受人赂，许以官；既而以母丧罢去，日为债家所噪。亲吏刘延美，所负尤多，故汲汲于起复，日遣人诣两中尉、枢密及李茂贞求之。甲戌，命韩偓草贻范起复制，偓曰："吾腕可断，此制不可草！"即上疏论贻范遭忧未数月，遽令起复，实骇物听，伤国体。学士院二中使怒曰："学士勿以死为戏！"偓以疏授之，

<hr>

① （唐）郑谷著，严寿澂、黄明、赵昌平笺《郑谷诗集笺注》，上海古籍出版社，2009年10月第1版，第251页。

② 吴在庆校注《韩偓集系年校注》谓："韩偓随驾在凤翔府之时间自天复元年十一月至三年二月其被贬濮州司马时。其在凤翔'秋霖夜忆家'，只能在天复二年秋。故统签本诗题下小注云'天复二年，随驾凤翔'。则此诗确乃作于天复二年（公元九〇二年）秋。"参韩偓著，吴在庆校注《韩偓集系年校注》，中华书局，2015年8月第1版，第62—63页。

解衣而寝；二使不得已奏之。上即命罢草，仍赐敕褒赏
之。八月，乙亥朔，班定，无白麻可宣；宦官喧言韩侍
郎不肯草麻，闻者大骇。茂贞入见上曰："陛下命相而
学士不肯草麻，与反何异！"上曰："卿辈荐贻范，朕
不之违；学士不草麻，朕亦不之违。况彼所陈，事理明白，
若之何不从！"茂贞不悦而出，至中书，见苏检曰："奸
邪朋党，宛然如旧。"扼腕者久之。[①]

也是天复二年，昭宗还在凤翔行在，而朱全忠令崔胤帅百官
及京城居民迁于华州。此时郑谷似在华州，有诗《壬戌西幸后》：
"武德门前颢气新，雪融鸳瓦土膏春。夜来梦到宣麻处，草没
龙墀不见人。"[②]毫无顾忌地写对昭宗的眷恋与思念，也是需要
胆量的。

当然，也有很多文人，其心思、其诗笔，并不怎么关心当时
的时事与现实，比如广明元年（881）黄巢入长安时写过"何当回
万乘，重睹玉京春"[③]的司空图，后来就隐居在华阴（再后来隐居
中条山），不再关注时事与现实，朝廷屡次征召，他拒不接受；不
管社会多么动荡，他的诗歌中也绝少涉及。这或许也多少说明了
当时唐王朝在一些文人心目中的地位，即一些文人并不在意它的
存亡了。不过，即如司空图，最终，开平二年（908），哀帝被弑，
他绝食呕血而卒，说明他的心中并没有完全地隔绝现实，也说明
他对李唐王朝还是忠诚的。

① 《资治通鉴·唐纪七十九》，中华书局，1956 年 6 月第 1 版，第 8577—8578 页。
② 参吴在庆、傅璇琮《唐五代文学编年史·晚唐卷》，辽海出版社，1998 年 12
　月第 1 版，第 936 页。诗见严寿澂等《郑谷诗集笺注》第 445 页。
③ （清）彭定求等编《全唐诗》，中华书局，1960 年 4 月第 1 版，第 10002 页。

翻检晚唐关中诗歌，我们看到，诗写时事、以诗纪实的诗人，主要是韦庄、郑谷、韩偓、唐彦谦等人。这些人，在过去几十年的文学史类著作中，大都是被贬斥的，认为他们的作品不关现实，比如韩偓是写"香奁体"艳情的、韦庄是"花间体"的代表词人。而事实是，他们在脂粉等题材之外，也多有写实之作，甚至是当时写现实的主要诗人。

第四节　咏史、登高与怀古

一、咏史怀古

晚唐时期，咏史怀古成为诗歌创作的一个潮流，关中，尤其是长安的诗坛，亦不例外。比如，储嗣宗有一首《长安怀古》："祸稔萧墙终不知，生人力屈尽边陲。赤龙已赴东方暗，黄犬徒怀上蔡悲。面缺崩城山寂寂，土埋冤骨草离离。秋风解怨扶苏死，露泣烟愁红树枝。"①这首诗，思接千古，视野辽阔，或用典、或直说，将刘邦、李斯、扶苏等人纳入诗中，引发读者无尽的联想。

咏史怀古，大都是就某一古迹引发感慨。就晚唐关中诗而言，比较典型的是马嵬、华清宫，以及华清宫所在的骊山等。这里以最为典型的骊山和华清宫诗为例略作叙说。

相关作品，有的篇幅很长，如温庭筠《过华清宫二十二韵》、徐夤《依御史温飞卿华清宫二十二韵》，44句，220字；杜牧《华清宫三十韵》、张祜《华清宫和杜舍人》（一作薛能诗，一作赵嘏诗），60句，300字；而郑嵎《津阳门诗》，则长达200句，1400字，几乎快赶上韦庄著名的长篇史诗《秦妇吟》了（按，津阳门，华清宫之外阙。而韦庄的《秦妇吟》虽然写黄巢兵进长安后之乱象，但写于洛阳，故不在本书讨论范围）。这里，我们仅列举一些短篇。

写骊山的诗，如：

> 骊岫飞泉泛暖香，九龙呵护玉莲房。

---

① （清）彭定求等编《全唐诗》，中华书局，1960年4月第1版，第6885页。

平明每幸长生殿，不从金舆唯寿王。

　　　　　　　——李商隐《骊山有感》[①]

冷日微烟渭水愁，翠华宫树不胜秋。
霓裳一曲千门锁，白尽梨园弟子头。

　　　　——赵嘏《冷日过骊山》（一作孟迟诗）[②]

闻说先皇醉碧桃，日华浮动郁金袍。
风随玉辇笙歌迥，云卷珠帘剑佩高。
凤驾北归山寂寂，龙旗西幸水滔滔。
贵妃没后巡游少，瓦落宫墙见野蒿。

　　　　　　　——许浑《途经骊山》[③]

　　李商隐诗，重在讽刺批判，"不从金舆唯寿王"一句，力重千钧。杨贵妃本是玄宗之子寿王李瑁的妃子，却被玄宗抢来做自己的妃子。所以，玄宗每每带她来骊山享乐之时，心中最不是滋味的当然是寿王李瑁。这样的诗句，批判的力量很强烈，可以见出作者心中的激愤之情。后两首诗，更多的是今昔盛衰之感慨，"翠华宫树不胜秋""白尽梨园弟子头""瓦落宫墙见野蒿"，令人唏嘘。

　　晚唐诗人咏写华清宫，最著名的莫过于杜牧的《过华清宫绝句三首》：

① （唐）李商隐著，刘学锴、余恕诚集解《李商隐诗歌集解》，中华书局，1988年12月第1版，第1680页。

② （清）彭定求等编《全唐诗》，中华书局，1960年4月第1版，第6368页。

③ （唐）许浑著，罗时进笺证《丁卯集笺证》，中华书局，2012年7月第1版，第308页。

　　　　长安回望绣成堆，山顶千门次第开。
　　　　一骑红尘妃子笑，无人知是荔枝来。

　　　　新丰绿树起黄埃，数骑渔阳探使回。
　　　　《霓裳》一曲千峰上，舞破中原始下来。

　　　　万国笙歌醉太平，倚天楼殿月分明。
　　　　云中乱拍禄山舞，风过重峦下笑声。①

　　这三首诗，尤以第一首最为著名。荔枝，是这首诗的关键生发点。诗人之所以要把杨贵妃看荔枝的场景安排在长安城外骊山上的华清宫而不是长安城内的兴庆宫，"这是因为，华清宫的宴安享乐，是唐玄宗后期政治上逐渐腐败、危机日益深化的一种表征，也是唐王朝由极盛转衰的前兆和典型标志"②。诗人认为，正是因为唐明皇宠溺杨贵妃、偏信安禄山才导致了安史之乱，批判的色彩非常鲜明。

　　此外，以"华清宫"为题的名作还有很多，如：
　　司空图《华清宫》：

　　　　帝业山河固，离宫宴幸频。
　　　　岂知驱战马，只是太平人。③

---

① （唐）杜牧著，吴在庆校注《杜牧集系年校注》，中华书局，2008年10月第1版，第221—228页。
② 刘学锴《唐诗选注评鉴》，中州古籍出版社，2013年9月第1版，第2089页。
③ （清）彭定求等编《全唐诗》，中华书局，1960年4月第1版，第7254—7255页。

姚合《晓望华清宫》：

> 晓看楼殿更鲜明，遥隔朱栏见鹿行。
> 武帝自知身不死，教修玉殿号长生。[1]

李商隐《华清宫》：

> 华清恩幸古无伦，犹恐蛾眉不胜人。
> 未免被他褒女笑，只教天子暂蒙尘。[2]

李商隐《华清宫》：

> 朝元阁迥羽衣新，首按昭阳第一人。
> 当日不来高处舞，可能天下有胡尘？[3]

林宽《华清宫》：

> 殿角钟残立宿鸦，朝元归驾望无涯。
> 香泉空浸宫前草，未到春时争发花。[4]

---

[1]（清）彭定求等编《全唐诗》，中华书局，1960 年 4 月第 1 版，第 5686 页。按，此诗《全唐诗》又作王建诗，个别字有差异。
[2]（唐）李商隐著，刘学锴、余恕诚集解《李商隐诗歌集解》，中华书局，1988 年 12 月第 1 版，第 1674 页。
[3]（唐）李商隐著，刘学锴、余恕诚集解《李商隐诗歌集解》，中华书局，1988 年 12 月第 1 版，第 1678 页。
[4]（清）彭定求等编《全唐诗》，中华书局，1960 年 4 月第 1 版，第 7001 页。

华清宫莲花汤池（唐玄宗专用）。摄于 2016 年 5 月 24 日

罗隐《华清宫》：

> 楼殿层层佳气多，开元时节好笙歌。
> 也知道德胜尧舜，争奈杨妃解笑何！ [1]

高蟾《华清宫》：

> 何事金舆不再游，翠鬟丹脸岂胜愁。
> 重门深锁禁钟后，月满骊山宫树秋。 [2]

---

[1] （唐）罗隐著，雍文华校辑《罗隐集》，中华书局，1983 年 12 月第 1 版，第 156 页。
[2] （清）彭定求等编《全唐诗》，中华书局，1960 年 4 月第 1 版，第 7647 页。

吴融《华清宫》：

> 渔阳烽火照函关，玉辇匆匆下此山。
> 一曲羽衣听不尽，至今遗恨水潺潺。①

张祜《华清宫四首》：

一

> 风树离离月稍明，九天龙气在华清。
> 宫门深锁无人觉，半夜云中羯鼓声。

二

> 天阁沉沉夜未央，碧云仙曲舞霓裳。
> 一声玉笛向空尽，月满骊山宫漏长。

三

> 红树萧萧阁半开，上皇曾幸此宫来。
> 至今风俗骊山下，村笛犹吹阿滥堆。

四

> 水绕宫墙处处声，残红长绿露华清。
> 武皇一夕梦不觉，十二玉楼空月明。②

① （清）彭定求等编《全唐诗》，中华书局，1960年4月第1版，第7873页。
② （唐）张祜著，尹占华校注《张祜诗集校注》，巴蜀书社，2007年7月第1版，第187—190页。

这些诗，或感叹，或讽刺，或激愤，都是在发历史之感慨，是为大唐盛世的一去而不复返在叹息，尤其是张祜的四首组诗，写得余味深长，颇具感动人心的艺术魅力。

二、登高怀古

晚唐关中诗，写得比较多的又一个类型是登高抒怀，如许浑有《咸阳西门城楼晚眺》，此诗题目又作《咸阳城东楼》《咸阳城西楼晚眺》《咸阳城西门晚眺》等，不管哪个题目，总之是咸阳城楼晚眺。诗曰：

> 一上高城万里愁，蒹葭杨柳似汀洲。
> 溪云初起日沉阁，山雨欲来风满楼。
> 鸟下绿芜秦苑夕，蝉鸣黄叶汉宫秋。
> 行人莫问前朝事，渭水寒声昼夜流。①

诗写登楼远望，引发乡愁。又写雨前、雨后景象。夕、秋，既是即时的自然时节，又寓衰飒之意，与"秦苑""汉宫"连在一起，更增加了这种成分。尾联更是表达出逝者如斯的无奈、惆怅与伤感。登高远眺，怀古伤今，低沉绵缈。

晚唐关中诗人的登高，更集中地体现在长安的乐游原上。乐游原，又名乐游苑，在长安城南，地势高敞，是唐代登高游览胜地。唐人每每登临，多有诗作，晚唐的乐游原诗，以小李杜写得最好：

① （唐）许浑著，罗时进笺证《丁卯集笺证》，中华书局，2012年7月第1版，第311页。

将赴吴兴登乐游原

杜牧

清时有味是无能，闲爱孤云静爱僧。

欲把一麾江海去，乐游原上望昭陵。[①]

登乐游原

杜牧

长空澹澹孤鸟没，万古销沉向此中。

看取汉家何事业，五陵无树起秋风。[②]

前一首，是作者"将赴吴兴"而来此一游，似有留恋之意；后一首，乃是登高怀古。两首分别提到了昭陵和五陵。昭陵，是唐太宗李世民的陵墓，在今咸阳市礼泉县境内；五陵，指汉代的五座帝陵，俱在咸阳原上。无论昭陵还是五陵，均在乐游原西北方向。看来杜牧每临乐游原，最喜远眺的是西北咸阳方向。

乐游原

李商隐

万树鸣蝉隔断虹，乐游原上有西风。

羲和自趁虞泉宿，不放斜阳更向东。[③]

---

① （唐）杜牧著，吴在庆校注《杜牧集系年校注》，中华书局，2008 年 10 月第 1 版，第 320 页。

② （唐）杜牧著，吴在庆校注《杜牧集系年校注》，中华书局，2008 年 10 月第 1 版，第 229 页。

③ （唐）李商隐著，刘学锴、余恕诚集《李商隐诗歌集解》，中华书局，1988 年 12 月第 1 版，第 2167 页。

登乐游原

李商隐

向晚意不适，驱车登古原。

夕阳无限好，只是近黄昏。①

　　李商隐的这两首诗，前首基本上是慨叹时光流逝，后首赏景
又叹息，可以说是唐人乐游原诗中最为后人所熟知的一首了。"夕
阳无限好，只是近黄昏"，虽然也有人理解这后一句的意思为美
好的夕阳景象"就是在""正是在"这黄昏时分，理解为褒义②，而
一般的理解均为表示遗憾之义；且正如谭献所言，"作者之用心未
必然，而读者之用心何必不然"③。在后人看来，这"夕阳无限好，
只是近黄昏"，正表现着晚唐人对大唐王朝日落西山的无限眷恋。

---

① （唐）李商隐著，刘学锴、余恕诚集解《李商隐诗歌集解》，中华书局，1988
年12月第1版，第2168页。
② 参周汝昌先生赏析本诗的多篇论文。
③ （清）谭献《复堂词录序》，见谭献《复堂词》，华东师范大学出版社，2010
年10月第1版，第58页。

第五节　几则风流故事

一、宫女题诗

在唐代，红叶题诗的故事有好几则，而晚唐的长安，有这样一则：

《云溪友议》卷下载：

> 卢渥舍人应举之岁，偶临御沟，见一红叶，命仆搴来。叶上乃有一绝句，置于巾箱，或呈于同志。及宣宗既省宫人，初下诏，许从百官司吏，独不许贡举人。渥后亦一任范阳，获其退宫人，睹红叶而吁怨久之，曰："当时偶题随流，不谓郎君收藏巾箧。"验其书，无不讶焉。诗曰："水流何太急，深宫尽日闲。殷勤谢红叶，好去到人间。"①

这则结局美满的故事，符合人们对美好事物的向往，也客观上反映了当时宫女的一些真实状态；而这首诗，则说明唐代的宫女是很有文采的，会写诗；也反映了她们平时生活的寂寞和孤独，"好去到人间"，正是她们渴望自由的正常生活的心声表露。

《唐诗纪事》又载录了另一则类似的故事：

> 僖宗自内出袍千领，赐塞外吏士。神策军马真，于袍中得金锁一枚，诗一首云：玉烛制袍夜，金刀呵手裁。

---

① （唐）范摅著，阳羡生校点《云溪友议》，上海古籍出版社，2012年11月第1版，第125页。

锁寄千里客，锁心终不开。真就市货锁，为人所告，主
将得其诗，奏闻。僖宗令赴阙，以宫人妻真。后僖宗幸蜀，
真昼夜不解衣，前后捍御。[①]

这是另一则结局美好的故事，只不过和前一个故事相比，主
人公的一方变成了武将。这首诗，也反映了宫女的一种心态。千
里姻缘一线牵，一首诗，则成了牵系他们的纽带。

二、宣宗爱唱《菩萨蛮》词

五代孙光宪写的《北梦琐言》又记载了这样一件事：

宣宗爱唱《菩萨蛮》词，令狐相国假其（温庭筠）
新撰密进之，戒令勿他泄，而遽言于人，由是疏之。[②]

温庭筠词，有多首《菩萨蛮》，其中最著名的当属"小山重
叠金明灭"一首。到底令狐绹假冒而进献给皇帝的是哪一首，已
无从考证。不过这则趣闻也反映出几个问题，如：宣宗爱唱小词，
宰相令狐绹不善作词，温庭筠善于写词，宰相有欺上瞒下的行为，
温庭筠为人不可靠，等等。

三、鱼玄机的情诗

鱼玄机，字蕙兰，咸通年间长安咸宜观女道士，风流"女

---

① （宋）计有功著，王仲镛校笺《唐诗纪事校笺》，中华书局，2007 年 11 月第 1 版，
　第 2522 页。
② （五代）孙光宪著，林艾园校点《北梦琐言》，上海古籍出版社，1981 年 11
　月第 1 版，第 29 页。

仙"。关于她的故事，唐人皇甫枚《三水小牍》、五代孙光宪《北梦琐言》、宋人计有功《唐诗纪事》、元人辛文房《唐才子传》等均有载述，其间情节，大同小异。

《北梦琐言》载：

> 唐女道鱼玄机，字蕙兰，甚有才思。咸通中，为李亿补阙执箕帚，后爱衰下山，隶咸宜观为女道士，有怨李公诗曰："易求无价宝，难得有心郎。"又云："蕙兰销歇归春浦，杨柳东西伴客舟。"自是纵怀，乃娼妇也。竟以杀侍婢为京兆尹温璋杀之，有集行于世。①

《唐才子传》载：

> 玄机，长安人，女道士也。性聪慧，好读书，尤工韵调，情致繁缛。
>
> 咸通中及笄，为李亿补阙侍宠。夫人妒不能容，亿遣隶咸宜观披戴。有怨李诗云："易求无价宝，难得有心郎。"
>
> 与李郢端公同巷，居止接近，诗筒往反；复与温庭筠交游，有相寄篇什。
>
> 尝登崇真观南楼，睹新进士题名，赋诗曰："云峰满目放春情，历历银钩指下生。自恨罗衣掩诗句，举头空羡榜中名。"观其意激切，使为一男子，必有用之才，

---

① （宋）孙光宪著，林艾园点校《北梦琐言》，上海古籍出版社，1981年11月第1版，第71—72页。

作者颇怜赏之。时京师诸宫宇女郎，皆清俊济楚，簪星曳月，唯以吟咏自遣，玄机杰出，多见酬酢云。①

《三水小牍》云：

西京咸宜观女道士鱼玄机，字幼微，长安倡家女也。色既倾国，思乃入神，喜读书属文，尤致意于一吟一咏。破瓜之岁，志慕清虚，咸通初，遂从冠帔于咸宜，而风月赏玩之佳句，往往播于士林。然蕙兰弱质，不能自持，复为豪侠所调，乃从游处焉。于是风流之士争修饰以求狎，或载酒诣之者，必鸣琴赋诗，间以谑浪，惛学辈自视缺然。其诗有"绮陌春望远，瑶徽秋兴多"。又"殷勤不得语，红泪一双流"。又"焚香登玉坛，端简礼金阙"。又云："多情自郁争因梦，仙貌长芳又胜花。"此数联为绝矣。

一女僮曰"绿翘"，亦特明惠有色。忽一日，机为邻院所邀，将行，诫翘曰："无出。若有熟客，但云在某处。"机为女伴所留，迨暮方归院。绿翘迎门曰："适某客来，知炼师不在，不舍辔而去矣。"客乃机素相昵者，意翘与之狎。及夜，张灯扃户，乃命翘入卧内，讯之。翘曰："自执巾盥数年，实自检御，不令有似是之过，致忤尊意。且某客至，款扉，翘隔阖报云'炼师不在'。客无言，策马而去。若云情爱，不蓄于胸襟有年矣，幸炼师无疑。"机愈怒，裸而笞百数，但言无之。既委顿，

---

① 傅璇琮主编《唐才子传校笺》（第三册），中华书局，1987 年 5 月第 1 版，第 448—452 页。

请杯水酹地曰："炼师欲求三清长生之道，而未能忘解佩荐枕之欢，反以沉猜，厚诬贞正，翘今必死于毒手矣！无天则无所诉，若有，谁能抑我强魂？誓不蠢蠢于冥莫之中，纵尔淫佚！"言讫，绝于地。机恐，乃坎后庭瘗之，自谓人无知者。时咸通戊子春正月也。有问翘者，则曰："春雨霁，逃矣。"客有宴于机室者，因溲于后庭，当瘗上，见青蝇数十集于地，驱去复来；详视之，如有血痕，且腥。客既出，窃语其仆。仆归，复语其兄。其兄为府街卒，尝求金于机，机不顾，卒深衔之。闻此，遽至观门觇伺，见偶语者，乃讶不睹绿翘之出入。街卒复呼数卒，携锸共突入玄机院发之，而绿翘貌如生。卒遂录玄机京兆府，吏诘之，辞伏，而朝士多为言者。府乃表列上，至秋，竟戮之。在狱中亦有诗曰："易求无价宝，难得有心郎。明月照幽隙，清风开短襟。"此其美者也。[1]

　　以上记载，虽非信史，当非完全出于编造，且"《三水小牍》作者皇甫枚与鱼玄机为同时人，《三水小牍·赵知微雨夕登天柱峰玩月》云：'咸通辛卯岁……皇甫枚时居兰陵里第'。辛卯即咸通十二年（871），时枚居于长安兰陵里，则其宅第与鱼所居之亲仁坊咸宜观相去不远，或与鱼亦相识；鱼被杀之时，枚或亦在长安"；"《三水小牍》虽小说味颇浓，然皇甫枚与玄机同时，其所记玄机于咸通九年被杀，当不致误"[2]。不仅鱼玄机的结局，是书所记"当不致误"，其他情节，想必有据。

① （唐）皇甫枚著，穆公校点《三水小牍》，见上海古籍出版社编《唐五代笔记小说大观》，上海古籍出版社，2000年3月第1版，第195—196页。
② 傅璇琮主编《唐才子传校笺》，中华书局，1987年5月第1版，第448、452页。

通过以上的记述，可以看出鱼玄机是一个颇有才艺与文采的女子，她才艺并茂，风情万种，行为不羁，风流放荡，与当时多位风流才子皆有两性方面的结交，而且毫无顾忌，甚至对已经60多岁的温庭筠也写暧昧的诗（原诗见下文）①；她还是一位颇具豪情的奇女子，其观新进士题名之言行可知；同时，她还是一位妒妇悍妇，因妒而杀人。当然，她最有个性和特色的还是其才艺。

《全唐诗》《全唐诗补编》中，鱼玄机相关的诗作不少，除前文中《游崇真观南楼睹新及第题名处》等诗之外，列举几首有关男女之情的诗作如下：

寄李亿员外（一作《赠邻女》）

羞日遮罗袖，愁春懒起妆。易求无价宝，难得有心郎。
枕上潜垂泪，花间暗断肠。自能窥宋玉，何必恨王昌。②

春情寄子安

山路敧斜石磴危，不愁行路苦相思。
冰销远涧怜清韵，雪远寒峰想玉姿。
莫听凡歌春病酒，休招闲客夜贪棋。
如松匪石盟长在，比翼连襟会肯迟。
虽恨独行冬尽日，终期相见月圆时。
别君何物堪持赠，泪落晴光一首诗。③

---

① 参傅璇琮主编《唐才子传校笺》，中华书局，1987 年 5 月第 1 版，第 451 页；吴在庆、傅璇琮《唐五代文学编年史·晚唐卷》第 519 页。
② （清）彭定求等编《全唐诗》，中华书局，1960 年 4 月第 1 版，第 9047 页。
③ （清）彭定求等编《全唐诗》，中华书局，1960 年 4 月第 1 版，第 9049 页。

冬夜寄温飞卿

苦思搜诗灯下吟，不眠长夜怕寒衾。

满庭木叶愁风起，透幌纱窗惜月沉。

疏散未闲终遂愿，盛衰空见本来心。

幽栖莫定梧桐处，暮雀啾啾空绕林。①

闻李端公垂钓回寄赠

无限荷香染暑衣，阮郎何处弄船归。

自惭不及鸳鸯侣，犹得双双近钓矶。②

迎李近仁员外

今日喜时闻喜鹊，昨宵灯下拜灯花。

焚香出户迎潘岳，不羡牵牛织女家。③

　　由此，可以看出鱼玄机的才艺及风流，也可佐证五代以来的一种看法："唐代女冠似妓。"当然，此说太过绝对，而如果说部分女冠如此，盖不为过。

---

① （清）彭定求等编《全唐诗》，中华书局，1960 年 4 月第 1 版，第 9049 页。

② （清）彭定求等编《全唐诗》，中华书局，1960 年 4 月第 1 版，第 9051 页。

③ （清）彭定求等编《全唐诗》，中华书局，1960 年 4 月第 1 版，第 9054—9055 页。

余　论

这里，还需要提及唐昭宗引用过的一首俚语。有文献称其为昭宗词，如果是昭宗本人创作的"词"，那么，它在中国词学史上是值得充分关注的。关于它的创作背景和经过，史书有明确记载：

> 初，太祖与崔胤谋，欲迁都洛阳，而昭宗不许。其后昭宗奔于凤翔，太祖以兵围之，昭宗既出，明年，太祖以兵至河中，遣彦卿奉表迫请迁都。彦卿因悉驱徙长安居人以东，皆拆屋为筏，浮渭而下，道路号哭，仰天大骂曰："国贼崔胤、朱温使我至此！"昭宗亦顾瞻陵庙，傍徨不忍去，谓其左右为俚语云："纥干山头冻死雀，何不飞去生处乐。"相与泣下沾襟。①

《资治通鉴·唐纪八十》这样记载：

> 甲子，车驾至华州，民夹道呼万岁，上泣谓曰："勿呼万岁，朕不复为汝主矣！"馆于兴德宫，谓侍臣曰："鄙语云：'纥干山头冻杀雀，何不飞去生处乐。'朕今漂泊，不知竟落何所！"因泣下沾襟，左右莫能仰视。②

而《北梦琐言》则称这是昭宗自作的一首《思帝乡》词：

> 既入华州，百姓呼万岁，帝泣谓百姓曰："百姓勿唱万岁，朕弗能与尔等为主也。"沿路有《思帝乡》之词，

---

① 《新五代史·寇彦卿传》，中华书局，1974 年 12 月第 1 版，第 220 页。
② 《资治通鉴·唐纪八十》，中华书局，1956 年 6 月第 1 版，第 8627 页。

乃曰："纥干山头冻杀雀，何不飞去生处乐？况我此行
悠悠，未知落在何所？"言讫，泫然流涕。①

从这几则材料看，实则前两句为昭宗所吟之"俚语"，有多
种版本可证；而后两句则是他再次漂泊途中所发的感慨，并不是
一次性"创作"的一首完整的"词"。

除过前文所述几类内容之外，晚唐关中诗所写，也还有其他
的方面。比如，书写隐逸生活及其情趣，或者抒发归隐之情，也
是晚唐关中诗的一个重要内容。尤其是黄巢起兵前后，当一批诗
人以诗纪实时，也有另一些诗人心向林泉。如光启元年（885），
秦韬玉随僖宗从蜀中返回长安，所作《长安书怀》，就有"早晚
身闲着蓑去，橘香深处钓船横"②的句子。昭宗乾宁二年（895），
司空图隐居华阴，尚颜作《寄华阴司空侍郎》诗赞其"换笔修僧
史，焚香阅道经"③，徐夤写《寄华山司空侍郎二首》言其"金阙
争权竞献功，独逃征诏卧三峰"，"闲吟每待秋空月，早起长先野
寺钟"④。直到乾宁四年（897），司空图61岁，作《丁巳元日》，
仍自称"自乏匡时略，非沽矫俗名"，"移居荒药圃，耗志在棋
枰"⑤，另一首《丁巳重阳》，亦称"自贺逢时能自弃，归鞭唯拍马
鞯吟"⑥。

---

① （宋）孙光宪著，林艾园校点《北梦琐言》，上海古籍出版社，1981年11月
　第1版，第111—112页。
② （清）彭定求等编《全唐诗》，中华书局，1960年4月第1版，第7656页。
③ （清）彭定求等编《全唐诗》，中华书局，1960年4月第1版，第9599页。
④ （清）彭定求等编《全唐诗》，中华书局，1960年4月第1版，第8166—8167页。
⑤ （清）彭定求等编《全唐诗》，中华书局，1960年4月第1版，第10002页。
⑥ 参陶礼天《司空图年谱汇考》，华文出版社，2002年3月第1版，第128页。
　诗见中华书局1960年版《全唐诗》第7251页。

隐逸之外，晚唐关中诗还有一些其他内容，不过都不是主要的潮流了。

至于五代时期，关中失去了政治、文化中心的地位，且动乱不息，没有什么有影响的文化人居于此地。至少，在笔者所接触的材料中，没有什么有影响的文人在此活动且写过有重要意义的诗作，只有极个别的诗人诗作（如郑云叟隐居华山，后唐、后晋皆笼络之，拒不应招，诗酒逍遥，曾与罗隐之酒酣联句，郑曰："一壶天上有名物，两个世间无事人。"罗曰："醉却隐之云叟外，不知何处是天真。"①），故此可以暂时略过。

① 《旧五代史·晋书·郑云叟传》，中华书局，1976 年 5 月第 1 版，第 1238 页。

第六章　宋金元时期的关中诗

第一节　北宋关中诗

公元 960 年（后周显德七年），赵匡胤发动"陈桥兵变"，黄袍加身，建立宋朝。

五代以后，关中地区因为失去了政治、文化中心的地位，文学创作也跌入低谷，不再像唐朝时那样繁盛。然而，也还总有那么一些诗人诗作。

就文化方面而言，北宋的人文创造总显得比较精致，关中地区也是如此。即如比较高大的建筑，如现存澄城县精进寺塔、彬州市开元寺塔、旬邑县泰塔，其细节之精致实在让人感叹①。

北宋时，有不少诗歌记录了关中的人文风情。这些诗歌的作者，大都是在关中任职的文人。虽然也有出生于关中的文人，但这些人或因大部分活动时间在关中之外，或因作品的流失，并没有多少诗歌保存下来。这里，分别以寇准、苏轼、宋京三人的作品作为北宋前期、中期、后期的代表，略述如下：

---

① 这几座塔，有人认为是唐塔，有人认为是唐塔宋修。断定为宋塔，不会有什么问题。

澄城县精进寺塔，唐建宋修。摄于 2016 年 8 月 16 日

彬州开元寺宋塔。摄于 2016 年 9 月 1 日

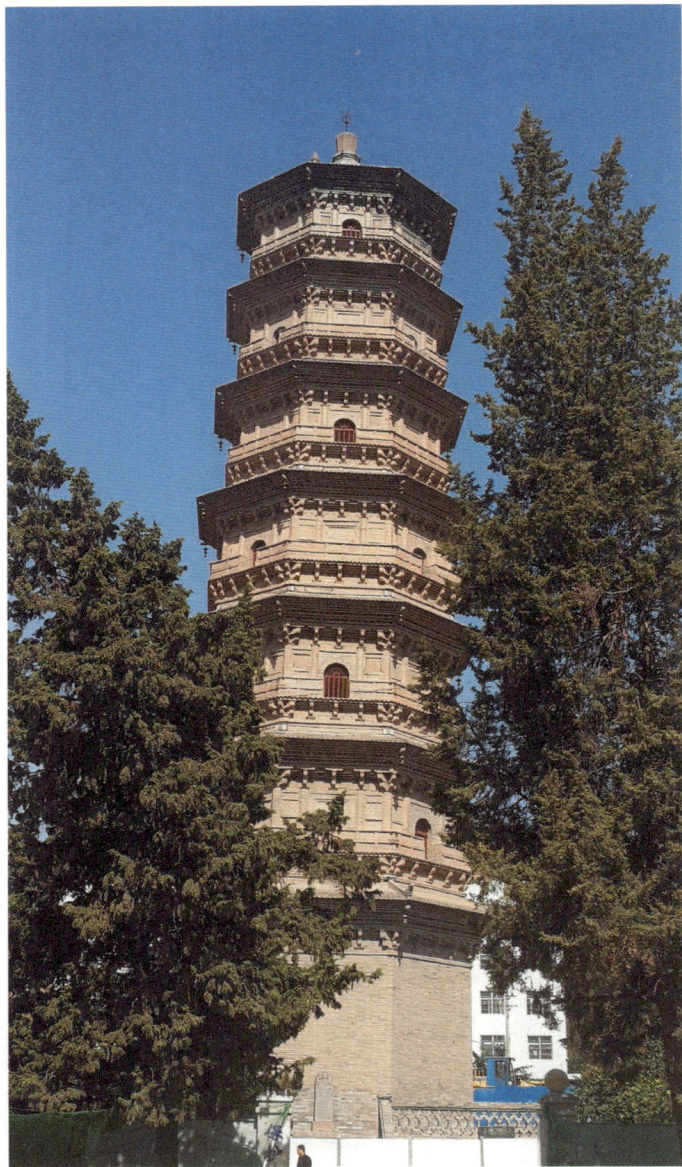

旬邑县泰塔（宋塔）。摄于 2018 年 10 月 4 日

一、秦川风貌与一缕愁绪：寇准的关中诗

寇准，是北宋前期著名的政治家，曾两度为相。宋太宗曾说："朕得寇准，犹文皇之得魏征也。"①寇准死后，"赠中书令、莱国公，后又赐谥曰忠愍。皇祐四年，诏翰林学士孙抃撰神道碑，帝（仁宗）为篆其首曰'旌忠'"②。

寇准是华州下邽（今陕西渭南）人，八岁时，曾吟有《华山》诗，诗曰："只有天在上，更无山与齐。举头红日近，回首白云低。"③宋人陈辅（字辅之）《陈辅之诗话》载，寇准的老师看到这首诗，十分欣赏，对其父曰："贤郎怎不作宰相！"④

成年后，寇准曾知同州（今陕西大荔），又徙知凤翔府（今陕西凤翔），五十多岁时，又曾判永兴军（今陕西西安）。在这些地方，都有诗作，客观上反映了当时当地的自然风光及其他情况。

寇准写长安的诗有《初到长安书怀》《长安春望感怀》《长安春日》《长安春书》《长安书事》《春日长安故苑有怀》《杜陵》等。

长安春望感怀

灞岸春波远，秦川暮雨微。

凭高正愁绝，烟树更斜晖。⑤

---

① 《宋史·寇准传》，中华书局，1985 年 6 月新 1 版，第 9527 页。
② 《宋史·寇准传》，中华书局，1985 年 6 月新 1 版，第 9534 页。
③ 见清冯景《施注苏诗续补遗》卷下《半山亭》诗注，清文渊阁四库全本书，台湾商务印书馆影印，第 1110 册，第 761 页。
④ 郭绍虞《宋诗话辑佚》，中华书局，1980 年 9 月第 1 版，第 292 页。
⑤ （宋）寇准《忠愍公诗集》，1936 年陕西通志馆铅印《关中丛书》本，卷中，第 17 页。

长安春日

淡淡秦云薄似罗，灞桥杨柳拂烟波。

夕阳楼上山重叠，未抵愁春一倍多。①

　　这两首诗，都是写长安春日，都利用了灞桥、灞柳这一中国古典诗歌中有特定含义的意象，表现传统的春愁，流露出一种淡淡的忧伤。而《长安春昼》一首中又写"雨霁晚街官柳色，日长春寺讲钟声"②，又写"柳色"，表现长安的特色，又写"春寺讲钟声"，说明当时长安佛寺是比较多的。而他的《春日长安故苑有怀》写："唐室空城有旧基，荒凉长使后人悲。遥村日暖花空发，废苑春深柳自垂。事著简编犹可念，景随陵谷更何疑。入梁朝士无多在，谁向秋风咏黍离。"③则又是咏叹史事、感喟兴亡了。

　　寇准知凤翔府期间，曾写有《岐下秋书》《岐下西园秋日书事》等诗。前一首写"碧树微凉露气清，感愁怀旧独含情。西楼月夜明如水，只欠桓伊一笛声"④。后一首写"务简群吏散，披襟幽兴长。松篁经晚节，兰菊有清香。水净澄秋色，山高见夕阳。身闲心自泰，何必濯沧浪"⑤。以"幽兴"为主，表现出一种比较闲

---

① （宋）寇准《忠愍公诗集》，1936 年陕西通志馆铅印《关中丛书》本，卷下，第 2 页。

② （宋）寇准《忠愍公诗集》，1936 年陕西通志馆铅印《关中丛书》本，卷下，第 3 页。

③ （宋）寇准《忠愍公诗集》，1936 年陕西通志馆铅印《关中丛书》本，卷下，第 8 页。

④ （宋）寇准《忠愍公诗集》，1936 年陕西通志馆铅印《关中丛书》本，卷中，第 17 页。

⑤ （宋）寇准《忠愍公诗集》，1936 年陕西通志馆铅印《关中丛书》本，卷中，第 18 页。

散清幽的心态。

知同州时，寇准作有《左冯寺楼闲望》，左冯即左冯翊，汉代郡名，北宋时为冯翊县，同州治所。诗曰：

> 闲思至道年中事，独倚左冯城外楼。
> 目断平皋人不见，暮天无际水悠悠。[1]

这是一首望远抒怀诗，基本上是同类诗惯用的写法，抒发的也是一般同类诗共有的感慨。

寇准还有一首《再归秦川》，诗曰：

> 阮路何方尽，西归兴未劳。河流经陕狭，山色入秦高。
> 返照明秋垒，孤村接暮涛。还如丁令至，故里满蓬蒿。[2]

从尾联看，这首诗应该是诗人回到家乡渭南时的作品。寇准知同州是在咸平二年（999）。同州距其家乡极近，回家很便利。此外，寇准任参知政事时也曾回过家乡。《宋史》本传载："自唐末，蕃户有居渭南者，温仲舒知秦州，驱之渭北，立堡栅以限其往来。太宗览奏不怿，曰：'古羌戎尚杂处伊、洛，彼蕃夷易动难安，一有调发，将重困吾关中矣。'准言：'唐宋璟不赏边功，卒致开元太平。疆场之臣邀功以稔祸，深可戒也。'帝因命准使渭

---

① （宋）寇准《忠愍公诗集》，1936 年陕西通志馆铅印《关中丛书》本，卷下，第 3 页。
② （宋）寇准《忠愍公诗集》，1936 年陕西通志馆铅印《关中丛书》本，卷中，第 1 页。

渭南寇准墓。杨恩成摄于 2008 年 9 月 17 日

北,安抚族帐,而徙仲舒凤翔。"①对此事,《宋史·温仲舒传》纪其事曰:"(淳化)四年,罢知秦州。先是,俗杂羌、戎,有两马家、朵藏、枭波等部,唐末以来,居于渭河之南,大洛、小洛门砦,多产良木,为其所据。岁调卒采伐给京师,必以贽假道于羌户。然不免攘夺,甚至杀掠,为平民患。仲舒至,部兵历按诸砦,谕其酋以威信,诸部献地内属。既而悉徙其部落于渭北,立堡砦以限之。民感其惠,为画像祠之。会有言仲舒生事者,上谓近臣曰:'仲舒尝总机密之职,在吾左右,当以绥怀为务。古者伊、洛之间,尚有羌、浑杂居,况此羌部内属,素居渭南,土著已久,一旦擅意斥逐,或至骚动,又烦吾关右之民。'乃命知凤翔薛惟吉

---

① 《宋史·寇准传》,中华书局,1985 年 6 月新 1 版,第 9528 页。

与仲舒对易其任。"①两相对照，此次寇准回乡的时间应该是在淳化四年至五年间（994—995）。诗题曰"再归"，或当为咸平二年（999）所作。"还如丁令至，故里满蓬蒿"，写了物是人非之感喟，而"河流经陕狭，山色入秦高。返照明秋垒，孤村接暮涛"则写了当地近傍河远依山的地貌特征。

寇准还有一首《秋日武关道中》，诗曰："行尘漠漠起西风，来往征轩似转蓬。驻马几多愁思苦，乱蝉衰柳武关中。"②武关，为关中之东南门户，宋时属永兴军路。此诗当为寇准知永兴军时所作。

从上述作品看，寇准的关中诗，多有一缕愁绪，或伤春，或感秋，或感于"故里满蓬蒿"，或感于"征轩似转蓬"，总有一缕或浓或淡的愁绪荡漾于其作品之中。

二、凤翔风物与骊山感怀：苏轼的关中诗

苏轼（1037—1101），字子瞻，号东坡居士，眉山（今属四川）人，北宋著名的文学家、思想家。苏轼与关中有比较密切的关系。21岁时，他从家乡眉州赴汴京应试，途中便经过关中，而他与关中直接发生密切关系则是在任凤翔通判期间。

宋仁宗嘉祐六年（1061），苏轼被任命为大理评事、签书凤翔府判官，遂赴凤翔任职。在凤翔期间，苏轼对工作是比较尽职的。凤翔府在当时属秦凤路，下辖岐山、扶风、盩厔、郿、宝鸡、虢、麟游等县。《宋史》记载："关中自元昊叛，民贫役重，岐下岁输南山木筏，自渭入河，经砥柱之险，衙吏踵破家。轼访其利害，为

① 《宋史·温仲舒传》，中华书局，1985年6月新1版，第9182—9183页。
② （宋）寇准《忠愍公诗集》，1936年陕西通志馆铅印《关中丛书》本，卷下，第7页。

"东坡笠屐图"石刻画像，康熙十四年宋荦作。2020 年 8 月 3 日摄于凤翔县博物馆

修衙规，使自择水工以时进止，自是害减半。"①

苏轼在凤翔任职期间，公务之余，屡有吟咏，作诗130多首。这些诗歌的作地，主要在两个地方，一个是凤翔府范围之内，一个是长安。

苏轼在凤翔的诗，首先应该注意的是其《凤翔八观》。苏轼本人给这组诗写的序说：

> 《凤翔八观》诗，记可观者八也。昔司马子长登会稽，探禹穴，不远千里；而李太白亦以七泽之观至荆州。二子盖悲世悼俗，自伤不见古人，而欲一观其遗迹，故其勤如此。凤翔当秦、蜀之交，士大夫之所朝夕往来此八观者，又皆跬步可至，而好事者有不能遍观焉，故作诗以告欲观而不知者。②

这则序，明确写了这样几个意思：一，记写的是凤翔本地的八种"可观者也"（名胜、古迹、文物）；二，以往司马迁、李白等不辞辛苦，四处寻访古迹，其辛勤令人敬佩（实则表示他本人也有这样的志向）；三，这组诗的直接目的是为了给想要观看这些古迹文物的人作一个介绍。

这八首诗，分别为《石鼓》《诅楚文》《王维吴道子画》《维摩像，唐杨惠之塑，在天柱寺》《东湖》《真兴寺阁》《李氏园》《秦穆公墓》。

"八观诗"的第一篇，为《石鼓歌》。

① 《宋史·苏轼传》，中华书局，1985年6月新1版，第10802页。
② （宋）苏轼著，（清）王文诰辑注，孔凡礼点校《苏轼诗集》，中华书局，1982年2月第1版，第99—100页。

　　所谓石鼓，又称陈仓石鼓，是十枚鼓形的石头，每枚石鼓上以籀文刻有四言诗一首。唐贞观年间被发现于今宝鸡市陈仓山。中唐时韩愈见石鼓文拓片而作《石鼓歌》，后凤翔太守郑余庆收集到九枚石鼓，将其移至凤翔府文庙中收藏。至北宋皇祐时，金石收藏家向传师终于找到了第十枚石鼓。陈仓石鼓，是中华镇国之宝之一，被清代学者康有为誉为中华第一古物。石鼓文，是中国最早的刻石文字。欧阳修曾

石鼓，国宝级文物，现藏故宫博物院。图片来源：故宫博物院官网

简单梳理了石鼓的流传过程，并提出了一些质疑，而最后依然说"退之好古不妄者，余姑取以为信尔。至于字画，亦非史籀不能作也"。欧公原文如下：

　　右《石鼓文》。岐阳石鼓初不见称于前世，至唐人始盛称之，而韦应物以为周文王之鼓、宣王刻诗，韩退之直以为宣王之鼓。在今凤翔孔子庙中，鼓有十，先时散弃于野，郑余庆置于庙而亡其一。皇祐四年，向传师求于民间，得之乃足。其文可见者四百六十五，不可识者过半。余所集录，文之古者，莫先于此。然其可疑者三四：今世所有汉桓、灵时碑往往尚在，其距今未

石鼓文拓片。图片来源：故宫博物院官网

及千岁，大书深刻，而摩灭者十犹八九。此鼓按太史
公《年表》，自宣王共和元年至今嘉祐八年，实千有
九百一十四年，鼓文细而刻浅，理岂得存？此其可疑
者一也。其字古而有法，其言与《雅》《颂》同文，而
《诗》《书》所传之外，三代文章真迹在者，惟此而已。
然自汉已来，博古好奇之士皆略而不道。此其可疑者二
也。隋氏藏书最多，其志所录，秦始皇刻石、婆罗门外
国书皆有，而独无石鼓。遗近录远，不宜如此。此其可
疑者三也。前世传记所载古远奇怪之事，类多虚诞而难
信，况传记不载，不知韦、韩二君何据而知为文、宣之
鼓也。隋、唐古今书籍粗备，岂当时犹有所见，而今不
见之邪？然退之好古不妄者，余姑取以为信尔。至于字
画，亦非史籀不能作也。①

----

① （宋）欧阳修著，李逸安点校《欧阳修全集·集古录》，中华书局，2001年3
月第1版，第2079页。

北宋著名学者、金石专家赵明诚在《金石录》中对欧阳修的疑问做了辩说：

> 右《石鼓文》，世传周宣王刻石，史籀书。欧阳文忠公以谓"今世所有汉桓、灵时碑往往而在，距今未及千载，大书深刻而摩灭者十犹八九；自宣王时至今，实千有九百余年，鼓文细而刻浅，理岂得存？"以此为可疑。余观秦以前碑刻，如此鼓及《诅楚文》、泰山秦篆皆粗石，如今世以为碓臼者，石性既坚顽难坏，又不堪他用，故能存至今。汉以后碑碣，石虽精好，然亦易剥缺，又往往为人取作柱础之类。盖古人用意深远，事事有理，类如此。况此文字画奇古，决非周以后人所能到，文忠公亦以谓"非史籀不能作"，此论是也。①

清人王文诰注苏轼此诗，又做梳理辩正曰：

> ［诰案］宋荦本，邵长蘅、冯景分注。〔查注〕《困学纪闻》：石鼓在天兴县南，乃雍县也。《太平寰宇记》：石形如鼓，其数有十，盖纪周宣王游猎之事，其文即史籀之迹。唐贞观中，苏勖纪其事，云：虞、褚、欧阳，共称古妙，虽岁久讹缺，然尚有可观。《名胜志》：凤翔县南，有石鼓镇。石鼓初散陈仓野中，韩文公为博士，请于祭酒，欲舁致太学，不从。后，郑余庆始迁于凤翔

---

① （宋）赵明诚著，刘晓东、崔燕南点校《金石录》，齐鲁书社，2009年4月第1版，第110页。

孔子庙，元季移燕京国子监。按《石鼓文》，欧阳《集
古录》始设三疑，然前此已多纷纷之说。王厚之《石鼓
文考正》云：周王之猎碣也，郑樵以为秦鼓，马定国以
宇文泰曾蒐岐阳，指为后周物。董逌曰：《传》云，成
有岐阳之蒐。杜预谓还归自奄，乃大蒐于岐阳。叔向曰：
昔成王盟诸侯于岐阳，楚为荆蛮，置茅蕝。宣王蒐岐阳，
世遂无闻哉。方成、康与穆赋颂钟鼎之铭，皆番吾之迹，
则此为番吾可知。程大昌《雍录》亦以为成王鼓。自韩、
苏诗以为宣王，后人无敢有异议者。其实按诸《左传》
及《杜注》，言成王而不及宣王，其为成王鼓无疑。[诰案]
《诗·车攻章序》云：《车攻》，宣王复古也。宣王能
内修政事，外攘夷狄，复文、武之竟土，修车马，备器械，
复会诸侯于东都，因田猎而选车徒焉。此韩、苏之所本，
至当不易者也。其后《集传》窃取复古之说而抹杀之，
增出"周公相成王，营洛邑，为东都以朝诸侯，周室既衰，
久废其礼"等句，亦无成王"田猎车徒"之语。盖复古
之文自"宣王"句起至"复会东都"句止已毕。其下"因
田猎而选车徒焉"句，乃宣王自有之事。曰"因"、曰
"焉"，书法甚明。《集传》亦看清此文下手，故于成
王不加出田猎车徒之事。《左传》引《诗》最备，而《车攻》
不载，信两事矣。韩所见在是。公好用《传》而此独不道，
亦以《传》虚《序》实故也。查注非是。①

---

① （宋）苏轼著，（清）王文诰辑注，孔凡礼点校《苏轼诗集》，中华书局，
1982 年 2 月第 1 版，第 100—101 页。

　　如今，石鼓被收藏于北京故宫博物院。当代学者多认为石鼓文刻于战国中期，亦有人认为在春秋早期。

　　苏轼《石鼓歌》原诗如下：

> 冬十二月岁辛丑，我初从政见鲁叟。
> 旧闻石鼓今见之，文字郁律蛟蛇走。
> 细观初以指画肚，欲读嗟如箝在口。
> 韩公好古生已迟，我今况又百年后。
> 强寻偏傍推点画，时得一二遗八九。
> 我车既攻马亦同，其鱼维鱮贯之柳。
> 古器纵横犹识鼎，众星错落仅名斗。
> 模糊半已隐瘢胝，诘曲犹能辨跟肘。
> 娟娟缺月隐云雾，濯濯嘉禾秀稂莠。
> 漂流百战偶然存，独立千载谁与友。
> 上追轩颉相唯诺，下揖冰斯同鷇鷇。
> 忆昔周宣歌《鸿雁》，当时籀史变蝌蚪。
> 厌乱人方思圣贤，中兴天为生耆耉。
> 东征徐虏阚虓虎，北伏犬戎随指嗾。
> 象胥杂沓贡狼鹿，方召联翩赐圭卣。
> 遂因鼓鼙思将帅，岂为考击烦蒙瞍。
> 何人作颂比《嵩高》，万古斯文齐岣嵝。
> 勋劳至大不矜伐，文武未远犹忠厚。
> 欲寻年岁无甲乙，岂有名字记谁某。
> 自从周衰更七国，竟使秦人有九有。
> 扫除诗书诵法律，投弃俎豆陈鞭杻。
> 当年何人佐祖龙，上蔡公子牵黄狗。
> 登山刻石颂功烈，后者无继前无偶。

皆云皇帝巡四国，烹灭强暴救黔首。

《六经》既已委灰尘，此鼓亦当遭击剖。

传闻九鼎沦泗上，欲使万夫沉水取。

暴君纵欲穷人力，神物义不污秦垢。

是时石鼓何处避，无乃天工令鬼守。

兴亡百变物自闲，富贵一朝名不朽。

细思物理坐叹息，人生安得如汝寿？ [①]

　　诗一开始写自己见石鼓的时间、地点，"鲁叟"即孔子，"见鲁叟"意即在文庙见之。"旧闻石鼓今见之"，写出诗人的惊喜。以下，写石鼓上文字难以辨认。"细观初以指画肚，欲读嗟如箝在口"二句，极为传神、形象。相传虞世南学书，常于被下，以指画肚。这里写诗人自己一方面用手在自己肚子上画来画去，揣摩字形，同时嘴里又吞吞吐吐地读不出来。于是发出感叹："韩公好古生已迟，我今况又百年后。"看来看去，终于有了"我车既攻马亦同，其鱼维鳏贯之柳"。此句下苏轼自注曰，鼓上文字有"我车既攻，我马既同"，又有"其鱼维何，维鳏维鲤。何以贯之？维杨与柳"，"惟此六句可读，余多不可通"。于是，诗人再叹石鼓文字，可识者有如众星中之牛斗，其他文字皆漫灭缺损，有如云雾中之缺月，稂莠间之嘉禾。再叹这些石鼓"漂流百战""独立千载"，实为不易。而鼓上文字，与轩辕、仓颉、李阳冰、李斯创造文字一样，厥功至伟。"忆昔"以下16句，叙写石鼓出于周宣王之时。《鸿雁》为《诗经》赞美宣王之诗。籀史，周宣王时，史籀

---

① （宋）苏轼著，（清）王文诰辑注，孔凡礼点校《苏轼诗集》，中华书局，1982年2月第1版，第101—105页。

造籀书。厌乱，指厌夷王、厉王之乱。中兴指宣王。东征、北伐，皆宣王之事。"欲寻"二句又写石鼓本身，谓石鼓文既未署岁月，又未署名。"自从"以下18句，写虽历秦人之强暴，而石鼓却能得以保全，盖有天公保佑、鬼神守护。最后四句作以总结，从石鼓的长存人间思考人生哲理："细思物理坐叹息，人生安得如汝寿。"总的来说，这首长诗，一方面如诗人八观诗之总序所说，是"作诗以告欲观而不知者"，另方面也以诗歌的形式，谈了诗人自己对石鼓的年代、流传及其意义等方面的看法，不仅是文学作品，也有其史料价值。

"八观"诗中，还有一首《王维吴道子画》。

吴道子是唐代开元、天宝年间著名的画家，王维不仅是唐代著名的诗人，也是著名画家。苏轼此诗中写了对二人画的评价："吾观画品中，莫如二子尊"，"道子实雄放，浩如海波翻。当其下手风雨快，笔所未到气已吞"，"摩诘本诗老，佩芷袭芳荪。今观此壁画，亦若其诗清且敦"。而本诗开篇即曰："何处访吴画？普门与开元。开元有东塔，摩诘留手痕。"①这几句也向后人说明，当时凤翔有普门与开元二寺，寺内有王维和吴道子等人的佛画，有史料的意义。

而诗称王维画"门前两丛竹，雪节贯霜根。交柯乱叶动无数，一一皆可寻其源"。王维所画竹，在北宋元祐六年冬至，被秦凤路提点刑狱游师雄令人摹刻于石。对此事，游师雄的题跋有明确而具体的记述："凤翔府开元寺东塔院，有唐王维竹画二小壁，始熙宁间见之，墨迹尚完，无识。浸污者日加多，岁久将遂漫灭，不复见古人用意处。因得郭生嘉祐中模本，比今壁为真，勒石以传

---

① （宋）苏轼著，（清）王文诰辑注，孔凡礼点校《苏轼诗集》，中华书局，1982年2月第1版，第108—109页。

好事者。元祐六年冬至日，武功游师雄景叔题，黔川俞夷直管勾模刻，阳平王箴书，郭皓模，孟永刊。"原刻现藏西安碑林博物馆，可与苏轼诗互相印证。

王维画竹，北宋元祐六年游师雄刊石。原刻现藏西安碑林博物馆。左图为笔者拍摄，右图为石刻之拓片图，取自碑林博物馆官网

　　"八观"诗中还有一首《诅楚文》。

　　《诅楚文》也是一方石刻古文物，大概北宋时被发现，为秦国诅咒楚国的文字，反映了秦楚争斗的历史。而关于其具体年代，从北宋起就有争论，或以为作于秦惠文王时，或以为作于秦昭王

时，所诅咒的楚王或为楚怀王熊槐，或是楚顷襄王熊横。苏轼这首诗，诗前的序也有着重要的史料意义，序曰：

> 碑获于开元寺土下，今在太守便厅。
> 秦穆公葬于雍橐泉祈年观下，今墓在开元寺之东南数十步，则寺岂祈年之故基耶？淮南王迁于蜀，至雍，道病卒，则雍非长安，此乃古雍也。①

这则序，有三个意思：一，石刻碑出土于当时的凤翔开元寺，当时放置在太守便厅；二，秦穆公葬于雍橐泉祈年观下，当时（北宋）在开元寺之东南数十步。这样说来，开元寺所在或许就是穆公祈年观的旧基？三，根据史实，古雍地并不在长安，而在当时的凤翔。

"八观"诗中，还有一首《东湖》。诗一开始写诗人自己的家乡"吾家蜀江上，江水清如蓝"，令他思念不已。而"尔来走尘土，意思殊不堪"。尤其是来到岐山下，山秃水浊，令人沮丧。但"不谓郡城东，数步见湖潭。入门便清奥，恍如梦西南"，"但见苍石螭，开口吐清甘"，"新荷弄晚凉，轻棹极幽探"，"闻昔周道兴，翠凤栖孤岚。飞鸣饮此水，照影弄㲉㲉（此古饮凤池也）"，诗人由此顿生怀古之意，"《卷阿》诗可继，此意久已含。扶风古三辅，政事岂汝谙。聊为湖上饮，一纵醉后谈"②。既写景，又发思古之幽情。而此诗，"是关于凤翔东湖最早也最完整的史料记

---

① （宋）苏轼著，（清）王文诰辑注，孔凡礼点校《苏轼诗集》，中华书局，1982 年 2 月第 1 版，第 105 页。
② （宋）苏轼著，（清）王文诰辑注，孔凡礼点校《苏轼诗集》，中华书局，1982 年 2 月第 1 版，第 112—113 页。

载"①。此后，苏轼对东湖做了改造整修。于是，东湖成了凤翔著名的景观。以后历代皆有修葺和扩充，每次扩修，也都以苏轼的典故或诗词为依据。东湖，虽然在某些时代或有荒颓，但总的来看，能够千年延续，正是因为苏轼的缘故。

凤翔秦穆公墓遗址。摄于 2020 年 8 月 3 日

　　"八观"组诗中的《秦穆公墓》，诗曰："橐泉在城东，墓在城中无百步。乃知昔未有此城，秦人以泉识公墓。昔公生不诛孟明，岂有死之日而忍用其良。乃知三子徇公意，亦如齐之二子从田横。古人感一饭，尚能杀其身。今人不复见此等，乃以所见疑古人。古人不可望，今人益可伤。"②重点在于发议论发感慨，认为三良殉秦穆公乃是出于自愿，有如"齐之二子从田横"，而对"今人"

① 张文利《三秦史话——苏轼在关中》，三秦出版社，2005 年 1 月第 1 版，第 76 页。
② （宋）苏轼著，（清）王文诰辑注，孔凡礼点校《苏轼诗集》，中华书局，1982 年 2 月第 1 版，第 118—119 页。

凤翔东湖陨石。史料记载，汉武帝征和元年，有陨石坠于岐阳府城。苏轼修浚东湖后，移置东湖岸边。摄于 2020 年 8 月 3 日

凤翔东湖左公柳。清光绪年间左宗棠领兵赴新疆抵御沙俄侵略，凯旋途中所植。摄于 2020 年 8 月 3 日

以一己之心猜度古人表示伤心。其议论，与很多人不同，表达了苏轼对历史、对人伦、对做人原则的一种认识，抑或有他自己当时处境的某种感慨。

在凤翔，苏轼还写过《次韵子由岐下诗并引》，其引曰：

予既至岐下逾月，于其廨宇之北隙地为亭。亭前为横池，长三丈。池上为短桥，属之堂。分堂之北厦为轩窗曲槛，俯瞰池上。出堂而南，为过廊，以属之厅。廊之两傍，各为一小池。三池皆引汧水，种莲养鱼于其中。池边有桃、李、杏、梨、枣、樱桃、石榴、樗、槐、松、桧、柳三十余株。又以斗酒易牡丹一丛于亭之北。子由以诗见寄，次韵和答，凡二十一首。[①]

实际上，这是苏轼向苏辙介绍他治理府衙环境的一组诗，如"引"中所说，他在府衙之空地上建了亭，凿了池，修了亭，植了树，种了花，21首组诗，其实就是21个小建筑或景点，诗题分别为《北亭》《横池》《短桥》《轩窗》《曲槛》《双池》《荷叶》《鱼》《牡丹》《桃花》《李》《杏》《梨》《枣》《樱桃》《石榴》《樗》《槐》《桧》《松》《柳》等。正如清人纪昀所说，用组诗的形式模山范水，有如画家之尺幅小景，这是王维辋川组诗的传统。

苏轼在凤翔，多次祈雨。在水利不发达、靠天吃饭的北方，若天不雨，人民的生活便无法保障，农作物的生长、收获，更是

① （宋）苏轼著，（清）王文诰辑注，孔凡礼点校《苏轼诗集》，中华书局，1982年2月第1版，第134页。

磻溪姜子牙钓鱼台遗迹，大石边缘两个脚印状浅坑，相传为姜子牙脚磨出的痕迹。摄于 2017 年 11 月 9 日

无从谈起。而以古代人的认知水平，向老天爷或龙王求雨，便成了一种重要的方式。苏轼在凤翔时，曾陪太守宋选祈雨，又代宋选赴太白山祈雨，作有《太白山祈雨祝文》，又有诗《岐下频年大旱祷于太白山辄应故作迎送神辞一篇五章》《真兴寺阁祷雨》等。下雨之后，他还为新修的亭子取名为"喜雨亭"，写了著名的《喜雨亭记》。这里，我们引一组苏轼嘉祐八年（1063）七月至磻溪祷雨途中所写的诗：

七月二十四日，以久不雨，出祷磻溪。是日宿虢县。
二十五日晚，自虢县渡渭，宿于僧舍曾阁。阁故曾氏所建也。夜久不寐，见壁间有前县令赵荐留名，有怀其人

龛灯明灭欲三更，敲枕无人梦自惊。

深谷留风终夜响，乱山衔月半床明。

故人渐远无消息，古寺空来看姓名。

欲向磻溪问姜叟，仆夫屡报斗杓倾。①

二十六日五更起行，至磻溪，天未明

夜入磻溪如入峡，照山炬火落惊猿。

山头孤月耿犹在，石上寒波晓更喧。

至人旧隐白云合，神物已化遗踪蜿。

安得梦随霹雳驾，马上倾倒天瓢翻？②

是日自磻溪，将往阳平，憩于麻田青峰寺之下院翠麓亭

不到峰前寺，空来渭上村。此亭聊可喜，修径岂辞扪。

谷映朱栏秀，山含古木尊。路穷惊石断，林缺见河奔。

马困嘶青草，僧留荐晚飧。我来秋日午，旱久石床温。

安得云如盖，能令雨泻盆。共看山下稻，凉叶晚翻翻。③

二十七日，自阳平至斜谷，宿于南山中蟠龙寺

横槎晚渡碧涧口，骑马夜入南山谷。

谷中暗水响泷泷，岭上疏星明煜煜。

① （宋）苏轼著，（清）王文诰辑注，孔凡礼点校《苏轼诗集》，中华书局，1982 年 2 月第 1 版，第 173—174 页。

② （宋）苏轼著，（清）王文诰辑注，孔凡礼点校《苏轼诗集》，中华书局，1982 年 2 月第 1 版，第 174 页。

③ （宋）苏轼著，（清）王文诰辑注，孔凡礼点校《苏轼诗集》，中华书局，1982 年 2 月第 1 版，第 174—175 页。

寺藏岩底千万仞，路转山腰三百曲。

风生饥虎啸空林，月黑惊麕窜修竹。

入门突兀见深殿，照佛青荧有残烛。

愧无酒食待游人，旋斫杉松煮溪蔌。

板阁独眠惊旅枕，木鱼晓动随僧粥。

起观万瓦郁参差，目乱千岩散红绿。

门前商贾负椒荈，山后咫尺连巴蜀。

何时归耕江上田，一夜心逐南飞鹄？①

是日至下马碛，憩于北山僧舍。有阁曰怀贤，南直斜谷，西临五丈原，诸葛孔明所从出师也

南望斜谷口，三山如犬牙。西观五丈原，郁屈如长蛇。

有怀诸葛公，万骑出汉巴。吏士寂如水，萧萧闻马楇。

公才与曹丕，岂止十倍加。顾瞻三辅间，势若风卷沙。

一朝长星坠，竟使蜀妇髽。山僧岂知此，一室老烟霞。

往事逐云散，故山依渭斜。客来空吊古，清泪落悲笳。②

　　以上，每日一诗甚或两三首，时间和所经行程非常连贯。诗写了行程游踪，写了山势地形，写了僧人的招待，写了风景，写了吊古之情，也反映了当时祈雨的风俗：相关活动需在天未亮或天刚亮之时进行，所以需要连夜前往，故有"晚自虢县渡渭，宿于僧舍曾阁"；故有这样的经历："龛灯明灭欲三更，敧枕无人梦

---

①　（宋）苏轼著，（清）王文诰辑注，孔凡礼点校《苏轼诗集》，中华书局，1982年2月第1版，第175—176页。

②　（宋）苏轼著，（清）王文诰辑注，孔凡礼点校《苏轼诗集》，中华书局，1982年2月第1版，第176—179页。

自惊。深谷留风终夜响，乱山衔月半床明"，"五更起行，至磻溪，天未明"；也因此能够见到"夜入磻溪如入峡，照山炬火落惊猿。山头孤月耿犹在，石上寒波晓更喧"。

　　苏轼凤翔时期的诗，还写了凤翔府治下各县的风物和名胜。这些诗的写作，大都不是纯粹游览的记录，而是他公务途中所作。如他到任凤翔的次年二月，奉命往相关属县减决囚禁，有诗《壬寅二月，有诏令郡吏分往属县减决囚禁。自十三日受命出府，至宝鸡、虢、郿、盩厔四县。既毕事，因朝谒太平宫，而宿于南溪溪堂，遂并南山而西，至楼观、大秦寺、延生观、仙游潭。十九日乃归。作诗五百言，以记凡所经历者寄子由》，诗写自己"远人罹水旱，王命释俘囚。分县传明诏，寻山得胜游"①的经历，主要是繁忙的公务，六天之内跑遍四个县，实在是劳碌。

　　当然，作为一位热爱生活、热爱自然的诗人，苏轼也尽可能地利用一切机会去专程游览山水。不管是公务途中，抑或是专程游赏，均有诗记之。且看这些诗题：《太白山下早行，至横渠镇，书崇寿院壁》《留题延生观后山上小堂》《留题仙游潭中兴寺，寺东有玉女洞，洞南有马融读书石室，过潭而南，山石益奇，潭上有桥，畏其险，不敢渡》《楼观》《郿坞》《磻溪石》《石鼻城》《壬寅重九，不预会，独游普门寺僧阁，有怀子由》《和子由闻子瞻将如终南太平宫溪堂读书》《将往终南和子由见寄》《南溪有会景亭，处众亭之间，无所见，甚不称其名。予欲迁之少西，临断岸，西向可以远望，而力未暇，特为制名曰招隐。仍为诗以告来者，庶几迁之》《扶风天和寺》《十二月十四日，夜，微雪，明日早，往南溪小酌，至晚》《南溪之南竹林中，新构一茅堂，予

---

① （宋）苏轼著，（清）王文诰辑注，孔凡礼点校《苏轼诗集》，中华书局，1982年2月第1版，第122—123页。

以其所处最为深邃，故名之曰避世堂》《自清平镇游楼观、五郡、大秦、延生、仙游，往返四日，得十一诗，寄子由同作》《楼观》《五郡》《授经台》《大秦寺》《仙游潭》《南寺》《北寺》《马融石室》《玉女洞》《爱玉女洞中水，既致两瓶，恐后复取而为使者见绐，因破竹为契，使寺僧藏其一，以为往来之信，戏谓之调水符》《自仙游回至黑水，见居民姚氏山亭，高绝可爱，复憩其上》《二月十六日，与张、李二君游南溪，醉后，相与解衣濯足，因咏韩公〈山石〉之篇，慨然知其所以乐而忘其在数百年之外也。次其韵》《大老寺竹间阁子》《周公庙，庙在岐山西北七八里，庙后百许步，有泉依山，涌冽异常，国史所谓"润德泉世乱则竭"者也》，等等，其游兴之浓，于此可见。而读这些诗，当时景致，宛然若见。

终南山，是苏轼游赏的主要目标。当然，苏轼游览并吟咏的终南山，并非长安城南的终南山，而是凤翔、盩厔（今周至）、郿县（今眉县）一带的山峦，皆为秦岭山脉而地域不同。甚至，在山中荒凉的冬日，他也兴致不减，试看《十二月十四日，夜，微雪，明日早，往南溪小酌，至晚》一首：

> 南溪得雪真无价，走马来看及未消。
> 独自披榛寻履迹，最先犯晓过朱桥。
> 谁怜屋破眠无处，坐觉村饥语不嚣。
> 惟有暮鸦知客意，惊飞千片落寒条。①

---

① （宋）苏轼著，（清）王文诰辑注，孔凡礼点校《苏轼诗集》，中华书局，1982年2月第1版，第183—184页。

为了看山中雪，居然"独自披榛""犯晓"而去，"至晚"未归，真可谓痴了。

盩厔，是苏轼去的比较多的一个地方。在凤翔的三年里，他曾三至盩厔，多有诗作，如《楼观》《五郡》《授经台》《大秦寺》《仙游潭》《南寺》《北寺》《马融石室》《玉女洞》《自仙游回至黑水，见居民姚氏山亭，高绝可爱，复憩其上》等。

嘉祐七年（1162）二月，苏轼奉命分往属县减决囚禁，曾到盩厔，游楼观、大秦寺、延生观、仙游潭等，当时就作有一首《楼观》，并自注："秦始皇立老子庙于观南，晋惠始修此庙。"诗曰：

> 门前古碣卧斜阳，阅世如流事可伤。
> 长有幽人悲晋惠，强修遗庙学秦皇。
> 丹砂久窨井水赤，白术谁烧厨灶香？
> 闻道神仙亦相过，只疑田叟是庚桑。①

楼观，即今之楼观台。"《楼观碑》云：昔周康王大夫关令尹所立也。""《元和郡县志》：楼观，在盩厔县东三十七里，本周康王大夫尹喜宅也。相承至秦、汉，皆有道士居之。晋惠帝时，重置。其地旧为尹先生楼。……《华阳录记》云：始皇好神仙，于尹先生楼南，立老君庙。晋元康中，重更修葺，莳木万株，连亘七里，给供洒扫户三百。"②苏轼此诗，先写"门前古碣卧斜阳"，写桑田沧海之伤感；再写楼观之建造历史，即诗人自注之秦始皇

---

① （宋）苏轼著，（清）王文诰辑注，孔凡礼点校《苏轼诗集》，中华书局，1982年2月第1版，第131—132页。

② （宋）苏轼著，（清）王文诰辑注，孔凡礼点校《苏轼诗集》，中华书局，1982年2月第1版，第131—132页。

楼观台古碑古柏。古柏树龄 2600 余年，一级保护古树。摄于 2020 年 8 月 5 日

及晋惠帝立庙事；又写此地井水之情况；最后再写沧桑之慨。庚桑，周人庚桑楚，老子弟子。《庄子·庚桑楚》云："老聃之役，有庚桑楚者，偏得老聃之道。"[1]"只疑田叟是庚桑"，如真似幻，简直有些"栩栩然胡蝶也"。

嘉祐八年（1163），苏轼第三次盩厔之行，又有《楼观》诗。诗曰：

> 鸟噪猿呼昼闭门，寂寥谁识古皇尊。
> 青牛久已辞辕轭，白鹤时来访子孙。

---

① （清）王先谦著，沈啸寰点校《庄子集解》，中华书局，1987 年 10 月第 1 版，第 196 页。

山近朔风吹积雪，天寒落日淡孤村。
道人应怪游人众，汲尽阶前井水浑。[①]

　　本诗着重写楼观之孤寂，"鸟噪猿呼昼闭门"，"青牛久已辞辕轭，白鹤时来访子孙"，"天寒落日淡孤村"，皆为强调式渲染，末联以道士的心态和视角写"游人众"，实际上也是写观内之孤寂，故纪昀评曰："反托出起处之意，措语沉着。"[②]

楼观台宗圣宫遗址青牛石雕，专家断为唐代作品。摄于 2020 年 8 月 5 日

　　鳌屋玉女洞的泉水，深得苏轼喜爱。早在他第一次奉命往属县减决囚禁时，路过仙游潭，夜宿中兴寺，见"寺中有玉女洞，洞中有飞泉，甚甘，明日以泉二瓶归至郿"。他对此泉水如此喜

① （宋）苏轼著，（清）王文诰辑注，孔凡礼点校《苏轼诗集》，中华书局，1982 年 2 月第 1 版，第 192 页。
② （宋）苏轼著，（清）王文诰辑注，孔凡礼点校《苏轼诗集》，中华书局，1982 年 2 月第 1 版，第 192 页。

爱，竟然灌装了两瓶带回去。更有意思的是，他后来为了能享用这"甚甘"的泉水，竟然想出了"调水符"的办法，《爱玉女洞中水，既致两瓶，恐后复取而为使者见绐，因破竹为契，使寺僧藏其一以为往来之信戏谓之调水符》：

> 欺谩久成俗，关市有契繻。谁知南山下，取水亦置符。
> 古人辨淄渑，皎若鹤与凫。吾今既谢此，但视符有无。
> 常恐汲水人，智出符之余。多防竟无及，弃置为长吁。①

实在是痴得可以，天真得可爱。

不仅诗作本身，诗题、序、引，也颇有意义。如嘉祐七年写的《壬寅二月有诏令郡吏分往属县减决囚禁……》一诗自注曰："是日游崇圣观，俗所谓楼观也。乃尹喜旧宅。山脚有授经台，尚在。遂与张果之同至大秦寺早食而别。有太平宫道士赵宗有，抱琴见送，至寺，作《鹿鸣》之引，乃去。又西至延生观。观后上小山，有唐玉真公主修道之遗迹。下山而西行十数里，南入黑水谷，谷中有潭名仙游潭。潭上有寺三，倚峻峰，面清溪，树林深翠，怪石不可胜数。潭水，以绳缒石数百尺不得其底，以瓦砾投之，翔扬徐下，食顷乃不见。其清澈如此。遂宿于中兴寺。寺中有玉女洞，洞中有飞泉，甚甘，明日以泉二瓶归至郿。又明日，乃至府。"②对仙游潭的地形及古迹、寺庙等，交代甚明。又如《留题仙游潭中兴寺，寺东有玉女洞，洞南有马融读书石室，过潭而南，

① （宋）苏轼著，（清）王文诰辑注，孔凡礼点校《苏轼诗集》，中华书局，1982 年 2 月第 1 版，第 197 页。
② （宋）苏轼著，（清）王文诰辑注，孔凡礼点校《苏轼诗集》，中华书局，1982 年 2 月第 1 版，第 128—129 页。

山石益奇，潭上有桥，畏其险，不敢渡》，《是日至下马碛，憩于北山僧舍。有阁曰怀贤，南直斜谷，西临五丈原，诸葛孔明所从出师也》，《仙游潭》诗自注曰"潭上有寺二。一在潭北，循黑水而上，为东路，至南寺。渡黑水西里余，从马北上，为西路，至北寺。东路险，不可骑马，而西路隔潭，潭水深不可测，上以一木为桥，不敢过。故南寺有塔，望之可爱而终不能到"，对相关名胜、古迹的具体情况，记述甚明，尤其是在当今有些古迹消失的情况下，有一定的史料意义。

苏轼在凤翔期间，咏写名胜之作还有很多，如写凤翔之《凌虚台》，写岐山之《周公庙》，咏宝鸡之《题宝鸡县斯飞阁》，等等。

凤翔之外，苏轼还有几首咏写骊山的作品。治平元年（1064），苏轼凤翔任满，返回京师，过长安，游骊山，有《骊山三绝句》，诗曰：

一

功成惟欲善持盈，可叹前王恃太平。
辛苦骊山山下土，阿房才废又华清。

二

几变雕墙几变灰，举烽指鹿事悠哉。
上皇不念前车戒，却怨骊山是祸胎。

三

海中方士觅三山，万古明知去不还。
咫尺秦陵是商鉴，朝元何必苦跻攀。[①]

① （宋）苏轼著，（清）王文诰辑注，孔凡礼点校《苏轼诗集》，中华书局，1982年2月第1版，第223—224页。

诗紧扣骊山历史，咏周、秦、唐故事，涉及到烽火戏诸侯、秦修阿房宫、唐建华清宫等史事，总结历史教训。

在骊山，又有一首词《华清引·感旧》："平时十月幸莲汤。玉甃琼梁。五家车马如水，珠玑满路旁。 翠华一去掩方床。独留烟树苍苍。至今清夜月，依前过缭墙。"①这首词，应该是苏轼写得最早的一首词，词牌又为苏轼所自创。词咏唐明皇与杨贵妃事，又是早期的"士大夫之词"。因此，虽然写得比较生硬，也值得重视。

此外，苏轼这三年的诗歌中，还有一些值得重视的作品，如《渼陂鱼》一首，苏轼自注："陂在鄠县。"鄠县，即今西安市鄠邑区（数年前仍为"户县"，2016 年 11 月改称鄠邑区）。渼陂因杜甫诗《渼陂行》"岑参兄弟皆好奇，携我远来游渼陂"而出名。苏轼此诗极写渼陂湖所产"如卧剑"的长鱼之诱人美味，其史料意义不容忽视。再如《次韵和子由欲得骊山澄泥砚》。历史上之澄泥砚，主要产于绛州、虢州等地。此诗表明，至少在北宋时，骊山澄泥砚也是很著名的。

三、大佛寺的重要资料：宋京的邠州诗

宋京（1079—1124），字宏父（或称仲宏父），曾于宣和年间知邠州。关于宋京之家世生平等，已有学者做过专门研究②，可以参看。

邠州境内，泾河岸边，有一座著名的佛寺，该寺或建于初唐时期，在历史上有重要的地位。而该寺石壁上，至今保存有两首

---

① 邹同庆、王宗堂《苏轼词编年校注》，中华书局，2002 年 9 月第 1 版，第 3 页。
② 可参看荣远大、刘雨茂《成都考古发现北宋诗人宋京家族墓》（刊《成都考古研究》2009 年第 1 期），刘隽一《北宋宋京夫妇墓志铭考释》（刊《中国典籍与文化》2013 年第 4 期）等。

彬州大佛寺石窟，全国重点文物保护单位，世界遗产。摄于 2016 年 9 月 2 日

宋京的题诗。这两首诗，分别刻在不同的洞窟内：一首七言律诗，
在主窟"大佛窟"内，位于大佛像西侧墙壁上；另一首长篇五言，
在"罗汉洞"内。现根据前人和今人的研究，并与窟内原刻对照，
将二首诗全文迻录如下：

"大佛窟"内题诗：

游庆寿寺一首

郡守成都宋京仲宏父

葡萄蔽野果连山，荡潏泾流自一川。

陈迹到今唯石刻，画图隔岸有人烟。

来游共记宣龢日，访古重寻正观年。

薄晚渔樵伴归去，夕阳筛影荻林边。

辛丑闰五月初二日书 [1]

---

[1] 宋京诗，根据前人资料，并据本人数次实地考察所见原刻校勘。下首诗亦同。

左下角有四个小字"南珍摹刻"，分两行，行二字。此诗石刻，至今比较清晰，今人相关论著援引时文字上错讹也比较少，只是有人将"获"误为"获"，而主要的错讹则是将"荡潏"误为"荡浊"。

"罗汉洞"内题诗：

宣和三年，侄衍登第西归，因与子炎载游庆寿。
历览石室，慨想文皇西征遗迹。微福瞿昙，岂武非尽善故欤？
用少陵《登慈恩塔》韵作一首。盖十月十有二日也。宋仲宏父。

年华迫人老，王事无时休。及兹出西城，聊复写我忧。
泾川截高原，木落万景搜。迢遥出俗子，架屋阴崖幽。
巨像镵正观，阅世同波流。山禽自朝莫，庭树空春秋。
石间纷题名，人物不可求。但能记秦王，昔也征西州。
凯还戈甲明，战罢风云愁。青莲虽出地，白骨等成丘。
当时得萧瑀，忏悔释氏投。古来创业难，何不人鬼谋？

这首诗，因晚清人叶昌炽《邠州石室录》予以收录，今人引用较多，但文字方面错讹颇多：有的是看到《邠州石室录》，但对字形辨识有误，如有的考古专家论文中将"巨像镵正观"误为"巨伪□正观"，颇不通；有的是到过大佛寺实地，但或因疏忽、或因对繁体字的误识，将"镵"误作"才"；或对书法及异体字不辨，如将"年"误为"季"，等等。至于没有看过《邠州石室录》也没有到实地考察的人，撰文再引二手资料，以讹传讹，错误就更多了，如将"龢"误为"酥"，等等。此诗原刻漫漶，但几个常被今人录错的关键字则是清晰可辨的，如

大佛寺石窟宋京题诗之一。摄于 2018 年 2 月 18 日

大佛寺石窟宋京题诗之二。摄于 2016 年 11 月 18 日

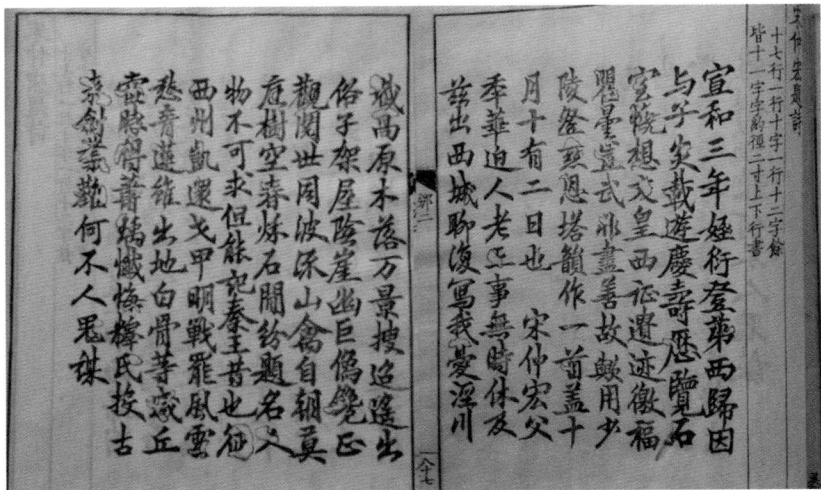

宋京诗之二（《邠州石室录》书影）

"像""镜"等，至于"季""烁"，则是"年""秋"的异体字，"莫"则是"暮"之本字①。

---

① 此二诗，今人引录，资料来源比较可靠的是曾多年任彬县文化局局长和大佛寺文管所所长、有工作之便利的曹剑、曹斌二人所著《大佛寺与昭仁寺》一书（三秦出版社 2005 年 1 月第 1 版）。但此书所录，仍有错讹，其引录罗汉洞内五言诗为"季华迫人先，王事无事休。及慈出西域……巨像才正观……山禽自朝暮……白骨等盛丘。当时得萧瑶……"，"季""先"（无）事""（及）慈"（西）域""才（正观）""盛（丘）""（萧）瑶"等字误，"暮"字原刻作"莫"，录为"暮"亦通。其录大佛窟内《游庆寿寺一首》第二句为"荡鹬泾流自一川"，"荡鹬"应为"荡潏"。最新出版的《邠州石室全录》（三秦出版社，2017 年 12 月第 1 版），亦将"荡潏"误为"荡浊"。就笔者所见，今人对宋京二首诗引用无误的，唯有李淞《唐太宗建七寺之诏与彬县大佛寺石窟的开凿》一文（原刊台北《艺术学》第十二期，1994 年。后修改并收入其著《长安艺术与宗教文明》一书，中华书局 2002 年版）。本文参考引用该文，为其收入书中的修订稿。但七言的第二句，该文引作"荡浊泾流自一川"，实为"荡潏泾流自一川"。详见后文。

这两首诗，至今有其重要的价值和意义，故在此多费些笔墨予以述说。

前一首七律，就诗意而言，首联从大的方面写景：前句写漫山果树。庆寿寺（今大佛寺）所在的彬州市，属于渭北高原地带，其地势与土壤很适合一些果树生长，如苹果，目前仍是渭北高原的主要农产业。至于葡萄，现在当地已极少种植，或许宋代时曾较多栽培。后一句写泾河，该地为渭北高原常见之地貌：两山夹一谷（当地人称"沟"），泾河从山谷中间流过，两山之间，自成一川。川，此处当不指河流，而是指空旷的平地，为关中一带常用语，如从古到今长安的"御宿川""樊川"等。而在渭北一带，有种固定的称呼叫"川道"，即特指两山之间的川谷。当然，所谓"诗无达诂"，此句解为写泾水，亦无不可。此句今人均引作"荡浊泾流自一川"。而实际上，从意思讲，"荡浊"一般会或多或少地带有一些激愤的情绪。而此诗之情绪平和自在，乃至有一些惬意；更主要的，从字形看，明显为"潏"字。"荡潏"，写泾水涌流之状。颔联前句写来到庆寿寺石窟，所见唯有前人之石刻；后句宕开一笔，再写眺望所见：两岸山峦夹峙，谷底泾河流缓，对岸人烟缥缈，真是景色如画！颈联写来此游览，正值"宣龢"之日，而寻访古迹，让人想起"正观"之年。尾联又以景作结，薄晚即傍晚、黄昏。"夕阳筛影获林边"，是说落日的余晖斜照过来，被枝枝杈杈的小树林一"筛"，显得斑驳洒落，颇有意趣。用"筛"写日光、月光透过林木竹枝，宋京之前就有人写过，如唐代元稹《闲二首》："晻淡洲烟白，篱筛日脚红。"[1]与宋京基本同时的王甫《庭树联句枝字为韵》："筛月碎

---

[1] （唐）元稹著，杨军笺注《元稹集编年笺注·诗歌卷》，三秦出版社，2002年6月第1版，第600页。

玉散，障日翠幄垂。"①宋京之后如南宋吴潜
《疏影》(寒梢砌玉)："寂寞幽窗，筛影横
斜。"②均颇有意趣。而诗中的"渔樵"，乃是
文人眼中心中的意象，可理解为偏指樵，在
现实中充其量也只是有樵。写诗往往就是这
样，为了表达作者心中相应的心情和意绪而
已。夕阳在山，樵夫归来，斑驳的树影更添诗
意，这正是多少倦于官场的文人向往的情景。
同为北宋人的欧阳修《醉翁亭记》就写："已
而夕阳在山，人影散乱，太守归而宾客从也。
树林阴翳，鸣声上下，游人去而禽鸟乐也。"③
情境颇有相似之处。

石窟原刻：荡漾

　　就诗中字词方面讲，两个词需要略作阐释：一为"宣酥"，
即宣和，宋徽宗年号。诗作者宋京于宣和三年四月出守邠州，当
年即"辛丑闰五月"来庆寿寺游览，遂作此诗。另一个词"正观"
即指唐代年号"贞观"，当是避宋仁宗赵祯名讳而改，为宋人著
作中惯常用法，北宋人如邹浩《故观文殿大学士苏公行状》："宪
宗每读《正观政要》，慨然有收复意。"④两宋之交人如程俱《侑坐
元龟序》："太宗能用其言……卒以致正观之治。"⑤南宋人如刘克

---

① 北京大学古文献研究所编《全宋诗》(第8册)，北京大学出版社，1992年6
　月第1版，第5500页。

② 唐圭璋编《全宋词》，中华书局，1965年6月第1版，第2749页。

③ (宋)欧阳修著，李逸安点校《欧阳修全集》，中华书局，2001年3月第1版，
　第577页。

④ (宋)苏颂著，王同策等点校《苏魏公文集》附，中华书局，1988年9月第1
　版，第1211页。

⑤ (宋)程俱《北山小集》卷15，四部丛刊续编本，商务印书馆，1934年版。

庄《恭和御制进读唐鉴彻章诗并序》："慕正观、开元之全盛，思致隆平。"[1]均是例证。

第二首五言长诗，已有学者做过一些考释分析[2]。这里再做些阐释：

正文前的诗序交代了这样一些信息：

一，写作时间为宣和三年十月十二日。

二，缘由是诗人的侄子宋衍登第归来，于是诗人携宋衍以及儿子宋炎一起游庆寿寺。宋衍，为宋京之兄宋亮之子，宋亮早卒，宋衍年幼，故自小寄养在叔父宋京家，宣和三年登进士第。宋炎，宋京子。关于宋京之子，目前已发表的相关考古材料如荣远大、刘雨茂《成都考古发现北宋诗人宋京家族墓》刊发了出土的《炎宋陕西转运副使宋公大卿内志》（宋京之子宋光撰写）拓片，内有"三男子独芡（光）存，而炎、焱前不育"之语。说明宋京本有三子：宋光、宋炎、宋焱，其中后二子已于宋京去世之前辞世。宋京殁于宣和六年，而此诗作于宣和三年十月，故宋炎当于宣和三年年底至宣和六年间离开人世。

三，他们游览庆寿寺石窟，想到了"文皇西征遗迹"。文皇，即唐太宗李世民，贞观二十三年驾崩，"六月甲戌朔，殡于太极殿。八月丙子，百僚上谥曰文皇帝，庙号太宗"[3]。西征，指李世民于唐武德元年领兵于庆寿寺西北与薛举父子进行的浅水原大战。

---

① （宋）刘克庄著，辛更儒笺校《刘克庄集笺校》，中华书局，2011 年 11 月第 1 版，第 1736 页。

② 如李淞《唐太宗建七寺之诏与彬县大佛寺石窟的开凿》一文（原刊台北《艺术学》第十二期，1994 年。后修改并收入其所著《长安艺术与宗教文明》一书，中华书局 2002 年版）。

③ 《旧唐书·太宗本纪》，中华书局 1975 年 5 月第 1 版，第 62 页。

此役先败后胜，最终彻底铲平薛氏西秦军事集团，为新兴的大唐王朝稳固了根基。

四，"徼福瞿昙，岂武非尽善故欤？"徼福：祈福、求福。瞿昙：释迦牟尼姓之音译，代指佛。北周甄鸾《笑道论》："案瞿昙者，即释迦也……白净王子既得正觉，号佛释迦。"[1]隋释吉藏《中观论疏》："问何故不云释迦而称瞿昙，答瞿昙是本姓故也。"[2]唐人诗如白居易《题孤山寺山石榴花示诸僧众》云"瞿昙弟子君知否，恐是天魔女化身"[3]；宋人诗如岳飞《归赴行在过上竺寺偶题》曰"兵威空朔漠，法力仗瞿昙"[4]，皆是例证。宋京诗序，前面提到了"文王西征"，紧接着又说"徼福瞿昙，岂武非尽善故欤？"表明作者对当初修建佛寺原因的一种推测：祈福于佛，或许是战争中有着某些憾恨，或者说武力征服或许并不是最佳的方式。换句话说，修建佛寺，是因为"文王西征"的"武"事。

五，"用少陵登慈恩塔韵"。唐天宝十一载（752），杜甫与储光羲、岑参、高适、薛据等五人同登长安慈恩寺塔（今西安大雁塔），各有诗作。杜甫所作《同诸公登慈恩寺塔》一诗，见本书第三章第二节。宋京此诗即次杜诗诗韵。

六，"宋仲宏父"，即宋京，字宏父，因排行第二，故称"仲宏父"，或省称"宏父"。宋京之子宋光为乃父所撰墓志铭就称

---

① 甄鸾《笑道论》，见（清）严可均辑《全上古三代秦汉三国六朝文》，中华书局，1958年12月第1版，第3983页。

② （隋）释吉藏《中观论疏》卷10，《大正新修大藏经》（第42册），台北新文丰出版股份有限公司1983年版，第169页。

③ （唐）白居易著，谢思炜校注《白居易诗集校注》，中华书局，2006年7月第1版，第1618—1619页。

④ 北京大学古文献研究所编《全宋诗》（第34册），北京大学出版社，1998年4月第1版，第21595页。

"先考讳京，字仲宏父"；而宋京之侄宋衍为宋京妻所撰《宋故太令人蒲氏墓志铭》亦即"叔父讳京，字宏父"①。

就诗的内容而言，首二句，写岁月蹉跎，王事无已，抒己之怀，又自然地化用了《孟子·万章上》："此莫非王事，我独贤劳也。"②叶昌炽评曰："观首二句，若不胜鞅掌贤劳之感，京亦倦于津梁矣。"③次二句，写出西城游览，庆寿寺在邠州（治所新平，今陕西彬州市）城西，故云"出西城"。"泾川"二句宕开一笔，写景：泾河于高原上横流而过，秋冬之际，树叶枯落，万物萧疏。"迢遥"四句，写世人于幽阴之山崖上架屋建寺（寺在南岸山崖上，故曰"阴崖"）。俗子，指当年建寺之众人。架屋：指修建大佛寺（庆寿寺）。而寺里的巨像（大佛雕像）于正观（贞观，详上文）年间雕成。"山禽"二句，再次宕开，写景，写时光流逝。"石间"以下十句，写寺内石窟中题铭众多，已难以辨识其作者，而只能想起秦王李世民当年的征战之事，最后虽然得胜凯还，而战争牺牲了众多的将士，以致风云变色。战斗最终的两个结局，一是白骨成丘，一是建起了佛寺。青莲，古人用以形容佛的眼睛，《维摩诘所说经》卷上："目净修广如青莲，心净已度诸禅定。"④此处代指佛寺。而这一佛寺的建立，又与李世民信任的大臣萧瑀有关。末二句做一总结议论："古来创业难，何不人鬼谋？"人谋鬼谋，是说与人及鬼神商讨，皆非贬义。《周易》："人谋鬼谋，百

---

① 详参刘隽一《北宋宋京夫妇墓志铭考释》，刊《中国典籍与文化》2013 年第 4 期，第 29 页。

② （宋）朱熹《四书章句集注·孟子集注》，中华书局，1983 年 10 月第 1 版，第 306 页。

③ （清）叶昌炽《邠州石室录》，吴兴刘氏嘉业堂 1915 年刻本。

④ 《维摩诘所说经》，日本大正新修大藏经本，引自爱如生《中国基本古籍库》。

姓与能。"孔颖达疏："正义曰：谓圣人欲举事之时，先与人众谋图以定得失；又卜筮于鬼神以考其吉凶，是与鬼为谋也。圣人既先与人谋、鬼神谋，不烦思虑与探讨，自然能类万物之情，能通幽深之理，是其能也，则天下百姓亲与能人，乐推为王也。"[1]诗人最后发出这一慨叹，似有批评之意。

这里，还有几个问题需要辨释：

一，诗人一开始就提到了"写我忧"。这忧是什么？

诗前两句写"年华迫人老，王事无时休"，显然是感喟韶华易逝、公务缠身而不得自由。正如叶昌炽所说，是不胜鞅掌贤劳之感而倦于津梁矣。叶昌炽考释此诗，引了宋京 9 年前的诗作，其中有句曰"红莲幕下青城客，五斗留人归未得"，知其倦于游宦由来已久；又引了宋京作此诗同年（宣和三年）四月底来邠州时于高陵太清阁题诗中"京请郡得幽，取道渭上"及"乞守初来到渭滨"之句，并指出："宋时士大夫在朝不得志，往往乞一郡以出，若京是矣。"[2]可见他此时的心境是不太好的。《诗经·黍离》云："行迈靡靡，中心摇摇。知我者谓我心忧，不知我者谓我何求？"[3]而宋京此时亦处于"行迈"状态，他的脑海中有无浮现出《诗经》中的这两句，不得而知，但至少对这两句诗当有共鸣之感。同时，这里的忧，有宦游之忧，又不限于此，我们联系诗末提到的"古来创业难"，或许有时世之忧，作者写此诗五六年之后，北宋政权便为金人所灭。诗人此时有没有某种对时世的感触呢？再进一

---

① （清）阮元校刻《十三经注疏·周易正义卷第八》，中华书局，2009 年 10 月第 1 版，第 189 页。

② （清）叶昌炽《邠州石室录》，吴兴刘氏嘉业堂 1915 年刻本。

③ （宋）朱熹注，王华宝整理《诗集传》，凤凰出版社，2007 年 1 月第 11 版，第 49 页。

步，历来诗人之忧，往往是不可名状或不尽可名状的，如此诗中对历代题名者"人物不可求"的感叹，对秦王当年征战及战后"白骨等成丘"的感叹，等等，这些感叹或可理出头绪，而更多的则是"剪不断，理还乱，别是一番滋味在心头"。人生往往会有一些说不清道不明的怅惘和失落、一些莫名的失意或消沉的意绪。

　　二，诗为什么用大量的篇幅写秦王的"征西州"之战？

　　唐太宗武德元年，李世民领兵，与当时的西秦薛举军事集团大战于大佛寺（庆寿寺）西北30公里之浅水原。此前，隋义宁元年，薛举进攻扶风郡，"将图京师"。秦国公李世民率兵迎战，大败薛举军，"斩首数千级"①，将薛举军队向西赶过陇山。到第二年，唐武德元年七月，薛举领兵攻泾州，李世民带兵迎战。两军相持阶段，李世民突发疾病，授权刘文静统兵，被薛举打得大败，"死者十五六，大将慕容罗睺、李安远、刘弘基皆陷于阵"②。李世民领残兵退回长安。不久，薛举病死，其子仁杲统兵。八月，李世民再次领兵来战，相持两月，最终浅水原决战，大败薛仁杲军，仁杲出降，被李世民押回长安斩首。至此，"举父子相继伪位至灭，凡五年，陇西平"③。后来李世民即位后，于贞观二年（或记三年）下《于行阵所立七寺诏》，要求在他亲历过的七个重大战场建立佛寺。对彬州大佛寺（即宋京诗中所称庆寿寺）的建寺时间和原因，学界和民间都有不同的说法。寺内大佛造像肩左侧背光处，至今保留有十分清晰的铭文"大唐贞观二年十一月十三日造"。但

① 《旧唐书·薛举传》，中华书局1975年5月第1版，第2246页。而《旧唐书·太宗本纪》则称"追斩万余级"，见《旧唐书·太宗本纪》第23页。
② 《旧唐书·薛举传》，中华书局1975年5月第1版，第2247页。
③ 《旧唐书·薛举传》，中华书局1975年5月第1版，第2248页。

曾有人提出此铭刻并非造像时原刻，而是宋人或是明人的伪造[1]。关于大佛寺的建造时间和原因，目前主流的观点认为大佛寺是为了纪念浅水原大战、为了给阵亡将士祈福而建。宋京此诗用大量的笔墨写"征西州"，显然可以成为这一观点的一个重要支撑，说明在北宋时代，当时当地人也是这样认为的。

三，"巨像镵正观"何解？

这一句很重要。这里，"像"字，原刻有裂纹，晚清叶昌炽根据拓片刻版整理的《邠州石室录》中字形其实还算清晰，但也导致当代一些学者引用时辨识错误，巨像，从全诗以及写作对象、写作地点来看，无疑是指巨大的大佛雕像。"镵"，一则原刻字体漫漶，再则字形复杂，导致今人多误作"才"。镵，本意为锐利，引申为雕刻、錾凿之意。在本诗中，指雕刻大佛像。同为北宋人的贺铸《和张谋父游石佛山观魏太武书》诗序云"今彭城南五里，因山镵佛，高十许丈"[2]；韩琦《游开化寺》诗云"全山镵佛身，万木亘高阁"[3]，可作旁证。"正观"，即贞观，前文已证。这样，"巨像镵正观"这五个字便指示了一个重要的信息，即诗的作者、当时任邠州知州、对当地情况应该相当了解的宋京，明确地认为大佛的雕刻时间在唐代贞观年间。这一认识在一定程度上应当也代表着当时人的普遍认识，可作为大佛像上"大唐贞观二年十一月十三日造"之铭刻的佐证，为我们确定大佛寺石窟的开凿年代提供了重要的线索和证据。

[1] 参赵和平《彬县大佛寺大佛雕塑年代探讨》，载《庆贺饶宗颐先生九十五华诞敦煌学国际学术研讨会论文集》，中华书局，2012年12月第1版，曹彬《公刘邑国考·大佛寺考》，三秦出版社，1993年3月第1版。
[2] （宋）贺铸著，王梦隐、张家顺校注《庆湖遗老诗集校注》，河南大学出版社，2008年4月第1版，第115页。
[3] （宋）韩琦《安阳集》卷2，乾隆五年蒋缄三刻本。

四，诗为什么写到萧瑀和释氏？

前文已述，有一种观点认为大佛寺（庆寿寺）的修建，是为了纪念浅水原大战阵亡的将士，而且这种观点目前已成主流，得到了学术界几乎一致性的认可。

据唐代僧人道宣《续高僧传》等书记载，李世民下诏修七座佛寺，是受了当时高僧的影响，《续高僧传》卷二十五载："贞观之初，以赡善识治方，有闻朝府，召入内殿，躬升御床。食讫对诏，广列自古以来明君昏主制御之术，兼陈释门大极，以慈救为宗。帝大悦，因即下敕：'年三月六，普断屠杀。行阵之所，皆置佛寺。'登即一时七处同建，如幽州昭仁……"①而宋京这首诗，

彬州大佛寺石窟大佛像。摄于 2018 年 2 月 18 日

① （唐）道宣著，郭绍林点校《续高僧传》，中华书局，2014 年 9 月第 1 版，第 936—937 页。

一定程度上可以和这种史料做印证。萧瑀（575—648），南朝梁武帝玄孙、明帝子。与李渊、李世民原本就有亲戚关系，归唐后，深得高祖李渊和太宗李世民的赏识和器重。贞观年间，六次出任宰相。贞观十七年二月，太宗李世民凌烟阁绘像，萧瑀位列第九。萧瑀笃信佛法。宋京于佛窟内题写这样的诗句，说明在他的心中（某种程度上也是北宋人的心目中），李世民是深受萧瑀信佛思想影响的，而开凿此佛窟，也是"忏悔"而投释氏的结果，至少与此有重要的关联。这，与诗序所写"徼福瞿昙，岂武非尽善故欤？"也是一致的。

五，"人鬼谋"在这里是什么意思？

或谓鬼谋有贬义，非。前文已述，人谋鬼谋，是说与人及鬼神商讨，皆非贬义。只是诗人以这两句收束全诗，所指为何？指的是唐王朝创业之前、之时？抑或创业之后？抑或指作诗之时？若是说唐王朝创业之时，则作者是不赞同"文王"的"释氏投"了；若是说当前，则是有一定的针对性了。这样，诗一开始写的"我忧"便有了着落，或许含有对当时时势的某种忧虑。当然，这只是推测，而且宣和时期朝廷并无佞佛之风，那么会不会有其他的时世之虑？或者是笼统而宽泛地对历代的"创业"生发的感慨？其真正的意旨，还需要进一步深入的探究。

大佛寺，现在已是国家重点文物保护单位，也是中国、哈萨克斯坦和吉尔吉斯斯坦三国联合申遗的"丝绸之路：长安 —— 天山廊道的路网"之一处重要文物，入选《世界遗产名录》。宋京的这两首诗，至今仍有其重要的史料价值。

四、吟咏名胜与纪行抒怀：北宋其他关中诗

北宋时期，关中也有其他一些诗人，或为关中人，或任职于关中，他们在关中，也写过不少诗歌作品。

这些诗，有的总体上吟咏关中或关中某一区域（或长安，或咸阳），如魏野（或作潘阆）《渭上秋夕闲望》："秋夕满秦川，登临渭水边。残阳初过雨，何树不鸣蝉。极浦涵秋月，孤帆没远烟。渔人空老尽，谁似太公贤。"①视野开阔而不嫌笼统空泛，以秦川、渭水等具体的地理意象，把诗歌的空间范围定在了关中。登高远眺而有怀古之意。

北宋关中诗，还有一个特点，就是多写名胜，写得最多的是华山和骊山，如李廌《太华》、韩琦《题玉泉院》、鲁交《游华山张超谷》、晁补之《游华岳归道中望仙掌》、邵雍《题华山》等。这其中，范祖禹的一首《望岳》写得非常好，诗曰：

> 客行西入函关道，秀气东来满关好。
> 北顾黄河天际流，回望荆山欲倾倒。
> 前瞻太华三峰高，中天屹立争雄豪。
> 群山朝岳皆西走，势似长风驱海涛。
> 金天杀气何萧爽，羽驾飙轮应可往。
> 安得云梯倚碧空，上拂烟霞看仙掌。②

从"西入函关""太华""仙掌"等词语看，此诗所咏为西岳华山无疑。首联写诗人行进方向：由东而来，经过函关，于是随着紫气东来，满关皆好。接着"北顾""回望""前瞻"，皆为写诗题中一"望"字，以下几句皆写"望"中所见，气势雄豪，"群

---

① （元）方回著，诸伟奇、胡益民点校《瀛奎律髓》，黄山书社，1994年8月第1版，第248页。
② （宋）范祖禹《范太史集》卷1，清文渊阁四库全书本，台湾商务印书馆影印，第1100册，第92页。

山"一联让人联想到辛弃疾"叠嶂西驰"的词句。最后,"安得云梯倚碧空,上拂烟霞看仙掌",其气势与豪情,并不亚于诗圣之"会当凌绝顶,一览众山小"。

　　华山之外,北宋诗写骊山的更多。如李廌《骊山歌》、张俞《游骊山二首》、张咏《骊山感事》、吴雍《登骊山阁留诗》等。写到骊山,自然少不了华清宫。相关诗作如杜常《题华清宫》、邵雍《宿华清宫》《登朝元阁》、杨正伦《华清宫》、陈尧佐《题华清宫》、邵雍《宿华清宫》、田锡58句长诗《华清宫词》、张齐贤《华清宫》等。总的来看,这些诗之构思与主旨,大都不脱中晚唐之窠臼,如张俞《游骊山》诗写"金玉楼台插碧空,笙歌递响入天风。当时国色并春色,尽在君王顾盼中"①;张咏《骊山感事》写"古来仁圣最忧多,合倚承平纵逸么。行幸未停歌未阕,羯胡兵已渡黄河"②,不外乎写明皇过于宠溺杨妃,以及由此而引发安史祸乱等等。略有一点特色的,如吴雍《登骊山阁留诗》写"山头羯鼓奏霓裳,断送君王入醉乡。凭阁无言念兴废,孤烟犹起泰陵傍"③,多了一些兴亡之感的怅惘;稍有一点新意的,如张文定《华清宫》写"当时不是不穷奢,民乐升平少叹嗟。姚宋未亡妃子在,尘埃那得到中华"④,强调姚崇、宋璟一类贤相的作用。再有一些新意的,如杨正伦《华清宫》写"休罪明皇与贵妃,大都衰盛

---

① (宋)秦醇《温泉记》,见(宋)刘斧撰辑《青琐高议》卷6,上海古籍出版社,1983年5月第1版,第63页。
② (宋)张咏著,张其凡整理《张乖崖集》,中华书局,2000年6月第1版,第43页。
③ (清)厉鹗《宋诗纪事》卷29,上海古籍出版社,1983年6月第1版,第749页。
④ (宋)何溪汶撰,常振国、绛云点校《竹庄诗话》,中华书局,1984年5月第1版,第219页。

两相随。惟怜一派温泉水，不逐人心冷暖移"①，写"盛衰两相随"
之普遍规律，而"惟怜一派温泉水，不逐人心冷暖移"亦承接前
意，写世间万物变与不变的哲理。

这些诗中，也有写得颇有诗意的，如杜常《题华清宫》诗云：

> 东别家山十六程，晓来和月到华清。
> 朝元阁下西风急，都入长杨作雨声。②

此诗作者及诗题或作"黄裳《朝元阁》"，前人多有辨正。如
元人骆天骧《类编长安志》卷三"朝元阁"条云：

> 黄裳诗云："东别家山十六程，晓来和月到华清。
> 朝元阁下西风急，都入长杨作雨声。"③

明人杨慎《升庵诗话》曰：

> "行尽江南数十程，晓星残月入华清。朝元阁上西
> 风急，都入长杨作雨声。"宋周伯弜《唐诗三体》以此
> 首为压卷第一。《诗话》云："杜常、方泽姓名不显，
> 而诗句惊人如此。"按杜常乃宋人，杜太后之侄，《宋史·文
> 苑》有传。《孙公谈圃》亦以为宋人。《范太史集》有《手

---

① （宋）何溪汶撰，常振国、绛云点校《竹庄诗话》，中华书局，1984年5月第1版，
　　第219页。
② （清）厉鹗辑撰《宋诗纪事》，上海古籍出版社，1983年6月第1版，第731页。
③ （元）骆天骧著，黄永年点校《类编长安志》，中华书局，1990年8月第1版，
　　第97页。

记》一卷，纪时贤姓名，而杜常在其列，下注"诗学"二字，其为宋人无疑。周伯弢误矣，然诗极佳。①

今人笺曰：

> 明朱孟震《河上楮谈》云："临潼骊山华清宫，温泉在焉。中有萃玉屏，皆宋元及今人诗刻。内杜常诗四篇云云，前题'权发遣秦凤等路提点刑狱公事太常寺杜常'，后跋云：'正甫大寺自河北移使秦凤，元丰三年九月二十七日过华清，有诗四首，词意高远，气格清古。邑人曹端仪，既亲且旧，因请副本，勒诸方石，以垂不朽。闰九月初一日，颍州杜诩记。'所记此诗，首二句作"东别家山十六程，晓来和月到华清"，石刻异文，盖初本也。②

综上，似应以杜常为是。而不管是杜常还是黄裳，皆为宋人。

如今，华清宫景区内，还收藏着几方华清宫遗址出土的宋代石刻，很好地保存了宋人吟咏华清宫的诗作。几方石刻，皆明确地刻有作者及创作与刻石时间，分别是：李埏诗《过临潼三绝句》，元祐二年（1087）作，大观四年（1110），其子李熙民任永兴军等路提点刑狱公事，"刻石于温泉行馆之壁"；"中奉大夫权发遣转运副使公事"孙渐诗《游骊山作》，政和四年（1114）刻石；提点陕西刑狱苏庄诗《留题灵泉观》，创作时间为"政和五年仲冬

---

① （明）杨慎著，王大厚笺证《升庵诗话新笺证》，中华书局，2008 年 12 第 1 版，第 616—617 页。

② （明）杨慎著，王大厚笺证《升庵诗话新笺证》，中华书局，2008 年 12 第 1 版，第 619 页。

孙渐《游骊山作》石刻，现藏华清池珍宝馆。摄于 2020 年 12 月 10 日

九日"，当年十二月由临潼县令王慎立石；还有政和六年（1116）创作并刻石的谢彦诗。其中孙渐《游骊山作》一诗，写自己公事途经骊山，在"弥月倦纷埃"之后"晞发莲汤浴""夜雨润庭梧，漏长秋睡足"，于是"遂作朝元游，聊放千里目"，看到"嵯峨北来横，渭水东转曲。坡前散牛羊，沙岸翔凫鹭。爽气袭衣裘，青烟生井屋"，于是心情畅爽，又"忆昔唐天子，承平溺爱欲"，遂感叹"遗址今尚存，缭垣半颓覆""往事寄冥冥，芳草依然绿"①。李熙民诗，共三首，其中第一首写道："凄凉感旧与怀亲，时事居人触目新。独有温泉故情在，犹能为我洗红尘。"第三首《题灵泉观》写："山原缭绕水萦纡，绣岭屏风立座隅。更上朝元最高处，饶君

---

① 任长安《华清池碑刻荟萃》，西安地图出版社，2003 年 10 月第 1 版，第 23 页。

苏庄《留题灵泉观》诗石刻，现藏临潼华清池景区珍宝馆，摄于 2020 年 12 月 10 日

都看渭川图。"①诗人自序，嘉祐年间曾过骊山，元祐二年再经，已二十八年矣，故有"感旧""触目新"之叹，因初次途经是"奉先姚"，故又有"怀亲"之感。第三首则心情大好，赞赏绣岭（骊山）美景。苏庄诗《留题灵泉观》则这样写道：

> 天宝升平乐有余，干戈谁复戒狂胡！
> 不知绣岭涓涓水，洗得生灵战血无？
>
> 剑外空令祭曲江，归来悲愤紫香囊。
> 夹城晓仗空陈迹，依旧山头玉女汤。②

---

① 任长安《华清池碑刻荟萃》，西安地图出版社，2003 年 10 月第 1 版，第 25 页。
② 任长安《华清池碑刻荟萃》，西安地图出版社，2003 年 10 月第 1 版，第 21 页。

灵泉观，即唐华清宫，唐末圮废，后晋天福中，改为灵泉观，赐道士居之。诗前一首评说前朝的安史之乱及其对生灵的戕害，感情激愤；后一首换个角度，先写唐玄宗奔蜀，因追念曾经料定安禄山必反的张九龄而痛悔不已，遣使至曲江祭奠，追赠其为司徒；再写玄宗从蜀地归来，发杨妃墓，不见尸骨而空有紫香囊，感伤不已；最后写玄宗回到长安后，夹城依旧，温汤依旧，而人事、国事早已迥异昔日。全诗充满着真情实感，不同于一般的空谈之作。

北宋关中诗人当中，还有两个人的作品比较多，一是苏舜钦，一是文同。

苏舜钦（1008—1048），字子美，梓州铜山（今四川中江）人，北宋前期著名诗人。苏舜钦在长安有过三年的生活经历：景祐元年（1034），苏舜钦父亲苏耆调陕西转运使，舜钦随父至治所长安。赴京应进士举，三月登第，授光禄寺主簿，知亳州蒙城县。归宁长安，十月赴任。次年，苏耆病逝，苏舜钦去官奔父丧。三月至长安，妻郑氏亦病逝。苏舜钦自述此时情状"及幽居长安，百口饥饿，遂假贷苑东之田数顷，躬耕其间"（《上三司副使段公书》）①。景祐四年（1037），终丧，回京候选。

苏舜钦长安守制期间作诗甚多，现存至少20多首，如：《升阳殿故址》《蓝田悟真寺作》《兴庆池》《长安春日效东野》《大风》《往王顺山值暴雨雷霆》《水轮联句》《荐福塔联句》《游南内九龙宫》《宿太平宫》《独游辋川》《过下马陵》《览含元殿基，因想昔时期会之盛且感其兴废之故》《望秦陵》《留题樊川李长官庄》《宿终南山下百塔院》《宿华严寺与友生会话》《晚意》《春

① 曾枣庄、刘琳主编《全宋文》，上海辞书出版社，2006年8月第1版，第29页。

暮初晴，自御宿川之华严寺》《次韵和师黯寄王耿端公》等①。

这些诗，很多是咏怀古迹，如《兴庆池》《升阳殿故址》《览含元殿基，因想昔时朝会之盛且感其兴废之故》《游南内九龙宫》《过下马陵》《望秦陵》等。还有一首《宿终南山下百塔院》。百塔寺，始建于西晋太康二年（281），称至相道场。隋代复建，是隋、唐佛教三阶教之祖庭。唐大历六年（771）改名为百塔寺。北宋时曾改名兴教院，后又复名为百塔寺。位于今西安市长安区境内终南山天子峪（明清时名为梗梓峪）口。清代犹有大量唐碑刻，今已毁。今人建有庙屋三五间。《蓝田悟真寺作》谓"老僧引我周游看，且云白氏子诗乃实录。此诗畴昔予所闻，殷勤更向碑前读"②，亦有史料意义。《长安春日效东野》，则抒发个人的感慨："前秋长安春，今春长安秋。节物自荣悴，我有乐与忧。"③《独游辋川》写"行穿翠霭中，绝涧落疏钟。数里踏乱石，一川环碧峰。暗林麋养角，当路虎

百塔寺内仅存石塔，寺内僧人称为西晋塔，待考。摄于 2022 年 4 月 28 日

① 参傅平壤、胡问涛《苏舜钦交游诗文系年》，刊《河南大学学报（哲学社会科学版）》，1987 年第 2 期。

② （清）吴之振、吕留良等选，（清）管庭芬等补《宋诗钞》，中华书局，1986 年 12 月第 1 版，第 121 页。

③ （清）吴之振、吕留良等选，（清）管庭芬等补《宋诗钞》，中华书局，1986 年 12 月第 1 版，第 121 页。

蓝田山悟真寺。摄于 2018 年 11 月 24 日

留踪。隐逸何曾见，孤吟对古松"①，表现了诗人的雅兴，也反映了辋川当时的自然环境。

文同（1018—1079），字与可，号笑笑居士，梓州梓潼郡永泰县（今属四川绵阳市）人，北宋著名画家、诗人，与苏轼为表兄弟。文同曾在邠州任职。他的关中诗，除《大热过散关因寄里中友人》等个别篇章外，主要写于邠州，即今陕西彬州市、永寿县、旬邑县、长武县一带。至和二年（1055）十二月至嘉祐四年（1059），文同在邠州任静难军节度判官。他这一时期的诗，《文同全集编年校注》"按写作时间编年诗"编入此时此地的个别诗以外，"按写作地点编年诗"编于"南豳诗"的就有 65 首②。

---

① （清）吴之振、吕留良等选，（清）管庭芬等补《宋诗钞》，中华书局，1986年 12 月第 1 版，第 154 页。

② （宋）文同著，胡问涛、罗琴校注《文同全集编年校注》，巴蜀书社，1999年 6 月第 1 版。

《登邠州城楼》《过永寿县》①等篇，都在抒发漂泊在外的乡思，如"客怀伤薄莫，节物感穷边""年来旧山意，常与雁翩翩""驱马上危坂，暮鞭摇客愁""客亭须下马，把酒慰殊乡"；同时也写出了当地的自然风貌，如"断烧侵高垒，微阳入晚川"，"须知此北下，地底见邠州"②。渭北高原，所谓沟壑纵横，直到今天，各个县城依然都在沟底，大概是为了取水之方便。杜甫《北征》诗写行旅途中"邠郊入地底"，"我行已水滨，我仆犹木末"，正是写的这种地形，平原之上一个个凹陷下去的大沟，与一般地方所见之高山，形貌刚好相反。

文同还有两首写于兴平（今陕西兴平）的诗，《兴平原上赤热因寄永寿同年》诗曰："日午终南翠色燃，满襟飞土下秦川。是时独想君高尚，正在山亭弄野泉。"③《兴平原上》曰："东西车马走秦川，扰扰飞尘混晓烟。我亦中间游宦者，尚惭无语赋归田。"④写出作者宦途奔波的劳累与不甘、无奈，"满襟飞土下秦川"也写出了关中的自然环境，即黄土高原尘土较多的特点。

文同还有一首《咸阳道上晚晴有作》："积霭晚尽散，南山明夕阳。秋容遍丰镐，古恨入隋唐。草木咸摇落，风烟自渺茫。客

---

① 按，此诗，《四部丛刊》景明汲古阁刊本文同《丹渊集》卷7收录，文渊阁四库全书本李石《方舟集》亦收录。不管作者是文同还是李石，为宋人写永寿县则无疑问。

② 本段所引文同诗句，俱见（宋）文同著，胡问涛、罗琴校注《文同全集编年校注》，巴蜀书社，1999年6月第1版，第15、16、294、13页。

③ （宋）文同著，胡问涛、罗琴校注《文同全集编年校注》，巴蜀书社，1999年6月第1版，第289页。

④ （宋）文同著，胡问涛、罗琴校注《文同全集编年校注》，巴蜀书社，1999年6月第1版，第290页。

亭须下马，把酒慰殊乡。"①诗题曰"咸阳道上"，实则所咏不限于
咸阳（"秋容遍丰镐"可证），而是吟咏关中，远眺南山而有怀古
之意。

抗金名将宗泽，有一组《华阴道中三绝》：

一

烟遮晃白初疑雪，日映斓斑却是花。
马渡急流行小崦，柳丝如织映人家。

二

菅茅作屋几家居，云硙风帘路不纤。
坡侧杏花溪畔柳，分明摩诘辋川图。

三

宁王画作金盆鸽，韩愈诗夸玉井莲。
瓦缶泥泓村落小，乱茅群雀不堪传。②

---

① （宋）文同著，胡问涛、罗琴校注《文同全集编年校注》，巴蜀书社，1999 年
　6 月第 1 版，第 294 页。

② 北京大学古文献研究所编《全宋诗》，北京大学出版社，1995 年 6 月第 1 版，
　第 20 册，第 13663 页。按，"菅茅作屋几家居"，《全宋诗》原作"菅茅作
　屋细家居"，注"原校：一作几"。此处据宋人陈思编《两宋名贤小集》卷
　143 定作"几"（《两宋名贤小集》，清文渊阁四库全书本，台湾商务印书馆
　影印，第 1363 册，第 278 页）。

　　诗写华阴道中所见。宣和六年（1124）春天，65 岁的宗泽任巴州通判①，此诗当为赴任途中经华阴所作（此行又有《过潼关》《华下》《谒华岳》等诗）。组诗写了途中所见之风景，写了远望所见之华山。风景如画，堪比王维辋川图；菅茅小屋、小村群雀，朴实而亲切。这组诗的价值，在于记录了宗泽的这一行程以及他当时愉悦的心情，让读者看到了宗泽的另一面。

　　相较而言，北宋时期出生于关中的文人，除寇准等个别人之外，留传下来的作于关中的诗相当少，究其原因，或因时代久远而大多散佚，或因其生于关中而一生之主要活动并不在关中。这些人，如由五代而入宋的邠州人陶谷，如同样是邠州人的张舜民等，现存关中诗都极少。其中，张舜民的诗相对稍多一点。他在盩厔写过《留题楼观》，在凤翔，写过一些与苏轼有关的诗，如《子瞻哀辞》《凌虚台》《东湖春日》等。这些诗，大都以思乡收结，如《东湖春日》，前面写了东湖的美景，"湖外红花间白花，湖边游女驻香车"，"无数小鱼真得所，一双新燕宿谁家"，而末联却写"故园风景还如此，极目飞魂逐暮鸦"②；如《凌虚台》前面写"是处芳菲皆可惜，晚来风雨太无情"，末了又写"唯有故园终不见，仓庚黄鸟向人鸣"③，不管是怎样的风景与心境，最终都摆脱不了思乡的情绪。至于陶谷，是这段历史中绕不过去的一个人物，但他却没有什么关中诗留下来，在他的家乡，他的墓倒是保存至今。但如同其人一样，已没有什么人去关注，只有大马蜂

① 吴太等《宗泽》，上海人民出版社，1965 年 8 月第 1 版，第 11 页。
② （宋）张舜民著，李之亮校笺《张舜民诗集校笺》，黑龙江人民出版社，1989 年 1 月第 1 版，第 66 页。
③ （宋）张舜民著，李之亮校笺《张舜民诗集校笺》，黑龙江人民出版社，1989 年 1 月第 1 版，第 91—92 页。

彬州陶谷墓，陕西省重点文物保护单位。摄于 2016 年 9 月 1 日

在墓碑上做巢①。

　　其他关中文人，如著名的"蓝田四吕"—— 吕大忠、吕大防、吕大钧、吕大临兄弟，四人都是当时著名的学者，其中吕大忠、吕大钧、吕大临是当时著名的经学家，吕大防官至宰相，对元祐政坛有重要的影响，在经学、文学等方面也颇有造诣。但他们四人的诗留存下来的总共只有 20 多首，写得也很一般，如吕大防《礼慈恩寺题诗》写"玄奘译经垂千秋，慈恩古刹闻九州。雁塔巍然

———————————
① 陕西彬州市、湖北浠水县均有陶谷墓，且均为省级重点文物保护单位。陶谷是彬州人，并不是浠水人且不逝世于浠水，浠水何以有其墓，俟考。

立大地，曲江陂头流饮酒"①，实在没有什么诗味。这从某种程度上也表明经历了唐诗的巅峰以后宋代关中文学的衰落。

北宋时期的长安，也曾有过一次规模不小的文学雅集。庆历二年上巳日，陕西都转运使张奎、陕西转运副使刘涣、知永兴军范雍等18人，

蓝田吕氏墓地出土宋代歙砚。2015 年 12 月 23 日摄于陕西历史博物馆

禊宴兴庆池旧址，作诗19首，太常博士、通判军府事张子定作序。序云："时维暮春，日乃元巳。被于南国，想象兰亭之游；出其东门，依稀曲水之会。兴庆池者，开元之故邸也。跃鳞巨沼，蹴象回渊，壮丽尽于本朝，梗概盈乎一水。前颐华萼，夹右青门，光灵仅存，今昔相观。""大尹资政，稽遵时宪，敦讲民熙，驾言出游，仍故不改。由是都人士女，祛服而啸侔，驷牡鸾旗；供帐而临禊，宾疊有醳，燕坐无哗。"②俨然一派和乐清明、文雅无比的样子。该序及19首诗当即被刻石（或谓庆历六年刻石），原刻现存西安碑林博物馆。但这次雅集及相关诗作，在文学史上却没有什么影响。

---

① 西安市雁塔区地方志编纂委员会编《雁塔区志》，三秦出版社，2003年9月第1版，第697页。
② 曾枣庄主编《全宋文》，上海辞书出版社、安徽教育出版社，2006年8月第1版，第20册，第131页。

第二节　金代关中诗

　　金朝，是女真族在白山黑水地区建立的一个少数民族政权。这一政权建立以后，积极向南扩张，伐辽攻宋，先后于 1125 年和 1127 年消灭了辽和北宋这两个政权。此后，关中地区不再属于宋政权，而归于金朝的版图。

　　金朝的历史，总的来说可以笼统地分为三个时期：从金初立国到完颜亮时期为其前期。这一时期，金人以扩张为主，积极扩大地盘，兵锋所指，所向披靡。金世宗完颜雍和金章宗完颜璟时期，是金朝的太平盛世。世宗被后人称为"小尧舜"，改变了此前以战为主的政策，逼宋议和，以和平建设为主，使金朝进入了"大定盛世"。章宗继承世宗的事业，明昌时期依然持续着盛世的局面。但在章宗后期，承安以后，金朝逐渐由盛转衰。此后继位的卫绍王完颜永济"柔弱鲜智能"①，即位不满五年便被权臣胡沙虎所弑。继位的金宣宗迫于内外交困的压力，尤其是抵挡不了蒙古南下的压力，即位半年后（贞祐二年三月）便迁都汴京，史称"贞祐南渡"。从此以后，金王朝进入了穷途末路的后期。

　　金代在关中，有不少的文化遗存，比较醒目的如淳化县、澄城县以及西安荐福寺（小雁塔）中的大铁钟，如西安鄠邑区重阳宫内的石刻，如商洛市棣花古镇的二郎庙等，粗犷中有着精细。位于秦岭山中的二郎庙，应该是金代在关中最南端的文化遗存。金人最终没能越过秦岭。这里有两座相邻的古庙，体现出民族融合的建筑艺术风格，相传此处为宋金交界，地面上一砖之隔，便是两个不同政权的疆域。

---

① 《金史·本纪第十三》，中华书局，1975 年 7 月第 1 版，第 290 页。

商洛棣花古镇二郎庙，建于金大安三年（1211）。金人南下，与宋军久战不分胜负，遂于此议和。金人按喇嘛寺风格且融合汉人建筑艺术筑二郎庙，中间石碑为宋金界限。右侧关帝庙为清代所建。摄于 2015 年 10 月 29 日

本节，我们亦按这一粗略的分期，简要叙述关中诗歌的相关情况。

一、特别的情调：金代前期的关中诗歌

公元 1127 年，金灭北宋。同年冬，金军攻取关中。此后数年，金与新建的南宋朝廷在关中屡次争夺，金人屡取屡弃，宋人几得几失，各路义军掺杂其中亦互不相能，关中遂陷入动荡。至公元 1130 年（金天会八年，南宋建炎四年），金人策立刘豫伪齐政权。次年十二月，刘豫派其子刘麟宣抚陕西，设官守，招降纳叛，又开科举，笼络文人。1139 年，金宋和议，陕西地归宋，当地官员们换

金代大铁钟，铸于金大定二十九年，淳化县博物馆藏。摄于 2016 年 9 月 2 日

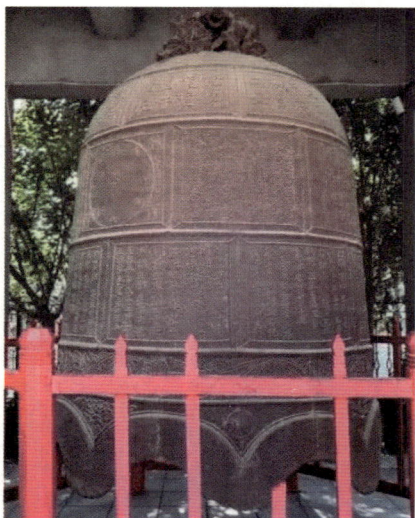

金代大铁钟，铸于金明昌三年，澄城县博物馆藏。摄于 2018 年 10 月 3 日

发一纸"告身"，又成为宋廷官员。次年，金人逾盟，复取陕西地，相关诸人又归金为官（下文论及的张中孚兄弟就经历了这样的身份变化）。

金代前期，关中的诗歌不多。而这不多的一些诗作，更值得重视。

吴激（1092—1142），字彦高，建州人，米芾婿，工诗能文，奉命使金，以知名为金人所留，官翰林学士。金末大文学家元好问从文献的角度编辑有金一代诗集《中州集》，卷一收录其《长安怀古》一首，诗曰：

佳气犹能想郁葱，云闲双阙峙苍龙。
春风十里霸陵树，晓月一声长乐钟。

小苑花开红漠漠，曲江波涨碧溶溶。
眼前叠嶂青如画，借问南山共几峰。①

　　此诗视野较为开阔，双阙、霸陵树、长乐钟、小苑、曲江、南山等意象尽入诗中，名为怀古，更像是登高写景抒怀，只是这些意象中自含历史信息，且"佳气犹能想郁葱"等诗句，将读者引入了无限的历史想象和联想。但这首诗所表达出的情感基调与他入金后的许多诗词，差异太大。吴激入金后的诗词作品，颇多对北宋故国及南国家乡的怀恋，情感悲凉甚至时有凄厉之音。所以，笔者颇怀疑这首诗是否作于入金之后。

　　《中州集》还收有杜倅的一首《马嵬道中》。杜倅，字真卿，武功（今陕西武功）人，北宋末有诗名于关中，伪齐刘豫阜昌中登进士科。其诗曰：

垂柳阴阴水拍堤，春晴茅屋燕争泥。
海棠正好东风恶，狼藉残红送马蹄。②

　　诗前三句写景，妙在末句"狼藉残红送马蹄"，既是实写，更切合前代诗人"太真血染马蹄尽"（李益《过马嵬二首》）之语典，回扣诗题。

　　金熙宗皇统二年（1142），张中孚作有一首《蓦山溪》，词曰：

山河百二，自古关中好。壮岁喜功名，拥征鞍、雕

————————

① （金）元好问编《中州集》，华东师范大学出版社，2014年6月第1版，第14页。
② （金）元好问编《中州集》，华东师范大学出版社，2014年6月第1版，第496页。

裘绣帽。时移事改，萍梗落江湖，听楚语，厌蛮歌，往
事知多少。

　　苍颜白发，故里欣重到。老马省曾行，也频嘶、冷
烟残照。终南山色，不改旧时青。长安道，一回来，须
信一回老。①

　　张中孚，字信甫，是一个经历比较复杂的人。其先祖由安定
徙居张义堡（今宁夏固原）。其父张达，仕宋至太师，封庆国公。
宋金大战，金宗翰围太原，"其父战殁，中孚泣涕请迹父尸，乃独
率部曲十余人入大军中，竟得其尸以还。累官知镇戎军兼安抚使，
屡从吴玠、张浚以兵拒大军"②。后率部降金，为镇洮军节度使知渭
州，兼泾原路经略安抚使，天眷初，为陕西诸路节制使知京兆府。
金天眷二年（1139，南宋绍兴九年），金以河南、陕西地归宋，张
中孚随地入宋，宋人以为检校少保、宁国军节度使、知永兴军、节
度陕西诸路军马。后至南宋都城临安，加检校少傅、充醴泉观使。
皇统二年，宗弼再取河南、陕西地，移文宋人，复取张中孚等人
归北。对这样一个经历，《金史》也这样评价："张中孚、中彦虽有
小惠足称，然以宋大臣之子，父战没于金，若金若齐，义皆不共
戴天之仇。金以地与齐则甘心臣齐，以地归宋则忍耻臣宋，金取
其地则又比肩臣金，若趋市然，唯利所在，于斯时也，岂复知所
谓纲常也哉。吁！"③当时也有人写诗说："张中孚、张中彦，江南

---

① （金）元好问编《中州集》，华东师范大学出版社，2014年6月第1版，第716页。

② 《金史·张中孚传》，中华书局，1975年7月第1版，第1788页。

③ 《金史·张中孚传》，中华书局，1975年7月第1版，第1791页。

塞北都行遍，教我如何做列传。"①然而，张中孚的这一番复杂经
历，实有许多不得已处。对其为人，《金史》本传同时也这样记载：
"中孚天性孝友刚毅，与弟中彦居，未尝有间言。喜读书，颇能书
翰。其御士卒严而有恩，西人尤畏爱之。葬之日，老稚扶柩流涕
盖数万人，至为罢市，其得西人之望如此。"②

　　张中孚这首词的写作时间，王庆生《金代文学编年史》谓
"本年（皇统二年）重归于金，省亲陕西"时作③，牛贵琥《金代文
学编年史》更具体地归为皇统二年十一月作④。按，《金史》本传并
未具体写张中孚再次归金后是否到过长安以及何时到过长安，但
明确记载其弟中彦与中孚一同归北后任凤翔尹等职。或者中孚亦
曾到长安，或是回归故乡时途经长安。而此词中的"长安""终南
山色"，可确证其为长安所作。

　　这首词，一是写"自古关中好"；二是回顾自己"壮岁喜功
名，拥征鞍、雕裘绣帽"以及"萍梗落江湖""故里欣重到"的
经历，前者颇有点苏东坡"锦帽貂裘，千骑卷平冈"以及辛稼轩
"壮岁旌旗拥万夫，锦襜突骑渡江初"的豪迈。而更值得我们关注
的，是其"听楚语，厌蛮歌"以及"故里欣重到"的心境。这一方
面有北方人不习惯南方环境的因素，但同时也让我们看到在当时
复杂的历史背景下，人们（至少是一部分人们）对宋政权的复杂

① （宋）李心传《建炎以来系年要录》卷134，中华书局，1988年4月第1版，
　　第2156页。
② 《金史·张中孚传》，中华书局，1975年7月第1版，第1788页。
③ 王庆生《金代文学编年史》，中华书局，2003年3月第1版，第150页。又，
　　本节张中孚传记，参考了王庆生《金代文学家年谱·张信甫》，凤凰出版社，
　　2005年3月第1版。
④ 牛贵琥《金代文学编年史》，北京师范大学出版集团、安徽大学出版社，2011
　　年3月第1版，第111页。

心态，并不完全像后世文人想象的那样，汉族文人一定是心向宋朝。这一点，金代前期很多人的作品已经证明。

皇统五年，张通古游蓝田辋川，作有《游山诗三首并序》①：

> 顷在阙下，阅摩诘所画辋川图，爱其山水幽深，恐非人世所有，疑当时少加增饰。暨奉命来长安，暇日与都运刘彦谦、总判李愿良同游此川，将次蓝田，望玉山，已觉气象清绝。自川口至鹿苑寺，左右峰峦重复，泉石清润，花草蒙茸，锦绣夺目，与夫浮空积翠之气，上下混然，宛如在碧壶中，虽顾、陆复生，不可状其万一。方知昔时所见图本，乃当时草草寓意耳。

游辋川问山神

古栈松溪曲绕岩，乱石随步翠屏开。

不知摩诘幽栖后，更有何人曾到来。

代山神答

好山好水人谁赏，古道荆棘郁不开。

一自施僧为寺后，而今再见右丞来。

鹿苑寺

前旌临辋水，一雨霁蓝关。

怒浪平欺石，晴云犹恋山。

---

① 此组诗编年参牛贵琥《金代文学编年史》、王庆生《金代文学编年史》，诗作及序引自阎凤梧、康金声主编《全辽金诗》，山西古籍出版社，1999 年 11 月第 1 版，第 129—130 页。

　　诗写了当时辋川的风光和作者游辋川时的感受，也说明了王维《辋川图》的重要影响。

鹿苑寺遗址，位于王维手植银杏树旁。摄于 2018 年 11 月 6 日

　　金代初期的诗人，绝大多数都是原北宋的汉族文人（极少数为原辽地的文人）。这些人，或因出使被扣，或因兵败城陷而被俘，亦有少数主动投奔的（大都是投奔金人树立的傀儡政权，实则是间接投金）。这些人入金以后，大都有着比较强烈的夏夷观念，或强烈地形之于外，或深深地郁结于心。他们或坚决不与金人合作，或貌合神离，为了生存而为金政权服务但内心深处则强烈地怀念北宋故国。因为处境、个性的不同，他们的诗词作品大致表现出几种情形：一种如宇文虚中，在诗中强烈地表达对金人的鄙视，表达一个北宋旧臣忠于故国的心声，如"人生一死浑

闲事，裂眦穿胸不汝忘"①；如吴激，怀恋北宋故国，怀念南方故
乡，诗词作品中甚至有极其凄厉的呼喊，"夜窗灯火青相对，晓
镜髭须白几茎"②，"应怜我，家山万里，老作北朝臣"③；一种如
蔡松年，入金后先是坚决不与金人合作，后不得已在金政权中
任职，而其诗词作品（尤其是能代表他文学成就的词）则主要表
达客怀归思与隐逸之趣，表现出一种"高情远韵"，以此来消解
心中那"以夏仕夷"的块垒；一种如高士谈，心中也有着故国悲
情，但另方面他自己也觉得对金政权是"忠信"的，故其诗词作
品一方面表现故国之悲与漂泊之感，另方面则大量地抒写闲雅情
趣。但我们发现，金代前期，关中这一具体地域的诗坛，情形却
大不相同，没有那种朝代更替后的痛苦与忧愤。现存的几首诗词
作品，吴激《长安怀古》，格调轻松；杜㑒《马嵬道中》，全然一
种对景抒情的文人情调，诗背后的时局背景堪称太平宁静；张中
孚《蓦山溪》，复杂的情愫中更多的是一种故里回归的欣慰；张
通古《游山诗三首》，更是描写辋川之美景及诗人自己的美好感
受。笔者曾怀疑吴激《长安怀古》或当作于入金之前，但并无证
据，而元好问《中州集》收录该诗，故更适合当作金诗看。至于
其他几位诗人的作品，则确定作于入金之后，却表现出这样一种
情调。这，是一种很特别的情形，值得进一步研究。

　　细细想来，亦可理解：杜㑒是主动仕金的，心态自不同于宋

---

① （金）宇文虚中《在金日作三首》，见阎凤梧、康金声主编《全辽金诗》，山
　　西古籍出版社，1999 年 11 月第 1 版，第 125 页。

② （金）吴激《秋夜》，阎凤梧、康金声主编《全辽金诗》，山西古籍出版社，
　　1999 年 11 月第 1 版，第 183 页。

③ （金）吴激《满庭芳》（射虎将军），唐圭璋编《全金元词》，中华书局，
　　1979 年 10 月第 1 版，第 5 页。

之"忠臣",张中孚身为武人,复杂的经历,使得他的行迹和心态亦与众不同,当时人就曾作诗讥讽"江南塞北都行遍,教我如何做列传";至于张通古的几首诗,则很容易理解。他是辽人入金,在这北宋故地,自然没有什么"故国之感",因而作品中自然体现不出什么民族矛盾了。而最具典型性的吴激,翻检其现存全部诗作,情调并不像其很多词作那么哀伤凄厉,很多诗作的笔调都比较轻松。天会十一、十二年左右,吴激出散关①,有《出散关》残句"春风蜀栈青山尽,晓日秦川绿树平"②。笔调就比较轻松,情调更可谓愉悦。这首《长安怀古》,亦当是此次出散关途中所作。"春风十里霸陵树,晓月一声长乐钟","眼前叠嶂青如画,借问南山共几峰"的诗句,与《出散关》残句之情调也很相似。这或许与他对人生的一些新的认识有关,如同他的《过南湖偶成》一诗所说"诗人未必皆憔悴,世事从来有折磨"③。引起我们注意的是,他诗词中表现出的不同情调,与我们熟知的北宋文人诗词分工的情形有很大的不同,这又是一个值得研究的问题。

二、吟咏古迹名胜、抒写文人情怀:金代中期的关中诗

金代中期的诗人,大都是金政权统治下成长起来的一批文人。在他们的心目中,已经没有了那种与女真政权相对抗的"夏夷之

---

① 天会十一、十二年,宋金大战于和尚原,金人夺取大散关。吴激盖此时出散关往军中。参王庆生《金代文学家年谱》(凤凰出版社,2005年3月第1版,第35—36页),《吴激家世生平考述》(《江苏大学学报(社会科学版)》,2002年第3期)。
② 阎凤梧、康金声主编《全辽金诗》,山西古籍出版社,1999年11月第1版,第185页。
③ 阎凤梧、康金声主编《全辽金诗》,山西古籍出版社,1999年11月第1版,第180页。

辨"的观念。而此时的金王朝，甚至以正统自居，文人们也以金朝为自己的"祖国"，其诗作中也没有了对金政权的抵触和抗拒。关中诗更是如此。

薛瑞兆《金代艺文叙录》谓，天德二年，刘仲游"在会宁随先兄读书"。又云："仲游字景文，大兴宛平人。皇统党籍案首田毅内侄，名士仲渊、仲洙之弟，后仕为同知京兆府尹兼本路都总管府事。"①清人钱泳《履园丛话》谓："礼部《虹县旧题》真迹卷，无款，有俨斋秘玩图书，是华亭王氏之物。后有金大定间刘仲游、元好问两题。"②而钱大昕《潜研堂金石文字目录》卷七"金"记："刘仲游题武后庙及乾陵诗。草书。明昌五年孟冬。在乾州乾陵无字碑。"③由此可知，刘仲游生活在天德、大定、明昌年间，在天德年间读书，而主要活动于大定、明昌年间。

刘仲游曾任职京兆府。他有多首咏写关中的诗，或当作于京兆尹任内。如：

华清宫

唐家帝业艰难致，终笑明皇学始皇。

不戒前车成后辙，华清宫殿胜阿房。

温泉

赐浴华清宠幸殊，温泉水滑洗凝酥。

至今西蜀逢冬月，尚画杨妃出浴图。

---

① 薛瑞兆《金代艺文叙录》，中华书局，2014年10月第1版，第100页。

② （清）钱泳著，张伟点校《履园丛话》，中华书局，1979年12月第1版，第273页。

③ 陈文和主编《嘉定钱大昕全集》（增订本），凤凰出版社，2016年3月第1版，第655页。

乾陵二首

一

冬苑花开瑞气殊，唐朝周号谩窥图。
聪明终悟梁公谏，宗庙明禋不附姑。

二

处分昭陵牢固帖，宣和秘阁至今藏。
外人岂计图家事，还笏空悲褚遂良。

观京兆府学二首

一

宝墨银钩蚕尾，豪文玉振金声。
一览古碑辞翰，顿还旧观神明。

二

西秦观览古字，碑刻长安最多。
未胜家藏墨迹，羲之帖换群鹅。[①]

　　前四首咏古，《华清宫》与《温泉》咏唐明皇事，批判明皇宠溺杨贵妃而导致亡国。就主题而言无甚新意，但不让人感觉俗套。《乾陵》二首，咏武则天事。唐高宗欲废王皇后而立武则天，褚遂良力谏，高宗不听，"遂良致笏于殿陛，曰：'还陛下此笏。'仍解巾叩头流血"[②]。梁公指狄仁杰，唐中宗复位后追赠梁国公。武则天欲立武三思、武承嗣为太子，狄仁杰谏曰："姑侄之与母子孰

---

① 以上数首刘仲游诗，均引自阎凤梧、康金声主编《全辽金诗》，山西古籍出版社，1999年11月第1版，第3061—3062页。

② 《旧唐书·褚遂良传》，中华书局，1975年5月第1版，2739页。

亲？陛下立子，则千秋万岁后，配食太庙，承继无穷；立侄，则未闻侄为天子而祔姑于庙者也。"遂止[1]。《观京兆府学二首》，实是写长安古碑刻，"未胜家藏墨迹"，表明作者还是更喜欢原作之精当。或者这里又化用了米芾《书简帖》中"家藏墨迹数本，今以石刻奉寄"之语耶？

大定三年（1163）中进士的高有邻，也有几首关中诗，分别为：

马 嵬

事去君王不奈何，荒坟三尺马嵬坡。

归来枉为香囊泣，不道生灵泪更多。

骊 山

不见朝元阁，难寻羯鼓楼。

繁华随世去，唯有渭川流。

温泉二首

一

开元常恃太平年，杨李藏奸弄国权。

试上骊山吊今古，兴亡都不在温泉。

二

骊山高处舞霓裳，都为平居厌未央。

惟有温泉长似旧，任他行客感兴亡。[2]

---

[1] 《资治通鉴·唐纪二十二》，中华书局，1956 年 6 月第 1 版，第 6526 页。

[2] 以上 4 首高有邻诗，均引自阎凤梧、康金声主编《全辽金诗》，山西古籍出版社，1999 年 11 月第 1 版，第 759 页。

四首怀古诗，均咏唐明皇时事。马嵬为杨贵妃墓，"归来枉为香囊泣，不道生灵泪更多"，批判明皇理政治国之失败给普通百姓造成的灾难。后三首皆咏骊山，有批判，更有后代人的历史感叹。

刘仲游、高有邻之外，郦权有一首《慈恩寺塔》，诗云："慈恩石刻半公卿，时遇闻人为指名。龙虎榜中休著眼，一篇俚赋悟平生。"[1] 郦权，字符舆，安阳（今河南安阳）人。其父郦琼，仕至武宁军节度使。明昌初，郦权被授以著作郎，未几卒。由此看来，这首诗最大的可能

唐代银香囊，西安何家村出土。历代笔记及诗歌等称唐明皇还都途中发杨妃墓，唯见香囊等物，当是此种不易腐烂的银香囊。2020年9月1日摄于陕西历史博物馆

是作于大定年间。大定四年，诗人乔扆在长安，作《兴庆夜月绝句》，诗曰："花萼楼倾有故基，行人空读火余碑。可怜兴庆池边月，曾伴宁王玉笛吹。"[2] 花萼楼，全称花萼相辉楼，是唐长安兴庆宫内著名建筑，唐玄宗常在此与兄弟相聚，或宴待群臣。宁王李宪，唐睿宗长子，唐玄宗兄，善吹笛。《新唐书·礼乐志》及《杨太真外传》都有相关故事的记载。此诗以眼前能够看见的花萼楼故基及残碑为切入点，融入"今时犹古时"的月色，又引入宁王吹笛的故事，题为咏"夜月"，实为咏史怀古佳构。

---

[1] 阎凤梧、康金声主编《全辽金诗》，山西古籍出版社，1999 年 11 月第 1 版，第 794 页。按，"悟平生"，《中州集》、清刻《四朝诗》均作"误平生"。

[2] 阎凤梧、康金声主编《全辽金诗》，山西古籍出版社，1999 年 11 月第 1 版，第 636 页。

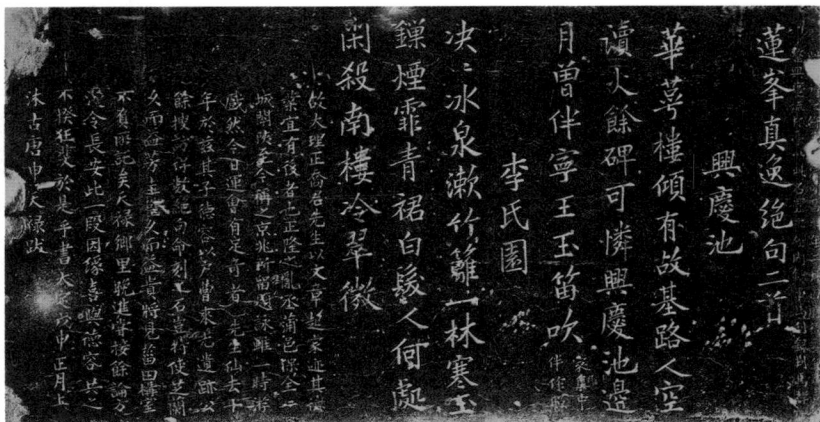

乔宸诗石刻。原刻现藏西安碑林博物馆。图片来源：碑林博物馆官网

　　上述诸人留存下来的关中诗作，全是吟咏古迹名胜的，从构思上看没有多少新意，倒是高有邻诗称"不见朝元阁，难寻羯鼓楼"，说明当时朝元阁和羯鼓楼或已不存，而北宋人的诗作，如陈尧佐《题朝元阁》有句"朝元高阁迥，秋毫无隐情"①；范祖禹《望朝元阁》云"昔年曾上阁边行，步步凌霞出太清"，"惆怅重游今未遂，参差天半望飞甍"②；邵雍《登朝元阁》云"至今临渭水，依旧见长安"③；苏轼《骊山歌》云"我上朝元春半老""羯鼓楼高挂夕阳"④，说明在北宋时朝元阁还是存在的。当然，此类建筑常毁而

---

① （宋）吴处厚著，李裕民点校《青箱杂记》，中华书局，1985 年 5 月第 1 版，第 49 页。

② （宋）范祖禹《范太史集》卷 1，清文渊阁四库全书本，台湾商务印书馆影印，第 1100 册，第 93 页。

③ （宋）邵雍著，郭彧整理《伊川击壤集》卷 2，中华书局，2013 年 1 月第 1 版，第 193 页。

④ （清）王文诰辑注，孔凡礼点校《苏轼诗集》，中华书局，1982 年 2 月第 1 版，第 2720 页。按，此诗或作李廌诗。

复建，时毁时修，也并不能确定诗中所写即为唐建朝元阁。此外，这些诗全是吟咏名胜，倒也符合大定、明昌间诗坛的特色，即无甚新创，多为咏物或抒太平年月之雅兴，类似于今日之"旅游诗"。

明昌五年（1194），诗人陈规登进士第。陈规（1171—1229），字正叔，绛州稷山（今山西稷山）人。贞祐南渡后，任监察御史等职。《中州集》录其《过骊山》诗一首：

丰镐无由问故基，三章止见黍离诗。

而今多少华清石，都与行人刻艳辞。①

王庆生《金代文学家年谱》"明昌五年"条下谓，陈规历华州下邽县簿，后转京兆府路按察从事，"规微时得官每在陕西，骊山时时经过"②。这样看来，这首诗应该是作于明昌时期。丰镐，即西周旧都丰京与镐京，其故址在今西安市鄠邑区秦渡镇和今长安区斗门镇一带。"黍离诗"即《诗经·王风》中《黍离》一篇，诗人借此写沧桑之感，确实是颇省笔墨。后两句，见证了西周兴衰的骊山、曾是大唐盛世之象征的华清宫里，一个个石碑上都刻满了行人的艳词丽句。一首绝句短章之中，融入了太多的感叹。

大定、明昌以后，承安四年，移剌霖有一首《骊山有感》：

苍苔径滑明珠殿，落叶林荒羯鼓楼。

渭水都来细如线，若为流得许多愁。③

① （金）元好问编《中州集》，华东师范大学出版社，2014年6月第1版，第321页。
② 王庆生《金代文学家年谱》，凤凰出版社，2005年3月第1版，第471—472页。
③ 阎凤梧、康金声主编《全辽金诗》，山西古籍出版社，1999年11月第1版，第1446页。

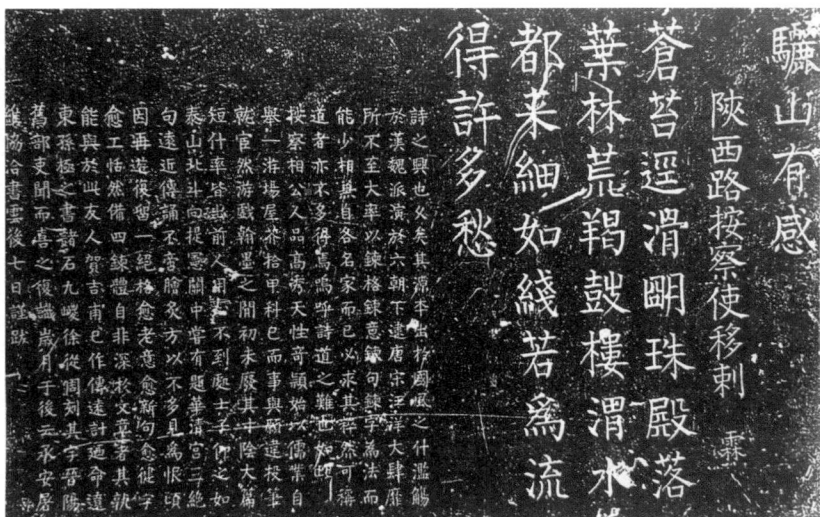

移刺霖《骊山有感》石刻拓片。选自任长安编《华清池碑刻荟萃》

移刺霖，字仲泽，进士，承安间任陕西路按察使。此诗作于其任期内。

《金石萃编》卷一百五十七此诗后有长跋，跋称："按察相公人品高秀，天性奇颖。始以儒业自举。一游场屋，芥拾甲科。已而事与愿违，投笔就宦。然游戏翰墨之间，初未废其寸阴。大篇短什，率皆出前人用心不到处。士子仰之如泰山北斗。向提宪关中，尝有题华清宫三绝句。远近传诵，不啻脍炙。方以不多见为恨。顷因再游，复留一绝。格愈老，意愈新，句愈健，字愈工，恬然备四炼体。自非深于文章者其孰能与于此。友人贺吉甫已作传远计，乃命辽东孙极之书诸石，九嵕徐从周刻其字。晋阳旧部吏闻而喜之，复识岁月于后云。承安屠维协洽书云后七日谨跋。"[1]

---

[1] （清）张金吾编纂《金文最》，中华书局，1990 年 8 月第 1 版，第 680—681 页。

此诗与原跋刻石仍存，跋的写作时间为承安四年冬至后七日。诗为典型的咏怀古迹之作，写古迹荒芜，写从骊山远眺但见渭水如线，最终以"若为流得许多愁"作结，起承转合之迹甚明。"流得许多愁"，乃文人惯常之感唱，并无多少新意。

移剌霖《骊山有感》石刻，现藏华清池珍宝馆。摄于 2020 年 12 月 10 日

清人顾嗣立、席世臣编《元诗选癸集》，以及今人编《全辽金诗》等都录有移剌霖《骊山有感二首》，上诗为其第一首。实则据前跋可知，上诗是移剌霖写作"题华清宫三绝句"之后写的另一首绝句，现存二首《骊山有感》并不是同时所写的组诗。而现存的另一首《骊山有感》，无论是立意还是构思，都比上一首要好很多，诗曰：

　　　　　山下惊飞烈火灰，山头犹弄紫金杯。
　　　　　梦回未奏梨园曲，卧听吟风阿滥堆。①

　　本诗专写明皇所经历的安史之乱，选取两个典型的"片段"：前两句批判明皇沉溺于享乐而导致安史之乱。此二句对比强烈，起句尤其有骇人之效果。后两句谓梦回乍醒，风中隐约传来《阿滥堆》的乐声。阿滥堆，本为鸟名，其鸣声相续，婉转动人，唐明皇据此作曲，曲名《阿滥堆》。此处乐曲声与鸟鸣声合写，写风中隐隐传来的如泣如诉的细微之声，引发主人公深深的感伤之情。这两句亦明皇，亦作者，其实又是与前两句对比，大有往事如烟之感。

　　《元诗选癸集》还录了移剌霖首《华清》，诗曰："已压开元万翠眉，莲汤不必浸凝脂。好将素手来吞洗，曾把宁王玉笛吹。"②诗题为"华清"，内容则是咏杨妃，有玩赏，有批判。

　　承安时期，社会的繁盛已不如明昌，而移剌霖这几首诗，与明昌时期诗风仍有相同之处，览物怀古，抒写文人情怀，毕竟，此时依然是章宗时期。只是与明昌诗坛相比，诗中的感慨似乎更深沉了些。

　　三、访古览胜、时有纪实之作：金代后期的关中诗

　　金代后期，关中诗出现了一个小高潮，诗人诗作都比较多。一些诗人或任职关中，或途经关中，或避兵乱于关中，还有本土的诗人

---

① 阎凤梧、康金声主编《全辽金诗》，山西古籍出版社，1999 年 11 月第 1 版，第 1446 页。

② （清）顾嗣立、席世臣编《元诗选癸集》，中华书局，2001 年 10 月第 1 版，第 657 页。

等，都写了不少诗作。其中主要的诗人有赵秉文、杨宏道、杨奂等。金代后期的著名诗人如元好问、李献甫、李汾等亦有诗作。

赵秉文（1159—1232），字周臣，号闲闲，磁州滏阳（今河北磁县）人，金代中后期著名政治家、文学家。正大二年，秉文奉使入夏册立新主，未及入夏境而朝议罢之。从本年到次年春天，赵秉文一直在关中活动，有多首诗作，如《过邠州二首》《过长安二首》《草堂》《过咸阳二首》《游草堂二首》《杨妃墓》《李夫人墓》《含元殿》《过乾陵》《游华山》《游华山四绝》《过华州追怀杨洞微》等。其中，长诗《游华山》一首，大气淋漓，诗风豪放，典型诗句如"扪参历井上绝顶，下视尘世区中囚。酒酣苍茫瞰无际，块视五岳芥九州"，"君且为我挽回六龙辔，我亦为君倒却黄河流。终期汗漫游八表，乘风更觅元丹丘"[1]，从具体诗句到整体风格，均颇有李太白之风。

《过邠州二首》应该是他从西夏边境回来途经邠州时所作，诗曰：

一

地灵物秀古称雄，前有汾阳后范公。
千古山川形胜地，两朝人物画图中。
一家忠厚余风化，七月蚕桑咏女功。
谁识圣贤遗意在，黍离篇末继豳风。

二

遥看泾水绕城流，下尽陂陀始见州。
岁暮简书催出塞，天寒风雪送行舟。

---

① 阎凤梧、康金声主编《全辽金诗》，山西古籍出版社，1999 年 11 月第 1 版，第 1312 页。

坡田井井龟图画，山路盘盘篆印缪。
更欲殷勤访陈迹，夜深灯火伴牢愁。①

　　第一首写了邠州的地理形胜，写了唐宋两朝的著名人物如郭子仪（汾阳）与范仲淹（范公）等。后两句写邠州之风土人情，"七月"句自是说《诗经·豳风·七月》，末句亦是说《诗经》，既说创作地域，更说"圣贤遗意"。第二首，前两句，"遥看泾水绕城流，下尽陂陀始见州"，形象地写了邠州一带的地貌特点，山沟底下，泾河绕流，"下尽陂陀"正是杜甫诗所谓"邠郊入地底"也。最后，"更欲殷勤访陈迹"，写出诗人的兴趣点乃在于访古。

　　《过长安二首》《过咸阳二首》等，均是怀古抒怀，抒写兴亡之感。《草堂》《游草堂》等，"下马来寻题壁字，拂尘先读草堂碑"②，所游当是鄠县之草堂寺，但其兴趣亦在访古。"落叶萧萧风雨后，却疑当日译经声"③，形象传神，使人如临其境。《草堂》中提到"稻垅明边通白水"，说明当时关中地区也种植水稻。这一点，也有其他诗人的作品可以证明。《过乾陵》诗序中说"有石蕃王像，来朝者六十四，至今犹存"④。而现在，这些蕃王石像，较完整的有 61 尊，且其头部尽皆被人砸去。何时被砸，已不可知。

① 阎凤梧、康金声主编《全辽金诗》，山西古籍出版社，1999 年 11 月第 1 版，第 1381 页。
② 赵秉文《游草堂二首》其一，见阎凤梧、康金声主编《全辽金诗》，山西古籍出版社，1999 年 11 月第 1 版，第 1429 页。
③ 赵秉文《游草堂》其二，见阎凤梧、康金声主编《全辽金诗》，山西古籍出版社，1999 年 11 月第 1 版，第 1429 页。
④ 赵秉文《过乾陵》，见阎凤梧、康金声主编《全辽金诗》，山西古籍出版社，1999 年 11 月第 1 版，第 1310 页。

由赵秉文此诗来看，或许当时这些石像也还完整。

赵秉文的关中怀古诗，也能反映出他自己的一些个性，如他的《过杨太尉坟》诗写道："直道从来自不容，断碑千载尚尘封。潼关关下坟三尺，清节高于太华峰。"杨太尉即东汉名臣、有"关西夫子"之称的杨震，弘农华阴（今陕西华阴）人。诗人经过杨太尉墓，不由得顿生感慨，对杨太尉正直的高风亮节给予了极高的评价。

赵秉文是一位有着强烈责任感与时代使命感的文人和官员。此前的贞祐年间，他就曾上书皇帝，愿为国家守残破一州，且曰："陛下勿谓书生不知兵，颜真卿、张巡、许远辈以身许国，亦书生也。"又曰："使臣死而有益于国，犹胜坐縻廪禄为无用之人。"①而此时，元兵压境，且在两年前就曾围攻长安、进逼凤翔，而他此时在关中写的诗，其兴致，大都在于访古，对时局似乎没有多少涉及。这似乎也是金代大多数文人写诗的特点，他们对时局的关注，似乎更多的在散文方面（当然金末例外，如元好问等人有著名的丧乱诗）。

被誉为"金代文学之冠"的著名诗人元好问，泰和八年"以秋试留长安"②，作诗《结杨柳怨》《长安少年行》《隋故宫行》。又作词《蝶恋花·戊辰岁长安作》《点绛唇·长安中作》，前首写"一片花飞春意减。雨雨风风，常恨寻芳晚"③，化用杜甫"一片花

---

① 《金史·赵秉文传》，中华书局，1975 年 7 月第 1 版，第 2427 页。

② （金）元好问著，姚奠中主编《元好问全集》，附录《元遗山年谱汇纂》，三晋出版社，2015 年 8 月第 1 版，第 1140 页。

③ （金）元好问著，姚奠中主编《元好问全集》，三晋出版社，2015 年 8 月第 1 版，第 840 页。

飞减却春，风飘万点正愁人"①诗句；后首写"醉里春归，绿窗犹唱留春住。问春何处，花落莺无语"②，颇有秦观、周邦彦词之韵味，皆是传统的伤春主题。

金哀宗正大元年，王渥作《游蓝田》，诗曰："去年游骑渡葭芦，万里横行如鬼速。灞陵原下马饮血，太华峰头虎择肉。今年九月未防秋，始见登场有新谷。一鞭莫指古招提，疏雨有情留客宿。主人闻客喜相接，樽酒笑谈如昔夙。蹇予懒散本真性，临水登山此生足。一行作吏志益违，十载从军双鬓秃。官家后日铸五兵，便拟买牛耕白鹿。"③将去年的战乱与今年的太平相比，表达了诗人希望过平常、平安生活的愿望。

也是在正大元年，诗人李献甫任长安令，有《长安行》。诗曰："长安道，无人行，黄尘不起生榛荆。高山有峰不复险，大河有浪亦已平。向来百二秦之形，只今百二秦之名。我闻人固物乃固，人不为力物乃倾。将军誓守不誓战，战士避死不避生。杀人饱厌敌自去，长安有道谁当行。黄尘漫漫愁杀人，但见蔽野鸡群鸣。河东游子泪如雨，眼花落日迷秦城。长安道，无人行，长安城中若为情。"④这是一首典型的战乱诗、纪实诗，饱含一种悲悯情怀，与前引王渥诗截然不同。

---

① （唐）杜甫著，萧涤非主编，张忠纲统稿《杜甫全集校注》，人民文学出版社，2014年1月第1版，第1045页。

② （金）元好问著，姚奠中主编《元好问全集》，三晋出版社，2015年8月第1版，第907页。

③ 阎凤梧、康金声主编《全辽金诗》，山西古籍出版社，1999年11月第1版，第2267页。

④ 阎凤梧、康金声主编《全辽金诗》，山西古籍出版社，1999年11月第1版，第2787页。

也是正大元年，杨宏道监麟游酒税，被罢，作《别凤翔治中艾文仲》，诗中有这样的句子："小邑那堪处，微官有底荣"，"虎头非我相，鸡肋有人争"[①]，又是抒写职位卑下、官场难处的苦楚与愤懑，有高适"拜迎官长心欲碎"的体验，却无高适"鞭挞黎庶令人悲"[②]的襟怀。

杨宏道（1189—1272 后），或作弘道，字叔能，淄川（今属山东淄博）人。兴定五年（1221）赴进士举，不第，入陕西为吏。元光元年（1222），至邠州。正大元年（1224），入京应试，不第，至凤翔，监麟游酒税，同年被罢。正大二年，复至邠州，后入平凉。正大四年，避兵而东，投蓝田县令张德直。因为有这样的经历，杨宏道亦有不少写于关中的诗作。

正大元年，杨宏道罢麟游酒官，往邠州。过凤翔，作《橙实蜡梅》，原注："凤翔普照方丈席上，与宝鸡主簿李时举同赋。"[③]又有《宿普照寺》《再至凤翔普照寺》，别凤翔，有长诗《别凤翔治中艾文仲》。至鄠县，有《渼陂》："空翠堂中望陂水，岸回山列若无穷。镜铜新拭宝奁坼，机丝未张云锦空。一饭常怀源少府，劳生更甚杜陵翁。鸟飞鱼泳方自得，惭愧此身如转蓬。"[④]渼陂，因杜甫《渼陂行》而出名，杜诗中有"丝管啁啾空翠来"之句，北宋徽宗宣和四年，在此建空翠堂。此诗即以空翠堂起笔，诗中又

---

① （唐）高适著，刘开扬笺注《高适诗集编年笺注》，中华书局，1981 年 12 月第 1 版，第 230 页。

② 阎凤梧、康金声主编《全辽金诗》，山西古籍出版社，1999 年 11 月第 1 版，第 2338 页。

③ 阎凤梧、康金声主编《全辽金诗》，山西古籍出版社，1999 年 11 月第 1 版，第 2287 页。

④ 阎凤梧、康金声主编《全辽金诗》，山西古籍出版社，1999 年 11 月第 1 版，第 2335 页。

空翠堂，始建于宋宣和年间，明、清、民国年间均有修葺。为陕西省重点文物保护单位。2016年9月拆毁，几年后重建。此为2016年以前实景。图片取自网络

联想到老杜"一饭未尝忘君"，而感喟自己浮生劳碌更甚于老杜，于是自然地以"惭愧此身如转蓬"收尾，抒劳生之叹。后来，宏道自平凉避兵，投蓝田县令张德直，作《归隐》诗，诗中回顾了自己的生平经历及志向愿望："客从长安来，色沮气不伸。问之何因尔，憔悴居贱贫"，"尝欲仗一剑，万里清风尘。从军亦云乐，神武知何人。又欲挟一策，强国活斯民。夜叉守天关，帝所高难陈。安能举进士，得失咸悲辛。十年一主簿，鞭棰还吟呻。安能罔市利，狙诈忘吾真。所得虽倍蓰，愧汗沾衣巾"；饱受坎坷后，又有新的人生规划和设想："闻说商洛间，山深风俗淳。自计亦已熟，抱书归隐沦。穷年读经史，志一疑于神。"[1]此外，还写过《四皓庙》等作品。

　　杨宏道的关中诗，值得我们注意的是一首《赴麟游县过九成宫》。这首长诗，有这样的句子："行人过故宫，马蹄踏柱础"，这是写实，写出旧宫颓坦之状；"尚余粉皮松，野老谈女武"，写

① 阎凤梧、康金声主编《全辽金诗》，山西古籍出版社，1999年11月第1版，第2297—2298页。

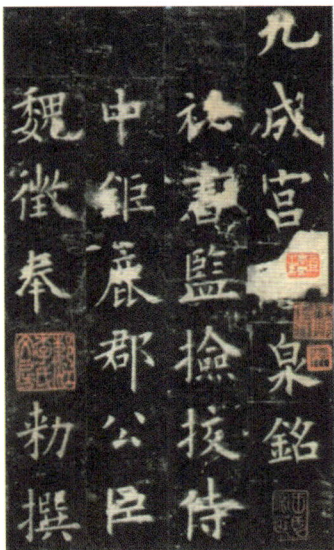

日本二玄社印清李鸿裔藏本
《九成宫醴泉铭》

实之外，又加入了传说化的色彩；"最爱醴泉碑，伯仲厕虞褚。石本遍天下，墨薮刘其楚"①，这几句，又点出了书法名碑欧阳询《九成宫醴泉铭》，称其书法成就与虞世南、褚遂良不相伯仲，而且拓本遍天下，流传广远。

著名学者、文学家李献甫（1194—1234），字钦用，河中（今山西永济）人，曾任咸阳主簿、长安令等，在关中作有《九龙池春望》《兴庆池书所见》《别春辞》等。正大四年，李献甫辟长安令，作《围城》：

> 碧树苍烟起暮云，长安陌上断行人。
> 百年王气余飞观，万里神州隔战尘。
> 身与孤云向双阙，愁随落日到咸秦。
> 山河大地分明在，莫为时危苦怆神。②

与前述诸人诸作相比，此诗颇有纪实之特色，而末句"莫为时危苦怆神"却有意收住，将原本可以很沉痛的一首诗变得有些

① 阎凤梧、康金声主编《全辽金诗》，山西古籍出版社，1999年11月第1版，第2289页。

② 阎凤梧、康金声主编《全辽金诗》，山西古籍出版社，1999年11月第1版，第2788页。

没有着落。诗人大概是想要将心境引向超然物外的方向去，但终究不敌前几句所表现出的悲怆气息，故而显得两无着落，又不同于文学史上有些故作旷达而更显沉痛的同类作品。

金代后期著名诗人的关中诗还有一些，如冯延登《华清故宫》、郝居中《题五丈原武侯庙》、张奫《武侯庙》、李纯甫《灞陵风雪》、雷渊《过华山怀陈希夷》、雪岩老人《游圭峰草堂》、王世昌《过华州》、冀禹锡《赠雷御史兼及松庵冯丈》、李汾《再过长安》《磻溪》等。

如今临潼华清池景区内还保存着几方出土于华清宫遗址的金代石刻，几方诗刻也都是金代中后期的作品，有前述移剌霖《骊山有感》，还有路铎诗、仆散汝弼《风流子》词等。其中移剌霖诗刻于金章宗承安年间，路铎诗作于卫绍王大安元年（1209），仆散汝弼词刻于金哀宗正大三年（1226）。

仆散汝弼《风流子》词曰：

> 三郎年少客，风流梦、绣岭蛊瑶环。看浴酒发春，海棠睡暖，笑波生媚，荔子浆寒。况此际、曲江人不见，偃月事无端。羯鼓数声，打开蜀道，霓裳一曲，舞破潼关。　　马嵬西去路，愁来无会处，但泪满关山。赖有紫囊来进，锦袜传看。叹玉笛声沉，楼头月下，金钗信杳，天上人间。几度秋风渭水，落叶长安。

仆散汝弼，字良弼，古齐人，官近侍副使。词以骊山华清宫最有名的故事生发，写唐明皇与杨妃之事，写得摇曳生姿、低回婉转。本词及其立石者慕蔺的跋文，《金石萃编》《金文最》等相关文献亦有收录。慕蔺跋称其词"清新婉丽。不减秦晏。四方衣冠争传诵之。称为今之绝唱。恐久而湮灭。命刻于石。以传

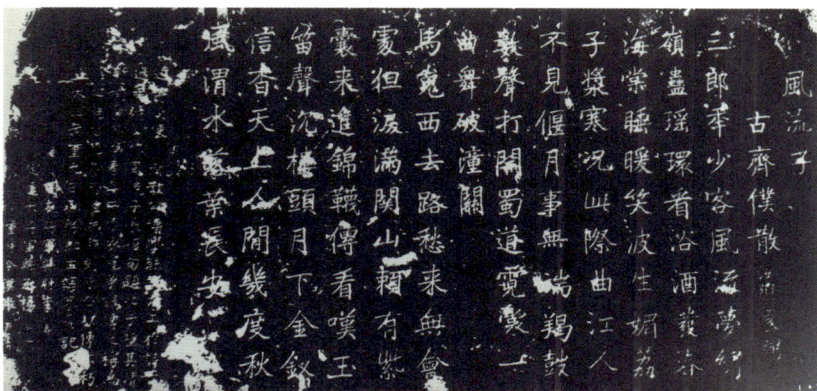

仆散汝弼《风流子》石刻拓片。选自任长安编《华清池碑刻荟萃》

仆散汝弼《风流子》词石刻，现藏临潼华清池景区珍宝馆，摄于 2020 年 12 月 10 日

不朽"①，《蕙风词话》卷四称其"词笔藻耀高翔，极慨慷低徊之致"，又批评其"唯起调云'三郎年少客'，则误甚。案唐玄宗生

① （清）张金吾编纂《金文最》，中华书局，1990 年 8 月第 1 版，第 705 页。

于光宅二年乙酉，而杨妃以天宝四年乙酉入宫。玄宗年已六十一，何得谓'三郎年少'耶？"①说颇有理，抑或是词人只为强调意念中的"三郎年少"而并不着重于其实际年龄耳。

金末关中诗人还有杨奂（1186—1255），字焕然，号紫阳先生，乾州奉天（今陕西乾县）人。早年三赴廷试不第。正大元年，慨然作万言策指陈时弊，为人劝阻未上，乃西归，教授乡里。六年，乾州请为讲议，安抚司辟经历官，京兆行尚书省以便宜署陇州经历，皆辞不就。因亲旧相劝，始应之参乾、恒二州军事。杨奂与赵秉文、李纯甫诸名士交游，有"关西夫子"之称。癸巳之变后，微服北渡。戊戌选试时，赴试东平，两中赋论第一，授河南路征收课税所长官兼廉访使。元宪宗三年，世祖忽必烈在潜邸，驿召奂参议京兆宣抚司事。累上书请老。三年，得请归乡，筑堂曰"归来"。卒谥文宪②。

杨奂是关中人，又长期在关中生活，所以他的关中诗很多，如《宿草堂二首》《延祥观》《重阳观》《遇仙观》《题终南和甫提点筼溪》《宿重阳宫》等。不过，杨奂的许多诗，尤其是一些与别人不同的诗，作于金亡以后，看作元诗更为合适。如果要说是金诗，只能算是遗民诗了。我们将在下一节中讨论。

---

① 况周颐《蕙风词话》卷四，引自唐圭璋编《词话丛编》，中华书局，1986年11月第1版，第4506—4507页。

② 参阎凤梧、康金声主编《全辽金诗·杨奂小传》，山西古籍出版社，1999年11月第1版，第2233页。

四、世俗交际与全真世界：全真道人的关中诗

重阳真人王喆（1113—1170），其家本咸阳，后迁居终南山下刘蒋村（今西安市鄠邑区祖庵镇）。大定七年，王喆创全真教。其弟子如马钰、丘处机等均曾在终南山下随王重阳修道，或自行修炼，多有诗作。

鄠邑区祖庵镇有重阳宫，为全真教三大祖庭之祖。其中"祖庵碑林"现为全国重点文物保护单位，陈列有数十通金元以后的碑刻，有一级文物 12 通，二级 10 通，三级 4 通。这些碑石，对道教全真派的历史、教义、修炼要旨等有清晰的记述。其中《全真教祖碑》记王重阳于金正隆四年（1159）初遇钟离权和吕洞宾二仙情形曰："正隆己卯季夏既望，于甘河镇醉中啖肉，有两衣毡者继至屠肆中，其二人形质一同，先生惊异，从至僻处，虔祷作礼。其二仙徐而言曰：'此子可教矣'，遂授以口诀。其后愈狂，咏诗

重阳宫，始建于金，兴盛于元，后历代有修葺。现为全国重点文物保护单位。摄于 2019 年 4 月 25 日

《终南山重阳遇仙宫于真人碑》碑首。摄于 2016 年 9 月 11 日

曰：'四旬八上始遭逢，口诀传来便有功。'"①"四旬"这两句，在王重阳集中是绝句《遇师》中的一联，全诗曰："四旬八上得遭逢，口诀传来便有功。一粒丹砂色愈好，玉华山上现殷红。"②元至元二十九年（1292），诏命孙德或真人重修遇仙桥。此桥至今尚存，为省级重点文物保护单位。

---

① （金）完颜璹《全真教祖碑》，见（清）张金吾编《金文最》中华书局，1990 年 8 月，第 1 版，第 1199 页。

② 阎凤梧、康金声主编《全辽金诗》，山西古籍出版社，1999 年 11 月第 1 版，第 302 页。

鄠邑遇仙桥。摄于 2016 年 9 月 11 日

　　马钰有一首《过鄠郊渼陂空翠堂作诗赠耀州梁姑》："色即是空空是色，色空空色两俱忘。自从悟彻空中色，频觉心莲翠碧香。"①以诗歌的形式传道，讲的全是其空空观念。丘处机有一首《秦川》诗："秦川自古帝王州，景色蒙笼瑞气浮。触目山河俱秀发，披颜人物竞风流。十年苦志忘高卧，万里甘心作远游。特纵孤云来此地，烟霞洞府习真修。"②总写秦川景象，并写自己修真之心志与愿望。此外，丘处机又有《磻溪》《磻溪凿长春洞》《磻溪庙觅驼马》，写他在传说中姜子牙垂钓之磻溪的相关活动。丘

---

① 阎凤梧、康金声主编《全辽金诗》，山西古籍出版社，1999 年 11 月第 1 版，第 412 页。

② 阎凤梧、康金声主编《全辽金诗》，山西古籍出版社，1999 年 11 月第 1 版，第 965 页。

处机还有一首颇有意思的《虢县银张五秀才处借书》①，夸对方"盛族文章旧得名，芝兰玉树满阶庭"，而他自己"顾我微才弘道晚，知君博学贯心灵"，所以向对方去借书，表现了这位著名道人与世俗之人打交道的日常活动。

　　金末元初的姬志真写过一首《题遇仙宫活死人墓》："灵源痛饮解吾宗，浩劫师真面目同。醉眼忽开天地窄，梦魂惊觉海山空。辉辉金玉花争发，璨璨珠玕树作丛。借问终南千古意，百川无语自朝东。"②全真教创立之前，王重阳在终南山下掘地凿墓，穴居其中静修，自称"活死人墓"。其故址，在今西安市鄠邑区祖庵镇

重阳宫旁"活死人墓"。摄于 2016 年 9 月 11 日

---

① 阎凤梧、康金声主编《全辽金诗》，山西古籍出版社，1999 年 11 月第 1 版，第 969 页。
② 阎凤梧、康金声主编《全辽金诗》，山西古籍出版社，1999 年 11 月第 1 版，第 1085 页。

重阳宫旁边不远处。姬志真的这首诗，便是咏写其祖师爷的活死人墓，"百川无语自朝东"，极力赞颂，谓众人对其向往有如百川汇海一样，表达了极度的崇敬。

值得一提的是，王重阳本人写过一首词《无梦令》，其原作手书，已刻于石碑，原碑如今立于祖庵镇重阳宫之中。词曰：

> 大道长生门户，几个惺惺觉悟？铅汞紧收藏，方始澄神绝虑。心慕，心慕。便趋蓬莱仙路。

重阳宫内《无梦令》碑。安建安供图　　　无梦令碑拓片

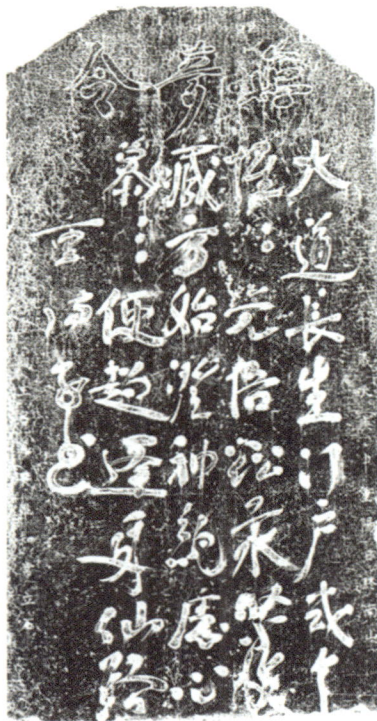

　　这首词，词牌应该是《如梦令》。但原碑明确刻写的是"无梦令"，不知是何原因，或者是方言发音的原因。笔者接触过的泾阳、户县（现已改名为鄠邑区）的一些老辈长者，说话时发"如"音介于"如"和"无"之间。当然这只是一种猜测，或者是王重阳有意为之而有其寓意在焉。事实上，王重阳写过多首《无梦令》。后来，马珏、丘处机、尹志平、侯善渊等人也写过一些《无梦令》。在重阳道人的徒子徒孙那里，《无梦令》已经成了地地道道的词牌了。

第三节　元代关中诗

公元 1206 年，铁木真统一漠北，称"成吉思汗"，建立大蒙古国。1221 年（金兴定五年）木华黎统兵进攻关中。1231 年（蒙古窝阔台三年，金正大八年），蒙古军攻陷凤翔，关中彻底落入蒙古之手。而至 1234 年，金政权彻底被蒙古灭亡。

蒙古占领关中两年后，命田雄"镇抚陕西总管京兆等路事"[1]，在陕西建立地方机构，结束了关中地区此前战乱不断的局面。1240 年，蒙古向陕西派了首批文职官员，窝阔台任命梁泰为宣差规措三白渠使，在云阳县设立衙门。1253 年，关中成为忽必烈的封地，当年设立京兆宣抚司。此后关中长期成为蒙古（元朝）治理的重点，尤其是忽必烈称帝以后。忽必烈中统元年（1260），设立陕西行省。这是蒙元作为定制而设立的具有行政区划意义的第一个行省[2]。其统治，一直维持到元朝灭亡。

元代关中诗歌，最早的诗人诗作，是金末的一些文人作品。这些人，一生经历了金元两朝，其创作自然也跨越金元两朝，所以，《全辽金诗》《全金诗》《全元诗》都收录了他们的作品，而且基本都收录了他们全部的诗作（大概因为其创作不好系年）。事实上，他们在金亡之前的作品，认作金诗更为妥当一些。而金亡后的作品，如果算作金诗是可以的，因为是金遗民诗人的作品；认作元诗也是可以的，毕竟时代已经到了蒙古时期。

---

① 《元史·田雄传》，中华书局，1976 年 4 月第 1 版，第 3580 页。

② 参郭琦、史念海、张岂之主编，秦晖著《陕西通史·宋元卷》，陕西师范大学出版社，1997 年 3 月第 1 版。

一、怀古与自叙，不恋前朝：蒙元初期的关中诗

金末活动于关中地区的一些文人，在蒙古占领关中后，他们依然在创作，有些人后来还担任了蒙元政权的官职。他们这一阶段的作品，是蒙元时期关中的最早作品。

杨奂，金末（金哀宗天兴元年，1232）元兵围攻汴京时亦曾前往自效①，表现了对金朝一定的忠诚，但就在当时也表达了他的不满，《金史》载："甲辰，上复出抚东门将士，太学生杨奂等前白事，上问何所欲言，曰：'臣等皆太学生，令执炮夫之役，恐非国家百年以来待士之意。'"②后来，或许是对金王朝的失望，元太宗十年（1238），他应试中选，北上和林谒见耶律楚材，授河南路征收课税所长官兼廉访使。"自元朝开国，以进士用人，实由奂始。"③在洛阳数年，至元宪宗三年（1253）三月回归故里④，作《紫阳阁》《重阳观》《遇仙观》《延祥观》《题终南和甫提点筼溪》等诗。如今，重阳宫里还存有杨奂书丹的碑刻。其《宿重阳宫》诗曰：

> 村落到山尽，轩窗临水多。野禽如旧识，邻叟渐相过。
> 林静连官竹，篱疏补女萝。夜深眠不着，倚杖看星河。⑤

---

① （金）刘祁《归潜志·录大梁事》："杨焕（奂）等数十人伺上出，诣马前，请自效。"中华书局，1983 年 6 月第 1 版，第 123 页。

② 《金史·赤盏合喜传》，中华书局，1975 年 7 月第 1 版，第 2495 页。

③ （元）赵复《程夫人墓碑》，引自李修生主编《全元文》，江苏古籍出版社，1998 年 9 月第 1 版，第 2 册，第 208 页。

④ 杨奂生平，参王庆生《金代文学家年谱·杨奂》，凤凰出版社，2005 年 3 月第 1 版。

⑤ 杨镰主编《全元诗》，中华书局，2013 年 6 月第 1 版，第 1 册，第 106 页。

鄠邑区祖庵镇，杨奂撰文《终南山重阳遇仙宫于真人碑》。摄于
2016 年 9 月 11 日

诗中情境，大有世外桃源之感。至少，是一种没有纷争、安闲悠然的隐士生活，看不到刚刚经历了改朝换代的迹象。又有《长安感怀》诗曰：

> 此心只欲作东周，再到长安已白头。
> 往事无凭空击楫，故人何处独登楼。
> 月摇银海秦陵夜，露滴金茎汉殿秋。
> 落日酒醒双泪眼，几时清渭向西流。①

此诗倒有一些人生与时局的感喟，但却是一种说不清道不明的惆怅和忧伤，没有明显的朝代更迭的感喟。

此时，"河汾诸老"之一的曹之谦也到过关中。曹之谦于元太宗十年移居平阳，与诸生讲学。此后曾游长安②。有《临潼温泉》《长安早发》等诗。前诗曰：

> 琢玉为池浴太真，芙蓉花暖水生春。
> 谁知寂寞千秋后，留与行人洗路尘。③

后诗曰：

> 行李匆匆浐水头，雨余凉气动新秋。

---

① 杨镰主编《全元诗》，中华书局，2013 年 6 月第 1 版，第 1 册，第 109 页。
② 曹之谦生平，参王庆生《金代文学家年谱·曹之谦》，凤凰出版社，2005 年 3 月第 1 版。
③ 杨镰主编《全元诗》，中华书局，2013 年 6 月第 1 版，第 2 册，第 367 页。

五更马上还家梦，先逐西风到晋州。①

或咏物怀古，或行旅思归，其实多是无甚痛痒的文人常有的感慨，只是后首所表现的思家之情，倒是有一些真感触、真感情。

公元 1253 年，元宪宗蒙哥汗三年，忽必烈封地关中，设京兆宣抚司，杨惟中宣抚关中②。在关中期间，作有《华清》诗：

故宫人去几经年，废治荒台亦可怜。
莲水不流鸾鉴影，岩松空锁御炉烟。
兵尘四起玉环死，突骑一临金阙然。
惟有骊山山上月，清光依旧满秦川。③

辅助杨惟中而任郎中的商挺，亦有《骊山怀古》：

女色迷人祸更长，千年烽火化温汤。
无情一片骊山月，照罢周家又到唐。④

有意思的是，他们都怀古，而且都以骊山（含华清宫）为吟咏对象和切入点，而他们的感情则是冷冰冰的，可谓"冷眼看世界"。

诗人李庭（1199—1282），生于金章宗承安四年，卒于元世祖至元十九年，享年八十四岁。李庭本为华州奉先（今陕西蒲城）

---

① 杨镰主编《全元诗》，中华书局，2013 年 6 月第 1 版，第 2 册，第 367 页。
② 《元史·杨惟中传》作"陕右四川宣抚使"，中华书局，1976 年 4 月第 1 版，第 3468 页。
③ 杨镰主编《全元诗》，中华书局，2013 年 6 月第 1 版，第 3 册，第 28 页。
④ 杨镰主编《全元诗》，中华书局，2013 年 6 月第 1 版，第 3 册，第 46 页。

人①，他还陕时间早一些，蒙古乃马真后三年（1244），被聘为陕西行省参议官。乃马真后四年，因执法守正，不能随俗，拂衣径去。1253 年，杨奂参议京兆宣抚司事，延其入幕。中统元年（1260）署陕西讲议，至元七年（1270）授京兆教授，至元十年（1273）为安西王府谘议。在元代生活的时间比在金代生活的时间多十几年。

　　李庭的关中诗，《全元诗》收录了《含玄殿谣》《含玄殿》《九日登咸玄殿》《万寿宫》《咸阳怀古》《渭水道中》等数首。前几首，题目中的"含玄殿"或作"含元殿"，当是流播或刊印时避讳所致。而"咸玄殿"亦当为"含元殿"，或为音讹。关中方言，至今"咸"发"含"音。兹录几首如下：

含玄殿谣

南山苍苍渭水黄，含玄殿上春草长。
髯头野老驾羸牸，晓犁耕破宫中墙。
宫中行人屡回首，西望长安小于斗。
喧喧车马闹红尘，毕竟几人金石寿。②

咸阳怀古

连鸡势尽霸图新，兀兀宫墙压渭滨。
指鹿只能欺二世，沐猴那解定三秦。
倚天楼观余焦土，落日山河几战尘。
今古悠悠同一辙，不须作赋吊前人。③

① 参杨镰主编《全元诗》，李庭小传，中华书局，2013 年 6 月第 1 版，第 2 册第 396 页。
② 杨镰主编《全元诗》，中华书局，2013 年 6 月第 1 版，第 2 册，第 410 页。
③ 杨镰主编《全元诗》，中华书局，2013 年 6 月第 1 版，第 2 册，第 426 页。

唐大明宫含元殿遗址。全国重点文物保护单位、世界遗产。摄于 2020 年 8 月 11 日

渭水道中

鞭催瘦蹇踏晴沙，路入青林一径斜。

翠巘倚空千万叠，黄茅映竹两三家。

嘲嘲哳哳山禽语，白白红红野草花。

却喜太平还有象，丛祠春赛响琵琶。①

　　前两首其实都是怀古诗。第一首，似乎在诉说着一个遥远的传说故事，同时又处在现实的世界：当年的含元殿如今已长满了青草，成了农夫的耕地。头发蓬散的老农驾着瘦弱的老牛在耕地。"晓犁耕破宫中墙"一句，穿透了历史与现实，也打通了古代与眼下，真是神来之笔。第二首也是怀古，但有高度，用赵高指鹿为

---

① 杨镰主编《全元诗》，中华书局，2013 年 6 月第 1 版，第 2 册，第 423 页。

马和项羽破咸阳后被人讽刺"沐猴而冠"的典故，对相关历史作了一个立足点更高的评价。"倚天"二句，写兴亡与沧桑，末联颇为达观。《渭水道中》一首，写行旅所见。首联推出一位骑着蹇驴或瘦马的清瘦诗人的形象，"路入青林一径斜"，意境又颇清幽。两句合起来，颇具文人情趣，有陆游"此身合是诗人未，细雨骑驴入剑门"之意趣，也颇有宋元文人画之画意画境，已启"枯藤老树昏鸦""古道西风瘦马"之先声。中间两联意脉承上，绘出一方与世无争的世外境界，幽静，萧散，闲远。末联写春社景象，"却喜太平还有象"，自成一境，自得其乐，让人能联想到苏东坡徐州谢雨道上所作的五首《浣溪纱》词。

　　这些诗，部分作品有一丝类似唐初王绩诗的那种与新朝隔离的感觉。但是，在这些诗里，看不到一点对金朝的怀恋。这说明，金王朝末期（至少在关中）是多么的不堪、多么的被人厌弃。虽然人们都说蒙元一朝，汉族人地位低下，知识分子更是比娼妓地位还低，所谓"八娼九儒十丐"[1]。但即便如此，结束了金末混乱不堪、民不聊生的局面，百姓有了相对安静的生活，人们还是有一些欣喜，至少是一种松了口气的感觉。

　　实际上，在蒙古占领关中22年之后的1253年，杨惟中宣抚关中时，他看到的也是"兵火之余，八州十二县，户不满万，皆

---

[1] 谢枋得《送方伯载归三山序》："滑稽之雄以儒为戏者曰：'我大元制典，人有十等：……八娼、九儒、十丐，后之者，贱之也；贱之者，谓无益于国也。'嗟乎卑哉！介乎娼之下、丐之上者，今之儒也。"引自曾枣庄主编《宋代序跋全编》，齐鲁书社，2015年11月第1版，第2304页。

惊忧无聊"①的凋弊景象。也正是在这一年，忽必烈封地关中，在长安设立京兆宣抚司之，以杨惟中为宣抚使，商挺为郎中，行以汉法，以各种措施恢复社会和生活秩序，"期月，民乃安"，"关陇大治"②。一个月时间，便神速地"大治"，明显是言过其实③。但很显然，此时关中百姓的生活状况和安全感比此前有所提高。这几位诗人的作品，也从一个侧面做了一种辅证。

　　也恰好，杨奂于此年（1253）归陕；而曹之谦1265年前后去世，其晚年游长安，抑或在1253年之后；至于李庭，还陕时间早一些，但也是在1253年，忽必烈封地关中这一年，杨奂参议京兆宣抚司事，延其入幕。诸多文人相聚一处。元人王博文《故谘议李公墓碣铭》云："长安，名士之渊薮也，如杨寺丞君美、裴绿野子法、邠郎中大用、张郎中君美、同讲议祖卿、焦谘议元发、来讲议明之，皆魁才巨德，又得与之文酒相征逐，则智刃日益利，文宪日益开，取心注笔，浩乎其沛然矣。"④宪宗三年（1253），应该说是元初关中文学的一个标志。

　　二、怀古与纪行，轻松愉悦：忽必烈即位以后的关中诗

　　魏初（1232—1292），字太初，号青崖，弘州顺圣（今河北

---

① 《元史·商挺传》："杨惟中宣抚关中，挺为郎中。兵火之余，八州十二县，户不满万，皆惊忧无聊。挺佐惟中，进贤良，黜贪暴，明尊卑，出淹滞，定规程，主簿责，印楮币，颁俸禄，务农薄税，通其有无。期月，民乃安。"见《元史》，中华书局，1976年4月第1版，第3738页。

② 《元史·世祖本纪》："夏，遣王府尚书姚枢立京兆宣抚司，以孛兰及杨惟中为使，关陇大治。"中华书局，1976年4月第1版，第59页。

③ 本段历史，参郭琦、史念海、张岂之主编，秦晖著《陕西通史·宋元卷》第七章，陕西师范大学出版社，1997年3月第1版。

④ 李修生主编《全元文》，江苏古籍出版社，1998年9月第1版，第5册，第105页。

阳原）人。其从祖魏璠为金贞祐三年进士，仕于金，金亡，受知于忽必烈。魏初早年好读书，中统元年辟为中书省掾史，兼掌书记。后出任陕西四川按察司佥事，历陕西河东按察副使。

魏初在关中写的诗，有《凤翔城南得京都家书》《马嵬》《巡按京兆口占二首》等，其中《马嵬》二首较有新意，诗曰：

一

九龄既罢事已矣，偃月堂深祸更深。
纵把霓裳都拂去，未应边马不骎骎。

二

春草坡前万马尘，麝香犹带荔枝新。
思量前日盘中舞，含笑君王是路人。①

第一首强调任用贤人，偃月堂是李林甫的堂号，张九龄和李林甫都是唐开元年间宰相，前者是贤相，而后者则是著名的"口蜜腹剑"的奸相。二人为相，前后相继。诗人表示，奸臣当道则"祸更深"。第二首用"荔枝新""盘中舞"等故事，揭示唐明皇过度宠溺杨贵妃，不理朝政，从而导致"安史之乱"，而杨妃也惨死马前，坟前生春草，君王成路人。两首诗，批判的色彩都比较强烈。

陈义高（1255—1299），号秋岩，通道术，元世祖至元年间，曾两次随驾北行。后入晋王府，从军北征。他的关中诗，有长诗《过华清宫和温庭筠诗二十二韵》。诗中有这样的句子："前王遗构

---

① 杨镰主编《全元诗》，中华书局，2013年6月第1版，第7册，第390页。

地，今我独来游。渭水烟如昨，骊山树已秋。苔荒老姥殿，草满夕阳楼。""故国雄三辅，嵬坡怨一丘。日边通路远，天际断云愁。叹息人何在，山泉依旧流。"①览物怀古，长吁短叹。而下面两首则写得相当好：

晚行渭南道中同张太监赋

驿路多酸枣，行人翠色中。凉风生渭水，落日照新丰。

犬吠前村远，鸦飞暝霭空。客游便水竹，去马惜匆匆。②

咸阳怀古寄李叔固尚书

鹿走咸阳王气微，几朝争战几安危。

水声如说隋唐事，山色不殊秦汉时。

春事管弦宜进酒，故陵烟雨易生悲。

向来豪杰俱成梦，空费行人吊古诗。③

　　第一首，前两句，传神，如画。酸枣树，是关中地区常见的野生灌木，低矮丛生。每到秋季，小而圆的酸枣成熟了，红彤彤地挂满枝头，煞是好看。而"行人翠色中"，则见出植被草木之盛。给人一种十分清爽舒适的感觉。"凉风"二句，有化用贾岛"秋风生渭水，落叶满长安"之痕，但没有贾岛诗的苍凉而多了一份大气。"犬吠"一联写景，有近有远。末联写"客游"，实是写对当地景物的眷恋。第二首怀古，水声山色间，说尽今古兴亡，

① 杨镰主编《全元诗》，中华书局，2013年6月第1版，第18册，第48页。

② 杨镰主编《全元诗》，中华书局，2013年6月第1版，第18册，第51页。

③ 杨镰主编《全元诗》，中华书局，2013年6月第1版，第18册，第59页。

举重若轻，颇见功力。

张之翰（1243—1296），字周卿，号西岩，邯郸（今属河北）人，其主要活动在忽必烈时期。他有两首《骊山温泉》：

> 鞍马西来恰入秦，满身都是驿途尘。
> 解衣贪浴方池水，忘却题诗讽太真。
>
> 地气蒸腾火气燃，山间是处有汤泉。
> 一般洗涤人生垢，不似华清受污篇。①

第二首"山间是处有汤泉"写出骊山温泉之盛。骊山温泉，至今依然水质好且水源丰富。第一首则颇有意趣，直写一路劳顿，只顾得洗浴而"忘却题诗讽太真"，可见诗人的心情是非常好的。与前文陈义高等人之作品反映出的心境一样，说明忽必烈时期，关中地区文人们的心情是很轻松很愉快的，至少在这些诗中表现出来的是这样。

宋褧（1294—1346），字显夫。大都（今北京市）人，曾受张养浩等名士赏识，泰定元年进士，曾参与修辽、金、宋诸史，累官至翰林直学士等。

宋褧有一首《阌乡道中》。阌乡位于今河南省西部，南依秦岭，东靠函谷关，西连潼关。此诗主要写诗人"风雨度崤渑，新晴喜若何。云间瞻太华，马上看黄河"②的经历和心情。而诗后有这样一段说明，说出了诗人对关中的感受：

---

① 杨镰主编《全元诗》，中华书局，2013 年 6 月第 1 版，第 11 册，第 168 页。
② 杨镰主编《全元诗》，中华书局，2013 年 6 月第 1 版，第 37 册，第 241 页。

　　商洛秦陕，步步皆陈迹，亦犹山阴道中，使人应接不暇。长安城中，碑刻亦不能遍览，况近郊乎？雁塔梯级久废，曲江在其东而亦久涸。一登含元殿故基，未央宫在汉城，匆遽不及至，但求得一瓦而已。兴庆池广袤五七余里，荷菱藻芡弥望，岸傍古垂杨甚多。东南白鹿坡甚近。华萼相辉、太真梳洗等楼基皆俨然。仆始至及还，诸公迎送皆在长乐坡灞桥。尝一过浐水，尝一过华清，一浴绣岭，一观华阴颢灵宫并岳神题名。归程过蓝关秦岭，宿蓝桥。观裴航洞，上七盘岭，下瞰辋口庄。商山，拜四皓墓及庙。外此皆不暇及也。予年来行四方，见山水颇多，然各有可取。至于长安城中望终南山，天下古今妙绝也。惜病多才劣，且夺于饮宴，不及富于吟咏。①

　　长安城的碑刻、雁塔、曲江、含元殿故基、未央宫、兴庆池、白鹿坡、华萼相辉楼、太真梳洗楼、长乐坡、灞桥、浐水、华清、绣岭、华阴颢灵宫、蓝关、蓝桥、裴航洞、七盘岭、辋口庄、四皓墓，等等。诗人对这些关中名胜及古迹，如数家珍，且谓"长安城中望终南山，天下古今妙绝也"，可见诗人对关中的熟悉和喜爱程度。

　　宋褧在关中写的诗，有一首长诗《王君冕关中别墅芳润亭寄题二十韵》，一首作于商山道的《商山道中早行》。后诗云：

　　　　五月商於道，驱羸戍夜行。万山分地色，千涧混鸡声。
　　　　野砠乘机置，山田冒险耕。浮名致萍梗，吾亦叹劳生。②

---

① 杨镰主编《全元诗》，中华书局，2013 年 6 月第 1 版，第 37 册，第 241 页。
② 杨镰主编《全元诗》，中华书局，2013 年 6 月第 1 版，第 37 册，第 240 页。

"万山分地色，千涧混鸡声"写黎明时分大秦岭中景象，奇绝！"山田冒险耕"亦颇形象，大山陡峭，且为石山，高崖陡危，而可供耕种的土地十分稀缺，所以"冒险耕"，非亲眼所见写不出也。

这个时期还有一位特殊的诗人（也是官员）李齐贤。

李齐贤（1287—1367），初名之公，字仲思，号益斋、栎翁，谥号文忠。高丽人。年十五，于高丽国子学考试得第一名，后又中进士。元仁宗延祐元年，高丽第二十六代国王忠宣王传位于太子忠肃王，而他自己则留在元大都，"构万卷堂，考究以自娱。因曰：'京师文学之士，皆天下之选。吾府中未有其人，是吾羞也。'"①因此召齐贤从高丽来到元大都。李齐贤入元至大都后，与元朝一些著名文士如姚燧、元明善、赵孟頫、张养浩等交游，颇得时人好评，并在元朝担任官职。李齐贤在大元生活了 26 年，足迹几遍中华，先后到过甘肃、陕西、山西、河南、河北、湖南、湖北、四川、西藏、江浙等地。尤其有几次重要的行历：一次是奉忠宣王之命代其去四川，往峨眉拜佛进香；一次是随忠宣王到江南降香；还有一次是忠宣王受诬陷而被元廷流放吐蕃，他曾不远数千里前去探望。在这些地方，在行旅途中，都有诗作。

李齐贤的关中诗，有《题华州逆旅》《题长安逆旅》四首、《唐肃宗陵》《邠州》等，其中《邠州》一首写道：

> 行穿山窈窕，俯见树扶疏。地僻宜涧饮，民醇多穴居。
> 麦黄仍水碓，桑绿已缫车。看取田园乐，周家积累余。②

① （元）李稿《鸡林府院君谥文忠李公墓志铭》，见李修生主编《全元文》，江苏古籍出版社，1998 年 9 月第 1 版，第 56 册，第 648 页。
② 杨镰主编《全元诗》，中华书局，2013 年 6 月第 1 版，第 33 册，第 346 页。

废弃的地坑院，2019 年 11 月 21 日摄于陕西省淳化县

　　"俯见树扶疏"，塬上朝下看，所以谓"俯"。"山"，实为"沟"，不熟悉黄土高原地貌的人不太明白，更何况一个外国人。所谓"穴居"，指渭北高原传统的居住形式"地坑院""地坑窑"，即在平坦的地面上向下挖一个很大的深坑，坑底和四面墙壁凿筑得光滑平整，形成一个院子，然后在院子底部的四面墙壁上横向挖窑洞。居民就住在这样的院子当中。近世常见的是每面墙上两孔窑洞，称为八合院。当然也有六合院、十二合院或者其他数量的，只是比较少。而其中背向村中街道的一孔窑洞里面一直与村街挖通，成为进出院子的大门，再修一个小的斜坡与村街相连。这种院子，从远处是看不见的。到近前看，是一个坑穴，所以诗称"穴居"。此种窑洞，冬暖夏凉，但采光不好，而且占地面积大，一个院子至少占地一两亩。近一二十年来，各地政府为了节约土地，也为了方便人们的生活，进行大规模的"移民搬迁"，将这种院子大多填平而盖了集中居住的楼房，但这种院子的形制仍然存在。这种居住方式，是人类由穴居向地面居住过渡的活标本。

地坑院连接村街的大门口，2010 年 5 月 1 日摄于陕西省淳化县

　　李齐贤在关中还写过不少词，按照从东往西的地理位置次序，有《水调歌头·望华山》《大江东去·过华阴》《木兰花慢·长安怀古》《蝶恋花·汉武帝茂陵》《人月圆·马嵬效吴彦高》《水调歌头·过大散关》等，大概是行旅途中按行程顺序而作。现引两首如下：

人月圆

马嵬效吴彦高

　　五云绣岭明珠殿，飞燕倚新妆。小鼙中有，渔阳胡马，惊破霓裳。　　海棠正好，东风无赖，狼藉春光。明眸皓齿，如今何在，空断人肠。①

---

① 唐圭璋编《全金元词》，中华书局，1979 年 10 月第 1 版，第 1026 页。

　　词题曰"效吴彦高"。吴彦高即吴激，金代初期词人，元好问《中州乐府》收录吴激一首《人月圆·宴北人张侍御家有感》，词曰："南朝千古伤心事，犹唱后庭花。旧时王谢，堂前燕子，飞向谁家。　　恍然一梦，仙肌胜雪，宫髻堆鸦。江州司马，青衫泪湿，同是天涯。"①此词曰"效吴彦高"，未知是从哪个角度"效"。词扣马嵬事，写马嵬兵变，杨妃殒命。上片写骊山华清宫事，"绣岭"指骊山，"渔阳胡马，惊破霓裳"即白居易《长恨歌》诗所谓"渔阳鼙鼓动地来，惊破霓裳羽衣曲"。"飞燕倚新妆"用赵飞燕事写杨玉环，杨玉环与赵飞燕是肥瘦两种不同的类型，向来所谓"肥环瘦燕"，一般很少类比。而李齐贤为高丽人，大概只取其身份相同之意。而从某种程度来说，这与前面提到的《邠州》诗中"行穿山"将沟写为山一样，也可以说是一种不很恰当的述写。词最后写"明眸皓齿，如今何在，空断人肠"，化用杜甫《哀江头诗》"明眸皓齿今何在？血污游魂归不得"而以词的形式出之，更显婉转。

　　李齐贤的关中词，除这首《人月圆》以外，都写得十分豪放。如这首《大江东去·过华阴》：

　　　　三峰奇绝，尽披露、一掬天悭风物。闻说翰林曾过此，长啸苍松翠壁。八表游神，三杯通道，驴背须如雪。尘埃俗眼，岂知天上人杰。　　犹想居士胸中，倚天千丈，气星虹闲发。缥渺仙踪何处问，箭筈天光明灭。安得联翩，云裾霞佩，共散麒麟发。花闲玉井，一樽轰醉秋月。②

① （金）元好问编《中州集》，华东师范大学出版社，2014年6月第1版，第680页。
② 唐圭璋编《全金元词》，中华书局，1979年10月第1版，第1025页。

　　词牌《大江东去》即《念奴娇》，因苏轼《念奴娇》(大江东去)一词影响太大，后人遂有人以"大江东去"为词牌名，金元人还有以"大江西上曲"作词牌的。此词写"闻说翰林曾过此"，词也有李太白之豪气。同时，这首词显然吸收了苏轼《念奴娇》(大江东去)，以及金代文人蔡松年《念奴娇》(离骚痛饮)、赵秉文《念奴娇》(秋光一片)、元好问《念奴娇》(云间太华)等词的元素，词风豪放，融汇众家之长而又相当自然。此首之外，他如《水调歌头·过大散关》写"山中白日无色，虎啸谷生风。万仞崩崖叠嶂，千岁枯藤怪树，岚翠自濛濛"，"登绝顶，览元化，意难穷。群峰半落天外，灭没度秋鸿。男子平生大志，造物当年真巧，相对孰为雄"①;《水调歌头·望华山》写"天地赋奇特，千古壮西州。三峰屹起相对，长剑凛清秋"，"我欲乘风归去，只恐烟霞深处，幽绝使人愁。一啸蹇驴背，潘阆亦风流"②，无论用语还是情怀，都十分豪放。

　　马祖常(1279—1338)，字伯庸，号石田，色目人，一生历元成宗、武宗、仁宗、英宗、泰定帝、天顺帝、文宗、明宗、宁宗、顺帝数朝，顺帝至元四年卒，年六十。他的关中诗，有《华清宫故基》《游华严寺》《骊山三首》等，其中《骊山三首》写道:

一

绣岭春来绿树圆，东风吹影入温泉。
华清梦断飞尘起，玉雁御香堕野田。

---

① 唐圭璋编《全金元词》，中华书局，1979 年 10 月第 1 版，第 1026 页。
② 唐圭璋编《全金元词》，中华书局，1979 年 10 月第 1 版，第 1026 页。

二

玉女泉边翠藻多，石池涵影媚宫娥。
可怜绣岭啼春鸟，犹似梨园弟子歌。

三

华阴道士长松下，留我煎茶看古碑。
衣上征尘都莫洗，天风一夜为君吹。[①]

前两首，均咏骊山，意象、构思略有新意，而主旨仍不脱前人老套。第三首，从内容看，或是写骊山，而更像是写华山，没有什么具体特征。

卢挚，字处道，一字莘老，涿州（今属河北）人，至元年间任陕西按察使，有《蟾宫曲·咸阳怀古·京兆》一曲：

　　对关河今古苍茫。甚一笑骊山，一炬阿房。竹帛烟消，风云日月，梦寐隋唐。　　快寻趁王家醉乡，见终南捷径休忙。茅宇松窗，尽可栖迟，大好徜徉。[②]

曲题曰怀古，实是表达退隐的思想，整首曲子表现出的心态倒也轻松悠闲。

还有几位生卒年及生平仕历目前尚不清楚的诗人：施钧，字则夫，一字子博，会稽（今浙江绍兴）人。一生隐居不仕，博学能文，有《咸阳怀古》和《两汉古都》（一作《西汉故都》）二诗。其《咸阳怀古》一首曰："咸阳秋色草离离，千古愁云锁翠微。黄

① 杨镰主编《全元诗》，中华书局，2013 年 6 月第 1 版，第 29 册，第 363 页。
② 隋树森编《全元散曲》，中华书局，1964 年 2 月第 1 版，第 121 页。

犬已亡秦鹿失，白蛇初断汉龙飞。烟消故国空流水，树老荒城自落晖。应是骊山九泉下，死魂犹望采芝归。"①用典自然，诗笔老练，不失怀古之体。章元应，字里不详。(乾隆)《临潼县志》卷八作元人。并录有其《过华清池登骊山至老君殿》诗："绣岭萦纡锁翠烟，直从山后过山前。老君殿上高回首，依旧长安在日边。"②又有郭思，字里不详，曾任提举陕西路茶事。有《骊山》诗一首："春风跃马上骊山，山到平巅得景宽。地迥远帆知渭水，天晴高塔见长安。缭垣缺处桃花闹，辇路湾头草色寒。多少故唐留恨事，不堪卮酒一悲酸。"③

　　张可久有一曲《折桂令·游太乙宫》："华山高与云齐，远却尘埃，睡煞希夷。踏藕童闲，携琴客至，跨鹤人归。鸣玉珮松溪活水，点冰绡竹院枯梅。短策徘徊，醉墨淋漓，老树崔嵬。"④从作品中"华山""希夷"等字眼看，题中的"太乙宫"似应是终南山太乙宫，但没有证据表明张可久到过长安。且华山距太乙宫甚远，300多里。与张可久齐名的元曲家乔吉，《录鬼簿》载其"居杭州太乙宫前，有题西湖《梧叶儿》百篇"⑤。杭州亦有太乙宫，曲言"踏藕"，或是作于杭州(当然，终南山太乙宫下至今亦盛产莲藕)，俟考。此外，白朴有一首《水调歌头·咸阳怀古》："鞭石下沧海，海内渐成空。君王日夜为乐，高枕望夷宫。方叹东门逐兔，又慨中原失鹿，草昧起英雄。不待素灵哭，已识斩蛇翁。　　笑重瞳，徒叱咤，凛生风。阿房三月焦土，有罪与秦同。秦固亡人

---

① 杨镰主编《全元诗》，中华书局，2013年6月第1版，第65册，第276页。
② 杨镰主编《全元诗》，中华书局，2013年6月第1版，第66册，第403页。
③ 杨镰主编《全元诗》，中华书局，2013年6月第1版，第68册，第39页。
④ (元)钟嗣成《录鬼簿》，上海古籍出版社，1978年4月新1版，第85页。
⑤ 隋树森编《全元散曲》，中华书局，1964年2月第1版，第573页。

六国，楚复绝秦三世，万世果谁终。我欲问天道，政在不言中。"①
目前似亦无证据证明白朴到过咸阳。留以待考。

三、同情百姓与有感怀古：张养浩的关中诗和怀古散曲

张养浩（1270—1329），字希孟，号云庄，济南历城人，元
代后期著名的政治家、文学家。晚年辞官归里。8 年间，朝廷 7 次
征召，皆不应。然而到元文宗天历二年（1329），关中大旱，饥
民相食，朝廷拜其为陕西行台中丞，张养浩立即接受了任命，"散
其家之所有与乡里贫乏者，登车就道，遇饿者则赈之，死者则葬
之"。及到任，采取了一系列行之有效的措施，救民于水火。"闻
民间有杀子以奉母者，为之大恸，出私钱以济之。到官四月，未
尝家居，止宿公署，夜则祷于天，昼则出赈饥民，终日无少怠。
每一念至，即抚膺痛哭，遂得疾不起，卒，年六十。关中之人，
哀之如失父母。"②

张养浩本已归隐八年，七次拒绝了朝廷的征召，为什么此时
却能挺身而出，受命于危难？元人苏天爵《七聘堂记》这样解释：

> 士君子之出处，有义存焉。审其时而后动，合乎礼
> 而后应。是以屡召而不行者，非敢故为亢也，盖本诸道
> 义之正，循于礼节之宜。自昔君子进退出处之际，莫不
> 皆然。愚于故赠平章政事张文忠公，深有慕焉。公起诸
> 生，致位至中执法，其牧民则为贤令尹，入馆阁则曰名流，
> 司台谏则称骨鲠，历省曹则号能臣，是诚一代之伟人欤。

---

① 韩瑞、王博、韩小瑞编《白朴全集》，三晋出版社，2013 年 11 月第 1 版，第 170 页。
② 《元史·张养浩传》，中华书局，1976 年 4 月第 1 版，第 4092 页。

> 至治初，公由中书参预，以亲老谢政而归，屏居田里凡
> 踰八年。朝廷重其名德，七遣使者聘之而不果起。及闻
> 西土凶荒，一命即驾，罄思竭力，出币发粟，全活生灵，
> 不知纪极。斯其胸中所蕴，岂寻常者能窥其万一哉。①

　　这一解释颇能服人！张养浩之所以如此，不仅因为他是一位
能干的官员，更因为他有强烈的社会责任感和深深的悲悯情怀。
所以，一到任，就殚心竭力，废寝忘食，以至于短短几个月后就
撒手人寰，无怪乎"关中之人，哀之如失父母"，也无怪乎苏天
爵称他为"一代之伟人"。

　　张养浩来到陕西，眼见饿殍遍地，以至有杀子奉母的惨状，
一方面采取一系列救灾措施，一方面向朝廷献策求援。他的诗歌
也反映了此时的现实、表达了他的心情。

　　明洪武二十三年靳颢撰《庙堂忠告·序》云：

> 先生为西台中丞时，悯民饥死，作诗白于朝，有曰：
> "西风匹马过长安，饿殍盈途不忍看。十里路埋千百冢，
> 一家人哭两三般。犬衔枯骨筋犹在，鸦啄新尸血未干。
> 寄语庙堂贤宰相，铁人闻此也心酸。"即发粟赈贷民，
> 赖以活者不可胜数。②

　　"犬衔枯骨筋犹在，鸦啄新尸血未干"，多么地凄惨！确实
使"铁人闻此也心酸"。

---

① （元）苏天爵《滋溪文稿》，中华书局，1997年1月第1版，第31页。
② （元）张养浩《三事忠告》，乾隆五十四年历城周氏竹两书屋重编，爱如生《中
　国基本古籍库》。

张养浩在关中，还写了一首《哀流民操》：

> 哀哉流民！为鬼非鬼，为人非人。
> 哀哉流民！男子无缊袍，妇女无完裙。
> 哀哉流民！剥树食其皮，掘草食其根。
> 哀哉流民！昼行绝烟火，夜宿依星辰。
> 哀哉流民！父不子厥子，子不亲厥亲。
> 哀哉流民！言辞不忍听，号哭不忍闻。
> 哀哉流民！朝不敢保夕，暮不敢保晨。
> 哀哉流民！死者已满路，生者与鬼邻。
> 哀哉流民！一女易斗粟，一儿钱数文。
> 哀哉流民！甚至不得将，割爱委路尘。
> 哀哉流民！何时天雨粟，使汝俱生存。
> 哀哉流民！①

诗写了当地人民衣无完裙，吃树皮、食草根，朝不保夕的凄惨生活，一首之中，12 次发出"哀哉流民"的沉痛喟叹，表达了诗人极其沉重的心情和深深的悲悯情怀。

张养浩此次西行赴职途中，还写了一组著名的怀古散曲《山坡羊》，其中作于关中的有《潼关怀古》、《骊山怀古》二首、《未央怀古》、《咸阳怀古》。现引数首如下：

骊山怀古（二首）

骊山四顾，阿房一炬，当时奢侈今何处？只见草萧

---

① （清）顾嗣立编《元诗选初集》，中华书局，1987 年 1 月第 1 版，第 774 页。

疏，水萦纡，至今遗恨迷烟树，列国周齐秦汉楚。赢，都变做了土。输，都变做了土。

　　骊山屏翠，汤泉鼎沸，说琼楼玉宇今俱废。汉唐碑，半为灰，荆榛长满繁华地，尧舜土阶君莫鄙。生，人赞美。亡，人赞美。①

潼关古城墙遗址，前下方为黄河。摄于 2018 年 10 月 3 日

潼关怀古

　　峰峦如聚，波涛如怒，山河表里潼关路。望西都，意踌躇。伤心秦汉经行处，宫阙万间都做了土。兴，百姓苦。亡，百姓苦。②

---

① 隋树森编《全元散曲》，中华书局，1964 年 2 月第 1 版，第 436 页。
② 隋树森编《全元散曲》，中华书局，1964 年 2 月第 1 版，第 437 页。

未央怀古

三杰当日，俱曾此地，殷勤纳谏论兴废。见遗基，
怎不伤悲。山河犹带英雄气，试上最高处闲坐地：东，
也在图画里。西，也在图画里。[①]

咸阳怀古

城池俱坏，英雄安在？云龙几度相交代。想兴衰，
若为怀？唐家才起隋家败，世态有如云变改。疾，也是
天地差。迟，也是天地差。[②]

　　几首曲子，高屋建瓴，大气包举，慨叹历史的盛衰兴亡。如
果结合当时的写作背景、结合作者此时的心境和思想，可以看出，
几支曲子，亦不无现实寓意。

　　总的来看，蒙元初期的关中诗，咏怀古迹的较多，再就是写
眼前所见，作品中很难看到一般易代之际常有的那种隔绝与疏离，
更少有抗拒。这是一个令人惊讶的现象，值得我们思考与研究。
忽必烈称帝以后的关中诗，也大都是怀古与纪行，作品中大都呈
现出一种轻松乃至愉悦的情调。总体上，元代的关中诗有一个特
点：怀古之作多，而尤以骊山（含华清宫）之作最多。这也是一
个值得研究的现象。元代关中诗，最有价值的就是张养浩的作品。
他的关中诗，关心百姓，同情民生疾苦，发自内心，而他的《山
坡羊》怀古组曲，感慨历史兴亡，又寄寓着对时代及百姓的感慨
与深情，思想价值和文学价值都很高。

---

① 隋树森编《全元散曲》，中华书局，1964 年 2 月第 1 版，第 438 页。
② 隋树森编《全元散曲》，中华书局，1964 年 2 月第 1 版，第 438 页。